W0410427

UN

La mort n'est que le commencement ; le plus dur vient après.

Il existe trois manières de vivre en sachant qu'on va mourir un jour – sans céder à la panique. La première consiste à l'oublier : ne pas y penser, faire comme si ça n'existait pas. Voilà ce que font la plupart d'entre nous. La deuxième est son exact opposé : *memento mori*. Souviens-toi que tu vas mourir. Garde sans cesse la mort à l'esprit, car la vie prend vraiment son sens dès lors qu'on sait qu'aujourd'hui est notre dernier jour. La troisième voie est celle de l'acceptation. Celui qui accepte la mort – qui l'accepte pour de bon – ne craint rien, aussi fait-il preuve d'une parfaite équanimité face aux pertes de toute nature. Ces trois stratégies ont une chose en commun : ce sont des mensonges. La panique, au moins, serait une attitude honnête.

Toutefois, il existe une quatrième voie. C'est l'option impossible, celle dont nul ne peut discuter, même pas avec soi-même, dans le calme de ses méditations intérieures. Cette route-là ne nécessite ni oubli, ni mensonge, ni prosternation devant l'autel de la fatalité. Il s'agit juste d'une pulsion.

*

À midi pile, en ce 16 septembre 1920, les cloches de l'église Trinity se mirent à retentir. Comme si elles étaient montées sur le même ressort, toutes les portes donnant sur Wall Street s'ouvrirent d'un seul coup, déversant un flot d'employés, de messagers, de secrétaires et de dactylos qui partaient profiter de leur précieuse pause déjeuner. Ils s'engouffrèrent dans l'artère, déferlèrent au milieu des voitures pour aller faire la queue devant leur vendeur ambulant préféré, peuplant en un instant le carrefour de Wall Street, Nassau Street et Broad Street que, dans le monde de la finance, on appelait tout simplement « the Corner ». Là, s'élevait le bâtiment du Trésor des États-Unis, avec sa façade inspirée des temples grecs, gardé par une statue de bronze à l'effigie de George Washington. À côté, se trouvaient la Bourse de New York, avec ses colonnes blanches, et enfin, la forteresse au dôme de la banque J. P. Morgan.

C'est devant cet établissement que piaffait une vieille jument baie, attachée à une charrette surchargée, recouverte d'une toile grossière, sans cocher, et qui bloquait le passage. Derrière, cornaient des chauffeurs en colère. Un taxi râblé sortit de son automobile en levant les bras pour exprimer un juste courroux, prêt à s'en prendre au conducteur de la charrette, qu'il ne trouva pas. Il fut en revanche intrigué par un étrange bruit assourdi, qui semblait émaner du chargement. Il tendit l'oreille et identifia avec certitude le tic-tac d'une horloge.

Le dernier coup de midi sonna. La cloche résonnait encore quand le chauffeur de taxi souleva un coin de la toile grossière, mangée aux mites, et vit ce qui était caché dessous. À cet instant précis, parmi la foule, quatre personnes exactement savaient que la mort allait frapper Wall Street : le taxi ; une femme rousse qui passait à côté ; le conducteur absent de la charrette ; et Stratham Younger qui, à moins de cinquante mètres de là, força à s'agenouiller un capitaine de police et une jeune Française.

Le chauffeur murmura :

— Que Dieu ait pitié !

Et Wall Street explosa.

Deux femmes qui furent les meilleures amies du monde, en se retrouvant des années plus tard, poussent des exclamations incrédules, s'embrassent, se récrient, et aussitôt entreprennent de combler les blancs de leurs vies respectives, dépeignant l'une après l'autre le passé avec toutes les couleurs et la vivacité dont elles sont capables. Dans les mêmes conditions, deux hommes ne trouvent rien à se dire.

À 11 heures ce matin-là, une heure avant l'explosion de Wall Street et à trois kilomètres au nord, sur Madison Square, Younger et Jimmy Littlemore se serrèrent la main. C'était une journée incroyablement belle pour la saison et le ciel était d'un bleu d'azur. Le médecin sortit une cigarette.

— Ça fait un bail, doc, dit le policier.

Younger alluma sa cigarette, tira une bouffée, acquiesça.

Les deux hommes avaient une trentaine d'années, mais ils étaient d'aspect fort différent. Littlemore, capitaine de la police de New York, était du genre à se fondre dans le paysage. Il était de taille moyenne, de corpulence moyenne, la couleur de ses cheveux était moyenne, même les traits de son visage étaient moyens, mais il affichait une bonhomie et une santé éclatante, typiquement américaines. Younger, en revanche, était le genre d'homme qu'on remarquait. Il était grand ; ses gestes étaient élégants ; sa peau, un peu marquée ; il était affligé de ce genre d'imperfections qui plaisent aux femmes chez un bel homme. Bref, le médecin présentait mieux que le policier, cependant il était moins avenant.

— Comment ça va, le travail ? demanda Younger.

— Ça va, répondit l'autre en faisant osciller le cure-dent qu'il tenait entre ses lèvres.

— Et la famille ?

— Ça va.

Une autre différence notable les distinguait. Le médecin avait fait la guerre ; pas son camarade. Abandonnant son cabinet à Boston et ses recherches scientifiques à Harvard, Younger s'était enrôlé dès la déclaration de guerre en 1917. Littlemore l'aurait fait aussi… s'il n'avait pas eu une femme et une ribambelle de bouches à nourrir.

— C'est bien, fit le médecin.

— Alors, vous allez me dire ce qui vous amène ou bien il faut que j'y aille au pied-de-biche ?

Younger tira sur sa cigarette.

— Au pied-de-biche.

— Vous m'appelez, après tout ce temps, vous me

dites que vous voulez me parler, et maintenant, vous restez muet ?

— C'est ici qu'a eu lieu le grand défilé après la victoire, c'est bien ça ? Qu'est-il arrivé à l'arc de triomphe ? fit-il en regardant autour de lui le parc de Madison Square, sa verdure, ses monuments et sa fontaine ornementale.

— Il a été démonté, répondit le New-Yorkais.

— Pourquoi ces hommes voulaient-ils mourir ?

— Qui ça ?

— Ça n'a pas de sens. Du point de vue évolutionniste.

Younger se retourna vers Littlemore.

— Ce n'est pas moi qui ai besoin de vous parler. C'est Colette.

— La fille que vous avez ramenée de France ?

— Elle devrait être ici d'une minute à l'autre. À moins qu'elle ne se soit égarée.

— À quoi elle ressemble ?

Le médecin réfléchit un moment :

— Elle est jolie.

Un instant plus tard, il ajouta :

— La voilà.

Un bus à double étage marquait un arrêt sur la 5e Avenue toute proche. Le policier se retourna ; son cure-dent faillit tomber. Une jeune femme mince vêtue d'un imperméable descendit de l'impériale. Les deux hommes allèrent à sa rencontre.

Colette Rousseau embrassa Younger sur les deux joues, puis tendit une main gracieuse à Littlemore. Elle avait des yeux verts, un port élégant et de longs cheveux bruns.

— Enchanté, Miss, fit le policier en se remettant de sa surprise.

Elle le dévisagea.

— Ainsi donc, vous êtes Jimmy. L'homme le meilleur et le plus courageux que Stratham ait jamais connu.

Littlemore eut un instant d'arrêt.

— Il a dit ça ?

— Je lui ai dit aussi que vos blagues n'étaient pas drôles.

Colette se retourna vers son ami :

— Vous auriez dû venir à l'Institut de curiethérapie. Ils ont guéri un sarcome. Et un rhinosclérome. Comment une petite clinique américaine peut-elle posséder deux grammes de radium alors qu'il n'y en a même pas un entier dans toute la France ?

— Je ne savais pas que les rhino avaient un arôme, déclara le policier.

— Si nous allions déjeuner ? proposa Younger.

*

À l'endroit où Colette était descendue du bus, quelques mois plus tôt, se trouvait une triple arche monumentale enjambant la 5e Avenue. En mars 1919, d'immenses foules en liesse avaient applaudi les soldats qui défilaient sous cet arc de triomphe romain, érigé à la gloire de la nation victorieuse à l'issue de la Grande Guerre. Les rubans tourbillonnaient, les ballons volaient, les canons tonnaient et, la prohibition n'étant pas encore arrivée, les bouchons sautaient.

Hélas, les soldats accueillis de la sorte se réveillèrent le lendemain matin dans une ville qui n'avait pas de travail à leur offrir. L'essor économique de la guerre avait fait place à la récession. Les fenêtres des usines étaient murées. Les magasins fermés. Achats et ventes s'étaient arrêtés. Des familles entières étaient jetées à la rue sans qu'elles sachent où aller.

L'arc de triomphe devait être construit en marbre. Pareille extravagance n'étant plus de mise, on s'était finalement rabattu sur du plâtre et du bois. Quand vint le mauvais temps, la peinture s'écailla, et l'arc commença de se déliter. Il fut démoli avant la fin de l'hiver – à peu près au moment où fut promulguée la loi sur la prohibition.

L'absence de l'arc colossal et immaculé enveloppait Madison Square d'un frisson fantomatique. Colette le sentit. Elle se retourna même pour s'assurer qu'on ne l'observait pas. Seulement, elle regarda dans la mauvaise direction. Elle ne vit pas, de l'autre côté de la 5e Avenue, par-delà le flux des voitures pressées et des omnibus bringuebalants, la paire d'yeux fixés sur elle.

Celle qui la scrutait ainsi était immobile, solitaire, les joues caves et blêmes, si squelettique qu'elle n'aurait pu faire de mal à une mouche. Un foulard masquait en grande partie ses cheveux roux secs, et une vieille robe du siècle passé lui tombait jusqu'aux chevilles. Son âge était indéfinissable : elle aurait aussi bien pu passer pour une adolescente innocente que pour une femme mûre décharnée. Ses yeux avaient toutefois quelque chose de particulier. Dans ses iris, d'un bleu très pâle, nageaient des espèces d'impuretés brun-jaune, tels des cadavres flottant sur une mer tranquille.

Parmi la circulation qui empêchait cette femme de traverser la 5e Avenue, approchait une charrette de livraison tirée par un cheval. Elle le considéra avec calme. L'animal la vit à la périphérie de son champ de vision. Il se cabra, puis rua. Un chauffeur de camion cria ; des véhicules firent des embardées, des pneus crissèrent. Il n'y eut pas de collision, mais un chemin s'ouvrit à travers le trafic. La femme traversa la 5e Avenue sans encombre.

Littlemore les mena jusqu'à un marchand ambulant situé devant l'entrée du métro, en leur proposant d'avaler un « dog », ce qui obligea les deux hommes à expliquer à la jeune Française atterrée en quoi consistait cette nouvelle spécialité culinaire : le « hot-dog ».

— Ça va vous plaire, Miss, je vous le promets.

— Vous croyez ? fit-elle, dubitative.

Lorsqu'elle atteignit l'autre côté de la 5e Avenue, la femme au foulard posa sa main veinée de bleu sur son ventre. Il s'agissait manifestement d'un signe, ou d'un ordre. Non loin de là, les jets de la fontaine du parc s'éteignirent et, tandis que les dernières gouttes tombaient dans le bassin, une autre femme rousse entra dans sa ligne de mire, si semblable à la première qu'on aurait dit un reflet en moins pâle, moins squelettique, et aux cheveux détachés. Elle posa à son tour la main sur son ventre. Dans l'autre, elle tenait une longue paire d'épais ciseaux à bouts ronds. Elle avança en direction de Colette.

— Un peu de ketchup, Miss ? demanda Littlemore. La plupart des gens prennent de la moutarde, mais moi, je préfère le ketchup. Allez-y, goûtez.

Colette saisit le hot-dog à deux mains avec circonspection.

— D'accord, je veux bien essayer.

Elle prit une bouchée. Ses compagnons l'observaient. Tout comme les deux femmes rousses qui venaient à sa rencontre depuis deux directions opposées. Bientôt en apparut une troisième, debout près d'un mât sur Broadway, qui, outre un foulard sur sa tête, portait une grande écharpe de laine grise plusieurs fois enroulée autour de son cou.

— Mais c'est bon ! déclara Colette. Qu'est-ce que vous avez mis sur le vôtre ?

— De la choucroute, Miss. C'est une sorte de chou, avec…

— Elle connaît, l'interrompit Younger.

— Vous en voulez, Miss ?

— Avec plaisir.

La femme postée près du mât se passa la langue sur les lèvres. Les New-Yorkais pressés passaient à côté d'elle sans la remarquer – pas plus que son écharpe, insolite par une si belle journée, qui formait une étrange bosse au niveau de sa gorge. Elle porta la main à sa bouche ; ses doigts émaciés se posèrent sur ses lèvres entrouvertes. À son tour, elle se mit à avancer vers la jeune Française.

— Comment vous trouvez la ville ? demanda Littlemore. Vous aimeriez voir le pont de Brooklyn, Miss ?

— Oui, beaucoup.

— Alors suivez-moi.

Le policier donna sa monnaie au vendeur en guise de pourboire. Arrivé aux premières marches du métro, il plongea les mains dans ses poches :

— Zut, il nous faut une autre pièce de cinq cents.

Le marchand ambulant, qui l'avait entendu, cherchait la monnaie dans sa caisse quand il aperçut les trois silhouettes étonnamment semblables qui approchaient. Les deux premières s'étaient rejointes, leurs mains se touchaient en marchant. La troisième venait d'en face, seule, maintenant son écharpe contre sa gorge. L'homme, interdit, laissa échapper sa longue fourchette qui disparut dans une marmite d'eau bouillante.

— C'est bon, j'en ai une, fit le médecin.

— Alors allons-y ! s'exclama Littlemore.

Il s'engouffra dans le métro, Colette et Younger sur les talons. Ils avaient de la chance : une rame arrivait juste à quai. Ils grimpèrent à l'intérieur. À peine avait-il démarré que le métro s'arrêta de nouveau. Les portes se rouvrirent. Apparemment, des retardataires avaient réussi à se faire embarquer.

Dans les rues étroites de Lower Manhattan – ils étaient sortis à la station City Hall –, Younger, Colette et Littlemore furent happés dans la masse humaine. Le médecin inspira profondément. Il aimait par-dessus tout cette atmosphère animée, agressive, opiniâtre. C'était un homme plein d'assurance ; il en avait toujours été ainsi. D'après les standards américains, Younger était fort bien né : Schermerhorn par sa mère, proche cousin des Fish de New York et des Cabot de Boston par son père. Cette magnifique généalogie, envers laquelle il éprouvait désormais une parfaite indifférence, provoquait naguère en lui un sentiment de dégoût. La supériorité qu'en tiraient les gens de cette classe lui paraissait si peu méritée qu'il avait résolu de faire l'exact opposé de ce qu'on attendait de lui – jusqu'au soir où son père était mort, et où la nécessité s'était abattue sur lui, le forçant à entrer de plain-pied dans le monde réel ; dès lors, il s'était tout à fait désintéressé des problèmes de catégories sociales.

Ces jours étaient à présent très loin, effacés par des années d'incessant travail, d'accomplissement, par la guerre, et en cette matinée, Younger se sentait presque invulnérable. Sentiment, songea-t-il, peut-être dû au fait qu'il savait qu'aucun tireur embusqué ne visait sa tête, qu'aucun obus n'allait s'abattre en déchirant l'air pour le soulager de ses jambes. À moins que ce ne fût l'inverse : que l'atmosphère de New York soit chargée d'une telle violence qu'un homme qui avait participé à la guerre pût y respirer librement, s'y sentir à l'aise, bander des muscles encore marqués par l'empreinte féroce d'une tuerie insensée, sans pour autant se changer en détraqué, en monstre.

— Voulez-vous que je lui raconte ? demanda-t-il à Colette.

Sur leur droite s'élevaient des gratte-ciel d'une hauteur incommensurable. Sur leur gauche, le pont de Brooklyn enjambait l'Hudson.

— Non, je vais le faire. Je suis navrée de vous prendre autant de temps, Jimmy. J'aurais déjà dû tout vous expliquer.

— J'ai tout mon temps devant moi, Miss.

— Eh bien, ce n'est sans doute rien, mais la nuit dernière, une femme s'est présentée à notre hôtel, elle me cherchait. Comme nous étions sortis, elle a laissé un message. Le voici.

Colette sortit de son sac un papier froissé sur lequel apparaissaient des mots griffonnés à la hâte :

J'ai grand besoin de vous voir. Ils savent que vous avez raison. Je reviendrai demain matin à 7 heures et demie. Je vous en prie, aidez-moi.

Amelia

— Elle n'est pas revenue, ajouta Colette.

— Vous connaissez cette Amelia ? demanda Littlemore en retournant le papier, vierge de l'autre côté.

— Non.

— *Ils savent que vous avez raison ?* À quel sujet ?

— Je l'ignore.

— Il y a autre chose, fit Younger.

— Oui, c'est ce qu'elle a joint au billet qui nous a alertés, renchérit-elle en fouillant dans son sac avant de tendre au policier un morceau d'ouate.

Littlemore ouvrit la boule de coton : à l'intérieur se trouvait une dent, une petite molaire humaine brillante.

Une bordée d'obscénités les interrompit, provenant d'un défilé qui obstruait la circulation sur Liberty Street. Il n'y avait là que des Noirs. Les hommes portaient leurs habits du dimanche – vêtements effrangés, aux manches trop courtes – bien qu'on fût en milieu de semaine. Des enfants maigres avançaient pieds nus à côté de leurs parents. La plupart d'entre eux chantaient ; leur hymne s'élevait au-dessus des sarcasmes des passants et du courroux des cochers et des automobilistes.

— Retenez vos chevaux, dit un agent en uniforme à peine sorti de l'enfance à un conducteur furieux.

Littlemore se fraya un chemin en s'excusant jusqu'à l'officier.

— Qu'est-ce que vous faites ici, Boyle ?

— C'est le capitaine Hamilton qui nous a envoyés, chef, à cause de la marche des Nègres.

— Qui patrouille près de la Bourse ?

— Personne. On est tous là. Est-ce qu'il faut que je les arrête, chef ? On dirait qu'il va y avoir du grabuge.

— Laissez-moi réfléchir, répondit son supérieur en se grattant la tête. Que feriez-vous le jour de la Saint-Patrick si des Noirs causaient du trouble à l'ordre public ? Est-ce que vous arrêteriez le défilé ?

— J'arrêterais les Noirs, chef. Et je leur ficherais une bonne raclée.

— C'est bien. Faites la même chose ici.

— Oui, capitaine. C'est bon, vous autres ! hurla l'agent Boyle en se postant devant les manifestants tandis qu'il sortait sa matraque. Fichez-moi le camp d'ici tout de suite !

— Boyle ! s'écria Littlemore.

— Oui, chef ?

— Pas les Noirs !

— Mais, chef, vous avez dit que…

— Arrêtez ceux qui causent du trouble à l'ordre public, pas le défilé. Laissez passer des voitures toutes les deux minutes. Ces gens ont le droit de manifester comme n'importe qui d'autre.

— Oui, capitaine.

Littlemore revint vers Younger et Colette.

— Bon, c'est vrai que cette histoire de dent est un peu bizarre. Pour quelle raison est-ce qu'on a pu vous laisser ça ?

— Je n'en ai aucune idée.

Ils poursuivaient leur route vers le cœur de la ville. Le policier regarda la molaire dans le soleil, la fit pivoter :

— Propre. Saine. Pourquoi ?

Il jeta un nouveau coup d'œil sur le message.

— Il n'y a pas votre nom sur la note, Miss, reprit-il. Peut-être qu'en fait elle ne vous était pas destinée.

— Le chasseur a précisé qu'elle était pour Miss Colette Rousseau, précisa Younger.

— Ça pourrait être un homonyme. Le Commodore est un grand hôtel. Il n'y a pas de dentiste, sur place ?

— À l'hôtel ? fit Colette.

— Comment savez-vous qu'il s'agit du Commodore ? interrogea le médecin.

— Les allumettes de l'hôtel. Vous en avez utilisé pour allumer votre cigarette, repartit Littlemore.

— Ah, ces horribles allumettes, reprit la jeune femme. Luc doit être en train de jouer avec en ce moment même. C'est mon petit frère. Il a 10 ans. Stratham lui donne des allumettes pour s'amuser.

— Ce garçon a démonté des grenades à main pendant la guerre, expliqua-t-il. Il ne fera pas de bêtise.

— Mon aîné, Jimmy Junior comme on l'appelle, déclara le policier, a aussi 10 ans. Vos parents sont-ils là ?

— Non, nous sommes seuls. Nous avons perdu notre famille pendant la guerre.

Ils arrivaient dans le quartier d'affaires, avec ses façades de granit et ses tours vertigineuses. Des courtiers vendaient dans la rue des actions sous le soleil de septembre.

— Je suis désolé, Miss. Pour votre famille.

— Ce n'est rien. Beaucoup de familles ont disparu pendant la guerre. Mon frère et moi avons eu de la chance de nous en sortir.

Littlemore jeta un regard en coin à Younger, qui l'ignora. Le médecin savait ce que pensait le policier – comment perdre sa famille pourrait-il n'être « rien » ? –, mais ce dernier n'avait pas connu la guerre. Ils continuèrent en silence, chacun poursuivant ses propres réflexions, si bien qu'aucun d'eux n'entendit la créature qui arrivait derrière eux. Colette ne s'en aperçut que lorsqu'elle sentit un souffle chaud dans son cou. Elle s'écarta en poussant un cri.

C'était un cheval, une vieille jument baie, qui ahanait sous le poids de la charrette surchargée qu'elle tirait. La jeune femme, rassurée et contrite, caressa l'oreille de l'animal. Les narines de la jument se dilatèrent de plaisir. Le conducteur siffla et sa cravache s'abattit sur le flanc de la bête. Colette retira vivement sa main. La charrette recouverte d'une toile grossière continua son chemin bringuebalant sur les pavés de Nassau Street.

— Je peux vous poser une question ? demanda Littlemore.

— Bien sûr, répondit-elle.

— Qui à New York sait où vous logez ?

— Personne.

— Et la vieille dame à qui vous avez rendu visite ce matin ? Celle qui a des chats, et qui a tendance à serrer les gens contre elle ?

— Mrs Meloney ? Non, je ne lui ai pas dit dans quel hôtel…

— Mais comment diable savez-vous cela ? interrompit Younger.

Puis il ajouta à l'adresse de Colette :

— Je ne lui ai jamais parlé de Mrs Meloney.

Ils approchaient du carrefour de Nassau Street, Broad Street et Wall Street, le cœur financier de New York, et peut-être du monde.

— Eh bien, c'est assez évident. Vous avez tous deux des poils de chat sur les chaussures, et vous, Doc, sur le revers de votre pantalon. Ils sont de différentes couleurs. Donc, je sais que ce matin vous vous êtes rendus tous les deux dans un endroit où il y avait plusieurs chats. Seulement, Miss a aussi deux longs cheveux gris sur l'épaule. J'en conclus que les chats appartiennent à une vieille dame à qui vous avez rendu visite ce matin, et qui doit être du genre à serrer les gens contre elle, car c'est ainsi…

— Ça va, ça va, fit Younger.

Devant la banque Morgan, la charrette s'arrêta. Les cloches de Trinity Church se mirent à sonner, et les rues se remplirent de milliers d'employés de bureau, soudain libérés de leur tâche par la précieuse pause déjeuner.

— Donc, reprit Littlemore, il y a de fortes présomptions pour que cette Amelia ait été à la recherche de quelqu'un d'autre et que l'employé se soit emmêlé les pinceaux.

Les klaxons se mirent à retentir, rageurs, derrière la charrette arrêtée, dont le conducteur avait disparu. Sur les marches du département du Trésor se tenait une femme rousse solitaire, la tête enroulée dans un foulard, qui surveillait la foule d'un regard attentif mais calme.

— On dirait bien qu'elle a des ennuis, quand même, poursuivit le policier. Ça vous embête si je garde la dent ?

— Je vous en prie, répondit Colette.

Il rangea le morceau de coton dans la poche intérieure de son veston. Sur Wall Street, derrière la charrette, un chauffeur de taxi râblé sortit de son véhicule en levant les bras pour exprimer un juste courroux.

— C'est fascinant de constater comme rien n'a changé ici. L'Europe est retournée aux âges obscurs, mais en Amérique, c'est comme si le temps avait pris des vacances, constata le médecin.

Les cloches de Trinity continuaient de sonner. À moins de cinquante mètres devant Younger, le chauffeur de taxi fut intrigué par un étrange bruit assourdi qui émanait du chargement de la charrette recouvert d'une toile grossière, tandis qu'une lumière froide naissait dans les yeux de la femme rousse, toujours postée devant le département du Trésor. Elle avait vu Colette ; elle descendit les marches. Les gens s'écartèrent pour la laisser passer.

— Pour moi, c'est plutôt le contraire, repartit Littlemore. Tout est différent. Toute la ville est à cran.

— Pourquoi ? demanda Colette.

Younger ne les écoutait plus. Tout à coup, il n'était plus à New York mais en France, essayant de sauver la vie d'un soldat manchot dans une tranchée remplie d'eau glaciale jusqu'à hauteur des genoux, tandis que le bruit perçant, funeste, des obus déchirait l'air.

— Il n'y a pas de travail, tout le monde est fauché, les gens se font expulser, il y a des grèves, des émeutes, et par-dessus le marché, ils ont voté la prohibition.

Le médecin regarda ses deux compagnons ; ils n'entendaient pas le tonnerre de l'artillerie. Nul ne l'entendait.

— La prohibition, répéta le policier. Voilà bien la pire chose qu'on ait jamais infligée à ce pays.

Devant la banque Morgan, le chauffeur de taxi, curieux, souleva un pan de la toile mangée aux mites qui recouvrait la charrette. La femme rousse, qui venait de le dépasser, s'arrêta, surprise. Les pupilles de ses yeux bleu pâle se dilatèrent lorsqu'elle se retourna pour regarder le chauffeur de taxi, qui murmurait :

— Que Dieu ait pitié !

— À terre ! s'écria Younger, tout en tirant vers le sol Littlemore et Colette, abasourdis.

Et Wall Street explosa.

DEUX

Younger, qui avait pourtant assisté au bombardement de Château-Thierry, n'avait jamais entendu pareille détonation. Ce fut littéralement assourdissant : dans les secondes qui suivirent la déflagration, il n'y eut plus aucun bruit.

Un nuage bleu-noir, de fer et de fumée, inquiétant, comme vivant, envahit la place. On n'y voyait plus rien. Il était impossible de savoir ce qu'étaient devenus les gens.

De cette épaisse nuée jaillit une automobile – un taxi, pour être précis. Toutefois, il ne venait pas de la rue : il était projeté dans les airs.

À genoux, Younger vit le véhicule fuser tel un obus sortant d'un canon, puis se figer, fait impossible, en plein ciel. Pendant un instant, dans un silence parfait, la voiture demeura suspendue à six mètres au-dessus du sol, immobile. Puis son vol reprit, mais avec lenteur, une infinie lenteur, comme si l'explosion avait non seulement absorbé le bruit, mais aussi la vitesse. Tout ce que voyait Younger se déroulait comme au ralenti. Au-dessus d'eux, le taxi fit une pirouette, avant de tomber en silence, tranquillement, juste sur eux.

Littlemore et Colette avaient été renversés par la déflagration. Seul Younger, au milieu, anticipant le souffle qui suivrait l'explosion, n'avait pas été emporté. Aussi voyait-il à présent le désastre autour d'eux et le véhicule qui leur fonçait dessus. Il entendit la voix de Littlemore, comme si elle provenait de très loin, lui crier de se baisser, et quand l'engin arriva sur lui, il se contenta d'incliner la tête, si bien que la tôle le frôla à peine. L'automobile atterrit en douceur derrière lui, sans hâte ni fracas, dérapa, fit quelques embardées, avant de percuter un lampadaire et de s'enflammer comme une torche.

Puis ce furent les shrapnels. Des fragments de métal déchirèrent lentement l'air, laissant derrière eux des sillages tumultueux bien distincts, comme des courants sous-marins. Younger les vit, chauffés à blanc, qui déchiquetaient gentiment les charrettes, les corps, avec une infinie patience. Il avait beau savoir que l'œil humain ne pouvait percevoir ces choses, il les distinguait pourtant avec une parfaite clarté.

Le nuage de fumée sombre s'élevait maintenant au-dessus du carrefour, couleur d'orage. Il monta, monta, s'épanouissant tel un champignon à mesure de son ascension, entravant la lumière du jour. À l'intérieur et sur le pourtour, démarrèrent des incendies.

Sous la nuée réapparurent les rues. Plongées dans les ténèbres alors qu'il était midi. Il neigeait. Comment était-ce possible ? *En quel mois sommes-nous, déjà ?* s'interrogea Younger.

Non, pas de la neige : du verre. Toutes les fenêtres des bâtiments alentour jusqu'au vingt-cinquième étage tombaient en minuscules éclats, échardes irrégulières. S'abattant comme la bruine sur les toits des voitures retournées. Sur les petits tas de terre et de feu, qui, quelques secondes plus tôt, constituaient encore des hommes, des femmes. Sur les personnes encore debout, dont les cheveux et vêtements s'étaient embrasés, et puis les autres, des centaines d'autres, qui luttaient pour fuir, se bousculaient, perdaient du sang. Bouche bée. Essayant de crier, en vain. Bougeant à peine : dans le monde décéléré et irréel que percevait Younger, le mouvement humain paraissait insoutenable, comme si les pieds des gens se retrouvaient collés à la chaussée fondue.

D'un seul coup, le dense nuage de feu qui dominait le quartier éclata comme un gigantesque feu d'artifice. Poussière et débris noyèrent l'atmosphère, mais la pluie de verre cessa. Son et mouvement réapparurent.

Ils se relevèrent en observant le chaos qui les environnait et Littlemore cracha son cure-dent cassé.

— Vous pouvez me donner un coup de main, doc ?

Younger acquiesça. Il se retourna vers Colette, l'air interrogateur. Elle hocha la tête à son tour.

— Allons-y, dit le médecin au policier.

Tous trois partirent à travers la foule pétrifiée.

Au cœur du carnage, des corps gisaient sens dessus dessous, partout, sans ordre ni logique. Une poussière de cendre et des lambeaux de papier brûlé voletaient de toute part. Les gens sortaient en files vacillantes des bâtiments, toussant, grièvement brûlés. De tous les côtés provenaient des cris, des appels au secours, ainsi qu'un étrange sifflement : celui du métal surchauffé qui commençait à refroidir.

— Sainte mère de Dieu ! murmura Littlemore.

Younger s'accroupit près d'une jeune femme qui semblait en prière ; à côté d'elle, une paire de ciseaux. Il tenta de lui parler, en vain. Colette poussa un cri : l'inconnue n'avait plus de tête.

Littlemore continua d'avancer en se frayant un passage parmi la foule, à la recherche de quelque chose. Younger et Colette suivaient. Soudain, ils débouchèrent sur un espace ouvert, cercle vide dégageant une telle chaleur que nul n'y pouvait pénétrer. À leurs pieds s'était creusée une dépression de presque cinq mètres de diamètre, noircie, brillante, fumante, sans fissure ni craquelure. Le sabot d'un cheval avait été arraché, laissant une marque bien visible, car son fer, rougi, était resté incrusté entre deux pierres.

Le médecin et le policier se regardèrent. Colette saisit le bras de son compagnon. Deux yeux affolés la fixaient : c'était la tête de la femme décapitée, baignant dans une mare non pas de sang mais de cheveux roux.

À présent, beaucoup de gens se pressaient au carrefour. Des milliers tentaient de fuir, tandis que des milliers d'autres affluaient pour voir ce qui s'était produit. Les rumeurs d'autres explosions pétrifièrent soudain une partie de la foule sur Nassau Street, causant un mouvement de panique qui piétina les morts comme les blessés, sans distinction.

À l'angle de Wall Street et Broad Street, Littlemore grimpa sur une automobile retournée, se hissant ainsi à un ou deux mètres au-dessus de la cohue. Il tenta d'attirer l'attention en répétant à l'envi les mots « police » et « capitaine ». La vigueur et la clarté de sa voix surprirent Younger, mais restèrent, hélas, sans le moindre effet.

Littlemore se mit alors à tirer en l'air avec son arme. Au cinquième coup, il réussit à capter l'attention de la foule. Aux yeux du médecin, les gens semblaient surtout effrayés.

— Écoutez-moi, s'écria le policier d'une voix rassurante au milieu du chaos après s'être présenté une fois de plus. C'est fini à présent. Vous m'entendez ? C'est terminé. Il n'y a plus à avoir peur. Si vous ou quelqu'un qui vous accompagne avez besoin de soins, restez où vous êtes. J'ai un médecin avec moi. Nous allons nous occuper de vous. Maintenant, je veux que tous les policiers présents s'approchent.

Pas de réponse.

Dans sa barbe, Littlemore voua aux gémonies le capitaine Hamilton qui avait envoyé tous ses hommes encadrer le défilé des Noirs.

— Très bien, reprit-il. Et des soldats ? Y a-t-il des anciens combattants ici ?

— Moi, capitaine, fit un jeune homme d'une voix flûtée.

— C'est bien. Qui d'autre ? Si vous avez fait la guerre, présentez-vous.

De toutes parts, des hommes s'avancèrent.

— Faites-leur de la place : reculez, si vous n'êtes pas concernés, cria Littlemore du haut de la voiture.

Puis il ajouta à mi-voix :

— Faut que je recule moi aussi, alors.

Plus de quatre cents anciens combattants répondirent à l'appel. Le capitaine interpella Younger :

— Ça vous serait utile d'avoir du renfort, doc ?

— Une vingtaine, ce serait bien. Trente, si vous pouvez.

Avec une compagnie sous ses ordres, Littlemore restaura très vite l'ordre. Il fit évacuer les lieux et sécuriser le périmètre, formant une barrière humaine ayant pour consigne de laisser les gens quitter la zone. Au bout de quelques minutes, des camions de pompiers et des citernes expédiées par le département municipal de l'eau commencèrent à arriver. Le policier leur fit de la place. Quatorze étages plus haut, les flammes jaillissaient des fenêtres.

Ensuite affluèrent ambulances et divisions de police – mille cinq cents officiers en tout. Littlemore stationna des hommes à l'entrée de chaque bâtiment. Une fumée noire sortait d'une ruelle trop étroite pour laisser passer un camion, qui jouxtait le département du Trésor, et dont se dégageait une odeur de bois brûlé avec des relents nauséabonds. Le capitaine s'y enfonça à la recherche de survivants, franchit un portail en fer forgé complètement détruit, ignorant les appels des pompiers. Il ne découvrit personne. Toutefois, dans l'atmosphère épaisse, il aperçut un grand amoncellement qui se consumait. Tous les éléments métalliques étaient rouges : le portail arraché de ses gonds ; une plaque d'égout ; l'insigne de cuivre accroché à un cadavre gisant parmi les débris carbonisés.

Il s'agissait d'un homme. Son côté droit était intact. Le gauche encore fumant était calciné, sans peau, ni globe oculaire.

Littlemore regarda le demi-visage de l'inconnu. L'œil et la moitié de la bouche demeurés intacts semblaient paisibles ; chose curieuse, le capitaine se reconnut à travers cet homme. D'après son badge, il s'agissait d'un employé du département du Trésor.

Dans sa main brûlée, brillait un objet incandescent : un lingot d'or, que serraient ses doigts charbonneux.

Younger ordonna à son contingent d'anciens combattants de prendre en charge les blessés et les morts. Les murs de la banque Morgan devinrent sa morgue. Il leur expliqua qu'il ne fallait pas empiler les cadavres, mais les étendre côte à côte, en rangs, par dix.

Grâce au matériel fourni par une pharmacie toute proche, Colette réussit à mettre sur pied un poste de secours et une antenne chirurgicale à l'intérieur de l'église Trinity. Younger remonta ses manches et fit tout ce qu'il pouvait, assisté de son amie et d'une infirmière bénévole de la Croix-Rouge. Il nettoya et recousut des plaies ; remis des os en place ; retira des morceaux de métal de la cuisse d'un homme, de l'abdomen d'un autre.

— Regardez, lui dit Colette à un moment.

Il opérait une personne dont l'infirmière n'avait pas réussi à arrêter l'hémorragie. Elle désignait un vague mouvement sous la table.

— Il est blessé.

Le médecin baissa les yeux et découvrit un terrier ébouriffé avec une barbichette grise, qui se traînait à leurs pieds.

— Dites-lui d'attendre son tour comme tout le monde.

Au bout d'un moment, le silence de sa compagne lui parut suspect et il leva les yeux : la jeune femme pansait la patte du petit chien.

— Mais que faites-vous ? demanda-t-il.

Assis ou couchés, sur les bancs de l'église, le visage noir, les membres en sang, des centaines de gens attendaient une ambulance ou des soins médicaux.

— J'en ai pour une minute, fit Colette.

Il lui en fallut cinq.

— Voilà, c'est fini, dit-elle en relâchant le toutou.

En milieu d'après-midi, assis sur une longue table placée au centre du carrefour, Littlemore recueillait les témoignages des personnes en état de lui parler. L'atmosphère était encore lourde de poussière et de fumée. Deux de ses hommes en uniforme, Stankiewicz et Roederheusen, l'interrompirent.

— Chef, dit le premier, ils veulent pas nous laisser entrer au département du Trésor.

Le policier leur avait donné l'ordre d'inspecter les environs, y compris les bâtiments, à la recherche de personnes trop grièvement blessées ou trop mortes pour pouvoir bouger toutes seules.

— Qui vous barre l'accès ?

— L'armée, chef, répondit Roederheusen.

Il lui montra du doigt les marches où deux cents soldats de l'infanterie étaient à présent stationnés. Un autre bataillon arrivait du sud, baïonnette au bout du fusil, bottes martelant au pas cadencé la chaussée de Wall Street. Littlemore émit un sifflement :

— D'où est-ce qu'ils sortent ?

— Est-ce qu'ils ont le droit de nous donner des ordres, chef ? demanda Stankiewicz, exprimant son mécontentement en remontant la visière brillante de sa casquette, menton en avant.

— Stanky s'est castagné, chef, expliqua Roederheusen.

— C'était pas ma faute ! J'ai dit au colonel qu'on avait ordre d'inspecter les bâtiments et il m'a répondu : « Reculez, civil », alors j'ai dit : « Qui c'est que vous appelez civil ? Je suis de la police de New York », et lui, il a répété : « J'ai dit reculez, civil, sinon, c'est moi qui vous fais reculer », et puis il y a un soldat qui m'a planté sa baïonnette sur la poitrine, du coup j'ai voulu montrer que j'étais armé…

— Non, vous n'avez pas fait ça ? Vous n'avez pas pointé votre revolver sur un colonel de l'armée américaine !

— Non, chef, je ne l'ai pas pointé. Je voulais juste leur faire voir que j'étais armé : j'ai repoussé le pan de ma veste, comme vous nous avez appris. La seconde d'après, j'avais une demi-douzaine de soldats qui m'entouraient, avec leur baïonnette.

— Que s'est-il passé ?

— Ils ont forcé Stanky à se mettre à genoux, les mains derrière la nuque, chef, raconta Roederheusen. Et ils lui ont pris son flingue.

— Nom d'un chien, Stanky ! Et vous, Lederhosen ? Ils vous ont aussi confisqué votre arme de service ?

— Moi, c'est Roederheusen, chef.

— Ouais, ils lui ont pris aussi, répondit Stankiewicz.

— Alors que je me tenais tranquille, renchérit celui-ci.

Littlemore secoua la tête. Il leur tendit un paquet de cartes blanches.

— J'irai récupérer vos armes plus tard. En attendant, voilà ce que vous allez faire. Il faut établir une liste des blessés et des morts. Une carte par personne. Prenez leur nom, leur âge, leur profession, leur adresse, tout ce à quoi…

— Littlemore ! lança une voix autoritaire depuis l'autre côté de la rue. Venez ici, capitaine, j'ai à vous parler.

Cette voix était celle de Richard Enright, le commissaire du département de la police de New York. Littlemore traversa la rue pour rejoindre un groupe de quatre hommes plus âgés.

— Capitaine Littlemore, vous connaissez monsieur le maire, bien sûr, fit-il en présentant le policier à John F. Hylan.

Ce dernier avait les cheveux fins et huilés, séparés par une raie au milieu. Ses petits yeux laissaient deviner une anxiété considérable et des capacités intellectuelles limitées. Le commissaire présenta Littlemore aux deux autres :

— Voici Mr McAdoo, qui est chargé de faire un rapport auprès du Président Wilson, à Washington, et Mr Lamont, de la banque J. P. Morgan and Company. Vous êtes sûr que ça va, Lamont ?

Il s'adressait à un petit homme bien habillé, affligé d'une méchante blessure au bras, dont le visage, par ailleurs sans expression, semblait se défaire sous le poids de l'incompréhension.

— La fenêtre a explosé juste sous nos yeux. Nous aurions pu être tués. Comment une chose pareille a-t-elle pu se produire ?

— D'ailleurs, que s'est-il passé ? demanda le maire à Littlemore.

— Nous ne le savons pas encore, monsieur. On y travaille.

— Qu'allons-nous faire au sujet de la fête de la Constitution ? murmura Hylan avec une angoisse palpable.

— Demain, c'est le 17 septembre, Littlemore, la fête de la Constitution, précisa le commissaire Enright.

C'était un homme imposant, séduisant, aux boucles grises fournies, et aux yeux étonnamment vifs.

— Les réjouissances doivent se dérouler ici même, demain matin, devant la Bourse, poursuivit-il. Monsieur le maire voudrait savoir si la place sera prête à temps.

— Elle le sera dès 8 heures ce soir, répondit le policier.

— Vous voyez, Hylan, je vous avais dit qu'on pouvait avoir confiance en Littlemore. Vous êtes libre d'annuler la fête ou pas, c'est comme vous voulez.

— La sécurité sera-t-elle assurée – je veux dire : avec toute cette foule ? questionna le maire.

— Je ne peux vous le garantir, fit le capitaine. La sécurité n'est jamais totale lors des grands rassemblements.

— Je ne sais pas quoi faire, reprit Hylan en se tordant les mains. Allons-nous nous couvrir de ridicule si nous annulons ? Ou au contraire si nous ne changeons rien ?

— Je n'ai pas encore parlé au Président, coupa McAdoo, mais je me suis longuement entretenu avec le procureur général Palmer, et il veut que vous poursuiviez les préparatifs. Il faut faire des discours, que les citoyens se rassemblent : plus il y aura de monde, mieux ce sera. Palmer dit que nous ne devons manifester aucune crainte.

— Aucune crainte ? s'alarma le maire. Crainte de quoi ?

— Des anarchistes, bien sûr. Lesquels, là est toute la question.

— Ne tirons pas de conclusions hâtives, fit Enright.

— Palmer en personne sera là pour prononcer un discours. S'il arrive à temps, conclut McAdoo.

C'était un bel homme mince aux lèvres serrées, au nez fort et aux cheveux encore bien noirs pour son âge.

— Le général Palmer vient à New York ? repartit Littlemore.

— J'imagine qu'il veut diriger l'enquête.

— Pas mon enquête, en tout cas, répliqua le commissaire.

— Il ne peut y avoir qu'une seule enquête.

— Si vous envisagez un grand rassemblement ici, demain matin, Mr Enright, déclara Littlemore, il faudra davantage d'hommes sur le terrain. Trois ou quatre cents.

— Pourquoi… il va y avoir une autre explosion ? s'exclama le maire.

— Calmez-vous, Hylan, le tança Enright. On pourrait vous entendre.

— C'est juste une question de précaution, monsieur le maire. On ne voudrait pas qu'une émeute éclate.

— Quatre cents hommes supplémentaires ? répéta Hylan, incrédule. Payés en heures supplémentaires. Où va-t-on trouver l'argent ?

— Ne vous inquiétez pas pour ça, fit Lamont en se dressant de toute sa minuscule stature. La banque J. P. Morgan paiera. Nous devons tous poursuivre nos activités. Nous ne pouvons laisser croire au monde que Wall Street n'est pas un endroit sûr. Ce serait un désastre.

— Et comment appelez-vous ça ? lança Hylan en désignant d'un geste les alentours.

— Comment les choses se sont-elles passées pour vous, Lamont ? demanda Enright. Combien de vos gens avez-vous perdus ?

— Je l'ignore encore, répondit-il d'un ton lugubre. Junius, le petit-fils de Mr Morgan, il s'est retrouvé au beau milieu.

— Mais il n'a pas été tué ?

— Non. Hélas son visage n'était plus qu'une plaie béante, sanguinolente. Il est une seule chose dont je sois sûr : la banque Morgan ouvrira ses portes demain matin comme d'habitude à 8 heures précises.

— Très bien, acquiesça le commissaire Enright. Les affaires reprennent. Ce sera tout, capitaine Littlemore.

Quand ce dernier revint à la table où ses hommes interrogeaient les témoins, Stankiewicz l'attendait avec un homme d'affaires en sueur.

— Eh, chef, vous devriez parler avec ce type-là. Il dit qu'il a un indice.

— Je vous jure que je ne savais rien, déclara l'homme d'une voix anxieuse. J'ai cru qu'il s'agissait d'une plaisanterie.

— Stanky, de quoi parle-t-il ? s'enquit le capitaine.

— De ça, chef, répondit le policier.

Il lui tendit une carte postale portant le cachet de Toronto, datée du 11 septembre 1920, et adressée à George F. Ketledge, au 2, Broadway, New York. Un court message y était inscrit :

Bonjour,

Quittez Wall Street dès que les cloches sonneront 3 heures, mercredi 15. Bonne chance,

Ed

— C'est vous, Ketledge ?

— Oui, c'est moi.

— Quand avez-vous reçu ça ?

— Hier matin, le 15. Je n'imaginais pas que ça puisse être sérieux.

— Qui est Ed ?

— Edwin Fischer. Un vieil ami. Employé du Haut-Commissariat français.

— Qu'est-ce que c'est ?

— Je ne sais pas exactement. C'est situé au 65, sur Broadway, tout près de mon bureau. Est-ce que j'ai commis un crime ?

— Non. Mais vous allez rester pour compléter votre témoignage auprès de ces messieurs. Les gars, je vais faire un saut au 65, sur Broadway. Dites-moi, Ketledge, ils parlent anglais, au Haut-Commissariat français ?

— Aucune idée.

Au bout de plusieurs heures, Colette annonça à Younger qu'ils étaient presque à court de pansements.

— Et d'antiseptique, aussi. Je vais à la pharmacie.

— Vous ne connaissez pas le chemin.

— Stratham, nous ne sommes plus dans les tranchées. Je peux demander qu'on me l'indique. Et puis il faut que je trouve un téléphone pour appeler Luc. Il va s'inquiéter.

— Très bien. Prenez mon portefeuille.

Elle l'embrassa sur la joue puis s'arrêta :

— Vous vous souvenez de ce que vous disiez ?

— Il n'y a pas de guerre en Amérique.

Au pied des marches, elle tomba sur Littlemore, qui s'adressa à Younger :

— Je peux vous emprunter mademoiselle une demi-heure, doc ?

— Allez-y, mais montez une minute, d'abord, ajouta le médecin en se penchant sur un patient.

— Qu'y a-t-il ? fit le policier en grimpant les marches.

— Je crois que j'ai vu quelque chose, dit-il sans interrompre sa besogne. Infirmière, épongez-moi le front.

L'infirmière s'exécuta ; le linge était rouge et trempé.

— C'est votre sang, doc ? demanda Littlemore.

— Non, mentit-il.

Un morceau de shrapnel avait dû lui entailler le cuir chevelu quand la bombe avait explosé.

— C'était juste après la déflagration, reprit-il. Quelque chose de déplacé.

— Quoi ?

— Je ne sais pas. Mais il me semble que c'est important.

Le policier lui laissa le temps de poursuivre, mais rien ne vint.

— Très utile, doc. Continuez comme ça.

Littlemore redescendit l'escalier en hochant la tête, et emmena Colette avec lui. Younger eut le même mouvement, mais pour une raison différente. Il ne pouvait se débarrasser de cette sensation : il avait quelque chose sur le bout de la langue, il le voyait presque. C'était comme une tempête, un brouillard, un tableau – un tableau noir ? – devant lequel on se tiendrait debout, pour écrire dessus, mais pas avec une craie. Avec un fusil ?

— Vous ne pensez pas que vous devriez vous reposer, docteur ? fit l'infirmière. Vous ne vous êtes même pas arrêté pour boire une gorgée d'eau.

— Si nous disposons de trop d'eau, utilisez-la pour nettoyer le sol.

Les cloches de l'église Trinity sonnaient 7 heures quand Younger eut terminé. On avait évacué les blessés, les morts, même l'infirmière et le terrier à la barbichette grise étaient partis.

L'agréable soirée d'été semblait comme incongrue. Quelques policiers se trouvaient encore là, à ramasser des gravats qu'ils jetaient dans des sacs de toile ; à part eux, Wall Street paraissait désert. Le médecin vit arriver Littlemore, couvert de poussière. Les vêtements de Younger étaient trempés de sang noir, coagulé. Il palpa ses poches, à la recherche de cigarettes, et porta la main au-dessus de son oreille droite ; quand il retira ses doigts, ils étaient rouges.

— Vous n'avez pas l'air en forme, constata le policier.

— Ça va. Ça aurait été encore mieux si vous ne m'aviez pas privé de mon assistante. Vous n'étiez censé avoir besoin d'elle que pour une demi-heure.

— Colette ? Eh bien, oui.

— Oui, quoi ?

— Je vous l'ai ramenée au bout d'une demi-heure. Elle devait aller à la pharmacie.

Ils se turent tous les deux.

— Où puis-je trouver un téléphone ? fit Younger. Je vais essayer à son hôtel.

De la Bourse, le médecin appela le Commodore. On lui apprit que Miss Rousseau n'était pas rentrée depuis le matin. Younger demanda alors à parler à son frère, qui devait se trouver dans la chambre.

— Je suis navré, docteur Younger, dit le réceptionniste, mais il n'est pas là non plus.

— Parce qu'il est sorti ? Tout seul ?

— Tout seul ? répéta l'homme d'une voix incertaine.

— Oui, il est sorti seul ? demanda le médecin dont l'irritation et l'inquiétude allaient croissantes.

— Non, monsieur, vous étiez avec lui.

TROIS

L'attentat perpétré à Wall Street en ce 16 septembre 1920 fut non seulement le pire depuis la naissance des États-Unis, cent cinquante ans plus tôt, mais aussi le plus incompréhensible. Qui avait bien pu faire exploser un engin de deux cent soixante-dix kilos dans l'un des lieux les plus peuplés de New York, au moment le plus animé de la journée ?

D'après le *New York Times*, un seul mot pouvait qualifier ceux qui avaient osé commettre un tel acte : terroristes. Le *Washington Post* proclama qu'il s'agissait d'un « acte de guerre », exigeant une riposte immédiate de la part de l'armée américaine. Guerre, soit, mais contre quel pays, quelle nation étrangère, quel ennemi ? Il n'existait pas de réponse. En ce sens, l'attentat de Wall Street était certes épouvantable, mais il était d'une familiarité consternante.

Quinze millions de personnes avaient péri lors de la Grande Guerre, nombre qui dépassait presque l'entendement humain. Pourtant, malgré ce total vertigineux, la guerre demeurait un phénomène intelligible. Armées mobilisées, démobilisées. Pays envahis, conquérants repoussés. Des hommes étaient allés au front et, la plupart du temps, en étaient revenus. La guerre avait des limites. La guerre avait une fin.

Toutefois, en 1920, le monde s'était habitué à une nouvelle forme de combat. Elle avait commencé un quart de siècle plus tôt par une vague de meurtres. En 1894, le président français avait été assassiné ; en 1898, ce fut l'impératrice d'Autriche ; en 1900, le roi d'Italie ; en 1901, le Président McKinley des États-Unis ; en 1912, le Premier ministre espagnol ; et bien sûr en 1914, l'archiduc François-Ferdinand d'Autriche, ce qui déclencha le conflit mondial. Le principe de l'assassinat n'avait rien de nouveau ; toutefois, ces homicides étaient différents. La plupart n'avaient pas d'objectif concret, bien défini. Il leur manquait même la rationalité erratique d'un grief longuement ressassé.

Néanmoins, ils se ressemblaient tous. Tous avaient été commis par des hommes jeunes et pauvres, en général d'origine étrangère, membres d'obscurs réseaux internationaux, et partageant une idéologie morbide qui leur faisait presque désirer leur destin funeste. Ces attentats semblaient avoir pour cible toutes les nations occidentales, la civilisation dans son ensemble. Ceux qui les commettaient étaient affublés de bien des dénominations : anarchistes, socialistes, nationalistes, fanatiques, extrémistes, communistes. Mais dans les journaux et dans le discours public, un nom les désignait tous : terroristes.

Aux États-Unis, débuta en 1919 une vague d'attentats. Le 28 avril, un petit paquet marron fut livré au maire de Seattle qui, peu de temps auparavant, avait brisé une grève générale. L'expéditeur était identifié sous ce nom : « Gimbel Brothers » ; une étiquette manuscrite indiquait : « Nouveauté – échantillon ». Dedans se trouvait en effet un tube en bois d'un genre inédit. Il contenait un détonateur constitué d'acide et un bâton de dynamite. La bombe grossière n'explosa pas. Hélas, le lendemain, un colis identique fut livré au domicile d'un ancien sénateur américain : l'infortunée domestique qui l'ouvrit eut les mains arrachées.

Le lendemain soir, à New York, en rentrant chez lui en métro, un employé de la poste lut un article relatant l'attentat et s'aperçut qu'il avait vu une demi-douzaine de paquets identiques ce jour-là. Il retourna alors en hâte à son bureau et découvrit les colis en question, encore sur place, faute d'affranchissement suffisant. On récupéra ainsi trente-six bombes du même genre, qui visaient un groupe de personnages éclectique, parmi lesquels figuraient John D. Rockefeller et J. P. Morgan.

Un mois plus tard, une vague d'explosions synchronisées illuminait le ciel de huit villes américaines à la même heure, prenant pour cibles des maisons : celle d'un maire de l'Ohio, d'un membre du corps législatif du Massachusetts, et d'un juge de New York. La plus audacieuse de toutes ces attaques fut de loin celle qui frappa la demeure du procureur général des États-Unis, A. Mitchell Palmer, à Washington, D.C. Là, le terroriste commit une erreur. Son engin lui éclata entre les mains, alors qu'il gravissait les marches de la maison du procureur général, ne laissant à la police que des fragments de cadavre épars.

Palmer répondit en lâchant ses hommes à travers toute l'Amérique, partout où cela s'avérait nécessaire.

Des portes furent forcées en plein jour ou sous couvert de la nuit. Des milliers de personnes furent arrêtées, emprisonnées, expulsées, avec ou sans charges retenues contre elles. On mit des téléphones sur écoute. On intercepta des courriers. Les suspects subirent des interrogatoires musclés. Toutefois, les auteurs des attentats ne furent jamais identifiés.

Cependant, en dépit de leur monstruosité, ces tentatives d'assassinats étaient toutes dirigées contre des hommes publics, aussi les gens ordinaires ne se sentaient-ils pas en danger. Ils n'éprouvaient pas le besoin de modifier leurs habitudes. Ce filet de sécurité partit en fumée quand Wall Street explosa ce 16 septembre 1920.

Dès qu'ils eurent franchi la barrière de police, Younger et Littlemore furent assaillis. Une foule immense – bien plus vaste que ne le pensait le médecin – se pressait contre la barricade qui entourait la zone de l'attentat. Des mères avec leur bébé dans les bras les tiraient par la manche en demandant des nouvelles de leur mari. Des voix pleines d'inquiétude les interpellaient dans le crépuscule pour savoir ce qui s'était passé.

Littlemore essayait de répondre à toutes les questions. Il rassura une femme en lui affirmant qu'aucun enfant n'avait été tué. À d'autres, il expliqua où ils pourraient trouver la liste des défunts. Toutefois, il exhorta la majorité des personnes présentes d'une voix ferme et calme à rentrer chez elles et à attendre le lendemain pour avoir des nouvelles.

Même les policiers en faction, chargés de contenir la foule, se laissèrent gagner par l'anxiété générale.

En passant, l'un d'eux demanda à mi-voix à Littlemore :

— Dites, chef, c'était les bolcheviques ? Paraîtrait que c'est eux.

— Non, c'est un tuyau de gaz, c'est tout, répliqua un autre d'une voix flûtée en brandissant un journal en guise de preuve. C'est ce que dit le maire. C'est pas vrai, chef ?

— Donnez-moi ça, siffla Littlemore.

Un agent en service n'aurait jamais dû avoir en sa possession l'édition spéciale du *Sun*.

— Vous avez vu ça ? fit remarquer le capitaine à Younger en parcourant les pages intérieures. Hylan raconte à tout le monde que c'est un tuyau de gaz qui a explosé.

Comme Younger et Littlemore le savaient, le plus important concernant le cratère creusé dans la chaussée était justement ce qui manquait. Il n'y avait en effet aucune fissure, aucune faille, ce qui eût nécessairement été le cas si un tuyau avait explosé, avant de laisser place à un geyser de flammes.

— C'est la marque d'une bombe, dit Younger.

— Ça y ressemble bien, renchérit Littlemore tout en continuant à parcourir l'édition spéciale.

— Ça ne peut être que ça. Et maintenant, vous voulez bien jeter ce maudit journal ?

— Fichtre ! lâcha-t-il en posant le *Sun* sur la banquette arrière de son automobile.

— Où est la manivelle ? demanda Younger, debout devant le véhicule, impatient de démarrer.

— Ben, y a longtemps que vous êtes parti. Il n'y a plus de manivelle ; il y a une pédale de démarrage à présent.

Littlemore lut l'inquiétude dans les yeux de son compagnon.

— Allez, doc, tout va bien. Elle a dû retourner à l'hôtel et emmener le petit dîner dehors, elle vous a laissé un message à l'accueil, seulement ils l'ont égaré, c'est tout.

Au croisement de la 44e Rue et de Lexington Avenue, à une rue de l'hôtel Commodore, se trouvait un pub appelé le Bat and Table. Le long de ce bâtiment s'ouvrait une ruelle étroite sans éclairage, qui servait avant tout à entreposer les poubelles. Le soir, elle était vide. Chose curieuse, en ce 16 septembre 1920, y stationnait une automobile à quatre portes, au toit fermé.

Le chauffeur de ce véhicule n'avait rien d'un gentleman. Il avait une grosse tête, ronde et glabre, au visage luisant de sueur. Ses épaules paraissaient si serrées dans sa veste de toile usée qu'il semblait dépourvu de cou. Son chapeau était beaucoup trop petit, aussi ses oreilles ressortaient-elles dessous, protubérantes. La voiture avait beau être à l'arrêt, il gardait les mains collées au volant et la femme assise à côté de lui distinguait même les petits poils épais sur ses phalanges. Cette femme avait les mains attachées dans le dos. C'était Colette Rousseau.

Sur la banquette arrière, se trouvait un autre individu, gringalet, et pourtant patibulaire en raison de l'arme qu'il pointait sur la Française. Son torse étroit et sec nageait dans un costume à carreaux trop large, puant la bière rance, et son haleine était empreinte d'une forte odeur d'oignon.

Les deux hommes discutaient dans une langue que Colette ne parvenait ni à comprendre ni à identifier.

À l'évidence, le chauffeur s'appelait Zelko ; l'homme à l'arrière, Miljan. La jeune femme se taisait. Elle avait une légère contusion au-dessus de l'œil gauche.

La portière arrière s'ouvrit. Un garçon fut projeté, la tête la première à l'intérieur, aussitôt suivi par un homme plus grand que les deux autres, vêtu d'un costume à rayures qui autrefois avait dû être élégant. L'homme était hirsute au point qu'on ne pouvait distinguer sa bouche dans sa barbe noire et drue ; ses prunelles luisaient sous d'épais sourcils qui rejoignaient presque ses favoris. Il claqua la portière derrière lui et aboya des ordres dans la même langue inconnue ; les deux autres l'appelaient Drobac.

Il dut leur ordonner d'attacher l'enfant, puis de démarrer, car c'est ce que firent les deux hommes. En français, Colette demanda à Luc s'il allait bien. Il acquiesça. D'une voix basse et rapide, elle lui dit :

— C'est une erreur. Très vite, ils vont le comprendre et nous libérer.

Miljan cracha quelques phrases incompréhensibles aux relents d'oignon. Drobac le fit taire en hurlant.

— En français, ils ne nous comprennent pas, continua la jeune femme à mi-voix. A-t-il trouvé la boîte ? Fais-moi juste un signe.

Drobac cria de nouveau ; le chauffeur stoppa net le véhicule.

— Quelle boîte ? s'exclama-t-il en français.

Colette, qui regardait le garçon, se retourna sur-le-champ, fixant la rue des yeux.

— Quelle boîte ? répéta-t-il.

— Oh, rien… juste les jouets de mon frère, répondit-elle en hâte. Ses précieux joujoux, il s'en inquiète toujours beaucoup.

— Un coffre à jouets. Bien sûr. Un coffre à jouets.

Drobac saisit Luc par le col de sa chemise et plaça le canon de son revolver contre son front. Colette poussa un cri. La main velue de Zelko s'abattit sur elle.

— Si vous mentez encore, dit Drobac l'arme toujours pointée sur la tête du garçon qui se débattait, je le tue.

— S'il vous plaît, je vous en supplie, c'est pour guérir des malades. C'est une substance d'une très grande valeur, enfin, pour les malades. Ça ne vous sera d'aucune utilité. Vous ne parviendrez jamais à la vendre. Tout le monde saura que le produit a été volé.

Drobac donna un ordre à Zelko, qui fit marche arrière. Ils revinrent dans la ruelle sombre près du Bat and Table. Drobac souriait. Tout comme Colette – d'un sourire intérieur imperceptible.

*

À l'accueil de l'hôtel Commodore, Younger apprit qu'il n'y avait personne dans la chambre de Miss Rousseau. Ni la jeune femme ni son petit frère n'étaient rentrés.

— Donnez-moi ma clef, demanda-t-il alors en songeant qu'ils l'attendaient peut-être dans sa chambre.

— Et vous êtes ?

— Docteur Stratham Younger.

— Certainement, monsieur. Puis-je voir vos papiers d'identité ?

Le médecin porta la main à sa poche, se souvenant soudain qu'il n'avait plus son portefeuille.

— Je ne les ai pas sur moi.

— Je vois. Peut-être devriez-vous vous entretenir avec le directeur de l'hôtel.

— Si vous voulez.

L'information de l'employé de l'hôtel était erronée. Douze étages plus haut, un homme aux favoris et aux gants noirs se tenait devant le placard ouvert de Colette, contemplant avec irritation une valise de plomb de la taille d'un petit coffre. Drobac venait de découvrir qu'elle était trop lourde pour quitter le Commodore ainsi chargé sans se faire remarquer. Avec peine, il l'extirpa du placard pour la déposer sur le sol.

Dans le hall bondé de l'hôtel régnait un silence insolite. Les gens étaient rassemblés par groupes sous les palmiers, entre les colonnes de marbre, et se murmuraient, incrédules, tout ce qu'ils avaient entendu à propos de l'explosion épouvantable qui avait secoué Wall Street. C'était partout la même chose, avait noté Younger alors qu'il remontait Manhattan en voiture avec Littlemore : les gens étaient paralysés, comme si l'onde de choc se propageait encore dans New York, brouillant l'atmosphère et faisant trembler la terre.

Il fut traversé par le désir pervers de leur hurler dessus : ce n'est pas ça, la mort. Vous n'avez aucune idée de ce à quoi ressemble la mort.

— Êtes-vous l'homme qui prétend être le docteur Younger ? demanda le directeur de l'hôtel, un grand type à lunettes qui portait gants blancs et habit de soirée.

— Non, répondit-il avec calme. Je *suis* le docteur Younger.

L'autre jeta un regard de dégoût sur le costume taché de sang du médecin, puis il prit le combiné téléphonique de la réception, le gardant en suspens comme s'il s'agissait d'une arme.

— Eh bien, il se trouve que j'ai moi-même remis au docteur Younger ses clefs il y a deux heures, après qu'il m'eut fourni une preuve indiscutable de son identité.

Puis il dit dans le récepteur, à destination de l'opérateur :

— Envoyez-moi la police.

— Elle est déjà là ! s'exclama une voix derrière le médecin.

Littlemore, qui était allé garer son automobile, venait de rejoindre son ami à l'accueil. Il sortit sa plaque.

— Le portefeuille du docteur Younger a été volé. Vous avez donné sa clef à un imposteur.

Le directeur jaugea Littlemore, couvert de poussière, d'un œil non moins soupçonneux. Il examina de près sa plaque à travers ses lunettes et, le téléphone toujours en main, il déclara qu'il voulait parler à la police pour confirmer l'identité d'un de ses prétendus membres.

Sa cigarette approchant dangereusement la jungle de sa barbe, Drobac rafla le contenu du laboratoire portatif de Colette. Il y découvrit deux flacons, une demi-douzaine de tubes à essai coiffés d'un bouchon de caoutchouc, remplis de poudres jaunes et vert vif, ainsi que plusieurs pépites de minerai. Gros comme des steaks, ces morceaux de roche étaient d'un noir de jais mais brillaient comme de l'huile, marbrés de généreuses veines d'or et d'argent. Drobac fourra le tout dans ses poches sans rien laisser.

— Y a-t-il un cabinet dentaire dans l'hôtel ? demanda Littlemore au directeur, tandis que ce dernier attendait qu'on lui passe la police.

— Bien sûr que non. Les lignes sont toutes occupées, je le crains. Peut-être voudriez-vous vous asseoir ?

— J'ai une meilleure idée, répliqua le policier en posant sur le comptoir une paire de menottes. Passez-moi cette clef, sinon je vous emmène moi-même au poste pour tentative d'obstruction dans une enquête de police. Comme ça, mon identité vous sera confirmée.

Le directeur de l'hôtel lui remit la clef.

Younger et Littlemore montèrent en silence dans un luxueux ascenseur. Quand les portes s'ouvrirent, le médecin en sortit avec une telle précipitation qu'il bouscula un homme qui attendait pour descendre, et fit choir son chapeau. Il remarqua la barbe touffue de cet individu et son épaisse moustache. Cependant, il ne fit pas attention aux épaules tombantes de sa veste à rayures usée, qui montraient à quel point ses poches étaient alourdies.

Il présenta ses excuses et se baissa pour ramasser le couvre-chef. Mais Drobac fut plus prompt.

— Tout le monde descend, déclara le liftier.

Dans la chambre de Colette, rien n'était comme Younger s'y attendait. Au bout du long couloir sans fin, Littlemore et lui découvrirent une pièce vide, banale. Les lits étaient faits. Les valises, intactes. Sur la table basse, des allumettes brûlées étaient disposées en demi-cercle, comme des éventails : l'œuvre de Luc.

Seul le laboratoire portatif de Colette, en plomb, était posé devant le placard, ouvert, montrant que quelqu'un était passé par là. Une odeur de cigarette flottait encore dans l'atmosphère confinée.

— C'est ça qu'ils venaient chercher, fit Younger d'un ton lugubre. Sa mallette.

— Non, répondit le policier en ouvrant les armoires et en écartant les rideaux. Ils l'ont laissée.

Younger lança à son compagnon un regard incrédule et vexé. Il s'approcha du laboratoire portatif.

— N'y touchez pas, doc, ajouta Littlemore en jetant un coup d'œil dans la salle de bains. On va faire une recherche d'empreintes digitales. Qu'y avait-il à l'intérieur ?

— Des composants rares. En vue de la conférence qu'elle doit donner. Le radium à lui seul valait bien dix mille dollars.

Le policier émit un sifflement :

— Qui le savait ?

— En dehors d'un professeur de New Haven, je ne vois qu'une seule autre personne et elle n'est pas du genre à kidnapper une femme et un enfant.

Littlemore regarda sous le lit.

— La vieille dame à qui vous avez rendu visite ce matin avec Colette ?

— Tout à fait.

À quatre pattes sur le sol, une loupe à la main, le policier se mit à observer l'épais tapis à l'endroit où était posé le laboratoire portatif.

— Attendez voir.

— Qu'y a-t-il ? interrogea Younger.

Littlemore avait extirpé du tapis une cendre de cigarette qu'il malaxait entre ses doigts.

— Elle est encore tiède. Notre homme vient juste de repartir.

Il bondit dans le couloir et fila vers les ascenseurs. Le médecin ne le suivit pas. À la place, il se rendit sur le balcon de Colette, enveloppé d'ombre. Tout en bas, dans la lumière qui filtrait par la porte d'entrée, il vit l'homme qu'il s'attendait à trouver, debout sur le trottoir, dans son costume rayé.

Younger hurla :

— Je vous vois !

Nul ne l'entendit. Il était bien trop haut, et le bruit de la rue bien trop fort. Une automobile s'arrêta devant l'inconnu, la portière arrière s'ouvrit de l'intérieur. Le coup de frein brusque propulsa à moitié un garçon au-dehors. L'instant d'après, il fut tiré à l'intérieur par des mains invisibles.

— Non, dit le médecin.

Puis, de toute la force de ses poumons :

— Arrêtez cette voiture !

Cette fois, Drobac eut un mouvement d'hésitation. Il leva les yeux, cherchant sans l'identifier celui qui avait crié. Personne d'autre n'y fit attention. Younger hurla de nouveau en vain, l'homme monta à l'arrière du véhicule, qui s'éloigna en hâte sur Park Avenue, la lumière de ses phares disparaissant soudain, happée par la nuit. Deux gouttes de sang tombèrent des cheveux de Younger, tandis qu'il s'égosillait. Elles flottèrent dans les airs avant d'éclater sur le trottoir, non loin de l'endroit où se tenait l'inconnu quelques instants plus tôt.

L'écho de la voix de Younger se dissipait à peine que Littlemore était de retour dans la chambre, alerté par ses cris.

— C'était l'homme de l'ascenseur.

— Le type avec la barbe et les poches pleines, vous êtes sûr ?

Le médecin scruta son compagnon. Puis avec lenteur, il souleva la table basse avec les allumettes de Luc, et la jeta contre la porte en miroir de l'armoire. Il n'eut pas la satisfaction d'entendre le verre se briser. Le miroir et la table se fendillèrent. Les allumettes brûlées s'envolèrent comme des graines d'érable à l'automne.

— Nom d'un chien, doc !

— Vous avez vu quelque chose dans ses poches, répliqua Younger avec calme. Pourquoi ne l'avez-vous pas arrêté ?

— Pour quel motif, avoir les poches pleines ?

— Si vous aviez mis un homme en faction devant l'entrée de l'hôtel, on aurait pu l'attraper.

— J'en doute. Vous savez que vous saignez beaucoup ?

— Comment ça, vous en doutez ?

— Si je mets un agent en uniforme à la porte principale, le type ne l'empruntera pas. Il sortira par une entrée de service. Il nous aurait fallu au minimum six hommes.

— Alors pourquoi ne les avez-vous pas amenés ? fit le médecin en se rapprochant du policier.

— Du calme, doc.

— Pourquoi ?

— Vous voulez savoir ? En dehors du fait qu'il n'y avait aucune raison valable, je n'aurais jamais pu avoir six hommes à cette heure, même si je l'avais voulu. Je n'en aurais même pas obtenu un. Les forces de l'ordre sont un peu sur la brèche, ce soir, au cas où cela vous aurait échappé. Je ne devrais même pas être là.

En guise de réponse, Younger pointa le doigt sur la poitrine de son compagnon.

— Alors, rentrez chez vous.

— Eh, mais qu'est-ce qui vous prend ?

— Je vais vous dire pourquoi vous ne l'avez pas arrêté : parce que vous ne faisiez pas attention.

— Moi ? Et qui a attendu quatre heures avant de signaler la disparition de son amie censée revenir au bout d'une demi-heure ?

— C'est parce que vous l'accompagniez ! hurla Younger donnant un coup de poing en direction de la tête de Littlemore.

Le policier esquiva, mais le médecin, qui savait se battre, attendait précisement cela. Il lui décocha alors une droite parfaite, qui l'envoya au tapis, avec en prime une lampe.

— Bon sang ! s'exclama Littlemore, la lèvre ensanglantée.

Il se jeta sur Younger, tête baissée et l'entraîna à l'autre bout de la pièce. La tête du médecin cogna contre le mur. Quand ils s'arrêtèrent, le policier avait le poing levé, prêt à riposter, mais Younger fixait le vide, par-dessus son épaule.

— Combien sont morts, aujourd'hui ? Trente ?

— Trente-six, précisa Littlemore, le poing toujours levé.

— Trente-six, répéta l'autre avec mépris. Et toute la ville est paralysée. Je hais les morts.

Ils demeurèrent silencieux. Younger se laissa glisser à terre et s'assit. Son compagnon l'imita.

— Je vous emmène à l'hôpital.

— Essayez donc.

— Vous savez que je suis votre supérieur, précisa Littlemore.

Younger prit un air incrédule.

— Un capitaine est plus gradé qu'un lieutenant.

— Un capitaine de police n'est même pas le supérieur d'un simple soldat.

— Un capitaine est plus gradé qu'un lieutenant.

Le silence s'installa à nouveau.

— Comment ça, vous haïssez les morts ?

— C'est Luc qui m'a écrit ça. Le petit frère de Colette. Il ne parle pas. J'étais en train… de faire quoi, déjà ? Ah oui, je lisais un livre qu'il m'avait donné. Puis il m'a tendu une note où il avait écrit : « Je hais les morts », fit Younger avant de lever les yeux vers son compagnon. Je suis désolé de… de…

— De m'avoir cassé la figure ?

— De vous avoir rendu responsable de leur disparition. C'est ma faute. Ma faute s'ils sont venus en Amérique. Ma faute si elle est partie toute seule.

— On va les retrouver.

Le médecin décrivit ce qu'il avait vu du balcon. Littlemore l'interrogea sur le modèle du véhicule. Mais il était incapable de lui fournir une réponse. Il était trop haut. Il n'était même pas sûr de la couleur.

— On va les retrouver, répéta le policier.

— Comment ?

— Voilà ce qu'on va faire. Je vais aller au commissariat pour émettre un appel à toutes les unités. Dès demain, l'ensemble des forces de police seront à la recherche de ce type. Vous, attendez ici au cas où ils feraient une demande de rançon. Pendant ce temps, je vais aller interroger la vieille dame que vous avez rencontrée ce matin. Comment s'appelle-t-elle ?

— Mrs William B. Meloney. Au croisement de la 31e Rue Ouest et de la 12e Avenue.

— Peut-être qu'elle a parlé à quelqu'un des échantillons apportés par Colette.

— Ce n'est pas impossible, en effet.

— Du coup, il se pourrait que ce soit revenu aux oreilles de gens malintentionnés.

Arrivé à la porte, le policier ajouta :

— Et faites-moi plaisir, allez vous faire recoudre la tête.

QUATRE

Liberté, égalité, fraternité – terreur : ces mots sont issus de la Révolution française.

La Terreur, ce fut le nom que Robespierre donna à cette période d'exception où l'État exerça un pouvoir répressif féroce. Des centaines de milliers d'hommes et de femmes furent qualifiés d'ennemis de l'État, puis jetés en prison, affamés, déportés, torturés. Quarante mille furent exécutés. D'après Robespierre, la vertu et la terreur étaient les deux impératifs révolutionnaires car « la terreur n'est autre chose que la justice prompte, sévère, inflexible ; elle est donc une émanation de la vertu ». Le mot « terrorisme » désignait alors la « doctrine des partisans de la Terreur ».

Un siècle plus tard, un autre révolutionnaire adopta une position similaire. « Nous ne pouvons rejeter la terreur ; c'est peut-être la forme d'action militaire la plus essentielle », écrivit un homme qui se faisait appeler Lénine. Ses disciples devinrent les « terroristes » du siècle nouveau.

Toutefois, il y avait une différence. Pendant la Révolution, la terreur était imposée par l'État. À présent, elle se retournait contre lui. À l'origine, le terroriste était un despote français ayant reçu une éducation parfaite, qui prétendait s'arroger l'autorité de la loi et du gouvernement. Désormais, c'était un meurtrier hirsute, discret et dépenaillé, slave, juif ou italien, qui allait poser une bombe artisanale ou cachait un revolver sous son manteau mité. C'est un homme de ce genre-là, un Serbe, qui assassina en 1914 l'archiduc François-Ferdinand d'Autriche-Hongrie, déclenchant ainsi la Grande Guerre.

Les Allemands approuvaient sans aucun doute ce conflit, mais rien n'aurait été possible sans le désir d'en découdre de jeunes gens ordinaires à travers toute l'Europe. Bientôt, leur soif de se sacrifier pour leur patrie fut récompensée par un enfer qu'ils n'avaient pas envisagé : les gaz sulfureux rongeaient les chairs des hommes vivants, recroquevillés dans des tranchées où ils s'enfonçaient jusqu'aux chevilles dans des eaux glaciales et putrides. Toutefois, dans la chaleur de l'été 1914, les jeunes Européens de tous les milieux piaffaient à l'idée de s'affronter les uns les autres et d'aller défier la mort sur le champ de bataille.

Des sentiments comparables naquirent aux États-Unis, surtout après que les sous-marins allemands eurent attaqué des navires de commerce américains en haute mer. Le Président Wilson avait beau maintenir une neutralité ferme, les tambours de la guerre se faisaient de plus en plus pressants.

Au bout du compte, c'est une maladresse allemande qui précipita l'entrée en guerre des Américains. En janvier 1917, le commandement germanique envoya un télégramme crypté au président du Mexique pour lui proposer une invasion conjointe des États-Unis. Son pays regagnerait ainsi les territoires conquis par les Yankees, tandis que l'Allemagne profiterait de cette diversion pour écraser ses adversaires européens. La Grande-Bretagne intercepta ce message, le déchiffra et le transmit à Wilson. Enfin, le gouvernement américain entrait en guerre. Très vite, le nombre de soldats envoyés chaque jour sur les champs de bataille outre-Atlantique franchit le seuil des dix mille.

Le Dr Stratham Younger fut parmi les premiers arrivés, détaché en tant que chirurgien, avec le grade de lieutenant, auprès d'un hôpital de campagne britannique dans le nord de la France.

Après le départ de Littlemore, un souvenir de guerre revint à l'esprit de Younger : Colette, penchée au-dessus d'une baignoire dans un bâtiment éventré, enroulée dans deux serviettes blanches, l'une autour du corps, l'autre des cheveux, tandis qu'un nuage de buée s'élevait de l'eau chaude. Non, il ne l'avait jamais vue ainsi. Et dans ce souvenir qui n'en était pas un, Colette se retournait vers lui, les yeux pleins de crainte. Elle reculait, comme s'il pouvait s'en prendre à elle, en lui demandant comment il avait pu oublier. Oublier quoi ?

Il entra dans la salle de bains en essayant de forcer ce pseudo-souvenir à remonter à la surface, mais n'aboutit qu'à l'image granuleuse d'un tableau noir dans le brouillard ou sous des trombes d'eau, sur lequel quelqu'un dessinait, mais pas avec une craie. Il repoussa cet autre souvenir – si tant est que c'en fût bien un. Soudain, il eut la certitude qu'il oubliait quelque chose. Quelque chose d'important à cet instant précis.

Il s'aspergea le visage. Au moment où l'eau froide baignait ses paupières, il sut.

Il se rua sur le balcon plongé dans l'obscurité. En bas, il vit Littlemore, qui attendait sa voiture, tout comme l'homme au costume rayé un peu plus tôt. Cette fois, ses hurlements ne furent pas vains. Il fit signe au policier qu'il arrivait.

Younger sortit de l'hôtel en trombe. Dans ses bras, un mélange éclectique d'objets rassemblés en hâte : une tringle à rideaux empruntée à une fenêtre ; une boîte métallique avec des cadrans et des boutons ; deux longs câbles électriques ; une bobine de ruban noir ; un tube à essai scellé, d'une vingtaine de centimètres de long. Il s'accroupit sur le trottoir afin de poser son matériel.

— J'ai besoin de votre automobile, dit-il à Littlemore, tandis qu'il attachait les câbles au tube à essai. Comment diable ai-je pu être aussi stupide ?

— Euh… qu'est-ce que vous faites ?

— Ceci est un détecteur de radiations, répondit-il en fixant l'autre bout des câbles à la boîte métallique. Colette l'a apporté pour sa conférence.

— Épatant. Exactement ce qu'il me fallait, doc.

— Tous les échantillons qui se trouvaient dans le laboratoire portatif de Colette sont radioactifs. La voiture des ravisseurs laisse des particules radioactives derrière elle comme des miettes de pain. Elles sont invisibles à l'œil nu. Mais cette machine peut les repérer – si nous faisons assez vite.

Younger appuya sur un bouton. Un éclair jaune zébra l'intérieur du tube, accompagné d'une petite explosion à l'intérieur de la boîte. Puis tout s'arrêta.

— C'est normal, ça ? s'enquit le policier.

— Pas vraiment. La radioactivité devrait produire un courant bleu. Je crois.

Le médecin prit la boîte sous le bras et tendit devant lui la tringle à rideaux au bout de laquelle il avait attaché le tube à essai, comme s'il s'agissait du nez d'un bâton de sourcier. Rien ne se passa. Il fit quelques pas dans Park Avenue, explorant le trottoir et l'air ambiant. Un éclair bleu traversa le tube.

— Je les tiens ! s'exclama-t-il.

Il fit un pas vers la droite. Rien. Un autre vers la gauche : nouvel éclair bleu, puis un autre. Il se mit à suivre les étincelles… qui le menèrent vers Littlemore, sa baguette pointant en plein sur son torse.

— Alors ?

— Ce doit être parce que vous vous êtes beaucoup approché du laboratoire portatif.

Younger s'engagea alors sur la chaussée, obligeant les conducteurs à donner des coups de volant pour l'éviter. Il cherchait un signal bien plus fort que les pauvres étincelles déclenchées par son compagnon. Au milieu de l'avenue, un feu de Bengale miniature s'alluma dans le tube. Il se mit à avancer en suivant la chaussée et la lumière se transforma en courant bleu régulier, tandis que des cliquetis audibles émanaient de la boîte métallique.

— Nom de Dieu ! s'exclama Littlemore pour la seconde fois de la journée.

Quelques instants plus tard, ils descendaient Park Avenue en automobile à toute vitesse, le policier au volant, le médecin debout sur le marchepied, tenant devant lui la tringle, avec au bout le tube à essai d'un bleu étincelant dans la nuit tiède de Manhattan.

À Times Square, le courant s'éteignit.

— Ils ont dû tourner, fit Younger.

Il sauta à terre avec son appareillage tandis que Littlemore tournait. Il était en quête d'un signal. Au nord, rien. Mais quand il s'approcha de l'autre côté du carrefour, le courant bleu se rétablit. L'instant d'après, ils filaient vers le sud sur Broadway. Pendant plus de trois kilomètres, ils roulèrent à tombeau ouvert sur l'avenue, dans la direction qu'indiquaient le courant bleu et le cliquetis de la boîte.

— Pourquoi ? s'écria Younger malgré le bruit du moteur.

— Pourquoi l'ont-ils kidnappée ? interpréta le policier. Eh bien, on enlève les jeunes filles pour deux raisons différentes. L'argent en est une.

Colette ignorait ce qu'elle aurait fait en l'absence de Luc. Quand enfin la voiture s'arrêta et qu'ils sortirent dans une ruelle obscure, leurs deux imbéciles de gardiens, Miljan et Zelko, ne cessaient de se chamailler. Peut-être aurait-elle pu s'échapper – si elle avait été seule. Seulement ils tenaient aussi son frère, il était donc hors de question de s'arracher à leur poigne pour se mettre à courir.

Miljan – le petit, qui sentait l'oignon – semblait en concurrence avec Zelko pour ce qui était de garder la jeune femme. Chacun la tirait à lui, au point qu'ils faillirent en venir aux mains, et Drobac dut forcer Miljan à s'occuper de l'enfant, tandis que Zelko remportait Colette.

Dans le labyrinthe du Lower East Side, Younger descendit de voiture à presque chaque croisement pour suivre la trace radioactive qui changeait sans cesse de direction. Quelques minutes plus tard, dans une rue sombre, le cliquetis de la boîte devint si fort qu'il dit à son compagnon :

— Nous y sommes presque.

Luc fut jeté à terre sans ménagement dans un appartement décrépit où la peinture écaillée dévoilait des cloisons moisies. Des rats couraient à l'intérieur des murs. Miljan attacha le garçon à un radiateur.

Colette était debout au milieu de la pièce. L'épais Zelko, qui n'avait pas de cou, la tenait par les cheveux, attendant les ordres. Drobac alla remonter un gramophone posé sur une table. Le cylindre se mit à tourner et, à travers le pavillon, à crachoter la voix enjouée d'Al Jolson et son orchestre au rythme dansant. La tête du ravisseur oscillait à présent en cadence.

Soudain, le cliquetis dans la boîte en métal s'arrêta.

— Faites demi-tour. Nous les avons dépassés.

Quelques instants plus tard, Younger identifia la source de la radiation : une berline noire, garée le long du trottoir. Il n'y avait personne à l'intérieur. La rue était constituée d'une succession d'entrepôts déserts, plongés dans l'obscurité. Un seul bâtiment semblait habité : une vieille maison à étage en brique, au toit plat. Peut-être avait-elle un jour abrité une famille, mais à présent elle semblait à peu près inoccupée. Une lumière grise émanait de plusieurs grandes fenêtres sales ainsi que de la musique.

Le médecin capta un faible signal qui le conduisit jusqu'à la porte. Les deux hommes se taisaient. Littlemore prit dans sa veste un outil qui ressemblait à une règle ainsi qu'une petite pioche de métal.

Drobac sortit de ses poches une série d'objets que Colette connaissait bien : flacons de cuivre, tubes à essai remplis de poudres colorées, morceaux de minerais brillants. Il les déposa sur la table, près du gramophone. Puis il donna des ordres aux deux autres et alla ouvrir la porte.

Miljan eut un sourire mauvais. Drobac semblait avoir demandé à Zelko de sortir. Celui-ci jura et cracha par terre. Malgré ces mouvements d'humeur, il obtempéra, prit une chaise et alla s'asseoir avec lourdeur sur le palier, en croisant ses gros bras. Drobac quitta la pièce à son tour, refermant la porte derrière lui.

Colette sentit dans sa nuque une haleine chaude et fétide.

Son arme à la main, Littlemore précéda Younger dans l'entrée répugnante du bâtiment. Il n'y avait personne au rez-de-chaussée. À l'étage, on entendait un gramophone diffuser du swing. Le médecin repéra un signal faible. Son compagnon lui fit signe d'arrêter l'appareil. Les marches sales mais solides ne firent guère de bruit lorsqu'ils les gravirent.

En haut, une ampoule nue pendait au plafond. La musique du big band avait quelque chose d'artificiel. Des bruits filtraient de certaines pièces : cliquetis de vaisselle, chasse d'eau. Le policier avançait courbé dans le couloir. À l'angle, il s'arrêta pour jeter un coup d'œil avant de s'engager plus loin et vit Zelko assis tout au fond, les bras croisés. Il eut un mouvement de recul et ramena son compagnon vers l'escalier.

— Un guetteur, murmura-t-il. Assis sur une chaise. Au bout du couloir.

— Vous pouvez vous en charger ?

— Bien sûr, mais le problème, c'est après. Les types, à l'intérieur, vont nous entendre. Alors, Colette et le gosse deviennent otages – s'ils ne sont pas tués.

On entendit un cri de femme, assourdi par les murs. Un seul mot était compréhensible : « Non ! » Puis, un bruit de chute – peut-être un corps.

Littlemore dut retenir Younger.

— Vous voulez la faire tuer ? Écoutez-moi, j'ai besoin d'une diversion. Du bruit dans la rue. Jetez quelque chose contre leur fenêtre. Cassez-la. Il faut que ce soit assez puissant pour attirer à l'intérieur le type du couloir.

— Je vais vous en donner de la diversion.

Mais au lieu de retourner en bas, le médecin grimpa le petit escalier qui menait au toit.

Colette gisait à terre, à demi étendue sur un matelas crasseux, la joue contre le parquet, les mains liées dans le dos. Derrière elle, se tenait Miljan, dans son costume trop grand, revolver à la main.

Elle sentit son souffle âcre et ses mains qui la prenaient par la taille. Sans regarder, elle décocha un violent coup de pied qui par chance rencontra le genou de son agresseur. Miljan étouffa un cri et se mit à sautiller sur un pied. Colette se retourna et frappa son autre jambe. Il tomba à genoux, et cette fois elle visa son arme, qu'il laissa échapper. Surpris et furieux, il bondit pour récupérer son revolver, qui glissa sur le sol vers Luc, toujours attaché au radiateur ; à son tour, il le renvoya vers sa sœur. Elle avait ramené ses poignets ligotés le long de son corps et la fortune voulut que l'arme arrive droit entre ses mains. Ses doigts s'étaient déjà refermés autour de l'arme quand le talon de Miljan s'abattit dessus, comme il aurait écrasé un cafard.

Colette hurla. Malgré tout, elle essaya de presser la détente, en vain. L'homme réussit à s'emparer du revolver et colla le canon contre son front.

En haut des marches, Younger poussa une porte branlante et sortit dans le clair de lune. Il distingua une corde à linge où séchaient des draps, une table renversée et une cheminée de brique, à l'autre bout. Il s'approcha du bord qui surplombait la rue. Il n'y avait ni rambarde ni parapet. Il estima qu'il devait se trouver juste au-dessus de la pièce où Colette et Luc étaient détenus. Il arracha le tube à essai de la tringle à rideaux, le cassa et utilisa le verre coupant pour trancher la corde à linge.

*

Colette fut tirée par sa robe avec brutalité, puis elle entendit un cliquetis sur le parquet : un bouton, qui rebondissait sur les lattes. Miljan l'assaillait à nouveau. Il déchira le haut de sa robe ; d'autres boutons volèrent. Du canon de son revolver, il caressa la peau blanche entre ses omoplates. Un petit bouton de nacre arriva en roulant comme une pièce près de Luc. Quoi que ressentît le garçon, il ne manifesta rien.

Younger était au bord du toit, dos au vide, juste au-dessus de la fenêtre qu'il visait. Il avait attaché la corde à linge à la cheminée et tenait, coincée sous le bras, la tringle à rideaux qui, avec le tube de verre brisé comme embout, lui rappelait une arme familière : la baïonnette. Il tira un bon coup sur la corde pour la tester, elle résista.

Alors, il prit une grande inspiration et sauta en arrière. L'espace d'une demi-seconde, il laissa filer la corde entre ses doigts, puis il la reprit bien en main ; elle se raidit et il fut projeté vers la fenêtre. Il passa au travers, les pieds en avant, dans une volée de verre et d'échardes de bois.

Littlemore, qui attendait à l'intérieur, entendit le fracas et vit à l'autre bout du couloir Zelko se lever d'un bond pour se précipiter dans la pièce. À sa suite, il détala.

Younger s'abattit sur le sol dans une roulade et se remit aussitôt debout, baïonnette en main, crachant de la peinture et des petits éclats. La surprise le cloua sur place : devant lui, un frêle vieillard en chemise de nuit, bouche bée, yeux écarquillés. Il s'était trompé d'appartement.

Le policier, lui, ne commit pas d'erreur. Comptant sur la diversion créée par son compagnon, il espérait surprendre les ravisseurs, de dos, yeux rivés à la fenêtre. Hélas, quand il s'engouffra par la porte, Miljan et Zelko lui faisaient face. Il ne leur fallut qu'une seconde avant d'ouvrir le feu. Toutefois, cette seconde lui suffit. Se jetant à terre, il esquiva leurs tirs en glissant sur le parquet.

Littlemore savait qu'il ne pouvait viser les deux hommes en même temps sous peine de les manquer tous les deux. Aussi se concentra-t-il sur Zelko, et lui logea-t-il trois balles dans la cage thoracique, l'envoyant s'affaler dans la cheminée.

Miljan ne cessait de faire feu sur le policier, qui lui fonçait dessus, mais dans sa précipitation, il appuyait sur la détente trop rapidement, sans tenir compte du léger mouvement que le tir imprimait à l'arme, aussi manquait-il chaque fois la tête de son adversaire. Littlemore s'abattit sur lui, et les deux hommes tombèrent par-dessus le corps de Zelko. La lutte ne dura pas, le capitaine frappa son adversaire à la tête au moyen de son revolver et, tandis qu'il gisait inconscient, il l'attacha avec des menottes à une barre de fer dans l'âtre.

Younger bondit dans la pièce, des copeaux de bois dans les cheveux, brandissant d'un air féroce sa baïonnette qui n'en était plus une, car la tringle à rideaux avait perdu sa pointe de verre lors de l'atterrissage. Colette et Luc se tournèrent vers lui. Le phonographe jouait toujours sa musique entraînante.

— Belle diversion, Doc, fit Littlemore en détournant les yeux de la jeune femme, dont la robe déchirée lui tombait sur les épaules, pour détacher Luc.

Le médecin courut auprès de Colette. Un signe de tête et un pauvre sourire lui laissèrent entendre qu'elle allait bien. Il remonta sa robe, avisa l'ecchymose sur son front, et bien que ce ne fût guère le moment, il voulut la serrer dans ses bras.

— Pourriez-vous me libérer ? demanda-t-elle.

— Tout de suite.

— L'autre homme, le barbu, vous l'avez eu aussi ?

Les deux compagnons échangèrent un regard ; puis ils sentirent que quelqu'un d'autre les surveillait depuis la porte. Le policier fut le premier à bouger : il se releva d'un bond, voulut se retourner, l'arme à la main, mais n'en eut pas le temps. Depuis la porte,

Drobac tira, une seule fois, envoyant Littlemore s'effondrer contre la table dans une gerbe de sang, tandis que son revolver se trouvait projeté au bout de la pièce.

Younger se redressa avec lenteur, dos à la porte, les mains en l'air pour montrer qu'il n'avait pas d'arme… bien qu'il tînt encore la tringle à rideaux. Le policier gisait à terre, se tenant l'épaule gauche. Le gramophone s'était tu quand il avait percuté la table. Le seul bruit dans la pièce, en cet instant, était celui d'un gros tube à essai roulant lentement sur la table.

Drobac hurla quelque chose dans sa langue à Miljan, toujours menotté à la cheminée, qui lui répondit de même.

— Tournez-vous, avant que je vous tue, ordonna-t-il à Younger avec un fort accent d'Europe de l'Est impossible à identifier.

Le médecin vit alors que Luc lui désignait la table. Ses yeux s'étaient fixés sur le tube à essai rempli d'une poudre noire cristalline qui, dans quelques instants, allait choir juste aux pieds de Littlemore, étendu par terre. Le garçon savait qu'il s'agissait de dioxyde d'uranium, substance non seulement radioactive mais aussi pyrophore, c'est-à-dire prenant feu lorsqu'elle entrait en contact avec l'air.

— Attrapez-le, dit à mi-voix Younger au policier.

— Quoi ?

— Le tube.

Littlemore leva les yeux vers la table à l'instant où l'objet basculait. Il tendit la main droite et le cueillit en douceur.

— Maintenant, faites-moi un bon gros Broadway, poursuivit le médecin.

— La ferme ! ordonna Drobac. Mais où ils sont ? J'ai dit tournez-vous. Sinon je vous tire dans le dos.

— C'est bon, je me tourne, répondit Younger.

Il pivota sur lui-même tout doucement et, rencontrant le regard de son compagnon, lui fit signe. Le policier comprit. Un bon gros Broadway, dans l'argot du base-ball, ça voulait dire un tir mou en cloche, facile à rattraper. En revanche, il ignorait pourquoi le médecin lui demandait ça. Toutefois, haussant les épaules, il s'exécuta et lança le tube à essai comme le voulait Younger. Utilisant alors sa tringle à rideaux comme une batte, celui-ci frappa de toutes ses forces l'objet de verre qui éclata en vol, projetant sur Drobac un nuage noir de dioxyde d'uranium qui se mua sur-le-champ en boule de feu.

Soudain, le ravisseur se transforma en torche humaine, depuis les épaules jusqu'à la tête, brasier de flammes bleues, vertes, jaunes et rouges. Les mains battant en tous sens, il tituba jusqu'au milieu de la pièce, lâcha son arme et se mit à s'arracher la barbe. Le médecin récupéra aussitôt le revolver, tandis que Littlemore se ruait sur le sien, un peu plus loin.

Quelques instants plus tard, la poudre finit de se consumer comme du papier. Le feu s'éteignit, laissant seulement des volutes de fumée et un homme en costume rayé brûlé, immobile, au centre de la pièce, qui palpait son visage pour s'assurer qu'il en avait encore un. Ses yeux affolés finirent par s'apaiser. Nul ne bougeait. Younger et Littlemore pointaient chacun leur arme sur lui. L'odeur de grillé était intense.

Drobac fut à nouveau sur le qui-vive. Lentement, il sortit un long couteau de sa veste.

— C'est une plaisanterie ? demanda le policier.

Tout à coup, il se rua vers la fenêtre, effectuant un petit geste du poignet avant de passer à travers la vitre, exactement comme le médecin l'avait envisagé quelques minutes plus tôt dans l'autre sens. Littlemore ne tira pas. Younger si, mais son arme, celle du fugitif, était enrayée – le dioxyde d'uranium avait dû abîmer le mécanisme. Les deux compagnons coururent à la fenêtre et, dans l'ombre, ils virent un homme se redresser et déguerpir en boitant.

— Là ! cria Colette en montrant la cheminée.

Miljan regardait dans le vague, l'œil vide, éteint. Drobac avait laissé son couteau planté dans le cœur de son complice.

Ils attendirent longtemps avant que les renforts n'arrivent avec une ambulance pour emmener les corps. En fin de compte, Littlemore accepta d'aller à l'hôpital pour son épaule. Restait à savoir où Colette et Luc iraient passer la nuit ? Ils ne pouvaient en effet retourner au Commodore. Betty Littlemore, qui s'était précipitée à l'hôpital en apprenant que son mari était blessé – et grandement rassurée de constater que la plaie était superficielle –, finit par persuader tout le monde de venir chez eux, dans leur appartement de la 14e Rue.

— On va d'abord s'arrêter au commissariat, déclara son époux. Il y a de la paperasse à remplir. Désolé.

Deux heures plus tard, les rapports de police étaient signés. Un véhicule vide les attendait dehors, moteur en marche, dans l'obscurité de la nuit, juste devant le quartier général de la police de New York, sur Centre Street.

Ils descendirent les marches deux par deux : les femmes, précédant Littlemore et Younger, Luc juché sur les épaules de ce dernier. La veste du capitaine recouvrait son épaule gauche, il n'avait pas enfilé la manche à cause de son bras en écharpe.

Un agent rappela Littlemore depuis la porte, lui demandant quels étaient les ordres. Les deux hommes se retournèrent pour lui répondre. Seul l'enfant continua de regarder la rue où sa sœur et Betty montaient déjà en voiture. Il fut donc le seul à voir deux silhouettes féminines surgir dans la lumière des phares du véhicule de police. L'une portait un foulard, l'autre laissait ses cheveux roux voleter dans la brise nocturne. La seconde s'approcha lentement du véhicule ; ses pieds, hors du champ lumineux, semblaient disparaître, créant l'étrange impression qu'elle flottait dans les airs. L'autre s'arrêta devant l'automobile ; elle portait une écharpe enroulée autour du cou, qu'elle entreprit de défaire.

La seconde femme avait atteint la portière de Colette. Betty la vit, cria, puis regarda à l'avant de la voiture. Colette, alarmée par sa compagne, voulut verrouiller sa portière, trop tard. La femme l'ouvrit. Au même instant, celle qui se trouvait toujours dans la lumière des phares retira son écharpe, exhibant ce qu'elle dissimulait.

Betty poussa un hurlement de terreur.

Littlemore et Younger se précipitèrent vers le véhicule. Dès qu'elles les virent, les deux femmes rousses firent volte-face et s'évanouirent dans la nuit. Le capitaine se lança à leur poursuite, ainsi que le policier qui s'était enquis de ses ordres et une bonne demi-douzaine d'autres agents, alertés par le cri de Betty.

Ils se déployèrent, prirent la rue dans les deux sens, frappèrent à des portes, explorèrent à la torche les automobiles garées le long des trottoirs, mais ne trouvèrent aucune trace des deux inconnues.

Quand Littlemore revint auprès de son épouse, celle-ci avait encore les mains collées sur sa bouche.

— Vous l'avez vue ? demanda-t-elle à Colette.

— Vu quoi ?

Betty était livide, comme si elle avait rencontré un fantôme.

— C'est un monstre, Jimmy.

— Allez, calme-toi, répondit-il.

— Ça… croissait…

— Qu'est-ce qui croissait ?

— Je ne sais pas. C'était vivant. Comme une tête, une tête de bébé.

— Elle portait un bébé ?

— Mais non ! Elle ne portait rien du tout ! C'était attaché à elle. Une excroissance, dans son cou, comme une tête de bébé.

Le silence se fit.

— Allons-nous-en, déclara Littlemore en aidant son épouse à remonter en voiture. Tenez, doc, c'est vous qui conduisez, dit-il en lui lançant les clefs.

À 2 heures du matin, Younger et Littlemore buvaient du bourbon dans la cuisine, la bouteille à moitié vide posée entre eux. Dans le reste de l'appartement, tout le monde était assoupi.

Le policier semblait compter dans sa tête.

— Quand vous êtes parti, combien on avait d'enfants, avec Betty ?

Il ne répondit pas.

— Enfin bon, on en a trois de plus, maintenant.

— Ça fait donc soixante-douze.

— Très bien. Résumons ce que nous savons. Nous avons une dent, une bombe, un enlèvement, deux femmes plantées devant notre voiture, dont une avec une tête supplémentaire qui lui pousse dans le cou. Vous vous demandez quel est le rapport entre tout ça, pas vrai ?

— Peut-être.

— Eh bien, il ne faut pas envisager les choses sous cet angle. Ne jamais faire de lien. Prendre les éléments un par un. Résumons à nouveau, point par point : un tas de trucs bizarres qui n'ont aucun sens. Vous saviez que cette bombe allait exploser, n'est-ce pas ? Comment avez-vous deviné ?

Younger secoua la tête.

Littlemore fit tourner le whisky dans son verre.

— Une femme ne peut pas avoir un bébé qui lui pousse dans le cou, hein ?

À nouveau, son compagnon secoua la tête.

— Vous n'êtes plus très causant, dites donc.

Younger hésita à répéter le même geste, et finalement s'abstint.

— Donc, reprit le policier, vous n'avez pas demandé à réintégrer votre poste de professeur. Vous n'effectuez plus de recherches. Vous n'avez pas rouvert votre cabinet. Alors qu'est-ce que vous faites ?

— Je m'en remets au destin.

— Drôle de métier.

— Je viens de rentrer.

— Oui, mais la guerre est finie depuis deux ans. Vous étiez où ?

Plusieurs minutes s'écoulèrent. Ils continuèrent à boire.

— Aucun des types que je connais ne veut mourir, reprit Littlemore.

— Pardon ?

— Ce matin, vous avez dit que ça n'avait pas de sens que tous ces hommes veuillent mourir.

Younger savait que le policier cherchait à l'arracher à sa réserve. Ça lui allait comme ça.

— Si vous aviez vu la France en 1918.

Il se leva et alluma une cigarette avec les longues allumettes que les Littlemore utilisaient pour leur poêle.

— Les Britanniques, les Français : ils n'en pouvaient plus. Tout ce qu'ils voulaient, c'était sauver leur peau. Ils n'en croyaient pas leurs yeux quand ils ont vu les Américains débarquer. Comme si depuis notre naissance on nous avait privés de la chance de pouvoir sacrifier nos vies.

— Je me serais engagé, moi aussi, s'il n'y avait pas eu Betty et les gosses.

— Il ne s'agit pas seulement de la guerre. Donnez aux gens un avant-goût de la terreur, et ils en redemandent. Pourquoi y a-t-il des montagnes russes à Coney Island ?

— Pas pour que les gens meurent.

— Pour qu'ils puissent éprouver le frisson de la mort. Des hommes riches, qui mènent une existence confortable, se tuent en pratiquant l'alpinisme. En faisant voler des aéroplanes pour le plaisir. Savez-vous ce qui arrive quand les journaux annoncent un accident fatal dans les montagnes russes de Coney Island ? Eh bien, le lendemain, les gens viennent plus nombreux.

— Je n'aime pas les manèges, déclara Littlemore en remplissant leurs verres. Pourquoi quelqu'un irait-il poser une bombe à un carrefour ? Ça n'a aucun sens.

— Parce que vous réfléchissez en policier. Vous cherchez un mobile.

— Bien sûr !

— Et s'ils voulaient juste mettre à mort des gens ?

— Mais pourquoi ?

— À qui vous en prendriez-vous si vous haïssiez un pays tout entier ? Autrefois, c'eût été au roi. Attaquez le roi d'Angleterre, et c'est toute l'Angleterre que vous attaquez. Mais un président ? Un président n'est qu'un homme politique qui ne sera plus là dans quelques années. Dans une démocratie, l'assassinat a lieu hors du palais. C'est le peuple qu'il faut tuer.

Littlemore réfléchit.

— Mais pourquoi diable nous haïraient-ils ?

— Le monde entier nous hait.

— Non, personne ne nous hait. Tout le monde aime l'Amérique.

— L'Allemagne nous hait parce que nous l'avons vaincue. L'Angleterre et la France, parce que nous les avons sauvées. La Russie, parce que nous sommes capitalistes. Et le reste du monde, parce que nous sommes impérialistes.

— Ce n'est pas un mobile suffisant. Au fait, vous ne m'avez même pas demandé pourquoi j'avais besoin de Colette, tout à l'heure.

— Pourquoi ?

— D'abord, il y a ce gars, Fischer, vous voyez ? Il y a deux jours, il envoie un courrier à un ami banquier pour lui dire de ne pas mettre les pieds à Wall Street après le 15. Fischer travaille pour des Français, à quelques rues de Wall Street. Donc, je suis allé sur place. J'ai emmené Colette pour traduire. À présent, écoutez-moi ça : hier, les Français ont eux aussi reçu une lettre de Fischer leur disant de fermer boutique parce qu'il allait se passer quelque chose à Wall Street.

Younger émit un sifflement.

— De qui s'agit-il ?

— La question serait plutôt : où est-il ? On dirait bien qu'il est porté disparu depuis un mois. Il serait quelque part au Canada. On le trouvera : j'ai informé la presse. Dans quelques heures, un million de personnes seront à la recherche de ce type. Vous savez ce qui est drôle ? Le chef de Fischer a déchiré sa lettre et l'a flanquée à la poubelle. Il a fallu qu'on ramasse les morceaux dans sa corbeille à papier. Personne ne l'a pris au sérieux.

Littlemore reboucha la bouteille de whisky, la coucha et la fit tournoyer sur la table.

— Ils essaient de nous doubler, ajouta-t-il.

— Les Français ?

— Les fédéraux. Ils essaient de prendre la main, dans l'enquête. Big Bill Flynn est déjà sur place. Palmer ne va pas tarder.

A. Mitchell Palmer était le procureur général des États-Unis ; William J. Flynn, le directeur du FBI.

— Tout le FBI va rappliquer à New York, poursuivit le policier en faisant la grimace. Plus les gens du Trésor, les services secrets – ils vont nous tomber dessus par douzaines. L'enquête se trouve « entre les mains du gouvernement fédéral », voilà ce que Big Bill a déclaré aux gars, ce soir. Mais je vais vous dire un truc : Flynn n'est pas Teddy Roosevelt. Comme Roosevelt, Flynn a été chef de la police à New York, il y a quelques années. Personne ne l'aimait. Vous savez, quand j'étais gosse, tout ce que je voulais, c'était devenir agent fédéral. Mon père et moi, on en parlait ensemble. Même qu'on continue encore. J'aurais fait mon chemin à travers le département, puis on m'aurait envoyé à Washington et j'aurais bossé pour Roosevelt. Finalement, c'est bien que ça ne se soit pas passé comme ça. Avec Palmer et Flynn qui tirent les ficelles, là-haut, et le Congrès qui a voté la prohibition, je me demande vraiment ce qu'ils fichent à Washington, de nos jours.

— C'est dommage pour Roosevelt.

Contrairement à Littlemore qui prononçait « rouzvelt », Younger disait « rouseuvelt » – comme les Roosevelt eux-mêmes.

— De quoi est-il mort, en fin de compte, de cette balle qu'on n'a pas réussi à lui extraire de la poitrine ? interrogea le policier.

— Non. De la malaria.

— Vous l'avez rencontré ?

— Une ou deux fois. Nous étions cousins.

— Vous êtes cousin avec tout le monde.

— Pas par le sang. Et de manière très éloignée. Je connais mieux sa fille Alice. Enfin, je l'ai mieux connue, brièvement.

— Ne dites rien.

Younger se tut.

— Nom d'une pipe, doc, la fille de Teddy Roosevelt ! Une si belle femme ! Pourquoi vous ne l'avez pas épousée ?

— Entre autres parce qu'elle avait déjà un mari.

— Doc, doc, doc. La fille de Roosevelt. C'était avant ou après Nora ?

— Un séducteur notoire.

— Vous n'êtes pas un séducteur.

— Je parlais du mari d'Alice. Mais je vous remercie.

— Vous, vous seriez plutôt un homme qui aime les femmes.

— Ah, la distinction est subtile. Mais non, je ne suis pas un homme qui aime les femmes. Je n'en fais pas mes maîtresses. À moins que je les apprécie. Ce qui est rare. Et vous, vous êtes… fidèle ?

— Moi ? s'exclama Littlemore en riant. Je me demande toujours ce que ferait mon père. Il n'aurait jamais commis ce genre de choses, alors je m'abstiens.

— Comment va-t-il, votre père ?

— Bien. Je lui rends visite presque tous les week-ends, répondit le policier en pianotant sur la table. D'où ça sort, ce nom, Drobac ?

Au commissariat, Colette avait dit que le ravisseur qui s'était échappé, le chef du groupe, se faisait appeler ainsi par ses complices.

— Et pourquoi nous a-t-il demandé « où ils sont » ? De qui parlait-il ? continua Littlemore.

— Et pourquoi a-t-il tué son acolyte ? ajouta Younger.

— Facile : pour l'empêcher de parler. (Littlemore mit alors les pieds sur la table et le ton changea.) Vous voulez savoir ce que je comprends encore moins ?

— Ce que je fais avec Colette.

— C'est vrai, quoi. Vous la ramenez de France, mais vous l'envoyez vivre dans le Connecticut. Vous devenez dingue quand elle disparaît, mais quand elle est là, vous paraissez presque indifférent.

— Vous vous demandez ce que j'attends pour la demander en mariage ?

— Pourquoi lui auriez-vous fait traverser l'Atlantique, autrement ? À moins que vous ayez juste l'intention de la séduire.

— Vous semblez très soucieux de mes perspectives matrimoniales, ce soir.

— Alors, vous allez le faire ou pas ?

— La séduire ? J'ai déjà essayé.

Younger prit une longue gorgée de whisky.

— Vous voulez que je vous raconte ? continua-t-il.

— Évidemment !

CINQ

En octobre 1917, le lieutenant Stratham Younger fut transféré à l'hôpital de campagne américain d'Einville, non loin de Nancy, car ses compatriotes avaient été envoyés au front non loin de là. À l'époque, les soldats américains servaient sous le commandement français ; Younger soignait davantage de Français que d'Américains. Au cours de ce rude hiver et du printemps suivant, attaché d'abord à la première division, puis à la deuxième, il arpenta le front, au gré des urgences : le Saillant de Saint-Mihiel, Seicheprey, Chaumont-en-Vexin, Cantigny, le bois Belleau.

C'est là, près du bois Belleau, aux abords de Château-Thierry, qu'il rencontra Colette.

Le jour se levait. Le rougeoiement de l'aurore apportait l'apaisement après les bombardements féroces de la nuit. Younger sortit à pied du bois, soutenant un vieux caporal français blessé qu'il emmenait au poste médical avancé. Sur place, tout était intact, les tentes blanches, les tables, les coffres contenant le matériel, mais il n'y avait pas le moindre médecin en vue. Le personnel avait évacué les lieux en hâte.

L'animation régnait de l'autre côté du champ. Des soldats français de l'infanterie s'étaient rassemblés autour d'un camion de la Croix-Rouge. Agglutinés ainsi, ils rappelèrent à Younger les enfants qui se pressaient autour du marchand de glaces ambulant, en un peu plus virils et remuants.

Le bras du caporal enroulé autour de ses épaules, il traversa les langues de brume qui flottaient au-dessus de la terre retournée. Une jeune femme se tenait devant le camion, au centre d'un demi-cercle d'hommes braillards. Leur tournant le dos, elle était penchée à l'intérieur du véhicule. Les hommes citaient des maladies imaginaires, la suppliant de les soigner. L'un d'eux, à la voix particulièrement rauque, l'exhortait à lui palper la poitrine ; son cœur, prétendait-il, battait à tout rompre et enflait de façon menaçante.

Elle se redressa, un sac marron à la main. Elle était brune, mince, gracieuse, âgée d'une vingtaine d'années, avec le menton relevé et des yeux d'un vert incroyable. Vêtue d'une jupe en laine et d'un chandail bleu clair, ce ne pouvait pas être une infirmière.

Elle s'adressa aux soldats. Younger ne parvint pas à entendre ce qu'elle leur disait, mais il la vit lancer son sac marron à l'homme à la voix rauque. Pour le rattraper, il lâcha son fusil, ce qui déclencha l'hilarité de ses camarades. La jeune femme reprit la parole. L'un après l'autre, les soldats se turent et, un peu honteux, s'éloignèrent petit à petit. Elle n'arborait aucun air de triomphe. Elle paraissait seulement lasse. Belle, soucieuse et lasse. Une fois les soldats partis, il ne demeura plus que Younger dans son uniforme crasseux et le caporal blessé, pesant de tout son poids sur son épaule. La jeune femme vit qu'il la regardait. Elle repoussa une mèche devant son visage.

Après avoir allongé le blessé dans l'herbe – un homme âgé au visage tanné et aux cheveux gris, qui serrait son ventre d'une main –, Younger vint vers elle et, d'instinct, cette dernière fit un pas en arrière. Il passa près d'elle sans la regarder et ouvrit les portes du camion. À l'intérieur, deux choses le surprirent. D'abord, il trouva un petit garçon, qui ne devait pas avoir plus de 8 ans et qui, assis à l'arrière, lisait un livre dans l'ombre. Ensuite, il découvrit un équipement radiologique complexe, avec de larges plaques de verre, d'épais rideaux et des ampoules de gaz. Il se retourna :

— Où est votre compagnon ? demanda-t-il en français.

— Comment ?

— Où est l'homme qui s'occupe de ce poste radiologique ?

— C'est moi, répondit-elle en anglais.

Il la regarda des pieds à la tête.

— Vous appartenez aux Petites Curie ?

— Oui.

— Alors, au travail. À moins que vous ne vouliez laisser mourir ce caporal.

— C'est inutile. Il n'y a plus de chirurgien. Ils sont tous partis.

— Faites en sorte qu'il soit prêt à la tombée de la nuit.

Younger retourna voir le blessé, lui murmura quelques mots à l'oreille, puis disparut dans les bois, comme il était venu.

La lune s'était levée quand il reparut. Il trouva le campement dans le même état qu'au matin : intact mais désert. Une des tentes était éclairée à l'électricité. Le camion était garé à côté, le moteur tournait, et des câbles partant du véhicule serpentaient sur le sol jusqu'à l'intérieur de la tente. La jeune femme se servait du moteur comme d'un groupe électrogène.

Il souleva le pan de tissu et entra. Tout était prêt. Le vieux caporal, qui s'appelait Dubeney, était assoupi sur la table d'opération, visage propre, cheveux peignés. Les instruments chirurgicaux étaient posés avec soin les uns auprès des autres. Des bassines remplies d'eau attendaient. La jeune femme se leva. À ses pieds, le petit garçon lisait toujours. Sans un mot, elle prit un ensemble de radios et d'analyses mathématiques qu'elle tendit à Younger.

Il leva les clichés dans la lumière de l'ampoule électrique. Sur fond d'os blancs et de viscères grisâtres, des petits points noirs et des balles se détachaient avec une grande netteté. Quand un homme était touché au ventre, le plus grand danger n'était pas les dommages infligés aux organes, mais l'empoisonnement du sang. Jusqu'alors, il était presque impossible de retirer tous les fragments, aussi le blessé était-il souvent condamné. Mais avec une bonne série de radiographies bien interprétées, n'importe quel chirurgien compétent pouvait désormais sauver son patient.

Younger se lava les mains, les poignets, le visage et les avant-bras. Il s'y employa longuement, nettoyant la crasse et le sang qui souillaient son âme aussi bien que sa peau. Pendant ce temps, la jeune femme appliquait à nouveau du chloroforme sur le nez et la bouche du caporal Dubeney, qui tenta en vain de la repousser avant de sombrer une fois de plus dans l'inconscience. Le médecin se mit au travail. Le silence n'était rompu que par ses demandes d'instruments, puis par la chute des mêmes instruments dans un bol en céramique.

La sueur perlait sur son front

— Attendez, dit-elle en anglais.

C'était le premier mot qu'elle prononçait. Elle lui essuya le front, puis les joues, la mâchoire, le cou. Younger regarda ses traits délicats et graves. Pas une fois elle ne chercha à rencontrer son regard.

— Qu'y avait-il dans le sac ? interrogea-t-il.

— Pardon ?

— Vous avez jeté un sac aux soldats.

— Oh. Des vivres. Du fromage, surtout. Ils n'ont pas assez à manger ; ils sont toujours affamés. Comme une bande de souris.

— Et que leur avez-vous dit ?

— Qu'ils feraient mieux d'aller tuer les Boches plutôt que de venir embêter une compatriote.

Younger acquiesça puis revint à son patient, tandis que la jeune femme rinçait le linge.

— C'est Mme Curie qui vous a formée ?

— Exact.

— Que pensez-vous d'elle ?

La réponse fusa :

— C'est la femme la plus noble que j'aie jamais rencontrée.

— Ah, une admiratrice. En ce qui me concerne, je suis surpris qu'on la laisse enseigner à des jeunes filles.

— Comment ça ?

— Eh bien, c'est une femme adultère…

— Elle n'a pas commis d'adultère, coupa-t-elle avec sécheresse. C'est lui. M. Langevin était marié, pourtant personne ne l'a blâmé. À lui, on n'a pas demandé de quitter le pays ! On n'a pas lancé de pierres sur *sa* maison ! Aujourd'hui, il a une autre maîtresse. Einstein, lui, a un enfant illégitime – tout le monde le sait. Pourquoi Mme Curie devrait-elle perdre sa chaire, pourquoi a-t-elle reçu des menaces de mort, alors que d'autres ont fait la même chose, voire pire encore ?

— Parce que c'est une femme, répondit Younger avec complaisance. Les femmes devraient rester pures.

— Les hommes devraient être purs.

— Et parce qu'elle est juive. Scalpel.

— Comment ?

— Scalpel. Et polonaise.

— Quel rapport ?

— Et puis, le pire de ses crimes : elle a remporté le prix Nobel non pas une mais deux fois.

— Je ne parviens pas à savoir quand vous êtes sérieux, dit-elle en fronçant les sourcils.

— Vous voulez connaître la vérité ? Je ne suis honnête qu'avec les hommes. Avec les femmes, on ne peut pas me faire confiance.

Elle s'arrêta pour le regarder. Il poursuivit :

— Les femmes apprennent aux hommes à mentir. Mais nous ne sommes jamais aussi bons qu'elles le voudraient. Comment avez-vous rencontré Mme Curie ?

Elle mit du temps à répondre.

— Je suis allée à la Sorbonne, et j'ai demandé à m'inscrire en chimie. J'avais 17 ans. Ils se sont tous moqués de moi, parce que je n'avais pas le baccalauréat. Par chance – ou était-ce la providence, qui sait ? –, Mme Curie est arrivée à ce moment-là. Elle a tout entendu. Comme elle leur faisait peur ! Elle a l'air très âgée, mais elle est si gentille. J'ignore pourquoi elle s'est intéressée à moi quand elle m'a entendue dire que mon père m'avait enseigné les mathématiques et les sciences. Elle m'a posé des questions, aussi j'ai pu lui montrer ce dont j'étais capable. Elle s'est arrangée pour que je passe un examen d'entrée.

— Que vous avez réussi ?

— J'ai eu les meilleures notes de la promotion.

— Dans ce cas, vous devriez être en cours, et pas là à radiographier des soldats blessés.

— Je suis allée en cours. Pendant deux ans. Puis j'ai découvert le travail de Mme Curie auprès des soldats. Ces camions, c'était son idée. Elle a été la première à comprendre que de nombreuses vies pourraient être sauvées si on pouvait réaliser des radios sur le terrain. Tout le monde lui a répondu que c'était impossible, aussi a-t-elle conçu un appareillage spécial capable de tenir dans un camion. Le gouvernement, qui est d'une stupidité sans borne, a refusé de l'aider financièrement, alors Mme Curie a dû lever les fonds elle-même. Ensuite, l'armée lui a dit qu'elle ne pouvait détacher aucun homme pour conduire les camions, donc, elle a formé des jeunes filles à cette tâche. Puis le gouvernement a déclaré que les femmes n'étaient pas autorisées à conduire, alors elle a pris le volant du premier camion, mettant le gouvernement au défi de l'arrêter. Elle a appris à conduire, s'est mise à changer les roues, à faire les radios. Quand ils se sont aperçus qu'elle sauvait bel et bien des vies humaines, ils ont enfin accepté son projet. À présent, nous sommes plus de cent cinquante – et notre seul problème vient des hommes.

— Des hommes ?

— Certains deviennent très agressifs en présence d'une femme.

— C'est la guerre.

— Ce n'est pas une excuse. Il ne faut pas nous confondre avec ces cochons d'Allemands.

Younger la regarda du coin de l'œil. Son visage s'était durci. Il avait vu un instant cette âpreté voiler ses traits lorsqu'elle s'adressait aux soldats, le matin. À présent, elle portait un masque impénétrable. Il poursuivit sa difficile tâche.

Au bout d'un long silence, elle reprit la parole.

— C'est un homme très gentil, ce caporal. Comment est-il arrivé entre vos mains ?

— Pas de mon fait. Il s'est perdu dans la nuit. Il a traversé nos lignes par erreur. Il s'est jeté sur moi, le pauvre diable.

— L'écoutez pas, mademoiselle, murmura Dubeney.

— Comment ? Vous êtes conscient ? s'exclama Younger. Infirmière, chloroforme.

— Il est venu me chercher dans le no man's land, et il m'a ramené. Au cœur de la bataille.

— Hallucination.

— Il reste dormir sur le front.

— Mais où est ce satané chloroforme ?

— C'est bon, pas besoin, je ne sens rien.

Contrarié, Younger soupira. Le silence s'installa.

— Je ne pouvais pas abandonner ma meilleure expérience en cours, lâcha le médecin. Regardez son genou droit.

La jeune femme, curieuse, demanda l'autorisation au caporal. Comme il acquiesçait, elle remonta la jambe de son pantalon et découvrit une méchante plaie.

— Il faudrait appliquer un antiseptique, conclut-elle.

— Je l'ai fait, déclara Younger. Tous les jours. Maintenant, regardez l'autre genou.

La jeune femme releva l'autre jambe du pantalon de Dubeney et poussa un cri. Le second genou était également blessé, mais il était animé d'une espèce de mouvement.

— Qu'est-ce que c'est ? demanda-t-elle.

— Des asticots. Qu'observez-vous d'autre ?

— La plaie est propre.

— Blessures identiques, infligées au même moment, au même homme, par les mêmes causes. L'une d'elles est en voie de guérison alors que l'autre est purulente. Et la première a uniquement été traitée par des asticots. L'idée n'est pas de moi. Les hommes utilisent cette technique sur le front depuis des années. Et ce vieux débris, sachant à quel point ses genoux sont précieux pour la science, trouve le moyen de prendre une balle dans le ventre. Aucun sens du devoir.

Younger s'aperçut que le jeune garçon avait pris place au côté de sa sœur, sans bruit, et qu'il regardait avec intensité l'articulation grouillant d'asticots du caporal Dubeney.

— C'est mon frère. Il s'appelle Luc.

Très différent de sa sœur, l'enfant avait des cheveux blond cendré touffus, mal coiffés, qui lui tombaient sur les épaules. Sa peau était quant à elle beaucoup moins blanche – ou peut-être bien plus sale –, mais dans ses yeux noisette on lisait une sévérité et une intelligence identiques. Peut-être était-il juste un peu plus observateur, en retrait. Younger avait le sentiment que rien ne lui échappait.

— Et quel âge as-tu, jeune homme ? demanda-t-il.

Le garçon ne répondit pas, il ne leva même pas les yeux vers lui.

— Luc, tu es malpoli. Il n'aime pas parler. Vous serez seul à faire la conversation.

— Je suis navré.

— Les soldats racontent l'histoire d'un médecin américain qui refuse de quitter le front. Qui soigne les hommes directement sur le champ de bataille.

— Je ne les soigne pas. Je fais des expériences sur eux.

— Et qui se bat, aussi, disent-ils.

— Sottises.

— Tu parles ! s'exclama Dubeney.

L'enfant leva alors les yeux vers Younger avec intérêt.

— Alors, vous ne sentez toujours rien ? s'enquit le médecin en replongeant le scalpel dans sa plaie, ce qui le fit hurler.

Quelques heures plus tard, sous le ciel étoilé, ils remirent tous les instruments en place dans le camion. La jeune femme était d'une force surprenante pour sa taille. Une explosion fit vibrer la terre sous leurs pieds, et un nuage de feu s'éleva au loin, au cœur des bois.

— Vous n'avez pas peur ? l'interrogea Younger.

— De la guerre ?

— De vous retrouver seule avec un inconnu.

— Non.

— Vous avez confiance.

— Je ne fais jamais confiance aux hommes. C'est pour ça qu'ils ne me font pas peur.

— Sage principe.

Il regarda la voûte céleste qui scintillait au-dessus d'eux.

— Aujourd'hui, reprit-il, j'ai vu quelque chose que je n'oublierai jamais. Un sergent des marines américains devait faire une sortie hors de la tranchée avec ses hommes. L'ennemi était supérieur en nombre, mieux armé, pourtant, ce sergent a décidé de lancer l'attaque. Ses marines avaient trop peur pour y aller. Alors, le sergent leur a dit… enfin, il a employé un terme grossier qui n'a guère sa place dans la bonne société. Puis-je l'utiliser ?

— Vous plaisantez ?

— Ce sergent a hurlé : « Bande de fils de putes, vous voulez donc vivre pour toujours ? » Et ses hommes l'ont suivi. Ça a été une boucherie.

— A-t-il survécu, ce sergent ?

— Oui.

Un bruit qui ressemblait au hurlement d'un monstre déchira la nuit, suivi d'autres déflagrations. Le danger se rapprochait. Le sol trembla, et ils virent des incendies se déclarer non loin de là, à environ un kilomètre.

— Il faut que vous partiez. Dès ce soir. Si les Allemands réussissent une percée, ils seront ici au matin. Ils pourraient se montrer plus rudes avec vous que vos compatriotes.

Elle ne répondit pas. Younger reprit ses affaires et s'éloigna en direction des bois – et des explosions.

*

Il la revit en juillet 1918. L'Allemagne avait tenté plusieurs offensives sérieuses contre la France, déterminée à vaincre avant l'arrivée du gros des forces américaines. Des centaines de milliers de soldats bien entraînés se déversaient depuis le front de l'Est, où la Russie devenue bolchevique avait signé l'armistice, libérant les soldats du Kaiser. À la fin mai, les Allemands avaient repoussé les Alliés jusqu'à la Marne, à quatre-vingts kilomètres de Paris.

Pourtant, au bois Belleau, à Vaux, à Château-Thierry, les Américains résistaient à l'avancée ennemie, se lançant à l'assaut, impavides, avec une fougue que les Alliés n'avaient pas connue depuis 1914. Les journaux américains exaltaient les victoires de leurs compatriotes en exagérant beaucoup leur importance. La question était de savoir s'ils allaient tenir.

Pendant quarante jours, les deux armées lancèrent offensive sur offensive, jetant pêle-mêle obus et jeunes recrues dans un combat indécis, sans merci. Peu à peu, les lignes se figèrent, réduisant la bataille à des échanges de mortiers entre tranchées fortifiées. Quand vint l'accalmie, cela ne présageait rien de bon. Les Allemands semblaient renforcer leurs positions, amassant des divisions encore plus nombreuses.

Au cours de cette période de calme précédant la tempête, un marché noir apparut dans le village de Crézancy, que surplombaient les énormes et rutilants canons américains, juchés sur les hauteurs du Moulin Ruiné. De vieux fermiers courbés y vendaient les quelques produits qu'ils avaient réussi à préserver lors des réquisitions du gouvernement.

Ce fut Luc que Younger aperçut le premier. Il identifia tout de suite le garçon qui achetait du fromage et du lait, secouant la tête sans dire un mot devant les sommes exorbitantes qu'on lui demandait, et ne consentant à payer qu'après être revenu à des prix acceptables.

Le médecin se montra chaleureux. Dans un sursaut d'inspiration, il sortit de sa poche un bocal bien fermé, grouillant d'asticots. Luc écarquilla les yeux.

— Ce sont des larves, expliqua Younger en français. Dans peu de temps, elles vont s'envelopper dans un cocon. Une ou deux semaines plus tard, le cocon s'ouvrira et il en sortira… tu sais ce qu'il en sortira ?

Le garçon secoua la tête.

— Des mouches. De simples mouches bleues.

Cette information sembla décupler l'intérêt déjà considérable que l'enfant manifestait à l'égard du contenu du bocal.

— Veux-tu savoir pourquoi elles sont si utiles pour les blessés ? C'est parce qu'elles ne se nourrissent que de tissus morts. Les cellules vivantes ne les intéressent pas. Tiens, prends ce bocal. J'en ai d'autres. Très peu de jeunes gens ont des asticots pour animaux de compagnie.

Luc accepta le présent et, en échange, sortit quelque chose de sa poche. Younger releva les sourcils d'étonnement.

— Une grenade.

Le garçon acquiesça.

— Elle n'est pas opérationnelle ?

L'enfant posa les asticots, s'assura que la goupille était bien en place, puis il dévissa la vis de fond, retira l'amorce, le détonateur, et il la brandit en l'air.

Younger se pencha, sentit la poudre à l'intérieur.

— Je vois. Excellent. Elle est opérationnelle, en effet.

Luc fit alors l'opération inverse, remontant la grenade d'une main experte pour l'offrir au médecin, qui l'accepta avec beaucoup de précautions. Il remerciait Luc quand une voix de femme agacée déclara derrière lui :

— Vous l'avez laissé toucher à ça ?

Younger se retourna vers la jeune fille.

— Vous voulez qu'il croie que les grenades sont des jouets ? Comme ça, la prochaine fois qu'il en trouvera une, il la ramassera pour s'amuser ! poursuivit-elle, courroucée.

Le médecin jeta un regard à l'enfant, il était clair qu'il ne souhaitait pas que sa sœur sache qu'il transportait une grenade opérationnelle sur lui.

— Vous avez tout à fait raison, mademoiselle, dit-il en empochant l'arme. J'ignore où j'avais la tête. Luc, une grenade n'est pas un jouet, tu comprends ? Seule une personne parfaitement habituée à son mode de fonctionnement peut en manipuler.

— Veuillez m'excuser, lui dit-elle alors, rassérénée. Il aime jouer avec les armes et les cartouches. Il me fait peur en permanence.

— J'ai appris que vous étiez retournée à Paris.

Elle fronça les sourcils. Luc tira sur sa jupe. Elle se tourna vers lui et il lui expliqua quelque chose à grand renfort de gestes, dans une sorte de langue des signes. Elle lui répondit sans hésitation :

— C'est hors de question. Mais qu'est-ce qui te prend ?

Puis, à Younger :

— À présent, il veut monter au front avec vous.

— Je crains que ce ne soit impossible, étant donné ton âge, jeune homme. Bien qu'à l'allure où va cette guerre tu aies peut-être ta chance. Mais aimerais-tu visiter une base américaine ?

Le garçon acquiesça. Le médecin s'adressa alors à sa sœur :

— Vous nous rendriez un grand service en venant à la base avec votre camion. Nous avons une machine à rayons X, mais comparée à la vôtre, elle est très rudimentaire. Il y a beaucoup d'hommes que je pourrais aider.

— Très bien. Je peux venir cet après-midi. Mais dites-moi, je ne connais même pas votre nom.

Tous les soirs qui suivirent, dans un nuage de poussière, le camion de Colette revint à l'hôpital de campagne de Younger pour y passer la nuit. Ensemble, ils se rendirent dans divers camps de soldats, jusqu'à Lucy-le-Bocage. Des douzaines d'hommes, après avoir été blessés, avaient réintégré leur unité sans pour autant être réellement guéris. Le médecin voulait tous les réexaminer. En général, les radios ne révélaient rien, toutefois, de temps à autre, comme il l'avait prévu, entre les silhouettes fantomatiques des os apparaissait un minuscule fragment de métal passé jusque-là inaperçu.

La première fois que cela se produisit, la jeune femme poussa un cri de triomphe. Younger sourit. Comme ils travaillaient l'un à côté de l'autre au fond du camion, leurs doigts se touchaient parfois en s'échangeant des instruments. À d'autres moments, leurs corps se frôlaient. En chacune de ces occasions, elle s'écartait vivement, pourtant, il avait le sentiment que ces contacts étaient délibérés.

Avec les malades et les blessés, Colette se montrait aimable, sans pour autant faire preuve de gentillesse ni même de compassion. Avec les bien-portants, elle était froide. Le médecin songea que cette brusquerie était pour elle une manière de se protéger ; elle était en effet trop jolie pour pouvoir se comporter différemment avec les soldats. Néanmoins, il y avait autre chose. Younger se demanda ce qui pourrait l'adoucir.

*

Un soir, alors qu'elle étudiait une radio, il se lança dans des analyses concernant ses propres travaux. Au bout d'un moment, il se rendit compte que Luc se tenait à son côté.

Il lui tendit un livre. C'était un ouvrage en anglais, publié l'année précédente. L'auteur s'appelait Toynbee ; le titre : *Les Atrocités allemandes en France*. Le petit volume avait été feuilleté bien des fois ; se pouvait-il que le garçon sache lire l'anglais ?

Le médecin se mit à parcourir le livre. C'est alors qu'il lui tendit aussi la note où il disait détester les morts – c'était la première fois qu'il cherchait à communiquer de cette manière. Ensuite, l'enfant s'assit contre un pneu du camion pour s'amuser avec un vieux jouet.

— Où avez-vous eu ça ? demanda soudain Colette en découvrant l'ouvrage entre ses mains.

— C'est votre frère qui me l'a donné.

— Ah, fit-elle en se détendant. Il veut que je vous raconte ce qui est arrivé à notre famille.

— Ce n'est pas nécessaire.

Elle regarda son frère qui continuait de jouer.

— Vous pouvez lire toute l'histoire si vous voulez, poursuivit-elle en indiquant une page du livre cornée et un passage souligné.

Sommeilles fut entièrement brûlé dans la nuit du 6 septembre. « Quand les incendies furent allumés, raconte le maire, M. et Mme Adnot (âgés d'environ 60 ans) allèrent trouver refuge dans leurs caves, accompagnés de Mme X. (35 ou 36 ans), dont le mari avait été appelé sous les drapeaux, et de ses quatre enfants. Ils furent assassinés dans d'atroces circonstances. Les deux femmes furent violées. Quand les enfants se mirent à hurler, on coupa les oreilles de l'un d'eux, le bras à deux autres, puis ils furent massacrés. Les enfants étaient âgés respectivement d'onze, cinq, quatre et un an et demi. »

— Dieu du ciel ! fit Younger. J'espère qu'il ne s'agit pas de votre famille.

— Non. Mais c'était bien notre village, Sommeilles. Nous avions emménagé là-bas quand j'étais petite, ma mère, mon père, ma grand-mère et moi. Luc y est né. Quand la guerre a commencé, tous les hommes jeunes sont partis. Le village était sans défense. La nuit où les Allemands sont venus, mon frère et moi, nous sommes allés nous réfugier chez le charpentier, car il disposait d'un abri secret sous la maison. Voilà pourquoi nous sommes restés en vie. Les Allemands ont tué tout le monde, mais ils ne nous ont pas trouvés. Toute la nuit, nous avons entendu des coups de feu, des hurlements. Le lendemain, ils étaient partis. Notre maison avait brûlé, mais elle tenait encore debout. Ma mère et mon père gisaient à terre. Mon père s'était battu en héros, c'était visible. Ma grand-mère était encore en vie, mais pas pour longtemps. Ma mère était nue. Il y avait beaucoup de sang.

Luc avait cessé de jouer tandis que sa sœur parlait. Quand il fut clair qu'elle en avait terminé, il reprit son jeu.

— Tout le monde pense qu'on devrait être tristes pour le restant de nos jours, conclut-elle.

SIX

La Grande Guerre amena les grands maux : maladies inconnues à des échelles inouïes.

La dernière fut la pire : la grippe espagnole de 1918-1919 suivit les armées d'un continent à l'autre, nichée dans les poumons abîmés des soldats qui rentraient chez eux, tuant au final des millions de gens à travers tout le globe. Avant cette pandémie, il y avait eu le phosgène et le gaz moutarde, qui brûlaient les yeux et les chairs jusqu'à l'os. Auparavant, c'étaient les champignons et autres parasites qui attaquaient le corps des hommes, et la gangrène se propageait vite dans les eaux stagnantes des tranchées infestées de rats. Mais tous ces maux avaient été précédés par l'obusite, ou stress post-traumatique.

Les premiers rapports concernant cet état étrange paraissaient déroutants. Des hommes en apparence indemnes présentaient des symptômes contradictoires : souffle rapide, incapacité à respirer, silence, délire, agitation excessive, catatonie, refus de lâcher leur arme et refus d'y toucher. Et toujours, les cauchemars. Dans tous les cas, des terreurs nocturnes qui réveillaient et inquiétaient leurs camarades.

Puis émergèrent des symptômes plus étranges encore. Surdité, mutisme, cécité, paralysie des poignets et des jambes. Sans qu'il y eût de blessure clinique.

Les Français avaient donné un nom à ces hommes : les simulateurs. Les Anglais aussi : *malingerers*. Le premier traitement prescrit par les Britanniques fut le peloton d'exécution, car la lâcheté était une offense passible de la peine de mort dans l'armée de Sa Majesté. Les médecins allemands, eux, prescrivirent les électrochocs. Le but avoué de cette thérapie n'était pas de guérir les patients, mais de les soumettre à un traitement si dur que l'idée d'un retour au front constituait une perspective préférable. Ces docteurs avaient toutefois omis de prendre en compte une troisième option, que choisirent nombre de soldats : le suicide.

Hélas, même ces conséquences dramatiques ne parvenaient pas à endiguer le flot. Le nombre d'hommes affligés de ce trouble atteignit des proportions ahurissantes. En Grande-Bretagne, quatre-vingt mille militaires en furent victimes. Beaucoup d'entre eux étaient des officiers de haut rang qui, de par leur sang et leur éducation, étaient, du point de vue britannique, au-dessus de tout soupçon. C'est ainsi qu'on commença à s'interroger sur la thèse de la simulation.

Les premiers médecins à prendre au sérieux cette affection annoncèrent que la cause en était les explosions des bombes. Les détonations successives des puissants explosifs modernes produisaient des micro-hémorragies dans les tissus sanguins cérébraux, causant une paralysie neurologique, ou commotion cérébrale. Ainsi naquit le terme d'« obusite ».

Le nom resta, pas l'explication. Trop d'hommes frappés par ce trouble n'avaient vécu aucun bombardement. Il devint très vite manifeste que la psychologie était dans ce cas plus importante que la physiologie. Et il devint aussi très vite évident qu'un seul psychiatre au monde avait mis au point une théorie des troubles mentaux qui puisse expliquer tous ces symptômes : Sigmund Freud.

Petit à petit, d'un pays à l'autre, un nombre grandissant de médecins – qui auparavant considéraient la psychanalyse avec au mieux de la méfiance, voire du dégoût – se mirent à reconnaître que seul le concept freudien de l'inconscient pouvait expliquer l'obusite et donner lieu à un traitement. En 1917, un docteur britannique écrivit : « Le sort semble nous offrir une possibilité jamais envisagée de mettre à l'épreuve la théorie freudienne de l'inconscient. » L'épreuve fut remportée.

Des médecins anglais, australiens, français et allemands commencèrent soudain à rapporter d'extraordinaires guérisons après avoir fait suivre une psychothérapie à leurs patients atteints d'obusite. En Grande-Bretagne, les autorités militaires s'en remirent au Dr Ernest Jones, l'un des premiers disciples de Freud – qui ne pouvait exercer à l'hôpital en raison de ses tendances à aborder des sujets indécents avec des jeunes filles de 12 ans –, pour traiter ce qu'on appelait dorénavant la « névrose de guerre ». L'Allemagne envoya une délégation à un congrès international de psychanalyse, demandant de l'aide pour soigner des bataillons entiers de soldats. Le gouvernement autrichien s'adressa à Freud en personne – lui qui avait si longtemps été calomnié, rejeté – pour lui confier un groupe d'étude chargé de trouver un traitement à la névrose de guerre. En 1918, il n'était peut-être qu'un seul homme acceptant la théorie psychanalytique et qui, malgré tout, ne croyait pas qu'elle pût expliquer la névrose de guerre. Cet homme était Sigmund Freud en personne.

— Il devrait être à l'école, dit Colette au sujet de son frère quelques jours plus tard.

Elle conduisait son camion par les chemins de terre pétris d'ornières. Cela ne la dérangeait guère de parler de Luc en sa présence.

— Seulement il refuse de coopérer. Les enseignants à Paris pensaient qu'il était sourd. Et muet, aussi. Mais il n'est ni l'un ni l'autre. Je le sais.

À l'arrière du véhicule, le garçon s'amusait avec son jouet préféré – une vieille canne à pêche – et sa bouche formait des mots inintelligibles.

— Depuis quand est-il ainsi ? demanda Younger.

— Après avoir incendié Sommeilles, il y avait de la fumée partout. Jusque dans le sous-sol du charpentier. Mais Luc refusait de sortir. Toute la journée, il est resté là. Alors il a attrapé froid, et cette nuit-là il s'est mis à tousser. J'ai cru que j'allais le perdre lui aussi. Mais il s'est rétabli et depuis il est comme ça.

— A-t-il du mal à respirer, parfois ? Quand il court, par exemple.

— Jamais. Tout le monde dit qu'il a dû avoir une pneumonie, mais je crois que c'est autre chose. Quelque chose de pathologique. Une « névrose », peut-être. Avez-vous déjà entendu parler du Dr Freud, de Vienne ?

— Tournez à gauche après cette pancarte.

— C'est un psychologue, il est très célèbre. On raconte qu'il est le seul à comprendre les névroses de guerre. Et il traite les enfants.

— Le Dr Freud de Vienne. Il a une théorie particulière concernant l'origine des névroses.

— Vous avez lu ses livres ? Je n'ai rien pu trouver en français.

— Je l'ai lu et je le connais. Personnellement.

— Mais c'est merveilleux ! Quand la guerre sera finie, je lui écrirai. Nous n'avons pas d'argent, mais j'espère qu'il acceptera quand même de voir Luc. Vous m'aiderez ?

— Non.

— Mais pourquoi ?

— Je ne crois pas à la théorie de Freud. En réalité, je ne crois pas à la psychologie. Les shrapnels, les bactéries, les gaz… extirpez-les du corps humain et vous avez de bonnes chances que l'état du patient s'améliore. Mais les névroses ? Névrose équivaut à « pas de diagnostic ». Comment pouvez-vous être sûre que Luc n'a pas un problème au larynx ?

— Je sais qu'il peut parler. Je le sais. Mais il s'y refuse.

— Eh bien, si vous avez raison, alors il est timide. J'étais timide aussi à son âge.

— Il n'est pas timide. C'est comme si… comment dirais-je… il refusait le monde.

— C'est tout à fait normal, étant donné ce qu'il en a vu. Garez-vous ici.

Colette s'exécuta et le camion s'arrêta en crissant.

— Les patients du Dr Freud vont mieux grâce à lui, continua-t-elle. Tout le monde le dit.

— Cela ne prouve pas que ses théories soient valides.

— Quelle importance si les patients vont mieux ?

— Alors, dans ce cas, emmenez-le voir un rebouteux.

— Je le ferais si ça pouvait marcher. Je ferais n'importe quoi pour qu'il aille mieux.

Younger ouvrit sa portière.

— L'esprit de votre frère n'a rien. Il a juste besoin… que cette foutue guerre s'arrête.

Le 13 juillet, Younger resta travailler toute la nuit sur le front pour soigner des hommes grièvement blessés ; il ne put retourner à la base que tard le lendemain soir. En dépit de l'heure, il demanda à emprunter un véhicule et se rendit jusqu'au poste français où, le plus souvent, se trouvait Colette. Quand il arriva, elle lavait du linge dans la lumière des phares de son camion.

Elle courut vers lui ; ils demeurèrent face à face, sans se toucher.

— Où étiez-vous ? Au front ?

En temps de guerre, vient un moment où les hommes soit cessent de songer à la mort, soit se trouvent paralysés par sa présence. Younger, lui, n'y pensait plus.

— En ce moment, je suis considéré comme déserteur, répondit-il. C'est un crime passible de la cour martiale.

— Vraiment ?

— Ça ira. Mon ordonnance sait où je suis. On ne pouvait pas laisser passer le 14 juillet sans le fêter ?

Il sortit du véhicule une bouteille de vin doux, deux verres, une boîte de foie gras, du roquefort, un boçal de framboises en conserve, du beurre frais et un assortiment de biscuits anglais.

— Cela n’a rien de révolutionnaire, expliqua-t-il, mais je n’ai pas trouvé mieux.

— Où avez-vous déniché tout ça ? fit-elle, émerveillée.

— Vous permettez, mademoiselle ?

— Avec plaisir.

Elle étendit une couverture sur le sol et disposa dessus ce qu’il avait apporté. La nuit était tiède. Il jeta sa veste en cuir par terre, posa par-dessus sa casquette et son arme, puis entreprit de déboucher le vin – mais s’arrêta quand du sang se mit à couler le long de ses doigts, jusque sur la bouteille.

— Sauriez-vous coudre par hasard ? demanda-t-il.

Elle remonta sa manche et écarquilla les yeux en découvrant la profonde lacération de son avant-bras.

— Attendez-moi.

Elle revint quelques instants plus tard avec du fil pour points de suture et un désinfectant.

— Je n’ai pas de produit anesthésiant, dit-elle.

— Pour ça ? Vous plaisantez.

Elle versa l’alcool sur la blessure, où il commença à bouillonner, puis elle passa une aiguille à travers, perçant la peau sanguinolente, la repassa et, enfin, serra bien le fil.

— Comment faites-vous pour supporter ça ?

— Je ne sens rien.

— Bien sûr que si, fit-elle en continuant à suturer la plaie.

— Je suis insensible.

— Un homme insensible à la douleur l’est aussi au plaisir.

— Je suis indifférent au plaisir.

— Ce n’est pas ce que disent les infirmières.

— Plaît-il ?

— Depuis combien de temps n'avez-vous pas dormi ?

— Il y a quelque chose, chez vous, qui m'échappe, Miss Rousseau. En particulier le fait que vous ayez quitté Paris pour vivre dans ce camion. Et ne me dites pas que c'est par devoir envers votre patrie.

— Et pourquoi pas ? demanda-t-elle en faisant le dernier point. Ne bougez pas.

— Parce que les femmes ne s'engagent pas pour la patrie. Il y a toujours un homme derrière.

— C'est fini, dit-elle avant de couper le fil.

Il plia les doigts, hocha la tête, ouvrit la bouteille, lui versa un verre, puis porta un toast aux femmes. Elle répondit par un toast à la France. Ils se mirent à dîner ; elle le servit.

— Vous avez suivi un garçon, c'est évident, reprit Younger. Il a été appelé au front, et c'était la seule manière de le garder près de vous. La question est : est-ce vous qui l'avez perdu, ou le contraire ?

— Je n'ai suivi aucun garçon.

— Veuillez m'excuser… un homme.

— Ni l'un ni l'autre.

— Une jeune fille ? (Elle lui lança un biscuit.) Désolé, mais ça ne colle pas. Vous avez quitté la Sorbonne, alors que cela comptait plus que tout pour vous. Ils ne vous reprendront pas après la guerre. Il y aura trop d'hommes dont l'éducation fut interrompue.

Elle repoussa des miettes sur la couverture, laissant à peine transparaître sa profonde amertume.

— Je sais. Même Mme Curie m'a prévenue qu'elle ne pourrait pas me réintégrer.

— Alors, pourquoi êtes-vous partie ?

— Je ne pouvais plus supporter qu'on me fasse la charité.

Il ne put déchiffrer l'expression de ses yeux.

— Il y a des gens, reprit-elle, qui acceptent d'héberger les réfugiés comme nous qui ont perdu leur famille, et qui acceptent de nous nourrir. Mais la charité a un prix. Ici, nous avons un toit au-dessus de nos têtes, et je n'ai pas besoin de mendier mon pain auprès de qui que ce soit.

— Et quel en était le prix ?

— La dépendance.

— Nous sommes tous dépendants quand nous sommes jeunes. Ne serait-ce que de notre famille.

— C'est un bonheur de dépendre de sa famille. Dépendre de quelqu'un d'autre… c'est différent.

De nouveau, apparut ce masque énigmatique, toutefois, Younger réussit à le percer.

— Donc, vous ne mentiez pas, mais j'avais quand même raison.

— Comment ça ?

— Vous n'avez pas suivi un homme en quittant Paris. Vous l'avez fui. Un homme qui voulait profiter de son investissement charitable. (Elle le regarda par-dessus ses lunettes.) Vous aviez… une relation intime avec lui. Nul ne peut vous en blâmer.

— Vous semblez très curieux de mes relations.

— N'importe quelle jeune fille aurait fait la même chose à votre place.

— Une Américaine, peut-être. Pas moi. Me croirez-vous quand je vous dirai de qui il s'agit ? C'était M. Langevin.

Paul Langevin était le grand physicien qui avait fait la une des journaux du monde entier quelques années plus tôt en raison de sa relation avec Marie Curie.

— J'aurais dû le deviner. Vous avez déjà prononcé son nom une fois devant moi, et il y avait dans votre bouche plus de haine que je n'en ai jamais entendu, à part quand vous parlez des Allemands. Qu'a-t-il fait, le scélérat ?

— Il a essayé de me déshabiller dans le laboratoire.

— Quel voyou ! Et où aurait-il fallu qu'il le fasse ?

— Vous trouvez ça drôle ? C'est l'homme que Mme Curie a aimé. Pour lequel elle a tout perdu. Et il tente de me séduire juste sous son nez.

— Au moins, il a bon goût.

— Vous cherchez à me provoquer. C'était horrible. Il nous a accueillis, Luc et moi, dans sa maison. Je croyais qu'il était généreux. Et puis il y a eu l'incident du laboratoire, et ça a continué, la nuit, chez lui.

— Il vous a forcée ?

— Non. J'ai résisté, et il a abandonné. Mais chaque fois, j'étais obligée de le repousser. C'était insupportable. Si j'avais quitté sa maison sans quitter Paris, Mme Curie aurait tout découvert, quoi que je puisse lui dire. Ça aurait été terrible pour elle. Et elle m'aurait haïe.

— Alors, vous avez appris à conduire ce camion.

— Je n'ai pas trouvé d'autre solution. Je devais quitter l'université, car je ne cessais de tomber sur lui. Mme Curie aurait compris, tôt ou tard.

Younger réfléchit avant de reprendre :

— Vous avez abandonné la Sorbonne pour l'épargner.

Elle mit encore plus de temps à répondre :

— Il y a trois choses que je veux faire dans ma vie. La première, c'est guérir Luc. La deuxième, c'est obtenir un diplôme de la Sorbonne, pour mon père. Tant pis s'ils ne me reprennent pas tout de suite après la guerre, je réitérerai ma demande d'inscription jusqu'à ce qu'ils m'acceptent.

— Et la troisième ?

Elle lissa sa jupe. Puis le dévisagea.

— Bien sûr, c'est différent, pour vous. Vous êtes un homme : vous avez connu beaucoup de femmes, et on vous en félicite.

— Moi ? Je suis aussi célibataire qu'un capucin. (Elle eut un rire moqueur.) Si jamais vous entendez à nouveau les infirmières, sachez qu'elles sont tout simplement jalouses parce que je passe tout mon temps avec vous.

— Vous ne vous êtes jamais marié ?

— Je ne crois pas au mariage.

— Laissez-moi essayer de deviner pourquoi. Vous pensez qu'il n'est pas dans la nature de l'homme d'être monogame.

— Le mariage est tourné vers l'avenir. Ce n'est guère pratique quand on est en guerre.

— J'ai une autre explication.

Elle posa son verre et ramassa la veste de cuir et la casquette de Younger.

— C'est parce que vous êtes américain, acheva-t-elle.

— C'est-à-dire ?

— Eh bien, si vous étiez français et que vous vous mariiez, vous pourriez avoir autant d'aventures que vous le voudriez. Vous considéreriez cela comme un droit. En revanche, en tant qu'Américain, vous devez être fidèle.

— Vraiment ?

— Les Américains sont beaucoup plus fidèles. Voilà ce que dit M. de Tocqueville.

Elle se leva, enfila la veste et se coiffa de la casquette.

— De quoi ai-je l'air ?

Il ne répondit pas.

— Vous ne voulez pas que je porte votre uniforme ? Très bien.

Elle retira son couvre-chef et le posa sur la tête de Younger, en l'inclinant selon son goût.

— De toute façon, elle vous va mieux.

Elle s'était penchée pour ajuster la casquette et la veste trop grande s'était ouverte, laissant glisser un pendentif d'argent et de nacre devant son corsage blanc. Il la prit par les poignets et la fit s'agenouiller dans l'herbe.

— Qu'est-ce que vous faites ? dit-elle.

Il déboutonna son corsage.

— Non.

Il l'embrassa dans le cou.

— Non, murmura-t-elle.

Il s'arrêta, la regarda. Elle le toisait de ses yeux verts, farouche. Le pendentif s'élevait et s'abaissait avec sa poitrine. Il tendit la main à nouveau vers son chemisier. Elle détala comme un lièvre. Puis elle se redressa sur ses genoux, son revolver à la main. Il était encore dans son étui, et elle ne parvenait pas à l'en extirper. Elle l'agita avec fureur, et la ceinture se mit à battre comme la queue d'un chien. Enfin, elle dégagea l'arme et la pointa sur lui.

— Ne bougez plus.

Il plissa le front.

— Pour votre gouverne, je m'apprêtais à vous reboutonner.

— Je me passerai de votre aide, répondit-elle en se levant, joignant le geste à la parole.

Il voulut se redresser aussi.

— Je vous ai dit de ne pas bouger, répéta-t-elle.

Il ne l'écouta pas.

— Montez dans votre automobile et allez-vous-en. Si vous faites un pas en avant, je tire, déclara-t-elle en se débarrassant de sa veste en cuir, qu'elle jeta à ses pieds.

— Allez-y.

Il s'avança pour ramasser son vêtement.

— Je préfère mourir de votre main que de bien d'autres manières, rétorqua-t-il.

Elle n'eut pas la possibilité de lui répondre. Le vrombissement d'un véhicule parvenait déjà à leurs oreilles, et bientôt ils se retrouvèrent dans la lumière des phares d'une voiture qui s'arrêta à quelques mètres. L'ordonnance de Younger bondit, laissant le moteur tourner ; Colette pointait toujours l'arme sur le médecin.

— Désolé, mon lieutenant. Tout va bien ?

— Qu'y a-t-il, Franklin ?

— Il faut que vous rentriez, mon lieutenant. En vitesse.

— Pourquoi ?

— Deux messagers boches ont été capturés près de Reims. Ils avaient encore leurs communications sur eux. L'attaque est pour ce soir. Et c'est du sérieux.

— Pardonnez-moi, mademoiselle, mais mon pays a besoin de moi, dit-il à Colette en ramassant son ceinturon dans l'herbe.

Elle fronça les sourcils.

— Vont-ils vous envoyer au front ?

Il sourit.

— Je n'ai jamais rencontré une telle sollicitude de la part de quelqu'un qui vient de braquer une arme sur moi.

Il tendit la main pour récupérer son revolver. Elle le lui donna.

— Mon lieutenant ? fit l'ordonnance avec anxiété.

— J'arrive, Franklin.

Il jeta un regard plein de regret sur le dîner inachevé.

— Votre frère finira demain. Enfin, sauf le vin.

À 11 h 45, cette nuit-là, pendant qu'à Paris les généraux français et américains dînaient en uniforme à l'ancien domicile du baron Charles de Rothschild, à Château-Thierry, les forces alliées ouvraient le feu tous azimuts sur les invisibles divisions allemandes censées se rassembler sur la rive nord de la Marne. Pendant quatre heures, les Allemands encaissèrent les bombes, sans rien manifester. C'est à 3 h 30 que vint la riposte.

Sous couvert d'une contre-offensive furieuse – 17 500 obus à gaz et 35 tonnes d'explosifs –, les soldats allemands, invisibles, lancèrent des ponts flottants sur la Marne. Les *Sturmtruppen* s'engouffrèrent sur ces ponts par vagues successives. La 125e division française fut immédiatement dépassée et se replia pêle-mêle. À l'inverse, les naïves compagnies d'assaut américaines tinrent leurs positions et furent réduites à néant, jusqu'au dernier homme.

L'avancée allemande était régulière, irrésistible, balayant tout sur son passage. Au bout de trois kilomètres environ, l'ennemi fut contraint de s'engager entre deux hauteurs, dans la vallée de Surmelin. Les Américains s'étaient préparés à cette éventualité. Au mépris des ordres du commandement français, qui refusait d'envisager la possibilité d'une retraite alliée totale, la 3e division américaine avait installé de l'artillerie lourde, bien protégée, dans le bois d'Aigremont, d'un côté, et sur le Moulin Ruiné de l'autre, à l'arrière des positions alliées. À présent, celle-ci déversait un flot de bombes sur l'infanterie allemande exposée. Et les régiments se suivaient les uns derrière les autres, mourant en si grand nombre que le sol se gorgea de leur sang sur plus de quinze centimètres de profondeur.

L'hôpital de campagne de Younger était noyé sous le flot d'arrivants. Des voitures entières, à moteur ou tirées par des chevaux, allaient et venaient, déversant les corps des blessés, des agonisants, des morts. Aux premières heures du 16 juillet, alors qu'il faisait encore nuit, un officier allemand aux côtes enfoncées fut amené, mais Younger, qui avait à peine dormi en soixante-douze heures, refusa de lui donner la priorité sur les soldats de l'infanterie alliée.

— Les Américains sont des sauvages, fit-il en allemand.

— Laissez-moi réfléchir, repartit le médecin dans la même langue.

Il retira un long morceau de barbelé ensanglanté de la jambe d'un homme.

— Qui a torpillé ce navire-hôpital britannique, poursuivit-il, il y a deux semaines, avant de tuer les infirmières rescapées en leur tirant dessus. Ah, mais oui, c'est vrai, ce sont les Allemands.

L'officier cracha du sang dans un mouchoir.

— Vous, les Américains, vous faites feu sur des hommes à terre. Vous ne nous laissez pas la moindre chance de nous rendre. Vous tuez tout le monde.

— Parfait, conclut Younger.

Le combat continua pendant encore vingt-quatre heures. Toutefois, au matin du 16 juillet, il était clair que l'offensive allemande avait échoué. Le 18, les Alliés lancèrent une contre-offensive foudroyante, appuyée par les forces américaines, qui atteignaient désormais le million d'hommes. Soudain les Allemands, qui quelques jours plus tôt avaient Paris dans leur ligne de mire, vacillaient, reculaient, essayant désespérément de se regrouper au nord de la Marne pour éviter une complète débandade.

À l'aube du jour suivant, l'unité médicale à laquelle appartenait Younger fut redéployée dans le secteur de Soissons. Les baraquements de Château-Thierry étaient désormais déserts. Il n'en restait plus que des ruines, une église dévastée et la carcasse consumée d'un bombardier allemand Friedrichshafen. Seuls résonnaient les bruits des transports militaires et les déflagrations de l'artillerie dans le nord.

Tandis que sa compagnie s'éloignait, le médecin se retourna pour contempler les chemins de terre que Colette et lui avaient parcourus pendant plusieurs jours, avec cet enfant muet à l'arrière du camion. Puis il chassa cette pensée. Si un homme ne regarde pas devant lui, alors il ne doit pas regarder en arrière.

Il ne la revit pas avant la fin de la guerre.

Dès le mois d'août, les Allemands étaient vaincus. Ils le savaient ; tout le monde le savait. Pourtant, les combats se poursuivaient. Au début du mois de novembre, Younger se trouva un jour dans un poste avancé près de Verdun, penché sur un artilleur anglais dont les jambes étaient écrasées sous un canon de 500 kilos, essayant de sauver son péroné. Malgré la douleur, le soldat ne cessait de regarder sa montre.

— Faites excuses, lieutenant, finit-il par dire, mais vous en avez encore pour longtemps ?

— Je peux vous amputer, si vous voulez que ça aille plus vite.

— C'est à cause des Boches, lieutenant, ils vont nous bombarder dans dix minutes.

— Et comment savez-vous cela ?

L'homme regarda autour de lui pour s'assurer que nul ne pouvait l'entendre.

— Eh bien, c'est une sorte… d'arrangement.

— Plaît-il ?

Younger regarda l'artilleur droit dans les yeux, pour s'assurer qu'il n'était pas en proie au délire. Ça ne semblait pas être le cas.

— Ils nous bombardent ici pendant quarante minutes, après c'est à nous, et on les bombarde pendant quarante-cinq minutes. Même endroit, même heure, chaque jour. Comme ça, tout le monde s'en tire.

Le médecin s'arrêta.

— Et vos officiers vous laissent faire ?

— Eux ? Ils ne savent rien. C'est nous, les artilleurs, qui avons mis ça au point entre nous, pour ainsi dire. Vous ne direz rien, lieutenant ?

— Non, je ne dirai rien, répondit Younger après quelques instants de réflexion.

Deux jours plus tard, à 5 h 45, les officiers de transmission disséminés à travers la France reçurent tous le même signal émis depuis la tour Eiffel. C'était un message du maréchal Foch, commandant suprême des forces alliées, qui annonçait la fin de la guerre. L'armistice était signé. Toutes les hostilités devaient cesser à 11 heures, heure française.

À 9 heures, ce matin-là, l'ordre de cesser le feu fut transmis aux commandants alliés et communiqué aux soldats, dans les tranchées. Ceux qui avaient le plus à y gagner furent saisis d'angoisse. Ces hommes avaient appris, de mois en mois, à se jeter tête baissée sous le feu de la mitraille ennemie sans songer aux risques qu'ils prenaient ; soudain, ils craignirent de mourir au cours de ces deux dernières heures.

À 10 h 30, le régiment auquel était attaché Younger se mit à bombarder avec férocité les positions allemandes adverses. Dans l'abri des officiers, le médecin demanda en hurlant à un second lieutenant qu'il connaissait ce qui pouvait bien se passer.

— Nous attaquons.

— Quoi ? s'exclama Younger qui n'en croyait pas ses oreilles.

Alors, il vit les hommes remplir le réseau de tranchées secondaires, visages fermés, armés, prêts pour l'assaut. Depuis le front, il entendit crier des ordres, puis ce fut le bruit des mitrailleuses, venant de l'autre camp, signifiant que les soldats alliés sortaient déjà de la tranchée.

— Mais c'est de la folie ! reprit-il.

— Ce sont les ordres, répondit l'officier en haussant les épaules.

À 10 h 56, les commandants sortirent pour faire cesser l'attaque. Il fallut environ deux minutes pour que l'ordre se diffuse depuis les chefs jusqu'aux capitaines, sur le terrain, par l'intermédiaire des officiers de transmission. À 10 h 58, le dernier canon allié se tut. À 10 h 59, les salves de l'artillerie allemande cessèrent. Un silence fragile, éthéré se répandit sur le champ de bataille.

Douze secondes plus tard, Younger entendit le sifflement d'un ultime obus déchirer l'air – d'après le bruit, il identifia un canon à longue portée de 75 millimètres. Il tomba non loin de là ; le sol trembla sous les pieds du médecin et des débris de terre se détachèrent des murs. Peut-être la bombe s'était-elle abattue sur un abri déserté – à moins qu'il ne fût encore occupé. Tous attendaient, retenant leur respiration. Puis ils entendirent les détonations de trois obusiers, sans doute dirigés vers les canons allemands responsables de la dernière salve.

— Non, murmura Younger.

Bien entendu, les Allemands répliquèrent. Bientôt, l'air fut à nouveau plein de fracas, vibrant d'une nouvelle offensive. Le massacre se poursuivit pendant plusieurs heures sans que personne ne fît rien pour l'arrêter. On vit même des fusées éclairantes traverser le ciel, inutiles en plein jour, et tout à fait inoffensives. Aucun des deux camps ne semblait avoir d'objectif, sauf peut-être d'épuiser ses dernières munitions.

En ce 11 novembre 1918, onze mille hommes furent tués ou blessés au cours de combats qui se déroulèrent alors que tous les officiers savaient la guerre finie.

Après l'Armistice, Younger fut détaché auprès de l'armée d'occupation alliée. Passer la frontière allemande fut un choc : la terre ennemie était un camaïeu de champs verts bien entretenus, de fermes aux cheminées et aux toits intacts, de prés où paissaient des vaches grasses, et de fermières girondes environnées d'abondantes récoltes. Après avoir vu la France en ruine, les soldats alliés – surtout les Français, mais pas seulement – jetèrent sur ce spectacle un regard plein de dégoût.

Younger fut envoyé dans un hôpital, à Bitburg. Cela ne lui convenait guère. Le travail était routinier et, pour être honnête, il se sentait trop en sécurité. Au mois de janvier, lors d'une pause déjeuner, il eut une surprise quand une ordonnance vint lui taper sur l'épaule pour lui annoncer une visite ; à la porte du réfectoire se tenait Colette, vêtue comme à son habitude d'un chandail en laine et d'une longue jupe.

Il s'essuya la bouche et vint à elle. Ils ne s'étreignirent pas, ne se serrèrent même pas la main. Des soldats bousculaient Younger pour pouvoir entrer dans l'immense et bruyante cantine militaire.

— Vous êtes vivant, dit-elle.

— On dirait. Vous créez un attroupement, Miss Rousseau.

Plusieurs soldats qui se précipitaient pour entrer s'étaient soudain arrêtés, formant un embouteillage chaotique, et tout ça parce qu'une jeune Française à la beauté renversante se trouvait sur leur passage.

— Circulez, vous autres, circulez, dit-il en aidant l'un des hommes qui était tombé à se redresser. Qu'est-ce qui vous amène à Bitburg ?

— Je cherche l'agent de liaison allemand. J'ai reconnu les couleurs de votre compagnie, dehors. J'ai pensé que…

Elle baissa les yeux.

— Je voulais vous faire des excuses pour cette soirée, reprit-elle. C'était ma faute.

— Votre faute ?

— J'ai flirté avec vous, expliqua-t-elle en fronçant les sourcils.

— Oui. Et c'est le plus beau souvenir que je garde de cette guerre. Je sais quel est l'homme qu'il vous faut.

Son front se plissa davantage encore.

— Vraiment ?

— Oui, un homme en qui vous puissiez avoir confiance. Vous me faisiez confiance, et j'ai abusé de la situation. Je crains fort de le regretter pour le restant de mes jours. Allez, venez, je vais vous amener à l'agent de liaison.

— Non, ce n'est pas nécessaire.

— Si. Vous serez mieux traitée si vous êtes accompagnée par un Américain.

Dehors, tout était gris et silencieux, les rues comme le ciel de Bitburg, qui semblait perpétuellement annoncer des flocons de neige ne venant jamais. Il la mena jusqu'à un bâtiment de brique ramassé où une équipe allemande tenait une sorte de bureau non pas des objets trouvés, mais des soldats disparus. Une file d'une centaine de personnes au moins s'étirait dans la rue. Voyant cela, Colette dit à Younger qu'elle se débrouillerait seule. C'est alors qu'un homme, à l'intérieur, leur fit signe d'entrer. La queue était pour les civils, pas pour les officiers alliés.

Au bureau, il fit office d'interprète et Colette expliqua qu'elle cherchait un soldat du nom de Hans Gruber.

Impassible, la solide employée allemande considéra la jeune Française sans la moindre compassion.

— Pour quel motif ?

Colette raconta qu'elle avait soigné des victimes de la grippe dans un hôpital près de Paris au cours des derniers mois de la guerre. Parmi les mourants se trouvait un prisonnier allemand : Hans Gruber.

— Il était très triste et très pieux. Il était gêné parce que son régiment ne savait même pas ce qu'il était devenu. J'ai promis de rapporter sa plaque d'identité et ses affaires personnelles à ses parents après la guerre.

— Donnez-moi la plaque. C'est la propriété de l'État allemand.

— Je ne l'ai pas sur moi. Je suis désolée.

L'employée lui lança un regard plein de mépris.

— Vous avez des informations sur son régiment ?

Colette les lui fournit. On lui dit de revenir dans une semaine.

— Mais je ne peux pas. J'ai un emploi, et un petit frère.

La femme haussa les épaules et fit signe au suivant de s'approcher.

— Moi, je reviendrai, Miss Nightingale, lui dit Younger lorsqu'ils furent sortis.

Cette allusion n'eut aucun effet sur elle.

— Non, je trouverai un moyen.

Une pluie glacée se mit à tomber.

— Vous avez un nouveau travail ?

— Oui, répondit-elle avec entrain. Je commence en mars. Vous aviez raison : la Sorbonne a refusé mon inscription. Mais ça n'a pas d'importance. Je réessaierai l'an prochain. Bref, Dieu a eu pitié de moi. Mme Curie m'a proposé une place de technicienne à l'Institut du radium. J'en apprendrai plus ainsi que je ne l'aurais fait à l'université.

— Les voies du Seigneur sont impénétrables.

— Vous n'êtes pas croyant ?

— Et pourquoi ne le serais-je pas ? C'est outrageant, ces gens qui rendent Dieu responsable de la mort de cent mille enfants emportés par la grippe. Ce n'est pas Sa faute.

— Non.

Elle se détourna et reprit d'une voix plaintive :

— Ils ont pris Luc. On l'a mis dans un institut pour enfants difficiles. Il vivait avec moi dans le sous-sol de l'Institut. Madame m'a autorisée à y habiter en attendant que je commence. C'est très bien. Il y a des sanitaires, des livres, des plaques sur lesquelles je peux faire la cuisine. Mais quelqu'un nous a dénoncés aux autorités.

— Les imbéciles. Et qui sont ces enfants difficiles ?

— Les autres, ce sont des voleurs et des débiles mentaux. C'est criminel. Luc n'y apprend rien et il n'y reçoit aucun traitement.

— Il n'a pas besoin d'un traitement. Il a juste besoin de vivre.

— Qu'en savez-vous ? Vous êtes psychologue ?

Il ne répondit pas.

— Vous auriez pu l'aider à avoir le meilleur traitement du monde. Vous vous rappelez qu'il écrivait des billets parfois ? Il ne fait même plus ça. Il ne communique plus avec personne depuis deux mois. Oh, pourquoi est-ce que je vous raconte tout ça ? Et pourquoi suis-je ici ? Je hais ce pays. Je dois m'en aller, mon train arrive.

Elle s'enfuit.

Il s'attendait à la voir revenir la semaine suivante. Au bout de dix jours, il retourna au bureau de liaison pour savoir si elle s'était présentée. Elle n'était pas venue. Younger alluma une cigarette et leva les yeux vers le ciel de Bitburg, toujours aussi gris.

Au printemps, quand il fut enfin libéré de ses obligations militaires, il prit le train pour Paris. À l'Institut du radium, il demanda Mlle Rousseau. La réceptionniste l'informa que Colette était sortie mais qu'elle n'allait pas tarder à rentrer. Il l'attendit dehors.

Les rues de Paris étaient magnifiques. Toujours un arbre à l'endroit où il fallait. Les bâtiments étaient beaux, ils avaient les proportions idéales et il émanait des rues une odeur d'eau propre. Il se demanda s'il ne devrait pas emménager tout de suite ici.

Colette était arrivée au milieu de l'escalier quand elle le reconnut. Elle s'arrêta, stupéfaite, et un sourire radieux fleurit sur ses lèvres, avant de disparaître aussi vite. Elle était encore plus maigre qu'auparavant. Ses joues étaient roses, probablement en raison de la faim.

— Entrez, lui dit-elle.

Il secoua la tête. À la place, ils allèrent marcher.

— Avez-vous retrouvé votre Hans Gruber ?

— Pas encore.

— Vous n'êtes pas revenue à Bitburg ?

— Non, mais c'est prévu.

— Vous n'aviez pas l'argent pour le train. Vous avez mangé ?

— Tout ira bien dans dix jours. Quand je prendrai

mon poste. Pour l'instant, je dois consacrer toutes mes ressources à Luc. Ils ne le nourrissent pas assez dans son école. Suis-je si laide ?

— Vous êtes plus belle que jamais, si c'est possible. J'ai retrouvé votre soldat. Hans était autrichien. C'était un engagé volontaire dans l'armée allemande. On m'a donné une adresse à Vienne. La voici.

Il lui tendit un morceau de papier. Ses yeux se posèrent dessus.

— Merci.

— Comment va Luc ?

— C'est horrible.

— Est-ce qu'ils l'autorisent à sortir ?

— Bien sûr. En fait, son école part même en vacances à la fin de la semaine. Combien de temps restez-vous à Paris ? Je sais qu'il aimerait vous voir.

— Je repars vendredi.

— Oh. Il faut que vous veniez visiter l'Institut. Des soldats américains s'y rendent pour apprendre les techniques radiographiques.

— Je sais. Et c'est la raison pour laquelle je n'irai pas. J'ai eu ma dose de soldats pour un moment.

— Mais je pourrais vous présenter à Mme Curie.

— Non.

Dans la rue, des tramways passaient en grondant.

— Eh bien, Miss Rousseau, reprit-il, je ne veux pas vous retenir.

Elle leva les yeux vers lui.

— Pourquoi êtes-vous venu ?

— Oh, j'allais oublier. Il y a autre chose que je voulais vous remettre.

Il lui tendit une enveloppe qui contenait un télégramme.

ACCEPTERAI GARÇON COMME NOUVEAU PATIENT AVEC PLAISIR. DITES À LA SŒUR DE M'APPELER TOUT DE SUITE EN ARRIVANT À VIENNE.

FREUD

Elle était sans voix.

— Comme ça, vous ferez d'une pierre deux coups. Vous emmènerez Luc chez Freud et vous pourrez rendre visite à la famille de votre soldat.

— Mais c'est impossible. Je ne parle pas allemand. Et où habiterions-nous ? Je n'ai même pas les moyens de payer les billets de train.

— Je parle allemand.

— Vous viendriez ?

— Sauf si vous avez l'intention de me tirer dessus.

À sa grande surprise, elle se jeta à son cou. Il eut l'impression qu'elle pleurait.

Jimmy Littlemore retira ses pieds de la table. Il tendit le bras pour attraper la bouteille de whisky et remplit à nouveau leurs verres.

— Je ne vous comprends pas, doc. D'abord, vous la violez presque…

— C'est absolument faux.

— Vous avez déboutonné son chemisier. Pour quel genre de fille la preniez-vous ?

Younger examinait la teinte automnale du bourbon.

— Les règles sont différentes en temps de guerre.

— Elle ne devait pas être de cet avis. Ce qui me plaît, c'est qu'elle sait ce qu'elle veut. Elle veut aller à la Sorbonne et elle va y arriver. Elle le veut pour son père. Exactement comme moi quand je pense à aller à Washington. Mon père a raté la seule chance qu'il a eue d'être pris chez les fédéraux. Quand Teddy Roosevelt est parti à Washington, mon père aurait pu le suivre. C'était le meilleur flic de New York, mais il avait une famille, des gosses, vous savez. Si ça se trouve, jamais l'occasion ne se présentera pour moi, mais si ça arrive, alors laissez-moi vous dire qu'il serait fier de moi. Et comment avez-vous découvert que son soldat n'était pas mort ?

Le verre de Younger s'arrêta à mi-chemin de sa bouche.

— Comment le savez-vous ?

— La plaque. Elle se rend dans un bureau de l'armée allemande à la recherche d'un soldat mort et elle laisse la plaque en France ? Je n'y crois pas. Je ne pense pas qu'elle détenait sa plaque. Alors pourquoi raconter ça ? Parce qu'il n'est pas mort.

— J'ai toujours dit que vous devriez travailler dans la police.

— Elle a le béguin pour ce type, pas vrai ? Elle ne voulait pas que vous le sachiez ?

Younger mit du temps à répondre.

— Elle est amoureuse de lui, son Hans. Vous voulez savoir ce qui s'est passé en Autriche ?

— Je suis tout ouïe.

SEPT

Nulle ville au monde ne fut davantage touchée par la Première Guerre mondiale que Vienne.

Mais pas d'un point de vue matériel. En effet, Vienne ne fut pas envahie, ni bombardée comme Paris. Pas une pierre ne bougea. Ce que la guerre avait détruit, c'était l'âme de la ville et sa place dans le monde.

Au printemps 1914, Vienne était tel un soleil autour duquel gravitaient cinquante millions de sujets, soumis à l'empereur François-Joseph de la maison de Habsbourg, et qui s'exprimaient dans des douzaines de langues. Vienne était riche, et ce qui s'y passait comptait aux yeux du monde. Cinq ans plus tard, c'était devenu une ville de second ordre, dans un pays sans envergure, qui crevait de faim et de froid. Les usines étaient fermées, l'empereur en fuite, l'empire aboli, et ses enfants brisés par des années de malnutrition.

Il résultait de tout cela une multitude d'impressions contradictoires chez les voyageurs qui s'y rendaient en mars 1919. Depuis l'élégante calèche tirée par deux chevaux qui les prit en charge à la gare, dans le soleil levant, Younger, Colette et Luc découvrirent une Vienne d'apparence aussi majestueuse qu'autrefois. La magnifique Ringstrasse, vaste avenue bordée de monuments ceignant la vieille ville, présentait la même façade hiératique qu'avant guerre. Ses bâtiments empruntaient à tous les styles architecturaux occidentaux sans souci d'harmonie. Après être passés devant un énorme parthénon grec éclatant, leur voiture longea une sombre cathédrale gothique, puis d'immenses palais néo-Renaissance. Le premier était le parlement, le deuxième, l'hôtel de ville, le troisième, l'université, célèbre dans le monde entier. Même les bâtiments plus modestes, ailleurs, seraient passés pour des palais.

Cependant, les personnes qui arpentaient la Ringstrasse, bien que vêtues selon le goût de l'époque, n'affichaient pas une prestance équivalente. Nombreux étaient les mutilés : on voyait partout des béquilles, manches tombantes et cache-œil. Et les hommes valides portaient comme un vide en eux. Dans les rues adjacentes, des centaines d'enfants attendaient à la queue leu leu pour obtenir des tickets de rationnement. À un moment, Colette et Younger virent un groupe se mettre à courir à perdre haleine ; cette cohue fut ponctuée de cris d'adultes courroucés, puis de coups, de piétinements.

Colette voulait que la calèche la dépose chez Hans Gruber.

Younger répliqua que, en raison de leur retard d'une journée, ils risquaient de rater leur rendez-vous avec Freud.

— Pouvez-vous demander au conducteur si c'est loin ? Peut-être que non ?

C'était en effet assez loin. Colette soupira et se rencogna dans la banquette. C'est alors que leur cocher s'adressa à elle dans un français impeccable.

— Veuillez m'excuser, mademoiselle, mais si je puis me permettre, la haine des Français pour les Allemands s'étend-elle aux Viennois ?

— Non. Nous savons que vous avez souffert autant que nous.

— Nous avons en effet notre lot de problèmes. Avez-vous noté, monsieur, ce phénomène intrigant au sujet des chiens, à Vienne ?

— Je n'en ai vu aucun depuis notre arrivée.

— C'est justement cela qui est inquiétant. Les gens mangent leurs chiens. Et vous avez dû entendre parler de la maladie des larmes ? Les gens se mettent à pleurer sans raison – les hommes comme les femmes – et ils ne parviennent plus à s'arrêter. Ils sanglotent dans leur sommeil ; cela dure si longtemps que ça se termine en crise d'épilepsie. À leur réveil, les gens n'en ont plus aucun souvenir. Ce sont les nerfs. Nous sommes de grands nerveux, nous, les Viennois – nous sommes gais, mais nerveux.

Colette le complimenta pour son français.

— Mademoiselle est aussi généreuse qu'elle est charmante. J'ai eu une gouvernante parisienne, quand j'étais enfant. Voici ma carte. Si vous avez à nouveau besoin d'une calèche, peut-être choisirez-vous de faire appel à mes services.

La carte était au nom d'Oktavian Ferdinand Graf Kinsky von Wchinitz und Tettau.

— Vous êtes un aristocrate, fit Younger.

Le mot *graf* était un titre de noblesse allemand ; le *von* était chargé d'un sens équivalent.

— Je suis comte, il est vrai, et j'ai eu de la chance. Je me suis accroché à mon dernier véhicule, et il me permet de gagner ma vie. Un de mes amis baron récure le sol d'un restaurant. Et voyez ma livrée.

Pour la première fois, Younger remarqua l'uniforme usé, qui avait dû être fort beau en son temps.

— Elle appartenait à l'un de mes domestiques. La fortune m'a souri une fois encore : parmi mon personnel de maison se trouvait un homme qui était aussi petit et rond que son maître. Ah, nous y voilà : l'hôtel Bristol.

— Mais c'est… c'est bien trop grand ! s'exclama Colette en découvrant sa chambre.

Les yeux de Luc s'arrêtèrent sur une table recouverte d'une nappe de lin blanche, où des pâtisseries étaient empilées sur un plateau d'argent, à côté de deux pots fumants, l'un de café, l'autre de cacao. Il ne mourait pas de faim comme les enfants de Vienne, cependant, il n'en était pas loin.

— Je n'ai jamais vu une chambre pareille de toute ma vie !

— Et ils osent demander trois pence anglais pour cela, fit Younger. C'est du vol.

Moins d'une heure plus tard, dans un petit appartement cossu de Berggasse, étroite ruelle pavée descendant en pente douce vers le canal du Danube, une domestique fit entrer Younger et Colette dans le cabinet de Freud.

— Je suis si nerveuse, murmura la jeune femme.

Son compagnon acquiesça. Forcément, songea-t-il, la possibilité que le père de la psychanalyse puisse aider son frère plongeait Colette dans un espoir mêlé d'inquiétude ; elle devait en outre vouloir faire bonne impression à ce médecin à la renommée internationale. Toutefois, se dit-il aussi, ce n'était pas elle qui l'avait déçu.

Toute la civilisation semblait s'être donné rendez-vous dans le cabinet du célèbre Dr Freud. Des volumes reliés en cuir tapissaient les murs, et chaque espace libre était occupé par une antiquité ou une statuette : les vases grecs se mêlaient aux poteries chinoises, les intailles italiennes aux figurines sud-américaines et aux bronzes égyptiens. L'atmosphère était pleine de riches relents de cigare et du carmin profond des tapis d'Orient, qui non seulement recouvraient le sol, mais aussi le long divan.

Une porte s'ouvrit. Un chow-chow miniature entra en trottinant et en jappant, suivi de Freud en personne. Il s'arrêta pour ordonner à l'animal de laisser ses hôtes. Celui-ci obéit.

— Eh bien, mon garçon, vous avez donc abandonné la psychanalyse ? lança-t-il à son visiteur sans autre forme d'introduction.

Il portait un costume, un gilet et un nœud papillon. Dans sa main gauche, à demi relevée, il tenait un cigare. Il avait vieilli depuis la dernière fois que Younger l'avait vu. Ses cheveux gris étaient plus clairsemés, son front plus haut ; sa courte barbe en pointe était désormais blanche. Quoi qu'il en soit, pour un homme de 63 ans, il demeurait séduisant, robuste, bien portant et ses yeux étaient tels que son hôte se les rappelait – à la fois perçants et compréhensifs, sévères et amusés.

— Miss Rousseau, puis-je vous présenter le docteur Sigmund Freud ? Docteur Freud, j'ai pensé que vous aimeriez parler à Miss Rousseau avant de rencontrer son frère.

— Enchanté, Fräulein, dit-il avant de se retourner vers son compagnon. Mais vous n'avez pas répondu à ma question.

— Je ne pratique plus du tout la psychologie, monsieur.

— Vous étiez psychanalyste ? lui demanda Colette.

— Aurais-je omis de le préciser ?

— Vous ignoriez qu'il fut un temps mon disciple le plus prometteur en Amérique ? reprit Freud.

— Tout à fait.

— C'était pourtant le cas. Lorsque nous nous sommes rencontrés, Younger procédait à une analyse sous ma supervision – celle de la jeune fille qui devint sa femme.

— Ah, oui, dit Colette. Bien sûr.

Son compagnon se taisait.

— Il ne vous a pas dit qu'il s'était marié ?

Elle rougit.

— Il ne parle jamais de lui.

— Je vois. Eh bien, sachez qu'il n'est plus marié, si cela peut vous intéresser d'une quelconque manière. Mais il vous a expliqué en quoi consistait l'analyse, bien sûr ?

— Non, il ne m'en a rien dit non plus.

— Dans ce cas, je vais m'en charger. Asseyez-vous, fit-il en lançant un regard à Younger.

Puis il appela la domestique, lui demanda de préparer le thé et s'installa confortablement dans un fauteuil.

— Vous êtes une scientifique, Fräulein Rousseau ?

— J'étudie pour devenir radiochimiste. Je travaillerai sous peu à l'institut de Mme Curie. Je prends mon poste la semaine prochaine.

— Je vois. C'est très bien. En tant que scientifique, vous comprendrez aisément ce que je m'apprête à vous dire. Quand nous procédons à l'analyse d'un enfant, nous jugeons nécessaire que les parents, ou la tutrice dans votre cas, soient informés à l'avance de ce que nous entreprenons. Voilà pourquoi Younger m'a permis de m'entretenir d'abord avec vous.

Ils avaient en effet laissé Luc à l'hôtel. Paula, la domestique des Freud, entra avec le service à thé.

— Toutes les névroses sont causées par des souvenirs. Il s'agit typiquement d'un souvenir ancien, qui touche à un désir interdit. Cela ne concerne pas seulement les personnes névrosées. Nous avons tous de tels souvenirs d'enfance, toutefois chez les personnes névrosées, quelque chose empêche d'oublier ces souvenirs, de se détacher à la manière ordinaire. Ils demeurent dans les recoins de la conscience de l'individu – si bien cachés qu'au début, mes patients ne se doutent même pas de leur présence. Le but de l'analyse est de faire émerger dans l'esprit du patient ces souvenirs refoulés.

— Pour les oublier ?

— Pour s'en libérer. Mais le processus est rarement aisé car la vérité peut se révéler difficile à accepter. Chaque fois, le patient – et sa famille – résistent à notre interprétation, et ce avec force. Il peut y avoir de bonnes raisons à cela. Quand la vérité sort, la famille peut en être changée de façon définitive.

— La famille ? répéta Colette en fronçant les sourcils.

— Oui. C'est même souvent ainsi que nous avons la certitude d'avoir découvert la vérité : tout à coup, la famille du patient demande l'arrêt de l'analyse. Bien que d'autres fois il y ait des preuves encore plus évidentes. Je vais vous donner un exemple. J'ai une patiente, française de naissance comme vous, issue d'une famille très riche et de très haut rang. Elle se plaint d'être frigide.

Younger remua sur sa chaise. Les termes explicites de l'analyse concernant la sexualité constituaient l'une des raisons pour lesquelles il n'en avait pas parlé à Colette.

— Lors d'une des premières séances, cette patiente, femme séduisante d'une quarantaine d'années, me raconte un rêve qu'elle a fait la nuit précédente. Elle se trouvait au bois de Boulogne. Un couple qu'elle connaissait était allongé sur un grand lit en plein milieu du parc, sur l'herbe verte, près du lac. C'est tout – rien de plus. Selon vous, Fräulein Rousseau, que signifie ce rêve ?

— Je l'ignore. Les rêves ont-ils un sens ?

— Tout à fait. Je lui ai dit qu'elle avait dû être témoin de relations sexuelles qu'elle n'aurait pas dû voir – et peut-être à plusieurs reprises – quand elle était petite, sans doute entre 3 et 5 ans. Elle me répondit qu'une telle chose était impossible car elle avait grandi sans sa mère. Soudain, elle se souvint que sa première gouvernante était partie de façon très abrupte quand elle avait 5 ans. Elle n'avait jamais connu la raison de ce départ. Je lui répondis que selon moi la gouvernante était la femme du rêve. Aussi posa-t-elle des questions dans son entourage.

« Elle mena l'enquête auprès de tout le monde, y compris des domestiques attachés de longue date à sa maison. Tous nièrent que le départ de la jeune femme ait caché un quelconque secret, et elle vint me trouver en me disant que je m'étais trompé. Puis elle fit un autre rêve, où cette personne apparaissait, mais avec une tête de cheval. Je lui expliquai ce que cela représentait – mais, Younger, peut-être savez-vous ce que cela signifie ?

— Non.

— Non ? Alors, dans ce cas, pourquoi ne dites-vous pas à Fräulein Rousseau ce que cela signifie selon moi ?

— Je ne suis pas certain que le sujet soit approprié.

— Pour moi ? fit sèchement Colette.

— Si nous voulons que Fräulein Rousseau puisse consentir à l'analyse de son frère, reprit Freud, ne songez-vous pas qu'elle devrait savoir à quoi elle consent ?

— Très bien. Pour commencer, le docteur Freud dirait sans doute que la tête de cheval de la gouvernante est un exemple de condensation : cela représente à la fois elle et l'homme avec qui elle couchait.

— Très bien, fit Freud d'un air tout à fait satisfait. Et qui était cet homme ?

— J'imagine que le père de la patiente montait à cheval ?

— Non, répliqua le psychanalyste sans en dire davantage.

— L'associait-elle aux chevaux ?

— Pas à ma connaissance.

Younger se tut un moment.

— Mais il y avait des chevaux sur la propriété.

— Il y avait en effet des écuries. Il fallait tirer les voitures.

— Dans ce cas, réfléchit Younger, vous avez dû dire que l'amant de la gouvernante devait s'occuper des chevaux – mais qu'il était aussi associé au père de votre patiente d'une quelconque manière.

— Excellent ! s'écria Freud. Je lui ai dit en effet que la gouvernante avait selon toute probabilité eu une liaison avec le palefrenier, qui était lié à son père. Elle répondit qu'elle avait déjà questionné cet homme – c'était l'un des domestiques qui lui avaient affirmé que la jeune femme n'avait rien à se reprocher. Je lui ai dit qu'elle devrait l'interroger à nouveau.

— Et l'a-t-elle fait ? demanda Colette.

— Mais oui, repartit Freud. Elle alla voir le palefrenier en lui disant qu'elle savait tout de son histoire avec la gouvernante. Alors, il lui raconta la vérité. Les étables abritaient leurs amours. La jeune femme donnait à ma patiente un sirop qui la rendait somnolente. On la couchait ensuite sur un lit de paille puis les amants s'abandonnaient à leurs jeux. Le palefrenier ajouta également que cette femme était très ardente – il avait peur parfois qu'elle ne meure de plaisir. Leur liaison avait commencé quand l'enfant avait 3 ans, et elle se poursuivit jusqu'à ce qu'elle en ait 5, lorsque les amants furent découverts et la jeune femme renvoyée.

— C'est vraiment incroyable ! s'exclama Colette.

— Bravo, mon garçon, fit Freud à Younger, comme s'il méritait ses félicitations. (Là-dessus, il se leva, signifiant que l'entretien était terminé.) Venez donc dîner ce soir avec nous, tous les deux. Martha, mon épouse, tient beaucoup à votre présence. Amenez votre frère, Fräulein. Cela me donnera une meilleure idée sur la manière de procéder.

Colette répondit qu'elle en serait honorée.

— Docteur Freud, puis-je vous dire un mot en particulier ? demanda alors Younger.

— J'allais vous proposer la même chose. Veuillez nous excuser cinq minutes, Fräulein Rousseau. Venez par ici, mon cher.

Freud s'assit dans son bureau, encore plus envahi d'antiquités que son cabinet.

— Bien, expliquez-moi maintenant comment vous voulez que je procède à l'analyse d'un enfant qui ne parle pas.

— Mais vous…

— On dirait une plaisanterie : vous connaissez l'histoire du muet qui va consulter Sigmund Freud ? Votre attitude, mon garçon, mérite d'être analysée.

— Mon attitude ?

Le psychanalyste releva le couvercle d'une boîte en bois.

— Cigare ?

— Merci, acquiesça-t-il.

Freud coupa la pointe avec de fins ciseaux.

— Bien, nous avons chacun quelque chose à nous dire. Commençons par vous.

Younger réfléchit à la manière de présenter les choses.

— Vous permettez ? intervint le psychanalyste. Vous voulez en premier lieu me dire qu'amener l'enfant n'était pas votre idée.

Son interlocuteur ne fit aucun commentaire.

— Si cela avait été votre idée, vous auriez expliqué à Fräulein Rousseau ce qu'était la psychanalyse, vous lui auriez dit que vous l'aviez vous-même pratiquée, lui en auriez montré les avantages, etc. Vous n'en avez rien fait. Donc, l'idée vient d'elle. De plus, vous n'aviez guère envie de me l'amener parce que vous anticipiez ce que je dirais de sa condition. Fräulein Rousseau sert manifestement de mère de substitution à ce garçon depuis un certain temps. Vous vous attendez donc à ce que j'en conclue qu'il veut coucher avec elle, et vous voudriez lui éviter d'entendre cela.

Younger était abasourdi.

— Je ne connais qu'un seul autre homme à qui je ne cesse de demander comment il sait telle et telle chose, or il se trouve que cet homme est justement en train de m'écouter lui raconter cette histoire.

— Vous n'avez pas dit ça ? s'enquit Littlemore, dont les chaussures noires éraflées trônaient à nouveau sur la table de la cuisine. Ne vous interrompez pas comme ça. Cela gâche le… euh…

— L'effet dramatique ?

— C'est ça. Vous savez, ce type, Freud, il aurait vraiment dû être flic. Mais vous mélangez un peu trop les choses, doc. À vous écouter, on dirait que d'après votre type Luc veut coucher avec Colette. Et tout ça, parce qu'elle lui sert de maman depuis toutes ces années !

Le policier éclata de rire. Il s'arrêta en voyant que son compagnon ne bronchait pas.

— Non, il ne pense quand même pas ça ?

Le médecin fit signe que oui.

— Mais c'est pas possible !

— Voilà pourquoi j'ai arrêté de pratiquer la psychanalyse. Il y a dix ans, j'ai dit à Freud que je n'y croyais pas. Voilà comment il a su ce que je pensais.

— Et alors, qu'est-ce que vous avez dit ?

*

— En effet, j'apprécierais que vous ne lui disiez pas cela, docteur Freud. Elle le croirait.

— Mais pas vous.

— Non, monsieur.

Le psychanalyste tira une bouffée de son cigare en hochant la tête.

— Je suis navré, mais je ne puis croire que les difficultés de Luc aient quoi que ce soit à voir avec le désir de coucher avec sa sœur, sa mère, ou toute autre personne de sa famille. S'il souffre d'une quelconque névrose, alors elle est liée à la guerre. Cela n'a rien de sexuel.

— Rien de sexuel ? Et sur quelle preuve basez-vous votre diagnostic ? Vous me rappelez ces médecins du gouvernement qui ont assisté à ma conférence à Budapest. « Oui, il faut le reconnaître, Freud avait finalement raison à propos de l'inconscient. Oui, la névrose de guerre est liée à des souvenirs inconscients, comme il l'a toujours dit. Mais cette dégoûtante histoire de sexe ? Dieu merci, cela n'a rien à voir avec l'obusite. » En réalité, aucun des cas de névrose de guerre n'a encore été analysé complètement. Nous ignorons donc quels sont les rapports avec les désirs infantiles. Voilà pourquoi je m'intéresse tant au cas du frère de Fräulein Rousseau.

— Pour voir si derrière ses symptômes se cache l'œdipe ?

— S'il est là, pourquoi ne pas l'identifier ? Mais ne soyez pas trop présomptueux quant à ce que je m'attends à trouver. Il se cache peut-être d'autres éléments dans l'esprit de ce garçon. J'ai entrevu quelque chose de nouveau, Younger, cela reste flou, mais je l'ai aperçu. Peut-être y a-t-il un autre fantôme dans la cave.

— De quoi s'agit-il ?

— Je ne puis vous le dire parce que je l'ignore, répondit-il en faisant tomber la cendre de son cigare. Mais je ne vous ai pas encore révélé ce que je souhaitais vous apprendre.

— Vous voulez que je revienne sur mon rejet du complexe d'Œdipe.

— Je veux que vous repreniez la pratique de la psychanalyse. Pourquoi êtes-vous là ?

— Miss Rousseau…

— … veut que son frère soit analysé, or vous êtes amoureux d'elle, aussi avez-vous dit oui pour lui faire plaisir. C'est évident. En dehors de cela.

— En dehors de cela ?

— En supposant que le garçon puisse être analysé, vous auriez pu le faire vous-même. Vous n'aviez nul besoin de vous rendre en Autriche. En vérité, il me paraît illogique d'être venu jusqu'ici étant donné que Fräulein Rousseau doit bientôt retourner à Paris. On ne peut mener une analyse en l'espace d'une ou deux semaines, vous le savez fort bien. J'en conclus donc que vous avez une autre raison d'être là.

— Qui serait ?

— Vous vouliez me voir.

Younger réfléchit un moment. Enfin, il répondit :

— C'est juste.

— Pourquoi ?

— Pour vous demander quelque chose, je pense.

Freud attendit. Un long silence suivit.

— Je n'ai plus…

Younger cherchait le mot juste.

— J'ai perdu la foi.

— La perte de la foi religieuse marque le commencement de la maturité.

— Il ne s'agit pas de la foi religieuse.

Le psychanalyste le laissa réfléchir.

— La guerre, poursuivit-il. Des millions d'hommes, des millions et des millions de jeunes gens, tués pour rien. Un massacre insensé. Sans parler des hordes de mutilés.

— Ah, oui. La destruction à laquelle nous venons d'assister est très difficile à envisager dans toute son ampleur. Tout ce que je croyais savoir de l'esprit humain semble ne plus faire sens devant un tel anéantissement. Toutefois ce n'est pas non plus la raison de votre présence.

— Je n'ai plus de but. Je ne vois plus l'intérêt d'en avoir. J'ai des pensées, des désirs, mais plus aucun objectif.

Son poing droit se serra ; il s'obligea à le relâcher.

— Peut-on vivre sans but ? poursuivit-il.

— Cette exigence que votre vie ait un but, mon garçon, vous la tenez de vos parents, sans doute de votre père – cela mérite d'être analysé.

— En disant cela, vous me concédez qu'il n'existe pas de but.

— Alors, je ne puis vous aider.

Ils se turent de nouveau.

— Vous ne fumez pas, remarqua Freud, notant que le cigare de Younger s'était éteint et s'empressant de le rallumer. J'ai suivi votre carrière de loin. Brill m'a tenu informé. Vous vous êtes bien débrouillé.

— Merci.

— Vous avez combattu ?

— Oui.

— Mes fils aussi. Martin est encore prisonnier, en Italie. J'ai été désolé d'apprendre le décès de votre femme. Quel événement terrible. Maltraitez-vous les femmes ?

— Plaît-il ?

— Vous ne vous êtes pas remarié. Vous vous faites une idée exagérée de l'innocence féminine, à en juger par votre réticence à évoquer la sexualité devant Fräulein Rousseau. Je me demande si vous maltraitez les femmes, d'habitude.

— Pourquoi les maltraiterais-je ?

— C'est une réaction tout à fait banale. Un homme qui idéalise les femmes a souvent une piètre opinion d'elles en parallèle.

— Je ne me fais pas une piètre opinion des femmes, bien au contraire.

— Ce n'est qu'une observation. C'est après la mort de votre épouse que vous vous êtes détourné de la psychologie. De l'esprit.

— J'étudiais l'esprit. Du point de vue biologique.

— Et c'est précisément comme ça que vous vous en êtes détourné – sans doute une manière de contre-attaquer.

— Contre-attaquer quoi ?

— Votre femme. Moi, je suppose. Et vous-même.

Younger ne répondit pas.

— Vous avez abandonné la psychanalyse pour les mêmes raisons que vous maltraitez les femmes : parce que vous vous sentez responsable de la mort de votre épouse.

— C'est absurde. Je n'étais pas responsable de sa mort.

— L'absurdité est une offense à la logique, mais ce n'est pas la logique qui préside à l'esprit humain.

*

Quand les deux hommes ressortirent du bureau de Freud, Colette n'était plus là. Younger partit, mais ne la trouva pas non plus dans la rue. Il descendit Berggasse en direction du canal. Elle n'était nulle part. Longtemps, il contempla l'eau.

De retour à l'hôtel Bristol, Younger demanda à Luc si sa sœur était rentrée. Le garçon secoua la tête et lui montra un dessin qu'il avait fait.

— C'est très soigné, commenta-t-il.

L'enfant avait représenté un arbre aux nombreuses branches. Sur plusieurs d'entre elles étaient perchés des animaux, qui tous dévisageaient le spectateur de leurs grands yeux affamés.

— Ce sont des chiens ?

Luc secoua la tête.

— Des loups ?

Il acquiesça.

— Tu comprends bien, petit homme, que nous ne savons même pas si tu es capable de parler. Sur le plan physique, je veux dire.

Le garçon lui parut à la fois intéressé et indifférent.

— En revanche, toi, tu sais si tu en es capable. J'en suis convaincu. Mais si tu ne peux physiquement pas parler, Luc, il est inutile que tu ailles voir le Dr Freud. Ce n'est pas ce médecin-là qu'il te faut.

L'enfant ne broncha pas.

— Par contre, si tu peux, alors tu pourrais t'en sortir assez facilement. En parlant. Après tu n'aurais plus besoin de voir le docteur. Tu n'irais plus dans cette école. Et tu rendrais ta sœur très heureuse.

Le garçon dévisagea Younger un long moment avant de retourner son dessin pour écrire un message au verso. C'était la seconde fois qu'il s'adressait à lui de la sorte. Trois mots apparurent sur la feuille : *tu te trompes.*

En observant Luc assis dans un coin avec ses livres, Younger se demanda sur quel point il s'était trompé. Luc ignorait-il s'il était capable de parler ? Ou craignait-il que cela ne rende pas sa sœur heureuse ?

Colette revint à l'hôtel une heure plus tard.

— Vous aviez disparu, commenta Younger.

— Je suis allée…

— Chez les Gruber.

— Oui. À pied. Mais ce n'est pas leur adresse. Ce n'est même pas un lieu d'habitation. Je n'ai rien trouvé. J'ignore même de quel genre d'endroit il s'agit. Peut-être est-ce une salle de concert. Pouvez-vous m'aider ?

Younger la raccompagna sur place pour lui servir d'interprète. Il s'agissait d'une école de musique. Une secrétaire, assez aimable pour aller fouiller dans les registres d'inscription, leur apprit qu'un dénommé Hans Gruber avait bien fréquenté cet établissement – du moins s'y était-il inscrit en 1914. Elle leur donna une nouvelle adresse qui, apprirent-ils du conducteur de fiacre, se trouvait dans le district de Hutteldorf, à environ deux heures en voiture à cheval – toutefois le voyage en train était plus rapide et moins cher. Colette déclara qu'elle irait seule dès le lendemain.

— Ne soyez pas stupide. Je vous accompagne, annonça Younger.

Ce soir-là, Martha Freud, sa sœur Minna et Paula, la domestique, s'extasièrent toutes devant Luc, disant que c'était le plus adorable *schmächtige Kerlchen* du monde. Martha ne cessait de présenter ses excuses pour la modestie de ce repas, plantureux mais très simple, comme si les Freud étaient des fermiers.

— Cette horrible guerre, se plaignit-elle.

— Au moins, c'est le bon côté qui l'a emporté, déclara le psychanalyste.

Son épouse lui demanda comment il pouvait bien dire une chose pareille alors qu'ils avaient tout perdu.

— Nous n'avons pas tout perdu, ma chère, la réprimanda-t-il.

— Juste les économies de toute une vie. Nous avions tout placé dans les bons du Trésor. Le plus sûr des placements : tout le monde le disait. Ils étaient à l'effigie de l'empereur François-Joseph.

— Et dorénavant, ils ne valent plus que leur poids en papier.

— Ils ne valent plus rien du tout, oui !

— C'est ce que je dis. Mais nos fils n'ont pas été blessés et nos filles sont heureuses. Certes, Martin n'est pas encore rentré, mais il est mieux là où il est. En tant que prisonnier, on le nourrit tous les jours, tandis que Vienne meurt de faim. Mes patients me paient en lait de chèvre et en œufs – ce qui nous permet au moins de manger. Toutefois, notre mouvement est riche, Younger. Nous avons reçu une donation d'un million de couronnes d'un patient hongrois. Quand l'argent sera débloqué, nous ouvrirons une clinique gratuite à Berlin et en Hongrie. Budapest sera notre nouveau centre. Notre vieil ami Ferenczi vient d'y être nommé professeur de psychologie.

Lorsqu'il eut terminé son repas, Luc fut autorisé à sortir de table. Il alla s'asseoir dans un coin et se plongea dans l'un des ouvrages de Freud.

— Pourquoi ne le laisseriez-vous pas dormir une ou deux nuits ici ? demanda le psychanalyste à Colette. Je ne peux mener avec lui les séances habituelles, mais s'il demeurait sous mon toit, au moins pourrais-je l'observer.

Au fond de lui, Younger était tout à fait favorable à cette proposition, mais pas pour des raisons médicales. Si l'enfant restait là, cela signifiait que Colette et lui seraient seuls à l'hôtel.

— Vous pouvez aussi loger chez nous, Fräulein Rousseau, poursuivit Freud. Le nid est vide. Anna est en visite chez sa sœur à Berlin. Vous pouvez prendre sa chambre.

Younger demeura seul à l'hôtel.

Colette devait passer le voir le lendemain matin, après le petit déjeuner. Et de fait, elle vint bien après déjeuner.

— Martha et Minna ont emmené Luc dans un parc d'attractions, dit-elle comme si cela expliquait ses heures de retard. Quelle puissance il dégage, le Dr Freud ! Et ses yeux. Il voit tout.

— Je sais où vous étiez. Hutteldorf.

— C'est vrai. La gare se trouve juste à côté de chez les Freud. Je ne voulais pas vous embêter. Mais…

— Vous devez y retourner.

— Pourriez-vous m'aider encore une dernière fois ? demanda-t-elle en lui adressant son plus beau sourire. J'ai trouvé le bâtiment où je pense qu'il a vécu, mais je n'ai rien compris de ce qu'on m'a dit. Je pense que les Gruber n'habitent plus là, mais peut-être quelqu'un pourra nous dire où ils sont à présent. C'est très rapide en train.

— Où sont ses affaires ? demanda Younger quand ils furent dans le train à destination de Hutteldorf.

Manifestement, l'hiver viennois avait été long et rigoureux : c'était presque le printemps et pourtant les arbres ne portaient aucun bourgeon.

— Ses affaires ?

— Les effets personnels de votre soldat. Que vous deviez rapporter à sa famille. Vous les avez oubliés ?

— Bien sûr que non. Je vous l'ai dit, je ne pense pas que les Gruber vivent là. Pourquoi m'avoir caché que vous avez été marié ?

— Je n'ai rien caché.

— Vous ne me l'avez jamais dit.

— Vous ne me l'avez jamais demandé.

— Si. Vous avez répondu que vous ne croyez pas au mariage.

— C'est la vérité.

Elle regarda dehors par la vitre, avant de reprendre :

— Vous ne me dites rien. C'est comme si vous mentiez. D'ailleurs, c'est une manière de mentir.

— Ne rien dire, ce n'est pas mentir.

— Quand cela trompe quelqu'un, si. J'aurais préféré que vous mentiez. Au moins, j'aurais su que mon opinion vous importait.

Ils demeurèrent ainsi, assis en silence tandis que le train avançait en grondant le long des berges du Danube aux eaux brunes et immobiles. Younger la regardait, de profil. Il se demanda comment il pouvait voir en elle de la vulnérabilité, alors que ni son visage ni son corps n'en manifestaient.

— Bien sûr qu'elle m'importe, répondit-il.

— Non.

Younger avait pour principe de ne jamais en dire plus que nécessaire sur lui, son passé, ses pensées – du moins, aux femmes. Elles le pressaient de questions ; il ne leur donnait jamais satisfaction. Manifestement, il revenait sur ses principes.

— C'était en novembre 1909. Elle s'appelait Nora. Voulez-vous que je vous parle d'elle ?

— Si cela ne vous dérange pas.

— C'était la plus belle femme que j'aie jamais rencontrée jusque-là. Tout à fait différente de vous. Elle était blonde. Si fragile que je craignais qu'elle ne se brise entre mes mains. Autodestructrice, aussi. Je crois que cela me plaisait. Nous avons eu six mois de bonheur. Selon mon expérience, ce n'est pas mal, six mois. Mais déjà les signes du danger se faisaient ressentir. Je me souviens de l'avoir emmenée acheter une robe de mariée. Elle se mit en tête que le mannequin qui nous présentait les robes – une fille d'environ 16 ans – se moquait d'elle. Je commis l'erreur de demander à Nora ce qu'elle lui avait fait. Elle m'accusa de la défendre. Je fis une seconde erreur en me mettant à rire. Notre querelle dura deux jours. Toutefois, les problèmes devinrent sérieux après notre mariage, quand elle découvrit mes carnets de notes. Il s'agissait d'outils de travail, de résumés de séances.

Mes patientes avaient tendance à… elles se comportaient comme si elles étaient amoureuses de moi, ce qui est un processus normal en psychanalyse. Demandez à Freud si vous ne me croyez pas.

— Bien sûr que je vous crois.

— Ces carnets recensaient ce qui se passait durant chaque séance : ce que mes patients me disaient, mes propres réactions à leurs propos, etc.

— C'est-à-dire ? Vous… vous aviez des sentiments pour certaines patientes ? Et vous l'aviez écrit dans vos carnets ?

— Pour l'une d'elles. Elle s'appelait Rachel.

— Rachel. Elle était jolie ?

— Elle avait une silhouette un peu comme la vôtre. Donc oui, elle était jolie.

— Elle voulait coucher avec vous ?

— Absolument.

— Vous avez fait avec elle ce que vous avez essayé de faire avec moi… mais elle, elle s'est laissé faire.

Younger regarda Colette sans rien dire.

— Je ne vous blâme pas, reprit-elle. Une jolie fille qui se rend tous les jours à votre bureau, et s'allonge sur votre divan pour vous raconter ses secrets. Si j'avais été un homme, j'aurais trouvé ça… séduisant.

— La plupart des analystes couchent avec leurs patientes. Pas Freud. Et moi non plus.

— Vous l'avez fait avec Nora.

— Pas avant de l'avoir épousée. D'ailleurs, ce n'était pas vraiment ma patiente.

— Je vois. Vous n'avez rien fait avec Rachel ; vous vous êtes contenté d'écrire dans vos carnets qu'elle vous attirait. Si bien que vous n'avez pas compris pourquoi votre femme vous en voulait.

— C'est exact.

— Ce qui est stupide de votre part.

— Vraiment ? Si les femmes refusent que leur mari puisse au cours de leur vie être attiré par d'autres femmes, ce n'est pas les hommes qui font preuve de stupidité.

— Qu'avez-vous dit à Nora ?

— Je lui ai reproché d'avoir lu mes notes, qui étaient confidentielles. Ce fut encore une erreur. Elle m'accusa de vouloir lui cacher mes « liaisons ». Elle se mit à élaborer une théorie selon laquelle le principe de confidentialité en psychanalyse avait pour but de permettre aux médecins d'avoir des aventures avec leurs patientes en toute impunité. Nous en étions arrivés à un point où il ne se passait plus une soirée sans qu'elle fasse référence à mes liaisons. Elle disait que je lui inspirais du dégoût. Que je n'éprouvais aucun sentiment. Que j'étais faible. Elle commença à lancer des objets. D'abord contre les murs. Puis sur moi.

— Et vous demeuriez impassible, comme une statue.

— À peu près.

— Ce qui devait décupler sa rage.

— Tout à fait. Elle se mit à me frapper. À me donner des coups de pied. Du moins, essaya-t-elle.

— Qu'avez-vous fait ?

— Eh bien, elle était très jeune, elle avait vécu un vrai cauchemar. De plus, elle était très frêle. Je considérais presque avec tendresse ses tentatives pour me frapper. Aussi la laissai-je faire, sans manifester ma colère. En vérité, je ne me rendais pas compte à quel point il était important que je taise ma colère.

« Un soir, en rentrant chez moi, je trouvai un cheval de verre brisé en mille morceaux sur le parquet du salon. C'était un objet ancien, un cadeau de mariage de ma tante. Nora l'avait cassé exprès. Cette nuit-là, sa fureur atteignit des sommets. L'un de ses coups finit par m'atteindre, et je ripostai : le revers de ma main s'abattit sur sa joue. Le coup fut plus fort que je ne l'escomptais, et elle tomba. À mon grand étonnement, elle se confondit en excuses. C'était la première fois qu'elle regrettait sa conduite. Elle se mit à vitupérer sa propre folie, loua ma gentillesse et me jura son amour éternel. Elle m'étreignit et me supplia de lui pardonner. Puis elle se mit à pleurer. Je crus que nous en avions terminé.

« Bien au contraire, c'est un nouveau mode de relations qui s'instaura. Nos querelles reprirent de plus belle, et lorsqu'elles atteignaient leur paroxysme, nous en venions aux mains. Ou plutôt elle tentait de me frapper jusqu'à ce que moi je le fasse. À ce stade, elle se radoucissait et me suppliait de lui pardonner. Le plus étrange, toutefois, fut que je m'aperçus que je pouvais couper court à la dispute en… en sautant directement à la conclusion, dans notre vie intime.

— Je ne comprends pas, fit Colette.

— Tant mieux, et je ne vous l'expliquerai pas. Mais cela marchait. Pendant un temps, disons, car ça ne dura pas. Quand nous étions dehors, dans la rue, au théâtre, n'importe où, Nora me faisait de terribles scènes, où elle m'accusait d'être attiré par les autres femmes. Ce qui était le cas, bien entendu, quand elles étaient séduisantes. Au début, je ne niais pas ses dires, mais à la fin, pour la calmer, je lui répliquais qu'elle s'imaginait ces choses, que c'était dans sa tête. Elle savait que je mentais, mais elle semblait préférer le mensonge à la vérité.

« C'est alors que la jeune épouse d'un vieux patient très riche me demanda de passer chez eux. Son mari se mourait. Je restai longtemps à leur domicile. C'était très triste. En rentrant chez moi, ce soir-là, je dissimulai cette visite à Nora. Je n'avais rien à cacher, mais cette jeune femme était célèbre pour son charme – c'était une ancienne actrice – et je savais que si je lui en parlais, s'ensuivrait une nuit de récriminations sans fin. La vie m'était devenue si monotone, si lassante. Aussi lui racontai-je autre chose ; elle me crut. À cet instant, je compris que je n'étais plus amoureux de ma femme.

« Environ deux mois plus tard, la même personne me fit appeler à nouveau. Son mari était décédé et elle s'apprêtait à reprendre sa carrière à Broadway. Elle se plaignit de douleurs dans le bas du dos, à force de répétitions. Elle me demanda de venir l'examiner chez elle. Ce que je fis. Ensuite, elle me fit venir plusieurs fois par semaine. Je ne cessai de mentir à Nora.

« Un jour, cette actrice envoya chez moi un message où elle me priait de venir dès que possible. Bien sûr, Nora vit son mot et, bien sûr, elle comprit sur-le-champ que je lui avais caché des choses. Elle m'accusa d'avoir une liaison, ce que j'avouai. Le divorce fut prononcé dans le plus grand scandale, un an à peine après notre mariage, et, le plus drôle, c'est qu'en réalité, je ne l'avais pas trompée. Enfin, c'eût été comique si Nora n'était pas morte peu après. On m'envoya un télégramme à Boston pour m'annoncer la nouvelle. Elle était tombée du quai au moment où le métro arrivait. Tout le monde raconta que c'était un accident, mais je n'y crus guère. On découvrit alors qu'elle était enceinte. Freud pense que je me sens responsable de sa mort.

— Et vous ?

— Eh bien, c'est encore pire que cela. J'étais heureux qu'elle soit morte. Et je m'en réjouis toujours.

La gare de Hutteldorf était en bout de ligne. Au centre de ce village bucolique, situé dans un environnement boisé, se dressaient quelques constructions basses. C'est dans l'une d'elles qu'avait vécu Hans Gruber, mais il n'y avait plus personne de ce nom. Younger ne trouva rien, jusqu'à ce qu'il entame la conversation avec une femme d'âge mûr qui balayait la cour.

— Hans Gruber ? Celui dont toutes les filles étaient folles ? Un grand blond avec des yeux bleus magnifiques ?

Il traduisit cette description à Colette sans faire le moindre commentaire. Son absence de réaction confirma l'exactitude du portrait. Il crut voir le rouge lui monter aux joues.

— Bien sûr que je me souviens de lui. Hautain et paresseux. Il avait une rente – peut-être que son père était mort – alors, il n'avait pas besoin de travailler. Et il ne levait pas le petit doigt. Il se contentait d'aller faire de longues promenades en forêt et de jouer du violon un peu partout. Et quel caractère ! Quand il était sobre, il nous donnait des ordres en permanence, et quand il était soûl, il nous insultait.

Après avoir traduit ces commentaires, Younger dit à Colette :

— Vous semblez faire beaucoup d'efforts pour quelqu'un qui ne le mérite guère.

Elle fronça les sourcils, secoua la tête, mais ne répondit pas.

Younger expliqua le but de leur visite à la domestique et lui demanda s'il y avait encore des membres de la famille Gruber dans les parages.

— Alors comme ça, il est mort. Eh bien, c'est encore autre chose. Non, je n'ai jamais connu la famille. Il venait d'une de ces villes de l'Ouest, au bord du fleuve, près de la Bavière. Je ne sais pas très bien laquelle. Demandez aux Trois Hussards, près de l'église Saint-Étienne. C'est là qu'il prenait tous ses repas. Peut-être que quelqu'un pourra vous répondre.

Le soleil était couché quand ils revinrent dans le centre de Vienne. Younger demanda à leur cocher s'il connaissait un restaurant portant le nom des Trois Hussards. Ce dernier répondit que l'établissement était fermé et qu'il rouvrirait le jeudi.

— C'est aussi bien comme ça, indiqua Colette. Je ne veux pas que vous m'accompagniez. J'ai déjà assez abusé de votre temps.

— Il est un jeu auquel s'adonne votre frère, avec une canne à pêche et une ficelle, Fräulein, annonça Freud à Colette ce soir-là. Il émet quelques bruits quand il y joue. Des espèces de « ah », de « oh ». Savez-vous ce qu'il dit ?

— Ça n'a pas de sens. Mais ce jeu signifie-t-il quelque chose ?

— Cela montre en tout cas que ses cordes vocales sont intactes.

— Et est-ce une mauvaise chose qu'il joue sans cesse à ce jeu ?

— Disons que c'est intéressant.

*

Le lendemain matin, à l'heure où les rais du soleil levant nimbaient d'un éclatant vernis les pavés mouillés, Sigmund Freud sortit son chien en compagnie d'un petit Français. La conversation n'était qu'un monologue. Le psychanalyste racontait dans la langue de l'enfant les mythes grecs et égyptiens. Luc avait beau être intéressé, il ne répondait pas.

Dans un square de forme triangulaire, ils arrivèrent près d'un attroupement : la foule entourait un homme pris de convulsions. Ses vêtements d'ouvrier étaient propres, bien qu'effilochés et rapiécés. Sa casquette, sans doute tombée quand la crise s'était déclarée, gisait près de son corps secoué de soubresauts.

— Si tu étais sorti avec ma femme et sa sœur, dit tranquillement Freud, je suis sûr qu'elles t'auraient caché les yeux. Veux-tu que je le fasse ?

Luc secoua la tête. Il ne manifestait pas l'horreur qu'éprouvent d'habitude les enfants face à la maladie. Certaines personnes, prises de pitié, lancèrent une pièce dans le chapeau de l'épileptique. Au bout d'un moment, Freud emmena l'enfant.

Luc avait l'air songeur. Il tira sur la manche de son compagnon et le regarda, une question se dessinait dans ses yeux.

— Qu'y a-t-il ? demanda Freud.

Luc tira à nouveau sur sa manche.

— Ça ne marche pas comme ça, mon petit. Je ne peux rien expliquer si j'ignore ce qui te trouble.

Le regard de l'enfant se perdit dans le vague, puis il se fixa de nouveau sur Freud. Enfin, il retourna ses poches.

Le psychanalyste le vit caresser le tissu retourné. Enfin, il comprit.

— Tu veux savoir pourquoi je ne lui ai pas donné d'argent ?

Le garçon acquiesça.

— Parce qu'il ne jouait pas assez bien la comédie.

Seul dans les vieux quartiers de Vienne, Younger tomba sur un marché en plein air, vaste et bien approvisionné. Il était clair que Freud ne voulait pas être payé pour le traitement de Luc, aussi son ancien disciple décida-t-il de lui faire livrer de la nourriture : œufs, fleurs, fruits frais, lait, poulets, chapelets de saucisses, chocolat, vin, ainsi que quelques boîtes de conserve.

Il ne mit pas les pieds chez le psychanalyste de la journée. Il existait plusieurs églises anciennes qu'il voulait visiter. Et puis, Colette lui cachait quelque chose.

— Dites-moi, Fräulein Rousseau, par hasard, on ne parlait pas allemand, chez vous ?

Ce jour-là, Freud avait reçu ses patients, réglé sa correspondance, ajouté quelques notes à des brouillons d'articles destinés à différentes publications, et il avait trouvé le temps de s'intéresser à Luc. Il arriva à la porte de la cuisine où Colette aidait la domestique à faire la vaisselle.

— Nous parlions français, bien sûr.

— Pas un mot d'allemand ? Quand vous étiez enfant, peut-être ?

— Notre grand-mère était autrichienne : elle parlait allemand, répondit-elle en souriant. Elle jouait en effet à un jeu en allemand avec nous quand nous étions tout petits. Elle dissimulait son visage derrière ses mains, puis elle disait *fort*, ensuite, elle se découvrait et disait *da*.

— *Fort* et *da*, « coucou », « caché ». Vous avez l'air pensive, Fräulein.

— Non, répondit-elle sans quitter des yeux la vaisselle. Je regrette juste de ne pas parler l'allemand.

— Si ce que vous me cachez a un lien avec votre frère, j'aimerais être mis au courant. Sinon, je ne souhaite pas interférer dans votre vie.

Situé dans une ruelle tortueuse du plus ancien quartier de Vienne, les Trois Hussards commencèrent à s'animer vers onze heures et demie le jeudi matin. Les volets et fenêtres s'ouvrirent, on déverrouilla la porte et un serveur en tablier, à l'habit blanc et noir, sortit balayer le trottoir. Une jeune Française très jolie s'approcha en souriant timidement, et il lui fit signe d'entrer.

Installé un peu plus bas dans la rue, dans un café, Younger assista à la scène sans bouger. Dix minutes plus tard, la jeune femme ressortit, le front plissé d'angoisse. Le médecin la suivit.

*

Dans le vieux quartier de Vienne chaque ruelle menait à la même place immense, Stephansplatz, où s'élevait la cathédrale Saint-Étienne, massive, gothique, inexpugnable, au toit incongru rayé de zigzags rouge et vert, et dont la tour sud gigantesque, comme la pince d'un crabe-violoniste, déséquilibrait l'ensemble.

Colette franchit les énormes portes de l'édifice. Elle alluma un cierge, plongea les doigts dans le bénitier de pierre, se signa et alla s'asseoir en inclinant la tête sur un banc solitaire dans l'immense salle caverneuse, près d'une colonne trois fois plus épaisse qu'elle. Au bout d'un moment, elle se leva et repartit en hâte, sans voir Younger, dissimulé dans le recoin d'une chapelle, drapé d'ombre.

Elle parcourut près de deux kilomètres, s'arrêtant à intervalles réguliers pour demander son chemin en montrant un papier qui devait comporter une adresse. Après avoir franchi la Ringstrasse et le canal, elle entra dans un vaste bâtiment disgracieux. C'était un poste de police. Au bout d'une demi-heure environ, elle en ressortit. Younger fumait une cigarette en l'attendant près de la porte voisine.

— Votre Hans est donc toujours en vie.

Elle s'immobilisa comme si un projecteur l'avait soudain arrachée aux ténèbres.

— Vous m'avez suivie ?

Il n'avait pas répondu quand un officier de police à l'air sympathique, arborant des favoris, sortit précipitamment du commissariat.

— Ah, mademoiselle, fit-il dans un français approximatif, j'ai oublié vous dire. Heures visite s'arrêter à 2 heures. La prison très stricte. Si vous pas arriver avant 2 heures, pas voir fiancé.

— Merci, répondit Colette, rompant le lourd silence.

— C'est normal, ajouta le policier avec un grand sourire.

Il dut prendre Younger pour un ami ou un membre de la famille, parce qu'il lui dit alors en allemand :

— C'est touchant deux jeunes gens des camps opposés qui tombent amoureux en pleine guerre. Si une seule bonne chose pouvait sortir de toute cette tuerie, ce serait peut-être celle-là.

Il fit ses adieux à Colette et retourna au commissariat.

— Vous auriez dû me le dire.

— Je…

— Je vous aurais quand même accompagnée à Vienne et présentée à Freud. Je vous aurais peut-être même offert votre voyage de noces. Tout ce que vous m'auriez demandé, je vous l'aurais donné.

Sa réponse le surprit :

— Vous voulez me tuer.

— Je veux vous épouser.

Elle secoua la tête.

— C'est impossible.

Ils se regardèrent.

— J'arrive trop tard, n'est-ce pas ?

Colette détourna les yeux… puis elle hocha la tête.

Malgré lui, Younger alla dîner aux Trois Hussards. C'était un restaurant au plafond bas orné de poutres, au sol irrégulier, dont les tables étaient à peine assez grandes pour accueillir les énormes côtelettes de veau panées servies à presque tous les clients.

Quand le garçon vint débarrasser, le médecin déposa une liasse de billets sur la table en lui disant qu'il cherchait un vieil ami à lui, Hans Gruber, qui était en prison et avait ses habitudes aux Trois Hussards. Le serveur lui apprit que, justement, la fiancée de Hans était venue le jour même s'enquérir de lui à l'heure du déjeuner, ajoutant pour faire bonne mesure qu'elle était française, très jolie et débordante d'amour – mais bon, Hans avait toujours eu de la chance avec le beau sexe.

Younger planta son couteau dans la liasse de billets, les clouant sur la table. Il se leva, toisant son interlocuteur, et demanda à mi-voix :

— Qu'a-t-il fait ?

— Il a participé à une manifestation, répondit l'autre en bégayant, sans qu'on sache si c'était de peur ou de crainte de perdre les billets.

— Quelle manifestation ?

— Celle de la Ligue. Pour l'Anschluss, l'union avec l'Allemagne.

Younger sortit, non parce qu'il ne pensait pas obtenir d'autres informations, mais parce qu'il aurait fini par frapper quelqu'un s'il était resté.

*

— Je subodore quelque chose, dit Freud à son ancien disciple un peu plus tard dans la soirée, dans le magnifique hall de l'hôtel Bristol.

La phrase mit du temps à faire effet. Le célèbre psychanalyste était là depuis plus d'une minute, les mains dans le dos, encore vêtu de son manteau ; assis devant une table basse, face à un verre de cognac vide, Younger ne l'avait pas vu.

— Veuillez m'excuser, dit-il en retrouvant ses esprits.

— Je subodore que vous avez découvert ce que cachait Fräulein Rousseau.

— Vous le saviez ?

— Quoi ?

— Qu'elle était fiancée ?

— Absolument pas. Elle serait fiancée ? Pourquoi ne vous en a-t-elle rien dit ?

Younger haussa les épaules.

— Je crois que, de vous trois, j'analyse celui qui en a le moins besoin, en réalité.

— Existe-t-il à Vienne une ligue qui défile pour marquer son soutien à l'union avec l'Allemagne ?

— C'est la Ligue antisémite.

— Ils se présentent ainsi ?

— Oui, et ils sont fiers de l'être. En réalité, la plupart sont seulement antisocialistes et pas plus anti-juifs que n'importe qui d'autre. Il y a eu en effet une manifestation il y a deux mois. Plusieurs membres de la Ligue ont été jetés en prison. Pourquoi ?

— L'un d'entre eux est le fiancé de Colette.

— Je vois. Qu'allez-vous faire ?

— Quitter Vienne. Mais…

— Oui ?

— Je vous paierai pour le traitement de son frère. Si vous pensez que vous pouvez l'analyser.

— Non. Et je compte en informer Fräulein Rousseau demain. À vrai dire, je ne comprends pas son état ; je ne comprends rien à la névrose de guerre. Il serait faux de prétendre le contraire. J'en sais juste assez pour mesurer l'étendue de mon ignorance. J'aimerais pouvoir analyser ce garçon, mais dans ces conditions, c'est impossible.

Le silence se fit.

— En tout cas, reprit Freud, je suis venu vous remercier de tout cœur, Minna et Martha se joignent à moi. Vous nous avez donné assez de provisions pour nourrir une petite armée. Voulez-vous que nous fassions quelques pas ? C'est mon seul exercice physique. J'ai une chose d'important à vous dire. Cela va vous faire plaisir, je vous le promets.

Ils se dirigèrent vers le centre de la ville, laissant derrière eux la moderne Ringstrasse pour emprunter des rues de plus en plus anciennes et sinueuses, comme s'ils remontaient les siècles. Sur une petite place carrée irrégulière, de vieilles demeures faisaient face à l'arrière de lourds bâtiments administratifs. L'endroit était sombre et désert.

— C'est la Judenplatz, expliqua Freud. C'est un lieu chargé d'histoire. Il y a une plaque, là-bas, elle a plus de 400 ans. La voilà. Venez. Vous voyez ce bas-relief ? C'est le baptême du Christ dans le Jourdain. Où en est votre latin ?

Younger lut :

— Comme les eaux du Jourdain purifiaient l'âme des baptisés, en 1421, les flammes purifièrent la cité des crimes des… des chiens d'Hébreux.

— En effet. En 1421, Vienne voulut forcer les Juifs à se convertir. Un millier d'entre eux se réfugièrent dans une synagogue où ils se barricadèrent. Ils demeurèrent sans vivres ni eau trois jours durant. Puis le bâtiment flamba. D'après les témoignages juifs, c'est le rabbin lui-même qui ordonna qu'on mette le feu, préférant la mort à la conversion. Deux ou trois cents d'entre eux survécurent. Ils furent rassemblés et emmenés sur les rives du Danube où ils furent brûlés vifs. Très économes, comme toujours, les Viennois utilisèrent les pierres des fondations de la synagogue pour construire l'université où, presque toute ma vie, j'ai tenté d'obtenir une chaire de professeur.

— Dieu du ciel. Et les Juifs ne demandent-ils pas le retrait de cette plaque ?

— Faut-il être juif pour cela ? répliqua Freud.

Ils se remirent à marcher.

— La réponse est non, reprit-il. Pas ouvertement en tout cas. Les Juifs de Vienne luttent de tout leur être pour ressentir, pour penser, pour être autrichiens. Ou allemands. J'en fais partie. C'est un mensonge stupide et irrationnel dont nous tentons de nous convaincre : qu'ils nous accepteront si nous réussissons mieux qu'eux à devenir ce qu'ils voudraient être.

Au sortir d'une ruelle à peine assez large pour laisser passer deux hommes, ils débouchèrent sur une place spacieuse, l'Am Hof, où, le jour, se tenait un marché aux vêtements, surtout de la fripe, que l'on disposait sur des étals, protégés par de grands parapluies, repliés et bien attachés à cette heure.

— La répétition, c'est la clef, reprit le psychanalyste.

— Pour se persuader de ses propres mensonges ?

— Dans le traitement de la névrose de guerre. Avez-vous soigné des patients souffrant d'obusite, quand vous étiez au front ?

— Non, mais j'en ai rencontré.

— Avez-vous eu des cas où les symptômes du patient correspondaient à une expérience traumatique vécue ?

— Deux fois. Nous avons reçu un homme qui souffrait d'un battement convulsif d'une paupière ; il s'est avéré qu'il avait enfoncé sa baïonnette dans l'œil d'un Allemand. Il y en avait un autre dont la main était paralysée. Par accident, il avait jeté une grenade sur sa propre unité.

— Bien sûr. Ce genre de cas est exceptionnel, mais cela illustre les choses. Et mine toutes mes théories.

— Les mine ? Vous voulez dire que cela les valide, plutôt.

— C'est ce que tous les gens pensent. Soudain, le monde entier respecte la psychanalyse car elle seule parvient à expliquer l'obusite. Entendez-moi bien : j'accepte cette reconnaissance. Toutefois, il y a là une certaine ironie à se faire reconnaître pour la seule chose qui réfute votre théorie.

— Je ne vous suis pas, je suis navré. Si les victimes d'obusite sont mues par des souvenirs refoulés, cela prouve de manière évidente votre théorie de l'inconscient ?

— En effet, mais je vous parle de ce qu'il y a *dans* cet inconscient. L'obusite réfute mes théories en ce sens qu'on n'y trouve pas de plaisir. Voilà où je voulais en venir.

— C'est-à-dire pas de sexualité ? réfléchit Younger.

— Je vous avais prévenu que cela vous plairait. Je n'aime guère reconnaître mes erreurs, mais quand les faits ne correspondent pas à la théorie, on n'a pas le choix. Les victimes de névrose de guerre se comportent comme des masochistes – ils revivent en permanence leur pire cauchemar –, sauf que cela ne leur procure aucune satisfaction sexuelle. Peut-être essaient-ils de calmer leur peur. Ou mieux encore de trouver un moyen de la contrôler. Si c'est le cas, alors leur stratégie est un échec. Je soupçonne qu'il s'agit d'autre chose. Je le sens, chez le frère de Fräulein Rousseau. J'ignore encore de quoi il retourne. Quel dommage qu'il ne parle pas ! C'est une chose sombre, presque dérangeante. Je ne la vois pas, mais je l'entends. J'entends sa voix.

Jimmy Littlemore vida son verre, mais il n'y restait plus une goutte de whisky. Il voulut alors s'en servir un autre ; la bouteille aussi était vide. Le jour commençait juste à poindre derrière les volets.

— Bien, dit-il lentement. Que s'est-il passé ensuite ?

— Rien. Je suis parti le lendemain. Pour les Indes.

— Les Indes ?

— J'y suis resté près d'un an.

— Vous pensiez toujours à elle, hein ?

Younger ne répondit pas. Les Indes lui avaient inspiré de la répulsion et de la fascination. Sans cesse il prévoyait son départ, qu'il repoussait de mois en mois, s'étonnant devant les hommes à tête de serpent de Bénarès, la saleté du Gange où les Indiens se lavaient après y avoir baigné les corps de leurs défunts, l'harmonie des tombeaux et des grands palais. Il savait bien qu'il restait là-bas seulement parce que rien ne lui rappelait Colette, alors qu'en Europe ou en Amérique tout l'aurait conduit à penser à elle. Au bout d'un moment, pourtant, il finit par trouver que les Indiennes lui ressemblaient.

— Je crois qu'il est l'heure de passer au café, fit Littlemore en s'approchant du fourneau pour mettre en marche le percolateur. Et qu'est devenue la Miss ?

— Elle m'a écrit. Une lettre m'attendait quand je suis revenu à Londres. Elle l'avait envoyée à Noël dernier. Apparemment, elle avait quitté Vienne sans même retourner à la prison pour voir son fiancé. Elle avait parlé avec Freud et changé d'avis. Elle rentra à Paris, travailla six mois à l'Institut du radium, puis la Sorbonne consentit enfin à la reprendre. Elle terminait ses études. Elle me demandait si j'allais lui rendre visite.

— Et vous lui avez répondu ?

— Non.

— Subtil.

Ils se turent.

— Cela vous est-il déjà arrivé, de penser à une femme en permanence, au point où dès que vous fermez les yeux, vous ne pouvez vous empêcher de la voir ? Jour et nuit, dans le sommeil comme dans la veille ? Quand, quelles que soient les choses auxquelles vous songez, elle est là, elle aussi ?

— Non.

— Je vous le déconseille de toute façon.

— Pourquoi ne lui avez-vous pas répondu ?

— Si j'étais opiomane, que me suggéreriez-vous de faire : de me laisser guider par mon envie ou d'y résister ?

— L'opium ne vous fera aucun bien.

— Elle non plus.

— Et après, que s'est-il passé ?

— Je suis rentré en Amérique, en juillet dernier.

— Mais comment est-elle arrivée ici ?

— Je l'ai recommandée pour un poste à Yale. Un radiochimiste du nom de Boltwood cherchait une assistante. Elle était la candidate la plus qualifiée.

— Vous plaisantez ?

— Pas du tout. C'était elle la meilleure. De loin.

— Bon, et qu'est-ce que vous attendez, maintenant ? Quand allez-vous lui demander sa main ?

La cafetière se mit à vibrer.

— Qu'est-ce que vous avez, vous, les maris ? Vous pensez que tous les hommes souhaitent vous ressembler ? J'étais obsédé par cette fille. Je ne le suis plus.

— Vous avez dit vous-même que vous vouliez l'épouser. Quand vous étiez à Vienne.

— J'avais tort. Elle est trop jeune. Elle croit en Dieu.

— Moi aussi.

— Eh bien, je n'ai pas envie de vous épouser non plus.

— Vous êtes juste fâché parce qu'elle vous a menti au sujet de Hans.

— Je suis fâché parce que je la désirais et que je ne l'ai jamais eue. Freud avait raison. Je traite mal les femmes. Lorsque j'ai eu ce que je voulais, elles ne m'intéressent plus. Je me sers d'elles. Je ne les supporte plus au bout de trois mois, et je les jette dehors. Elle sera mieux avec Hans. Beaucoup mieux.

— Elle ne veut plus de Hans. Elle a changé d'avis.

— Et elle en changera encore.

Younger finit son verre et reprit d'un ton plus calme :

— Vous croyez peut-être qu'elle l'a oublié ? L'homme à qui elle était fiancée ? Ce n'est pas ainsi que fonctionnent les femmes. Je vais vous dire ce qui va arriver. Elle retournera le voir. Vous pouvez en être certain. Tôt ou tard, elle s'apercevra qu'elle a besoin de le revoir, juste une fois, pour en avoir le cœur net.

Du couloir provint un léger bruit, puis on entendit des pas. Les deux hommes se regardèrent. Colette entra en clignant des yeux, vêtue de la chemise de nuit trop large qu'elle avait empruntée à l'épouse du policier. Seule la jeunesse est belle à 6 heures du matin ; et malgré ses cheveux en désordre, Colette était belle. Younger et Littlemore se levèrent.

— Bonjour, Miss. Du café ?

— Oh oui, merci. Je vais le préparer, restez assis, vous qui êtes blessé.

L'eau bouillante projetait de petits éclats sur le couvercle de la cafetière. Colette se frotta les yeux, puis elle vit la bouteille de whisky vide sur la table.

— Ce n'est pas illégal ? demanda-t-elle.

— Vous êtes autorisée à boire chez vous, mais ni à vendre ni à acheter. Une bien belle loi. Beaucoup de gens fabriquent leur propre gnôle dans leur baignoire. Au fait, je ne vous ai pas fait mes compliments sur ce tour que vous leur avez joué, hier soir, en les poussant à voler votre radium pour qu'on puisse vous suivre à la trace.

— Merci, Jimmy, j'ai eu de la chance.

— Elle l'a fait exprès ? demanda Younger.

— Bien sûr, répondit le policier. C'est assez évident, doc. Combien de fois les ravisseurs sont-ils montés dans la chambre ?

— Je ne sais pas, deux fois ?

— Exact. La première pour chercher Luc. Ils le tenaient déjà quand vous avez appelé, vous vous souvenez ? Mais quand nous sommes arrivés, Drobac se trouvait dans le couloir, les poches pleines, et il y avait cette cendre encore chaude près du labo portatif de Colette. En d'autres termes, il y est revenu une seconde fois, et c'est là qu'il a volé les composants radioactifs. Alors, pourquoi ne pas les avoir pris la première fois, s'ils valent une telle somme ? Parce qu'il l'ignorait. Et comment a-t-il eu ces informations ? Parce que Colette le lui a dit. La seule question, c'est : l'a-t-elle fait par accident, ou exprès ? Étant donné son intelligence, je mise sur la deuxième option.

— Je suis impressionné, doublement impressionné, précisa le médecin en hochant la tête.

— Je vais devoir partir, Stratham, déclara Colette.

— Vous voulez rentrer à l'hôtel ?

— En Europe.

La jeune femme débrancha le percolateur et servit le café. Littlemore regarda Younger.

— C'est impossible. Vous êtes responsable du laboratoire de Boltwood. Ne jugez pas l'Amérique à l'aune de ce qui s'est passé hier. Vous êtes en sécurité ici.

— Ce n'est pas cela. J'ai reçu une lettre. D'Autriche. Elle se trouvait dans le courrier que l'ami de Jimmy, Spanky, m'a rapporté de l'hôtel.

— Stanky, Miss, pas Spanky.

Younger ne dit rien.

— De qui venait cette lettre ? demanda Littlemore.

— D'un policier qui m'a aidée, un jour, à Vienne. Hans va sortir de prison, Stratham. Dans quelques semaines. Je dois rentrer.

DEUXIÈME PARTIE

HUIT

Le lendemain de l'attentat, cent mille personnes se rassemblèrent à Wall Street.

Elles s'y rendirent de leur propre chef, attirées par cette rémanence de dévastation, par la proximité de la mort. Certains n'étaient que des curieux venus de leur banlieue. D'autres travaillaient dans le quartier financier. Mais la plupart furent poussés par le hasard, comme s'ils pouvaient trouver là quelque chose qui comblerait le vide qu'ils ressentaient sans le savoir.

Par conséquent, cette fête de la Constitution rassembla plus de monde que jamais auparavant. Des ouvriers œuvrèrent toute la nuit pour ériger une plateforme devant la statue de bronze de George Washington. On avait suspendu des pièces d'étoffes rouges, blanches et bleues, ornées de drapeaux américains. Comme une compagnie entière de militaires gardait encore le bâtiment du Trésor, l'ensemble dégageait une impression à mi-chemin entre la fête et l'état de siège.

Il y eut des discours patriotiques. On chanta *America the Beautiful*, des milliers de visages ruisselaient de larmes. Les dernières notes résonnaient encore dans les canyons de Manhattan quand un brigadier général rougeaud aux favoris blancs grimpa sur le podium. La foule fit silence.

— Le 16 septembre ! s'écria-t-il d'une voix qui se réverbérait sur les gratte-ciel. Une date que jamais l'Amérique n'oubliera. Le 16 septembre : ce jour marquera le moment où notre pays a changé à jamais. Le 16 septembre. En ce lieu même où nous sommes rassemblés, l'Amérique a subi le pire outrage qu'on lui ait jamais infligé. Allons-nous, citoyens de ce pays, fermer les yeux sur cette infamie ? Je dis non, mille fois non !

Des centaines de « non » s'élevèrent de l'assemblée.

Le brigadier général leva alors les mains pour faire taire la foule.

— Ces vampires seront traduits devant la justice.

Ce fut une ovation.

— Mesdames et messieurs, j'ai parlé ce matin avec le procureur général A. Mitchell Palmer.

Au nom de Palmer, des hourras et des applaudissements retentirent de nouveau.

— Il aurait voulu être parmi nous, aujourd'hui, hélas, ce n'était pas possible. Il m'a chargé de vous assurer que non seulement il est en route pour venir ici, mais qu'il connaît les noms de ceux qui ont commis cet outrage. Oui, il a reçu leurs confessions, leurs fanfaronnes confessions. Et il m'a chargé de délivrer ce message, aux honnêtes citoyens comme à nos ennemis. Le général Palmer va, je cite : « nettoyer notre nation de la crasse étrangère ».

Un rugissement d'approbation déferla, suivi d'un chœur de « Oui ! Oui ! Oui ! ». Sur scène, un jeune homme s'avança et entonna l'hymne national. Cent mille voix reprirent derrière lui.

Younger écrivait une lettre sur une petite table dans le salon des Littlemore quand il sentit plutôt qu'il n'entendit Luc arriver.

Au cours de l'heure qui venait de s'écouler, Betty avait nourri, habillé et envoyé à l'école un défilé ininterrompu de petits Littlemore. L'appartement n'avait pourtant pas retrouvé le calme : un nourrisson criait, un autre bébé un peu plus âgé tapait sur des casseroles, tandis que leur mère et leur grand-mère discutaient, volubiles, dans la cuisine, d'un sujet sur lequel chacune avait manifestement une opinion bien tranchée.

Le médecin se tourna vers le garçon. Il se tenait à l'autre bout de la pièce, immobile, taiseux comme à l'accoutumée, ses longs cheveux blond foncé bien peignés, ses grands yeux observateurs révélant sans les trahir ses innombrables préoccupations.

— Ta sœur t'a-t-elle dit qu'elle envisageait de retourner en Europe ?

Luc acquiesça.

— Et tu te demandes si je vais essayer de l'en dissuader.

Nouveau hochement de tête.

— Eh bien, la réponse est non. Elle sait ce qui est le mieux pour vous.

Le garçon esquissa un non.

— Mais si.

Younger posa son stylo, se redressa et regarda par la fenêtre. Puis il se tourna de nouveau vers l'enfant.

— Bref, si tu dois rentrer en Europe, il n'y a pas de temps à perdre. Écoute, apporte-moi le journal. On va voir si les Yankees jouent. Peut-être que Ruth va réussir son cinquantième *homerun* aujourd'hui même.

Le garçon détala pour revenir un moment plus tard avec le journal du matin, l'air déconfit.

Le médecin jeta un coup d'œil à la page que Luc avait ouverte : les Yankees étaient en tournée, par conséquent ils ne jouaient pas au Yankee Stadium – ce qu'il semblait avoir compris.

— Tu lis l'anglais ?

Il haussa les épaules.

— Je vois, conclut-il en se souvenant qu'enfant il avait étonné son père en apprenant seul un peu de latin.

Il se rappela aussi comme il observait tout ce qui se passait chez lui, comme il comprenait les expressions secrètes qui se peignaient sur le visage de sa mère, quand il n'aurait même pas dû les voir.

— Es-tu capable de parler, Luc ? Je ne te demande pas de le faire. Je cherche juste à savoir si tu le peux. Oui ou non ?

Le garçon le dévisagea, immobile.

— Très bien. C'est dommage, pour les Yankees. Dis-moi, aimerais-tu monter au sommet du plus haut gratte-ciel du monde ?

Les yeux de l'enfant s'illuminèrent.

— Va voir si ta sœur est d'accord. Et si elle veut se joindre à nous.

Littlemore aurait pu passer pour un des représentants de la presse qui s'entassaient sur les chaises inconfortables de l'hôtel Astor, à ceci près qu'il avait les mains dans les poches, tandis que celles des journalistes s'affairaient à noter dans leurs carnets les propos de William Flynn, le chef du FBI, debout devant eux, près d'un tableau noir où était tracé un plan grossier de Lower Manhattan. Flynn avait réservé plusieurs suites, pour en faire son quartier général personnel. Littlemore était assis au fond, mâchonnant un cure-dent, son canotier relevé si haut sur la tête qu'il semblait affronter une bourrasque.

Flynn avait un nez de boxeur, des épaules carrées, un torse large comme une barrique, un ventre proéminent, et des joues rasées de près qui conféraient à sa figure une fraîcheur étonnante. Vêtu d'un costume sombre et d'une cravate, ses cheveux bruns coiffés en arrière, on aurait dit un videur de boîte de nuit. Il se considérait toutefois en termes plus martiaux. Pour lui, faire régner l'ordre était une activité militaire par nature et il s'enorgueillissait de parler l'argot des soldats.

— À approximativement 12 heures hier, fit-il en montrant un point sur le plan, un engin incendiaire a détoné devant la banque Morgan, au 23, Wall Street.

— Vous voulez dire une bombe ? fit un journaliste.

— Affirmatif.

— Le capitaine Carey dit que ça pourrait être un wagon de dynamite.

— La police de New York n'a rien à voir avec cette enquête, coupa Flynn. L'engin incendiaire a été apporté sur un véhicule de transport tracté par un animal.

— Un cheval qui tirait une charrette ?

— C'est exactement ce que je viens de dire, commenta-t-il d'un ton acerbe. À présent fermez-la, si vous voulez que je vous livre des informations d'importance. J'ai du solide pour vous, les gars, alors écoutez-moi bien et bouclez-la. À 11 h 30, hier, un facteur a ouvert une boîte aux lettres à cet endroit-là, dit-il en désignant un autre point. C'était à l'angle de Cedar Street et Broadway. La boîte était vide. À 11 h 58, le facteur est repassé prélever le courrier dans la même boîte, et là il a trouvé cinq lettres, d'apparence banale. Trois minutes plus tard, il a entendu un grand bruit, c'était la détonation de l'engin incendiaire. Sur ordre du général Palmer, nous allons rendre publiques ces déclarations, pour que les honnêtes citoyens de ce pays sachent qui est leur ennemi.

Flynn tendit cinq feuilles.

— Bas les pattes ! aboya-t-il. Si l'un de vous y touche, je le colle en prison illico pour destruction de preuves. Et je plaisante pas.

C'était du papier grossier, bon marché, dont les feuilles mesuraient environ dix-sept centimètres sur presque trente. Sur chacune, le même message imprimé à l'encre rouge, l'irrégularité des caractères indiquait que le travail avait été fait à la main, une lettre après l'autre.

Attention
On ne tolérera plus
ça longtemps
Libérez les prisonniers
politiques ou c'est la mort
assurée pour vous tous
Les Combattants Anarchistes
Américains

Les membres de la presse écrivaient à toute vitesse.

— Le croisement de Cedar Street et Broadway, reprit Flynn en désignant le plan à nouveau, est à quatre minutes à pied du lieu de la déflagration. Ça lève le doute sur ce qui s'est passé. Les anarchistes ont laissé leur véhicule à traction animale sur Wall Street à approximativement 11 h 54. En passant au carrefour de Cedar Street et Broadway, ils ont introduit ces lettres dans la boîte, trois minutes avant l'explosion.

« On se souviendra que les courriers adressés lors des attentats de 1919 étaient presque identiques dans le mode opératoire et qu'ils étaient revendiqués par la même organisation ennemie. S'il fallait encore ajouter une preuve, ce qui n'est pas le cas, on se souviendrait aussi que l'attentat de la poste de Chicago, en 1918, a eu lieu le troisième jeudi de septembre, comme c'était le cas hier. L'anniversaire exact. En d'autres termes, ce sont les mêmes terroristes bolcheviques qui ont fait exploser une bombe en 1918 et en 1919 – des Italiens associés à l'organisation Galliani. Voilà l'histoire. Vous allez l'imprimer telle quelle. Je vais vous lire maintenant les noms des personnes recherchées : Carlo Tresca, chef anarchiste et terroriste connu ; Pietro Baldesserotto, anarchiste ; Serafino Grandi, anarchiste et révolutionnaire ; Rugero Bacini, anarchiste ; Roberto Elia, anarchiste.

Les journalistes continuèrent à griffonner après que Flynn eut terminé. Puis l'un d'entre eux demanda :

— Chef, est-ce que J. P. Morgan a été blessé ?

— Vous êtes débile ou quoi ? J. P. Morgan n'était même pas en ville, hier. Cet attentat n'était pas dirigé contre Morgan ou un quelconque individu. C'était une attaque contre le gouvernement américain. Publiez ça dans vos feuilles de chou.

— Que pouvez-vous nous dire au sujet du cheval et de la charrette ?

— Les témoignages que nous avons recueillis jusqu'ici établissent que l'animal était tourné vers l'est, ce qui déroge au code de la route. Mais tout le monde sait que les terroristes ne se préoccupent pas beaucoup des règles de la circulation, pas vrai ?

Sur ce, le torse de Flynn se mit à hoqueter ; visiblement il trouvait cette dernière remarque comique.

— Donc, vous n'avez pas identifié la charrette.

— Elle a sauté, espèce de dégourdi ! Comment pourrait-on l'identifier ? Elle est en miettes – comme l'animal. Encore une question futée ?

— Qu'avez-vous sur Fischer, chef ?

— Ne vous préoccupez pas de Fischer.

— Vous l'avez attrapé ?

— Qui a dit que j'essayais ? La police de New York veut le coffrer : grand bien leur fasse.

— Mais comment était-il au courant de l'attentat ?

— Qui a dit qu'il était au courant ? La carte ne parlait pas de bombe. Et la date mentionnée était le 15, pas le 16. Je ne ferai pas de commentaire sur Fischer. Si vous voulez mon avis, c'est un dingue qui a eu de la chance. À présent, sortez d'ici, tous autant que vous êtes. J'ai des hommes là-dehors qui attendent des ordres.

Sous les ors du plafond voûté, Younger montra à Colette et Luc la caricature sculptée dans la pierre du vieux Woolworth comptant ses sous. Ils montèrent dans l'ascenseur express. Le garçon fixait des yeux les petites lumières qui indiquaient le passage des étages à la vitesse de l'éclair. Seuls un léger balancement de la cabine et le sifflement de l'air trahissaient la rapidité de l'ascension.

Cinquante-huit étages plus haut, ils poussèrent les lourdes portes de chêne, et émergèrent dans le bleu ensoleillé, où ils furent accueillis par des bourrasques si violentes que Younger dut passer le bras autour des épaules de Colette et donner la main à Luc. L'immense terrasse était bordée de touristes dont les vêtements volaient au vent. Le long de la grille, tous trois observèrent les toits de bâtiments plus élevés que les plus hautes cathédrales d'Europe. Tout en bas, des rivières humaines mouvantes – modèles réduits de gens, de véhicules, d'autobus – déferlaient puis s'arrêtaient suivant un rythme d'une étrange lenteur. Toutefois, on n'avait pas l'impression d'être un oiseau, mais plutôt un dieu contemplant l'Amérique, faisant fi de la première règle de la divinité, selon laquelle ciel et terre devraient rester séparés.

Tandis que les journalistes quittaient peu à peu son cabinet improvisé, Bill Flynn s'assit derrière un énorme bureau de chêne et sortit son stylo à plume tel un homme qui aurait d'importants documents à signer, alors qu'il n'y avait là que des journaux. Derrière lui, deux assistants en costume sombre placés de part et d'autre, les mains dans le dos, jambes écartées.

Littlemore était resté assis, son cure-dent à la bouche, et il examinait l'une des lettres.

— C'est drôle, quand même, dit-il à la cantonade après le départ du dernier journaliste.

— Il est sourd, celui-là ? s'exclama Flynn en s'adressant à un de ses hommes.

— Eh, toi, tu es sourd ? répéta ce dernier.

— « Ou c'est la mort assurée pour vous tous », cita Littlemore. Moi, j'appelle ça une menace, parce qu'on y indique ce qui *va* arriver. Mais qu'en est-il de ce qui s'est *déjà* passé. C'est vrai, quand on laisse un message après avoir fait exploser Wall Street, est-ce qu'on ne se vante pas plutôt de ce qu'on vient de faire sauter ? Vous savez, un truc du genre : « Aujourd'hui, ce n'était qu'un début. » Ou bien on formule ça avec cynisme : « Aujourd'hui, on s'en est pris au quartier financier, demain, on se démocratise. »

— Mais qui c'est, ce type ? lâcha Flynn.

— Qui êtes-vous ? demanda son assistant.

— Capitaine James Littlemore. Police de New York, section des homicides. Le commissaire Enright m'a nommé agent de liaison auprès du FBI. Je suis donc censé me mettre à votre disposition.

— Ah oui ? Seulement il n'y aura pas d'agent de liaison parce qu'il n'y aura pas de liaison. À présent, sortez d'ici, d'accord ?

Le second assistant de Flynn se pencha pour lui chuchoter quelque chose à l'oreille.

— C'est pas vrai ? Alors c'est vous, le type qui a déterré Fischer ? fit-il en se renfonçant dans son fauteuil.

— On dirait, répondit le policier.

— Et vous croyez tenir une piste, Littleboy ? lança l'autre, sarcastique.

— Peut-être bien.

— Je vais vous dire ce que vous avez, moi. Un fêlé. C'est dans un asile que vous irez l'interroger.

— Je l'ignore.

— Moi, je le sais. C'est là qu'il est.

— Où ça ?

— Vous le voulez, vous n'avez qu'à le trouver.

— Et comment savez-vous tout ça ?

— Disons que j'ai entendu des voix, conclut Flynn, dont la poitrine hoquetait à nouveau.

Ses hommes durent prendre cette remarque pour un trait d'esprit, car ils se mirent à rire de concert.

— Eh bien, dans ce cas, laissez-moi vous féliciter, chef Flynn, on n'a jamais vu une affaire aussi vite réglée, déclara Littlemore en examinant de nouveau la lettre, qu'il tenait à présent dans la lumière, au-dessus de sa tête.

— C'est pour ça qu'on nous paie bien.

— Dites-moi, chef, vous avez vu tous ces soldats devant le bâtiment du Trésor ? Je me demande bien ce qu'ils font là.

— Ils sont là parce que je leur en ai donné l'ordre. Il faut bien que quelqu'un protège la propriété de l'État puisque la police en est incapable. Allez, à présent déguerpissez.

— Très bien.

Le capitaine se leva, mais il s'arrêta devant le plan de Manhattan, sur le tableau noir. Il se gratta la tête.

— À propos de ces anarchistes, dites-moi, comment allez-vous faire pour attraper des types qui parviennent à réaliser l'impossible ?

— Comment ça, l'impossible ?

— Eh bien, ils laissent un cheval et une carriole devant Wall Street à 11 h 54, mettent quatre minutes pour se rendre à la boîte aux lettres du croisement de Cedar Street et Broadway – c'est ce que vous avez dit, pas vrai ? À 11 h 58, on ramasse le courrier. La bombe explose à 12 h 01. Combien de minutes s'écoulent entre 11 h 54 et 12 h 01 ?

— Sept, monsieur le petit génie.

— En effet, acquiesça Littlemore en hochant la tête. Et c'est bien ça qui me surprend. Vous pensez qu'ils auraient laissé leur bombe tranquillement faire tic-tac pendant sept minutes avant qu'elle n'explose ? Moi, je n'aurais pas pris ce risque. C'est vrai, avec l'animal qui bloquait la circulation et tout ça. Moi, j'aurais réglé la minuterie sur une ou deux minutes. Parce qu'en sept minutes quelqu'un aurait très bien pu déplacer le cheval – sans parler de découvrir la bombe.

— Oui, mais ça ne s'est pas passé comme ça ! s'écria Flynn. Rien d'impossible, là-dedans. Sortez-le-moi d'ici.

— Peut-être que personne n'a touché au véhicule parce qu'il n'est resté immobile que deux minutes, poursuivit le policier tandis que les deux assistants s'approchaient de lui.

Flynn leur fit signe de s'immobiliser.

— De quoi parlez-vous ?

— Mes hommes ont recueilli de nombreux témoignages sur place, hier, chef Flynn. De gens qui avaient tout vu. L'animal et la charrette se sont arrêtés en pleine rue une ou deux minutes avant la déflagration. Vos anarchistes, je leur tire mon chapeau. Ils quittent le lieu de l'action à 11 h 59 ou 12 heures, et ils arrivent au carrefour de Cedar Street et Broadway avant 11 h 58, heure où le facteur est passé relever le courrier. Comment allez-vous faire pour coffrer des types capables d'un tel miracle ?

Personne ne répondit. Flynn se leva. Il passa la main dans ses cheveux gominés.

— Alors comme ça, vous êtes capitaine, hein ? Vous avez combien d'hommes à votre service ? Six ?

— Suffisamment, répondit-il en songeant à Stankiewicz et Roederheusen.

— Moi, j'en ai mille. Et ils ne sont pas de la même trempe. À New York, on trouve deux genres de flics. Ceux qui touchent des pots-de-vin, et ceux qui sont trop bêtes pour comprendre que tous les autres le font. Vous êtes dans quel camp.

— Celui des trop bêtes.

— Ça m'étonne pas. Mais vous ne l'êtes quand même pas assez pour vous mettre en travers de mon enquête, n'est-ce pas ?

Le policier avança jusqu'à la porte.

— Je ne sais pas. Je peux être vraiment très bête, conclut-il en fermant la porte.

Flynn se tourna vers ses assistants :

— Trouvez-moi le dossier de ce gars. Dégotez-moi tout ce que vous pouvez sur sa femme, ses amis, sa famille, la totale. Et voyez si Hoover a quelque chose sur lui.

Luc lâcha la main de Younger et courut à l'autre bout de la terrasse, qui donnait sur le fleuve. Tout près, un groupe d'écoliers échangeaient des commentaires au sujet de quelque chose qu'ils distinguaient en contrebas. Le petit Français s'approcha d'eux.

— Regardez-le. Il les comprend.

— Mais non, c'est impossible, répondit Colette.

— Il sait lire le journal.

— En anglais ? Comment le pourrait-il ?

Côte à côte, le long de la grille, ils contemplaient l'immense panorama urbain. Elle posa la main sur la sienne.

— J'aimerais ne pas avoir à rentrer.

Il retira sa main et prit une cigarette.

— Ça vous est égal que je m'en aille ? ajouta-t-elle.

— Je vous ai recommandée auprès de Boltwood. Vous le laissez, sans personne pour diriger son laboratoire. Bien sûr que cela me préoccupe.

— Ah. De toute façon, je n'apprécie guère votre professeur Boltwood. Vous savez comment il a appelé Mme Curie, l'autre jour ? « Détestable idiote ».

— Il est jaloux, c'est tout. Tous les chimistes du monde envient Marie Curie.

— Les hommes sont très cruels quand ils sont jaloux.

— Vraiment ? Je l'ignore.

Même si l'on avait prêté attention à l'inconnu qui arrivait en boitant au milieu de la terrasse, nul n'aurait pu voir la dague dans sa main droite, camouflée dans sa manche. Colette se fût-elle retournée, qu'elle n'aurait pas reconnu Drobac, à présent glabre. Seuls ses yeux – petites prunelles noires attentives, aux aguets sous le bord de son chapeau bien enfoncé – auraient pu le trahir. Il tenait le couteau par la lame, et en caressait le tranchant. Aucun danger de se couper : comme tous les poignards, les bords en étaient émoussés. Seule la pointe était aiguisée.

Le lanceur de couteau expérimenté, s'il a l'intention de tuer, vise sa victime au cœur. En dehors, bien sûr, du cerveau, qui lui est protégé par l'épais os crânien, le cœur est le plus gros organe susceptible de causer la mort s'il est endommagé. On pourrait croire que la cage thoracique le protège, or il n'en est rien. Si on lance le poignard à hauteur du bras, et pas au-dessus, alors ce n'est pas très compliqué. Quatre-vingt-dix-neuf fois sur cent, la lame passe entre les côtes de la victime. On pourrait presque dire qu'elles la guident jusqu'au cœur.

Younger et Colette tournaient le dos à Drobac, comme tous les autres, parce qu'ils admiraient la ville, disséminés le long des grilles. Un bon lanceur de poignard n'éprouve aucun embarras à viser le dos de sa victime, car cela lui confère l'avantage de la surprise. Tout ce qu'il faut, c'est une lame assez longue pour perforer le poumon gauche et atteindre quand même le muscle cardiaque. Si la victime est mince, une lame de vingt centimètres suffit. Colette Rousseau était svelte et, dans le cas présent, la lame mesurait vingt-cinq centimètres. Le souffle de Drobac ralentit.

— C'est bon, dégagez-le, cria le capitaine Littlemore à un ouvrier qui maniait un marteau-piqueur.

Le policier se trouvait à présent sur Wall Street, devant la banque Morgan, là où la bombe avait explosé la veille. Deux officiers en uniforme – Stankiewicz et Roederheusen – empêchaient les piétons de passer. En face, le Trésor et le bâtiment de la Monnaie conservaient leurs allures de garnison, car un bataillon tout entier demeurait déployé alentour.

Le marteau-piqueur dégagea un pavé du cratère noirci, puis un autre. Littlemore fit signe à l'ouvrier de s'interrompre à nouveau. Il s'accroupit, retira la poussière et les graviers, puis il arracha du sol un fer à cheval de taille quatre, où l'on distinguait encore des clous en forme de trèfle. Stankiewicz et Roederheusen se penchèrent par-dessus son épaule. Le capitaine retourna l'objet : les lettres SIMF y étaient gravées.

— Qu'est-ce que vous en dites, les gars ? Vous savez ce que ça signifie, SIMF ?

— Non, chef, fit Roederheusen.

— Syndicat International des Maréchaux-Ferrants.

— Et ça vous paraît bizarre, capitaine ? demanda Stankiewicz ?

— Un peu, que ça me paraît bizarre, répondit Littlemore sans plus d'explications.

*

Au sommet du Woolworth Building, une bande d'écoliers se mit soudain à crier et à courir d'un bout à l'autre de la terrasse. Luc se lança à leur poursuite, suivi de près par une maîtresse d'école épouvantée. Colette hurla le nom de son frère et détala à leurs trousses, certaine que Luc allait passer par-dessus la rambarde.

Drobac sourit. Il était toujours seul au milieu de la terrasse, immobile. À l'autre bout, Colette passa devant lui comme une flèche. Le vent tomba un instant, et le tueur en profita pour avancer d'un pas, tel un bretteur qui fait une fente, et lancer son couteau. De manière générale, il préférait les cibles mouvantes car le défi était plus audacieux. Toutefois, Colette ne présentait pas cette caractéristique, car elle s'était arrêtée net : en effet, Luc s'était soudain immobilisé, obligeant la maîtresse d'école derrière lui à l'imiter, ainsi que sa sœur.

Le poignard décrivit exactement trois rotations et demie, parallèles au sol, puis il pénétra dans le dos de la jeune femme. La pointe glissa entre les côtes, transperçant le poumon. Seulement, c'était le droit et non le gauche, aussi le cœur ne fut-il pas touché.

Quand un couteau vient se planter dans le dos d'une personne, la victime, par réflexe, lève les bras en l'air et fait un ou deux pas avant de tomber. C'est exactement ce qui se produisit. Ce qui fut fort regrettable, car sa chute la propulsa en avant, par-dessus la rambarde. Elle aurait pu ne tomber que sur la terrasse inférieure – s'il y en avait eu une. En réalité, son corps pirouetta, heurta un parapet, puis rebondit. La collision détacha un bloc de ciment qui accompagna la jeune femme dans sa chute, cinquante-huit étages plus bas. Le bloc et le corps percutèrent le sol, mosaïque de carreaux de verre, exactement au même moment. L'impact fit rebondir le ciment très haut. La victime, bien plus lourde, traversa le panneau et termina sa course dans un couloir souterrain du métro, avec un fracas d'enfer.

Depuis Wall Street, Littlemore entendit le vacarme. Il attendit pour voir s'il était suivi de cris. Rassuré par le silence, il revint aux instructions qu'il donnait à ses hommes :

— Stanky, apporte tout de suite ce fer à cheval à l'inspecteur Lahey.

— Est-ce que je peux en informer la presse ?

— Absolument, je te le demande même. Mais surtout, que les fédéraux n'y touchent pas, c'est compris ?

— Excusez-moi, capitaine, l'interrompit Roederheusen. Mr O'Neill attend toujours pour vous parler.

Des hurlements de terreur secouèrent le toit du Woolworth Building. Les écoliers demeuraient bouche bée ou criaient d'horreur. Seul Luc resta parfaitement silencieux, et un étrange instinct protecteur lui fit glisser les mains dans celles de sa sœur.

La jeune femme qui avait basculé était la maîtresse d'école, qui s'était brusquement arrêtée derrière Luc. Si Colette avait fait un pas de plus, le couteau de Drobac aurait fait mouche. Dans le cas présent, il avait transpercé le poumon droit de la mauvaise personne.

Sur la terrasse, les gens n'avaient pas vu le poignard, aussi croyaient-ils avoir assisté à un terrible accident. À cet instant, un nouveau groupe de visiteurs sortit de l'ascenseur, ajoutant à la confusion générale. Younger avait cependant entrevu l'arme plantée dans le dos de l'infortunée institutrice. Puis il aperçut l'homme qui se dirigeait en boitant vers les portes de chêne menant à l'ascenseur : c'était le seul à vouloir quitter la terrasse au milieu de tout ce chaos. En passant, il jeta un coup d'œil par-dessus son épaule, et Younger reconnut sur-le-champ ses petits yeux noirs.

Il se rua vers lui. Au moment où les portes de l'ascenseur se refermaient, il croisa de nouveau ses prunelles de jais, sous le rebord du chapeau. Il n'avait plus la place de s'y faufiler, mais il passa le bras par la fente et empoigna Drobac par le col. Le liftier protesta, puis il rouvrit les portes. Younger tira Drobac vers lui.

Celui-ci essaya de se battre, mais il n'était pas de taille. Le médecin le frappa, le cogna, le rossa, jusqu'à ce que les os de son nez, de sa mâchoire et même ses orbites semblent céder.

— O'Neill ? Qui est-ce ? demanda Littlemore à Roederheusen, à l'angle de la banque Morgan.

— C'est lui, là-bas, chef. Il vous attend depuis le début de la matinée. Il dit qu'il a été prévenu pour la bombe, lui aussi.

— Amène-le-moi. Ensuite, tu iras me chercher le facteur préposé à la boîte au carrefour de Cedar Street et Broadway. Et pas la semaine prochaine. Je veux le voir dans mon bureau demain matin, c'est compris ?

— Mais demain, c'est samedi.

— Et alors ?

— Ben… rien, chef.

Roederheusen traversa la rue et revint avec un homme qui ne mesurait guère plus d'un mètre cinquante, au tour de taille à peu près équivalent, et dont les bras étaient pareils à ceux d'un soldat de plomb quand il marchait.

— Désolé de vous avoir fait attendre, Mr O'Neill. Vous avez des informations pour moi ?

— Oui. C'était jeudi dernier. Ou plutôt vendredi. Non, jeudi.

— Racontez-moi juste ce qui s'est passé.

— J'ai pris le train venant du New Jersey, comme tous les matins. Le type est monté à la station de Manhattan Transfer et on s'est mis à causer. Il était sympa.

— Décrivez-le-moi.

— Bien de sa personne. La quarantaine. Je ne l'avais encore jamais vu dans le train. Un mètre quatre-vingts. Genre sportif. Blond. Instruit. Avec une raquette de tennis.

— Une raquette de tennis ?

— Ben oui, il avait une raquette de tennis. Donc, on est dans le train, et il me demande où je travaille. Je lui dis que je bosse au 61, sur Broadway. Il me raconte qu'il travaille dans le même coin, à une ambassade ou un truc du genre, et on continue à parler de tout et de rien, vous voyez, et puis à un moment il se penche vers moi et il murmure : « Ne retournez pas à Wall Street avant le 16. »

— Avant le 16 ? Vous êtes certain qu'il a bien dit ça ?

— Oh que oui. Il l'a même répété. Je lui ai demandé de quoi il me parlait, il a répondu qu'il remplissait des petites missions auprès des services secrets et que ça concernait la chasse aux anarchistes. Et là, il me dit : « Ils ont vingt-sept tonnes d'explosifs et ils vont tout faire sauter. » Et il plaisantait pas, vous pouvez me croire. C'est lui, hein, inspecteur ? C'est Fischer ?

— Et qu'est-ce que vous avez fait ?

— Je n'ai pas remis les pieds à Wall Street avant le 17.

Quand enfin ils arrivèrent sur la terrasse, les trois membres de la sécurité du Woolworth Building arrachèrent Younger à sa victime ensanglantée pour lui passer les menottes. Ils ne furent guère impressionnés par les allégations du médecin, qui prétendait s'être jeté sur cet homme parce qu'il avait poignardé la femme qui avait basculé par-dessus la rambarde. Personne d'autre n'avait vu le meurtre, et Younger avoua qu'il n'en avait pas été le témoin direct. Il affirma ensuite que cet homme, la veille, avait kidnappé une autre jeune fille – qui se trouvait en ce moment même sur la terrasse –, mais cela ne les émut pas non plus. Ils devaient le prendre pour un fou.

Colette et Luc furent amenés. Sans laisser à Younger le loisir de s'exprimer, les gardes demandèrent à la jeune femme si elle reconnaissait l'homme inconscient que le médecin avait presque battu à mort. Elle répondit que non. Le visage en sang de Drobac était en effet impossible à identifier.

— Votre mari prétend que cet homme vous a kidnappée hier, dit l'un des hommes de la sécurité.

— Ce n'est pas mon mari, répondit Colette.

— Espèce de sale menteur, fit l'autre garde.

— Je ne vous ai jamais dit que j'étais son mari, déclara Younger.

Luc tira fermement sur la manche de sa sœur pour attirer son attention puis s'adressa à elle par signes. Elle lui demanda s'il était certain ; il hocha la tête.

— En effet, c'est bien celui qui nous a enlevés, dit-elle alors. Mon frère le reconnaît.

Les agents de la sécurité, dubitatifs, lui demandèrent comment il en était si sûr. Luc fit un autre signe.

— Il le sait, c'est tout.

Cette affirmation ne convainquit pas les gardes. En fin de compte, ils emmenèrent l'homme agressé à l'hôpital et remirent Younger à la police.

Le lendemain de l'attentat, la banque Morgan ressemblait davantage à une infirmerie qu'à un temple de la finance. À tous les bureaux, on voyait des têtes pansées, des yeux protégés par des cache-œil. Certains employés boitaient. D'autres, un bras en écharpe, tapaient d'une seule main sur des machines à calculer. Un membre de la sécurité avait la tête si bien bandée qu'on ne distinguait plus que son nez et ses yeux.

— Mr Lamont va bientôt vous recevoir, dit un réceptionniste à Littlemore.

La compagnie J. P. Morgan n'était pas une banque ordinaire. C'était une de ces maisons qui contribuent à l'Histoire, qui donnent forme aux relations internationales. C'était en effet la banque Morgan qui avait sauvé les États-Unis lors du krach de 1893, puis à nouveau lors de la panique des banquiers en 1907. C'est encore la banque Morgan qui dirigea le consortium financier qui prêta 500 millions de dollars aux Alliés pendant la Grande Guerre – sans cet argent, ils n'avaient presque aucune chance de gagner. Le vieux titan, J. Pierpont Morgan, mourut en 1913 ; son fils, Jack Junior, qui passait moins de temps à la banque que son père, se reposait beaucoup sur un des partenaires de la firme qui gérait les immenses portefeuilles de la compagnie et ses intérêts financiers à travers le monde. Cet homme s'appelait Thomas Lamont.

En passant devant un groupe de policiers venus grossir le contingent d'agents de sécurité de la banque, Littlemore souleva son chapeau. Il adressa aussi un salut presque imperceptible à une douzaine d'hommes en civil, éparpillés à travers l'atrium. Il leva ensuite les yeux vers le dôme, tout là-haut, dont un échafaudage permettait d'atteindre les moindres recoins. L'atmosphère résonnait de coups de marteau.

Sous cette coupole, Mr Lamont – frêle, tout petit, vêtu de façon classique mais visiblement coûteuse – s'adressait à une vingtaine d'hommes auxquels il répondait comme un guide à des touristes. C'était le candidat parfait pour diriger la banque Morgan : il avait fait ses études à Philips Exeter Academy et Harvard, et Washington l'avait choisi pour représenter les États-Unis à la conférence de Paris, qui avait abouti au traité de Versailles, en 1919. Il avait des cheveux gris clairsemés, de grandes oreilles et des yeux bleu ardoise où l'on lisait son aversion pour toute forme de risque. Les vingt hommes qui l'écoutaient n'étaient bien sûr pas des touristes mais les membres d'une commission menant une inspection des lieux afin de mesurer les effets de la déflagration. En désignant le plafond du dôme, où l'on distinguait d'énormes fissures, il leur apprit que d'après les ingénieurs il n'y avait aucun danger.

— Laissez-moi ajouter, dit-il à la commission et aux journalistes, qu'aujourd'hui je suis extrêmement fier de cette compagnie. Nous sommes la banque J. P. Morgan. Nous ne cédons pas à la panique. Nous avons ouvert ce matin à la même heure que les autres jours, et soyez assurés que nous poursuivrons de la sorte.

Il serra la main au chef de la commission et confia le groupe à l'un de ses assistants. Puis il rejoignit le policier, se présenta et lui demanda en quoi il pouvait lui être utile.

— Désolé de vous prendre votre temps, Mr Lamont. Ça ne doit pas être facile pour vous.

— Pas facile ? répéta le banquier dont les traits d'ordinaire impassibles trahissaient désormais le poids démesuré de ses responsabilités. Mr Morgan étant à l'étranger, le devoir m'incombe de m'adresser aux familles des disparus et des blessés. Je me sens redevable auprès de chacune. Savez-vous que notre coupole a failli s'écrouler, hier ? Et la Bourse tout entière aurait très bien pu être réduite en miettes. Nous sommes passés à un cheveu de la plus effroyable catastrophe. Il y aurait eu des milliers de morts. Wall Street ne serait désormais qu'un champ de ruines. Je ne comprends pas comment une telle chose a pu se produire. Si vous pouviez être bref, capitaine, je vous en saurais gré.

— Très bien. J'aimerais savoir qui sont vos ennemis.

— Plaît-il ?

— Je ne parle pas de vos ennemis personnels, mais de ceux de votre établissement.

— Je crains de ne pas vous suivre. Mr Flynn, du FBI, m'a assuré ce matin même que l'attentat n'était pas dirigé contre J. P. Morgan.

— Ils ont néanmoins laissé leur charrette juste devant vos bureaux, Mr Lamont. Ils ont failli vous détruire.

— Ce n'est pas ainsi que Mr Flynn voit les choses.

— Ce sont de simples faits.

— Si je ne me trompe pas, capitaine, cette tragédie n'est peut-être qu'un accident malencontreux. Je refuse d'alimenter les spéculations selon lesquelles notre banque ferait l'objet d'une attaque.

— Quand avez-vous entendu parler d'un chargement de dynamite associé avec une demi-tonne de shrapnels ?

— Mais qui s'en prendrait à un établissement financier de cette manière ? Quel profit en retirerait-il ? Notre firme vient en aide à des gens à travers le monde entier. Qui voudrait nous attaquer ?

— Laissez-moi vous dire les choses autrement, Mr Lamont. Mes hommes enquêtent tous les jours sur des meurtres liés à des prêts à taux usurier. Votre domaine d'activité n'est pas très différent : c'est une question d'échelle. Je pose toujours la même question : qui l'usurier pressure-t-il pour récupérer son argent ? Ou encore y a-t-il un concurrent qui serait intéressé par l'affaire ?

— Je vois.

— Si vous voulez bien me passer la comparaison.

— Non. La firme J. P. Morgan ne « pressure » pas ses débiteurs, capitaine.

— Bien sûr que non. Et vous n'avez pas non plus d'ennemis, n'est-ce pas ? Que des amis ?

Lamont ne répondit pas et Littlemore poursuivit :

— Vous couvrez vos paris pour vivre, monsieur. Tous les banquiers le font. Moi je vous propose une autre forme de protection. Il y a des chances pour que les terroristes en veuillent à votre compagnie. Peut-être que cet attentat était un avertissement. Peut-être qu'ils vous en enverront un autre. Voulez-vous courir le risque ?

— Non, répondit Lamont à voix basse.

— Je pourrais peut-être les attraper si vous nous donniez un petit coup de main. Ça vous ferait un sacré retour sur investissement, Mr Lamont.

— En effet. Dépendez-vous de Flynn ?

— J'appartiens à la police de New York. Nous n'avons aucun ordre à recevoir de Mr Flynn.

— Laissez votre carte à la réception, capitaine. Vous avez une carte de visite ?

— Oui, j'en ai une.

— Je vais réfléchir à ce que vous m'avez dit.

La nuit était tombée quand Littlemore arriva devant la cellule de Younger.

— Nom d'un chien, doc, vous l'avez pulvérisé, dit-il en déverrouillant la porte. On dirait qu'un bulldozer lui est passé dessus.

Le médecin remit sa veste et sortit.

— J'ai payé votre caution, continua-t-il. Cigarette ?

— Merci. A-t-il été remis en liberté ?

Younger avait les mains meurtries et le col négligemment ouvert.

— Non. J'ai envoyé deux gars à l'hôpital dès que j'ai appris la nouvelle. Quand les docteurs le jugeront guéri, nous le coffrerons. On le tient… pour l'instant.

Le policier tendit à son compagnon une grande enveloppe marron dont celui-ci sortit son nœud papillon, sa montre, son portefeuille et le reste de ses effets personnels.

— Pour l'instant ? répéta Younger.

— Comment allons-nous prouver que c'est bien Drobac ? Même moi, je suis incapable de l'identifier après le traitement que vous lui avez infligé. Il va nous en falloir beaucoup plus si nous voulons aller au procès. Mais ça ira. Ça ne sera pas avant six mois.

— Moi, je peux l'identifier, précisa-t-il en attachant sa montre.

— Ça m'ennuie de vous dire ça, mais votre crédibilité est bigrement entamée depuis que vous êtes poursuivi pour tentative de meurtre.

Younger scrutait Littlemore.

— C'est comme ça que le procureur voit les choses, poursuivit ce dernier. Agression avec intention de donner la mort. J'ai eu de la veine de réussir à vous faire sortir. Le juge n'y était pas du tout favorable, jusqu'à ce que je lui dise que vous veniez de Harvard. Et que vous y enseigniez. Et que Teddy Roosevelt était votre cousin. Et que vous aviez couché avec sa fille. Mais non, ça, je ne l'ai pas dit.

— En vérité, fit-il en remettant son nœud papillon, j'avais l'intention de le tuer.

— Vous n'êtes pas sérieux ?

— Et qui prétend-il être ?

— C'est drôle mais il ne parle pas. On dirait qu'il a la mâchoire vissée, parce que quelqu'un la lui a brisée en trois endroits. Nom d'une pipe, j'espère que vous ne vous êtes pas trompé.

— C'est Drobac. Il boitait. Il avait des marques sur le visage.

— Ce ne sont pas des preuves.

— Vous avez pris ses empreintes ?

— Bien sûr. Mais il faut qu'elles correspondent à quelque chose. Il n'y en avait aucune sur les couteaux. Rien dans la pièce du bas. Rien dans la voiture. Rien non plus sur le laboratoire portatif de Colette. Rien de rien. Il savait ce qu'il faisait.

Tous deux se turent.

— Pourquoi s'en est-il pris à nous de nouveau ? interrogea Younger.

— Peut-être qu'il voulait se débarrasser de tous ceux qui peuvent l'identifier.

— Où est-elle ? demanda-t-il en attachant ses boutons de manchettes.

— Colette ? À sa conférence.

— Quoi ?

— Elle n'a rien voulu entendre. Elle m'a obligé. Elle m'a fait sortir tous ses échantillons du placard où l'on conserve les pièces à conviction.

Ce soir-là, A. Mitchell Palmer, le procureur général des États-Unis, arriva à Manhattan depuis Washington par train spécial. Une longue voiture noir et or – une Packard Twin Six Imperial, le genre de véhicule que seuls les très riches peuvent s'offrir – l'attendait devant Pennsylvania Station. À l'intérieur, se trouvait un gentleman en haut-de-forme, tiré à quatre épingles, aux pointes du col relevées.

La voiture emmena Palmer jusqu'au bâtiment du Trésor, en face de la banque Morgan, sur Wall Street. Les soldats saluèrent et s'écartèrent quand les deux hommes gravirent l'escalier de marbre et franchirent le portail massif. Une demi-heure plus tard, Palmer et son compagnon réapparurent. Ce dernier mena le procureur général le long d'une colonnade jusqu'à une ruelle qui séparait le bâtiment du Trésor de celui de la Monnaie. Cette voie étroite était protégée par une haute grille de fer forgé, qu'il fallut déverrouiller.

Les deux hommes s'avancèrent jusqu'au milieu de la ruelle, où le monsieur en haut-de-forme désigna le premier étage des bâtiments qui ne se rejoignaient pas tout à fait. Ainsi, en hauteur, au-dessus de la chaussée, deux espèces d'étranges portes de garage se faisaient face. Palmer hocha la tête, lugubre, puis informa l'autre gentleman qu'il quittait New York le lendemain. L'enquête sur l'attentat demeurerait entre les mains de Flynn, le chef du FBI. Le procureur général continuerait jusqu'à Stroudsburg, en Pennsylvanie, où il irait rendre visite à sa famille.

Le Fonds Marie Curie pour le radium avait organisé une conférence spéciale le 17 septembre 1920 à l'église Saint-Thomas, sur la 5e Avenue. À l'origine de ces projets se trouvait Mrs William B. Meloney, femme d'un certain âge, bien en chair, connue des cercles littéraires et philanthropiques new-yorkais. Mrs Meloney travaillait dans la presse et, à force d'écrire sans relâche sur la haute société de Manhattan, elle avait fini par y trouver sa place. Comme beaucoup d'Américaines, elle se passionnait pour les travaux de la grande Marie Curie – elle y avait même consacré des articles.

— Il est insupportable de songer que Mme Curie, la plus grande scientifique du monde, qui a découvert le radium, ne puisse poursuivre ses recherches par manque d'argent, déclara Mrs Meloney depuis l'opulent et ténébreux chœur de l'église. Ses recherches sur le radium ont déjà permis de découvrir un moyen de guérir le cancer et de fabriquer des crèmes qui enlèvent les taches disgracieuses sur le visage, les mains – Mrs Meloney était en outre rédactrice d'un grand journal féminin –, et des infusions qui redonnent à nos époux leur vigueur conjugale.

Le public, presque exclusivement féminin, applaudit avec chaleur.

Mrs Meloney remercia son auditoire d'avoir eu le courage d'ainsi se déplacer le lendemain de la terrible tragédie qui avait frappé Wall Street.

— Il est dans la nature des femmes de persévérer quand l'homme se noie dans ses passions violentes. Et persévérer, nous le devons. Le prix d'un gramme de radium est consternant : cent mille dollars. Néanmoins, nous rassemblerons cette somme. L'honneur des Américaines est en jeu. Je l'ai moi-même promis à Mme Curie en personne, chez elle, à Paris, et il est désormais de notre devoir à chacune de contribuer avec générosité au Fonds, ou de pousser nos maris à donner.

Au moment où le public applaudissait de nouveau, la porte de l'église s'ouvrit en grinçant.

— Dieu merci, voici Miss Rousseau. Nous commencions à nous faire du souci, ma chère.

Toutes les dames se retournèrent. Colette remonta l'allée en silence, consciente des regards braqués sur elle, transportant la lourde mallette pleine d'échantillons de minerais et d'éléments radioactifs. Elle bredouilla des excuses, mais sa voix discrète ne porta guère à travers l'immense église gothique mal éclairée, avec ses énormes colonnes et son plafond voûté. La Française s'attendait à trouver quelques femmes rassemblées dans une petite salle, pas deux cents personnes dans un édifice religieux, regroupées devant un chœur orné d'un immense retable représentant la crucifixion.

— Au cours de ces derniers week-ends, continua Mrs Meloney, avec Miss Rousseau – qui a étudié auprès de Mme Curie à Paris et qui va nous parler dans quelques instants des « merveilles du radium » –, nous sommes allées visiter les plus grandes usines de fabrication de produits à base de radium. Nous avons tenté d'expliquer aux propriétaires de ces fabriques quelle dette ils ont envers Mme Curie. Nos efforts n'ont pas été vains, comme j'aurai bientôt le plaisir de vous l'annoncer.

Mrs Meloney échangea un regard complice sur sa gauche avec un homme grassouillet, vêtu de façon très élégante, qui fit un signe au public. Puis elle laissa la place à Colette, qui hissait sa mallette sur les marches du chœur, souriant pour dissimuler l'énorme effort auquel elle se livrait. Le public attribua sa pâleur à ses origines étrangères.

— Merci, Mrs Meloney. C'est un honneur et un privilège d'apporter mon aide au Fonds Marie Curie pour le radium.

Elle se tut un instant, s'attendant vaguement à ce que l'auditoire applaudisse au nom de Marie Curie.

Mais il n'y eut qu'un silence appuyé. Elle reprit tout en essayant d'aplatir sur le lutrin les pages recourbées du texte de sa conférence qu'elle avait préparée avec soin.

— Il y a vingt-quatre ans de cela, le scientifique français Henri Becquerel rangea dans un tiroir une boîte contenant des cristaux d'uranium près d'une plaque photographique soigneusement emballée. Il les y laissa pendant plus d'une semaine. S'agissait-il d'une expérience ? Pas du tout : M. Becquerel mettait juste un peu d'ordre dans son laboratoire, et il oublia tout simplement où il avait mis son uranium !

Colette escomptait des rires qui ne vinrent pas.

— Mais quand il déballa la plaque photographique, il y vit une image : ce qui normalement était impossible puisqu'elle n'avait pas été exposée à la lumière. Ainsi découvrit-on le mystère de la radiation par accident ! Deux ans plus tard, en 1898, Marie Curie et son époux, Pierre, résolurent le mystère. Elle prouva que les atomes d'uranium émettaient des rayons invisibles, et elle inventa un nom à ce phénomène : la radioactivité. Alors qu'elle travaillait dans une solitude presque totale, elle isola deux nouveaux éléments encore inconnus. Elle appela le premier polonium, du nom de sa Pologne natale ; et le second, bien plus puissant, radium. L'énergie potentielle du radium est si incroyable qu'il est presque impossible de la décrire en utilisant les mots de tous les jours. Vous connaissez l'usage de la mesure en « chevaux » ? Eh bien, un seul gramme de radium contient une énergie équivalente à celle de quatre-vingts millions de chevaux.

Colette fit à nouveau une pause, s'attendant à ce que les gens soient surpris par ce chiffre incroyable. Mais on n'entendait que le frou-frou des jupes et des gants.

— Cette puissance, reprit Colette qui parlait un peu trop vite à présent, si on parvenait à la libérer d'un seul coup, pourrait détruire la ville de New York jusqu'au dernier bâtiment. Heureusement, la science a trouvé le moyen de maîtriser la radioactivité et, aujourd'hui, elle permet de sauver des vies plutôt que d'en détruire. Désormais, les médecins insèrent des microgrammes de radium, enrobés de minuscules nodules de verre, directement à l'intérieur de la tumeur. En quelques semaines, celle-ci disparaît. Aujourd'hui, grâce au radium, à travers le monde entier, des gens sont en vie et en bonne santé, alors qu'ils seraient morts d'un cancer il y a quelques années.

Un frémissement dans le public suggéra que cette fois il était prêt à applaudir, mais Colette, de plus en plus nerveuse, poursuivit sans attendre.

— À présent, je vais procéder à une expérience pour mettre en évidence l'une des extraordinaires propriétés de la radioactivité : la luminescence.

— Oh, mon enfant, interrompit Mrs Meloney, vous voulez procéder à une expérience ? Dans une église ? Pensez-vous que ce soit bien le lieu ?

— Ce ne sera qu'une toute petite démonstration.

— Très bien, mais faites vite alors.

Colette sortit deux fioles de sa mallette. Debout devant le lutrin, elle se sentait très gauche, en l'absence de table. Il lui fallait en effet combiner les deux éléments. Elle eut un sourire nerveux, puis s'agenouilla pour disposer son matériel sur le sol, ce qui lui permit de retrouver l'usage de ses deux mains – hélas, elle disparut aussi aux yeux du public.

Soudain, des applaudissements retentirent. La Française leva les yeux, intriguée. Tout l'auditoire avait le regard fixé sur le gros homme, derrière elle, qui souriait, jovial, les bras levés. Dans chaque main, il tenait une montre-bracelet émettant une lueur phosphorescente.

— La voici, votre luminescence, Miss Rousseau, claironna-t-il. C'est la magie du radium.

Les applaudissements redoublèrent.

— Merci, Mr Brighton, s'écria Mrs Meloney, vous êtes un chevalier vêtu d'une armure scintillante. Et merci à vous, Miss Rousseau, pour cette conférence très enrichissante.

— Mais je... bredouilla Colette qui venait à peine de commencer.

— À présent, mes amis, voici le moment tant attendu de la soirée. La semaine dernière, dans le Connecticut, j'ai eu le plaisir de rencontrer l'un des titans de l'industrie américaine, dont la gentillesse et le sens du devoir envers la société sont en tout point à la hauteur de son éminence dans le monde des affaires. C'est l'un des plus grands producteurs de pétrole, de minerai et de radium de ce pays. Je vous demande d'accueillir comme il se doit Mr Arnold Brighton.

Le gros monsieur la rejoignit et salua l'assistance qui lui fit un triomphe. Il était complètement chauve, hormis deux touffes de poils bruns et épais qui lui poussaient au-dessus des oreilles, mais il était vêtu avec grand soin, avait les ongles manucurés, et il portait des boutons de manchettes en or, qui étincelèrent quand il leva les mains pour calmer l'auditoire.

— Merci, merci… Oh ! là, là ! Qu'ai-je fait de mon discours ? dit-il en palpant ses poches. Vous l'ai-je donné, Mrs Meloney ?

— À moi, Mr Brighton ?

— Oh, mon Dieu. Samuels est-il là ? Il saurait où je l'ai mis, lui. Ah, mes concurrents disent toujours que les dames me font perdre la tête. Ils refusent d'embaucher des femmes, vous savez, tandis que moi, grâce aux usines qui fabriquent les cadrans de montre lumineux, je suis le plus gros employeur de main-d'œuvre féminine dans cet État. Mes concurrents ne comprennent pas. La réponse est pourtant simple. Les salaires des femmes sont moins élevés que ceux des hommes, c'est très net. Oh, je sais bien ce que vous pensez. Avec tous ces hommes au chômage, d'anciens soldats, qui plus est : ne méritent-ils pas d'occuper ces emplois ? Permettez-moi de ne pas être d'accord. Ces derniers doivent subvenir aux besoins de leur épouse et de leurs enfants. Cela coûte cher. En revanche, 90 % de mes employées sont célibataires. Elles ont besoin de moins d'argent. Et voyez le résultat : regardez ces montres ravissantes. Appliquer une couche de peinture au radium sur une surface aussi minuscule demande une dextérité et une minutie toutes féminines. Mrs Meloney, permettrez-vous à un gentleman de vous offrir un cadeau ? À moins que Mr Meloney n'y voie une objection.

Des rires scandalisés marquèrent leur appréciation.

— Voyons, Mr Brighton ! s'écria-t-elle.

Mais elle lui tendit son large poignet en minaudant, et son interlocuteur en profita pour y attacher une montre, sertie de pierres bleues. Elle leva le bras, invitant le public à admirer le bijou sous de chaleureux applaudissements.

— Mrs Meloney peut désormais nous donner l'heure même en plein cœur de la nuit. Si les policiers et les pompiers de la ville avaient porté mes montres, hier, ils n'auraient pas été gênés par l'immense nuage de fumée qui a suivi l'explosion. Ils auraient disposé d'une source lumineuse ne nécessitant ni pile, ni carburant, ni aucune énergie. C'est là la merveille du radium. À présent, Miss Rousseau, pour vous, nous avons dû fabriquer un modèle spécial. Nos produits habituels ne sauraient convenir à la finesse de votre poignet. Puis-je ?

La montre que Brighton présenta à Colette était quant à elle sertie de diamants qui réfractaient toutes les couleurs de l'arc-en-ciel malgré la faible luminosité de l'église. Mal à l'aise, Colette leva la main. Brighton lui passa son présent au poignet, l'éclat vert du cadran se reflétant sur ses ongles luisants. Il lui dit espérer que ce cadeau lui plaisait. La jeune femme ne sut que répondre.

— Votre générosité nous laisse sans voix, Mr Brighton, fit Mrs Meloney. Je vous en prie, continuez.

— Continuer ?

— Votre don, Mr Brighton.

— Mon don ? Oh, mon don, bien sûr.

Il palpa ses poches à nouveau et en sortit un chèque, manquant renverser le lutrin. Après une longue introduction, il déclara qu'il était heureux d'offrir au Fonds Marie Curie pour le radium un chèque d'un montant de vingt-cinq mille dollars. Le public, bouche bée, se remit à applaudir avec ardeur.

Mrs Meloney remercia chaleureusement son généreux donateur. Puis elle lança le débat, certaine que de nombreuses personnes dans le public auraient des questions à poser à Miss Rousseau. Au troisième rang, une femme prit la parole :

— Excusez-moi, mais j'utilise un savon au radium tous les jours depuis un an et j'ai toujours des verrues sur les coudes. Cela me gêne beaucoup.

— Oh ! répondit Colette. Je crains de ne pas savoir grand-chose sur l'usage cosmétique du radium.

Mrs Meloney vint au secours de la jeune femme.

— Avez-vous essayé la crème de nuit Radior, très chère ? Elle a fait merveille sur moi.

Une autre main se leva.

— J'ai une question pour Miss Rousseau. Quel est le bon dosage en eau de radium pour permettre à un homme de 60 ans de retrouver sa vigueur ?

— Pardon ? demanda Colette. Sa quoi ?

— Sa vigueur.

Mrs Meloney murmura quelque chose à la Française, dont les joues s'empourprèrent.

Après la conférence vinrent les rafraîchissements. Mrs Meloney complimenta Mr Brighton sur sa taille :

— Vous êtes beaucoup plus grand qu'il n'y paraît, Mr Brighton, dit avec coquetterie la femme mûre aux cheveux argentés.

C'était vrai. De loin, l'industriel semblait petit, il avait l'allure d'un professeur de mathématiques distrait. De près, il paraissait bien plus grand ; il était impossible d'expliquer d'où venait cette impression. Hélas, cet effet soulignait sa gaucherie.

— Quant à votre cadeau, reprit Mrs Meloney en exhibant sa montre ornée de saphirs, on ne m'a jamais offert de présent aussi magnifique.

— Quant à moi, répondit-il avec galanterie, je n'ai jamais reçu de visite aussi charmante à l'usine que celle que vous m'avez rendue, vous et votre assistante, il y a deux semaines.

— Doux Jésus, Mr Brighton, protesta-t-elle, que dirait mon époux s'il vous entendait ?

— Vraiment ? s'alarma-t-il. Ai-je dit quelque chose de mal ?

— J'aimerais que tous les hommes fassent autant de mal, le rassura-t-elle. J'insiste pour que vous soyez présent lors de la cérémonie au cours de laquelle Mme Curie recevra son radium, en mai prochain. Enfin, si nous parvenons à rassembler la somme nécessaire. J'ai l'intention de persuader le maire de présider l'événement.

— Le maire ? Pourquoi pas le Président ? Je vais en parler à Harding ; en mai, il sera à la Maison Blanche. Miss Rousseau, avez-vous visité notre capitale ? J'y vais bientôt – oh mon Dieu, quand dois-je m'y rendre ? Où est mon secrétaire, Samuels ? Je n'ai aucune mémoire, sans lui. Ah, le voilà, l'austère garçon. Que disiez-vous, madame ?

— Moi, Mr Brighton ? Il me semble que vous parliez de Mr Harding.

— Ah, oui. Je m'en vais le voir à Washington. Pourquoi ne m'accompagneriez-vous pas, mesdames ? Je possède mon propre train, vous savez. Tout à fait confortable. Vous et Miss Rousseau trouverez beaucoup de cercles philanthropiques dans la capitale : c'est un bon terrain de chasse pour votre Fonds.

— Nous en serions ravies, n'est-ce pas, ma chère ? fit-elle à Colette.

— Ah, Samuels, se renfrogna Mr Brighton. Il a besoin de moi, comme d'habitude. Voulez-vous m'excuser, mesdames ?

— Quel homme charmant ! déclara Mrs Meloney après que Mr Brighton eut rejoint son secrétaire, qui déposa son manteau sur ses épaules en lui murmurant quelques mots à l'oreille.

La plupart des femmes qui avaient assisté à la conférence étaient encore là, discutant entre elles des mérites des différents produits à base de radium.

— Vous lui avez tapé dans l'œil, ma chère, fit-elle à Colette.

— Moi ? Non, Mrs Meloney, c'est vous qu'il apprécie.

— Taratata ! Qui suis-je, moi ? Une vieille dame. Regardez la montre qu'il vous a offerte. Ce sont des diamants. Avez-vous seulement idée de la valeur de ce bijou ?

— Je ne peux pas le garder.

— Mais pourquoi pas ? répondit Mrs Meloney tout excitée.

— Il est dangereux d'utiliser du radium sur un cadran de montre. Et je vous en prie, dissuadez ces femmes d'employer des cosmétiques à base de radium.

— Ne me dites pas que vous doutez des effets du radium, ma chère. Mon mari est un sceptique de la pire espèce. Néanmoins, je puis vous assurer que ma crème Radior m'a fait gagner dix ans ! Lui est aveugle, mais moi, je le vois bien !

— Ce n'est pas ça, c'est à cause des répercussions. Les compagnies qui fabriquent le Radior font monter le prix du radium, qui devient inaccessible pour les scientifiques.

— Taratata, ma crème ne coûte que 99 cents.

— Bien sûr, Mrs Meloney, mais quand des milliers de femmes sont prêtes à payer 99 cents, le gramme de radium finit, lui, par atteindre plus de 100 000 dollars.

— Ah, vous les scientifiques, vous ne parvenez pas à comprendre les mécanismes économiques. Ma chère, c'est le prix du radium qui détermine le prix de ma crème, pas l'inverse.

— Non, Mrs Meloney. Pensez à tous ces gens qui achètent des cosmétiques et des montres au radium. Plus on vend ces produits, moins il reste de radium dans le monde, et plus sa valeur augmente.

— Vous me donnez le vertige, Miss Rousseau. Tout ce que je sais, c'est que notre campagne démarre sur les chapeaux de roues. Concentrons-nous là-dessus, d'accord ?

— Je ne saurais vous dire combien c'est important. Il existe si peu de radium. Les usines comme celles de Mr Brighton en consomment 90 %. Il ne reste presque rien pour la science et la médecine. Et le peu qui subsiste coûte trop cher. Des milliers de malades qui souffrent du cancer ne seront jamais traités au radium en raison de son prix ! Ces entreprises de cosmétique tuent littéralement les gens. J'ai essayé d'expliquer cela à Mr Brighton quand nous avons visité son usine, mais je ne crois pas qu'il m'ait écoutée.

— Eh bien, tant mieux ! Il reviendrait sur sa donation. Ne pourriez-vous faire un effort pour être plus gentille avec lui ? Je suis sûre qu'il serait prêt à nous offrir un gramme entier de radium si vous vous montriez plus avenante à son égard.

Le jovial Mr Brighton revint alors leur faire ses adieux, saluant ici et là les dames présentes.

— Samuels dit que nous devons partir. N'oubliez pas, Miss Rousseau : vous avez promis de m'accompagner à Washington. Voulez-vous me reconduire jusqu'à la porte, chère amie ? dit-il en tendant le coude à Mrs Meloney.

— Eh bien, Mr Brighton, je crains que les gens ne pensent qu'on vient de nous marier !

— Très bien, dans ce cas, vous devez m'escorter toutes les deux.

Colette tenta bien de décliner l'invitation, mais Mrs Meloney ne l'entendait pas de cette oreille. Tous trois descendirent donc les marches du chœur, puis empruntèrent l'allée centrale de la nef, en direction de la porte, où l'assistant de Mr Brighton, Samuels, distribuait des échantillons de produits à un groupe de femmes très intéressées.

— Vous avez cité le nom néfaste du Radior, expliqua l'industriel à Mrs Meloney. Je ne pouvais laisser passer ça sans répondre. Nous venons en effet de lancer notre propre gamme d'ombres à paupières. Lumineuse, bien sûr, comme vous pouvez le constater.

Un certain nombre de dames essayaient déjà les fards et mascaras qu'on venait de leur donner, créant des paires de demi-lunes phosphorescentes qui transformaient le porche de l'église en une espèce de grotte où se serait rassemblée une colonie d'oiseaux nocturnes ou de chauves-souris. Mrs Meloney fit des excuses à son donateur : elle ignorait tout à fait qu'il s'était engagé dans l'industrie cosmétique ; elle ne manquerait pas de le mentionner dans le prochain numéro de *The Delineator.* Tous deux étaient si accaparés par leur discussion et Colette si outragée par leurs propos, qu'aucun d'eux ne vit la silhouette solitaire, un peu plus loin devant eux, agenouillée parmi les bancs obscurs, la tête baissée comme si elle priait.

— Mrs Meloney, j'ai laissé mon matériel près du lutrin. Je vais le chercher.

— Ne soyez pas si pressée, ma chère, repartit sa compagne en tirant fermement sur le bras de Brighton, qui à son tour retint Colette.

La silhouette agenouillée se mit en mouvement lorsqu'ils s'approchèrent d'elle. Une capuche couvrait sa tête.

— Mais oui, Miss Rousseau, restez avec nous. J'enverrai Samuels récupérer vos affaires.

Colette ne répondit pas. Soudain, elle eut la bouche très sèche. La silhouette encapuchonnée venait de s'engager dans l'allée, leur bloquant le passage. C'était une femme. Une mèche rousse sortait de sous sa capuche. Sa main osseuse se posa sur l'écharpe qu'elle portait autour du cou, cachant quelque chose de protubérant.

— Peut-on vous aider ? demanda Mrs Meloney.

Colette savait qu'elle aurait dû dire quelque chose, les avertir. Mais elle était médusée. Les yeux caves de cette inconnue semblaient chercher les siens. Ils mesurèrent le lien qui l'unissait à ses deux compagnons – leurs bras entrelacés, leur apparente unité –, et le condamnèrent. Elle tendit une main vers Colette, pour attirer son attention. La Française se sentit incapable de résister. Pour des raisons qu'elle ne comprenait pas elle-même – peut-être juste parce qu'elle se trouvait dans une église, à moins que ce ne fût la tension accumulée ces deux derniers jours qui vainquit sa résistance –, elle sentit qu'elle devait accueillir la main de cette femme avec bienveillance et non répulsion. Donc, elle approcha la sienne, et leurs doigts se rencontrèrent.

Le contact lui parut froid, moite, répugnant, comme si cette créature sortie de la fange allait lui transmettre une maladie, la contaminer, avant de retourner d'où elle venait. Puis la silhouette encapuchonnée empoigna sa main et fit un pas en arrière, entraînant la jeune femme avec elle.

— Arrêtez tout de suite ! s'exclama Mrs Meloney comme si elle tançait un enfant pour sa mauvaise conduite.

— Oui, arrêtez ça tout de suite ! renchérit Brighton.

L'inconnue se tourna vers lui et pointa un doigt accusateur dans sa direction. Il recula, lâchant Colette.

— Samuels ? appela-t-il d'une voix plaintive.

La femme fit encore un pas en arrière en tirant la Française avec elle, gardant sa main osseuse et marbrée de veines bleues sur l'écharpe enroulée autour de son cou. Colette ne résista pas. C'est la montre en diamant, désormais à quelques centimètres de l'inconnue, qui rompit le charme.

Dans la luminescence verte du cadran, la Française croisa un regard qui lui parut très doux. Puis, les choses basculèrent. L'inconnue vit les diamants scintiller et, soudain, ses prunelles s'embrasèrent. Toutes griffes dehors, elle essaya d'arracher le bijou constellé de brillants, égratignant la peau de Colette, qui tenta de résister.

— Mais c'est une voleuse ! s'écria Mrs Meloney.

Comme une furie, la femme rousse s'acharnait sur la montre, faisant couler le sang de la Française, et pour la première fois, elle s'exprima :

— Donnez-moi ça… donnez-moi ça…

Colette en eut le souffle coupé : cette voix était gutturale, comme celle d'un homme, mais encore plus rauque. Dans la précipitation, l'écharpe de l'inconnue glissa, découvrant des lèvres fines et blêmes. Puis son cou apparut, et Mrs Meloney hurla, comme l'avait fait Betty Littlemore.

— Oh, mon Dieu ! s'exclama la jeune scientifique.

L'inconnue, qui tirait toujours sur la montre, sortit de son manteau un objet de métal brillant – un couteau. Colette était à présent prisonnière. Mr Brighton s'était bravement écarté, mais la téméraire Mrs Meloney avait pris sa place, certaine qu'elle aiderait sa compagne en la saisissant par l'autre bras. La femme rousse, les yeux fous, leva son couteau. Colette, écartelée entre cette figure menaçante qui s'agrippait toujours à son poignet d'un côté et sa protectrice qui la tirait de l'autre, se retrouva impuissante à agir. Mrs Meloney cria :

— Elle va lui couper le bras ! À l'aide !

Un coup de feu retentit. Une balle vint se ficher dans un crucifix, derrière le lutrin, faisant exploser l'épaule de bois du Sauveur. La femme rousse pivota sur elle-même, tenant son arme bien haut au-dessus de sa tête. Il y eut une nouvelle détonation, puis une troisième. Les yeux brillants de l'inconnue perdirent soudain leur éclat. La lame glissa de sa main. Un grognement étrangement grave s'échappa de sa bouche, et quelques gouttes de sang perlèrent aux commissures de ses lèvres. Enfin, elle s'effondra entre les bras de Colette.

Cette dernière sentit soudain le cou de l'inconnue se presser contre elle. Contact de chairs malades. Elle frissonna et se dégagea de cette étreinte funeste, laissant le corps choir sur le sol. À l'entrée de l'église, Samuels, l'homme de main de Brighton, se tenait immobile, un revolver fumant à la main.

Pendant un long moment, personne ne bougea. Puis, Arnold Brighton sortit la tête de derrière Mrs Meloney.

— Oh, bravo, Samuels. C'est très bien.

— Mr Brighton ! le tança Mrs Meloney.

— Oui, Mrs Meloney ?

— Vous vous êtes caché derrière moi !

— Mais non, je ne me cachais pas, tout le monde savait où j'étais. Je me suis mis à couvert. Vous faites un abri parfait, très confortable.

— Vous m'avez retenue, Mr Brighton, quand les coups de feu sont partis. J'ai voulu courir, mais vous m'en avez empêchée.

— Vous voulez dire… oh, je vois. Je me suis servi de vous sans compensation. Comment puis-je me racheter ? Est-ce que mille dollars suffiraient ? Ou cinq mille ?

— Oh, mon Dieu !

— Samuels, ne restez pas planté là comme ça. Nettoyez donc. On ne peut laisser un cadavre gisant sur le sol d'une église. Croyez-vous que nous puissions payer les éboueurs pour nous en débarrasser ?

— Elle est encore vivante, interrompit Colette qui s'était agenouillée près de l'inconnue.

— Vraiment ? s'écria Brighton l'air apeuré, prêt à se cacher à nouveau derrière l'opulente Mrs Meloney.

— Police ! cria soudain le capitaine Littlemore en s'engouffrant dans l'édifice. Lâchez vos armes !

La femme s'était effondrée sur les dalles de pierre froides. Sous elle, s'épanouissait une tache de sang sombre. Au moment où Younger et Littlemore arrivaient, ils avaient croisé des dames qui quittaient l'église en hâte en prononçant le mot « meurtre ». Pendant que Mrs Meloney expliquait au policier qu'une folle s'en était prise à Colette et que Mr Samuels leur avait sauvé la vie, Younger s'était penché sur l'inconnue pour contrôler son pouls. Il battait encore, très faiblement.

Colette s'agenouilla auprès de lui.

— Regardez son cou.

Des cheveux roux, ternes et secs dissimulaient le visage de la femme. Younger les repoussa d'un geste délicat mais méthodique. Il vit son regard vide, son joli nez, ses lèvres fines, entrouvertes. L'écharpe effilochée avait retrouvé sa place sur son cou. Il la retira.

La femme n'avait pas de menton. À la place du cou, une énorme masse boursouflée, congestionnée, grumeleuse, presque aussi grosse que sa tête, parcourue d'un entrelacs de veines et qui comportait des rides, des fossettes, des irrégularités.

— Pour l'amour du ciel, mais qu'est-ce que c'est ? souffla Littlemore.

NEUF

Un an avant l'attentat de Wall Street, le Président des États-Unis fut victime d'un accident vasculaire cérébral alors qu'il était aux toilettes, à la Maison Blanche – un caillot vint boucher une artère dans son cerveau. En quelques instants, le visionnaire Woodrow Wilson se retrouva invalide, semi-aveugle et hémiplégique.

La nouvelle ne fut communiquée ni au peuple américain, ni à son cabinet, ni même au vice-président. Il était difficile de dire qui devait gouverner le pays – et dans les faits, il devint presque impossible de déterminer qui tenait les rênes. Fut-ce le secrétaire d'État Robert Lansing, qui réunit en secret le cabinet, malgré l'absence du Président ? Fut-ce sa femme Edith, qui comptait parmi ses ancêtres aussi bien des Plantagenêt que Pocahontas et avait seule accès à la chambre du malade, dont elle ressortait pour transmettre les ordres prétendument dictés par son époux ? À moins que ce ne fût le procureur général Palmer, qui réussit à obtenir un budget de plus en plus important pour le FBI et fit arrêter des dizaines de milliers de personnes à travers tout le pays, soupçonnées d'être des ennemis de la nation ?

Au cours de l'année 1920, le pays prit une direction étrange et guère sensée. Janvier vit le début de la prohibition. En mars, le Sénat refusa l'entrée des États-Unis dans la Société des Nations, mettant fin aux ambitions de Wilson de voir son pays rejoindre une communauté internationale d'États pacifiques, dont il aurait pris la direction. Le Président n'avait hélas jamais réussi à persuader ses pragmatiques compatriotes qu'il était important pour eux de se mêler des intrigues et des anciennes inimitiés qui divisaient l'Europe. Après tout, qu'avaient-ils gagné lors de la Grande Guerre, où cent mille jeunes Américains avaient péri pour sauver les Anglais et les Français ?

Ne sachant quelle direction ils prenaient, sevrés d'alcool, les citoyens américains de 1920 attendaient que l'orage éclate pour mettre fin à la tension, qu'un nouveau président soit élu, que l'économie redémarre. Les États-Unis croyaient avoir apporté la paix au monde. Ils avaient donc désormais le droit de s'occuper de leurs propres problèmes.

Pourtant, la paix ne régnait toujours pas. À l'été 1920, de grandes armées ravageaient toujours certaines régions. En août, les Soviétiques avaient fait leur entrée triomphale en Pologne, jusqu'à Varsovie, et lorgnaient déjà sur l'Allemagne, voire plus loin. Lénine avait des raisons de se montrer ambitieux. Des communistes avaient pris le pouvoir à Munich, déclarant l'indépendance de la Bavière, désormais république soviétique. La même chose s'était produite en Hongrie. Beaucoup plus près des États-Unis, des révolutionnaires mexicains avaient renversé le gouvernement soutenu par Washington, promettant de nationaliser les gigantesques ressources pétrolières aux mains des compagnies étrangères – en particulier, les consortiums américains.

Toutefois, en 1920, la plupart des Américains ignoraient cette situation, quand ils ne s'en moquaient pas totalement. Ils en avaient assez du reste du monde. Enfin, à part quelques-uns.

Le samedi 18 septembre au matin, deux jours après l'attentat, le lendemain de la conférence de Colette à l'église Saint-Thomas, Younger et Littlemore se retrouvèrent à une station de métro, à quelques rues de l'hôpital Bellevue.

— A-t-on réussi à identifier la femme inconnue ? demanda le médecin, tandis qu'ils prenaient la direction de l'hôpital.

— La femme à deux têtes ? On saura sûrement dans un jour ou deux. Quand il s'agit d'une fille, en général, on déclare sa disparition. À moins que ce ne soit une prostituée, dans ce cas, personne ne la cherche.

— Mon instinct me dit que ce n'est pas une prostituée.

Les deux hommes se regardèrent.

— Avez-vous examiné ses dents ? reprit Younger.

— Pour voir s'il lui manquait une molaire ? Ouais, j'ai pensé la même chose. Mais rien. Pas de dent manquante.

— Pourquoi Colette ?

— Vous voulez dire pourquoi toutes ces choses lui arrivent-elles ? C'est une bonne question. Mais comme je vous l'ai déjà dit, je ne pense pas que tout soit lié.

— Que voulez-vous dire ? Qu'il s'agit seulement d'étranges coïncidences ?

— Je ne préjuge de rien. Jamais. S'il fallait émettre une hypothèse, eh bien, je dirais que quelqu'un prend Colette pour ce qu'elle n'est pas. Peut-être plusieurs personnes.

Bellevue était un hôpital public, qui avait pour obligation d'accepter tous les patients, or l'attentat de Wall Street pesait lourdement sur ses ressources déjà maigres. Chaque couloir était comme une course d'obstacles de malades installés sur des chaises ou des civières. Younger et Littlemore découvrirent la femme de l'église au deuxième étage, dans une salle où s'entassaient une douzaine d'autres patientes. Elle était inconsciente mais elle respirait, et le sang battait dans les veines de son énorme protubérance. Une infirmière leur apprit qu'elle n'avait pas repris connaissance depuis son admission. Près du lit voisin, un médecin de l'hôpital administrait une injection à une autre malade. Littlemore lui demanda s'il pensait que l'inconnue allait s'en tirer.

— Qui sait ? se borna-t-il à répondre.

— Qui pourrait savoir ? insista le policier.

— Moi. Je suis responsable de cette salle. Mais je n'ai pas encore eu le temps de l'examiner.

— Et moi, puis-je l'examiner ? s'enquit alors Younger.

— Vous êtes médecin ?

— C'est un docteur de Harvard, précisa Littlemore.

— J'aimerais en savoir davantage sur le néoplasme dans son cou. Vous avez une machine à rayons X ?

— Bien sûr, mais seul le personnel radiologique de l'hôpital est autorisé à s'en servir.

— Très bien, fit le policier, où peut-on les trouver, ces gens-là ?

— C’est moi.

— Et quand pourrez-vous lui faire une radio ?

— Dans deux semaines. Le service de radiologie est ouvert le premier lundi du mois.

— Deux semaines ? Elle sera peut-être morte dans deux semaines.

— Comme cinq cents autres patients de cet hôpital, rétorqua sèchement le médecin. Maintenant, je vous prie de m’excuser. Je suis très occupé.

Après son départ, Littlemore s’adressa à son compagnon :

— Je n’aurais peut-être pas dû dire que vous étiez de Harvard. J’ignore pourquoi, mais il semblerait que les gens le prennent mal au lieu de montrer de l’admiration. Mais qu’est-ce que ça peut bien être, ce truc qu’elle a dans le cou ?

— Je l’ignore, mais nous le saurons sans doute bientôt, répondit Younger en désignant une fine lézarde bleuâtre partant du menton jusqu’au sternum. Ce qu’il y a dedans pourrait bien sortir.

— Épatant.

— Il pourrait s’agir d’un tératome.

— Qu’est-ce que c’est ?

— Un embryon de cheveu ou de dent, en général.

— Comme une molaire, par exemple ?

— Oui. Ou une jumelle.

— Une quoi ?

— Une jumelle qui n’est jamais née. Pas vivante. Il n’y a jamais eu de cas où la chose était vivante.

— D’abord, on trouve une femme sans tête à Wall Street, et maintenant, en voilà une qui en a deux. C’est ce que j’appelle… attendez une minute. Elle était rousse aussi, l’autre.

— La femme sans tête ? Elle avait des cheveux roux ?

— Sa tête avait des cheveux roux. On est passés à côté. Et je suis à peu près sûr qu'elle portait une robe du même genre. Je vais retourner à la morgue. Peut-être qu'il lui manque une molaire, à elle.

Le matin même, tous les journaux du pays rapportaient qu'Edwin Fischer, l'homme qui avait annoncé à l'avance l'attentat de Wall Street, se trouvait à Hamilton, dans l'Ontario, où des magistrats canadiens l'avaient fait interner. C'était son propre beau-frère qui l'avait amené devant la justice, après avoir entendu parler dans les journaux des désormais célèbres cartes postales. Il avait quitté New York pour Toronto en compagnie de deux agents du département de la Justice.

Après le départ de Littlemore, Younger fit le tour de l'hôpital Bellevue. Il n'était guère difficile de se faire passer pour un personnage important dans un grand établissement surchargé. Et Younger avait appris pendant la guerre que, pour se faire obéir, il suffisait d'agir comme s'il était naturel qu'on exécute vos ordres.

Il découvrit l'équipement radiologique au premier étage. Le matériel était tel qu'il l'espérait : une unité moderne, alimentée par un transformateur et non un inducteur, agrémentée de tubes de Coolidge. Le milliampérage était clairement indiqué. Il n'aurait pas de difficulté à le faire fonctionner.

Au commissariat, l'agent Roederheusen frappa à la porte de Littlemore.

— J'ai le facteur, capitaine. Celui qui ramasse le courrier au croisement de Cedar Street et Broadway.

— Qu'est-ce que tu attends ? Fais-le entrer.

— Euh, chef, vous croyez pas que je pourrais avoir un surnom, moi aussi ?

— Un surnom ? Mais pourquoi ?

— Stanky, il en a un. Et vous avez du mal à vous rappeler mon nom, chef.

— Très bien. C'est pas une mauvaise idée. Ça te va, Spanky[1] ?

— Spanky ?

— Oui, pour ne pas confondre avec Stanky. À présent, fais entrer le facteur.

— Oui, chef. Merci, chef.

Roederheusen revint au bout d'un moment, suivi du témoin. Littlemore lui proposa une chaise, un beignet et un café. Le facteur, qui accepta tout, se mit à tousser et renifler.

— Ainsi donc, c'est vous qui avez trouvé les fameux courriers, commença le policier. Vous les avez remarqués quand vous avez ouvert la boîte, ou plus tard, en rentrant au bureau de poste ?

Le facteur se moucha dans une serviette en papier.

— Je vois pas de quoi vous voulez parler. La boîte était vide.

— Vide ? La boîte aux lettres du croisement de Cedar Street et Broadway ? Le jour de l'attentat ? À la levée de 11 h 58 ?

1. En anglais, « to spank » signifie « donner la fessée » ; « stank » est le participe passé du verbe « puer ». (Toutes les notes sont de la traductrice.)

— La levée de 11 h 58 ? Je l'ai jamais faite, celle-là. J'ai raccroché mon sac après les tournées du matin. Je me sentais pas bien. J'ai eu du pot, hein ?

— Quelqu'un vous a remplacé ?

— Me remplacer ? se mit-il à rire. Tu parles ! Mais pourquoi vous en faites tout un plat ?

Littlemore renvoya le facteur dans ses foyers.

À près de cent trente kilomètres de là, au laboratoire de l'université Yale, une créature de forme humaine, portant un casque et ce qui ressemblait à un scaphandre, travaillait aussi en ce samedi. Elle titrait de l'acide fumarique dans six tubes de thorium, dans le but d'isoler l'ionium. Elle n'avait pas achevé cette tâche ingrate et délicate, quand elle sortit lourdement de son laboratoire, dans le soleil de la cour du campus, effrayant un enfant qui courut se réfugier dans les jupons de sa nurse.

La créature ôta ses gants et retira son casque où seule une fente permettait de voir. Les longs cheveux brun foncé de Colette Rousseau se déroulèrent. Elle s'assit sur un banc, éblouie par le soleil après l'obscurité du laboratoire, puis celle du casque. Colette et Luc étaient revenus à New Haven tôt le samedi matin, afin qu'elle reprenne ses activités au laboratoire d'où elle s'était absentée pendant deux jours. Ses expériences avaient pour but de démontrer l'existence de l'ionium, un supposé nouvel élément que le professeur Bertram Boltwood prétendait avoir découvert – le « parent du radium », l'appelait-il. Mme Curie ne croyait pas à son existence ; d'après elle, il s'agissait d'une autre version du thorium. Colette pensait la même chose. Elle avait déjà établi qu'on ne pouvait séparer le thorium grâce aux précipitants habituels tels que le thiosulfate de sodium ou l'acide méta-nitrobenzoïque. Aujourd'hui, elle essayait l'acide fumarique. Au bout d'un moment, ses mains commencèrent à trembler à l'intérieur de ses lourds gants de plomb, aussi dut-elle s'interrompre.

Elle natta ses cheveux qu'elle rejeta derrière les épaules de son scaphandre antiradiation et, à l'aide de ses deux mains, elle alla chercher quelque chose dans sa nuque. Elle en sortit la chaîne et le médaillon qu'elle portait toujours sur elle. Elle tourna un petit mécanisme ingénieux dans un sens, puis dans l'autre, et l'objet s'ouvrit. Dans la main de la jeune femme tomba une sorte de pièce de métal oblongue, fine et terne, dans laquelle étaient percés deux petits trous.

D'un côté, le métal était vierge. Colette retourna le médaillon et laissa ses yeux errer sur une série de caractères gravés à la machine : *Hans Gruber, Braunau am Inn, 20. 4. 89., 2. Ers. Masch. Gew. K., 3. A. K. Nr. 1128.*

*

On avait beau être un jour de week-end, il y avait de la lumière dans le bureau du commissaire Enright. Littlemore frappa et entra.

— Capitaine Littlemore, vous êtes l'homme que je voulais voir, lança son supérieur.

Assis dans un fauteuil près d'une grande fenêtre, il lisait un rapport. Il leva les yeux. Ses hommes avaient pour lui le plus grand respect. Il était le seul commissaire de l'histoire de New York à avoir gravi l'un après l'autre chacun des échelons jusqu'à ce poste.

— Je suis en contact avec les Canadiens, reprit-il. Ils sont heureux d'extrader Fischer. Vous n'avez plus qu'à envoyer quelqu'un le chercher dans l'Ontario.

— Nos hommes sont déjà en route, Mr Enright.

— C'est parfait. Vous avez rencontré Flynn, du FBI, hier. Quelles sont vos impressions ?

— Big Bill ne lâchera rien, commissaire. Prenons le cas de Fischer, par exemple. Flynn savait que Fischer était détenu quelque part. Il a refusé de dire où et comment il l'avait appris. Alors que nous leur avions donné toutes nos informations.

Enright secoua la tête, contrarié.

— Je n'en attendais pas moins de sa part. Voilà pourquoi je vous ai choisi comme agent de liaison. Ils disposent de ressources bien plus vastes que nous, Littlemore, mais pas d'une intelligence supérieure. Gardez un peu d'avance sur lui. Que nous restions dans le circuit. Flynn a trouvé les courriers. Nous ferons la prochaine découverte.

— Ces courriers ne me disent rien qui vaille.

— Comment ça ?

— L'histoire de Flynn ne colle pas. Il est impossible que les terroristes aient eu le temps de quitter Wall Street pour être à 11 h 58 à la boîte aux lettres en question. De plus, les messages me paraissent bizarres. On n'y parle même pas de l'attentat qui vient d'avoir lieu. Si j'avais posé une bombe à Wall Street et que je voulais l'annoncer à tout le monde, eh bien, je le dirais clairement. Mr Enright, je ne suis même pas certain qu'ils aient trouvé ces courriers dans une boîte aux lettres. Je viens d'interroger le facteur qui devait se charger de cette tournée. Il s'est fait porter pâle dans la matinée.

— Que suggérez-vous, Littlemore ?

— Rien, monsieur. Tout ce que je sais, c'est que Flynn fait tout ce qu'il peut pour rapprocher cet attentat de ceux de 1918 et 1919. Il a même prétendu que la poste de Chicago avait subi un attentat le troisième jeudi de septembre, afin que celui du 16 en commémore l'anniversaire.

— Oui, j'ai lu ça dans le *Times*.

— Or, la bombe de Chicago a explosé le 4 septembre 1918, Mr Enright. J'ignore si c'était un jeudi, mais en tout cas, ce n'était pas le troisième jeudi du mois. Je pense juste qu'il faut rester vigilants.

— Bien sûr qu'il faut rester vigilants. Voilà pourquoi nous allons interroger ce Mr Fischer. Néanmoins, je dois dire que je suis d'accord avec le général Palmer sur un point : l'attentat de Wall Street est l'œuvre d'anarchistes bolcheviques. Qui d'autre aurait commis un tel acte ? La Grande Guerre ne s'est pas achevée en 1918. Ce fut une erreur de retirer nos troupes de Russie ; nous leur avons donné l'occasion d'importer la guerre chez nous. Wilson est impuissant, mais les choses vont changer après les élections. Harding luttera pied à pied contre Lénine. Ce sera tout, capitaine.

Younger revint à Bellevue dès le lendemain. L'hôpital était beaucoup plus tranquille à présent ; il n'en était pas moins rempli de patients, mais comme c'était dimanche, on y croisait peu de personnel médical, et les soins étaient rares.

Dans un vestiaire du premier étage, Younger revêtit une blouse blanche par-dessus son costume et sa cravate.

Il franchit à grands pas le couloir et entra dans la salle de radiologie. Il fit sortir la machine, emprunta l'ascenseur et monta au deuxième étage, où il appela d'une voix impérieuse une infirmière, qui arriva en courant.

Inconsciente, la jeune femme rousse gisait toujours dans la même salle, vivante mais dans le coma. Avec l'aide de l'infirmière, il la hissa sur la civière en bois de l'équipement radiologique, l'allongea sur le ventre, la tête tournée d'un côté. Son profil eût été angélique, sans cette monstruosité partant de son menton qui enserrait sa gorge. Dans la lumière électrique de l'hôpital, cela semblait encore plus distendu et inhumain que dans l'ombre de l'église. Younger palpa la masse de ses doigts protégés d'un gant, ce qui provoqua en lui une sensation bizarre, un dégoût très peu professionnel. La grosseur était molle et granuleuse.

Il découvrit cependant qu'il était beaucoup plus aisé de faire une radio à une personne inconsciente. En effet, le sujet restait parfaitement immobile durant toute l'irradiation. Il fut facile de diriger le tube à rayon X juste au-dessus de la tête de la jeune femme. Protégé derrière un panneau de plomb, Younger mit en route la radiation et ajusta le diaphragme afin que seule la masse informe apparaisse, fluorescente, sur l'écran test. Puis il remplaça l'écran test par une plaque photographique. Il laissa les rayons X traverser le corps de la patiente pendant huit secondes précises et répéta à plusieurs reprises le processus selon différents angles, en utilisant chaque fois une plaque nouvelle.

*

Le même matin, le clan Littlemore sortit en troupeau de l'appartement de la 14e Rue pour aller à l'église. Les enfants avaient été savonnés, récurés, jusqu'à briller comme des sous neufs. Le capitaine portait sur ses épaules la petite Lily, qui avait toujours droit à un traitement de faveur ; aucun de ses frères et sœurs n'y voyait d'inconvénient en raison de son état.

La mère de Betty, qui mesurait quinze centimètres de moins que sa fille, faisait partie de la troupe, comme tous les dimanches. Elle avait revêtu son plus beau chapeau et se tenait à bonne distance de son gendre. Par respect pour les convictions religieuses de sa femme, le policier avait accepté de se rendre à la messe chaque semaine et d'élever ses enfants dans la foi catholique, mais il ne s'était jamais habitué à se signer. Ni à s'agenouiller. Ni à se confesser. Il baissait la tête, mais ne parvenait pas à faire le signe de croix. En conséquence, la mère de Betty exprimait chaque dimanche sa profonde piété en faisant semblant de ne pas connaître son gendre.

L'un des enfants appela son père pour lui dire qu'il y avait du courrier et lui tendit une petite enveloppe carrée, imprimée en relief. Littlemore déposa Lily, expliqua à son fils qu'on était dimanche et que le facteur ne travaillait pas ce jour-là.

— C'est une bombe ? demanda le petit garçon avec curiosité.

— Bien sûr que non, ce n'est pas une bombe, par tous les saints ! s'écria son père de manière à montrer combien cette suggestion était absurde.

Il échangea un regard avec sa femme et conclut :

— Les bombes, c'est plus gros.

L'enveloppe contenait une carte de visite qui priait le policier de se rendre au Club des banquiers et des courtiers à 7 heures ce soir-là. L'invitation venait de Thomas Lamont.

Le capitaine et sa famille n'avaient pas atteint la rue suivante quand un costaud en costume sombre traversa pour venir taper sur l'épaule de Littlemore. C'était l'un des hommes de Flynn.

— J'ai un message pour vous.

— Ah ouais ? Vas-y.

— Le chef sait que vous avez interrogé un postier.

— Et alors ?

— Il n'a pas beaucoup apprécié.

— Ah bon ? Eh bien, moi aussi, j'ai un message pour Big Bill. Tu lui diras que le terme approprié, c'est « facteur ». Tout simplement. Tu vas à l'église, aujourd'hui ?

— Tu te crois malin, hein ?

L'homme de main de Flynn regarda les enfants du capitaine Littlemore, puis sa femme, vêtue pour se rendre à l'office.

— Jolie petite famille, commenta-t-il. Le chef est au courant de tout. C'est des Ritals, hein ?

Le policier fit un pas vers lui.

— T'essaierais pas de m'intimider, par hasard ?

— On se demandait juste comment un fils d'Irlandais avait pu épouser une Italienne.

— Vous vous en posez des questions intéressantes. Sauf que mon père n'est pas irlandais.

— Ah bon ? Alors comment ça se fait qu'il picole comme un Irlandais ?

Le costaud se mit à rire grassement de sa plaisanterie. Puis il reprit :

— Paraît que ton vieux a pas été sobre une seule journée depuis qu'on l'a viré de la police.

Littlemore rit un peu, secoua la tête et se détourna.

— C'est bon, t'as gagné le premier round.

Soudain, il fit volte-face et lui colla un coup de poing dans le ventre, puis un second en pleine figure. L'agent du FBI tenta de se redresser, mais il s'effondra sur le trottoir.

— Faudra t'entraîner pour le deuxième round, conclut le capitaine.

Et il se mit en route vers l'église avec sa famille.

Après avoir développé et fixé les plaques exposées, Younger songea qu'il avait dû commettre une erreur par rapport au milliampérage de la machine. En effet, il n'y avait pas d'image visible sur les plaques, rien qu'un nuage blanc amorphe, parsemé d'espèces d'ombres dentelées, grouillantes, telles qu'il n'en avait jamais vu auparavant. En revanche, le haut du sternum était parfaitement distinct, ce qui démontrait bien que la plaque n'avait pas été surexposée. C'était comme si les rayons X n'avaient pas réussi à traverser ce qui grossissait dans le cou de la jeune femme.

Le médecin procéda à une nouvelle série de radios. Cette fois, il fit varier la durée d'irradiation. Quand les nouvelles plaques furent développées, les résultats s'avérèrent plus ou moins identiques aux premiers.

En principe, l'imperméabilité du corps humain aux rayons X n'avait rien de surprenant. Les os, par exemple, ne les laissaient pas passer. Il n'était donc pas insensé de croire que l'excroissance de la patiente soit composée de matière osseuse. En effet, dans certains cas d'arthrite rhumatoïde, les os pouvaient se mettre à grandir dans tous les sens et prendre d'étranges formes, en n'importe quel endroit du corps. Une excroissance osseuse dans le cou de la jeune femme aurait produit une zone parfaitement blanche sur la radio.

Cependant, cette théorie posait trois problèmes. Primo, un os aurait présenté des bords bien nets, alors qu'ici cela ressemblait davantage à une espèce d'amibe sans contours bien définis. Secundo, l'os n'aurait pas produit ces ombres vagues, écumeuses, au sein de la tache blanche – et qui semblaient légèrement différentes d'un cliché à l'autre, comme si la chose était en mouvement constant. Enfin, Younger avait manipulé la grosseur, enfonçant ses doigts de chaque côté de la fissure bleue. Il n'y avait pas d'os à l'intérieur. C'était trop mou, trop impalpable, mouvant.

Le médecin réfléchit, déglutit avec peine, et envisagea la possibilité qu'un organisme vivant fût à l'intérieur de cette excroissance.

Le Club des banquiers et des courtiers était installé dans une belle maison du centre-ville, de style gréco-romain. À 7 h 15 ce soir-là, Littlemore y retrouva Thomas Lamont, assis seul dans son coin, dans un salon très confortable réservé au whist et aux fumeurs de cigares. Il n'y avait là que des hommes. Le policier fut surpris par l'atmosphère qui régnait dans cette pièce – pas par la fumée, mais par une gaieté et une convivialité inattendues. Les affaires semblaient toujours florissantes en dépit de l'attentat.

Lamont, en revanche, paraissait nerveux. À le voir, on avait l'impression qu'il aurait préféré être ailleurs.

— Voulez-vous boire quelque chose, capitaine ? C'est tout à fait légal, vous savez. Il s'agit d'un club privé.

— Ça ira.

— Ah, bien sûr, vous êtes en service, conclut le banquier en renvoyant le serveur. J'ai réfléchi à ce que vous avez dit vendredi. Êtes-vous sûr que les criminels voulaient s'en prendre à notre établissement ?

— Je n'ai jamais prétendu avoir aucune certitude, Mr Lamont. J'ai simplement dit que, si j'étais à votre place, j'essaierais de le découvrir.

— Vous m'avez demandé si notre compagnie avait des ennemis. Après votre départ, j'ai en effet songé à quelqu'un en particulier. Mais personne ne doit savoir que j'ai cité son nom. Vous comprenez ?

Littlemore acquiesça. Dans l'atmosphère du jeu, nul ne pouvait entendre le banquier, qui parlait à voix très basse. D'épaisses volutes de fumée s'enroulaient autour des fauteuils et montaient lentement vers le plafond à caissons.

— C'est aussi un banquier, murmura-t-il. Un étranger. Avant la guerre, c'était le deuxième sur la place de New York – derrière J. P. Morgan Sr., bien sûr. Et il le détestait à cause de ça. À présent, il a tout perdu et il nous en fait porter la responsabilité. C'est ridicule. Il est allemand, c'est un ami personnel du Kaiser. Sa banque a financé l'effort de guerre germanique. Naturellement, ses sources de crédit se sont taries quand notre pays a déclaré la guerre à l'Allemagne. À quoi s'attendait-il ? Mais il reste convaincu que l'on continue aujourd'hui encore à lui refuser des liquidités parce qu'on a monté une cabale contre lui, dont nous sommes les initiateurs. Il m'a même menacé.

Lamont semblait vraiment effrayé.

— Quel genre de menaces ? interrogea Littlemore.

— C'était lors de notre soutien de campagne aux démocrates. Non, au banquet républicain, pour Harding. Nous soutenons les deux camps, bien sûr. Enfin bref, il m'a pris à part et m'a conseillé de « faire attention » – je le cite –, parce que « il y a des gens à qui ça ne plaît pas de voir des banques s'entendre entre elles pour refuser à certains l'accès au crédit ».

— Vous avez dit qu'il avait financé l'armée allemande ?

— C'est indubitable. De manière clandestine, bien sûr. Vous ne trouverez son nom sur aucun document. Si vous lui posez la question, il vous répondra qu'il aime son pays. Mais il n'éprouve aucune loyauté envers les États-Unis. Je pense d'ailleurs qu'il n'est loyal envers aucune nation, pas même la sienne. C'est dans sa nature, vous savez. C'est un bolchevique, en réalité.

— Une seconde. Vous me dites que ce type est banquier, ami du Kaiser…

— Tout à fait, il l'a fait chevalier. Il lui a décerné la Croix de l'Aigle Rouge.

— Et c'est aussi un bolchevique ?

— Il est juif.

Des éclats de rire leur parvinrent depuis l'autre bout de la pièce, tandis qu'un maître d'hôtel approchait.

— Il est juif ? répéta Littlemore. Je vois. Comment s'appelle-t-il ?

Le majordome s'inclina devant Lamont et lui dit :

— Le monsieur en question est arrivé, monsieur.

— Par saint Georges, dites-lui que je ne suis pas là, répondit le banquier fâché de ce désagrément.

— Je crains fort qu'il ne sache déjà que vous êtes là.

— Eh bien, dites-lui de s'en aller. Je ne traite aucune affaire à mon club. Dites-lui de passer à mon bureau, puis il ajouta à l'attention de Littlemore : Le nouvel agent financier du Mexique. J'ai beau lui dire non, rien à faire.

— Comment s'appelle cet homme ?

— Le señor Pesqueira, je crois. Pourquoi ?

— Non, je parle de celui qui vous a menacé.

— Ah. Speyer. Mr James Speyer.

— Vous savez où je peux le trouver ?

— C'est pour cette raison que je vous ai demandé de venir. Vous aurez la possibilité de lui parler dès ce soir.

— Il est membre de votre club ?

— Du Club des banquiers et des courtiers ? Grand Dieu, non ! Mr Speyer aime dîner chez Delmonico, qui est ouvert au public. On m'a dit qu'il s'y trouvait ce soir. Ce sera peut-être la seule possibilité de s'entretenir avec lui.

— Pourquoi ?

— Il paraîtrait qu'il compte quitter le pays dès demain.

À New Haven, dans le Connecticut, Colette et Luc Rousseau étaient eux aussi allés à la messe ce dimanche-là, dans le quartier des belles demeures de Hillhouse Avenue. En rentrant chez eux, ils longèrent un vieux cimetière, tandis que des nuages joufflus voguaient au hasard dans le ciel d'un bleu éclatant. Colette voulut prendre la main de son petit frère, mais il se déroba.

Après le coucher du soleil, lorsqu'ils furent dans leur petite chambre, la jeune femme entreprit de rédiger un courrier :

19-9-1920

Cher Stratham,

Au moment où j'écris ces mots, Luc joue à être vous en maniant une batte de base-ball imaginaire. Ensuite, il fait semblant d'être cet homme horrible, qui bondissait partout avec sa tête en feu.

Je ne pense pas que notre enlèvement l'ait traumatisé. Il n'a pas eu peur. En fait, il est en colère parce que je veux quitter l'Amérique. J'ai même l'impression qu'il ne me parle plus, si l'on peut dire cela d'un garçon qui ne parle pas.

Avez-vous découvert qui était cette fille, ou examiné son cou ? Je suis traversée de sentiments étranges chaque fois que je pense à elle. J'aurais préféré qu'elle prenne cette horrible montre et qu'elle disparaisse.

Stratham, vous n'allez pas me croire, mais je n'ai pas envie de partir. J'ai discuté de mon voyage à New York avec la jeune femme qui habite au-dessus : un attentat, un enlèvement, une tentative d'assassinat au couteau, une folle dans une église. Elle a dit qu'elle serait morte de peur à ma place, et que je devais avoir envie de quitter le pays le plus vite possible. Mais ce n'est pas le cas. J'ai envie de rester.

Seulement, j'ai fait une promesse, et je dois partir. Je sais que vous n'aimerez pas entendre ça, mais jamais je n'ai ressenti envers quiconque les sentiments que j'éprouve à l'égard de Hans. Le revoir est la chose au monde qui compte le plus pour moi, même si c'est pour la dernière fois. Je suis navrée. Mais peut-être cela vous est-il égal, après tout : avec vous, je ne sais jamais. Si, au contraire, vous vous souciez de moi, alors je voudrais vous demander une faveur, quelque chose de complètement fou – j'ose à peine l'écrire, car vous avez déjà tant fait pour moi. Je suis la femme la plus ingrate du monde. Je vous en prie, accompagnez-moi à Vienne. Voilà la faveur que je vous demande. J'espère sincèrement revoir Hans pour la dernière fois. Quoi qu'il arrive, au fond de mon cœur, vous serez avec moi. Je vous en prie, dites oui.

Avec toute mon affection,

Colette

Chez Delmonico, l'atmosphère était certes plus enfumée, mais plus calme, car il y avait moins de monde. Dans le salon principal, au-dessus de la 5e Avenue, Littlemore s'aperçut que l'habituelle débauche de diamants et de cristaux scintillants n'était pas de mise ce soir-là. L'attentat était encore sur toutes les lèvres, toutefois, la stupéfaction et le sentiment d'horreur ineffable du 16 septembre avaient laissé place, chez certains, au vitriol et à la rage.

— Vous connaissez la solution ? lança un homme à une table de quatre personnes. Tuer les Ritals un par un jusqu'à ce qu'ils nous disent qui a commis l'attentat.

— Pas tous, quand même, Henry.

— Pourquoi pas ? S'ils font sauter des bombes, nous, on les massacre. C'est aussi simple que ça. C'est la seule manière d'arrêter les terroristes. Appuyez là où ça fait mal.

— Pourquoi nous détestent-ils autant ? demanda une femme assise près de Henry.

— Quelle importance ?

— Expulsons-les, déclara un autre homme. Expulsons tous les Italiens, et ce sera la fin des attentats. De toute façon, ils n'apportent rien à la société.

— Et les Delmonico ? demanda l'autre femme. Ils ne nous apportent rien, peut-être ?

— Alors, expulsons tous les Italiens sauf les Delmonico ! s'exclama l'autre homme en feignant de lever son verre pour porter un toast.

— Non, mon steak est trop cuit – pas de quartier pour les Delmonico ! s'écria Henry.

Toute la table s'esclaffa. Les convives ignoraient manifestement que le restaurant Delmonico n'appartenait plus à la famille des fondateurs.

Le chef de salle s'approcha de Littlemore qui demanda à voir Mr James Speyer. On le mena à un jardin d'hiver entouré de vitraux. Dans un angle, un homme était assis seul à une table. La soixantaine, il avait les cheveux encore bien noirs et des yeux tristes de basset. Le policier s'approcha.

— Je m'appelle Littlemore. Police de New York. Je peux m'asseoir ?

— Ah, enfin je peux mettre un visage sur la loi. Et pourquoi ne pourriez-vous pas vous asseoir ? Quel homme aime dîner seul ? répondit Speyer avec un accent allemand très prononcé.

Devant lui, des assiettes et verres vides témoignaient qu'il avait avalé un repas complet.

— Vous savez ce que vous avez fait ? Vous avez ruiné cet établissement, poursuivit-il d'une voix alcoolisée. Avec le serveur, nous avons notre petite plaisanterie. En arrivant, je demande s'ils ont de la tortue d'eau douce – jamais je n'en mangerais, mais je demande quand même. Il me répond que non, la tortue, c'est « vingt-deux, v'là les flics » : on ne peut pas la préparer sans vin. Alors je commande le chateaubriand. Il me repartit que le chateaubriand, c'est aussi vingt-deux, illégal. Et on continue comme ça. En fin de compte, je demande ce qu'il leur reste. Il me répond : « Essayez donc le vingt-deux, sur la carte. »

Littlemore ne broncha pas.

— Le vingt-deux, ici, c'est une entrecôte grillée. Avant, il n'y en avait jamais, parce que tout le monde se jetait dessus. Aujourd'hui, c'est le seul plat disponible ! Parce que tout le reste tombe sous le coup de la prohibition !

— Ce n'est pas nous qui faisons la loi, monsieur. J'aimerais vous poser quelques questions.

— Très bien. Mais pas ici. S'il faut en passer par là, allons dans ma voiture.

Speyer paya l'addition et emmena le policier dehors, sur la 44e Rue. Un véhicule gris métallisé était arrêté devant.

— Pas mal, hein ? fit Speyer en ouvrant la portière arrière.

Le chauffeur mit le moteur en marche.

— Après vous, Littlemore.

Le policier grimpa à l'intérieur. Le conducteur croisa son regard dans le rétroviseur, puis il se retourna pour lui demander qui il était.

— C'est bon, je suis avec Mr Speyer.

— Speyer ? Qui c'est, ça ?

La portière que le banquier avait si courtoisement ouverte au policier demeurait entrebâillée.

— Sans blague, fit Littlemore pour lui-même.

Il sortit du véhicule. Aucune trace de James Speyer. Très en colère contre lui-même, il retourna au restaurant et appela ses hommes.

Le lundi 20 septembre au matin, Edwin Fischer arriva du Canada à la gare de Grand Central entouré de deux policiers new-yorkais. Des journalistes de toutes les rédactions de la ville les attendaient, flanqués d'une énorme foule.

Bel athlète blond, Fischer ne les déçut pas. Il répondit aux questions avec une bonne humeur sans faille, tout en prévenant son public qu'il lui était interdit de discuter de l'attentat. Comme il avait manifestement très chaud, Fischer retira sa veste de costume crème, la plia avec soin et la donna à un policier stupéfait, révélant qu'il portait dessous une autre veste, bleu marine.

— Pourquoi avez-vous deux vestes, Fischer ? s'écria un reporter. Il fait froid au Canada ?

— Je porte toujours deux costumes sur moi, où que j'aille, répliqua-t-il avec un grand sourire en montrant la taille d'un pantalon bleu marine sous celle du crème.

Les journalistes se regardèrent les uns les autres, goguenards : tout le monde savait que Fischer était fou. L'un d'eux lui demanda pourquoi. Il expliqua que, en tant qu'Américain, il aimait les vêtements confortables, mais que, en tant qu'employé du consulat français, il devait se tenir prêt pour des moments plus formels. Avec une petite étincelle dans l'œil, il leur montra alors une troisième épaisseur de vêtements, par-dessous les deux premières, qui semblait destinée au sport. Quand on lui en demanda la raison, il répondit que, la dernière fois où il avait gagné l'Open, peu de temps après, un type qui cherchait à épater la galerie lui avait lancé un défi, et qu'il avait dû renoncer à répondre car il n'avait pas la tenue appropriée. Par la suite, il avait décidé d'être toujours prêt à disputer un match.

— De quel Open parlez-vous, Ed ?

— De l'US Open, bien sûr.

Des ricanements accueillirent cette réponse.

— Vous avez gagné l'US Open, Eddie ? s'enquit un autre.

— Bien sûr, répondit-il en dévoilant ses dents parfaites. De nombreuses fois.

Les rires allaient croissant.

— Combien de fois ?

— J'ai arrêté de compter au bout de trois, eut-il le plaisir de répondre.

— Allez, circulez, fit un policier, fourrant la veste couleur crème entre les bras de Fischer.

De la gare, Fischer fut expédié au commissariat, où il fut interrogé par le commissaire Enright, l'inspecteur en chef Lahey, et l'assistant du procureur, Talley. Des capitaines des brigades antiterroristes et des homicides (dont Littlemore) étaient assis en rang, le long du mur. Fischer eut un mot aimable pour chacun, en particulier pour l'assistant du procureur, dont il s'enquit de la santé, mais aussi de celle de sa femme.

— Vous vous connaissez ? demanda Enright.

— Oui, depuis longtemps, répondit Fischer. N'est-ce pas, Talley ?

— Commissaire, je n'ai jamais rencontré cet homme, répliqua l'autre.

— Allons donc ! s'exclama Fischer en donnant à

l'assistant du procureur une grande tape dans le dos. Toujours à plaisanter !

Le commissaire secoua la tête et fit démarrer l'interrogatoire.

— Mr Fischer, dites-nous comment vous saviez qu'il y aurait un attentat à Wall Street le 16 septembre.

— Mais je n'en savais rien. Je savais juste qu'il se produirait quelque chose après la fermeture des bureaux le 15.

— Mais comment aviez-vous eu connaissance de cela ?

— J'ai entendu des voix.

— Des voix ? Quelles voix ?

— Je ne sais pas. Peut-être des collègues des services secrets. Parce que je travaille pour eux. J'ai une couverture.

— Une minute, fit Talley. On ne s'est pas rencontrés au banquet des Metropolitan Awards il y a quelques années ?

— Rencontrés ? Nous étions assis côte à côte toute la soirée. C'est vous qui mettiez l'ambiance.

— Dieu du ciel ! se plaignit Enright. Je vous en prie, poursuivez.

— Qui est votre contact auprès des services secrets ? demanda Lahey.

— Vous voulez connaître son nom ?

— Oui. Son nom.

Fischer le toisa d'une manière qui sous-entendait que l'inspecteur était soit un peu naïf, soit un peu sot, mais qu'il aurait été impoli de le formuler en ces termes.

— Voyons, inspecteur, il ne m'a pas dit son nom. Quel genre d'agent révélerait son identité ?

— Comment saviez-vous pour l'attentat ?

Fischer soupira.

— Je vous l'ai dit, j'ai entendu des voix.

— Vous parlez de la TSF ?

— Non, pas du tout. Je suis très proche de Dieu, vous savez. Cela déplaît à certaines personnes.

Au bout de deux heures et demie, le commissaire Enright mit fin à l'interrogatoire qui n'avait rien donné de plus. Fischer fut interné.

Littlemore intercepta l'assistant du procureur avant qu'il ne quitte le commissariat et lui demanda s'il était bien légal que les troupes de l'armée américaine demeurent stationnées dans les rues de Manhattan.

— Et pourquoi pas ? s'enquit Talley.

— Eh bien, je n'ai jamais vu de soldats de l'infanterie en ville auparavant. Je pensais que dans ce cas on appelait la garde nationale ou quelque chose dans le genre, avec l'assentiment du gouverneur.

— Cela dépasse mes compétences. Ça doit relever du droit fédéral. Pourquoi ne pas interroger les hommes de Flynn ? Ils doivent être au courant.

Littlemore retourna dans son bureau, irrité, et se mit à faire les cent pas. Puis il attrapa le combiné du téléphone.

— Rosie, dit-il à l'opératrice, appelez-moi la Metropolitan Tennis Association.

Il raccrocha au moment où l'agent Stankiewicz passait la tête dans l'entrebâillement de la porte, des papiers à la main.

— Voilà la liste finale des victimes, chef. Vous voulez y jeter un œil avant qu'on l'envoie ?

Le capitaine parcourut les pages mal tapées qui attribuaient à chaque enfant, femme ou homme, tué ou blessé en ce 16 septembre, un nom, une adresse, un âge et un lieu de travail le cas échéant. Page après page, des centaines de noms se succédaient. Littlemore ferma les yeux. Il les rouvrit quand on frappa à sa porte. Roederheusen, les yeux rouges, mal rasé, passa à son tour la tête :

— J'ai trouvé le bateau de Speyer, chef. Il y a une place réservée à son nom sur l'*Imperator*, qui part demain pour l'Allemagne à 9 h 30. J'ai vu le registre.

— Joli travail, Spanky.

Stankiewicz jeta un regard interloqué à son collègue.

— Oui, je suis Spanky, maintenant, lui expliqua-t-il avec fierté.

Le capitaine se frotta les yeux et rendit la liste à Stankiewicz, qu'il invita à sortir de son bureau.

— Qu'a fait Speyer depuis hier ? demanda-t-il à son second assistant.

— Rien. Il n'est pas sorti de la nuit. Ce matin, à 8 heures, il est allé à son bureau. Il y est resté toute la journée.

— Qui est-ce qui le surveille à présent ? (Littlemore ouvrit la porte et s'écria :) Eh, Stanky, ramène-toi. Redonne-moi cette liste.

Le téléphone se mit à sonner.

— Deux agents de la circulation, chef, fit Roederheusen au moment où revenait Stankiewicz. Vous voulez que j'annule les ordres ?

Le capitaine décrocha le téléphone. Rosie, l'opératrice, l'informa que le vice-président de la Metropolitan Tennis Association était en ligne.

— Passez-le-moi, dit-il en faisant signe à Stankiewicz de lui donner la liste. (Puis il s'adressa à Roederheusen :) Non. Fais en sorte qu'on continue à le filer toute la journée. Je veux être au courant de ses moindres mouvements. S'il ne bouge pas, alors rendez-vous chez lui demain matin à 5 heures. Oui, oui, à 5 heures. À présent, rentre te reposer.

Littlemore coinça le combiné entre sa tête et son épaule, tandis qu'il tournait les pages de la liste des victimes au service du gouvernement.

— Où est passé le type du Trésor, Stanky ? reprit-il. Il y en avait un parmi les victimes.

— Allô ? crépita une voix dans le téléphone.

— S'il est pas sur la liste, capitaine, c'est qu'il est pas mort.

— Ne quittez pas, s'il vous plaît, dit-il à son correspondant téléphonique. Tu sais quoi, Stanky ? Vaut mieux pas que tu joues au plus malin avec moi, aujourd'hui. Va regarder dans la liste manuscrite.

— La… liste manuscrite ?

— Allô ? dit-on dans le combiné.

— Ne quittez pas, s'il vous plaît, répéta Littlemore. (Puis à son subordonné :) Il faut vraiment que je te mette les points sur les « i » ? Toi et Spanky, vous avez rempli des cartes pour toutes les victimes. C'est moi qui vous en ai donné l'ordre. Vous m'avez ensuite fait une liste. Je l'ai vue. Puis je vous ai demandé de la taper à la machine. La voici, la liste dactylographiée. Je te demande de retourner vérifier à présent sur la liste manuscrite. C'est compris ? Le nom de l'employé du Trésor commence par un R, je l'ai vu écrit sur sa plaque. Peut-être qu'on en a raté d'autres.

— Il y a quelqu'un ? entendit-on dans le combiné.

— Euh… la liste manuscrite… je ne l'ai plus, chef.

— Nom d'un chien, ne quittez pas ! hurla le capitaine dans le téléphone tout en toisant Stankiewicz. Comment ça, tu ne l'as plus ?

L'autre ne répondit pas.

— Tu as jeté la liste, Stanky ? Beau boulot ! Et les cartes que vous avez remplies sur place ? Ne me dis pas que tu les as jetées aussi ?

— Je ne crois pas, chef.

— Ça vaudrait mieux pour toi. Sinon, tu retournes à la circulation dès la semaine prochaine. Passe en revue chacune des cartes. Et cette fois, assure-toi bien que tu as tout le monde.

De nouveau seul dans son bureau, Littlemore déclina son identité auprès du vice-président de la Metropolitan Tennis Association, puis il lui demanda si Edwin Fischer avait gagné l'US Open.

— Edwin Fischer ? fit la voix en crépitant. Celui dont on parle dans tous les journaux ?

— Lui-même.

— Est-ce qu'il a déjà gagné l'US Open ?

— C'est moi qui vous pose la question.

— Mais bien sûr que oui.

— Et combien de fois ?

— Combien de fois ?

— C'est bon. Dites-moi juste si c'était plus de trois fois.

— Oh oui, au moins quatre fois, en double mixte. Je crois même qu'il détient le record. Il était neuvième au classement national à l'époque. Et il possède toujours l'un des meilleurs smashs. Mais comment diable a-t-il su pour les attentats ?

Littlemore raccrocha. Un messager entra dans son bureau et lui tendit un paquet qui contenait un rapport écrit et une enveloppe. Dans l'enveloppe se trouvait une molaire blanche découpée proprement en deux morceaux.

Le capitaine retrouva Younger dans un petit restaurant cet après-midi-là et, en buvant un café acide, il lui annonça que la femme transportée à l'hôpital Bellevue était toujours inconsciente.

— Elle aurait dû se réveiller, annonça le médecin. Elle n'a pas été touchée à la tête. Elle ne portait aucune blessure au crâne.

— Et sa voix ? Colette dit qu'elle avait un timbre d'homme.

— La grosseur dans son cou a dû affecter ses cordes vocales. Je lui ai fait passer des radios, hier.

— Comment faites-vous ?

Younger éluda la question et poursuivit.

— Les rayons X ne traversent pas son excroissance. En vérité, je n'ai jamais rien vu de tel. J'irai à New Haven demain pour demander son avis à Colette.

— New Haven ? Mais, doc, vous ne pouvez pas quitter l'État de New York. Vous êtes en liberté provisoire sous caution pour crime aggravé, vous vous rappelez ?

Le médecin acquiesça, guère impressionné par cet argument.

— C'est sérieux, reprit le policier. Ils peuvent vous mettre à l'ombre si vous ne respectez pas les règles.

— J'y songerai.

— Laissez-moi vous dire les choses autrement. Si vous quittez l'État, je ne veux pas le savoir. Et où que vous alliez, vous devez être présent au tribunal dans deux mois.

— Pourquoi ?

— Mais parce que je me suis porté garant ! Si vous ne vous montrez pas, ils saisiront mes comptes bancaires et tout ce que je possède pour rembourser votre caution. Sans compter que je serai sûrement renvoyé de la police, parce qu'un membre des forces de l'ordre n'est pas censé aider ses copains à sortir de taule, tout de même… surtout quand le copain en question décide de mettre les bouts. Compris ? Comment se fait-il que vous manifestiez désormais si peu de respect pour la loi ?

— Si vous vous apprêtiez à mourir au beau milieu d'une tempête et que vous aperceviez la grange qui pourrait vous sauver la vie, demeureriez-vous dehors en risquant l'issue fatale, ou bien entreriez-vous par effraction, bien que ce soit contraire à la loi ?

— Bien sûr qu'il faut entrer dans la grange si vous êtes au bout du monde.

— C'est partout, le bout du monde.

— Je ne m'étonne plus que Colette veuille rentrer en Europe face à un joyeux luron dans votre genre ! Enfin, j'ai des nouvelles pour vous. Vous vous rappelez la fille sans tête, à Wall Street ? On n'a pas réussi à l'identifier. Son corps a disparu de la morgue – et la tête aussi.

— Pourquoi ne suis-je pas surpris d'entendre ça ?

— Par chance, on avait déjà pratiqué l'autopsie. Et vous savez quoi ? Il lui manquait une molaire ! Deux, en fait. Ce n'est pas une preuve, mais j'ai bien l'impression qu'on a déniché votre Amelia. Enfin, retrouvée et reperdue. Et il y a plus. Regardez ce qu'a trouvé mon dentiste légiste.

Littlemore sortit une loupe et un mouchoir contenant les deux moitiés d'une dent, qu'il posa sur la table. Il laissa Younger les examiner.

— C'est la molaire qu'Amelia avait laissée à l'hôtel pour Colette. Vous voyez ces petits trous ?

Sur le côté intérieur de l'émail, là où la dent avait été fendue en deux, apparaissaient des douzaines de microalvéoles.

— Ce sont des caries ? interrogea Younger.

— Non. Mon dentiste dit que ce n'est pas normal car la surface externe est parfaite. Il n'y a même pas de décoloration. C'est comme si la molaire avait été rongée de l'intérieur.

Younger reçut la lettre de Colette le lendemain matin dans sa chambre d'hôtel. Il la lut dans son lit, ce qui provoqua en lui des vagues d'émotions contradictoires. Il voulait l'accompagner mais en même temps se méprisait d'en avoir envie.

Quel genre d'homme irait à l'autre bout du monde avec une femme pour l'aider à retrouver son amant perdu ? Il se vit, souriant, alors qu'on lui présentait Hans Gruber. Cette image le remplit de dégoût. Qu'irait-il faire à Vienne ? Et pour quelle raison tenait-elle tant à ce qu'il l'accompagne ?

Il en arriva à la conclusion qu'elle ne souhaitait pas sa présence, qu'elle ne lui proposait de l'accompagner que parce qu'elle avait besoin d'argent pour payer le voyage. Cette pensée le fit s'abîmer dans une longue contemplation de son plafond. C'était impossible. Jamais Colette ne s'abaisserait à l'utiliser de la sorte. Non ?

Néanmoins, il se demanda comment elle parviendrait sans son aide à payer son voyage. Et il arriva à la conclusion que, bien sûr, elle n'en avait pas les moyens.

DIX

À l'angle de la 5e Avenue et de la 87e Rue, à un jet de pierre du Metropolitan Museum of Art, s'élevait une vaste demeure de style classique. Le mardi matin, avant le lever du soleil, Littlemore ordonna à Roederheusen de surveiller la porte de service de cette maison tandis qu'il allait sonner à l'entrée principale.

Tout était parfaitement silencieux. À 5 heures du matin, la 5e Avenue était encore déserte, à l'exception d'un omnibus bringuebalant. Au carrefour suivant, une limousine stationnait du côté du parc. Le policier se demanda s'il s'agissait de celle de Speyer, prête à l'emmener au port.

Littlemore sonna, sonna encore. Pas de réponse. Enfin, il entendit des pas dans l'escalier. Une lumière s'alluma à l'intérieur.

— Qu'est-ce que c'est ? Qui est là ? demanda une voix d'homme derrière la porte avec le même accent allemand que le policier avait entendu chez Delmonico.

Adoptant son meilleur parler cockney, car l'*Imperator* était un vaisseau britannique à l'équipage anglais, le policier déclara :

— Y a-t-y un Mr Speyer dans cette maison qui doit embarquer aujourd'hui sur l'*Imperator* ? Message du capitaine !

— Du capitaine ? répéta Speyer en entrebâillant sa porte.

— Ouais, repartit l'autre en entrant sans ménagement. Le capitaine de police à qui vous avez joué un joli tour dimanche soir.

Vêtu d'une robe de chambre bordeaux attachée à la ceinture, le financier fit un pas en arrière.

— Je me suis mal conduit envers vous, capitaine. Veuillez m'excuser.

— Tournez-vous.

Speyer s'exécuta en demandant :

— Je vous prie de me pardonner.

Littlemore fit tinter les menottes derrière lui.

— Donnez-moi une bonne raison de ne pas vous coffrer pour tentative de fuite.

— Je reconnais que je vous ai menti. Veuillez m'excuser, s'il vous plaît.

— Arrêtez un peu de me demander pardon, d'accord ? dit-il en lui passant les menottes.

— Désolé. On m'a sollicité par trois fois aujourd'hui. Combien voulez-vous ? Tout ce que vous voudrez.

— Tentative de corruption, à présent ? Ça vous fera cinq ans de plus.

— Oh, je suis navré. Je croyais que vous essayiez de me faire cracher au bassinet.

— Vous faire cracher au bassinet ? Vous maîtrisez décidément bien notre langue, pour un Allemand. Et qu'avez-vous donc fait pour que j'essaie de vous faire cracher au bassinet ?

— D'abord, je ne suis pas allemand, fit-il en

appuyant très fort sur le « p » de « pas ». Je suis né dans cette ville. Je suis aussi américain que vous l'êtes.

— Bien sûr. C'est pour ça que vous avez financé l'effort de guerre germanique pendant qu'on se battait contre l'Allemagne !

— Ce n'était pas moi mais des parents qui vivent à Francfort. Je n'ai rien à voir là-dedans.

— Alors pourquoi le Kaiser vous a-t-il fait chevalier de l'ordre de l'Aigle rouge ?

— C'était en 1912, protesta l'autre. Et si cela fait de moi un traître, alors allez donc arrêter J. P. Morgan sans attendre, il a été décoré, lui aussi.

Pour la première fois, Littlemore se sentit désarçonné.

— Morgan ?

— Oui, il a reçu la médaille de l'Aigle rouge une année avant moi.

— Si vous êtes aussi patriote, pourquoi vous apprêtez-vous à fuir le pays ?

— À fuir ? Je vais juste à Hambourg faire signer des contrats très importants. Je rentre le 8 octobre.

— Montrez-moi ces contrats. Et votre billet de retour.

— Tout est dans ma mallette. Sur la table de la salle à manger.

Poussant Speyer devant lui, Littlemore entra dans une grande salle formelle à la décoration impressionnante : fresques de Michel-Ange au plafond, tableaux de maîtres accrochés aux murs. Le policier s'arrêta devant un petit portrait, si sombre qu'on avait du mal à distinguer son sujet : il s'agissait d'un vieil homme au visage rougeaud, avec des poches sous les yeux.

— Il doit valoir une fortune, celui-là, puisqu'on le voit à peine. Combien ça coûte, cette bagatelle ?

— Avez-vous la moindre idée de ce qu'est cette « bagatelle », capitaine ?

— Un Rembrandt.

Cette fois, c'est le financier qui fut pris de court.

— J'en ai vu un pareil au musée, ajouta Littlemore.

— Je l'ai acheté deux cent cinquante mille dollars.

Le policier émit un sifflement. Sur une table rectangulaire pouvant accueillir une vingtaine de convives, une mallette ouverte. À l'intérieur se trouvaient toutes sortes de documents en anglais, espagnol et allemand. Le capitaine les passa en revue.

— Et qui a peint ce portrait en pied, derrière moi ? fit-il sans lever les yeux. Celui de Mr James Speyer.

— Un garçon du Lower East Side. Un étudiant de l'Eldridge University Settlement. Une des écoles que je finance.

Les contrats portaient sur une énorme somme d'argent destinée à une banque mexicaine, dont le directeur s'avérait être James Speyer. La mallette contenait également un passeport américain et un billet pour une traversée sur le *White Star,* vaisseau de la compagnie Cunard, qui devait quitter Hambourg à destination de New York le 1er octobre.

— Vous ne pensez pas que vous allez un peu loin pour une simple bouteille de vin ? déclara le financier.

— Quelle bouteille de vin ?

— Eh bien, celle que j'ai bue chez Delmonico. N'est-ce pas pour ça que vous êtes venu à ma table et que vous êtes là en ce moment ?

— La prohibition, c'est pas mon rayon. Dites-moi tout. Vous m'avez filé entre les doigts, au Delmonico, parce que vous craigniez que je vous arrête pour avoir consommé de l'alcool ?

— Bien sûr.

— Et vous avez cru que vous pourriez vous en tirer comme ça ?

— Je ne pensais pas que vous connaissiez mon identité. Mais à présent que tout est clair, capitaine, laissez-moi vous mettre en garde. Je suis un homme riche, et un homme riche peut rendre très désagréable la vie d'un fonctionnaire de police qui lui cherche des ennuis.

— N'essayez pas de jouer à ça avec moi, Speyer. Je sais que vous n'avez plus un sou. Vous avez dû vendre deux grandes toiles il y a peu. Vous avez même été obligé de remercier vos vieux domestiques.

— Comment pouvez-vous en savoir aussi long sur moi ? l'interrogea le financier en écarquillant les yeux.

— Disons que je suis observateur.

Littlemore désigna deux emplacements sur le mur où une bordure plus claire indiquait que de petits portraits avaient pris la place de grands tableaux.

— Et vous n'iriez pas ouvrir la porte à cette heure si un domestique vivait encore dans cette maison, comme cela devrait être le cas. Je dirais que vous essayez de maintenir les apparences, mais que la situation est de plus en plus désespérée. Pourquoi n'avez-vous pas vendu votre Rembrandt ?

Un long silence suivit.

— Je n'ai pas eu le cœur de m'en séparer. Que voulez-vous de moi à la fin ?

— La police de New York s'occupe d'assurer la sécurité des candidats aux élections présidentielles quand ils se rendent ici, expliqua le capitaine sans faire d'entorse à la vérité. Nous avons des informateurs partout. À un dîner, on vous a entendu menacer un dirigeant de la banque J. P. Morgan.

— Sottises.

— Vous niez avoir dit à un des dirigeants de cette banque de faire attention, car Morgan montait une cabale avec d'autres banques pour vous empêcher d'avoir accès à des crédits ?

— Comment ? Mais je ne menaçais pas Lamont. Je le mettais en garde.

— Vous allez être surpris, Mr Speyer, mais la loi a parfois du mal à faire la distinction entre les menaces et les mises en garde.

— Vous ne comprenez pas. Je mettais en garde Mr Lamont contre les Mexicains – malgré tout ce que m'a fait la banque Morgan. Le nouvel agent financier mexicain, c'est lui, la menace. Il débite les pires sornettes quant à ce qui pourrait arriver à la banque Morgan – et à Morgan en personne – s'ils ne lèvent pas l'embargo.

— Quel embargo ?

— L'embargo que la banque Morgan a mis sur le Mexique. Vous avez dû entendre parler du manquement à payer ?

— Non.

Speyer secoua la tête.

— Par où commencer… Il y a vingt ans, J. P. Morgan senior a renfloué la dette nationale mexicaine. C'était un gros pari, du jamais vu pour une banque américaine. C'était très audacieux. Ça a bien marché pendant un temps et ça a rapporté une petite fortune à Morgan. Mais ensuite, il y a eu la révolution mexicaine, et en 1914, les Mexicains ont cessé de payer. Ils n'ont pas remboursé un penny depuis. À présent, ils doivent des centaines de millions rien qu'en intérêts. Morgan a fait pression sur toutes les autres banques pour que personne ne prête un dollar au Mexique tant qu'il n'aura pas remboursé ce qu'il lui doit.

— Et alors, quel mal y a-t-il à cela ?

— Quel mal ? Le bien et le mal n'existent pas dans le domaine de la finance. Il n'y a que des paris, bons ou mauvais. Morgan n'a pas vu venir la révolution. Voilà pourquoi ces gens-là m'en veulent autant.

— Je ne vous suis pas.

Speyer inspira profondément.

— J'ai parié sur les révolutionnaires. J'ai brisé l'embargo. Je suis le seul. Lamont sait que j'ai des capitaux, quelque part, mais il ignore d'où vient l'argent. Voilà pourquoi je vous ai filé entre les doigts, dimanche. Je ne pouvais pas me permettre d'être arrêté. Je n'ai pas les moyens d'attendre – ni de me faire une mauvaise publicité.

Le financier s'assit avec maladresse, les menottes toujours aux poignets.

— Lamont sait que je pars récupérer mes capitaux pour les prêter au Mexique. Il ferait n'importe quoi pour m'en empêcher, acheva-t-il.

Littlemore enregistra l'information.

— Si les Mexicains n'ont pas les moyens de rembourser Morgan, pourquoi leur prêtez-vous de l'argent ?

— Oh, ils ont les moyens. Ils ont des chemins de fer, des mines d'argent, et surtout, ils ont du pétrole. Plus que n'importe qui d'autre sur cette terre. Je dois faire ce voyage, inspecteur. C'est ma dernière chance. Ma femme est très malade. Si je ne monte pas à bord de l'*Imperator*, je perdrai tout. Je vous promets d'être de retour le 8. Je peux vous donner un gage de ma bonne foi.

— De quel genre ?

— Ce que vous voudrez.

La réponse de Littlemore laissa Speyer pantois.

Le même matin, Younger répondit à la demande de Colette de l'accompagner à Vienne. On ne pouvait lui reprocher d'en avoir écrit trop long.

21 septembre 1920

Non.

Stratham

*

Sur la 5e Avenue, Littlemore laissa Roederheusen prendre le volant. Le capitaine avait en effet les mains occupées par un objet rectangulaire enveloppé dans une épaisse couverture. Quand Roederheusen lui demanda de quoi il s'agissait, il répondit que c'était une caution de 250 000 dollars.

Alors qu'ils s'éloignaient, Littlemore nota que la limousine garée le long de Central Park démarrait aussi, mais dans la direction opposée.

Comme il était encore très tôt, le capitaine décida d'aller faire un tour dans une bibliothèque de droit. La documentaliste se montra pleine de bonne volonté, mais elle en savait encore moins que lui sur la manière de s'y prendre, aussi ne trouvèrent-ils rien.

Le téléphone sonnait quand Littlemore arriva dans son bureau. Rosie, l'opératrice, l'informa qu'un certain Thomas Lamont était en ligne et qu'il essayait de le joindre depuis le début de la matinée.

— Avez-vous parlé à Speyer ? demanda-t-il sans attendre.

— Vous le savez très bien, Mr Lamont. Votre homme était là.

— Je vois. Eh bien, nous aimons être informés de l'avancement de nos entreprises. Avez-vous découvert quelque chose ?

— Oui, que j'étais manipulé par J. P. Morgan. Vous espériez que j'arrêterais Speyer, ou du moins que je le garderais sous le coude pendant quelques jours, de manière à ce qu'il ne puisse pas aller chercher son argent à l'étranger et qu'il ne le prête pas aux Mexicains.

Le silence se fit à l'autre bout de la ligne. Puis le banquier reprit :

— Il vous a parlé du Mexique ?

— Tout à fait.

— Et que vous a-t-il dit ?

— Le nécessaire.

— Nous essayons d'aider ce pays, capitaine. Une nation ne peut tout simplement pas cesser de rembourser ses dettes. S'ils continuent dans cette voie, les Mexicains vont hypothéquer leur propre avenir. Une dette est une obligation sacrée. Mr Speyer, comme beaucoup de financiers dans son genre, ne peut comprendre cela. Pour lui, une dette, ce n'est que de l'argent.

— Tandis que pour vous c'est votre religion. Je vous ai proposé mon aide, Lamont. Vous avez essayé de me doubler.

— Je vous jure, capitaine, que telle n'était pas mon intention. Mon seul souci est de savoir si notre établissement est en danger, et dans ce cas, de découvrir d'où vient ce danger.

— Je pense que Mr Speyer n'a rien à voir avec l'attentat, et vous le savez très bien.

— Pourtant il m'a menacé. Il m'a presque dit qu'il aurait recours à la violence. Lui avez-vous parlé de cela ?

— Ce n'était pas une menace. Il essayait de vous mettre en garde contre le nouveau responsable des finances mexicaines – peut-être est-ce le même homme qui s'est présenté à votre club l'autre soir.

— Qui ? Pesqueira ? Mais pourquoi ?

— Je l'ignore, Lamont. C'est votre affaire, pas la mienne.

— Mais vous ne pouvez tout de même pas laisser Speyer quitter le pays ! Et s'il ne revenait pas ?

À cet instant, Stankiewicz passa la tête par la porte.

— Eh, chef, fit-il, hors d'haleine, le F…

Littlemore le fit taire d'un geste.

— Il reviendra, vous pouvez me croire, dit-il au banquier en raccrochant. Qu'y a-t-il, Stanky ?

— Les gars du FBI ont trouvé un type qui s'est occupé du cheval et de la charrette utilisés lors des attentats. Il aurait balancé Tresca. Flynn va l'annoncer à la presse dans dix minutes.

— Où ça ? demanda Littlemore en enfilant son veston et son panama.

— Devant le bâtiment du Trésor.

— Va me chercher le fer à cheval, poursuivit-il en s'engouffrant dans le couloir. On se retrouve sur place.

Sur les marches du bâtiment du Trésor, devant la statue de George Washington flanquée d'un bataillon de soldats en arme, Big Bill Flynn, le chef du FBI, tenait par l'épaule un ouvrier grisonnant portant un tablier de cuir taché d'huile. Devant un groupe de journalistes et de photographes, il fit cette déclaration :

— Nous avons réalisé une percée majeure dans cette enquête. Ce bon Américain qu'est Mr John Haggerty, maréchal-ferrant depuis quarante ans, a été localisé par des agents de mon cabinet personnel. Sortez vos stylos, les gars, vous allez l'avoir, votre histoire. Au début du mois, un individu est venu voir Mr Haggerty sur son lieu de travail de New Chambers Street avec un cheval et une charrette. L'animal avait besoin de nouveaux fers, et on l'a doté de modèles Niagara en cuivre, avec des clous en forme de trèfle – ce qui correspond en tout point à ce que nous avons trouvé sur les lieux de l'attentat.

— Chef, murmura Stankiewicz à Littlemore, c'est pas eux qui l'ont trouvé : c'est nous qui leur avons donné.

Le capitaine lui fit signe de se taire.

— En d'autres termes, le cheval qu'a ferré Mr Haggerty il y a trois semaines est bien celui qui a servi aux anarchistes pour transporter leur bombe le 16 septembre. L'homme qui a amené l'animal chez Mr Haggerty mesurait environ un mètre soixante-dix, il était frêle, mal rasé, très sale et d'apparence misérable. C'est bien cela, Haggerty ?

Le maréchal-ferrant hocha la tête d'un air grave.

— Et voilà le clou, les gars. Cet individu était italien et il a décliné une identité qui ressemblait à Trescati ou Trecare. C'est bien ça, Haggerty ?

— P'têt ben.

— Comment ça, p'têt ben ? répéta Stankiewicz en chuchotant.

— Chut, lui fit son supérieur.

— En d'autres termes, reprit Flynn, la description exacte de Carlo Tresca, comme je le dis depuis le début. C'est bon, les gars, vous pouvez passer aux photos.

Big Bill empoigna la main de Haggerty. Les flashs crépitèrent. Les journalistes demandèrent au maréchal-ferrant son âge (64 ans), quels étaient ses souvenirs de Tresca (pas grand-chose), etc. Il répondait par monosyllabes bourrues, donnant du « monsieur » à chaque journaliste. Très vite, Flynn mit fin à la séance et entreprit d'emmener son témoin.

— Monsieur Haggerty, vous êtes membre du syndicat ? s'écria soudain Littlemore.

— La conférence de presse est terminée, s'exclama le chef du FBI qui avait reconnu le policier. Plus de questions.

— Mais Big Bill, Mr Haggerty doit être affilié, poursuivit-il avec une innocence feinte. Tout le monde sait que le fer en question portait la marque du SIMF. C'était dans tous les journaux de samedi, pas vrai, les gars ?

Toute la presse acquiesça.

Flynn se racla la gorge.

— Un capitaine de la police de New York qui espionne le FBI ? C'est nouveau, ça. Et comment va l'enquête sur Fischer, hein ? Vous avez entendu des voix, ces derniers temps ?

Plusieurs journalistes pouffèrent.

— Très bien, Haggerty, le policier ici présent souhaite savoir si vous êtes affilié au syndicat. C'est le cas, ou pas ?

— Bien sûr, m'sieur, le SIMF.

— Et vos fers en portent la marque ?

— Oui, m'sieur. Tous.

— Alors, monsieur le policier, encore des questions ? lança le chef du FBI avec un grand sourire.

— Une petite dernière. J'aimerais montrer à Mr Haggerty le vrai fer, celui qu'on a extrait du cratère. Il nous dira si le sigle du syndicat est bien le même que sur les siens, ajouta Littlemore en les rejoignant à travers la foule, un sac de toile numéroté et bien fermé à la main.

Soudain, la presse redevint silencieuse. Flynn se fit hésitant. Il voulait à présent emmener le maréchal-ferrant au plus vite, toutefois, il redoutait de laisser transparaître ses doutes quant à la fiabilité de son propre témoin.

Le capitaine dénoua son sac et tendit le fer à l'homme.

— Vous voyez le sigle du syndicat, Mr Haggerty ?

— Oui, m'sieur. SIMF. Le même que j'utilise.

— Et voilà ! s'exclama Flynn, triomphant, prenant le fer des mains de son témoin. Je le garde, parmi les pièces à conviction fédérales. Allez, maintenant, on y va. J'ai faim, moi.

— Ce qui signifie, Mr Haggerty, poursuivit Littlemore d'une voix forte afin que tout le monde puisse l'entendre, que le fer entre les mains de Mr Flynn, celui qui a été récupéré sur le lieu du crime, ne peut pas provenir du cheval que vous avez ferré dans votre atelier il y a trois semaines, n'est-ce pas ?

— Vous avez raison, m'sieur, acquiesça l'ouvrier.

La confusion envahit soudain tous les esprits.

— Mais qu'est-ce qu'il raconte ? s'écria Flynn. Les deux sigles sont identiques.

— En effet. Les initiales SIMF ne sont gravées qu'en surface sur les fers. Elles s'effacent très vite.

Au bout de quelques heures, elles sont à peine visibles. Toutefois, celles qui apparaissent sur ce fer sont d'une netteté parfaite. Le cheval qui le portait fut ferré le matin même de l'attentat – au plus tôt la veille. Pas trois semaines avant. N'ai-je pas raison, Mr Haggerty ?

— Pour sûr, m'sieur.

Le lendemain soir, Younger rejoignit Littlemore dans un bar miteux du front de mer, construit sur une jetée mal entretenue près du port, où des rats audacieux venaient directement fouiller les détritus. Le policier donna un mot de passe et on leur ouvrit. L'atmosphère était si enfumée et l'éclairage si mauvais qu'on distinguait à peine le bar.

— Il y a une trappe, là-bas derrière, expliqua le capitaine, tandis qu'ils s'installaient à une petite table dans un recoin sombre. Ça donne en plein sur l'eau. Quand il y a une descente, ils balancent tout l'alcool dans un bateau qui met les voiles pendant un petit moment. Les flics ne trouvent jamais rien. Si c'est marée haute, alors ils laissent couler la marchandise, et des plongeurs la remontent plus tard.

— Je crois bien que je ne vous avais jamais vu enfreindre la loi.

— Oh, mais je n'enfreins rien du tout. Je vais me contenter d'un soda.

— Alors pourquoi sommes-nous là ?

— Pour que vous, vous puissiez boire un verre. Vous avez l'air d'en avoir bien besoin.

Younger réfléchit un instant à cette proposition, qu'il trouva sensée. Il avait passé la journée à demander à l'accueil de l'hôtel s'il n'avait pas reçu une lettre ou un télégramme de Colette. Chaque fois, l'employé l'informait qu'il n'y avait rien pour lui, et chaque fois, il était furieux contre lui-même de ne pouvoir s'empêcher de penser à elle.

Littlemore commanda donc un soda ; son compagnon, un whisky. Le serveur lui apporta une petite bouteille ainsi qu'un « accompagnement », consistant en un verre d'eau pétillante et des glaçons.

— Vous composez votre boisson vous-même, lui expliqua le policier. Ensuite, vous rangez la bouteille dans votre poche. Si les flics débarquent, ils disent qu'ils ne servent que des boissons non alcoolisées et que ce n'est pas leur faute si leurs clients apportent leur marchandise.

Younger se servit un double whisky et ils portèrent un toast en silence. Le médecin se sentait vaguement suspect avec la bouteille dans sa poche. Il n'était même pas sûr que ce fût du whisky, car ça avait goût d'alcool à 90°. Il finit son verre et s'en versa un autre.

— C'est plutôt tapageur, comme ambiance. J'aime bien.

Au bar, des hommes penchés sur leur verre parlaient à voix basse. Même le barman était taciturne. Une femme seule portant un boa cajolait un cocktail à un bout du comptoir ; nul n'osait l'approcher. Près de la porte, celui qui montait la garde tripotait des cartes, qu'il battait sans relâche.

— C'est partout comme ça, en ce moment, précisa Littlemore. Tout le monde est encore sous le choc de l'attentat. Enfin, sauf au Club des banquiers et des courtiers. Ils s'en donnaient même à cœur joie quand j'y suis allé il y a deux jours. Je crois qu'ils étaient soulagés. De ne pas avoir été touchés. Et vous savez quoi ? Un docteur est venu examiner notre femme à deux têtes aujourd'hui. Il a entendu parler des coups de feu en pleine église, et il a reconnu sa description. Elle s'appelle Quinta McDonald. Et je sais ce qu'elle a. Le médecin m'a dit que c'était confidentiel, mais j'ai réussi à lui tirer les vers du nez. C'est la syphilis. Apparemment, cette saloperie peut faire pousser des grosseurs comme ça, sur le corps.

— La syphilis tertiaire, en effet, acquiesça Younger.

Il se mit à réfléchir.

— Cela peut aussi déclencher des crises de démence, reprit-il.

— C'est ce qu'a dit le docteur. Ça lui a chamboulé la cervelle. Donné des hallucinations.

— J'ai travaillé il y a quelques années sur la démence liée à la syphilis. Si elle en est à ce stade, alors il n'y a pas moyen de faire machine arrière et il n'y a pas de traitement possible.

— Très bien, dans ce cas, je pense que Colette n'a plus rien à craindre.

— Comment ça ?

— Eh bien, commençons par Amelia, la fille qui a apporté la dent à votre hôtel. Amelia a des problèmes, et elle doit remettre cette molaire à une personne qui l'aidera. Seulement, l'employé de l'hôtel remet le paquet à Colette par erreur. Pendant ce temps, Drobac suit Amelia. Sa cible est la personne à qui Amelia doit remettre la dent. Ainsi, en la recevant, Colette devient sa cible. Donc, avec ses deux acolytes, il la kidnappe. Ensuite, Amelia est tuée lors de l'attentat, les deux hommes de main y passent aussi quand nous allons délivrer Colette, et Drobac termine en taule. Ça nous laisse juste la fille à deux têtes, Quinta McDonald. On ne sait pas ce qu'elle voulait à Colette – peut-être que c'était juste un accès de folie provoqué par la syphilis – mais ça n'a plus d'importance puisqu'elle est désormais dans le coma. L'affaire est close.

— Et l'autre rousse ? Elles étaient deux devant le commissariat.

— Une copine de Quinta McDonald. Peut-être sa sœur. Pas de quoi s'inquiéter.

— Je croyais que vous ne préjugiez de rien ?

— En effet. J'essayais juste de voir comment ça sonnait à l'oreille.

— Et donc, comment cela sonne-t-il ?

— Ça n'a aucun sens.

Les deux hommes prirent une longue gorgée. Younger commençait à ressentir les effets de cet alcool bon marché.

— Alors comme ça, Colette rentre en Europe ? s'enquit Littlemore.

— Ne me dites pas que le mariage rend les hommes heureux. Vous en connaissez, vous, des hommes mariés qui soient vraiment heureux ?

— Moi.

— Et en dehors de vous ?

Le policier réfléchit un moment.

— Non. Et vous, vous en connaissez des types pas mariés qui sont heureux ?

— Non.

— Et voilà.

Ils se remirent à boire.

À une autre table, un homme essaya de se lever, mais il s'écroula par terre en emportant sa chaise avec lui. Un instant, Younger crut qu'on avait tiré un coup de feu. Puis il en entendit d'autres, mais il savait que ceux-là ne résonnaient que dans sa tête. Enfin, l'image récurrente que, depuis l'attentat, il ne parvenait ni à oublier ni à interpréter lui revint à l'esprit, avec une grande clarté, cette fois.

— Je sais ce que j'ai vu, le 16. Ce n'était pas un tableau noir. C'était un tireur. Pendant que les gens couraient dans tous les sens, au beau milieu de toute cette poussière, toute cette fumée, quelqu'un tirait à la mitrailleuse.

— Sur quoi ?

— Un mur. Pour y laisser des marques.

— Tirer à la mitrailleuse sur un mur ? Au beau milieu d'une explosion ?

— Vous ai-je dit aussi que j'avais vu des shrapnels voler en l'air, avec une telle lenteur que je distinguais les morceaux les uns des autres ?

— Non. Ça, vous ne me l'aviez pas dit. Mais n'en parlons plus, sinon, ils vous enfermeront avec Eddie Fischer.

Nerveux, Littlemore arpentait les locaux bondés de la brigade des crimes et homicides. Les bureaux surpeuplés disputaient l'espace aux étagères pleines à craquer. Des machines à écrire cliquetaient. Des hommes se hurlaient des choses les uns aux autres, la plupart se lançaient des blagues qui agaçaient le capitaine. Une semaine s'était écoulée depuis l'attentat de Wall Street et ils n'avaient réalisé aucun progrès. Rien que de vagues pistes finissant dans des impasses.

Fischer était à présent enfermé dans un sanatorium, et on n'expliquait toujours pas sa prescience des événements. Big Bill Flynn avait décidé d'attribuer le crime aux anarchistes italiens, même si chacune de ses pièces à conviction ne tenait qu'à un fil. Enfin, il y avait le procureur général Palmer – ou plutôt, il aurait dû y avoir ! D'après ce que Littlemore savait de lui, il était du genre à prendre le contrôle de l'enquête, à donner des conférences de presse, à occuper tout le terrain. Au lieu de cela, il avait passé une nuit en ville alors qu'il se rendait à une réunion de famille – pourquoi ? Enfin, pour couronner le tout, l'attentat semblait n'avoir aucun motif. Si l'on cherchait à tout prix une cible, on pouvait désigner la banque Morgan, toutefois, Littlemore n'avait réussi à identifier aucun individu ni organisation qui ait suffisamment de moyens et de motifs pour s'en prendre à l'établissement d'une façon aussi radicale et brutale.

— Eh, Spanky, appela Littlemore.

— Oui, chef ? répondit Roederheusen.

— Tu vas te rendre au consulat du Mexique et me ramener un type qui s'appelle… Pesquéra, je crois. J'ai besoin de lui parler.

— Chef, appela Stankiewicz de son bureau, j'ai retrouvé les fiches.

— Quelles fiches ?

— Celles qu'on a remplies à Wall Street.

Son subalterne brandissait les feuilles rédigées à la main sur le lieu de l'attentat – une par victime.

— Vous vous rappelez, continua-t-il, vous pensiez qu'il y avait un mort qui manquait dans la liste tapée, alors vous m'avez demandé de vérifier sur les cartes.

— Donne-moi ça.

Irrité, il se mit à feuilleter le paquet.

— Ce type était un garde du Trésor, précisa le capitaine. Son nom commençait par un R. Ah, le voilà : « Riggs, Trésor des États-Unis ». Bon, où est cette liste, à présent ?

Stankiewicz se mit à farfouiller au hasard dans les piles de papiers posées sur son bureau.

— Je l'avais il y a une minute.

— Ne me dis pas que tu as perdu la liste des victimes ?

Enfin, le policier tendit à son supérieur un document de plusieurs pages dactylographiées et agrafées.

Littlemore le feuilleta, reprenant à la fois l'ordre alphabétique et la liste spécifique des agents du gouvernement.

— Pas de Riggs. Où est-il passé ?

— Je suppose qu'ils l'ont raté.

— « Ils » ? Qui ça, « ils » ? C'est pas toi qui as tapé cette liste ?

— Ben… non, chef.

— Alors, qui est-ce ?

— Euh… les fédéraux. Deux agents sont venus le lendemain de l'attentat nous demander si on avait une liste des morts et des blessés. J'ai dit que oui, et je les ai laissés jeter un œil – c'était la liste manuscrite, vous savez, qu'on avait établie à partir des fiches. Ils m'ont proposé de la taper pour nous pendant le week-end. Ils ont dit qu'ils avaient de très bonnes dactylos. Alors, j'ai…

— Tu as donné notre liste aux fédéraux ? s'exclama son supérieur, incrédule.

— Je suis pas très doué pour taper à la machine, chef. J'ai pensé que ça serait mieux comme ça.

— Quel paresseux… Et quel genre de fédéraux c'était ? Des gars à Flynn ?

— Non, chef, ils étaient du Trésor.

Une seconde lettre de Colette arriva le jeudi – écrite avant qu'elle ne reçoive la réponse de Younger. Elle gisait à présent ouverte sur son lit.

21-09-1920

Mon cher Stratham,

J'en ai fini avec votre professeur Boltwood. Il cherche à empêcher l'université Yale d'attribuer un titre honorifique à Mme Curie lors de son prochain passage. Il prétend que ses mœurs et son cursus universitaire sont douteux. Eh bien, lui, il n'est pas digne de cirer ses souliers. Ma seule consolation en dirigeant ce laboratoire, c'est que je vais prouver que ses théories à lui sont fausses. Je ne peux plus rester, quoi qu'il arrive.

Par ailleurs, j'ai reçu une merveilleuse nouvelle ! Je me suis permis d'envoyer un télégramme au Dr Freud à Vienne, et il m'a répondu. Il accepte de s'occuper de Luc et il a grand-hâte de vous voir. Il déclare qu'il a beaucoup de choses à vous dire.

Je vous en prie, venez. J'ai besoin que vous m'accompagniez.

Avec mon affection,

Colette

Ce soir-là, Younger retourna seul sur le front de mer, dans le bar où Littlemore l'avait emmené. Une femme en robe orange et rouge à lèvres rutilant s'approcha alors qu'il sirotait le whisky frelaté.

— Ça te dit, mon joli ? lança-t-elle.

— Non, merci, répondit-il.

ONZE

Le commissaire Enright était un homme sympathique qui aimait rendre visite à ses subalternes à leur poste quand il avait besoin de s'entretenir avec eux. Être convoqué dans son bureau signifiait en revanche qu'il s'était passé quelque chose de grave : ce genre d'événements semait la crainte chez tous les membres de la police. Or, ce vendredi matin-là, le capitaine Littlemore reçut une convocation de son supérieur.

— C'est à cause du Rembrandt qu'on a rangé parmi les pièces à conviction, chef ? demanda-t-il en entrant. Je peux tout vous expliquer.

Derrière son bureau d'acajou, Enright écarquilla les yeux.

— Il y a un Rembrandt dans nos placards ?

— Ou bien c'est à cause du fer à cheval ? Je ne pouvais pas laisser Flynn s'en tirer comme ça, vous savez.

— Je ne vous ai pas fait venir pour jouer aux devinettes, Littlemore, ni pour parler peinture.

Il se leva, sa montre de gousset en or étincelant sur son opulent tour de taille, son abondante chevelure grise et ondulée encadrant son visage bonhomme et bien en chair. Lecteur vorace, éloquent orateur, largement autodidacte, on lisait dans ses yeux qu'il aimait réciter des poèmes de mémoire.

— Vous vous souvenez du maire, Mr Hylan, et de Mr McAdoo, le conseiller du Président ?

Le capitaine se retourna et découvrit, à l'autre bout de la pièce, les deux éminents personnages. Le second était assis, jambes croisées, dans un fauteuil, jaugeant Littlemore, imperturbable. Le maire, debout, tripotait un objet de verre qu'il avait pris dans la bibliothèque d'Enright, évitant avec soin de croiser le regard du capitaine.

— Mr Hylan a reçu hier la visite d'un avocat, Littlemore, reprit le commissaire. L'objet de sa visite, c'était vous.

— Moi, chef ?

— Je veux que vous le renvoyiez, Enright, déclara le maire.

— Cet avocat est un homme dont la réputation n'est plus à faire, et qui est au mieux avec les politiques les plus influents de cette ville. Il se trouve qu'un de ses clients est en ce moment même pensionnaire chez nous.

— J'ai dit que vous deviez le renvoyer, répéta Hylan qui s'avérait décidément moins poétique que le commissaire.

C'était un petit homme aux cheveux gras, qui lui tombaient sur le front, comme s'il avait en permanence besoin d'un coup de peigne, et des yeux vifs comme ceux d'un écureuil. L'une de ses occupations préférées consistait à vociférer sur une estrade, passe-temps auquel il s'adonnait souvent, mais sans talent. Il avait l'air d'être en lutte perpétuelle, comme si ses ennemis ne cessaient de vouloir jeter l'opprobre sur son nom. Avant de devenir maire de New York, il avait travaillé comme ingénieur à la Brooklyn Elevated Railroad Company, qui l'avait renvoyé après qu'il eut renversé un contremaître avec une locomotive. Il était devenu maire du jour au lendemain, surgissant de nulle part sur le plan politique, arraché à l'anonymat par les démocrates, dont le doyen voyait en lui un homme digne de confiance.

— Et je veux que vous sortiez cet homme de prison. Aujourd'hui même, insista-t-il.

— Hélas, monsieur le maire, quel que soit mon désir d'exécuter vos ordres sans discuter, je suis également soumis à une maîtresse plus puissante : la loi.

— Ah, ne me parlez pas de la loi ! Je la connais, la loi ! N'oubliez pas à qui vous vous adressez, Enright. Vous aussi, je pourrais vous faire renvoyer.

— C'est votre prérogative.

— Ne nous énervons pas, messieurs, intervint en douceur McAdoo, et reprenons les faits, voulez-vous ?

— Tout ça ne regarde pas Washington, répliqua Hylan d'un ton sec. Ce sont les affaires municipales.

— Le 16 septembre, répondit le conseiller du Président sans élever la voix, les affaires de New York sont devenues celles de Washington. Je n'ai pas été en contact avec le Président aujourd'hui, mais mon épouse pense que Wilson n'apprécierait guère que le capitaine soit remercié.

— Son épouse ? répéta l'autre incrédule. Son épouse ! Et la vôtre, Enright, qu'est-ce qu'elle en pense ? Excusez-moi deux minutes, je vais demander à ma femme ce que veut le Président.

— Dieu du ciel, Hylan, coupa le commissaire. L'épouse de McAdoo est la fille du Président !

Le silence s'installa.

— Sa fille, répéta-t-il en s'essuyant le front avec un mouchoir sale.

— Hum, fit Littlemore pour s'éclaircir la voix, ce capitaine que tout le monde parle de renvoyer, ce ne serait pas moi, par hasard ?

— Est-il vrai que la semaine dernière vous avez fait sortir de l'hôpital un homme pour le mettre en prison, alors qu'il venait de subir une importante opération de chirurgie faciale ?

— Lui ? Il a pris un as du barreau pour sa défense ?

— En effet. Il s'appelle, d'après ce que l'on m'a dit, Mr John Smith. On m'a aussi rapporté que l'agresseur de Mr Smith était un très bon ami à vous. Et que vous vous étiez porté garant pour faire sortir cet ami de prison.

— Comment l'avocat sait-il ça ?

— Dois-je comprendre que vous reconnaissez les faits ?

— Oui, chef. En revanche, je pense que le vrai nom de ce type est Drobac, et je pense que c'est lui le meurtrier de la terrasse panoramique du Woolworth.

— Vous voulez rire ? lança Hylan avec mépris. N'importe qui pourrait être le tueur.

— Non, monsieur le maire. Seule une cinquantaine de personnes peuvent être suspectées. Car c'est là le nombre de gens qui se trouvaient là-haut à ce moment-là, et plus d'une douzaine d'entre eux étaient des enfants. Le type en question y était, et un témoin a reconnu en lui l'auteur d'un enlèvement.

— A prétendu le reconnaître, capitaine, corrigea le

commissaire. Or il s'agit de l'homme qui l'a agressé. Que vous avez fait sortir de prison. Votre ami. Qui est lui-même accusé de tentative de meurtre.

— Le Dr Younger a aidé la police par le passé. Il est de Harvard. Et il a fait la guerre.

— La guerre, répéta le commissaire d'un air sombre. Vous savez tout comme moi, Littlemore, que beaucoup de vétérans se comportent de manière très étrange depuis leur retour et se sont même rendus coupables d'agressions avec violence.

— Pas lui.

— Enright, coupa Hylan, demandez à votre capitaine quelle preuve il détient pour accuser Smith du crime du Woolworth. On m'a dit qu'il n'y en avait aucune.

— Est-ce la vérité ? questionna le commissaire.

— Eh bien, en effet, je n'ai pas encore de preuve, répondit le policier en se tortillant, mal à l'aise. Mais le Dr Younger l'a formellement identifié comme étant Drobac, celui qui s'est rendu coupable d'enlèvement et de crime la veille.

— Nom d'un chien, la fille qui a été kidnappée ne l'a même pas reconnu, rétorqua le maire. Sans parler du fait qu'elle a quitté l'État.

— Elle n'est pas bien loin, dans le Connecticut.

— Oui, renchérit Enright, à New Haven, je sais. Est-il vrai qu'elle n'a pas réussi à l'identifier ?

— C'est exact, chef.

— Et vous, Littlemore, vous pouvez l'identifier ? Vous avez sauvé cette jeune femme, l'autre soir. Pouvez-vous affirmer que l'homme qui est en prison est bien son ravisseur ?

— Non, chef. Disons qu'il a été un peu… abîmé, entre-temps.

— Vous voyez, Enright ! déclara Hylan. Votre propre officier n'est sûr de rien.

— Aviez-vous de sérieux motifs pour l'arrêter, Littlemore ? demanda le commissaire.

— Vous ne pensez pas le remettre en liberté, Mr Enright ? Ce type est dangereux. Il s'en est pris deux fois à la petite Française. Si on le laisse filer, il pourrait bien réussir à la tuer, au bout du compte.

— Vous n'avez rien de sérieux contre lui, Littlemore, et vous ne pouvez le retenir sans motif. Vous le savez.

— On a gardé des hommes en détention pour moins que ça. Et ce, pendant des mois, objecta le capitaine.

— Oui, mais dans ces cas-là, eh bien, les suspects en question…

— … n'avaient pas pour les défendre un as du barreau susceptible d'intervenir auprès du maire.

— C'est un fait.

— Chef, laissez-moi quelques semaines et je vous apporterai sa tête sur un plateau.

— Quelques semaines ! s'écria Hylan. C'est un outrage ! Je ne le tolérerai pas. Je me suis toujours rangé du côté de l'homme de la rue. Il n'y a qu'une seule menace que craigne la république, celle de la finance internationale, des banquiers qui, telle une pieuvre géante, étendent leurs tentacules gluants au-dessus dc nos villes. Tant que je serai maire de New York, l'argent n'y régnera pas en maître, et les droits du commun des mortels seront respectés.

Le commissaire Enright, qui tournait le dos à Hylan, roulait des yeux effarés.

— Je suis désolé, Littlemore, mais votre attitude nécessite une suspension immédiate. Faire sortir de prison un ami personnel accusé de tentative de meurtre. Arrêter sa victime sans motif réel. Tout de même. Je ne vous reconnais pas.

Enright faisait partie de ces hommes qui, quand ils sont debout, aiment à se balancer d'avant en arrière sur leurs pieds, les mains dans le dos.

— Toutefois, poursuivit-il, il se trouve que McAdoo était dans mon bureau au moment où monsieur le maire est entré. Le hasard a voulu qu'il soit aussi là pour me parler de vous. Il m'a donné ceci (il prit sur son bureau plusieurs feuilles dactylographiées), c'est une copie d'une lettre qui a été remise aujourd'hui au Président Wilson et à chacun des membres de son cabinet à Washington. Elles viennent du sénateur Fall, du Nouveau-Mexique. Le connaissez-vous ?

— Non, chef.

— C'est un homme très puissant. Il est membre de la commission des relations internationales au Sénat et, bientôt, il sera secrétaire d'État, selon toute probabilité, sous la présidence de Mr Harding.

— Et quel rapport avec moi, chef ?

— Pouvez-vous éclairer le capitaine Littlemore, McAdoo ?

— Mais bien sûr, dit-il en joignant les mains.

Son attitude calme, ses cheveux lisses, peignés en arrière, ses traits fins et son élégant visage allongé contrastaient fortement avec l'apparence négligée, nerveuse et les sourcils froncés du maire. Il s'exprimait avec l'accent de l'Est des gens bien élevés, trahissant tout de même par instants ses origines du Tennessee.

— Le sénateur Fall est un agitateur, et il est très efficace, continua-t-il. Il ne cesse de dénoncer l'administration Wilson pour son incapacité à agir à la suite de l'attentat de Wall Street. D'après lui, une bombe de cette puissance ne peut qu'avoir été commanditée par une puissance étrangère qui cherche à nous détruire – il s'agit selon moi d'une référence à Lénine et à ses bolcheviques. Il déclare que cet acte terroriste est en réalité un fait de guerre visant directement le pôle financier le plus important de notre pays, et que nous, au lieu de nous préparer à ce conflit, nous nous contentons d'affirmer que c'est l'œuvre d'une bande de fous d'Italiens mal organisés. C'est là, capitaine Littlemore, que le sénateur Fall vous cite.

— Moi ?

— Oui, vous. Il dit qu'un capitaine de la police de New York parfaitement au courant des progrès de l'enquête – il vous a nommé – a informé en privé Mr Thomas Lamont de J. P. Morgan que les indices ne corroboraient pas la théorie de Flynn, mais au contraire démontraient que c'est la banque Morgan qui était visée.

— Je n'ai pas dit que cela « démontrait », mais que c'était une possibilité.

— Vous avez toutes nos félicitations, capitaine Littlemore.

— Ah ?

— En effet. Je partage en tout point les opinions de Fall.

— Veuillez m'excuser, Mr McAdoo, mais je ne vous suis pas. Je croyais que le sénateur Fall critiquait le Président Wilson, et que vous faisiez partie des hommes du Président ?

— J'ignore si je fais partie des hommes du Président, capitaine, en tout cas je suis dans son camp. Et le Président veut que cette enquête aboutisse. Voilà tout. Pour dire les choses en toute franchise, il n'a pas une entière confiance en Flynn. Celui-ci travaille pour le procureur général Palmer ; ils s'entendent pour voir partout des cabales d'anarchistes italiens et hébreux, ou du moins voudraient-ils que nos concitoyens le croient. Capitaine Littlemore, si vous souhaitez suivre des pistes que Flynn ne veut ou ne peut explorer, sachez que vous avez l'appui du Président. Nous sommes nombreux à penser, comme le sénateur Fall, que cette attaque était d'une ampleur trop vaste pour être l'œuvre d'une poignée d'anarchistes aux maigres moyens.

— Ceux qui ont fait ça avaient de l'argent, j'en suis à peu près sûr.

— Pourquoi ? intervint Enright.

— À cause du fer à cheval, chef. Il était tout neuf. Je le sais à cause de la marque du syndicat. Or, faire ferrer un cheval coûte cher. Des pauvres n'emmèneraient pas chez le maréchal-ferrant un animal qu'ils s'apprêtent à faire sauter. Moi, je pense que ces types disposent de gros moyens.

— Excellent, capitaine. Voilà un vrai travail d'investigation.

— Ce qui rend la possibilité d'une intervention étrangère encore plus probable, ajouta McAdoo. Si c'est la vérité, il faudra bien qu'elle se fasse jour, alors l'ennemi sentira toute la force de l'Amérique s'abattre sur lui en représailles. Commissaire, votre capitaine ne peut être remercié – ni même suspendu. Cela semblerait montrer que nous craignons cette guerre, et que nous refusons la vérité. Nos adversaires diraient que nous avons fait exprès de mettre sur la touche le seul homme qui osait traquer le véritable ennemi des

États-Unis, après qu'il s'en est pris à notre peuple et nos institutions financières. Le sénateur Fall présenterait les choses sous cet angle, c'est certain, et tous les journaux du pays lui emboîteraient le pas.

— Dans cette ville, c'est moi qui décide, clama le maire.

— Bien sûr, Hylan, cela va de soi. Jamais je n'oserais me mêler de vos affaires. De même que je n'hésiterais pas à pousser le procureur général à revenir sur vos déclarations d'opposition à la dernière guerre. La loi sur la sédition est encore en vigueur, je crois.

Le maire semblait décontenancé.

— Je me fiche pas mal de votre Littlemore. Qu'il garde son poste. Donnez-moi seulement Smith.

— Quant à moi, je me moque de Smith. Libérez-le.

— Je dois avoir un problème, trancha Enright, j'ai l'impression d'être le seul qui se soucie vraiment du capitaine Littlemore et de Mr Smith. Je ne suspendrai pas mon officier de police…

— Très bien, coupa McAdoo.

— Mais je ne libérerai pas Mr Smith.

— Quoi ? glapit Hylan.

— Vous avez jusqu'à lundi, capitaine.

— Je vous demande pardon ? interrogea Littlemore.

— Pour obtenir des éléments à charge contre Smith, s'il s'agit bien de son nom.

— Mais on est vendredi, aujourd'hui, Mr Enright.

— Vous avez mis Mr Smith en prison vendredi dernier, alors qu'il aurait dû rester à l'hôpital. Lundi, vous aurez donc eu dix jours pour rassembler des preuves, Littlemore, ce qui me paraît plus que suffisant. Soit vous revenez avec quelque chose de solide, soit je le libère. Ça vous va, Hylan ?

— On fera avec, grommela le maire.
— Ce sera tout, capitaine.

Assis au bureau de sa chambre d'hôtel, Younger se mit en devoir d'écrire à Colette. Comment pouvait-elle aimer un criminel condamné, si dévoué à la cause allemande qu'il s'était engagé de son plein gré dans l'armée ? L'amour devait se fonder sur une réalité, c'était certain. Mais si une femme aimait un homme alors qu'il n'était pas ce qu'elle croyait, en fait, elle ne l'aimait pas vraiment, non ?

À moins que Hans Gruber ne soit pas l'homme que Younger s'imaginait. Pourquoi n'aurait-il pas été l'âme tendre, dévouée et meurtrie que décrivait Colette ? Certes, il était en prison pour agression contre d'innocentes victimes, mais peut-être y avait-il eu une erreur ? Lui-même n'avait-il pas été mis en prison pour agression pas plus tard que la semaine précédente ? Il y avait pire, Gruber avait tout de suite vu ce que Younger avait mis des années à comprendre : combien sa vie serait vide, ennuyeuse, noire et dépourvue de saveur sans Colette.

En vérité, il ne parvenait pas à rédiger la lettre destinée à dissuader la jeune femme de se rendre en Europe. Il commençait, puis s'arrêtait, recommençait, froissait la feuille de papier à lettres à l'en-tête de l'hôtel, pour finir par la jeter dans la corbeille à papier. Au bout du compte, il les reprit toutes pour les brûler une par une dans un cendrier. Il venait de comprendre que, puisque Freud avait accepté de s'occuper de Luc, il était désormais impossible de dissuader Colette d'entreprendre ce voyage à Vienne.

Il fit ses valises.

Littlemore reprit un par un tous les objets saisis lors de l'enlèvement de Colette et Luc. Il les passa à la loupe, retourna les poches de chaque vêtement, à la recherche d'une étiquette de blanchisserie, d'un cheveu, de tout indice qui aurait pu relier Drobac au rapt. En vain.

Alors, il se rendit au garage où il rechercha de nouveau toutes les empreintes digitales possibles, aussi bien à l'intérieur qu'à l'extérieur de l'automobile des ravisseurs, du pot d'échappement au volant en passant par le cendrier. Ce procédé laborieux lui prit des heures. Pour s'avérer inutile, lui aussi, car aucune des empreintes découvertes ne correspondait à celles de son prisonnier. Frustré, mais pas vaincu, le capitaine rentra chez lui.

Quand le conducteur du train annonça que le prochain arrêt était New Haven, Younger n'avait pas encore décidé s'il descendrait là ou s'il poursuivrait jusqu'à Boston, la ville où il avait passé la plus grande partie de son existence.

Dehors, le paysage ressemblait de plus en plus à celui de la Nouvelle-Angleterre. Les arbres flamboyaient de leurs tons d'automne. Les ponts sur les rivières, les contours du rivage, tout lui paraissait familier. Il avait trop souvent emprunté la ligne côtière.

Quand le train entra en gare de New Haven, il descendit. Il inspira une grande bouffée d'air, puis glissa dans une boîte aux lettres une enveloppe destinée à Colette. Sous son adresse à Boston, il était écrit :

24 septembre 1920

Je vous accompagnerai à Vienne mais à une condition : que vous renonciez à voir Hans Gruber.

Stratham

La locomotive siffla, le chef de gare invita les passagers à monter, et Younger retourna s'asseoir à sa place.

Littlemore passa le lendemain, un samedi, à essayer de s'entretenir avec les occupants du bâtiment où avaient séjourné les criminels. Il alla même trouver le propriétaire des lieux, ce qui ne lui servit à rien. Il rompit les scellés posés par ses collègues et revint dans l'appartement où Colette et Luc avaient été séquestrés. À quatre pattes, il examina chaque centimètre carré à la loupe. En vain.

Le samedi matin, Younger se réveilla dans sa chambre de sa maison de Back Bay. Ce n'était pas sa demeure natale – celle de ses parents –, il l'avait achetée après son retour à Boston, en 1911, à la suite de son divorce. C'était une belle construction, meublée de mobilier ancien de bon goût, avec des plafonds hauts et des pièces bien proportionnées. Il ne toucha pas à la pile de courrier qui s'entassait et sortit.

Ce qu'il aimait avant tout à Boston, c'est qu'il s'agissait d'une petite ville. Mais c'était aussi ce qu'il lui reprochait. Il alla jusqu'au jardin public, longeant des rangées de maisons semblables à la sienne, puis il s'assit sur un banc, au bord du lac. C'était si calme qu'il voyait les cygnes et les barques se refléter dans l'eau. Il prit une cigarette, mais s'aperçut qu'il n'avait pas d'allumettes. L'idée d'être à Boston et sans emploi l'agaçait.

Après son divorce, Younger s'était totalement immergé dans le travail, au point de passer jour et nuit au laboratoire, sous l'école de médecine de Harvard. À l'époque, il travaillait sur les agents infectieux microscopiques. Il s'était fait un nom en 1913 en isolant le tréponème pâle responsable de la syphilis dans le cerveau de patients morts de parésie générale, état que l'on croyait jusqu'alors dû à un problème psychiatrique. Il ne fréquentait personne et ne recherchait nulle compagnie.

Puis il se produisit quelque chose d'inattendu. Il imaginait que son divorce ferait de lui un paria, car même si la bonne société bostonienne ne condamnait pas ce genre de choses, elle ne la considérait pas d'un œil favorable. À l'inverse, sa cote grimpa de manière incroyable. Était-ce dû à sa position respectable à Harvard à la notoriété de sa prétendue liaison newyorkaise, ou peut-être davantage à un héritage qu'il avait fait du côté Schermerhorn, la famille de sa mère, soudain, Younger devint le meilleur parti de Boston et New York. Au début, il refusait toutes les invitations. Toutefois, après avoir joué les scientifiques reclus pendant deux ans, il se remit à sortir. À sa grande surprise, il aima cela.

Il donnait le bras à des jeunes femmes très en vue lors d'événements mondains. Il leur faisait le baisemain, dansait avec elles comme s'il les courtisait. Pourtant, il n'en était rien ; les jeunes filles comme il faut l'ennuyaient. Il leur préférait les actrices, et on l'avait vu à New York en leur compagnie. Au cours de toutes ces années, il n'avait eu que trois liaisons – auxquelles il avait très vite mis un terme, car il n'avait pas supporté longtemps la compagnie de ces femmes. Arriva un jour où il devint à la fois l'homme le plus convoité et le plus détesté des deux villes. Même les actrices finissaient par ne plus le supporter. Chaque année, il s'attendait à ce que les gens se rebellent contre lui et le mettent au ban de leur société. Mais le nombre de mères persuadées que leur fille serait celle qui saurait l'apprivoiser ne cessait de croître. En 1917, lors d'une soirée au Waldorf donnée en l'honneur d'une jolie débutante, Miss Denby, la mère insista tant pour qu'il danse avec sa fille qu'il prit un malin plaisir à danser avec toutes, sauf elle. Il s'enivra tant et si bien ce soir-là qu'il fut incapable de se rappeler comment il avait quitté le bal, et se réveilla le lendemain matin dans une chambre d'hôtel, avec une inconnue. Il s'agissait de Mrs Denby.

Une semaine plus tard, les États-Unis entraient en guerre. Il s'engagea aussitôt.

De retour chez lui, Younger trouva le courrier de l'après-midi. Il y avait une lettre de Colette. Il l'ouvrit sans attendre, debout dans l'entrée.

25-9-1920

Mon très cher Stratham,

Je ne puis consentir à ce que vous me demandez. Je me rends compte à présent que tout ce qui s'est passé depuis mon arrivée en Amérique est une suite de signes destinés à me faire comprendre que je dois retourner en Europe. Ce doit être la volonté de Dieu. Les promesses sont sacrées. Je dois honorer la mienne, même si je me trompai ou fus imprudente en la prononçant. Peut-être, une fois là-bas, m'apercevrai-je que j'ai commis une erreur. Mais c'est Dieu qui met en nous ces sentiments : de cela, j'en suis sûre. Je vous supplie de comprendre – et de venir avec moi. J'ai besoin de vous.

Bien à vous,

Colette

Cette missive le plongea dans la plus grande confusion. Pourquoi déclarait-elle avoir besoin de lui quand il était si manifeste que ce n'était pas le cas ? Était-ce son argent qu'elle voulait ? Il aurait préféré dans ce cas qu'elle le lui demandât directement.

En fouillant dans son courrier, il trouva aussi un relevé bancaire. D'un œil froid, il s'aperçut que la somme de six chiffres qui figurait autrefois sur ces papiers – avant qu'il achète la maison – était réduite à quatre, et qu'en outre le premier était un 1. Depuis qu'il avait touché cet héritage, Younger avait systématiquement versé ses salaires et soldes d'officier à diverses œuvres de charité de Boston. Il avait vécu sans songer à l'argent. Une fois cette fortune échue, il avait décidé qu'elle ne serait pas un fardeau pour lui.

Il savait qu'il donnerait à Colette l'argent pour payer le billet pour l'Europe, même s'il se rendait ridicule. Elle n'avait qu'à le lui demander. Il revêtit son habit de soirée et sortit. À la poste, il déposa sa réponse griffonnée à la hâte.

25 septembre 1920

Puisque c'est la volonté de Dieu, il faut Lui obéir.

Stratham

Lorsqu'il rentra chez lui le samedi soir, fatigué, frustré, Littlemore trouva sa femme dans un état de détresse profonde. Sa mère, petite femme robuste qui ne parlait qu'italien, se trouvait avec elle.

— Ils sont venus chercher Joey, s'exclama Betty en faisant référence à son frère.

— Qui ça, ils ? lui demanda son époux.

— Mais vous, la police.

Des membres des forces de l'ordre avaient en effet fait irruption au domicile du Lower East Side que l'homme partageait avec sa mère. Elle avait eu beau leur dire qu'il n'était pas là, ce qui était vrai car il était débardeur dans le port, ils avaient mis à sac l'appartement, saisi des journaux, des magazines et des lettres de parents restés en Italie.

— Ils ont dit qu'ils allaient l'arrêter et l'expulser.

— Quel genre de policiers c'était ? Que portaient-ils ?

Betty traduisit la question et sa mère leur expliqua qu'ils étaient vêtus de vestes sombres et portaient la cravate.

— Flynn, commenta Littlemore.

Le dimanche matin, Younger ne se réveilla pas frais et dispos. En fait, il ne se réveilla pas du tout parce qu'il n'avait pas dormi. Lorsqu'il rentra chez lui, mal rasé, la cravate en désordre, bien après l'aube, il se fit du café et décida qu'il était grand temps pour lui de se remettre au travail.

Il n'avait pas écrit d'article scientifique depuis 1917. Il n'avait même pas repris contact avec Harvard pour demander à réintégrer son poste de professeur. Toutefois, il conservait les notes prises au cours des expériences qu'il avait menées pendant la guerre. Il avait l'intention d'écrire un papier sur l'usage médical des larves de mouches bleues, et il lui restait une clientèle fidèle qui serait sans doute heureuse de revenir le consulter. Le moment était venu pour lui de reprendre pied dans la réalité.

Il alla dans son bureau et commença par mettre de l'ordre dans ses papiers et ses comptes.

Au crépuscule, il s'éveilla en sursaut – il s'était assoupi sur sa table – le cœur battant, entrevoyant encore la dernière image du rêve qu'il venait de faire. Colette était revenue tout de suite de son voyage en Autriche. Elle lui avait envoyé un câble : elle n'était plus amoureuse de Hans Gruber ; c'était lui, Younger, qu'elle aimait. Il l'attendait dans le port de Boston. Elle sortait du paquebot en courant à sa rencontre, mais en arrivant devant lui, elle s'arrêtait net, ses prunelles vertes rétrécissant d'horreur. Il allait en boitant jusqu'à un miroir. Là, il découvrait ce qu'elle avait vu. Pendant ses cinq semaines d'absence, il avait vieilli de cinquante ans.

En ce dimanche matin, Littlemore ne se rendit pas à la messe. Il n'alla pas non plus faire sa visite hebdomadaire à son père à Staten Island : il retourna au garage de la police, monta dans la voiture des ravisseurs et recommença à la fouiller de façon méthodique, bien qu'elle ait déjà été passée au peigne fin par ses collègues. Il fit toutefois une découverte. Profondément enfoncé dans un interstice entre un siège et un dossier, il extirpa un papier de la Western Union. Ce n'était pas un télégramme, mais un reçu, révélant juste qu'un message avait été envoyé quelque part par un client.

S'il avait disposé d'une douzaine d'hommes et de plusieurs semaines de délai, il aurait pu réussir à remonter la filière jusqu'au bureau qui avait émis ce reçu. Hélas, il ne disposait ni des uns, ni des autres. De plus, envoyer un télégramme ne constituait en rien une preuve à charge.

Le téléphone sonna chez Younger en ce dimanche soir. Il répondit tout en se maudissant intérieurement d'espérer que ce soit Colette. Ce n'était pas elle.

— Qu'est-ce que vous faites à Boston ? lui demanda Littlemore.

— Je vis ici.

— Je vous ai laissé des messages pendant tout le week-end au Commodore. Vous ne m'aviez pas dit que vous partiez.

— C'est vous qui m'avez demandé de ne pas vous prévenir au cas où je m'absenterais.

— Un point pour vous.

Puis le policier lui expliqua la tournure malencontreuse qu'avaient prise les événements :

— Drobac sort de prison demain après-midi. Désolé, doc. Et je suis inquiet. On dirait bien que son avocat sait tout un tas de choses sur Colette, comme par exemple le fait qu'elle habite à New Haven. Comment peut-il être au courant ? Ils doivent la faire suivre. À moins qu'ils aient un informateur à New Haven qui leur envoie des rapports. Je vais être très clair : quand Drobac sera sorti, je ne sais pas où Colette sera en sécurité. Je crois qu'elle et son frère devraient se cacher.

Younger raccrocha, attrapa au vol son pardessus et son chapeau, puis sortit pour aller régler quelques affaires. Lorsqu'il eut terminé, il envoya à Colette un télégramme à remettre d'urgence :

DEVEZ PARTIR MAINTENANT STOP DROBAC LIBÉRÉ DEMAIN STOP DANGER RÉEL STOP IL SAIT OÙ VOUS TROUVER STOP AI RÉSERVÉ POUR VOUS CABINE SUR LE THESS WELSHMAN QUI QUITTE NEW YORK LUNDI À 17 H 30 POUR HAMBOURG STOP LITTLEMORE VOUS ATTENDRA AVEC LES BILLETS STOP N'EN PARLEZ À PERSONNE

Comme c'était dimanche soir, Younger dut payer un prix exorbitant pour que son télégramme parte tout de suite et soit remis en main propre à l'arrivée. Hélas, le coursier de la Western Union, recruté à la hâte, était incapable de s'y retrouver au sein de l'université Yale, et il glissa le message sous la mauvaise porte.

En rentrant à son appartement, le dimanche soir après avoir travaillé tard au laboratoire, Colette trouva sa porte déverrouillée. Ce qui la perturba beaucoup. Elle avait dit à Luc de ne jamais oublier de la fermer à clef. Mais il ne l'écoutait plus du tout. Elle pénétra donc dans les ténèbres silencieuses. Il n'aurait pas dû faire si sombre, et l'absence totale de bruit lui parut anormale. Luc dormait-il déjà ? Il ne se couchait jamais tant qu'elle ne le lui avait pas demandé.

Il régnait une atmosphère humide, lourde, prégnante. Elle voulut allumer une lampe, mais ne trouva pas l'interrupteur. Puis elle entendit un bruit de gouttes – comme s'il pleuvait, mais à l'intérieur. Cela venait de la chambre.

— Luc ? appela-t-elle.

Pas de réponse. À l'aveugle, elle se rendit dans l'autre pièce, chercha le commutateur et alluma.

Il n'y avait personne. L'étroit lit du garçon était intact. Au plafond, des gouttes d'eau perlaient et tombaient, formant une flaque sur le sol.

À l'étage supérieur vivaient un doctorant en théologie et sa gentille épouse, qui souvent s'occupaient de Luc quand Colette était au travail. En réalité, l'enfant bénéficiait d'une invitation permanente à venir chez eux boire un verre de lait et grignoter des cookies – ce qu'il ne se privait pas de faire. La fuite venait sûrement de chez eux, et c'est là que Luc devait aussi se trouver, songea la jeune femme.

Elle emprunta l'escalier mal éclairé, cherchant à tâtons la rampe, puis grimpa à l'étage. Sous la porte, elle vit de la lumière. Elle frappa ; la porte s'ouvrit toute seule. Le petit appartement était bien éclairé, tout était calme et silencieux. La fenêtre du salon était entrebâillée et la brise agitait le rideau. Colette appela ses amis : pas de réponse.

Son cœur se mit à battre plus vite. À cette heure, ils auraient dû être là, comme tous les soirs. Colette entra dans la cuisine : elle était vide, toutefois, chose étrange, leur réfrigérateur n'était pas fermé. Puis elle entendit un bruit d'eau qui coulait. La salle de bains était séparée de la cuisine par une porte. La jeune femme baissa les yeux : de l'eau filtrait dessous. Elle l'ouvrit. Il n'y avait personne, mais on avait fait couler un bain, qui débordait. Colette ne ferma pas le robinet.

Au lieu de cela, sans raison, elle retourna dans le salon, tira le rideau et regarda dans la cour. Luc était là.

Debout sous un arbre, près d'un réverbère, un verre de lait dans une main, un cookie dans l'autre et, les yeux dans les yeux, il regardait une femme aux cheveux roux agenouillée devant lui. Elle avait les traits fatigués, tendus. Elle aurait pu être belle si ses yeux n'avaient exprimé une telle terreur, comme s'ils avaient vu ou s'apprêtaient à contempler quelque chose d'ineffable. Elle déboutonna sa robe et montra à l'enfant sa gorge et sa poitrine nue. Malgré les nombreuses rides sur son visage, ses seins étaient fermes, blancs, presque beaux. Luc lâcha son verre, qui tomba dans l'herbe sans se briser. Pendant quelques instants, le liquide blanc scintilla dans l'obscurité, à ses pieds, avant d'être bu par la terre. L'inconnue tendit les bras vers lui comme si elle voulait qu'il s'approche d'elle.

Depuis la fenêtre, Colette poussa un cri. Elle courut dans le couloir et dévala les escaliers. Quand elle déboucha enfin dans la cour, elle entendit d'autres voix, pleines d'alarme – mais c'était son nom à elle, qu'elles clamaient, pas celui de son frère. La femme sous l'arbre avait disparu.

Ces voix étaient celles de ses voisins du dessus, le doctorant en théologie et sa femme, qui, hors d'haleine, déclarèrent qu'ils avaient entre les mains un télégramme que Colette devait lire sur-le-champ. Ils étaient en effet chez eux lorsqu'un jeune étudiant était venu frapper à leur porte avec un télégramme de la Western Union qui lui avait été remis par erreur. Dès qu'ils l'avaient lu, ils avaient couru au laboratoire en demandant à Luc de ne pas bouger ; ils étaient partis si vite que le jeune homme avait oublié de fermer le robinet de la baignoire. Mais quand ils étaient arrivés au laboratoire, Colette était déjà partie.

Lorsqu'elle eut ramené son frère à la maison, lu le télégramme et que ses voisins furent rentrés chez eux, elle demanda à l'enfant :

— Est-ce qu'elle t'a touché ?

Il secoua la tête, puis il désigna son cou et fit des signes avec les mains que sa sœur comprit.

— Oui, je l'ai vue, moi aussi. L'aura.

Le capitaine Littlemore retourna à la bibliothèque de droit tôt le lundi matin. Il lui fallut plusieurs heures, mais il finit par dénicher ce qu'il cherchait. Fort de son nouveau savoir, il se rendit à l'hôtel Astor où Flynn, le chef du FBI, avait pris ses quartiers. En chemin, il acheta deux hot-dogs.

À l'Astor, il ignora les protestations d'une secrétaire et alla droit à la suite de Flynn. Devant la porte, deux de ses hommes montaient la garde. L'un d'eux se frotta la mâchoire en voyant approcher le policier.

— Il est là, Big Bill ? demanda Littlemore.

Ne recevant pas de réponse, il ajouta :

— Alors, je vais frapper, si vous n'y voyez pas d'inconvénient.

Les deux hommes l'arrêtèrent :

— Si, dit celui qui avait fait connaissance avec le capitaine devant chez lui.

— Pas de problème, répondit-il en entamant son hot-dog. Je reviendrai plus tard. Il faut que j'aille au tribunal, de toute manière. Pour demander un mandat d'arrestation. C'est vrai ça, vous avez vu ces soldats que Big Bill a placés devant le bâtiment du Trésor ?

Je vous dis ça à cause de la loi Posse Comitatus. Vous voulez un hot-dog ? J'en ai un en rab.

Les gardes le dévisageaient.

— Ben oui, la loi Posse Comitatus, c'est une loi fédérale qui dit que toute personne qui ordonne à l'armée américaine de se déployer sur le sol national pour faire respecter l'ordre enfreint la loi. Enfin, tout le monde sauf le Président, bien sûr. Alors, faites-moi plaisir, les gars, annoncez à Big Bill que le capitaine Littlemore de la police de New York reviendra à 5 heures avec un troupeau de journalistes et un mandat d'arrestation. Et aussi que la presse voudra savoir ce qu'il cache à l'intérieur du bâtiment.

Au quatrième étage de l'espèce de château gris et massif connu à New York sous le sobriquet de The Tombs, à 2 h 30 en ce mardi après-midi, l'instruction fut donnée d'ouvrir la porte d'une cellule de détention temporaire. Drobac avait encore des ecchymoses autour des yeux, et sa bouche était maintenue par un appareillage métallique qui entourait sa mâchoire et ses joues.

Un avocat fort bien vêtu, satisfait de la tournure que prenaient les événements, entra dans la cellule accompagné par le chirurgien qui avait opéré le prisonnier. Chacun voulut le prendre par le bras pour l'aider à se redresser, mais Drobac les repoussa et se leva seul.

Littlemore se tenait à bonne distance, à l'autre bout d'un couloir, mâchonnant un cure-dent, derrière une porte grillagée. Plusieurs gardiens et policiers s'affairaient autour de lui, dont Roederheusen et Stankiewicz. Younger, qui était arrivé de Boston le matin même, était aussi présent.

— Vous êtes sûr de vouloir assister à ça ? lui demanda le capitaine.

Le médecin hocha la tête.

Un peu plus loin, Drobac apparut, avançant à pas lents, sans assistance, le menton relevé bien haut. Suivaient l'avocat et le chirurgien, qui bavardaient entre eux.

— Dans ce cas, il va falloir me donner votre arme, dit le policier à voix basse.

— Quelle arme ? répondit Younger sur le même ton.

— Tout de suite.

Le médecin ne bougea pas. Une lumière oblique tombait sur Drobac et sa clique à mesure qu'ils approchaient.

— Les gars, saisissez-vous du Dr Younger, ordonna Littlemore en élevant légèrement la voix.

Il écarta un pan de la veste du médecin, en sortit un revolver et le remit à l'un des gardiens de la prison pour plus de sûreté.

— Désolé, doc. Passez-lui les bracelets.

En arrivant à la porte grillagée, Drobac vit qu'on menottait Younger. Leurs regards se croisèrent. Malgré sa mâchoire emprisonnée, il sourit.

— Ouvrez la porte, déclara Littlemore.

— Ne le laissez pas partir, s'exclama son compagnon, les mains attachées dans le dos, encore tenu par Stankiewicz et Roederheusen.

— Ouvrez.

Un des gardiens s'exécuta. L'avocat prit la parole :

— Merci, capitaine. Je suis heureux que notre petite conversation avec le maire ait porté ses fruits, mais je tremble en songeant à tous ces autres prisonniers indigents qui sont maintenus ici au mépris de leurs droits constitutionnels. Aimez-vous braver la loi, capitaine ? Veuillez signer le registre, s'il vous plaît.

Un employé lui tendit une espèce de cahier.

— Si votre client est si pauvre, répliqua le policier, qui vous paie vos honoraires, maître... ?

— Gleason. Je ne prends rien dans ce genre de cas, capitaine. C'est *pro bono publico.*

— Bien sûr.

— Ne le laissez pas sortir, interrompit Younger.

— Pas le choix, rétorqua Littlemore en signant le registre. C'est la loi.

L'avocat rangea avec joie son exemplaire du formulaire de décharge, puis ajouta à l'adresse du médecin :

— C'est donc vous qui avez presque battu à mort mon client. Nous allons vous poursuivre, vous savez.

Younger ne répondit rien.

— Ce doit être terrible, continua Gleason, de croire à tous ces fantasmes que vous entretenez. Que mon client est un tueur chevronné. Qu'il compte traquer cette jolie petite Française où qu'elle aille, de New Haven jusqu'à Hambourg, et jusqu'à l'autre bout du monde. Qu'une nuit il la trouvera, se glissera dans sa chambre et lui tranchera la gorge.

Le médecin se raidit, et les deux policiers qui le retenaient raffermirent leur étreinte.

— Pas si je le trouve le premier, répliqua-t-il.

— Capitaine, vous l'avez entendu ! glapit Gleason. Il a menacé mon client. J'exige qu'il soit remis derrière les barreaux. On ne peut laisser cet homme en liberté. Si vous refusez, capitaine, j'aurai votre tête.

— Dehors ! s'écria Littlemore.

— Très bien, si vous insistez, dit l'avocat en se retournant vers Younger. Mon client a passé dix jours en prison ; vous y resterez vingt ans.

Ces mots pétrifièrent le médecin. Ce n'était pas la menace voilée qui l'effrayait ; mais l'expression « dix jours » qui avait éveillé son attention.

— Littlemore, souffla-t-il tandis que Gleason menait Drobac vers la liberté. Demandez-lui de retirer sa chemise.

— Sa chemise ?

— Celui qui a enlevé Colette porte une marque sur la poitrine. Une marque rouge, en forme de tube à essai.

Le gardien planté au pied de l'escalier lança un regard incertain au capitaine, afin de déterminer s'il devait laisser passer ou non l'ancien prisonnier.

— C'est absurde ! s'exclama Gleason.

— S'agit-il d'une marque visible à l'œil nu ? s'enquit le chirurgien.

— Oui, affirma Younger.

— J'ai opéré Mr Smith, et je vous assure que je n'ai rien vu de tel.

— Dans ce cas, il peut retirer sa chemise sans crainte.

— Ne soyez pas ridicule, reprit l'avocat en passant devant le gardien pour ouvrir lui-même la porte de l'escalier. Vous avez entendu notre chirurgien. Mon client a été libéré. À présent, si vous voulez bien nous excuser…

— Littlemore, lança Younger.

Drobac s'apprêtait à emboîter le pas à son avocat qui lui tenait la porte.

— Retenez-le, ordonna le capitaine. Qu'il enlève sa chemise.

Une demi-douzaine de gardiens obligèrent l'ancien prisonnier à revenir dans le couloir, formant un cercle autour de lui.

— Vous n'avez pas l'autorité nécessaire pour ce genre de choses, déclara Gleason.

— Ça va, je peux le faire. Après tout, je n'ai rien à cacher, répondit Drobac, qui prenait la parole pour la première fois avec son accent d'Europe de l'Est, les fils de métal scintillant autour de sa tête.

Littlemore regarda Younger, dont un sourcil se releva.

Drobac retira tranquillement sa veste, fit glisser ses bretelles puis entreprit de déboutonner sa chemise blanche, sans jamais quitter son adversaire des yeux. Quand son torse apparut, tout le monde put la voir : à gauche, sous ses côtes, apparaissait une marque rouge qui avait en tout point la forme d'un tube à essai.

— Qu'est-ce que vous en dites ? fit le capitaine.

Drobac baissa les yeux, incrédule.

— Mais qu'est-ce que c'est que ça ?

— Une brûlure au radium, expliqua Younger. Elles mettent dix jours avant d'apparaître. La vôtre a été causée par le tube à essai que vous avez dérobé à l'hôtel Commodore et que vous avez rangé dans la poche de votre veste.

— C'est un outrage ! s'exclama l'avocat. Je rapporterai tout au maire.

— Remettez « Mr Smith » dans sa cage, lança Littlemore aux gardiens.

Le prisonnier, qui fixait toujours la marque rouge sur son torse, émit un grognement qui exprimait à la fois son consentement et sa condescendance.

— Ça ira, lâcha-t-il en reboutonnant sa chemise. Votre prison ? On dirait plutôt un hôtel.

— Ça tombe bien que ça vous plaise, parce que vous allez y rester un bon moment.

Drobac sourit à travers les fils de métal.

Une fois dehors, Littlemore rendit à Younger son revolver en l'invitant à le suivre à l'hôtel Astor où il avait rendez-vous avec les journalistes et le chef du FBI.

— On va bien s'amuser, déclara le policier. Avant qu'ils me virent.

Son compagnon déclina l'offre car il avait lui aussi un rendez-vous qu'il ne pouvait manquer.

— Dites-moi, doc, vous croyez à la prémonition ?

— Non.

— Je pensais à ce gars, Eddie Fischer. Tout le monde le traite comme s'il était fou, mais si c'était un vrai médium ? Il y a des gens qui croient à la prémonition ? Des scientifiques ? C'est comme vous, qui avez su que la bombe allait exploser à Wall Street juste avant que ça n'arrive. Comment vous expliquez ça ?

— Quelque chose dans l'air.

— Ça rappelle ce que dit Fischer quand il explique qu'il entend des voix.

— Si vous voulez entrer en contact avec des gens qui croient à ce genre de choses, allez voir la Société américaine de Recherche en Parapsychologie. Leurs bureaux sont à New York. Ils sont très fiables. Demandez à voir le Dr Walter Prince.

— Merci, j'irai jeter un coup d'œil.

Ils demeurèrent un moment silencieux.

— Au fait, désolé pour les menottes. Simple protocole. Je savais bien que vous n'alliez pas le descendre.

— Je l'aurais tué.

— Nom d'une pipe, doc, vous ne pouvez pas faire ça ! La guerre est finie.

— Peut-être qu'elle ne finit jamais. Peut-être que certains cessent juste de se battre.

— Bien sûr. Ou peut-être que vous aviez juste envie de tuer quelqu'un.

— Peut-être.

Ils se serrèrent la main et prirent congé. Le taxi de Younger venait de démarrer quand un autre véhicule s'arrêta devant le policier. C'était une Packard noir et or. Au même moment, deux costauds sortirent de la prison et se dirigèrent vers Littlemore. À l'arrière, la fenêtre de la voiture s'ouvrit.

— Voulez-vous monter, capitaine ?

— Tout dépend à qui j'ai affaire.

L'un des deux hommes posa la main dans le dos du policier pour le pousser dans le véhicule, tout en écartant un pan de sa veste pour lui montrer qu'il était armé.

— C'est censé me faire peur ? déclara Littlemore.

Au même instant, d'un geste véloce, il s'empara du revolver et le pointa sur le menton du gorille tout en dégainant sa propre arme pour tenir en respect le second gaillard.

— Mais où est-ce qu'ils vous entraînent, au FBI ?

— Je vous en prie, baissez vos armes, fit la voix à l'intérieur du véhicule. Je vous assure que cela n'est pas nécessaire. Ces hommes ne travaillent pas pour le FBI mais pour moi.

— Et vous êtes ?

— Secrétaire.

— Quel secrétaire ?

— Disons du Président Wilson. Je m'appelle David Houston. Je suis secrétaire au Trésor. Je vous en prie, montez, capitaine. Il est une chose dont j'aimerais m'entretenir avec vous.

Littlemore accepta.

Au port, Younger retrouva Colette et Luc qui attendaient sur le quai près du paquebot *Welshman*. Près d'eux, trois valises de cuir marron usées, fatiguées. Déjà la température baissait ; ce serait une fraîche soirée d'automne. Les passagers commençaient à embarquer.

Après s'être salués, Colette raconta les événements de la soirée de la veille.

— C'est étrange. Quand je l'ai vue, d'abord, j'ai eu peur, mais ensuite, j'ai eu le sentiment qu'il n'y avait rien à craindre. Je ne m'attendais pas à vous voir, poursuivit-elle après un silence, en repoussant une mèche. Le télégramme disait que Jimmy viendrait.

Younger acquiesça et lui tendit les billets.

— Ils l'ont donc laissé sortir de prison ? Le tueur ?

— Non, ils l'y ont remis. Et il n'en sortira pas avant un long moment. Cela n'a pas d'importance. Vous devez prendre ce bateau.

— Vous… fit-elle en baissant les yeux.

— Nous avons pris un mauvais tournant, il y a longtemps. Tout est ma faute. C'est mieux ainsi. Je doute que votre soldat vous mérite, mais vous avez le droit de le découvrir par vous-même.

— Ces tickets sont pour Brême, pas pour Hambourg, remarqua-t-elle en les examinant.

À son arrivée au port, une heure plus tôt, Younger avait racheté des billets sur un autre navire, le *George Washington*. Gleason, l'avocat de Drobac, semblait en effet savoir que la jeune femme partait pour Hambourg. Cela signifiait que ses poursuivants s'attendaient à la voir monter à bord du *Welshman*.

— C'est une cabine de première classe, ajouta-t-elle en regardant toujours les tickets. Nous n'avons pas besoin d'un tel confort.

Younger lui remit deux autres enveloppes.

— Dans celle-ci, vous trouverez de l'argent liquide pour le voyage. Dans celle-là, une traite sur mes comptes en Angleterre que vous pourrez échanger dans n'importe quelle banque à Vienne. Acceptez-les. Vous ne pouvez vivre de l'air du temps.

Elle secoua la tête et tenta de lui rendre les enveloppes, mais il refusa. Il s'accroupit et tendit la main à Luc. Après un instant d'hésitation, l'enfant l'imita.

— Il a réussi. Ruth a fait son cinquantième *home-run*. Et le cinquante et unième.

Le garçon hocha la tête. Il le savait déjà.

— Prends soin de ta sœur. Toutes les filles ont besoin qu'un homme veille sur elles, acheva-t-il en lui lançant un clin d'œil.

Au milieu des soldats, le secrétaire Houston grimpa les marches qui menaient à l'intérieur du bâtiment du Trésor, Littlemore sur les talons. C'était un homme de belle prestance d'une cinquantaine d'années, dont les rides aux commissures des paupières suggéraient une affabilité que tout le reste de sa personne contredisait, en particulier l'intelligence suave mais froide que laissait transparaître sa voix. Le policier le suivit par la rotonde, puis différents escaliers. Près de chaque porte, de chaque marche, un soldat montait la garde.

Ils pénétrèrent dans un sous-sol et aboutirent à une porte en forme d'arche, si basse qu'ils durent se courber pour la franchir. De l'autre côté, Houston appuya sur un interrupteur ; une faible lumière les éclaira. Ils se trouvaient dans une vaste salle basse de plafond, remplie de piles de briques entassées avec soin les unes sur les autres, d'un jaune sombre, qui scintillaient.

Houston fit faire le tour à Littlemore, comme s'il le menait à travers une bibliothèque trop remplie où l'on aurait juste laissé la place de passer à une personne. Le dédale semblait s'étendre à l'infini.

C'était des lingots, de l'or pur, aussi loin que portait le regard.

— Prenez-en un, capitaine.

Littlemore saisit le premier de la pile la plus proche. C'était extraordinairement lourd.

— Vingt livres, commenta Houston. Il n'existe pas de stock d'or plus important au monde. Il n'y en a jamais eu. Ni à la Banque d'Angleterre, ni dans le palais du Grand Turc, ni dans la tombe de l'Inca. Vous avez sous les yeux les richesses de la Réserve fédérale des États-Unis d'Amérique, sur lesquelles reposent le crédit de votre gouvernement, la valeur des billets que vous avez en poche, et enfin celle des liquidités de toutes les banques de ce pays. Avez-vous la moindre idée de la quantité d'or que contient cet endroit ?

— Moins qu'au matin du 16 septembre.

— Très astucieux. Depuis quand le savez-vous ?

— J'ai vu un de vos gardiens mort à l'extérieur, il tenait un lingot entre les mains. J'ai compris que vous aviez été cambriolé quand j'ai découvert que vous aviez tenté d'effacer son nom de la liste des victimes.

— Certes, nous avons eu la main lourde, concéda-t-il en inspirant profondément. La valeur des lingots qui sont enfermés ici atteint environ neuf cents millions de dollars. Imaginez ça. La bombe, les morts, toute cette incalculable douleur, oui, tout ça pour cambrioler une banque.

— Voilà pourquoi Flynn a fait intervenir l'armée.

— Ce n'est pas lui, annonça-t-il avec un geste découragé. C'est un fanfaron. C'est moi qui ai donné les ordres, et je sais bien que j'ai enfreint la loi. Mais c'eût été criminel de ne pas procéder ainsi. Le Président n'est pas… en possession de ses pleines capacités, vous savez.

— Pourquoi m'avez-vous amené ici, Mr Houston ?

— Parce que nous ne pouvions pas vous laisser dire à la presse que le Trésor américain avait été cambriolé.

— Combien ont-ils pris ?

— Oh, ce n'est pas le montant en dollars qui compte. L'or ne tire pas sa valeur du fait que quelqu'un peut vous l'échanger contre des dollars, capitaine. Le dollar en revanche tire sa valeur du fait que l'État peut vous l'échanger contre de l'or. La véritable valeur du métal jaune est psychologique. Il est précieux parce que les hommes le croient précieux. Et c'est pour cela que les citoyens ont confiance dans un gouvernement qui possède beaucoup d'or – ou dont on croit qu'il en possède beaucoup. Nous pourrions perdre tout ce qui dort dans ces caves, si personne ne le savait, les gens continueraient d'investir dans nos bons du Trésor, ils mettraient leur argent à la banque, les transactions se feraient toujours en dollars, etc. À l'inverse, nous pourrions avoir conservé jusqu'au moindre lingot, si les gens pensaient que notre or n'est pas en sécurité, nous pourrions assister à une panique financière qui ferait ressembler celle de 1907 à un jeu d'enfants.

— Comment s'y sont-ils pris ?

— Vous avez vu le bâtiment neuf, adjacent à celui-ci, l'immeuble de la Monnaie ? Dans les fondations, nous avons creusé de nouveaux sous-sols, beaucoup mieux adaptés que ces vieilles caves moisies. L'or est en cours de transfert. Nous avons trouvé un moyen d'éviter que les lingots passent par l'extérieur.

— Un tunnel ?

— Non, un pont. Une passerelle, plus exactement.

— Au-dessus de la ruelle qui sépare les bâtiments. J'ai vu les portes en hauteur, acquiesça le policier.

— C'est cela. La passerelle relie les premiers étages de chacun des bâtiments. Elle a été conçue spécialement pour transférer l'or. Triple renforcement pour supporter le poids du métal. Avec une sangle mobile automatique pour faciliter le mouvement. Et tout cela, sans jamais exposer le moindre lingot au monde extérieur. Enfin, c'est ce que nous pensions.

— Vous étiez en plein transfert, le 16 ?

— Tout à fait. C'était un secret bien gardé. Enfin, censé l'être. Quelqu'un était au courant, bien sûr. Les ouvriers, à l'intérieur, ont bien réagi. Dès qu'ils ont entendu l'explosion, ils ont fermé les portes de chaque côté de la passerelle, comme on le leur avait appris. Nous n'avons perdu que l'or qui était en cours de transfert quand la passerelle incendiée s'est effondrée.

Les voleurs devaient avoir un camion à disposition dans la ruelle.

— Combien vous a-t-on dérobé ?

— Nous ne savons pas très bien. Il faut du temps pour recompter 138 000 lingots. Outre l'or, j'ai perdu un homme – celui dont nous voulions rayer le nom de votre liste. Peut-être s'est-il rendu sur la passerelle pour sauver les lingots ?

— Mais dites-moi, si cet attentat a été commis dans le but de dissimuler un vol, pourquoi Big Bill Flynn fait-il la chasse aux anarchistes ?

— Presque personne ne connaît la vérité, capitaine. Le sénateur Fall, par exemple, ignore tout. Flynn aussi.

Littlemore réfléchit un instant.

— Vous craignez qu'il y ait des fuites au FBI.

— Seule une poignée de personnes connaissaient la date du transfert. Il y avait certains membres du FBI. Quelqu'un nous a trahis.

— Ça pourrait être un employé du Trésor. Comme Riggs.

— C'est une possibilité.

— Vous devez quand même savoir à peu près combien ils ont volé.

— Oui, plus ou moins. Ce n'est pas grand-chose. Même si nous ne récupérions jamais l'or, nous nous apercevrions à peine de sa disparition. Disons qu'ils ont emporté entre cinq et six cents lingots.

— Ce qui fait combien, en dollars ?

— Autour de quatre.

— Quatre cent mille ?

— Quatre millions.

Ses paroles restèrent en suspens dans l'air un moment, leur écho se propageant.

— Qu'attendez-vous de moi, monsieur le secrétaire ?

— Eh bien, je vous demande juste de ne pas ébruiter ce vol auprès de la presse. Il ne serait pas bon que le public apprenne que le Trésor américain n'est pas inviolable – et encore moins que certains des serviteurs de l'État travaillent à piller l'or national. Cela ne serait pas bon du tout.

— Trop tard. J'ai déjà dit à certains journalistes qu'il y avait quelque chose de très intéressant dans les sous-sols du Trésor. Et que ça avait à voir avec les lingots.

— Je le sais. Nous avons reçu des demandes de renseignements. Jusque-là, ça va. Cela ne me gêne pas de leur révéler que l'or est ici. Ni même que nous le transférons dans le bâtiment de la Monnaie. J'ai l'intention de glisser que mes hommes ont fait leur pause déjeuner juste avant l'explosion. C'est très simple. Il était midi, ils avaient fermé les portes de la passerelle pour aller déjeuner. Ils ont entendu la déflagration. Et c'est tout. Une coïncidence. L'important est qu'il n'y ait eu ni vol, ni problème de sécurité, ni aucune disparition de lingot d'or. Juste une pause déjeuner.

— Vous pensez vraiment qu'ils vont gober ça ?

— La crédulité des gens ne cesse de me surprendre, capitaine. Si tout le monde dit la même chose aux journalistes, tout ira bien. Surtout si c'est vous qui leur dites. Vous rendriez service à votre pays.

Littlemore évalua la demande de Houston.

— Dans ce cas, je veux suivre votre enquête : qui savait que l'or allait être transféré ; tout ce que vous avez sur Riggs ; et qui revend des lingots au marché noir.

— Pourquoi pas ? Vous pourriez nous être utile. Et puis, à la différence de mes enquêteurs, vous au moins, vous n'êtes pas suspecté.

— Encore une chose. Je ne veux plus avoir Flynn sur le dos. Si jamais un de ses hommes approche encore la famille de ma femme, je balance tout à la presse.

— Ce sera plus difficile. Je n'ai aucun contrôle sur le FBI.

— Alors, je ne marche pas.

Littlemore remit son chapeau et donna une pichenette sur le bord. C'était au tour de Houston d'évaluer ses possibilités.

— Considérez que c'est fait, conclut-il. Je dois m'entretenir dès ce soir avec le général Palmer.

Colette ne dit pas un mot. Elle se retourna et fit signe à un porteur qui installa en un tour de main les trois pauvres valises sur son chariot puis démarra. La jeune femme et son frère lui emboîtèrent le pas, à travers la foule.

Younger alluma une cigarette et, au-delà du *Welshman,* contempla le *George Washington*, ce qui réveilla en lui une kyrielle de souvenirs. Autrefois, c'était un fier navire. Il avait amené Freud en Amérique. Woodrow Wilson en Europe. Et Dieu sait combien de rois, de reines et de chefs d'État. À présent, il ne servait plus qu'aux liaisons commerciales. La grandeur jamais ne demeure.

Colette s'arrêta. Elle se retourna, fendit la foule et courut jusqu'à lui.

— Je suis trop idiote. Je ne pars pas ! s'exclama-t-elle.

— Montez à bord. Vous le regretterez, vous vous en voudrez le reste de votre vie si vous ne le faites pas.

Le paquebot poussa un rugissement assourdissant. Les mouettes s'envolèrent. L'appel aux passagers retentit.

Elle appuya son visage contre sa poitrine.

— Allez-y, lui intima-t-il. Ce ne sera pas si dur. Vous pourrez pleurer sur mon épaule quand nous arriverons à Vienne.

Elle le regarda, surprise ; il la fixa en retour.

— Vous n'êtes pas sérieux ?

— Et pourquoi ne viendrais-je pas ? C'est moi que vous aimez, pas Heinrich.

Elle ne le contredit pas. Il poursuivit :

— Si je vous laisse partir seule, vous seriez capable d'épouser un repris de justice. Ne croyez pas que je fasse le voyage pour vous. C'est pour Heinrich que je suis inquiet. Vous ne lui rendrez pas service en l'épousant alors que vous en aimez un autre. Ça le tuerait. Lentement mais sûrement. Et puis, dit-il en sortant de sa poche une autre carte d'embarquement, mes bagages sont déjà à bord.

Colette poussa un immense soupir de soulagement, qui s'exhala à travers tout son corps, et elle lui adressa son sourire le plus irrésistible. Quand le navire largua les amarres, pour se diriger vers la haute mer, ils débouchèrent une bouteille de champagne. Même Luc eut droit à une petite goutte.

TROISIÈME PARTIE

DOUZE

Les États-Unis auraient dû être en fête, en cet automne 1920, résonnant de sifflets et de joyeuses fanfares. En effet, les Américains élisaient un nouveau Président et l'excitation liée à ce genre d'événement aurait dû être décuplée car, pour la première fois, les femmes aussi votaient. On aurait même pu croire que l'un des principaux candidats – le sénateur républicain Warren G. Harding – avait été désigné exprès pour les séduire.

En effet, son succès auprès de la gent féminine n'était plus à démontrer. C'était un fait établi. Il avait une épouse loyale âgée de 61 ans, une ancienne maîtresse de 47 ans, une plus récente de 30 ans, et une jeune flamme de 24 ans encore folle de lui.

— Heureusement que je ne suis pas une femme, parce que je ne sais pas dire non, se plaisait-il à déclarer.

Sur le plan politique, Harding ne pouvait se targuer d'une grande réussite, mais ses cheveux argentés, son sourire éblouissant, ses sourcils foncés, son regard impérieux et son menton prononcé en faisaient indéniablement un homme de stature présidentielle.

Pourtant, la campagne se traînait. Le malaise s'emparait des gens au moindre rassemblement populaire. Arrestations et expulsions allaient bon train ; malgré tout, l'attentat de Wall Street n'avait toujours pas été élucidé. Les puissants – les riches, les gouverneurs, les sénateurs – demandaient que les troupes soient de nouveau mobilisées. Les journaux réclamaient la guerre. Le nuage de fumée et de flammes qui s'était refermé sur Wall Street en ce 16 septembre ne s'était pas dissipé. Son ombre s'étendait maintenant sur tout le pays.

Le 27 septembre, alors que Colette et Younger quittaient les États-Unis, la presse rapportait que le dictateur soviétique Lénine avait réussi à infiltrer ses agents dans le pays pour fomenter des révoltes ouvrières, semer la terreur et la révolution. À Boston, les chauffeurs de taxi s'étaient soulevés et on avait assisté à une ruée vers les banques. En Alabama, des soldats armés de mitraillettes avaient empêché des mineurs de faire grève. Le troisième candidat en termes de popularité, Eugene Debs, ne cachait pas qu'il était socialiste, mais par chance, il était en prison car en 1918 il avait osé remettre en question la pertinence de l'entrée en guerre de son pays. En plus de tout cela, la prohibition asséchait le gosier des travailleurs, et le souvenir de l'attentat du 16 septembre faisait presser le pas aux citadins. Le pays retenait son souffle – et il ne savait même pas pourquoi.

À Manhattan, dans la 14e Rue, entre la 5e et la 6e Avenue, les Littlemore s'étaient lancés dans une querelle domestique tardive. Les choses avaient commencé dans la cuisine, pour se terminer dans la rue.

Le cadre extérieur semblait plus favorable à monsieur. À l'intérieur, il était ardu d'éviter les objets qui volaient dans sa direction – des projectiles pas très lourds pour la plupart – et lancés sans grande précision par madame.

Betty ne partageait pas du tout l'enthousiasme de son mari à l'idée de se rendre à Washington, où ce dernier avait accepté le poste offert par le département du Trésor. Ils avaient des enfants scolarisés, soulignait-elle. Toute leur famille habitait New York. Dont sa mère et son frère. Sans parler de leurs amis. Comment pourraient-ils, du jour au lendemain, rassembler leurs affaires et partir vivre ailleurs ?

Au bout d'un moment, Jimmy cessa de répondre à ses questions. Il se contenta de gratter le sol du bout de sa chaussure jusqu'à ce que sa femme se taise.

— Je suis désolé, Betty, j'aurais dû t'en parler d'abord.

— Tu veux vraiment ce poste, pas vrai ?

— On peut dire que j'ai attendu ça toute ma vie.

Elle sortit de sa poche une feuille de papier repliée qu'elle lui tendit.

— C'est arrivé aujourd'hui. C'est le devis pour l'opération de Lily.

La petite fille, âgée de dix-huit mois, était née avec une atrésie des canaux de l'oreille externe. En d'autres termes, au cœur de ses jolies petites oreilles en apparence parfaites, là où il aurait dû y avoir une ouverture, une membrane barrait l'accès, masquant sans doute la présence d'un os. L'enfant sentait les bruits, mais si on voulait qu'elle puisse entendre et apprendre à parler correctement, il faudrait avoir recours à la chirurgie, et cela sans tarder. Ce qui signifiait faire appel à un spécialiste. Or, les spécialistes coûtaient cher.

— Deux mille dollars, pour faire un petit trou ?

— Deux mille dollars par oreille, corrigea Betty.

Littlemore relut la lettre, sa femme avait raison, comme toujours.

— Le problème est réglé. Il faut que j'accepte ce poste. Je serai payé le double.

— Jimmy, c'est tout le contraire. Où que tu travailles, nous n'aurons jamais quatre mille dollars. Il va falloir la placer dans une école spécialisée. Il faut que nous nous mettions dès à présent à utiliser la langue des signes. Il y a justement une école parfaite pour ça sur la 10e Rue. Elle est gratuite. Et c'est la seule du pays.

Le capitaine fronça les sourcils. Il regarda la 14e Rue, les grands bâtiments majestueux à l'angle des avenues, les immeubles plus modestes, qui les séparaient, où il avait son propre appartement.

— Très bien. Je vais refuser leur offre.

Dès que Betty remportait une querelle, elle se radoucissait et ne pouvait s'empêcher d'adopter le point de vue de son mari.

— Peut-être qu'on peut se débrouiller pour ne pas avoir à déménager ?

— C'est vrai, acquiesça son époux avec espoir. Il y aura beaucoup de travail sur place, à New York.

Ils décidèrent donc que Littlemore demanderait à Houston de se partager entre New York et Washington. Le secrétaire au Trésor s'avéra fort accommodant. Le capitaine aurait un bureau au département du Trésor, à Washington. À Manhattan, il travaillerait à Wall Street, dans leurs autres locaux. Le gouvernement fédéral lui rembourserait même ses déplacements.

L'homme qui, en ce dimanche soir d'octobre 1920, sortit de la gare de Union Station, dans le district de Columbia – la plus grande gare du monde à son inauguration, avec sols de marbre et plafonds à caissons dégoulinant de dorures à la feuille, qui culminait à trente mètres de hauteur –, se retrouva sur une immense place pas encore aménagée, au milieu de laquelle une fontaine servait de rond-point à quelques voitures qui roulaient sans respecter la moindre file ni panneau de signalisation, dans des nuages de poussière. Sur un terrain adjacent, des hommes jouaient au base-ball. De l'autre côté de la place, s'élevaient quelques dortoirs temporaires, construits à la va-vite pendant la guerre.

Jimmy Littlemore eut l'impression qu'il quittait la civilisation pour pénétrer des territoires inexplorés. À trois rues de là, se dressait le Capitole, au dôme carmin dans le soleil couchant – encore une structure monumentale cernée par un terrain vague. Sa valise dans une main, sa serviette dans l'autre, le capitaine observa le célèbre bâtiment avec un fort sentiment de respect. C'était la première fois qu'il venait à Washington, et en bon New-Yorkais, il s'attendait à trouver une foule de taxis aux portes de la gare, se battant pour charger un client. Or, il n'y en avait pas un seul en vue.

Tandis qu'il se demandait comment il allait bien pouvoir se rendre à son hôtel, le policier remarqua une voiture noire qui stationnait tout près de là. Une grande blonde appuyée à la portière tirait sur un fume-cigarette. Elle avait la trentaine, portait un tailleur strict à la jupe très ajustée, et elle était d'une beauté renversante. Dès qu'elle vit Littlemore, elle vint à sa rencontre, avec une telle allure que tous les hommes se retournèrent sur son passage.

— James Littlemore, je suppose ? De New York ?

— C'est ça.

— Vous êtes exactement tel qu'on vous avait décrit.

— Et comment m'ont-ils décrit ?

— Comme un bleu. Vous êtes en retard. Je vous attends depuis presque une heure.

— Et vous êtes ?

— Je travaille pour le sénateur Fall. Il veut vous voir à son bureau dès demain. À 4 heures.

— À 4 heures ?

— Oui, et ne soyez pas en retard, cette fois. Bonne chance, le New-Yorkais.

Tandis qu'ils parlaient, le véhicule s'était rapproché d'eux. Le chauffeur sortit subrepticement de la voiture pour ouvrir la porte à la blonde. Elle monta, laissant entrevoir un instant ses jambes avant de disparaître à l'intérieur.

— Dites, madame, lui demanda Littlemore par la fenêtre ouverte, vous croyez que vous pourriez me déposer à mon hôtel ?

— Où descendez-vous ?

— Au Willard.

— Pas mal.

— C'est le secrétaire Houston qui m'a réservé la chambre.

— Pas mal du tout.

Elle fit signe au chauffeur, qui démarra.

— Alors, vous m'emmenez ?

— Désolée. Ça ne fait pas partie de mes attributions.

Le véhicule s'éloigna dans un nuage de poussière orange brûlée qui se déposa sur le costume de Littlemore. Il secoua la tête et demanda à des passants s'ils connaissaient l'hôtel Willard. L'un d'eux lui désigna une direction vers l'ouest, et le policier partit dans le soleil couchant, qui projetait derrière lui une ombre étirée.

Le lendemain matin, le secrétaire Houston en personne lui accrocha son insigne et lui fit prêter le serment qui l'intronisait agent spécial au service du Trésor des États-Unis. Ils se trouvaient dans le bureau de Houston, le plus luxueux que Littlemore ait jamais vu. Des miroirs à cadre doré surmontaient des cheminées de marbre. Des rideaux au drapé élégant encadraient les fenêtres, et se fermaient au moyen de cordes de velours. Au plafond, enfin, étaient peints les cieux.

— Dans ce bureau, Lincoln venait consulter son propre secrétaire au Trésor, Salmon P. Chase.

Quand on l'enjoignit à jurer sur les lois des États-Unis, Littlemore demanda s'il pouvait faire une exception dans le cas du Volstead Act – la loi sur la prohibition –, ce que ne goûta guère le secrétaire Houston. Lorsqu'il prêta serment de soutenir et de défendre la constitution des États-Unis, la voix du policier se mit à trembler. Il aurait voulu que son père soit là.

— Et maintenant, je vais vous faire visiter les lieux, agent spécial Littlemore, lui dit son nouveau chef.

Les attributions du département du Trésor étaient étonnamment étendues. Houston lui montra avec fierté l'immense bureau des recettes internes, l'unité anti-contrefaçon, le bureau de la gravure et de l'imprimerie, celui de l'application de la loi sur la prohibition, et enfin, une élégante et spacieuse salle pavée de marbre avec une rangée de guichets le long d'un mur, chacun protégé par une vitre et une grille épaisse.

— C'est ici que le Trésor échange les billets contre des pièces. Nous l'appelons la salle de l'argent. Montrez-moi ce que vous avez dans vos poches, Littlemore.

— Voyons voir. J'ai une pièce de trois cents, quelques-unes de dix et un billet de cinq dollars.

— Seules les pièces constituent de l'argent en soi. Votre billet ne compte pas.

— Vous voulez dire que c'est un faux ?

— Non, mais sa valeur est différente. C'est une promesse. Vous la trouverez écrite au dos en tout petit, entre Christophe Colomb et les Pères Pèlerins. Lisez : vous voyez, là où il est écrit « échangeable » ?

Le nouvel agent spécial lut l'inscription :

— « Ce billet est échangeable contre de l'or en s'adressant au département du Trésor des États-Unis à Washington, district de Columbia, ou bien en or ou en pièces dans n'importe quelle banque de la Réserve fédérale. »

— Sans ces mots, ce billet ne vaudrait rien. Aucun commerçant ne l'accepterait, aucune banque non plus. Un billet de cinq dollars, c'est une promesse du gouvernement américain de donner la valeur équivalente en or à toute personne qui le présentera ici, au Trésor des États-Unis, dans la salle de l'argent.

— Ça ne se bouscule pas au portillon, constata Littlemore en désignant les deux seuls clients présents aux guichets.

— Et il doit en être ainsi, répondit Houston en se remettant en marche, guidant son nouvel employé à travers un long couloir. Nul n'a de raisons de vouloir échanger ses billets contre de l'or – enfin, tant que tout le monde croit pouvoir le faire. Mais imaginez que les gens se mettent à craindre que nous n'ayons pas assez de réserves d'or pour rembourser tous leurs billets. Selon vous, en possédons-nous assez ?

— Ce n'est pas le cas ?

— Si tous les billets en circulation à travers les États-Unis étaient rapportés en même temps, le gouvernement serait impuissant, ruiné, comme une banque au beau milieu d'une panique financière. Le système est basé sur la confiance. Imaginez une file de personnes inquiètes qui se présentent ici pour encaisser leur or. Imaginez que la file se mue en foule. Puis que la foule se mue en toute une nation, tapant du pied pour avoir sa part avant que les réserves ne soient épuisées. Le gouvernement serait obligé de proclamer la banqueroute. Il n'y aurait plus de prêts. Les usines fermeraient. Toute l'économie s'arrêterait. Quant à ce qui se passerait ensuite, on ne peut que conjecturer. Peut-être que les États redeviendraient indépendants.

— Je vois pourquoi vous ne voulez pas que cette histoire de vol soit rendue publique, Mr Houston.

— Vous avez donc compris mon point de vue. Nous sommes arrivés, voilà votre bureau, Littlemore. Il est petit, mais vous aurez votre propre téléphone, et accès à tous les dossiers. Voici la clé. Vous y trouverez tous les documents qui concernent le transfert de l'or entre le bâtiment du Trésor, à Manhattan, et l'immeuble voisin de la Monnaie – comment la passerelle a été construite, qui s'en est chargé, comment tout a été planifié, etc. Vous êtes le seul autorisé à les consulter. Compris ?

— Oui, monsieur.

— Et je veux un rapport complet sur votre entretien avec le sénateur Fall, cet après-midi, ajouta-t-il en baissant la voix. Rappelez-vous, Littlemore, à Washington, c'est moi que vous servez, pas lui.

En chemin vers le Sénat, cet après-midi-là, le nouvel agent spécial s'autorisa à jeter un coup d'œil aux monuments de la capitale fédérale. À côté du grand obélisque solennel, il eut la surprise de constater qu'on avait installé des bains publics. De là, il poursuivit par le Mall, vaste étendue herbue, rectiligne, flanquée de bâtiments majestueux, menant au Capitole. Il imagina de belles dames et de beaux messieurs en train de flâner, de petits chiens en laisse trottinant derrière eux – mais en réalité le Mall était désert.

Au croisement de la 1re Avenue et de la Rue B, c'est-à-dire à l'adresse du Sénat, il découvrit un petit hôtel sans intérêt jouxtant les abords mal entretenus du Capitole. Il ne s'inquiéta pas. Il savait déjà que le plan paradoxal de la ville donnait la même dénomination à quatre carrefours, chacun situé à proximité d'un des quatre côtés du Capitole. Littlemore prit donc au sud, vers une autre intersection. Là, il découvrit des maisons de bois en mauvais état, collées les unes aux autres et flanquées seulement d'un chemin de terre. Des ordures constellées de mouches jonchaient la chaussée, et des relents d'égouts à ciel ouvert vous assaillaient les narines. Sous les porches des maisons étaient assis des Noirs. Il n'y avait pas un Blanc à part Littlemore. Les moustiques étaient partout. Il en écrasa un entre ses mains, et quand il les écarta, au beau milieu apparut le grand dôme du Capitole des États-Unis.

Il avait bien fait de quitter le Trésor à 3 heures. Quand il pénétra dans la rotonde du bâtiment du Sénat

– haut de deux étages, ceint de colonnes corinthiennes, chaque paroi, luisant de marbre blanc et de chaux, inondée par la lumière naturelle provenant de l'oculus de verre situé au sommet du dôme richement décoré – il était 4 heures moins deux minutes.

Albert B. Fall, sénateur du Nouveau-Mexique, blanchi par les années, était un gaillard de 60 ans à la moustache tombante, qui buvait sec. Pour sortir, il aimait porter un grand chapeau de cow-boy, qui jurait avec son costume trois-pièces et son nœud papillon très comme il faut. Ses quartiers étaient luxueux. Quand Littlemore entra, Fall travaillait son putt, essayant d'envoyer des balles de golf dans une bouteille de lait vide, à une dizaine de mètres. Il ne cessait de manquer sa cible.

— Agent spécial James Littlemore, déclara-t-il sans s'interrompre.

Il avait une voix de stentor, du genre qui porte aussi bien dans une assemblée en plein air que dans une chambre législative.

— Heureux de faire votre connaissance, mon garçon. J'ai beaucoup entendu parler de vous. Que pensez-vous de Washington ?

— Les bureaux sont grands.

— Les grands hommes obtiennent de grands bureaux. C'est comme ça. Qu'avez-vous en tête ?

Littlemore s'apprêtait à lui rappeler que c'était lui, le sénateur, qui l'avait fait venir, et non l'inverse, mais la question s'avéra purement rhétorique.

— Eh bien, je vais vous le dire, continua Fall. Vous êtes en train de vous demander : pourquoi ce sénateur dans son grand bureau veut-il donc me voir ?

— C'est à peu près ça.

— Eh bien, je vais vous le dire : je veux que vous me teniez au courant des progrès de votre enquête.

Littlemore ouvrit la bouche pour répondre.

— Ne me dites rien maintenant, mon garçon, coupa Fall. Je ne vous ai encore rien demandé. De toute manière, je sais bien ce que vous allez me rétorquer : « Désolé, monsieur le sénateur, mais cette enquête est confidentielle. Il faudra que vous en discutiez avec monsieur le secrétaire Moudugenou – je veux parler de Houston. »

Le silence se fit tandis que Fall s'exerçait sur une nouvelle balle.

— N'ai-je pas raison ?

— Je dois répondre, cette fois ?

— Bien sûr que j'ai raison ! termina-t-il en envoyant sa balle à trente centimètres à gauche de la bouteille, jusque dans une étagère. Enfer et damnation ! Ça suffit. J'en ai soupé de ce maudit jeu. Je ne pratique pas le golf. Harding, oui, alors j'ai pensé que je devrais m'y mettre. Eh bien, tant pis, il jouera tout seul. Mrs Cross ? Venez par ici, ma belle.

À l'autre bout de la pièce, une porte s'ouvrit. Une grande blonde séduisante entra – la même que Littlemore avait rencontrée la veille, devant la gare de Union Station.

— Rangez-moi donc cet engin du diable, dit-il en lui tendant son putter. Et servez-nous un verre.

— Oui, monsieur le sénateur, répondit-elle sans jeter un regard à Littlemore.

— Alors, qu'est-ce que ça fait d'être agent spécial ? s'enquit-il en s'asseyant à son bureau. Vous devez vous sentir vraiment très spécial.

Littlemore se demanda quel était le degré d'ironie de cette remarque.

— Ça va, fit-il.

— Eh bien, ça ne devrait pas, rétorqua l'autre en se renfonçant dans son grand fauteuil en cuir. Un homme de votre âge et de vos capacités ne devrait pas se contenter d'être agent. Il faut voir plus grand. Regardez cet imbécile de Flynn. Vous êtes aussi bon que lui. Pourquoi ne deviendriez-vous pas le chef du FBI ?

— Whisky, Mr Littlemore ? proposa Mrs Cross.

— Non, merci, madame.

Fall écarquilla les yeux :

— Quoi ? Mais vous buvez, quand même ?

— Oui, monsieur.

— Heureux d'entendre ça. Mrs Cross, servez un whisky à cet homme. Il faut que je vous dise, Littlemore, ce n'est pas en travaillant pour le Trésor que vous pourrez enquêter sur un acte de guerre.

— Je ne crois pas que cet attentat soit un acte de guerre, monsieur le sénateur.

— Vous vous couchez, Littlemore, répliqua-t-il en secouant la tête. C'est peut-être pour ça que vous n'avez pas mieux réussi. Les hommes qui se couchent ne s'élèvent pas. C'est une règle simple, qui marche à tous les coups. Vous êtes le seul à avoir dit la vérité à propos de cet attentat. Vous avez prévenu Tom Lamont que la banque Morgan était la cible des terroristes. Il ne voulait pas l'entendre, pourtant vous le lui avez dit. Vous l'avez impressionné, il me l'a confié. Et Lamont n'est pas du genre à se laisser impressionner. Et tout d'un coup, vous rentrez dans le rang. Vous lâchez Lamont pour vous aboucher avec le secrétaire Moudugenou. Je me demande ce qui a bien pu vous faire changer d'avis.

Mrs Cross tendit un whisky au sénateur Fall et en proposa un autre à Littlemore sur un plateau d'argent. Il ne le prit pas. Dans le verre du sénateur, elle versa une goutte de lait.

— C'est pour mon estomac, expliqua-t-il. Je ne supporte pas de voir un type bien se coucher. Céder devant ceux qui sont au-dessus de lui. Moi, je me suis battu toute ma vie. Allez, asseyez-vous, à la fin.

Littlemore resta debout.

— Est-ce que tous les sénateurs gardent un revolver dans leur bureau, Mr Fall ?

— Pardon ?

— Il y a une arme dans le deuxième tiroir.

L'autre croisa les bras et un grand sourire fleurit sur son visage.

— Et comment savez-vous ça ? Mrs Cross, vous avez fait des confidences à l'agent Littlemore au sujet de mon flingue ?

— Me croyez-vous capable d'une chose pareille, monsieur le sénateur ? répondit-elle.

— Tout à fait.

— Eh bien, non.

— Dites-moi, mon garçon, comment savez-vous ça ?

— Il y a un emballage de cartouches dans votre corbeille à papier, sénateur Fall, ce qui me conduit à croire que vous avez récemment rechargé une arme. Sur votre pouce droit, il y a une tache d'huile, car vous avez nettoyé le revolver. Vous n'êtes pas armé, donc l'objet en question doit se trouver quelque part ici. Votre bureau semble l'endroit le plus probable. Le deuxième tiroir est entrouvert.

— Nom d'un chien, si je m'attendais à ça ! C'est très bien, Littlemore. Que savez-vous d'autre ?

— Eh bien, je n'apprécie guère que les politiques disent à tout le pays de se mettre au régime sec alors qu'ils ont des bouteilles pleines sur leurs étagères. Et je sais aussi que je ne suis pas du genre qui se couche. Et finalement, je prendrai ce whisky, merci bien, madame.

Littlemore avala le verre cul sec et le reposa sur le plateau.

— Dites donc, s'exclama Fall, on dirait bien qu'on a finalement quelqu'un en face de nous, Mrs Cross. Très bien, agent Littlemore, j'abats mes cartes. Houston vous a convaincu qu'il s'agissait d'un vol. C'est bien ça ?

L'agent spécial ne répondit rien.

— Oh, je sais tout sur cet or, poursuivit-il. Le général Palmer m'a tout raconté. On va voir si je me trompe. L'attentat était destiné à couvrir un cambriolage, donc, le pays n'est pas en guerre. C'est bien ça ? Laissez-moi vous expliquer quelque chose. Nous, les gens de l'Ouest, on doit être un peu simplets parce qu'on ne suit pas la logique de Washington. On a fait la razzia sur le Trésor, après avoir attaqué notre plus grosse banque et tué des citoyens de ce pays. Et cela signifie que nous ne sommes pas en guerre ?

— Ce vol semble être l'œuvre de personnes de l'intérieur, monsieur le sénateur. Alors non, ça ne ressemble pas à un acte de guerre.

— Je vais vous apprendre une chose, agent Littlemore. Le plus grand service que Washington rend à un homme – hormis de le libérer de sa femme –, c'est d'en faire un Américain. Ici, je ne suis plus un citoyen du Nouveau-Mexique, et vous, vous n'êtes plus un New-Yorkais. Nous sommes des Américains. À présent, ouvrez les yeux, observez les choses dans leur ensemble, agissez pour votre pays.

— Je ne vous suis pas, monsieur le sénateur.

— Regardez le monde d'aujourd'hui. Les terroristes bolcheviques sont partout. Ils ont fait tomber le tsar. Ils se sont emparés de l'Allemagne. De la Hongrie. De l'Autriche. Ils sont en train de faire main basse sur la France, l'Espagne, l'Italie. Lénine dit qu'il va s'en prendre à nous. Personne n'écoute. Ils tiennent déjà le Mexique, notre voisin. Savez-vous comment travaillent les rouges ? Se lèvent-ils pour monter au front ? Bien sûr que non. Tentent-ils de discuter ? Bien sûr que non. Ils s'infiltrent. Posent des bombes. Ont recours à la corruption. Voilà leur stratégie. C'est ainsi qu'ils ont procédé en Russie, et vous pouvez constater que ça a marché ! Et ils opèrent de la même manière chez nous.

— Vous pensez donc que les terroristes étaient étrangers et qu'ils ont payé des agents du gouvernement pour les aider ?

— Vous ne croyez pas que les fédéraux soient incorruptibles ?

— S'il s'agit d'aider des étrangers à préparer un attentat sur le territoire américain ? Ce serait de la haute trahison, Mr Fall.

— Vous ne pouvez vous imaginer comment fonctionne cette ville, agent Littlemore. Digne et impressionnante à l'extérieur, complètement pourrie à l'intérieur. Avec dix billets, vous achetez un membre du Congrès. Nous, les sénateurs, nous sommes un peu plus chers. Tout le monde dans cette ville a son prix.

Tout le monde essaie de tirer son épingle du jeu. Même Mrs Cross, ici présente, pas vrai, ma belle ?

Fall tendit son verre vide à son assistante qui le resservit, avec une goutte de lait en prime. Il but en faisant la grimace.

— C'est la guerre, Littlemore. Nous avons été attaqués. Ils nous ont écrasés, le 16 septembre. Ils nous ont écrasés !

Son poing s'abattit sur son bureau ; le fracas résonna jusque dans les étagères. Puis il reprit d'un ton normal :

— Et ils recommenceront. C'est vrai, pourquoi ne le feraient-ils pas ?

— Vous pensez que la Russie est derrière cet attentat, sénateur ?

— Je parierais ma chemise ! Qui d'autre oserait s'en prendre aux États-Unis d'Amérique ? Ils savent que nous avons envoyé notre armée en Sibérie, l'année dernière. Du coup, ils ont presque gagné le droit de nous attaquer à leur tour. Et quel autre pays aurait des motifs suffisants ? Quel autre pays voudrait nous mettre à genoux ?

— Je l'ignore, Mr Fall.

— Eh bien, moi je le sais. Écoutez-moi. Je vais vous expliquer comment les choses devraient se passer, mon garçon, quelle direction devrait prendre le cours de l'histoire de ce siècle. Nous disposons d'une armée de plus d'un million d'hommes entraînés, prêts à être mobilisés. Nous pourrions renverser cette dictature soviétique. Le moment est propice. Ce sera notre seule chance. Ils viennent de se faire éreinter en Pologne. Ils ont une guerre civile sur les bras. Le peuple russe ne veut pas de la dictature. Et puis

Lénine a mis cinquante ou soixante mille personnes derrière les barreaux juste parce qu'ils s'étaient élevés contre le bolchevisme. Le peuple russe veut la liberté. Nous pouvons l'y aider. Et si nous ne le faisons pas, mon garçon, nul ne pourra plus arrêter la vague rouge. Une petite fenêtre s'est ouverte, mais elle risque de vite se refermer. Les communistes ne veulent pas s'en tenir à la Russie. Ce sont de vrais salopards de fils de pute – notez bien ça ! – qui veulent régner sur la terre entière. Parfaitement, ils veulent devenir les maîtres du monde. Ils haïssent la liberté ! Ils haïssent le Christ ! Par eux, le monde sombrera dans les ténèbres pour un siècle. Et il n'y a personne dans ce damné gouvernement qui lève le petit doigt pour s'attaquer au problème ! Wilson n'a plus toutes ses facultés. D'ailleurs, la seule chose dont il se souciait, c'était sa Société des Nations. Palmer est en train de tirer sa révérence. Bill Flynn est un imbécile. Houston ne pense qu'à l'argent. Nom de Dieu, mais qui protège vraiment ce pays, à la fin ? Qui veille sur le monde ?

Brandissant le poing en l'air, le sénateur semblait déchaîné. Soudain, des applaudissements surprirent Littlemore. Mrs Cross frappait dans ses mains avec lenteur.

— Arrêtez ça, lui intima Fall en se calmant. Elle croit que je me prends trop au sérieux. C'est peut-être vrai. Vous voulez faire votre trou dans cette ville ? Il faut vous atteler au bon cheval. Dans trois semaines, Warren Harding sera élu Président. Houston ne sera plus secrétaire de rien du tout après ça. Moi, oui. Vous voulez rendre service à votre pays ? Houston ne pense qu'à son or. Moi, je m'inquiète pour la liberté. Ce qui m'importe, c'est que nos concitoyens puissent sortir dans la rue en paix, sans avoir à redouter de sauter sur une bombe ennemie. Et cet âne de Flynn avec ses anarchistes italiens ! C'étaient ces salopards de Russes ! Si on pouvait le prouver, le pays entrerait en guerre. Voilà pourquoi j'ai besoin de vous, Littlemore. Si vous trouvez des preuves tangibles que ce sont les Russes qui ont fait le coup, vous savez ce qu'en fera Houston ? Rien. Il les enterrera. Informez-moi de vos découvertes. Voilà tout ce que je vous demande. Vous le ferez ?

Littlemore n'eut pas le temps de répondre qu'on frappa à la porte. Elle s'ouvrit soudain, révélant une secrétaire excédée suivie d'un homme bien mis, chauve, à l'exception d'une touffe de cheveux plantée derrière chaque oreille, qui tentait de passer devant elle. Il la poussa avec brusquerie sur le côté pour lui couper la route, lui laissant juste le temps de dire :

— Je suis navrée, monsieur le sénateur, je l'ai pourtant prévenu que vous étiez occupé.

C'était Arnold Brighton, le propriétaire des usines, des puits de pétrole et des mines, qui avait fait un don de vingt-cinq mille dollars au Fonds Marie Curie pour le radium.

— Mes ouvriers se font expulser du Mexique, déclara-t-il tout de go. Ce sont des Américains, Fall. Ils sont en danger.

— Ce n'est pas le moment, Brighton, répondit-il. Prenez rendez-vous. Faites la queue, comme tout le monde.

— Mais j'ai essayé de prendre rendez-vous, affirma-t-il d'un ton sincèrement contrit. On m'a répondu que vous étiez occupé.

— En effet, je suis occupé ! cria Fall. Nous essayons de faire élire un Président, au cas où cela vous aurait échappé !

— Je crois que je vais vous laisser, fit l'agent spécial.

— Attendez une minute, Littlemore, nous n'avons pas terminé, lui dit Fall.

— Vous êtes l'inspecteur Littlemore ? demanda Brighton. Je voulais vous remercier, inspecteur. Sans votre secours, je… je… de quoi s'agit-il déjà ? Oh ! là, là ! J'ai oublié. Pourquoi déjà devais-je remercier l'inspecteur Littlemore ?

— Comment diable le saurions-nous ? explosa le sénateur.

— Où est Samuels ? s'enquit Brighton d'une voix plaintive. C'est mon assistant. Il doit s'en souvenir, lui. Quelqu'un saurait-il où se trouve Samuels ?

Fall fit un effort surhumain pour reprendre sur un ton normal :

— Je suis au beau milieu d'un rendez-vous important, Brighton. Sortez immédiatement, vous parlerez à ma secrétaire.

— Mais cet Obregón est en train de me prendre mes mines au Mexique ! Après, ce sera les puits de pétrole ! Tout ! Il envoie ses troupes – et elles sont armées, Dieu du ciel ! Il s'agit de travailleurs américains. Ils ont reçu des menaces de mort, ils ont été violentés. Vous devez faire quelque chose ! Je sais que je n'ai pas donné d'argent à Harding. Mais ce n'est pas ma faute. Tout le monde m'a dit que c'est l'autre, Cox, qui allait gagner. Maintenant, je veux bien apporter ma contribution. Tout ce que vous voudrez. Dites-moi où il faut déposer la somme. Lâchez juste quelques bombes sur Mexico – peut-être sur leur Capitole, et les beaux quartiers de la ville –, je suis sûr que ça les fera réfléchir.

Fall prit son temps avant de répondre :

— Vous me rendez malade, Brighton. Vous savez quoi ? Je ne suis pas à vendre. Le Parti républicain n'est pas à vendre. L'armée américaine n'est pas à vendre. Je ne laisserai pas Harding se faire piéger dans une guerre avec le Mexique, et je n'enverrai pas l'armée sauver vos mines.

— Vous refusez d'aider les Américains présents au Mexique ?

— Ce sont vos employés, alors à vous de les aider.

L'homme d'affaires semblait confus.

— Et c'est votre dernier mot ? finit-il par dire.

— Absolument ! Et maintenant, sortez.

Le sénateur prit Brighton par le bras et l'amena dans la pièce voisine, où l'agent spécial l'entendit demander si quelqu'un savait où se trouvait Samuels.

— Je m'en vais moi aussi, Mr Fall, déclara-t-il quand son hôte revint.

— Je vous ai posé une question, Littlemore. Acceptez-vous de me montrer les pièces à conviction que vous trouverez si vous parvenez à prouver que ce sont les Russes qui ont fait le coup ?

— Je ne vous promets rien, monsieur le sénateur. Mais j'y réfléchirai.

Sur les gradins extérieurs du Sénat, Mrs Cross interpella Littlemore :

— Eh bien, vous avez séduit le sénateur.

— Ah bon ?

— Oh oui ! Vous lui avez tenu tête. Il aime ça. Vous

pourriez faire du chemin dans cette ville. Si vous appreniez à vous habiller.

— Pourquoi, vous trouvez que je m'habille mal ?

Elle aplatit le col de sa chemise dont un coin était relevé.

— De quel parti êtes-vous, agent Littlemore ? Êtes-vous démocrate, comme le secrétaire Houston ? Ou républicain, comme le sénateur Fall ?

— Je n'appartiens à aucun parti, madame.

— Vraiment ? Alors qui préférez-vous, Cox ou Harding ?

— Je n'ai pas encore fait mon choix. Ma femme aime bien Debs[1].

— Intéressant. Mais si j'étais vous, je ne le répéterais pas.

— Quoi ? Que j'ai une femme, ou qu'elle vote pour Debs ?

— Tout dépend si votre interlocuteur est un homme ou une femme. Adieu, le New-Yorkais.

Là-dessus, Mrs Cross s'éloigna sur ses hauts talons. Sa démarche était si gracieuse, vue de dos, qu'aucun homme, fût-il marié, n'aurait pu s'arracher à sa contemplation. Littlemore la vit disparaître, pleine de vivacité, dans le bâtiment du Sénat.

Il pensait encore à Mrs Cross quand une voix d'homme le héla :

— Inspecteur Littlemore, c'est bien vous ? Samuels m'attendait là depuis le début.

1. Eugene V. Debs, président d'un syndicat et candidat socialiste aux élections présidentielles à cinq reprises, dont pour la dernière fois, en 1920, alors qu'il était en prison.

C'était Brighton, debout près d'une voiture de luxe au compartiment passager fermé, agrémentée d'un toit pour protéger le chauffeur. Il semblait croire que tout le monde se souciait des faits et gestes de son secrétaire.

— Pourquoi donc a-t-il fait ça ? s'interrogea-t-il.

— Je suppose que c'est vous qui le lui avez demandé, Mr Brighton, répondit l'agent spécial en descendant les marches.

— Vous croyez ?

Il passa la tête sous l'avancée du petit toit. Puis il se retira et déclara :

— Par saint Georges, vous avez raison. Je le lui ai bien demandé. Comment le saviez-vous ?

— Simple hypothèse.

— Quelle chance de vous avoir rencontré ! Samuels vient de me rappeler pour quoi je devais vous remercier. Votre rapport l'a innocenté et lavé de tout soupçon quant au fait qu'il aurait tiré sur cette pauvre folle. Vous n'imaginez pas combien vous m'avez rendu service. Je ne pourrais pas me débrouiller sans Samuels, vous savez, pas même un jour.

— Je n'ai fait que mon travail, Mr Brighton. La femme avait un couteau. Les témoins ont affirmé qu'elle avait attaqué la première. Votre homme a donc agi dans la légalité.

— Comment va-t-elle ?

— Toujours à l'hôpital depuis qu'elle a reçu la balle.

— Non. Je parle de Miss Rousseau. Quelle jolie fille ! J'ai failli m'évanouir quand cette folle l'a agressée.

— Miss Colette va bien, à ma connaissance.

— Est-elle pauvre ?

— Pardon ?

— Eh oui, je ne suis pas comme vous, inspecteur. Jamais une femme ne m'aimera pour moi-même. Mon père me l'a appris il y a bien des années, quand j'ai repris ses affaires. Je suis à la recherche d'une femme qui m'épousera pour mon argent.

— J'en connais quelques centaines dans ce genre-là.

— Vous êtes sûr ?

Brighton écarquillait les yeux comme s'il ne parvenait pas à croire à cette bonne fortune.

— Vous ne pourriez pas m'en présenter quelques-unes ? reprit-il.

— Bien sûr. Mon épouse adore jouer les marieuses.

— C'est étrange, fit l'homme d'affaires en réfléchissant tout haut. La seule à laquelle je pense en ce moment, c'est Miss Rousseau. Elle est si jolie. Savez-vous ce qu'elle est devenue ? Elle a promis de m'accompagner à Washington, mais d'après Mrs Meloney, elle a tout simplement disparu.

— Je ne peux pas vous le dire.

C'était doublement vrai. Littlemore ignorait où se trouvait Colette à présent, et même s'il l'avait su, il se serait bien gardé de lui dire.

— L'autre créature… la folle, dit Brighton en frissonnant. Je n'ai jamais rien vu d'aussi hideux. A-t-elle raconté à quelqu'un quel était son problème ?

— Non. Elle n'a pas repris conscience.

— Comment puis-je vous remercier pour Samuels ? Est-ce que cinq mille dollars suffiraient ?

— Pardon ?

— À mes yeux, sa liberté vaut bien plus encore, je peux vous le certifier.

— Vous ne pouvez pas me donner de l'argent en échange de mon travail de policier.

— Mais ce n'est pas logique. Quel intérêt y a-t-il à faire du bon travail si on n'est pas récompensé ? Je suis sûr que vous sauriez quoi faire de ces cinq mille dollars, reprit-il en sortant de son veston un épais portefeuille dont il tira un large billet de la Réserve fédérale à l'effigie de James Madison, estampillé d'un sceau bleu.

Littlemore inspira profondément en songeant à sa fille, Lily.

— Je ne peux pas accepter, Mr Brighton. Pas la plus petite pièce.

— C'est absurde. Enfin, vous accepterez tout de même que je vous reconduise ? Je vais à la gare. Où puis-je vous déposer ?

L'agent spécial s'y rendait lui aussi, aussi accepta-t-il. Quand l'homme d'affaires découvrit qu'il repartait également pour New York, il eut un grand sourire et insista pour qu'ils voyagent ensemble.

Samuels gara la limousine sur un quai d'embarquement à l'arrière de la gare de Union Station. Brighton expliqua que c'était la seule manière de faire monter l'automobile dans le train.

— On vous laisse transporter votre véhicule par le train ? demanda Littlemore.

— Je transporte ce que je veux : c'est mon train. J'ai une voiture-salon, une voiture-chambre à coucher, une voiture-billard, une voiture-cuisine, et une voiture-garage. Ah ! ah ! c'est drôle, une voiture-garage ! Nous allons bien nous amuser, inspecteur. Personne ne voyage jamais avec moi.

— Et je crains que ce ne soit également mon cas.

— Comment ? Et pourquoi ça ?

— Si je profite de votre train personnel, Mr Brighton, j'accepte une sorte de service de votre part. C'est comme si vous m'offriez quelque chose.

— Mais à quoi me sert mon argent si je ne peux pas acheter ce que bon me semble ?

— Il y a des choses qui ne s'achètent pas.

— C'est ridicule. Le commissaire de police Mr Enright a voyagé dans mon train. Le procureur général aussi. Et même le sénateur Harding l'a pris, il y a trois semaines.

— C'est différent.

— Pourquoi ?

— Parce que… s'interrompit Littlemore. Je l'ignore, à vrai dire. Mais c'est comme ça.

— Écoutez, j'ai une idée. Vous pourriez travailler pour moi, vous savez, quand vous n'êtes pas de service. Ça ne peut quand même pas être contraire à la loi ?

— Non, acquiesça-t-il avec réticence. Beaucoup d'hommes ont des petits boulots au noir.

— Eh bien, voilà ! Vous allez faire quelque chose d'utile pour moi, et je vous donnerai cinq mille dollars en échange. Qu'en dites-vous ? Le trajet jusqu'à New York figurera comme un entretien. Nous verrons quel service vous pouvez me rendre. Je n'ai pas trop d'idée ; Samuels est si doué pour tout. Vous savez, il travaillait pour l'agence Pinkerton, auparavant, l'agence de détectives ! Mais je suis sûr que vous pouvez m'être utile.

Littlemore vit l'assistant de Brighton conduire la limousine sur une longue rampe.

— Oui, je pourrais sans doute faire quelque chose.

— Peut-être à propos de mes travailleurs au Mexique ? Vous savez, ce que j'ai dit au sénateur Fall était tout à fait vrai. Je possède des centaines de milliers d'hectares de très bonne terre dans ce pays, et leur gouvernement veut tout me prendre.

— Je n'en doute pas, Mr Brighton.

— J'ai bien entendu le sénateur Fall dire que vous travaillez maintenant pour le gouvernement fédéral, non ? Peut-être que vous pourriez m'aider au sujet du Mexique. La confiscation, c'est du vol, vous savez – du vol pur et simple. Vous ne pourriez pas envoyer la police fédérale sur place ?

— Écoutez, Mr Brighton. Primo, le Mexique est en dehors de ma juridiction. Secundo, si je fais quelque chose pour vous, cela ne peut être en rapport avec mon activité auprès du gouvernement. Tertio, je n'accepterai pas votre argent aujourd'hui. Je vous accompagnerai à New York, et nous verrons si nous trouvons quelque chose que je puisse faire pour vous. D'accord ?

— Je sais ! Faisons un billard ! Ne vous inquiétez pas, on peut seulement jouer quand le train est à l'arrêt. Samuels est une calamité au billard. Je pourrais vous payer pour me servir de partenaire !

Le métro aérien de la 6e Avenue passa tout près dans un grondement, faisant trembler le parquet et le lit où étaient allongés les Littlemore.

— Qu'est-ce qu'il y a ? demanda Betty en constatant que son mari avait les yeux ouverts.

— Rien.

— Jimmy, il est plus de 2 heures du matin.

— J'ai l'impression d'avoir accepté mon premier pot-de-vin.

— Tu veux dire : parce que tu es monté dans le train de Mr Brighton ? Tu es le seul policier à New York qui puisse y voir quelque chose de mal.

— Il m'a proposé cinq mille dollars. Assez pour Lily. Il m'a mis le billet dans la main.

— Et tu l'as pris ?

— Non.

Le fracas du métro s'atténua, puis disparut, laissant la pièce silencieuse.

— Et que voulait-il que tu fasses en échange ? demanda-t-elle enfin.

— Rien. Il voulait me remercier pour quelque chose que j'avais déjà fait.

— Il t'a offert cinq mille dollars juste comme ça ?

— Pour un travail de police. Je regrette, Betty. Je n'ai pas pu accepter.

— Écoute-moi bien, James Littlemore, dit-elle en se redressant. N'accepte jamais d'argent sale, ni pour moi, ni pour Lily, ni pour personne d'autre.

Il ferma les yeux.

— Merci.

Betty se rallongea. Un moment s'écoula.

— Est-ce que j'en ai assez fait, Betty ?

— Assez fait ? Mais personne ne travaille plus dur que toi ! Nous avons tous les jours de quoi nous nourrir. Nous avons un appartement sur la 14e Rue. Tout ça grâce à toi.

— Mitchel est devenu maire de New York à 34 ans. Teddy Roosevelt était le chef de la police de New York à 38. Moi, je n'ai même pas les moyens de faire opérer ma fille pour qu'elle recouvre l'audition.

— Ils avaient des pères célèbres, Jimmy. Ton père à toi… dit-elle en hésitant. Enfin, tu t'es fait tout seul.

Il ne répondit pas.

— Et tu continues de grimper, poursuivit-elle. Regarde ce nouveau travail qu'on vient de te proposer ! Aucune des filles autour de moi n'a un mari comme le mien. Tu devrais voir leur tête quand on parle de toi. Tu es comme un dieu. Le capitaine Littlemore de la police de New York. L'agent spécial Littlemore au service du Trésor des États-Unis.

— Comme un dieu, répéta-t-il en souriant et en essuyant ses yeux dans le noir. C'est tout à fait moi, ça !

Les journaux du matin confirmèrent les craintes de Brighton. Le président du Mexique, le général Álvaro Obregón, avait envoyé ses troupes prendre possession des mines d'argent américaines. Il menaçait de faire la même chose avec les champs pétrolifères, bien plus lucratifs, sous prétexte que les Américains avaient obtenu leurs droits d'exploitation de ces sols grâce à des transactions illégales, entachées de corruption, conclues avec le gouvernement précédent.

La Société américaine de Recherche en Parapsychologie était sise dans des locaux très ordinaires sur la 23e Rue Est, à Manhattan. Y étaient exposées des publications scientifiques, la plupart étant éditées par la maison. Il n'y avait là nulle trace de sciences occultes. Le Dr Walter Franklin Prince, qui dirigeait la Société, était lui aussi d'apparence tout à fait normale. C'était un homme d'une soixantaine d'années, l'air affable, au large visage et aux cheveux clairsemés, qui fumait une pipe de taille peu ordinaire.

— Merci de m'accorder de votre temps, docteur Prince, lui dit Littlemore en lui serrant la main le lendemain matin. Un ami m'a affirmé que vous étiez la personne idéale pour discuter de choses surnaturelles.

— Ravi de pouvoir vous aider. Ma secrétaire, Miss Tubby, m'a confié que vous doutiez que Mr Edwin Fischer ait réellement pu prévoir les événements.

— C'est juste, mais je suis prêt à vous écouter.

— Eh bien, ce n'est pas impossible. La prescience d'une catastrophe est une chose assez commune. En 1902, j'ai moi-même rêvé avec une grande précision d'une catastrophe ferroviaire qui a eu lieu quatre heures plus tard. En 1912, Mr J. C. Middleton, qui avait acheté des billets pour la première traversée du *Titanic*, a rêvé deux nuits de suite que le navire sombrait et que ses passagers se noyaient. Il a refusé d'embarquer et a donc survécu.

— Et il n'a parlé à personne de ses rêves avant que le bateau ne soit envoyé par le fond ?

— Bien sûr que si, je ne vous en parlerais pas autrement. Nous ne donnons pas dans la prémonition *a posteriori*. Mr Middleton avait si peur qu'il en a parlé sur-le-champ à sa femme et à plusieurs amis. J'ai leurs témoignages sous serment dans un tiroir. Je me suis moi-même intéressé au cas de Fischer en me basant sur les faits. Je suis convaincu que sa prescience des événements est authentique.

— Fischer dit qu'il a entendu des voix. Ça a du sens, pour vous ?

— Il n'aurait pu mieux exprimer les choses. Quand nous voyons un scintillement dans la nuit, capitaine, que voyons-nous ?

— Euh… je dirais une étoile.

— Nous voyons le passé. L'univers tel qu'il existait il y a des siècles. Le passé est en permanence autour de nous, bien que nous l'observions rarement. Il en est de même de l'avenir. Il nous entoure, sous forme d'ondes, de perturbations invisibles à l'œil nu – comme les ondes radio, en fait. Certains d'entre nous sentent parfois ces courants, par exemple quand les cheveux se hérissent dans notre nuque. Un jour, la science découvrira leur structure moléculaire. Mais il n'y a guère de doute quant à leur source.

— Leur source ?

— La mort, capitaine. La mort dégage une énergie dans l'atmosphère. Lorsqu'une grande catastrophe se prépare, les ondes dégagées sont suffisamment puissantes pour influencer un individu sensible. Peut-être sentira-t-il avec précision quand et où les faits se produiront. Peut-être verra-t-il une sorte d'aura autour d'une personne qui est au seuil de la mort. Ou bien verra-t-il des images du désastre à venir, comme c'est arrivé à Mr Middleton et à moi-même. Voilà ce qui s'est passé pour Edwin Fischer.

Littlemore acquiesça. Il n'était pas convaincu mais ne réfutait pas ces propos.

— Et ces gens peuvent-ils en savoir davantage ? Comme, par exemple, qui aurait fait le coup ?

— Je n'ai jamais eu vent de ce genre de choses. Il est arrivé qu'en entrant en contact avec l'esprit de victimes d'assassinat on réussisse à découvrir l'identité de leur meurtrier, mais nous n'avons jamais répertorié aucun cas où la personne soit encore vivante. Voudriez-vous rencontrer un médium ? J'en connais un qui est très doué.

— Je repasserai pour ça, docteur Prince.

— Vous serait-il utile de savoir quand l'idée de l'attentat a germé ?

— Très utile. Vous croyez que Fischer pourrait le savoir ?

— Dans certains cas de meurtres prémédités, la prémonition ne se produit jamais avant que l'assassin ait l'intention de passer à l'acte. Souvent, les deux sont concomitantes. Demandez à Fischer quand il a entendu les voix pour la première fois.

— Merci, docteur Prince. Je vais y penser.

*

À la mi-octobre 1920, à l'hôtel Astor, Flynn, le directeur du FBI, donna une nouvelle conférence de presse où il apparut de plus en plus agressif. Ses déclarations répétées concernant une arrestation imminente des coupables avaient fini par jouer contre lui. L'affaire n'était toujours pas résolue. Nul n'avait été mis sous les verrous. Scepticisme et déception commençaient à s'emparer de ces messieurs de la presse.

D'après Flynn, ce n'était pas sa faute, mais celle des médias qui ne rapportaient que ses revers. Chaque fois qu'une piste tournait court, les journaux en faisaient des gorges chaudes, or ce n'était pas du tout le genre d'attitude que le chef du FBI attendait de la part de patriotes loyaux. Gêner l'effort du gouvernement fédéral alors qu'il pourchassait ses ennemis était un crime. Voilà pourquoi Eugene Debs se trouvait en prison. Flynn aurait pu arrêter chacun de ces journalistes. Il savait tout ce qu'ils se racontaient au téléphone, car il les avait mis sur écoute. À ses yeux, ils ne devaient leur liberté imméritée qu'à sa grande mansuétude.

— Eh, vous, les gars, vous devriez tous être à genoux devant moi pour me remercier. Mais on ne va pas s'attarder là-dessus aujourd'hui. Non, grâce à moi, vous allez vendre encore plus de papier que d'habitude. L'affaire est dans le sac. Voilà ce qui s'est passé : hier après-midi, mon bureau a reçu des informations établissant l'identité et les activités des prisonniers politiques, alors que vous, bande de clowns, vous étiez trop occupés à écrire sur des histoires de fous, ne serait-ce que pour comprendre de qui il s'agissait.

Tous les stylos s'immobilisèrent, tandis que les journalistes essayaient en vain d'interpréter ce que signifiait cette déclaration.

— Vous ne vous rappelez vraiment rien, bande de crétins ? ajouta-t-il pour les aider. « *Libérez les prisonniers politiques* » : c'est ce que disait la lettre des anarchistes. Eh bien, qui sont donc ces prisonniers politiques ? Essayez de trouver, et vous aurez bouclé l'affaire.

— Mais la dernière fois, vous avez dit que c'était Tresca. Ensuite, Tresca a fait un discours à Brooklyn, et vous ne l'avez même pas arrêté. Qu'est-ce que ça veut dire ?

— Ah, il faut vraiment tout vous expliquer, repartit Flynn en tirant sur le col boutonné de sa chemise blanche. D'abord, je n'ai jamais dit que Tresca avait fait le coup. J'ai juste déclaré qu'il était suspect. Compris ?

— Directeur Flynn, l'interpella un autre journaliste d'apparence plus policée que les autres, mes lecteurs veulent vous dire qu'ils pensent que vous êtes un bon Américain.

— Merci, Tommy. J'apprécie. Vous aussi, vous êtes un bon Américain.

— Mes lecteurs se sentent bien plus en sécurité depuis que vous avez commencé à nettoyer les rues de tous ces étrangers qui peu à peu envahissent notre ville.

— Ah, voilà un bon journaliste. Écoutez-moi bien, vous autres. Dès que nous aurons mis la main sur les prisonniers politiques, ce qui est déjà le cas, toute cette histoire d'attentat sera définitivement réglée. Voilà votre papier pour aujourd'hui. Signé, scellé, livré. Imprimez-moi ça, maintenant.

Le vendredi 15 octobre, Littlemore passa au commissariat de Centre Street pour emballer quelques affaires. Ses hommes vinrent le voir, leur chapeau à la main, comme pour un enterrement.

— Spanky, Stanky, dit-il en leur serrant la main à tour de rôle.

— Vous allez nous manquer, capitaine.

— C'est bon, les gars. Mais surtout, n'oubliez pas : la ruelle, c'est la clé de l'enquête, entre les bâtiments du Trésor et de la Monnaie. Cherchez des témoins qui sont passés dans cette ruelle le 16 septembre, ou qui ont vu quelque chose depuis leur fenêtre, comme un gros camion avec tout un chargement qui en sortait en direction de Pine Street. C'est comme ça que les auteurs de l'attentat ont pris la fuite.

— Mais pourquoi est-ce qu'ils étaient dans un camion ? demanda Stankiewicz.

— Et ils transportaient quoi ? renchérit Roederheusen.

— Je ne peux pas encore vous le dire, les gars. Mais cherchez à quoi ressemblait ce camion et où il est allé, et l'affaire sera résolue. Vous savez où me trouver.

Ils remirent leur chapeau sans enthousiasme.

— Eh, chef, fit Roederheusen en sortant. Vous m'aviez demandé de vous trouver ce Mexicain, Pesqueira ? Le consulat dit qu'il n'est plus là. Il est parti la semaine dernière pour Washington.

— Merci, mais ça ne me concerne plus.

Littlemore se rendit ensuite au bureau du commissaire Enright, sachant que c'était sans doute la dernière fois qu'il y entrait. Il frappa à la porte et attendit.

— Capitaine Littlemore, lança Enright depuis son bureau. Enfin, plus capitaine pour très longtemps, pas vrai ?

— J'ai déjà prêté serment à Washington, Mr Enright. Je suis juste revenu prendre mes affaires.

Le commissaire acquiesça.

— J'ai connu votre père, Littlemore. Un type bien. Pas parfait, comme nous tous. Mais un type bien.

— Merci, chef.

— Votre insigne, capitaine. Et votre arme.

Littlemore déposa son insigne sur le bureau d'Enright. Ce geste lui coûta tant qu'il faillit ne pas y arriver.

— L'arme est à moi.

— Eh bien, je n'aime guère toutes ces formalités, mais par les pouvoirs qui me sont conférés, en tant que chef de la police de New York, je vous décharge de vos fonctions. Mr Littlemore, vous n'êtes plus membre de la police de New York.

James Littlemore ne répondit rien.

— Faites-nous honneur, mon garçon, acheva Enright.

TREIZE

Au bout de vingt-quatre heures en mer, un paquebot transatlantique devient très vite l'unique référence pour les passagers. Aucun autre vaisseau ne croisait sur ces eaux. Au matin, sous un ciel sans nuages, Colette et Younger arpentaient le pont supérieur. La houle était assez forte pour qu'elle consente à accepter son bras. Les turbines du navire produisaient un ronron monotone derrière eux.

— Que me voulaient ces personnes ? demanda-t-elle.

— Les femmes rousses ou les ravisseurs ?

— Tous.

— Eh bien, plus j'y songe, plus cette note que vous avez reçue à l'hôtel de la part d'Amelia me paraît être un piège. Nous pensions qu'elle n'était pas revenue le lendemain matin, or elle l'a peut-être fait – accompagnée des kidnappeurs.

— Mais pourquoi ?

— C'est peut-être là leur domaine d'activité : enlever des jeunes filles pour les vendre.

— Les vendre ?

— Il existe un terme pour cela : la traite des Blanches. Peut-être voulaient-ils vous attirer dehors. Amelia aurait fait appel à votre compassion en vous expliquant combien elle avait besoin de votre aide. Elle s'attendait à ce que vous soyez seule. Mais j'étais avec vous. Aussi ont-ils modifié leur plan. Ils nous ont suivis jusqu'à Wall Street. Amelia a été tuée dans l'attentat. Mais ses amis vous surveillaient et quand vous êtes rentrée à l'hôtel, ils sont passés à l'action.

— Pourquoi moi ?

— Parce que vous êtes étrangère. Vous n'avez pas de famille en Amérique, aucune relation. Après, le fait que vous soyez jeune et belle suffit amplement.

— Je ne suis pas belle. Mais comment peuvent-ils savoir que je suis étrangère, sans famille ici ?

— Comment savaient-ils que vous habitiez New Haven ? Ou que vous vous rendiez à Hambourg ? Une chose est certaine, ils ont des moyens. Assez pour enquêter sur les gens.

Soudain, elle posa la tête sur son épaule.

— Au moins, nous sommes en sécurité sur ce bateau. Je le sens. J'aimerais que nous n'atteignions jamais l'Europe.

Younger s'était renseigné auprès de l'intendant du navire, qui lui avait appris qu'il était le dernier à avoir acheté des billets pour la traversée. Colette, semblait-il, avait vu juste. Ils étaient en sécurité, nul ne les avait suivis à bord.

— Nous ne sommes pas forcés de descendre à Brême. Nous pourrions faire l'aller-retour. Et une fois à New York, nous resterions à bord et continuerions d'aller et venir sans fin.

— Ne dites plus rien, dit-elle en fermant les yeux. Je vais rêver à cela.

Il regarda son beau visage.

— C'est sûr que si je recrutais pour la traite des Blanches, vous seriez en tête de ma liste.

*

Un peu plus tard dans la matinée, Younger vida sur le pont le contenu d'un grand sac qu'il avait apporté. Il y avait là une balle de base-ball, une batte, un tas de chevilles de bois et de plaques de métal, ainsi que des instructions de montage. Une demi-heure plus tard, il avait fabriqué un support permettant de poser la balle à la hauteur de la taille, pour pouvoir s'entraîner à taper dedans de façon commode. Puis il confectionna une sorte de filet où il inséra la balle, l'accrocha au bout d'une longue corde empruntée à un marin, dont il fixa l'autre extrémité à un treuil. Il plaça ensuite la balle sur le support, et donna à Luc sa première leçon de base-ball. Après chaque coup, ils remontaient la balle dégoulinante sur le pont en tirant sur la corde.

Bientôt, un bon nombre de passagers de sexe masculin souhaitèrent essayer, retirant leur chapeau et leur veste pour taper dans la balle en manches de chemise. Naturellement, les autres garçons qui effectuaient la traversée voulurent eux aussi participer. Younger leur dit de demander la permission à Luc, qui acquiesça avec une grande solennité, et devint ainsi pour le reste du voyage un membre essentiel du petit groupe, malgré son mutisme.

De tous ceux qui s'essayèrent ce jour-là à la batte, Younger frappa les plus beaux coups. Le lendemain matin, plusieurs marins participaient à leur tour. L'un d'eux était un vrai colosse qui avait joué pour les Brooklyn Robins pendant la guerre. Il ôta sa chemise et frappa avec une telle force que la corde s'avéra trop courte. Le filet se rompit, la balle fut perdue. Younger essaya plusieurs substituts – une orange, une sphère de bois façonnée par le menuisier du navire, une balle de golf prêtée par un autre passager –, mais comme rien n'égalait une vraie balle de base-ball, l'expérience s'arrêta là.

À mesure que les jours passaient, Younger s'apercevait qu'il n'avançait plus avec Colette. Leur relation était intime, mais seulement amicale. Elle était affectueuse, mais distante. Et le phénomène s'accentua à mesure qu'ils approchaient de l'Europe. Parfois, il la surprenait en train de contempler dans la mer un avenir qui lui demeurait invisible. Ou bien était-ce le passé ? Le souvenir d'un amour pour un soldat blessé, dévoué, à qui elle avait offert son cœur, et qu'elle n'avait pas revu depuis deux ans.

— Vous êtes son héros, vous savez ? lui dit-elle un jour au sortir d'une rêverie.

— À qui ?

— Luc.

— Vous croyez ? Et qui est le vôtre ?

— J'en ai deux : Mme Curie et mon père. J'ai de la chance. Les Allemands l'ont tué quand il était encore pour moi un héros – brave, fort, noble en tout point. Même les Boches n'ont pu me prendre ça. Hélas, Luc se souvient à peine de lui. Pendant un moment, j'ai essayé de lui parler de nos parents, de lui raconter la force et le courage de notre père. Mais il n'écoutait pas. Il ne manifeste aucune curiosité. C'est de ça dont il a besoin : d'un père.

— Et vous faites de votre mieux pour lui en trouver un ?

Elle ne répondit pas.

— Vous croyez vraiment qu'il vous aime ? reprit Younger. Je parle de Heinrich.

— Hans.

— Heinrich ne vous a pas écrit une seule lettre en deux ans. Ça ne ressemble pas tellement à de l'amour, selon moi.

— Peu importe qu'il ait écrit ou pas.

— Vous voulez dire que vous l'aimez malgré tout ? C'est impossible. Je suis navré, mais vous ne le pouvez pas. Si vous l'aimiez pour de bon, vous ne penseriez qu'à une chose, à sa réaction lorsqu'il vous verra. Vous vous inquiéteriez à l'idée que ses sentiments aient changé. Vous vous regarderiez dans les miroirs. Et vous n'avoueriez pas que vous n'avez jamais reçu de lettre. Vous vous diriez qu'il a adressé ses lettres à l'hôpital à Paris, mais que le courrier ne vous est hélas jamais parvenu. En revanche, vous affirmez que cela n'a pas d'importance.

Elle garda le silence.

— Est-il si séduisant ? Ou bien vous êtes-vous donnée à lui, puis persuadée que vous deviez l'épouser pour cette raison ?

Colette détourna les yeux.

— Ne me parlez plus de lui. S'il vous plaît.

— Que lui devez-vous donc ? Vous l'avez soigné quand il était malade, mais vous vous comportez comme si c'était lui qui vous avait sauvée. Comme si vous lui deviez la vie.

— Vous ne pouvez mesurer la dette qui nous lie. Vous souhaitez m'entendre dire que je vous aime plus que lui ? dit-elle en le regardant dans les yeux. Que je l'abandonnerai pour vous ? Je ne le puis. Je suis désolée. Vous ne devriez pas m'aimer. Vous devriez plutôt… me laisser tranquille.

Elle se leva, alla à sa cabine et n'en ressortit pas.

Au cours de leur dernière nuit à bord, alors que le médecin méditait sur la force insondable qui attirait Colette vers son soldat par-delà des milliers de kilomètres, il essaya de définir quelle était la plus grande des illusions : le faux mouvement des astres, qui semblaient lentement traverser le ciel au cours de la nuit, ou la sensation que la Terre était immobile, alors qu'en réalité elle fusait à travers l'espace, autour du soleil, à une vitesse vertigineuse ?

Comment ce jeune homme que Colette avait connu pendant quelques mois à peine pouvait-il exercer un tel pouvoir sur elle ? Et comment cette fille avait-elle pu prendre un tel ascendant sur lui, Younger, en dépit de sa volonté, de sa raison et de son jugement ? Il semblait graviter dans son orbite, se rapprocher, puis soudain décrocher, laissant une distance infranchissable les séparer. Son orbite est-elle pour la Terre une source d'infinis tourments ?

Le sanatorium d'Amityville, sur Long Island, était d'un blanc immaculé et d'une propreté éblouissante, pourtant, Edwin Fischer, le nouveau résident, n'était pas satisfait. Envolée sa bonne humeur si manifeste à son arrivée à New York, un mois plus tôt, entre deux policiers.

— Comment vous traite-t-on, ici, Fischer ? demanda Littlemore en prenant une chaise dans la salle des visiteurs.

— Les Papes ont toujours été contre moi. Vous êtes catholique, inspecteur ?

— Ma femme l'est.

— Les Papes ne sont pas de bons catholiques. Ils font semblant, bien sûr, mais c'est une ruse. Ils essaient de se débarrasser de moi. Pourquoi êtes-vous venu me voir ?

— C'est drôle, je me pose la même question.

— Voulez-vous savoir pourquoi les Papes veulent que je reste enfermé ici ?

— Parce que vous êtes fou ?

— Ils ne croient pas que je suis un agent des services secrets américains.

— Mais vous ne l'êtes pas.

— Pourquoi dites-vous ça ? répliqua-t-il, l'air sincèrement blessé. Vous m'offensez. Faites-vous partie des services secrets ?

— Non.

— Êtes-vous secrétaire au Trésor ?

— Pourquoi ?

— Si vous l'étiez, vous seriez responsable des services secrets.

— Je ne pense pas.

— Vous n'êtes pas sûr d'être le secrétaire au Trésor ? La plupart des gens le sont, dans un sens ou dans l'autre.

— Il se trouve que je travaille pour le secrétaire au Trésor, et je ne crois pas qu'il soit en charge des services secrets.

— Alors, c'est un imposteur. Je sais pourquoi vous êtes ici.

— Ah bon ?

— Vous êtes venu pour me faire sortir.

— Pas du tout.

— Bien sûr que si. Et pour me demander quand j'ai eu pour la première fois la prescience de l'attentat de Wall Street.

Littlemore se redressa sur son siège.

— J'ai raison, n'est-ce pas ? demanda Fischer.

— Nom d'un chien. Comment savez-vous ça ?

— Étiez-vous à la gare quand la police m'a ramené du Canada, capitaine ?

— Non. Alors, de quand date-t-elle, votre première prémonition ?

— J'adore les gares. Dès que j'arrive dans une ville inconnue, je passe des heures à déambuler autour de la gare. Je me sens chez moi. Grand Central Terminal est comme une seconde maison pour moi.

— Épatant. À quand remonte votre première prémonition ?

— Vous ferez quelque chose au sujet des Papes ?

— Je ferai ce que je pourrai.

— À la fin juillet, je crois. Je sais que c'était avant les matchs qui opposent la côte Est et la côte Ouest. C'était juste après que j'ai renoncé à aller à Washington. Vous savez, bien sûr, que je suis l'un des conseillers de Mr Wilson ?

— Le Président, j'imagine ?

— En 1916, je lui ai dit que, s'il n'arrêtait pas la guerre, beaucoup de gens mourraient. Voilà comment je suis entré dans les services secrets. Il voulait me rencontrer, mais ses assistants s'y sont opposés. Je suis sûr qu'il regrette amèrement sa décision, aujourd'hui.

— Ça va de soi. Alors, d'après vous, qui est derrière cet attentat, Fischer ?
— Les anarchistes, bien sûr. Les bolcheviques.
— Vous êtes sûr ?
— Tout à fait sûr.
— Comment le savez-vous ?
— Je l'ai lu dans la presse.
Une infirmière les interrompit, elle venait chercher Mr Fischer pour le ramener à sa chambre.

Le train entra dans la Westbahnhof de Vienne par un soir de la mi-octobre, dans un crissement plein d'entrain. Fierté de l'Empire autrefois, les chemins de fer n'étaient plus que l'ombre d'eux-mêmes. Ils fonctionnaient sur des demi-rations de charbon – l'autre moitié était vendue par des fonctionnaires corrompus ou des conducteurs dans le besoin. Les lustres et lambris qui ornaient les voitures avaient depuis longtemps été dérobés.
Un seul taxi attendait devant la gare, sous une demi-lune brillante – une élégante calèche tirée par deux chevaux. Bien qu'ils soient assis côte à côte, Colette gardait ses distances avec Younger, elle regardait devant elle, admirait Vienne. Luc était assis face à eux, une valise sous les pieds, une autre à côté de lui. C'était une agréable nuit sur le Vieux Continent. À l'horizon, par-delà les toits des beaux bâtiments, les lumières électriques du Riesenrad – l'immense grande roue du Prater, le célèbre parc d'attractions de Vienne – décrivaient un arc qui tournait lentement dans le ciel. Le vent apportait les bribes d'une valse lointaine parsemée de rires joyeux.
— Vienne semble très gaie, dit Colette en français.
Et nostalgique, songea Younger.

Le cocher lui répondit alors :

— Oui, mademoiselle, nous sommes gais par nature. Nous l'étions même pendant la guerre. Et contrairement à votre dernier passage, nous ne mangeons plus nos chiens.

Il leur présenta sa carte. C'était Oktavian Ferdinand Graf Kinsky von Wchinitz und Tettau, l'aristocrate qui les avait déposés à leur hôtel lors de leur premier séjour. Cette fois, les mots « Graf » et « von », illustrant ses titres, étaient barrés.

— Nos titres de noblesse ont été abolis, expliqua-t-il. Nous ne sommes même plus autorisés à les faire figurer sur nos cartes de visite. Oui, la situation s'améliore. C'est une certitude.

Derrière eux s'éleva une sorte de gémissement, suivi d'un énorme fracas.

— Quel est ce bruit ? s'exclama Colette en bondissant presque de son siège.

— N'ayez crainte, mademoiselle. Cela vient de Wienerwald, le bois de la ville, le plus beau du monde. On coupe des arbres.

— À cette heure-ci ? Mais qui donc travaille encore ? interrogea Younger.

— Tout le monde, monsieur. C'est illégal, mais les gens n'ont pas le choix. Nous n'avons plus de charbon à brûler. Les habitants vont donc se servir la nuit, pour ne pas se faire prendre. Quand viendra l'hiver, beaucoup n'auront plus rien pour se chauffer. Vous venez de Paris ?

— De New York.

— Monsieur est-il américain ?

Younger acquiesça.

— Veuillez me pardonner. Je vous croyais français. Dans ce cas, permettez-moi de vous offrir cette course avec mes compliments. L'Autriche vous doit de profonds remerciements.

Le médecin fut surpris par cette générosité et en demanda la raison.

— Un pays vaincu exprime en effet rarement sa gratitude envers ceux qui l'ont terrassé. C'est pour nos enfants que je vous remercie. Les vivres que vous nous avez envoyés constituent toujours l'essentiel de leurs repas. Connaissez-vous Mr Stockton, votre chargé d'affaires ? Je l'ai conduit à la gare le mois dernier. Il venait de recevoir une lettre du président de notre Cour suprême lui demandant si nos juges pourraient eux aussi recevoir des colis.

— Qu'arrivera-t-il aux enfants cet hiver s'ils n'ont pas de chauffage ? s'enquit Colette.

— Nombre d'entre eux mourront, j'imagine. Nous voici, 19 Berggasse. J'espère que le Dr Freud se porte bien.

Younger descendit, puis donna la main à Colette pour l'aider, sans quitter des yeux leur cocher très averti.

— Quand des étrangers se rendent à Berggasse, expliqua-t-il, il ne peut y avoir qu'une seule raison.

L'Américain lui demanda s'il pouvait les attendre un moment tandis qu'ils allaient prévenir la famille Freud de leur arrivée, ce qu'Oktavian accepta avec grâce.

*

Ce fut Minna Bernays, la belle-sœur de Freud, qui ouvrit la porte de l'appartement du deuxième étage. Ils avaient beau être attendus, elle refusa de les laisser entrer, expliquant que le Dr Freud et son épouse étaient déjà allés se coucher. Elle les invitait à revenir le lendemain, quand une voix d'homme assez grave déclara qu'il n'était pas encore couché.

L'accueil fut cordial. On fit grand cas du fait que Luc avait grandi d'une tête.

— Eh bien, Minna, nota Freud, Martha s'était trompée, comme je le lui avais dit. Ma femme était certaine que vous seriez mariés avant la fin de l'année, expliqua-t-il aux jeunes gens.

— Mais l'année n'est pas encore à son terme, répliqua Younger.

— Elle parlait de 1919, fit le psychanalyste avec une certaine sécheresse.

— Alors, dites-lui que tous les espoirs sont encore permis pour 1920.

— Je ne vous ai donné aucune raison d'espérer cela, Stratham, le contredit Colette. Pour aucune année à venir.

Blessé, Younger résolut de répondre par une pirouette.

— Dans ce cas, nous nous marierons un 31 décembre à minuit, car ce moment n'appartient à aucune année.

La Française se tourna vers Minna.

— Il est désespérant.

— D'abord, elle vous gourmande parce que vous espérez, lança Freud à Younger, puis elle vous reproche d'être désespérant. Ah, les femmes – mais que veulent-elles donc ?

Enfoncé dans son fauteuil, ses blancs sourcils froncés, Sigmund Freud paraissait bien son âge. Jofi, son frénétique chow-chow, était gentiment couché à ses pieds. Ils parlèrent de l'attentat de Wall Street, du rapt et de l'effondrement des finances de l'association de psychanalyse. Martin, le fils de Freud, avait été enfin libéré.

— Son premier acte d'homme libre a été de renoncer à cette liberté. Il s'est marié.

Colette remercia le psychanalyste d'avoir accepté de soigner son frère.

— Mais je n'ai pas dit oui, Fräulein. Je vous ai écrit en stipulant mes conditions. Vous ne m'avez pas répondu.

La jeune femme garda le silence.

— Je suis trop vieux et trop occupé pour accepter les demi-mesures. Je prends très peu de nouveaux patients, désormais. Je n'ai plus que le temps de former d'autres médecins pour s'en occuper. Chaque heure que j'accepte de donner est une heure perdue pour mes recherches. La psychanalyse, Fräulein Rousseau, ne s'est pas construite en un jour. Vous devez accepter de demeurer à Vienne pendant une longue période.

— Mais je… je n'ai pas les moyens, je n'ai pas de travail.

— C'est votre problème, répondit-il d'une manière qui parut extrêmement brusque à Younger. Si je suis amené à traiter votre frère, je dois d'abord avoir votre parole que vous resterez à Vienne aussi longtemps qu'il le faudra, cette fois.

— Je suis désolée. Je ne savais pas.

Avec lenteur, Freud se leva et alla ouvrir la fenêtre. La brise fraîche ébouriffa ses cheveux blancs. Depuis la petite cour en contrebas, où attendait le comte Oktavian, montait le bruit des sabots des chevaux, leurs hennissements. Le psychanalyste inspira à pleins poumons, puis se retourna vers les jeunes gens.

— Dites-moi, Fräulein, avez-vous jamais rêvé d'un enfant qu'on battait ?

— Pardon ?

— Eh bien, cela vous est-il arrivé ?

— Mais comment le savez-vous ?

— Et parfois, vous ignorez qui donne les coups ?

— C'est exact.

— C'est un rêve très commun chez les femmes qui pensent qu'elles méritent d'être punies pour un motif quelconque. Eh bien, il est clair que vous n'êtes pas venue à Vienne dans le seul but de m'amener votre frère. Je devine que vous poursuivez d'autres desseins. À la lumière de votre remarque à Younger, dans l'entrée, je conclus que vous êtes venue retrouver votre fiancé pour l'épouser, celui qui était en prison à votre dernier passage. Cela expliquerait votre incertitude quant au temps que vous passerez à Vienne. Vous ignorez où il vit à présent – peut-être n'est-il même plus en Autriche –, est-ce que je me trompe ?

La jeune femme n'en croyait pas ses oreilles.

— Tout va bien, la rassura Younger. Il se comporte ainsi avec tout le monde.

— Le véritable mystère, reprit Freud, c'est comment vous avez réussi à persuader Younger, le rival de votre fiancé, de vous accompagner pour un tel voyage. Je dois avouer que je trouve cela remarquable, et cela m'interroge.

— Vous n'êtes pas le seul, ajouta son ancien disciple.

— Toutefois, rien de tout cela n'affecte mon point de vue. Si vous cherchez un emploi dans cette ville, Fräulein, je vous communiquerai l'adresse de l'Institut du radium de Vienne. Il possède une excellente réputation et l'on y embauche les femmes sans aucun problème. Je vous donnerai aussi les coordonnées d'un vieil ami neurologue.

Un sourire désenchanté effleura un instant les lèvres de Freud tandis qu'il écrivait ces adresses.

— Il a mis au point un traitement pour les névroses de guerre beaucoup plus rapide que le mien, reprit-il. Je ne peux me porter garant de son efficacité, mais puisque vous semblez désireuse de hâter les choses, Fräulein Rousseau, il serait malhonnête de ma part de ne pas le mentionner. Quant à vous, Younger, il est grand temps que nous en terminions avec les sujets qui nous préoccupent. Retrouvons-nous demain matin à 11 heures, j'aurai une heure à vous consacrer.

— Je vous avais dit qu'il était parfois brusque, annonça Younger, tandis que la calèche, clopin-clopant, descendait les pavés de la rue Berggasse en direction du canal du Danube.

— Il a l'air si triste, répondit Colette.

— Freud ? Il est fatigué, je pense. Et en colère… je ne sais pas très bien pourquoi.

— C'est un pragmatique, dirais-je, se permit de préciser Oktavian. Un vrai professionnel.

— Je n'ai jamais vu un regard aussi triste, renchérit la jeune femme.

— Ah, je n'ai pas trouvé, répliqua Younger.

— Là, je ne sais pas, fit Oktavian. Je l'ai entendu, depuis la fenêtre, mais je ne pouvais voir ses yeux.

— C'est parce que vous ne savez jamais ce que les autres pensent, lança-t-elle à Younger. Vous avez bien fait d'abandonner la psychologie. Vous me semblez pareil à un aveugle.

QUATORZE

Parmi les plus majestueux édifices de la Ringstrasse à Vienne, se trouvait un bâtiment de quatre étages, sorte de sucrerie rose et blanc composée d'appartements, dont le rez-de-chaussée était occupé par l'élégant Café Landtmann. C'est dans le salon principal, sous un boulevard de lustres en cristal, que Younger retrouva Freud à 11 heures le lendemain. Le premier serveur accueillit le psychanalyste comme s'il le connaissait personnellement, puis il les guida vers une table, près d'une fenêtre aux rideaux très travaillés, qui donnait sur le magnifique théâtre national, de l'autre côté de l'avenue.

— Savez-vous de quoi je veux vous entretenir ? demanda Freud en s'asseyant.

— Du complexe d'Œdipe ?

— De Fräulein Rousseau.

— Pourquoi ?

— Dites-moi d'abord ce que vous pensez de mon vieil ami Jauregg, le neurologue.

Un peu plus tôt, ce matin-là, Younger, Colette et Luc étaient allés consulter le Dr Julius Wagner-Jauregg à son bureau de l'université.

— Il traite la névrose de guerre avec des électrochocs, répondit Younger.

— Oui. Son équipe affiche des succès considérables. Était-il surpris que vous veniez de ma part ?

— Beaucoup. Il a déclaré que vous aviez témoigné contre lui lors d'un procès la semaine dernière.

— Bien au contraire, j'ai témoigné en sa faveur ! D'aucuns affirmaient qu'il avait torturé nos soldats pour les forcer à retourner au front. Le gouvernement m'a désigné pour mener une enquête. Dans mon rapport, j'ai écrit que son utilisation des électrochocs respectait en tout point l'éthique. J'ai par ailleurs expliqué, bien sûr, que seule la psychanalyse pouvait mettre au jour les racines de l'obusite et guérir ce mal, mais qu'en 1914 on l'ignorait encore. Mon ami et ses nombreux soutiens ont passé le reste de l'audience à tenter de détruire la réputation de tous les psychanalystes de Vienne. J'ai fait preuve de stupidité. J'avais simplement oublié combien le monde nous était encore hostile. Mais peu importe. Est-il parvenu à vous persuader d'appliquer son traitement à Luc ?

Un serveur apporta deux petites tasses de café à liseré doré et une corbeille de pâtisseries.

— Il a préconisé un traitement à basse tension. Selon lui, l'obusite est une sorte de court-circuit dans le cerveau, auquel une brève décharge peut remédier.

— Je sais. Et comme vous ne croyez pas à la psychologie, vous devez considérer ce discours d'un œil favorable.

Younger revit les expressions de confusion, d'intense douleur sur les visages des soldats victimes d'obusite. En tant que scientifique, il savait que la cause de cet état pouvait être en effet une sorte de court-circuit dans leur système nerveux. Cependant, quelque chose en lui s'insurgeait contre ce diagnostic – ou du moins contre le traitement proposé. Il finit par répondre :

— Je pense que le cerveau de ce garçon fonctionne parfaitement bien.

— Ah. Vous pensez alors que le problème vient de son larynx.

— J'en doute.

— C'est bien, au moins, vous ne vous abusez pas sur ce point. Quel a été l'avis de Fräulein Rousseau ? Non, laissez-moi deviner. Elle était perdue, n'avait pas d'opinion claire. Elle a préféré s'en remettre à vous.

— Comment le savez-vous ?

— Diriez-vous qu'elle est de tempérament autodestructeur ?

— Pas du tout.

— Vraiment ? Je croyais que vous aimiez ce genre de femmes.

— Je fais des exceptions.

— N'est-elle pas attirée par les hommes brutaux ?

— Si vous parlez de moi, alors elle ne l'est pas assez à mon goût.

— Je ne pensais pas à vous.

— À son fiancé, Gruber ?

— Cet homme est un criminel qui a été condamné.

Younger regarda par la fenêtre.

— Elle se souvient juste du gentil soldat dévoué qu'elle a rencontré à l'hôpital.

— Une affection maternelle. Improbable, commenta Freud en remuant son café, les sourcils froncés et le front déjà fort ridé. Ai-je été trop dur avec elle, hier soir ?

— Elle pouvait l'entendre. Pourquoi vous êtes-vous montré aussi sévère ?

Le psychanalyste retira ses lunettes qu'il essuya de son mouchoir.

— Elle me rappelle ma Sophie, l'avant-dernière de mes filles. Belle, entêtée. Sophie s'est fiancée à 19 ans. À un photographe qui en avait 30. On aurait dit qu'elle cherchait à quitter la maison par tous les moyens. Je suppose que j'ai déversé sur Fräulein Rousseau la colère que j'éprouve envers ma fille de nous avoir quittés si tôt.

— Sophie, c'est celle qui vit en Allemagne ?

— C'est celle qui est morte.

Freud tapotait le bord de la tasse du bout de sa cuillère, à un rythme irrégulier.

— Je l'ignorais.

— C'est arrivé en janvier dernier. La grippe. Elle vivait à Berlin, avec ses deux petits garçons et son mari, que je n'ai jamais traité comme il le méritait. Quand nous avons appris qu'elle était malade, il n'y avait plus aucun train qui fonctionnait – même pour les cas d'urgence. Lorsque nous avons reçu d'autres nouvelles, elle était morte, dit-il avant de prendre une profonde inspiration. Après cela, tout a fondamentalement perdu son sens à mes yeux. Pour un non-croyant, comme moi, il est impossible de rationaliser les choses en de telles circonstances. Il n'y a aucune justification possible. N'existe que la soumission muette. La nécessité brutale. Pendant des mois, mes propres enfants et petits-enfants…

Freud s'arrêta, rassembla ses forces.

— … je ne pouvais plus les voir.

Au-dehors, la Ringstrasse était très animée. Voitures

et tramway se croisaient. Un bel attelage passa. Une gouvernante, avec un landau.

— Enfin, reprit le psychanalyste, l'idée que l'homme soit heureux n'a jamais fait partie de la Création. Vous allez me dire que c'est de la superstition, mais j'ai un mauvais pressentiment au sujet de Fräulein Rousseau. Quel était son but en venant à Vienne ?

— Vous l'avez deviné hier soir. Gruber vient de sortir de prison.

— Allons, vous n'avez quand même pas oublié toute votre psychologie. Quel est son objectif ?

— Voir s'il l'aime encore, j'imagine. Ou peut-être si elle l'aime toujours. Elle a fait une promesse. Elle pense qu'elle doit la tenir.

— Insensé. Je n'y crois pas. Et vous ne devriez pas non plus. Savez-vous pour quelle raison son fiancé a été emprisonné ?

— Non.

— Moi, oui. Elle me l'a dit – en pleurant, le lendemain de votre départ, l'an dernier. Il a frappé un vieillard. Enfin, c'est ce qu'a déclaré la police. Je lui ai dit qu'un garçon qui défilait avec la Ligue antisémite ne ferait pas un bon mari pour elle. Je lui ai conseillé de ne pas le revoir. Je croyais qu'elle avait suivi mon conseil.

— On dirait qu'elle a changé d'avis.

— Il est un piège dans lequel tombent beaucoup de jeunes femmes. Elles s'attachent à des hommes violents. Elles leur pardonnent le fait qu'ils les maltraitent. Elles prennent cela pour de l'amour. Ça n'en est pas. Ce qu'elles veulent vraiment, c'est être punies pour leurs péchés, réels ou imaginaires… voire à la place d'une autre personne. Il y a quelque chose de malsain dans l'attachement que Fräulein Rousseau voue à cet homme. Je le sens. Je vous conseille de ne pas la perdre de vue. Elle s'apprête à se jeter dans les bras d'un criminel.

— Peut-être qu'il la battra et qu'elle recouvrera ses esprits.

L'un des sourcils de Freud se releva. Younger se demanda s'il avait lui-même emprunté cette attitude à son maître.

— Vous pensez qu'elle s'est vouée à cet homme, reprit le psychanalyste, et vous êtes prêt à la laisser se jeter dans son lit ?

— Je n'ai pas prise sur les choix de Miss Rousseau.

— Vous souhaitez qu'elle soit châtiée pour vous avoir préféré un autre homme. Votre vengeance, c'est de la laisser partir.

— La laisser partir ? J'ai franchi un océan pour la faire changer d'avis.

— Vous ne parviendrez pas à la faire changer d'avis. Toutefois, vous pouvez peut-être la protéger.

— De quoi ?

— De ce Gruber. D'une décision qu'elle regrettera toute sa vie.

De retour à l'hôtel Bristol, Younger trouva un message :

Cher Stratham,

Je cours prendre le train. Je ne suis pas allée à l'Institut du radium. Je me suis rendue à la prison, où l'on m'a dit que Hans avait quitté Vienne pour Braunau am Inn. Je crois qu'il s'agit de sa ville natale. Il n'y a qu'un train par jour pour Braunau, et il part dans une demi-heure. J'espère être de retour demain. Luc est en haut, dans ma chambre. Merci de prendre soin de lui. J'espère qu'un jour vous comprendrez.

Bien à vous,

Colette

Younger contempla longuement cette note en se passant la main dans les cheveux. Puis il envoya chercher Oktavian Kinsky, l'aristocrate devenu cocher.

Younger et Luc attendaient dans le hall de l'hôtel quand, une heure plus tard, arriva Oktavian, fort élégant avec son blouson de cuir et sa casquette neuve, tels qu'en portaient d'habitude les conducteurs d'automobile décapotable.

— Je sais que vous désiriez une voiture, monsieur, mais dans un délai si court, je n'ai pu trouver mieux. Cela sera tout à fait suffisant, néanmoins. Vous serez à Braunau dans six heures.

Devant l'hôtel était arrêtée une motocyclette étincelante, aux chromes miroitants, à laquelle était fixé un side-car fermé par des panneaux de bois.

— Ça ne va pas, répondit Younger.

Oktavian comprit tout de suite le problème. Luc était lui aussi en habit de voyage, or le side-car ne pouvait contenir qu'un passager.

— Ce jeune homme vous accompagne-t-il ? Je ne l'avais pas compris.

Younger sortit, les deux autres sur les talons.

— J'irai seul avec lui.

— Mais ce véhicule ne m'appartient pas, répondit le chauffeur. Je ne pense pas que…

— Je vous le ramènerai demain, je vous le promets. Je prends ça aussi, si cela ne vous ennuie pas, dit-il en lui empruntant le blouson. Et la casquette.

Dans le panier du side-car se trouvait un espace d'où dépassait le torse du passager. Deux panneaux s'ouvraient pour se glisser à l'intérieur, révélant un siège confortable et un petit compartiment de rangement. Younger enfila le blouson à Luc, puis lui vissa la casquette sur les oreilles avant de le déposer sur le siège, de refermer les deux panneaux et de les attacher. Quelques instants plus tard, ils étaient sur la route.

Le médecin apprit au garçon comment se pencher dans les virages pour augmenter leur vitesse. Le blouson et la casquette trop grands étaient presque comiques sur l'enfant, mais ils lui tenaient chaud. Younger ne lui dit rien de l'objet de ce départ précipité, et Luc ne chercha pas à savoir. Le voyage ne fut pas trop rude… avant que la pluie ne se mette à tomber.

Le premier éclair fendit le ciel devant eux, sans crier gare. Le tonnerre ébranla l'atmosphère quelques instants plus tard, comme un obus explosant juste au-dessus de leurs têtes. Terrifié, le garçon s'accrocha au bras de son protecteur, qui manqua perdre le contrôle de la moto. L'engin partit en zigzag et faillit se retourner. Quand il en reprit le contrôle, le médecin se pencha sur l'enfant en hurlant :

— Si tu as peur, bouge plus lentement !

Ceint d'une muraille ancienne, le village de Braunau avait un aspect étrange, de style germanique – on était tout près de la Bavière. Les maisons aux toits pointus, colorés, se touchaient presque les unes les autres, formant de pittoresques petites places, toutes sous la houlette d'une église au haut clocher. Il n'y avait pas à proprement parler de gare, rien qu'un quai et une sorte de guérite où l'on vendait les billets.

Dans l'obscurité grandissante, Younger s'y arrêta. Il essuya la poussière de ses yeux, la sueur sur son front, regrettant de ne pas avoir de lunettes appropriées. Le voyage n'avait pas pris six heures, mais dix, en raison des intempéries, de la nécessité de nourrir Luc et du fait qu'ils s'étaient par trois fois fourvoyés dans une mauvaise direction. Le médecin ouvrit les panneaux du side-car d'où il extirpa le garçon, trempé, comme l'intérieur de l'habitacle. Il demanda à l'employé des chemins de fer s'il avait des couvertures à disposition. On lui en fournit, et il les tendit à l'enfant en lui ordonnant d'ôter ses habits mouillés pour se sécher.

— Le train de Vienne est-il arrivé ? demanda-t-il à l'homme.

— Oui. Il y a deux heures.

— En auriez-vous vu descendre une jeune femme brune, qui voyageait seule ?

— Une Française ?

— Oui.

— Très belle ?

— C'est elle.

— *Nein.*

Younger attendit, mais rien ne suivit.

— Comment ça, *nein* ? reprit-il.

— Je n'étais pas là quand le train de Vienne est passé, *mein Herr.* Mais la demoiselle devait s'y trouver. Je lui ai vendu un billet.

— Un billet pour quelle destination ?

— Un aller simple dans le train de nuit pour Prague. Elle n'avait pas de bagage. Vous l'avez ratée de peu ; le train est parti il y a moins d'une heure. C'est très inhabituel. Imaginez-vous, une jeune fille comme ça, voyageant seule par le train de nuit !

Le médecin passa la main dans ses cheveux.

— Je cherche Hans Gruber. Savez-vous où il habite ? Lui ou sa famille ?

Younger trouva la maison que lui avait décrite l'employé des chemins de fer : petite demeure rustique, propre mais en mauvais état, entourée d'une clôture, dont le toit semblait près de s'écrouler. Une vieille femme râblée, au regard dur, ouvrit la porte.

— Frau Gruber ?

— Qu'est-ce que vous voulez ?

— Je suis un ami de Hans.

— Menteur, lâcha-t-elle d'une voix à la fois rusée et acariâtre.

La vue de Luc, enveloppé dans des couvertures, ne réussit pas à l'attendrir.

— Allez-vous-en, reprit-elle. Il est pas là. Il est à Vienne.

Elle tenta de refermer la porte, mais le médecin l'en empêcha.

— Ce n'est pas ce que vous avez dit à la jeune femme. Vous lui avez dit qu'il était à Prague.

Elle plissa les yeux d'un air soupçonneux puis éclata d'un rire sarcastique, découvrant des dents jaunies.

— Vous croyez que je sais pas ce qu'il va en faire ? Je connais tous ses trucs. Il va l'user jusqu'à la corde.

Il va lui faire faire le tapin, et quand elle sera plus bonne à rien, il la jettera. Comme toutes les autres.

La réaction de Younger devant ces sombres prédictions fut d'une ambivalence étonnante. D'une part, songea-t-il, il comprit que Colette serait réellement en danger si elle se mariait avec Gruber. Mais d'autre part, les risques qu'elle l'épouse diminuaient soudain de manière considérable.

— Dites-moi où je peux le trouver à Prague.

— Je sais pourquoi vous êtes ici. Il vous doit de l'argent. Je le vois dans vos yeux. Eh bien, il m'en doit d'abord à moi ! s'exclama-t-elle en hochant la tête avec amertume. Il a touché le traitement de la famille toutes ces années, juste parce que le gouvernement l'envoyait dans une enveloppe à son nom à lui. Et après, il a osé revenir ici, dormir sous mon toit. Allez-vous-en ou bien j'appelle la police. Vous croyez peut-être que je vais vous aider à récupérer l'argent ? Tout ce qu'il a m'appartient.

— Et combien vous doit-il ?

La vieille fut trop heureuse de calculer la somme, au demeurant fort élevée. Younger sortit son portefeuille et lui donna encore davantage. Les yeux de la femme s'allumèrent de convoitise.

Ils quittèrent la demeure des Gruber avec une adresse à Prague et un costume de garçon en laine brune, sec et propre, quoiqu'un peu défraîchi. L'employé des chemins de fer leur expliqua comment rejoindre Prague.

— Toi, tu vas essayer de dormir là-dedans, dit le médecin à l'enfant tandis qu'il grimpait dans le side-car. Nous avons une longue route devant nous.

Luc le regardait, les yeux pleins de questions.

— Oh, ce n'est pas un mystère. Ta sœur est partie à la recherche d'un homme qu'elle a connu pendant la guerre. Ils devaient se marier. Nous la suivons.

Ses prunelles le fixaient toujours.

— Non, j'ignore ce que je ferai quand nous la retrouverons. Ça ne servira sans doute à rien. Quand nous atteindrons Prague, ils seront sûrement déjà dans une église, avec les cloches battant à la volée. Et moi, j'aurai l'air ridicule.

Le garçon lui tapota le bras. Il fouilla le compartiment du side-car, à la recherche d'un papier où écrire, et il extirpa des cartes d'Oktavian. Au dos de l'une, il rédigea un message : « C'est vous que ma sœur veut épouser. »

— Les circonstances prouvent que tu fais erreur, répliqua-t-il en démarrant l'engin.

Luc lui tapota de nouveau le bras en lui tendant une seconde carte : « Je n'aime pas ma sœur. »

— Bien sûr que si, répondit-il.

Il était 9 heures du matin quand, sous une pluie fine, ils arrivèrent en cahotant dans les rues pavées de la Nové Město, ou « Nouvelle Ville » de Prague, où la nouveauté en question faisait référence aux beaux jours du XIVe siècle. La juxtaposition des époques, au cœur de la cité, était presque incongrue. Des églises gothiques étaient ornées de dômes néo-classiques ; des palais baroques exhibaient des tours carrées, dignes du Moyen Âge ; quant aux rues, elles étaient parsemées de statues équestres du XIXe siècle, représentant des généraux du XVIIIe siècle brandissant leur épée sur leur monture en pleine ruade. Dans le crachin, tout était grisaille, même les clochers dorés des églises et les murs saumon des maisons.

Younger avait les yeux injectés de sang. Il avait conduit toute la nuit. À son côté, recroquevillé dans le side-car, Luc dormait.

Sur une large avenue bordant la rivière Vltava au cours lent et turbide, le médecin s'arrêta à la hauteur d'un café qui semblait ouvert. Il descendit, alluma une cigarette, traversa la chaussée et alla jusqu'au parapet d'où il contempla l'eau. En aval, des bateaux s'engageaient sous les voûtes d'un pont de pierre médiéval semblables à des tunnels. Réveillé par l'arrêt soudain de la machine, Luc le rejoignit en bâillant. En face, l'autre versant s'élevait à une hauteur considérable, au sommet duquel trônait l'immense Pražský hrad, le château de Prague, étincelant dans le soleil du matin.

— C'est le plus grand château du monde, dit Younger à l'enfant. Avant la guerre, il était occupé par des empereurs et des rois. Il est vide, à présent – on le reconstruit, paraît-il. Il va être rénové pour servir au nouveau gouvernement. Tu sens ça ? On fait cuire quelque chose, dans ce café. Viens, allons voir.

Il leur fallut une heure pour trouver la rue que Frau Gruber leur avait indiquée à Braunau. Le médecin ne comprenait pas un traître mot de tchèque ; et même lorsqu'il trouvait une personne qui parlait allemand, nul ne connaissait le nom de cette rue. Peut-être parce qu'elle était située dans les vieux quartiers, qui formaient un dédale de ruelles, ou parce que la prononciation de l'Américain était exécrable.

Enfin, ils parvinrent à la bonne adresse, près d'une ancienne poudrière en pierre. Depuis les toits environnants, les toisait une armée de saints grandeur nature, sculptés dans un marbre que les siècles avaient nappé de crasse, tous dans des postures exprimant l'extase ou la douleur. Des maisons d'un ou deux étages bordaient la rue étroite, leurs balcons si proches que les habitants auraient presque pu se serrer la main.

Younger frappa. Il ne savait pas très bien ce qu'il ferait si quelqu'un ouvrait, mais personne ne se présenta. Il essaya d'entrer, la porte était verrouillée. Il demanda à des passants s'ils connaissaient Hans Gruber. Ils ne comprenaient pas ce qu'il leur demandait – à moins que ce nom ne leur soit inconnu.

— Il va falloir attendre, dit-il à Luc.

Il gara la moto un peu plus bas dans la ruelle, entre deux vieux bâtiments, puis il alluma une cigarette.

Au début de l'après-midi, Colette n'était toujours pas là. Ni personne correspondant à la description de Hans Gruber. Younger songea que, peut-être, la vieille lui avait donné une fausse adresse. Non, elle avait dit la vérité. Mais peut-être s'était-elle trompée. Dans ce cas, Colette ferait la même erreur et aboutirait au même endroit – en supposant qu'elle ne les avait pas précédés, ce qui semblait peu probable étant donné la propension des trains autrichiens à tomber en panne, et à arriver à destination avec vingt-quatre heures de retard.

Dans une boutique toute proche, Younger acheta une miche de pain et d'épaisses tranches de jambon. Quand il revint, le garçon lui donna un nouveau message : « Suis-je un lâche ? »

Younger lui prépara un sandwich, puis en fit un pour lui.

— Je vais te répondre par une platitude, c'est-à-dire une vérité générale que tout le monde connaît. Ce n'est pas parce qu'on a peur qu'on est un lâche. Voilà, c'est une platitude, mais c'est la vérité.

Luc écrivit encore : « Tu n'as jamais peur. »

— Bien sûr que si, répondit-il. Je vais te confier un secret. Le courage, c'est quand on ne laisse personne deviner à quel point on a peur. Désolé de te dire ça, mais à ton âge, certains garçons ont déjà prouvé qu'ils étaient des héros. Autant te dire la vérité. J'en ai connu un, qui n'était pas plus vieux que toi, et qui a accompli le plus grand acte de bravoure que j'aie jamais vu. Cet enfant avait été enlevé. Il était attaché. Eh bien, malgré cela, il a eu la présence d'esprit d'attirer mon attention sur un tube de dioxyde d'uranium qui roulait sur une table et allait choir. Il nous a sauvés des griffes d'un homme très vilain. Il était d'ailleurs si vilain, qu'il était finalement mieux avec la barbe en feu.

La nuit était tombée quand Luc le réveilla. La ruelle était à présent éclairée par les différentes tavernes, d'où provenait un véritable vacarme. Il faisait froid. Younger avait un mauvais goût dans la bouche, tout son corps était raide. Le garçon pointa le doigt avec vivacité : une silhouette mince, vêtue d'un manteau léger, approchait d'un pas rapide. C'était Colette. Elle frappa. Cette fois, quelqu'un ouvrit et elle entra. Ils attendirent, observant les fenêtres pour détecter un signe de vie.

Le médecin s'interrogeait sur ce qu'il allait faire à présent, quand la jeune femme réapparut et repartit en passant juste en face d'eux. Au bout de quelques pas, elle tourna et disparut à nouveau sous une arche de pierre.

Ils la suivirent avec la plus grande prudence. Ils débouchèrent sur une immense cour remplie de monde, qui avait dû jadis être celle d'une abbaye et servait désormais d'extension à une taverne. Un petit orchestre jouait une musique entraînante. Des lanternes étaient accrochées aux branches des arbres. Des hommes braillaient des chansons. Des couples dansaient sur le sol dallé. Les femmes étaient nombreuses, et toutes accompagnées, à part Colette, qui semblait chercher Gruber.

Younger songea, un instant, à se montrer. Mais il craignait qu'en se présentant tout de suite, avant même qu'elle ait vu Heinrich, la jeune femme, furieuse contre lui, refuse de l'écouter. Son intervention pourrait même gâter les choses. Mieux valait laisser Gruber se saborder tout seul. Si sa mère ne s'était pas trompée, c'était un rustre, un homme à femmes – peut-être avait-il réussi à duper Colette lorsqu'il était encore blessé, malade, mais à présent, il allait sans doute lui inspirer du dégoût. Et si jamais ce n'était pas le cas, il serait toujours temps pour lui d'intervenir et de faire une ultime tentative. Il éprouvait de surcroît une certaine curiosité, il voulait voir comment les anciens amoureux se comporteraient au moment des retrouvailles.

Aussi s'installa-t-il confortablement avec Luc dans un recoin de la cour surpeuplée, le plus loin possible de la jeune femme. Il enfonça davantage la casquette trop grande sur la tête de l'enfant, même si dans l'obscurité et la foule il n'y avait guère de risque qu'elle les repère. Elle semblait d'ailleurs ne se préoccuper que de ses propres affaires. Elle s'assit sous une lampe, à l'écart des autres, au bout d'un banc devant une longue table. Avec une certaine ostentation, selon Younger, elle retira son manteau, révélant une robe comme il ne lui en avait jamais vu porter.

Ses bras étaient dénudés, ainsi que son dos. L'ourlet, qui dévoilait presque ses genoux – non, qui dévoilait ses genoux lorsqu'elle croisait les jambes –, conspirait avec ses talons hauts pour attirer le regard de tous les hommes présents. Jamais un dos n'avait montré aussi clairement qu'il souhaitait être regardé. C'est sans aucun doute ce que pensaient les types assis à la table de derrière. Ils se donnèrent des tapes sur les épaules, désignant la nouvelle venue, et se livrèrent aux démonstrations sonores et autres gesticulations des hommes dans ce genre de situation.

Parmi eux, bien qu'il ne l'eût jamais vu auparavant, Younger reconnut sur-le-champ Hans Gruber. On ne pouvait pas se tromper : c'était le seul grand gaillard blond aux yeux bleus. Pas encore la trentaine, il était fort beau, vêtu avec élégance, l'air sûr de lui, commandant tournée sur tournée pour lui et ses amis.

Un inconnu à la moustache grasse s'approcha, il cherchait à aborder Colette. Dans sa hâte, il trébucha sur son banc. Elle s'écarta aussitôt, et il s'étala non pas sur elle, mais sur la table, hurlant de douleur, et renversant une kyrielle de verres et de bouteilles. Elle ne manifesta pas le plus petit intérêt pour l'échauffourée qui s'ensuivit, et sortit avec calme une cigarette de son sac. Younger ne l'avait jamais vue fumer.

Deux mains s'approchèrent, protégeant une allumette. Bien sûr, c'était Hans Gruber. Elle le laissa allumer sa cigarette, leva les yeux vers lui, lui parla, mais le bruit était tel qu'il empêchait le médecin d'entendre quoi que ce soit. Il lui sembla que l'autre ne la reconnaissait pas. Ses mains s'attardèrent près de ses lèvres, ils se parlèrent, peut-être la reconnaissait-il enfin.

Ils discutèrent un moment – elle fumait, il écartait les hommes qui cherchaient à l'approcher. Il commanda un verre pour elle, le paya, et elle le but. Ensuite, il l'emmena danser, la main sur sa taille.

Younger avait du mal à se contenir.

Ils dansèrent plus d'une heure, sans jamais cesser de boire – non seulement Gruber, mais aussi Colette, ainsi que deux costauds plus petits, qui n'étaient pas accompagnés, mais semblaient déterminés à faire leur possible pour aider leur ami à mener à bien son affaire. À un moment, l'Autrichien ingurgita une triple pression d'une seule traite, encouragé par ses camarades qui chantaient son nom. Plus tard, alors que les musiciens faisaient une pause, il aida sa compagne à remettre son manteau et, ensemble, ils quittèrent joyeusement la cour, suivis des deux compères, qui riaient comme des baleines.

Younger les laissa sortir, puis se mit à les suivre. Luc et lui arrivèrent dans la rue juste à temps pour voir Colette monter dans une automobile décapotable. Gruber grimpa à ses côtés et le véhicule démarra. Le bras passé autour des épaules de sa compagne, il chantait à tue-tête – et plutôt bien, dut reconnaître le médecin. Luc et lui se hâtèrent jusqu'à la moto.

Des étoiles de David et des caractères hébraïques sur les devantures des boutiques indiquaient qu'ils se trouvaient à présent dans le quartier juif. Younger n'aurait su dire pourquoi il suivait subrepticement

Colette et son fiancé à travers Prague, en une course erratique et ébrieuse. Plus d'une fois, la décapotable mordit sur le trottoir avant de revenir sur la chaussée.

À présent, ils se trouvaient rue Mikulasska, bordée d'arbres et de façades Art nouveau illuminées de capricieux becs de gaz. Une vieille femme traversa, ombre furtive, serrant dans ses bras un lourd paquet, comme si elle cherchait à se cacher.

— Mais qu'est-ce qu'elle fait dehors à cette heure ? s'interrogea Younger à voix haute.

Des cris fusaient des alentours. Des bandes de garçons arrivaient en courant par les ruelles. Plus loin, se formait un attroupement. La voiture de Gruber s'arrêta à quelques mètres. L'Américain l'imita, stationnant près d'un groupe sur un large trottoir. Au centre du cercle, un frêle monsieur en tenue de soirée, portant des lunettes, se faisait malmener. Quelqu'un lui arracha sa canne et la lança dans une vitrine, qui se brisa.

— C'est la fête, déclara Younger.

Gruber bondit hors du véhicule et courut vers l'attroupement. Il écarta les jeunes gens l'un après l'autre, pour se frayer un chemin jusqu'au centre, où il apostropha le monsieur en tenue de soirée :

— *Jüdisch ?* demanda-t-il.

Effrayé, l'autre ne répondit pas. Les hommes qui formaient le cercle manifestaient autant de défiance vis-à-vis de ce nouveau venu qu'ils se montraient hostiles envers leur victime.

— *Jüdisch ?* répéta-t-il, sans mauvaise intention apparente, comme si c'était d'une importance capitale.

Luc se tourna vers Younger, qui lui expliqua avec calme :

— Il demande à ce monsieur s'il est juif.

L'homme en tenue de soirée avait compris ce mot d'allemand, c'était évident. Il hocha la tête de manière presque imperceptible : peut-être espérait-il ainsi être sauvé par cet étranger providentiel. Sa franchise lui coûta cher. Gruber lui prit ses lunettes, les laissa choir, puis les écrasa sous son talon. La foule explosa de joie. Le Juif essaya de reculer, mais l'autre le saisit par le col et lui flanqua un coup de poing dans la figure qui le fit vaciller, trébucher, pour s'effondrer dans la vitrine du magasin. La foule acclama Gruber de plus belle. Celui-ci se frotta les mains, repoussa les gens et s'en retourna à son automobile.

Younger envisagea un instant de porter secours à l'infortuné, mais déjà l'agresseur remontait en voiture. Colette ignorait sans doute ce qu'il venait de faire. Le médecin l'apercevait dans le véhicule. Il vit aussi Gruber passer à nouveau le bras autour de ses épaules. Le moteur démarra et ils repartirent. Younger abandonna le Juif à son sort.

L'automobile franchit lentement le boulevard, suivie à distance par la moto. Ils passèrent plusieurs carrefours, puis débouchèrent sur une place ancienne. Au centre, un bûcher. Rassemblés autour, des gens chantaient et frappaient dans leurs mains. D'autres, sortant des majestueux bâtiments adjacents, apportaient de grosses piles de livres. Quand ils arrivèrent près du brasier, ils les y jetèrent.

— Un bon vieil autodafé, murmura Younger.

La voiture contourna le groupe, puis s'arrêta quatre cents mètres plus loin aux abords d'un petit parc. Le médecin demeura loin derrière. Le jardin public était parsemé de réverbères et d'arbres, dont les feuilles jaunissantes semblaient scintiller dans le clair de lune. Gruber et Colette descendirent. Leurs compagnons restèrent à l'intérieur, continuant à boire et à s'amuser.

— Attends-moi là, fit Younger à Luc.

Dans les ténèbres, il se faufila vers le parc, jusqu'à une haute grille en fer forgé. De là, il aperçut le couple qui se promenait. Il longea la barrière, et les vit s'enfoncer vers le cœur du jardin. L'Autrichien s'exprimait dans un allemand rapide ; la jeune femme riait, minaudait, mais Younger ne pouvait croire qu'elle y comprît quoi que ce soit. Gruber faisait virevolter Colette, comme s'ils dansaient encore, ce que l'Américain ne goûtait guère.

Ils s'arrêtèrent dans la douce lumière d'une lampe à gaz. Gruber lui ôta son manteau, qui chut à terre. Il tourna Colette de dos, et ses mains glissèrent sur son ventre, tandis qu'il lui mordillait l'oreille. Younger se rappela un soir où il avait tenté quelque chose de semblable. Elle ne s'était pas laissé faire. D'un geste brusque, Gruber la fit pivoter de l'autre côté. Ils étaient à présent face à face. De son pouce, il caressa ses lèvres. Le sac de Colette tomba. Il l'attira à lui, prêt à l'embrasser... pour reculer d'un coup, les mains en l'air.

La jeune femme tenait un petit revolver. Il n'y avait pas eu de détonation : elle n'avait donc pas fait feu. Mais elle pointait l'arme sur son cœur. Elle lui dit quelque chose en allemand. À son débit, Younger eut l'impression qu'elle récitait un texte de mémoire, mais elle parlait d'une voix trop basse pour qu'il parvienne à comprendre. Gruber tomba à genoux, supplia. Colette respirait très fort à présent, ses épaules montaient et descendaient. Puis elle s'immobilisa, son arme toujours braquée sur Gruber, à bout portant.

Cependant, elle hésita. L'espace de trente secondes. L'autre la suppliait toujours. Enfin, elle fit un pas en arrière, puis un autre, encore un autre, et elle se retourna pour partir en courant dans l'obscurité.

Puis Younger entendit un bruit de collision et un cri étouffé. Un instant plus tard, les deux camarades de Hans apparurent dans la lumière, tenant la jeune femme. Elle se débattait, et ses pieds ne touchaient plus le sol. Elle avait dû courir droit sur eux. L'un d'eux appuyait sa grosse main sur sa bouche, l'autre braquait son propre revolver entre ses côtes.

Gruber se leva. Il cracha, s'essuya le nez sur sa manche et s'empara de l'arme. Il gifla Colette, l'insulta en allemand, avant d'insérer le canon du revolver dans sa bouche.

— Hé, Gruber ! beugla Younger en s'accrochant de toutes ses forces aux barreaux de la grille. Lâche-la !

Son appel prit les hommes par surprise. Ils l'entendaient mais ne le voyaient pas. L'Autrichien se retourna, dirigea l'arme sans précision dans la direction d'où venait la voix.

— On est venu te chercher, Gruber ! poursuivit le médecin. On va t'arracher le cœur pour te le faire bouffer !

Il bluffait bien sûr, puisqu'il était seul. Ou presque. Car alors une fine silhouette se faufila près de lui et tenta de se frayer un chemin à travers les barreaux, trop serrés pour laisser passer un homme, mais pas un enfant. Younger l'attrapa au vol, par le col du blouson de cuir. Ses pieds décollèrent du sol, et ses jambes se mirent à battre l'air ; il n'alla pas plus loin.

Le bruit de sa course eut un effet immédiat. Imaginant qu'ils étaient poursuivis, Gruber détala vers la sortie du parc en ordonnant à ses acolytes de se charger de la jeune femme. Les deux autres empoignèrent Colette et lui emboîtèrent le pas. Younger, ramenant Luc du bon côté de la grille, les imita, emportant le garçon sur son épaule. Bien qu'il eût un chemin plus long à parcourir, il parvint à la moto en même temps qu'eux à l'automobile.

— Quand je te dis de ne pas bouger, tu ne bouges pas, par saint Georges ! s'exclama Younger en fourrant le garçon dans le side-car jusqu'au cou avant de refermer les panneaux. Mais tu es très courageux.

Le moteur démarra, et ils partirent à fond de train à la poursuite de la voiture.

Gruber avait repris le volant. Il conduisait comme un fou à travers les ruelles, sans ralentir quand il dépassait un véhicule à l'arrêt, faisant bondir de côté les piétons. Il accéléra même lorsqu'un homme se présenta en plein milieu de sa route, sans avoir le temps de s'écarter, et l'envoya valdinguer. À l'arrière, prisonnière entre les deux compères, Colette ne pouvait plus bouger.

Younger les talonnait toujours mais parvenait juste à les suivre. Soudain, ils débouchèrent sur une avenue bordant la rivière, où, mettant pleins gaz, l'Américain réussit à reprendre du terrain. Gruber tourna sous une arche gothique pour emprunter un pont médiéval, frôlant des statues baroques et faisant à nouveau bondir les piétons. Lorsqu'ils atteignirent l'autre rive, la moto se trouvait juste derrière eux.

Mais l'automobile prit un virage serré juste après le pont et, malgré ses efforts, Younger perdit le contrôle de son véhicule qui dérapa et tourna sur lui-même pour finir sa course dans l'étal fermé d'un maraîcher. Un instant plus tard, il repartait, mais il n'avait plus d'avance. Un peu plus loin, dans la rue, Gruber braqua à nouveau, ses pneus crissèrent, et il entama l'ascension de la colline. L'Américain pénétra bientôt à son tour dans les rues en lacet, de plus en plus escarpées. Un instant, il ne distingua plus la voiture. Puis, au loin, il la vit s'engager dans une portion en épingle à cheveux, pour disparaître encore une fois dans une ruelle en pente.

La moto s'élançait à leur poursuite. Sous ses roues, la chaussée se transforma en rampe pavée, longeant des maisons d'un côté, un muret de pierre de l'autre. Elle grimpait de plus en plus haut. Tous les vingt-cinq mètres, de petites marches ponctuaient la route, qui chaque fois les faisaient sauter en l'air. Ils traversèrent une barrière en morceaux – l'automobile de Gruber avait dû l'enfoncer quelques instants plus tôt.

Arrivés au sommet, ils découvrirent une vaste place sombre. Younger coupa le moteur. L'énorme cathédrale gothique Saint-Guy se détachait sur le ciel nocturne d'un côté, le massif château de Prague, englouti par l'ombre, se dressait en face.

L'endroit était désert, semé de débris de pierre et de matériel de construction. Par endroits, d'énormes trous avaient été creusés. À d'autres, s'amoncelaient d'importants tas de pierres hauts de trois mètres. Le silence régnait. D'étranges formes oblongues arrêtaient le clair de lune. Aucune trace de Hans Gruber.

Je n'aime pas ça, songea Younger. L'automobile pouvait se dissimuler n'importe où, et si la moto traversait à découvert, elle ferait alors une cible parfaite pour ses ennemis. Une volée d'oiseaux se mit à criailler à l'autre bout de la place, s'élevant pour s'égailler ensuite, mais il n'entendit ni ne vit rien d'autre : aucun bruit de moteur, ni phare.

— Peut-être qu'ils ne sont pas là, murmura-t-il sans y croire vraiment.

Il éteignit ses phares. Conduisant d'une seule main, il fit avancer son engin, contournant les tas de terre, le matériel de construction et les fossés. Toujours aucun signe de la voiture. Ils arrivèrent auprès de deux amas de terre presque accolés. Younger rangea la moto entre les deux.

Devant eux, un point de vue panoramique surplombant toute la ville de Prague : ses rivières, ses ponts, ses différents quartiers illuminés. Un mur bordait auparavant la pente extrêmement abrupte, mais il avait été démoli. Soudain, l'Américain craignit de les avoir perdus pour de bon.

La réponse à sa question ne tarda pas : il entendit derrière lui le vrombissement d'un moteur, suivi d'un grand fracas. Gruber les avait percutés par-derrière. Ils étaient pris au piège. Le véhicule fit marche arrière, puis les heurta à nouveau. Younger et Luc n'avaient aucun moyen de s'échapper, coincés qu'ils étaient entre les deux monticules de terre, avec le précipice devant eux. L'automobile était à présent accrochée à l'arrière de la moto ; son moteur tournait à plein régime, les poussant en avant. Les freins de Younger ne fonctionnaient plus. Il passa la marche arrière et accéléra. Cela ralentit leur progression, mais ne l'arrêta pas. Ils étaient à présent au bord du gouffre – et soudain ils s'immobilisèrent. La base du mur, dont il subsistait vingt à trente centimètres, les avait sauvés.

La voiture recula une dernière fois. Le médecin essaya d'arracher Luc au side-car par le col du blouson, mais il l'avait, hélas, trop bien bouclé à l'intérieur. Il entendit le moteur de Gruber rugir. Il bondit sur le side-car, prit l'enfant par les aisselles, le tira, le tortilla, jusqu'à l'impact suivant, qui projeta la moto par-dessus le vestige du mur. Le garçon dans les bras, Younger fut éjecté, tandis que leur véhicule plongeait le long de la falaise pour rebondir plus bas sur le versant, après quelques tonneaux, puis d'atterrir au pied du précipice, où il s'écrasa contre un mur de pierre et explosa.

L'Américain assista au spectacle depuis le flanc de la colline, où il s'était accroché, à deux ou trois mètres en contrebas. Ils étaient tombés, mais Younger avait réussi à arrêter leur chute grâce à un habile stratagème : il s'était accroché à un arbre. L'explosion de la moto projeta des morceaux de métal, dont plusieurs s'abattirent sur eux. Luc respirait avec peine : il avait les yeux écarquillés, et soudain il ne respira plus du tout. Son compagnon sentit son propre cœur s'arrêter. Enfin, ses poumons se remirent à fonctionner.

— Ça va. Tu as juste eu le souffle coupé. Ne bouge pas d'ici.

Il escalada le versant et revint sur la place, où il aperçut l'automobile qui filait de l'autre côté en direction de la ruelle pavée. Younger enfonça les doigts dans sa bouche et émit un sifflement perçant dans la nuit.

La voiture s'arrêta. L'Américain siffla de nouveau. Le véhicule fit demi-tour et ses phares l'illuminèrent, à une trentaine de mètres de distance. Pendant un instant, ils demeurèrent immobiles. Le vent agitait les pans du long pardessus de Younger. Les hautes tours du château étaient enveloppées de ténèbres ; le clair de lune jetait une faible lueur sur les dalles. Il écarta les bras, invitant Gruber à lui foncer dessus.

Le moteur vrombit. Younger avança. L'automobile démarra ; l'Américain se mit à courir. Chacun accélérait. Arrivé au centre de la place, alors que l'impact était imminent, Younger bondit dans les airs. Le capot de la voiture passa sous lui. Son épaule heurta le pare-brise tandis qu'il se protégeait le visage de son bras.

Le verre éclata, et des tessons se plantèrent dans le visage de Gruber, qui perdit le contrôle de l'engin. À côté de lui, le siège se détacha de son socle quand l'Américain s'effondra dessus, heurtant le passager de derrière, qui hurla de douleur, au moment où sa jambe se brisa.

Assise à côté du gaillard désarmé et désormais hors d'état de nuire, se trouvait Colette.

— Stratham ? s'exclama-t-elle.

— Ne bougez pas, répondit-il.

Le second ami de Gruber, qui tenait la jeune femme, tenta de pointer son revolver sur Younger quand l'automobile s'arrêta. Plus rapide, l'Américain lui saisit le poignet, appuya le pouce sur la détente, par-dessus le doigt de l'autre, qu'il pressa deux fois. Les coups se perdirent dans la nuit. Puis Younger colla le bras de l'homme contre la poitrine de Colette, enfonçant le canon dans les côtes de son camarade, fit feu trois fois, puis retourna l'arme contre la tempe du tireur. L'incompréhension se peignit sur les traits de ce dernier ; il ne parvenait pas à croire que l'arme qu'il tenait dans sa propre main puisse être pointée sur sa tête. Younger tira de nouveau.

Sur le siège avant, Gruber cherchait désespérément à débarrasser son visage ensanglanté des échardes de verre. En entendant les détonations, il se rua sur sa portière, sans parvenir à trouver la poignée. Alors, il entreprit d'escalader le flanc de l'automobile.

Debout sur le siège du conducteur, Younger le rattrapa par la cheville et le maintint ainsi en déséquilibre, la tête en bas. L'autre essayait de s'accrocher aux dalles de pierre, grattant comme un animal qui essaie de creuser un terrier. L'Américain le souleva, puis le laissa choir, la tête la première.

Le choc sonna Gruber, mais il ne perdit pas connaissance. Sur le tableau de bord, Younger avisa la tige métallique qui rattachait les deux panneaux de verre du pare-brise. Il s'en empara et bondit hors du véhicule. Là, il remit sur pied son adversaire et le plaqua contre la portière. L'Autrichien avait le visage maculé de sang et la peur se lisait dans ses yeux. Colette, qui s'était dégagée de la banquette arrière, arriva à son tour.

— Je suppose que les fiançailles sont rompues, lui dit Younger sans la regarder.

— Nous n'avons jamais été fiancés. Il…

— Je sais ce qu'il est.

— Non, il…

— Je le sais, répéta-t-il.

— Luc ! s'écria-t-elle.

Son frère se tenait à quelques mètres, dans la lumière des phares. L'Américain toisa Hans Gruber, qui tremblait. Puis, d'une voix très rauque, comme un souffle, il déclara :

— J'essaie de trouver une bonne raison de te laisser la vie sauve.

— Ce n'est pas moi, implora l'autre. C'était nous tous. On a tous participé.

— Ça n'est pas une raison, le contredit-il de cette voix d'outre-tombe.

— On avait des ordres !

— Je ne te crois pas.

— Stratham… intervint Colette.

— La seule chose que je vois, c'est ta pleutrerie, commenta Younger en étudiant le visage de son adversaire. Mais ça non plus, ce n'est pas une raison, ajouta-t-il après un temps de réflexion.

Et Younger enfonça la tige de métal dans le menton de Gruber, lui transperçant la tête. Les prunelles bleues se figèrent. Younger contempla longuement ces yeux, puis il laissa le cadavre s'effondrer sur le sol.

— Nous allons prendre sa voiture, lança-t-il.

Il débarrassa l'arrière du véhicule des deux autres corps, qu'il entassa par-dessus celui de Gruber. Luc considéra les trois morts. Puis il prit la main de sa sœur, et tous deux montèrent en voiture. Au moment où ils franchissaient le pont qui enjambait la Vltava, ils entendirent des sirènes hurler dans la nuit.

Quelques heures plus tard, dans un train qui roulait en grondant, le médecin ouvrit la porte d'un compartiment. Une bougie versait une lumière vacillante. Sur la couchette du bas étaient étendus Luc et Colette. Le petit garçon dormait.

— C'est vous ? murmura la jeune femme dans l'obscurité.

— Oui.

Il desserra sa cravate et, dans le lavabo, se rinça le visage. Ils venaient de passer la frontière autrichienne.

Il avait attendu dans le couloir pour s'assurer qu'aucun policier ne montait à bord. Tout était calme.

— Vous êtes un tueur chevronné, déclara-t-elle de façon inattendue.

Il prit Luc dans ses bras et le hissa sur la couchette supérieure. L'enfant remua mais n'ouvrit pas les yeux. Colette sursauta, se redressa et remonta le drap jusqu'au cou. Elle craignait qu'il ne veuille s'allonger à côté d'elle, c'était évident.

Il s'apprêtait à la rassurer en lui disant qu'il avait seulement changé le garçon de place, parce qu'il avait trouvé un compartiment vide pour lui, mais les mots refusèrent de sortir. Au lieu de cela, il fut pris d'un accès de fureur et arracha le drap qui la recouvrait. En combinaison, elle ramena ses genoux contre elle et enroula les bras autour, ses yeux verts étincelant dans la lumière de la bougie, pâles et anxieux.

Il secoua la tête.

— Que doit donc faire un homme pour que vous lui fassiez confiance ? Mourir ?

— J'ai confiance en vous.

— En vous comportant comme si vous craigniez que je vous viole ?

Elle se retira dans le recoin obscur de la couchette, serrant la chaîne d'argent qu'elle portait toujours autour du cou.

Il n'était pas en mesure d'expliquer la pulsion de violence qui le traversa alors. C'était de la rage, comme il en avait ressenti à plusieurs occasions pendant la guerre. Il la saisit par les poignets, la força à se lever, puis il lui arracha sa chaîne. Elle ne dit rien.

— J'admire cela… sincèrement, murmura-t-il d'une voix à peine audible, par-dessus le bruit de la locomotive. Vous m'avez menti pendant des années. Vous vous êtes montrée très habile, prétendant même être offensée parce que je ne vous avais pas dit certaines choses. Et à présent, vous jouez à nouveau les vierges effarouchées, avec votre croix dans la main, et vos bondieuseries. Il vous protégera. On ne vous a jamais dit qu'une bonne chrétienne ne passe pas six ans de sa vie à courir après un homme pour le tuer ?

— Ce n'est pas une croix.

Il ouvrit la main : au bout de la chaîne, se trouvait un médaillon.

— C'est comme ça que j'ai appris son nom, expliqua-t-elle.

Elle lui reprit le médaillon, l'ouvrit en deux et en retira un petit objet ovale, en métal.

— Quand nous avons trouvé ma mère, elle avait le poing serré, poursuivit-elle. Je l'ai ouvert, en dépliant un doigt après l'autre. Cette chose se trouvait à l'intérieur. Elle l'avait arrachée à l'homme qui l'avait… tuée.

Younger le prit, c'était une plaque d'identification. En la tournant un peu, il réussit à déchiffrer les lettres gravées : *Hans Gruber.*

— Je le porte en permanence depuis 1914. Si je vous avais dit la vérité, m'auriez-vous laissée venir à Vienne pour le retrouver ?

Il ne répondit rien.

— N'auriez-vous pas essayé de m'en empêcher ? renchérit-elle.

— Si.

Elle se retourna vers la fenêtre du compartiment et actionna le levier d'ouverture. En vain. Elle s'y prit à deux mains. Enfin, la moitié supérieure descendit, et un vent violent s'engouffra en hurlant, dans le défilement de la nuit. Elle fut projetée en arrière, et tomba dans les bras de Younger, ses longs cheveux bruns volant en tous sens, devant leurs yeux. Il vit le modelé délicat de ses pommettes, ses prunelles anxieuses fixées sur lui, étincelant dans la lueur de la bougie. Il l'attira vers lui. Leurs poitrines se touchèrent et il posa ses lèvres sur les siennes. Pendant quelques instants, elle s'abandonna à lui ; puis elle s'écarta, lui reprit la plaque d'identification et la lança par la fenêtre ouverte. Elle disparut dans les ténèbres sans une trace, sans un bruit.

Elle se retourna vers lui, frissonnant dans l'air froid qui tempêtait dans le compartiment, cheveux au vent, ses épaules nues accrochant la lumière de la bougie. Il sentait qu'elle ne lui résisterait pas. Si ses mains se posaient sur elle, elle ne le repousserait pas. Croyait-elle lui devoir quelque chose ? Il jeta un coup d'œil en hauteur, à la forme endormie du garçon et remonta la fenêtre.

De son côté, Luc, qui ne dormait pas, se préparait à entendre les bruits déplaisants des couples qui s'embrassent et se font leurs choses d'adultes. Cela n'arriva pas. À la place, la porte du compartiment s'ouvrit, puis se referma sur Younger.

QUINZE

Les Américains, sans parler des habitants de la capitale fédérale, se demandent souvent si la ville de Washington se trouve *dans* le district de Columbia, ou bien si elle *est* le district de Columbia. En 1920, elle n'était ni l'un ni l'autre. Il n'y avait pas de ville de Washington.

Quand, à la fin du XVIIIe siècle, les États-Unis décidèrent d'installer leur capitale sur les berges de la rivière Potomac, entre les États du Maryland et de la Virginie, on traça une sorte de diamant à la forme parfaite, dont chaque côté mesurait exactement dix miles. Cet espace fut baptisé « territoire de Columbia ». Il s'y trouvait trois municipalités : l'ancienne colonie de Georgetown ; la ville naguère virginienne d'Alexandria ; et enfin la nouvelle capitale, Washington.

Un bon demi-siècle plus tard, alors que les États-Unis élaboraient de multiples compromis futiles entre le Nord et le Sud, on régla en partie le problème du district de Columbia. Alexandria, pauvre et très pro-esclavagiste, fut rétrocédée à l'État de Virginie, alors que la traite des êtres humains était interdite dans le reste du district. La capitale perdit dans l'affaire sa perfection géométrique, ainsi qu'un tiers de son territoire, et les villes de Georgetown et Washington commencèrent à empiéter l'une sur l'autre. Ensuite, dans les années 1870, le Congrès abolit le statut de ces deux municipalités, les combinant pour en faire le district de Columbia.

À partir de ce moment-là, il n'y eut donc plus à proprement parler de ville de Washington. Toutefois, personne ne prêta vraiment attention à ce détail administratif et tout le monde continua à parler de Washington comme s'il s'agissait d'une véritable municipalité.

— Avez-vous accompli des progrès, Littlemore ? interrogea le secrétaire au Trésor par un matin de la fin octobre.

Il avait fait venir l'agent dans son somptueux bureau, bien plus vaste que beaucoup d'appartements new-yorkais que connaissait ce dernier.

— J'aimerais beaucoup pouvoir annoncer ces jours-ci que nous avons quelque chose, ajouta-t-il.

— Juste à temps pour les élections ?

— Tout à fait.

— Eh bien, j'aimerais avoir davantage de résultats, répondit Littlemore, frustré qu'aucune des pistes suivies n'ait abouti. Mes gars n'ont encore trouvé aucun témoin qui ait vu le camion quitter la ruelle après l'attentat. Mais ça viendra. Quelqu'un l'a forcément vu. De mon côté, j'ai enquêté sur tous ceux qui avaient un rapport avec le transfert de l'or. Le seul qui se détache du lot, c'est Riggs, et il n'est plus là.

— Riggs ? Qui est-ce ?

— Votre employé. Celui qui est mort le 16 septembre.

— Ah, oui. Et qu'avez-vous découvert ?

— Il a fait une demande de passeport en juillet dernier. Il prévoyait un petit voyage à l'étranger.

— Il faisait donc partie des criminels !

— On dirait bien. Hélas, je n'ai trouvé personne qui le connaissait. Pas de femme. Pas de famille. Il a été embauché par le Trésor, ici, à Washington, en 1917. Il a été détaché à New York l'année dernière. Qui a pu décider de l'envoyer là-bas ?

— Je n'en ai aucune idée. Je n'occupe ce poste que depuis cette année.

— Pourriez-vous le découvrir ?

— Pourquoi pas ?

— Je me demande s'ils auraient pu emporter l'or par bateau, déclara Littlemore en se grattant le menton. Le port est tout près de Wall Street. Est-ce qu'on inspecte tous les navires qui quittent New York ?

— Quelle question ! Les douanes vérifient jusqu'au moindre chargement sortant de notre pays. De plus, l'or est très lourd. Il serait impossible d'emporter cinq tonnes et demie en lingots par mer sans que nous le sachions.

— Très bien, disons alors qu'ils ont procédé autrement. Ils l'ont embarqué dans leur camion. Et après ? C'est vous l'expert, Mr Houston. Quand on a récupéré une telle cargaison de métal précieux, qu'en fait-on ?

— On le fond et on fabrique de nouveaux lingots.

— Pourquoi ?

— Tous les lingots du Trésor américain sont estampillés. Pour les vendre, les voleurs doivent effacer notre sceau. Une fois fondu, l'or devient impossible à identifier. C'est ainsi qu'ils s'y prennent avec les lingots soviétiques.

— Les Russes en ont ?

— En quantité. Ils proviennent des coffres du tsar. C'est de la contrebande. On ne peut les vendre nulle part dans le monde civilisé. Même moi, je n'ai pas le droit d'en acheter. Alors les Russes les acheminent ici dans la clandestinité, les fondent, fabriquent des lingots neufs, puis ils nous les vendent.

— À nous ? Vous voulez dire, au Trésor ?

— Tout à fait. Le Trésor des États-Unis achète tout l'or qu'on lui propose, quelle que soit la quantité, et nous payons mieux que n'importe quel autre pays au monde. Hormis les lingots russes, auxquels nous ne touchons pas – mais encore faut-il les identifier comme tels. Nous venons justement d'intercepter une cargaison, il y a quelques jours. Vous ne l'avez pas lu dans les journaux ? Plus de deux millions de dollars d'or russe de contrebande, cachés sur un paquebot suédois. Ce sont les douanes qui l'ont découvert. J'ai renvoyé la cargaison en Suède. À présent, le navire fait route dans l'autre sens, avec son chargement de lingots russes.

— Mr Houston, vous feriez mieux de rappeler ce bateau.

— Pour quelle raison ?

— C'est le coup classique. Le paquebot suédois a quitté New York avec une cargaison d'or, avec votre bénédiction. Mais peut-être que, sous les lingots estampillés par le tsar, la marchandise n'était pas russe. Peut-être que c'était votre or à vous, celui qui a été volé.

— Je n'y crois pas.

— Faites revenir ce bateau, Mr Houston. Comme ça, nous en aurons le cœur net.

— Je ne peux intercepter un navire en haute mer pour le ramener à son point de départ.

— Et pourquoi pas ? Envoyez quelques patrouilleurs. On procédait comme ça, pendant la guerre.

— Nous ne sommes plus en guerre, Littlemore. La situation est très délicate, de nos jours. Les tensions internationales sont fortes. Nous ne voulons pas créer un incident diplomatique !

— Alors, envoyez quelqu'un vérifier sur place. Faites ouvrir les caisses. Vérifiez les lingots pour vous assurer qu'ils sont bien russes. C'est tout.

— Ne me dites pas comment mener à bien mon travail. Nous parlons ici d'un paquebot transatlantique qui transporte mille passagers. Si nous nous trompions, ce serait dans les journaux du monde entier le lendemain. Et que prétendrions-nous chercher ? L'or volé au Trésor américain ? Informant alors tout le monde de ce qui s'est passé ?

— Vous n'avez pas à donner d'explications. Les gens croiront que vous cherchez des armes ou une autre marchandise.

— Pure spéculation. Je ne compromettrai pas la Marine américaine dans cette histoire sans fondement, dit-il tandis que ses doigts se mettaient à pianoter sur le bureau. Que vous voulait Fall ?

— Il veut être informé au cas où je ferais le lien entre le vol et les Russes.

— Ça lui plairait, c'est sûr. Belliciste ! grogna Houston avec mépris.

Parmi les privilèges dont ils jouissaient, les agents fédéraux avaient la priorité en matière d'appels téléphoniques longue distance. Ainsi donc, un agent du

Trésor à Washington qui voulait appeler New York parvenait à obtenir sa communication en moins d'un quart d'heure. Mieux encore : depuis que le gouvernement fédéral avait mis la main sur les compagnies de téléphone en 1918 et en avait lui-même fixé les prix, ces appels ne coûtaient presque plus rien.

Littlemore usa de son privilège pour appeler la Société américaine de Recherche en Parapsychologie. Peu de temps après, un opérateur le rappela : le Dr Walter Prince était en ligne.

— J'ai une question à vous soumettre, docteur. Auriez-vous par hasard discuté avec Ed Fischer après ma visite à votre bureau ?

— Mais oui, répondit-il d'une voix lointaine, hachée par trois cents kilomètres de grésillements. Je suis allé le voir le jour même au sanatorium.

— Lui avez-vous dit que j'allais lui demander quand il avait eu vent de l'attentat pour la première fois ?

— Je lui ai confié en effet qu'un policier aimerait connaître cette information.

— J'aurais dû m'en douter. Il m'a laissé croire qu'il l'avait deviné, comme par magie. Merci, docteur Prince, c'est tout ce que je voulais savoir.

— Je sens dans votre ton un certain scepticisme vis-à-vis des dons de Mr Fischer.

— Moi ? Sceptique face à un type qui croit qu'il travaille pour les services secrets et qu'il est persécuté par le Pape ?

— Ceux qui ont un don se croient souvent persécutés. Beaucoup sont instables. Cela ne diminue pas l'intérêt de leurs prémonitions.

— Désolé, docteur, mais je ne suis pas convaincu.

— Dans ce cas, comment expliquez-vous qu'il ait eu connaissance de l'attentat avant qu'il se produise ?

Littlemore répondit avec une virulence qui le surprit lui-même :

— Je ne l'explique pas ! Mais vous savez quoi ? Il peut bien être extra-lucide, il ne m'est d'aucune utilité.

Situé tout près de la Maison Blanche, l'hôtel Willard, sur Pennsylvania Avenue, était à une époque le lieu préféré du Président Ulysses S. Grant lorsqu'il voulait aller boire un verre après une longue journée de travail. Des hommes d'affaires, ou leurs délégués, l'y attendaient pour plaider leur cause, lui offrir une tournée, et en général lui expliquer combien ils seraient utiles à son gouvernement si seulement ils pouvaient obtenir telle autorisation, ou tel contrat lucratif. Comme ils l'attendaient toujours dans le hall de l'hôtel, le « lobby » en anglais, Grant les surnomma les « lobbyistes », néologisme qui connut un immense succès.

Littlemore traversait justement ce hall au haut plafond, lorsqu'il vit venir vers lui une grande femme, vêtue d'une version féminisée du costume.

— Vous aimez Washington, agent Littlemore ? lui demanda-t-elle sous un lustre étincelant.

— Bonsoir, Mrs Cross.

— Nouvelle cravate ?

Il baissa les yeux. D'ordinaire, il mettait toujours un nœud papillon, mais dans les premières semaines, il n'avait pas vu un seul employé du Trésor en porter. Il l'avait dit à Betty, qui lui avait alors offert une cravate.

— Vous allez me dire qu'elle est mal nouée, c'est ça ?

— Elle est très bien nouée. Mais un peu trop serrée.

Elle lui desserra le nœud, et il sentit qu'il respirait plus facilement.

— C'est mieux ainsi. Le sénateur Fall veut vous voir. Je suis venue vous chercher.

Sans attendre sa réponse, Mrs Cross prit la direction de la sortie. Littlemore suivit sa silhouette ondulante, d'abord des yeux, puis avec ses jambes. Dehors, elle s'assit derrière le volant d'une voiture qui attendait.

— C'est vous qui conduisez ? s'enquit-il en s'asseyant près d'elle.

— Oui, répondit-elle en démarrant. Vous avez peur ?

— Pas du tout.

Ils descendirent le Mall. Juste avant le Capitole, elle tourna et ils arrivèrent dans un quartier pauvre, semblable à celui où s'était fourvoyé Littlemore le premier jour. Elle s'arrêta derrière une autre automobile, dans une petite allée plongée dans l'obscurité, coincée entre deux murs de briques. On distinguait plusieurs fenêtres éclairées, mais les rideaux tirés empêchaient de voir à l'intérieur.

— Maine Avenue, commenta-t-elle. Appelée autrefois Armory Place. Également connue sous le nom d'allée des Morpions. Bonne chance.

Du véhicule situé devant eux sortit un chauffeur qui alla ouvrir la portière côté passager. Le sénateur Fall émergea, coiffé d'un immense chapeau blanc surmontant sa moustache blanche tombante. Littlemore descendit à son tour pour le rejoindre. Mrs Cross demeura à son poste, le moteur en marche.

— Vous les aimez colorées, Littlemore ? Les plus belles filles de couleur de cette ville se trouvent dans cette rue. C'est pour ça que j'aime Washington. On est à deux pas du Capitole.

— Et pourquoi nous retrouvons-nous ici, monsieur le sénateur ?

— On dirait bien que le secrétaire Moudugenou est allé voir le Président Wilson aujourd'hui pour se plaindre de la manière dont j'interfère dans son enquête. J'ai pensé qu'il fallait trouver un cadre plus discret à nos entretiens.

Fall se mit en marche, remontant la ruelle, Littlemore à ses côtés ; l'automobile du sénateur les suivait pas à pas.

— Que savez-vous des deux types que Flynn a dans le collimateur ?

— Quels deux types ?

— Ces Italiens de Boston. Comment diable s'appellent-ils, déjà ? Tout ce qui me vient à l'esprit, c'est « sac de spaghetti ».

— Sacco et Vanzetti ?

— C'est ça.

— Ils ont été arrêtés pour avoir tué un convoyeur de fonds. Quel rapport avec Flynn ?

— Il croit que ce sont les prisonniers politiques anarchistes cités dans la fameuse lettre trouvée à Wall Street.

— N'importe quoi. Quand les anarchistes parlent de prisonniers politiques, ils font référence à Debs et aux autres opposants à la guerre, que Palmer et Big Bill ont mis derrière les barreaux. Tout le monde le sait. Il faudrait être complètement débile pour écrire « libérez les prisonniers politiques » alors qu'il s'agit de deux types coincés pour le meurtre d'un convoyeur de fonds. Personne ne comprendrait.

— Eh bien, Flynn a quelque chose. Il a placé une taupe dans leur cellule.

— Où va-t-il chercher ce genre d'idées ? Il n'est pas assez malin pour se montrer aussi stupide sans un peu d'aide.

— J'espérais que vous le sauriez. Tenez, regardez cette maison, dit Fall en désignant une grosse bâtisse un peu décrépite au coin de la ruelle. Auparavant, elle appartenait à une femme qui s'appelait Hall. On y servait du champagne Piper dans des verres en cristal. Elle était aussi riche qu'un sénateur. On raconte encore des histoires à propos de ses filles. Enfin, tout s'est déroulé comme je l'avais prévu, vous ne trouvez pas ? Vous avez découvert que les Russes étaient impliqués dans l'attentat, et le secrétaire Moudugenou a enterré cette piste.

— Je n'ai rien découvert concernant les Russes, monsieur le sénateur.

— Si les terroristes ont utilisé ne serait-ce que quelques lingots russes pour tromper les douaniers, alors les Russes sont impliqués. Comment croyez-vous qu'ils ont obtenu l'or soviétique ? Je parierais tout l'équipage que ce paquebot suédois est russe en réalité.

— Êtes-vous au courant de tout ce que je dis à Mr Houston ?

— À peu près. Les murs ont des oreilles, dans cette ville, Littlemore. Il faut toujours savoir où en est l'autre si vous voulez garder une longueur d'avance sur lui.

— Nous ne sommes pas sûrs que l'or volé soit à bord du navire suédois.

— Et Houston refuse de lever le petit doigt pour aller vérifier, n'est-ce pas ? Heureusement, je m'en occupe. J'ai déjà parlé à Baker, le secrétaire à la Guerre. Il va voir ça avec son vieil ami Daniels, le secrétaire à la Marine. Dans quarante-huit heures, j'aurai deux bateaux de guerre aux trousses de ce paquebot suédois. Nous saurons bientôt ce qu'il transporte.

— Très impressionnant, monsieur le sénateur, fit l'agent fédéral en mâchonnant son cure-dents.

— Diantre, nous sommes les États-Unis d'Amérique, tout de même ! Que sommes-nous censés faire après une agression pareille ? Pleurnicher ? Tendre l'autre joue ? Prier pour qu'ils aillent voir ailleurs ?

Fall fit signe à son chauffeur et cracha par terre, essuyant ensuite sa bouche avec un mouchoir.

— Et ça chauffe de plus en plus au Mexique, poursuivit-il. Ils sont gourmands, ces gens-là. Pourquoi veulent-ils faire main basse sur tout notre pétrole ? Les diplomates vont avoir du pain sur la planche s'ils veulent éviter des ennuis à Harding.

— Que fera-t-il ?

— Ce que je lui dirai, déclara-t-il en montant dans son automobile. Je vous ferai savoir ce qu'on trouvera sur le bateau suédois. Mrs Cross va vous raccompagner. Vous devriez apprendre à la connaître. Elle n'est pas aussi dure qu'elle veut bien le laisser croire.

*

— Depuis combien de temps travaillez-vous pour le sénateur Fall ? demanda Littlemore à Mrs Cross tandis qu'ils longeaient les rangées de bâtiments en béton officiellement « temporaires » – mais en réalité permanents – des ministères de la Guerre et de la Marine, semblables à des bunkers, situés au beau milieu du Mall.

— Quelques années. Je travaille en fait pour plusieurs sénateurs. Pour Mr Harding, par exemple.

— Pour Harding ? Waouh !

— Je fais beaucoup de choses pour Mr Harding. Sur ordre du sénateur Fall, bien sûr.

— Vous pourriez finir à la Maison Blanche.

— J'ai fini plusieurs fois à la Maison Blanche.

Littlemore médita cette phrase.

— Et vous avez un prénom, Mrs Cross ?

— Grace.

— C'est joli.

— C'est un état que j'ai quitté il y a longtemps. C'est nécessaire quand on vient à Washington. Nous y voilà. L'hôtel Willard. Bonne nuit, le New-Yorkais.

Le lendemain matin, Littlemore reçut un appel téléphonique dans son minuscule bureau du Trésor des États-Unis. L'opératrice l'informa que l'officier Stankiewicz était en ligne depuis le commissariat central de New York.

— Qu'est-ce qu'il y a, Stanky ?

— C'est Fischer, chef. Il arrête pas d'appeler pour vous parler et d'envoyer des télégrammes. Il dit que vous deviez le faire sortir du sanatorium.

— Dieu du ciel, soupira l'agent du Trésor.

— Et aussi que vous deviez parler à son beau-frère – un dénommé… comment déjà ? Cardinal, ou un truc du genre. Vous voulez que je fasse quelque chose ?

— Laisse courir. Il finira par se lasser.

— D'accord. Comment ça se passe, à Washington ?

— Attends un peu. « Cardinal, ou un truc du genre » ? Tu veux dire que le mot ressemble à « Cardinal » ou bien qu'il t'a fait penser à un cardinal ?

— Ben, j'en sais rien, chef.

— Non, s'il te plaît… rends-moi service. Va chercher le dossier de Fischer. Je patiente.

Quelques minutes plus tard, le policier était de retour.

— J'ai trouvé.

— Dis-moi le nom exact de son beau-frère. C'est le type qui est allé le chercher au Canada et qui l'a fait boucler dans un asile. Son nom devrait être dans les articles de la presse canadienne.

— Oui, le voilà, c'est Papes. Robert Papes. C'est pour ça que j'ai dit Cardinal.

— Nom d'un petit bonhomme ! s'exclama Littlemore. Voyez-moi ça ! Les Papes !

Le service du personnel du Trésor était situé au premier étage. Littlemore était déjà un habitué des lieux ; il avait passé trois semaines à éplucher les dossiers des employés.

— Dites-moi, Molly, demanda-t-il à l'une des personnes présentes, le Trésor est-il en charge des services secrets ?

— Bien sûr, pourquoi ?

— Un type m'a dit ça, il y a quinze jours, et je ne l'ai pas cru. On dirait bien qu'il avait raison sur de nombreux points, pourtant.

Quelques minutes plus tard, l'agent spécial était plongé dans les fiches des employés des services secrets américains. Il savait déjà, cependant, qu'il trouverait le nom qu'il cherchait, même si cela semblait irréaliste. Et ce fut le cas.

Le dossier était presque vide, ne contenant qu'une date d'embauche et une feuille d'honoraires. Cela concernait l'année 1916, à New York. Après cela, d'autres dates étaient notées au crayon, la dernière remontait à la fin 1917.

Littlemore laissa choir le dossier sur le bureau du secrétaire Houston.

— Ça m'aurait aidé si vous m'aviez dit que la seule personne qui ait essayé de donner l'alerte à propos de l'attentat était un des nôtres.

La stupéfaction se peignit sur les traits de Houston.

— Vous ne saviez pas qu'Ed Fischer était un agent ? poursuivit-il.

— Je n'en avais aucune idée. Je vous l'ai dit, je ne suis devenu secrétaire qu'en février dernier.

— Quel est le processus pour devenir agent secret ?

— C'est le directeur des services secrets qui les embauche.

— Qui est-ce ?

— Bill Moran.

— Pourrais-je lui parler ?

Houston appela sa secrétaire et lui demanda de lui trouver Mr Moran. Dans le silence qui s'ensuivit, il alla à la fenêtre et, les mains dans le dos, contempla les jardins de la Maison Blanche.

— Vous savez, Littlemore, ce boulot ne va guère me manquer. Comment pourrais-je équilibrer un budget de huit milliards de dollars avec quatre milliards de revenus ? Nous vivons au-dessus de nos moyens. « Ni prêteur ni emprunteur ne seras », me disait mon père. Et aujourd'hui, je ne fais plus que ça : prêter et emprunter.

— Ça ne vous manquera pas d'être membre du Cabinet ? Vous êtes pourtant au sommet, Mr Houston.

— Parce que j'ai reçu hier soir à dîner l'ambassadeur britannique ? Ma femme aime ce genre de choses. Je ne supporte pas ça. Chaque mot qui sort de leur bouche n'est que mensonge. Enfin, tout sera terminé dans quelques mois, quand Harding prendra les rênes du pouvoir. Je démissionnerai peut-être avant. Pour partir à l'étranger. Oui, pourquoi pas ?

La secrétaire de Houston revint avec William Moran, le chef des services secrets américains. Il affirma qu'il n'avait pas engagé Fischer.

— Regardez, là, dit-il en leur montrant le dossier. Fischer a été embauché en 1916. Je ne suis arrivé que l'année suivante.

— Qui occupait votre poste avant vous ? lui demanda Houston.

— Flynn.

— Flynn ? répéta Littlemore. Pas Big Bill Flynn ?

— Lui-même. Avant de diriger le FBI, il dirigeait les services secrets.

Le 2 novembre 1920, après avoir franchi en courant la gare de Union Station pour ne pas manquer son train, Littlemore s'installa sur son siège, le souffle court, réalisant soudain que c'était le jour des élections. Et qu'il ne voterait pas. Il arriverait à Manhattan bien après la fermeture des bureaux de vote. Cette pensée lui causa une déception telle qu'il en fut lui-même surpris.

À mesure que le chemin de fer traversait les petites villes, sans qu'il sache pourquoi, Littlemore se sentait de plus en plus proche de ses semblables : les modestes maisons de bois, les cheminées fumantes, les piles de bûches bien rangées à l'extérieur, preuve du travail des habitants. Toutes ces vies tranquilles, laborieuses, invisibles, sur lesquelles on n'écrirait jamais rien, attiraient sa sympathie. Puis il imagina les citoyens de chacune de ces bourgades, faisant la queue pour voter pour leur nouveau Président. Cela le remplit de fierté – ensuite il se sentit mis à l'écart, puisque, pour la première fois, il ne votait pas. Cela dit, l'agent spécial n'était pas certain d'avoir le droit de participer à l'élection. D'un point de vue technique, il pouvait être considéré comme résident du district de Columbia, or les habitants de cette zone ne votaient pas aux élections présidentielles.

Non que son vote eût de l'importance. C'était là le paradoxe de la démocratie : voter était un acte capital et pourtant, dans les faits, ça ne comptait pas vraiment. Quoi qu'il arrive, Warren Harding, le candidat républicain, était certain de l'emporter. Le démocrate, James Cox, avait à peu près autant de chances de gagner qu'Eugene Debs, le socialiste, qui croupissait toujours en prison. Ce qui signifiait que le secrétaire Houston, un démocrate, ne conserverait pas son poste très longtemps, alors que bientôt le sénateur Fall, républicain, serait secrétaire d'État.

À travers tous les États-Unis, les femmes célébraient ce mardi de novembre où, pour la première fois, elles participaient au suffrage national. Dans beaucoup de bureaux de vote, par courtoisie, les hommes voulurent s'effacer pour laisser la priorité aux dames, mais celles-ci refusèrent, insistant pour prendre place dans la file d'attente, comme leurs concitoyens masculins. De retour dans leurs cuisines et leurs salons, elles se rassemblèrent en petits groupes pour fêter l'événement au cidre, substitut légal du champagne, interdit.

Les Noirs, eux, n'étaient pas accueillis avec la même politesse ; et les conséquences de leur participation n'eurent rien de festif. Ainsi à Ocoee, en Floride, deux Noirs eurent la témérité de vouloir exercer leur droit de vote, aussi le Ku Klux Klan décida-t-il de faire un exemple. Deux églises fréquentées par la communauté noire furent mises à sac, un quartier entièrement brûlé et trente à soixante personnes tuées, l'une d'elles pendue à un poteau téléphonique.

Toutefois, le pays élut son nouveau Président, et partout il y eut des réjouissances, l'événement galvanisant les citoyens américains.

Le lendemain, à New York, Littlemore se rendit à nouveau dans les bureaux provisoires du FBI, à l'hôtel Astor.

— Regardez-moi donc ce que la marée nous a rapporté, annonça Flynn. C'est Littleboy.

— J'ai quelques questions à vous poser, Flynn, au sujet d'Eddie Fischer.

Le chef du FBI s'adressa aux deux colosses en costume sombre qui, comme toujours, montaient la garde de part et d'autre de son bureau.

— Un flic de New York veut me poser des questions, à moi ! Je crois que ce connard a envie d'une petite leçon.

— Hé, connard, t'as envie de recevoir une leçon ? répéta l'un des deux gaillards.

Littlemore sortit sa plaque d'agent du Trésor.

— Fais voir. Tout fout le camp, voilà ce que je dis, déclara Flynn en inspectant de plus près l'insigne qu'il jeta à terre. C'est bête, mais j'ai pas d'ordres à recevoir du Trésor.

— À moi, vous allez répondre.

L'enquêteur lui tendit une lettre signée du secrétaire au Trésor des États-Unis, David Houston, enjoignant le chef du FBI de répondre à toutes les questions que voudrait lui poser l'agent spécial Littlemore au sujet de la période où il avait dirigé les services secrets. Flynn lut la missive, puis la laissa tomber à terre.

— J'ai des nouvelles pour toi, le limier, je n'ai pas d'ordres à recevoir du secrétaire Houston non plus. J'obéis seulement au général Palmer. Allez, dehors maintenant.

L'agent du Trésor sortit une seconde lettre de sa poche. Elle était signée du procureur général A. Mitchell Palmer.

— Sacré fils de pute, jura Flynn, avant de s'adresser à ses sbires. C'est bon, les gars, vous pouvez sortir.

— Que l'un d'eux ramasse d'abord ma plaque, lâcha Littlemore.

— Et alors, bande d'attardés, qu'est-ce que vous attendez ? Ramassez-lui sa plaque.

— Très bien. C'est moi qui l'ai recruté, reconnut Flynn au bout de plusieurs minutes. Et après ? Ce type est dingo.

— Comment l'avez-vous rencontré ?

Big Bill Flynn, dont l'énorme poitrine et le ventre protubérant n'avaient pas besoin de ça, sortit de son emballage un bonbon rayé rouge et blanc, pris dans la coupelle sur son bureau.

— Fischer a commencé à écrire des lettres à Wilson en 1916, pigé ? Les délires antiguerre habituels. Mais il y avait quelque chose de bizarre dans ce qu'il écrivait, on aurait dit qu'il connaissait le Président personnellement. Alors, j'ai envoyé quelques gars faire un rapport sur lui et lui intimer de la fermer s'il ne voulait pas finir en prison. Vous voyez ?

— Bien sûr.

— Mes gars m'ont dit qu'il avait une araignée au plafond, mais qu'il bossait pour une agence du gouvernement français.

— Le Haut-Commissariat français.

— C'est ça, y a que les Français pour embaucher un cinoque, pas vrai ?

Le corps de Flynn se mit à hoqueter, montrant qu'il goûtait sa propre pique.

— En effet, il faut vraiment être un imbécile pour embaucher un cinoque pareil, acquiesça Littlemore.

— Ouais, bien sûr, faut vraiment être un imbécile…

Le chef du FBI s'interrompit lorsqu'il comprit.

— Oh, je devrais… se reprit-il.

— Comment êtes-vous entré dans l'histoire ?

— Quand j'ai su où il travaillait, continua Flynn en grommelant, j'ai pensé que ça ne ferait pas de mal d'avoir un informateur dans les cercles qui frayaient avec les dirigeants français. Alors, je lui ai sorti le grand jeu, je l'ai flatté, je lui ai dit qu'il pourrait devenir un agent des services secrets. Un espion. Vous voyez, toute la panoplie. Quand je suis passé au FBI, j'ai maintenu le contact. Mais il était vraiment siphonné. Je n'ai jamais rien réussi à en tirer. Je l'ai vu seulement une demi-douzaine de fois. Du temps perdu.

— Où le rencontriez-vous ?
— Pourquoi ?
— Répondez, Flynn.
— Ici, à New York. À la gare.
— Quand a eu lieu votre dernier rendez-vous ?
— L'été dernier. En juin ou juillet. Après la convention. Le général Palmer a envoyé McAdoo parler avec des républicains à la gare de Grand Central pour voir s'il pouvait en sortir quelque chose. Fischer était complètement à côté de ses pompes. Je ne l'ai jamais revu.
— Vous a-t-il dit quelque chose au sujet de Wall Street ?
— Vous plaisantez ?
— Non.
— Eh bien, non, il n'a rien dit à ce sujet. Vous croyez que je l'aurais laissé à la police de New York s'il avait su quelque chose ? Et je vais vous raconter le plus drôle, dans tout ça. Après l'attentat, son beau-frère, un type qui s'appelle Papes, a appelé le FBI. Il a dit que Fischer prétendait bosser pour les services secrets. Il voulait savoir si c'était vrai. J'ai pris le téléphone et je lui ai demandé si c'était un gag ! Papes m'a remercié, il a affirmé qu'il voulait juste s'en assurer, et il a fait interner Fischer le lendemain. Depuis, il est dans un asile de fous. Elle est pas bonne, celle-là ?

De retour dans son bureau de Wall Street, Littlemore trouva un message l'informant que le sénateur Fall avait cherché à le joindre depuis Washington. Il rappela.
— C'est vous, Littlemore ? demanda Fall, quelques minutes plus tard par-dessus la friture.

— Oui, monsieur le sénateur.
— Nous avons intercepté le navire suédois. Aucune trace d'or.
— Vous voulez dire de l'or volé ?
— Ni volé, ni russe, ni rien d'autre. Rien, pas une pépite. Le capitaine déclare que les autorités du port de New York lui ont ordonné de tout laisser sur le quai.
— Il ment. Le secrétaire Houston avait tout fait remettre à bord. Les marines ont-ils bien fouillé le bateau ?
— Bien sûr. De fond en comble.
— Mais…
— Je n'ai pas le temps, Littlemore. Trouvez la solution et rappelez-moi ensuite.

Fall raccrocha. *Cela n'a aucun sens*, songea l'agent fédéral. *Pourquoi laisser l'or sur le quai – quelle que soit sa provenance ? Est-ce qu'un douanier serait de mèche avec les voleurs ?* Il enfila son manteau. Il lui fallait aller voir sur place. Au moment où il partait, son téléphone sonna à nouveau. Un certain Mr James Speyer l'attendait à l'accueil.

— Que puis-je pour vous, Mr Speyer ? l'interrogea Littlemore dans la rotonde du bâtiment du Trésor.
— Vous pourriez me rendre mon tableau, répondit-il avec son accent germanique. Au commissariat central, ils ne savaient pas de quoi je parlais. Ils m'ont dit que vous travaillez à présent au Trésor.

L'agent spécial lui fit des excuses et lui expliqua qu'il avait rangé le Rembrandt dans un coffre spécial pour des raisons de sécurité.
— Nous pouvons aller le chercher tout de suite, si vous voulez.

— Parfait. Mon chauffeur nous conduira.

Dans l'automobile, Littlemore s'enquit de l'état de santé de sa femme.

— Elle va mieux, je vous remercie.

— Et vos affaires à Hambourg, ça s'est bien passé ?

— Ce fut épatant. Les fonds sont arrivés au Mexique, en dépit de tous les efforts de la banque Morgan.

— J'ai entendu dire que ça chauffait bigrement au Mexique.

— En effet. C'est mauvais pour Arnold Brighton, mais c'est bon pour moi.

— Vous connaissez Brighton ?

— Je sais que ses puits de pétrole au Mexique valent des centaines de millions. En fait, je rentre juste de Mexico. C'est étrange de se trouver en un lieu où les États-Unis sont ainsi honnis. C'est pire qu'en Allemagne. J'imagine que nous ressentirions la même chose s'ils avaient occupé notre capitale et pris la moitié de notre pays.

— On a fait ça, au Mexique ?

— Pendant la guerre américano-mexicaine, ou l'invasion américaine, comme ils disent de l'autre côté de la frontière. J'espère que mon Rembrandt n'a subi aucun dommage.

Au commissariat de Centre Street, Littlemore mena Speyer dans une salle de haute sécurité où l'on conservait les preuves des différentes enquêtes. Une fois ses nombreuses couches de protection enlevées, le tableau apparut, petit et fragile.

— Est-il intact, Mr Speyer ?

— Tout à fait.

Ils contemplèrent ensemble l'autoportrait. Il représentait l'artiste à un âge avancé, avec ses rides, ses joues rubicondes et des poches sous ses yeux sages et embrumés.

— Comment fait-il ? s'interrogea Littlemore.

— Comment fait-il quoi ?

— On dirait qu'il sait qu'il va mourir. Comme s'il… comme s'il…

— L'acceptait ?

— Oui, alors qu'en même temps il ne semble pas prêt à partir. S'ils détestent autant les Américains, comment faites-vous, Mr Speyer ?

— Ils me prennent pour un Allemand, répliqua-t-il avec un sourire, en prononçant ce dernier mot « Alleumand ».

Au port, Littlemore discuta avec un agent des douanes qui affirma que le navire suédois n'avait pas laissé son or sur le quai.

— Vous êtes sûr ? fit Littlemore. Les Suédois ont bien quitté le port avec tout l'or à bord ?

— J'en sais fichtre rien, moi. Quand on tombe sur des marchandises de contrebande, on alerte les départements correspondants. Ensuite, les marchandises peuvent être saisies, détruites ou bien remontées à bord. Ça dépend du département concerné.

— Quel département ?

— Si ce sont des armes, c'est le département de la Guerre. Si c'est de l'alcool, c'est les Impôts. Si c'est de l'or, c'est le Trésor.

— Et vous en informez qui, au Trésor ?

— Moi, m'sieur, je me contente d'envoyer le papier. Si vous voulez en savoir plus, allez voir les gars du Trésor.

Sur Wall Street, en fin d'après-midi, Littlemore montait les marches du Trésor, aux allures de temple grec, quand un jeune messager de la banque Morgan vint lui taper sur l'épaule.

— Inspecteur Littlemore ?

— Ouais ?

— Mr Lamont veut vous voir tout de suite dans son bureau.

— Tant mieux pour lui, répondit l'agent spécial en continuant sa route.

— Mais vous devez venir. Vous êtes censé me suivre.

— Dites-lui que, s'il veut me voir, il n'a qu'à me rendre visite à mon bureau.

À peine arrivait-il que déjà son téléphone se mit à sonner.

— Laissez-moi deviner, annonça Littlemore. Votre limier qui file Speyer vous a dit que je l'avais rencontré aujourd'hui.

— Êtes-vous conscient du fait que James Speyer profite de la confiscation des biens américains par le Mexique ?

— Ce n'est pas mon problème.

— Mais cet homme est anti-américain. Vous le voyez, tout de même, à présent ? Pourquoi ne l'avez-vous pas arrêté étant donné son implication dans l'attentat ?

— Ça suffit. Je ne vais pas mettre un homme en prison juste parce qu'il vous fait de la concurrence au Mexique.

— Nous en avons déjà parlé, Littlemore. Speyer m'a menacé. Il a menacé de prendre des mesures de rétorsion contre la banque Morgan. Deux semaines avant l'attentat.

— Ce n'était pas Speyer. Je vous l'ai dit : il s'agissait d'un dénommé Pesqueira, et ça n'a rien à voir avec la bombe qui a explosé.

— C'était Speyer ! Avez-vous jamais parlé à Pesqueira ? Eh bien, faites-le. Vous verrez que James Speyer ment. C'est un traître. Il se moque bien de toutes ces vies gâchées. Il y a un an, j'ai reçu un câble du Mexique. C'était vers la mi-septembre 1919. Speyer était à Mexico, où il participait à la fête de l'Indépendance. Il tentait de convaincre le gouvernement mexicain de s'emparer des mines et des puits de pétrole américains en promettant qu'il leur prêterait les fonds nécessaires pour les maintenir en état.

— Mr Lamont, c'est la dernière fois que je vous le dis : ça n'est pas mon problème. Au revoir.

SEIZE

Le train tomba en panne au nord de Vienne, en plein cœur de la forêt. Les heures passèrent. Puis, un autre train arriva, déjà complet ; ils terminèrent le voyage debout, serrés les uns contre les autres. Quand enfin ils entrèrent en gare, il faisait nuit. Ils montèrent dans un taxi motorisé, mais Younger demanda à s'arrêter devant l'opéra, un peu avant l'hôtel Bristol.

— Qu'y a-t-il ? s'enquit Colette.

Puis elle comprit : un groupe de policiers stationnait devant l'hôtel, observant toutes les personnes qui y pénétraient. Younger pria le chauffeur d'aller voir ce qu'il se passait, expliquant en toute sincérité qu'il ne voulait pas descendre dans un hôtel où il courrait le moindre risque.

Depuis l'autre côté de l'avenue, toujours dans l'automobile, ils aperçurent le conducteur qui s'entretenait avec un policier, et acquiesçait.

— Ils ne peuvent pas être là pour nous ? reprit-elle.

— Et pourquoi pas ?

Ils virent soudain leur chauffeur pointer un doigt accusateur sur son propre véhicule. L'agent regardait dans la direction indiquée à travers l'obscurité. Puis, avec un collègue, il se dirigea vers eux.

— Eh bien… allons-nous nous rendre ? s'interrogea-t-il.

— Mais nous n'avons rien fait de mal !

— Absolument rien. Nous avons juste laissé derrière nous une pile de cadavres près du château de Prague, avant de prendre la fuite… Nous pouvons tout expliquer. S'ils ne nous croient pas, nous pourrons toujours leur montrer la plaque d'identification de Hans Gruber en guise de preuve.

Colette posa la main sur sa gorge, là où elle l'avait portée pendant six ans. Les policiers se rapprochaient.

— Le moteur tourne toujours, dit-elle.

Younger bondit sur le siège avant, passa la marche arrière et appuya sur le champignon. Les agents se mirent à courir à leur poursuite.

— Où allons-nous ? s'enquit-elle en s'accrochant à Luc, à l'arrière.

— Une catastrophe à la fois, répondit le médecin en faisant demi-tour.

Les pneus crissèrent, et ils repartirent dans le bon sens à fond de train sur la Ringstrasse. Les policiers, à bout de souffle, abandonnèrent la chasse.

Lorsqu'il ouvrit sa porte, au 19 Berggasse, Sigmund Freud tira une grande bouffée sur son cigare avant de dire quoi que ce soit. Younger portait plusieurs égratignures et, à voir son pardessus, on aurait pu croire qu'il avait roulé sur les flancs d'une colline avant d'atterrir au travers du pare-brise d'une automobile. Colette avait la joue tuméfiée. Seul Luc, lavé et coiffé avec soin par sa sœur dans le train, avait une allure normale, nonobstant ses genoux écorchés et son costume de laine marron au pantalon court, qui lui donnait un cocasse air provincial.

— Je suppose que vous ne vous êtes pas infligé ça l'un à l'autre ? demanda le psychanalyste à son ancien disciple.

— La police…

— Vous recherche, je sais. Votre ami le comte Kinsky est venu ici pour vous mettre en garde. D'après lui, vous êtes accusé d'avoir tué un homme à Prague.

— Trois, en réalité.

— Plaît-il ?

— J'ai tué trois hommes.

— Je vois. Fräulein Rousseau, dites-moi que Younger n'a pas tué votre fiancé dans un accès de jalousie ?

— Ce n'était pas mon fiancé, répondit-elle.

L'étonnement se lisait sur le visage de Freud.

— Vous voulez dire qu'il n'a pas tué le bon ?

— Si.

— Ah, je vois.

— Docteur Freud, reprit le médecin, je dois vous mettre en garde, parce qu'il n'est peut-être pas souhaitable pour vous de nous recevoir. Je ne connais pas la loi de ce pays, mais en Amérique, laisser pénétrer chez soi un meurtrier est un crime.

— Avez-vous commis un crime ?

— Peut-être. En réalité, je pense que oui.

— Ce n'était pas un assassinat, affirma Colette avec dureté. Et si ça l'était, alors j'aurais voulu que vous le tuiez mille fois.

— Ah, conclut le vieil homme. Eh bien, ne restez pas là, entrez.

Le feu crépitait dans un poêle en céramique à l'ancienne dans le salon des Freud. Younger et son ancien maître sirotaient du cognac. On avait servi du thé à Colette, qui finit elle aussi par se mettre au cognac, buvant dans le verre de son compagnon. Ils racontèrent tout au psychanalyste, puis le silence s'installa.

— Quelle jolie nappe ! remarqua-t-elle.

— Vous trouvez ? l'interrogea Freud.

— C'est la dentelle. Elle est très belle.

— Je le dirai à Minna, c'est elle qui l'a faite. Voulez-vous une couverture, ma chère ?

La jeune femme était recroquevillée comme si elle se trouvait dehors par une nuit froide.

— Pourquoi n'ai-je pas réussi à le tuer ? fit-elle à haute voix avec une vivacité soudaine. Pourquoi ai-je été si faible ?

— Vous l'ignorez ?

— Oui.

Freud préparait son cigare tout en gardant un œil sur Colette. Il en proposa un à Younger qui refusa.

— La réponse conventionnelle consisterait à dire qu'au dernier moment votre conscience s'est rebellée, car vous êtes convaincue que la vengeance est un péché.

— C'est le cas, en effet.

— Tout le monde cherche à se venger. Le problème est que, dans la plupart des cas, notre vengeance s'exerce contre la mauvaise personne. Au moins, vous ne vous êtes pas trompée sur ce point-là. Mais vos convictions religieuses n'expliquent pas que vous n'ayez pu mener à bien votre projet.

— Je sais. Je pensais que c'était la meilleure chose à faire – j'y croyais de tout mon cœur. Et je n'ai pas changé d'avis. Je devrais sans doute, mais non. Alors pourquoi n'ai-je pas réussi à presser la détente ?

— Pour la même raison qui fait, selon moi, que votre frère ne parle pas.

Colette regarda le psychanalyste, perplexe.

— Avez-vous autre chose à nous dire, ma chère ?

— Comment ça ?

— Votre frère a quelque chose à exprimer. Voilà pourquoi il ne dit rien.

— Ah… et savez-vous pourquoi il est comme ça ?

— Je sais très bien ce qui ne va pas chez lui, répondit-il en tirant sur son cigare. Mais chaque chose en son temps. Dans la situation actuelle, vous avez deux options possibles. Vous rendre, ou quitter le pays.

— Nous ne pouvons pas nous livrer, déclara Younger. On nous extradera en Tchécoslovaquie, où nous croupirons en prison, Dieu sait combien de temps. Ils finiront par mettre la main sur la mère de Gruber, et ils apprendront que nous le cherchions. Ils nous demanderont pourquoi. Si nous leur disons la vérité, ils en concluront que Colette a longuement mûri sa vengeance, ce qui est vrai, et qui en fait donc un assassinat, même si nous parvenions à prouver que Gruber a commis des actes inqualifiables pendant la guerre – ce qui me semble perdu d'avance. Si, au contraire, nous refusons de leur révéler pour quel motif nous le cherchions, ils sauront que nous leur cachons quelque chose, et par la suite ils ne nous croiront plus, quoi que nous disions. Dans tous les cas, nous serons condamnés.

— Alors, il faut partir.

À cet instant, l'intensité des lampes se mit à diminuer.

— Fichtre, nous allons encore avoir une panne d'électricité. Cela arrive au moins une fois par semaine, commenta le psychanalyste dans l'expectative, le cigare en l'air.

La lumière redevint normale.

— Nous aurons peut-être de la chance, conclut-il.

— Je vous en prie, docteur Freud, dites-moi quel est le problème de mon frère.

— Je vais vous dire ce que je sais, Fräulein, mais ces concepts seront nouveaux pour vous et vous paraîtront insolites. Un cognac ?

Il servit Younger, puis lui-même, en prenant son temps.

— Bien. Par où commencer ? s'interrogea le vieil homme qui s'était rassis, jambes croisées, un cigare dans une main, son cognac dans l'autre. Il y a vingt-cinq ans, j'ai trouvé un chemin qui menait jusqu'à des territoires inconnus de notre vie mentale, et que j'étais peut-être le premier à découvrir. S'est présenté à moi un véritable enfer de désirs et de peurs inexprimables qui, à d'autres époques, m'auraient valu le bûcher. Un homme ne peut espérer avoir ce genre d'intuition plus d'une fois dans sa vie. Pourtant, l'année dernière, j'ai fait une nouvelle découverte, dont je pense, quand la vanité m'en prend, qu'elle pourrait surpasser la première. Personne n'y croira, mais j'ai l'habitude. Cela m'est venu en étudiant la névrose de guerre – à la vérité, en partie en étudiant votre frère, Fräulein Rousseau. Non que le garçon soit atteint de névrose à proprement parler, mais son état est similaire. Je veux être clair sur un point : il a besoin d'un traitement. Où que vous alliez désormais, il ne faut plus le laisser ainsi. Son cas est assez évident. Je pourrais le guérir moi-même en, disons, deux mois environ.

— Le guérir ? s'exclama Colette. Complètement ?

— Je pense.

Elle ne savait plus que dire.

— Vous nous avez envoyés voir Jauregg, intervint Younger. Pourquoi ?

— Beaucoup de gens cherchent à traiter leurs troubles psychologiques sous un angle mécanique. Fräulein Rousseau doit décider si elle veut vraiment que son frère soit analysé. Je ne suis pas certain de sa réponse. Par deux fois, elle l'a amené à Vienne, mais elle refuse l'engagement temporel que requiert l'analyse. Peut-être a-t-elle raison : après tout, cela pourrait s'avérer difficile pour elle.

— Pour moi ? Comment ça ?

— Je vous l'ai expliqué l'année dernière. Les vérités que la psychanalyse permet de déterrer ont forcément des répercussions sur les autres membres de la famille. Fräulein, vous avez éprouvé le désir de vengeance. Votre frère lui aussi se venge… en ne parlant pas.

— Sur qui se venge-t-il ?

— Sur vous, peut-être.

— Pour quelle raison ?

— Ne pouvez-vous nous le dire ?

— J'ignore tout à fait de quoi vous parlez.

— Ce n'est que spéculation, ma chère. Je n'ai pas la réponse.

— Mais vous avez dit que vous saviez de quoi il souffrait.

— C'est exact. Je l'ai compris l'été dernier, deux mois après votre départ. C'était un jeu d'enfant, en fait. Younger, quel est le symptôme le plus révélateur de ce garçon ?

— Je n'en ai aucune idée.

— Allons, je l'ai plus ou moins dit.

L'habitude qu'avait Freud de l'appâter avec des énigmes psychanalytiques irritait Younger, surtout en ces circonstances. Malgré tout, il répondit. Un jeu d'enfant ?

— Son jeu ? Cela a quelque chose à voir avec son jeu de la canne à pêche ?

— Exact. Fräulein Rousseau m'a raconté que sa grand-mère jouait à « coucou caché » en allemand avec son frère quand il était petit. Lorsqu'il déroule et rembobine sa canne à pêche, il dit « *fort* » et « *da* » – l'équivalent en allemand de « coucou », « caché ». Qu'est-ce que cela signifie ?

L'Américain réfléchit.

— Quand a-t-il commencé ?

— En 1914.

— Il revit la mort de ses parents.

— C'est cela. De manière incessante. Mais pourquoi ?

— Pour annuler son sentiment de perte ?

— Non. Il n'annule rien. Il revit encore et encore le pire moment de son existence.

La fumée du cigare envahissait la pièce de son odeur lourde et entêtante.

— C'est la clef de l'énigme. Toutes les névroses de guerre sont basées sur la répétition. C'est l'acte compulsif – la répétition compulsive – et le besoin de renouveler l'expérience du traumatisme qui est à l'origine de leur condition. Et tous répètent la même chose : la mort, ou le moment où ils l'ont frôlée. En temps normal, nous possédons des défenses – des fortifications physiologiques et psychologiques – qui éloignent de nous et de notre conscience l'idée que nous sommes mortels. Si ces fortifications cèdent, si, dans un moment inattendu et traumatisant, la mort réussit à percer nos défenses, alors la terreur nous envahit et il se déclare une sorte de conflagration mentale, un incendie très difficile à éteindre, et auquel la victime veut sans cesse revenir. Le soldat qui souffre d'obusite revit son traumatisme de façon répétitive dans son sommeil, ou en plein jour, il imagine qu'un obus explose quand une porte claque ; il peut même reproduire les choses à travers des symptômes physiologiques.

— Pourquoi ? interrogea Younger. Pour se libérer de sa peur ?

— C'est ce que j'ai longtemps pensé. S'en libérer serait une sensation agréable. En tout cas, elle calmerait son déplaisir. Je croyais que tous les phénomènes psychologiques étaient, à la base, motivés par un désir d'augmenter le plaisir, ou d'atténuer le déplaisir. Toutefois, j'essayais de faire correspondre les faits à la théorie, quand il aurait fallu procéder dans l'autre sens. La guerre m'a enseigné quelque chose que j'aurais dû comprendre il y a bien longtemps : il existe un instinct au-delà du principe de plaisir. Une autre pulsion, aussi fondamentale que celle de la faim, aussi irrésistible que celle de l'amour.

— Laquelle ? demanda Colette.

— La pulsion de mort. Un peu plus de thé, Fräulein Rousseau ?

— Non, merci.

— Vous parlez du désir de tuer ? intervint Younger.

— C'est un aspect de la chose, répondit Freud. Mais, fondamentalement, c'est un désir de mort. De destruction. Pas juste celle de l'autre, mais aussi la nôtre.

— Vous croyez que les gens veulent mourir ? enchaîna la jeune femme.

— J'en suis persuadé. C'est inscrit dans nos cellules, jusque dans nos atomes. Il existe deux forces fondamentales dans l'univers. Celle qui fait que la matière est attirée par la matière. C'est ainsi que la vie existe et se propage. En physique, cette force s'appelle la gravité ; en psychologie, l'amour. L'autre force sépare la matière. C'est la force de la désunion, de la désintégration, de la destruction. Si je ne me trompe pas, toutes les planètes, toutes les étoiles dans l'univers s'attirent les unes les autres grâce à la force gravitationnelle, mais se repoussent aussi les unes les autres en raison d'une force de répulsion que nous ne pouvons voir. Au sein d'un organisme, c'est la force qui pousse l'animal à courtiser la mort, comme le papillon de nuit cherche la flamme.

— Mais vous pouvez la guérir, cette pulsion de mort ?

— On ne peut guérir une pulsion, Fräulein Rousseau. Ni l'éliminer. On peut en revanche la faire émerger davantage à la conscience, et de cette manière atténuer ses effets pathologiques. Quand nous n'agissons pas selon nos pulsions, celles-ci ne disparaissent pas pour autant. Elles peuvent demeurer intactes. S'intensifier. Se retourner vers d'autres objets, pour le meilleur ou pour le pire. Ou encore produire des symptômes pathologiques. En revanche, on est en mesure de guérir ce genre de symptômes.

— Je n'aurais pas imaginé que le mutisme de Luc puisse avoir un caractère aussi funeste, intervint Younger.

— Non, son mutisme a une autre fonction. Le but de l'analyse consisterait à la découvrir. C'est sans aucun doute lié à la mort de ses parents, mais il y a autre chose. Peut-être cette scène lui en a-t-elle rappelé une autre dont il avait été témoin plus jeune. Votre père vous maltraitait-il, Fräulein Rousseau ?

— Dans quel sens ?

— N'importe lequel.

— Pas du tout.

— Vraiment ? Vous donnait-il la préférence ?

— Luc était son préféré. J'étais une fille.

Freud acquiesça.

— Quel dommage que vous ne puissiez rester ici, hélas, je ne vois pas d'autre solution. Vienne est une ville beaucoup plus petite que New York. On remarquerait votre présence. La police va charger tout le monde d'ouvrir l'œil ; quelqu'un vous dénoncerait.

— Puis-je vous poser une question, docteur Freud ? demanda Colette. Ces deux forces dont vous avez parlé. Ce sont le bien et le mal, n'est-ce pas ? La pulsion de l'amour, c'est le bien, la pulsion de mort, c'est le mal.

Le psychanalyste sourit.

— Dans le domaine scientifique, ma chère, le bien et le mal n'existent pas. La pulsion de mort fait partie de notre biologie. Vous connaissez la chromatolyse, le processus naturel selon lequel les cellules meurent. Chacune de nos cellules déclenche sa propre destruction en temps voulu. C'est la pulsion de mort en action. À présent, imaginons qu'une cellule échoue à se détruire. Que se passe-t-il alors ? Elle continue à se diviser, à se reproduire, sans fin, selon un processus qui n'a plus rien de naturel. Cela génère un cancer. C'est la nature même du cancer : des cellules qui ont perdu la volonté de se détruire. La pulsion de mort, ce n'est pas le mal, Fräulein Rousseau. Quand elle est à sa place, elle est tout aussi essentielle pour notre bien-être que son opposé.

Ce soir-là, une fois que Freud se fut retiré dans ses appartements, que Colette et Luc furent installés dans l'une des anciennes chambres des enfants, et que le silence eut envahi l'appartement, Younger alla fumer une cigarette sur le petit balcon qui surplombait la cour. Dedans, il étouffait ; ce fut pareil dehors. La porte de la pièce s'ouvrit ; un instant, il imagina que c'était Colette qui venait le retrouver.

— Ce n'est que moi, dit la voix de Freud en le rejoignant. Alors, que pensez-vous de ma pulsion de mort ?

— Ça me va.

Freud sourit.

— Vous êtes toujours en guerre, mon garçon. Vous n'avez jamais été démobilisé. Il y a dix ans, je n'aurais pas pensé que vous étiez du genre instinctif. Vous étiez plus… refoulé.

— J'ai lu quelque part que le refoulement n'était pas sain. Un psychologue de stature internationale l'a prouvé.

— Donc vous n'acceptez pas mes idées.

— Il y a dix ans, répondit Younger en réfléchissant, vos idées m'apparaissaient comme une anarchie morale. Sonnant le glas de toute décence. Mais vous aviez raison. Je ne crois plus à la morale sans doute.

— Ah, oui, c'est ce qu'affirment mes adversaires : Freud, le libertin ; Freud, l'amoral. (Il inspira profondément l'air de la nuit, comme mû par l'âge et l'esprit critique.) Il est vrai que je ne crois pas à la morale de l'école du dimanche. Aime ton prochain comme toi-même, c'est un principe absurde : c'est tout à fait impossible à tenir, à moins d'avoir un prochain très spécial. Mais pour ce qui est du sens de la justice, je crois pouvoir me mesurer aux hommes les meilleurs que j'ai connus. Toute ma vie, j'ai tenté d'être respectable, de ne pas faire de mal, de ne pas profiter d'autrui, alors que je savais très bien qu'en me conduisant ainsi je m'exposais en quelque sorte à la vindicte des autres, à leur ambition, leur manque de loyauté.

— Alors, pourquoi le faites-vous ?

— Je pourrais vous donner une explication psychologique plausible, mais à la vérité, je n'en sais rien. Pourquoi moi et mes enfants avons-nous besoin d'être des gens honorables, cela dépasse mon entendement. C'est un fait, voilà tout. Un ancrage.

Il y eut un instant de silence, puis Younger dit :

— Croyez-vous que j'aie besoin d'un ancrage ?

— Non. Vous l'avez déjà.

— Vous parlez de mon sens de la justice ?

— Je pense plutôt à l'amour. Voilà pourquoi cette histoire d'attentat m'inquiète.

— Vous parlez de Wall Street ?

— Exact. Peut-être est-ce le signe avant-coureur de quelque chose de nouveau. Je ne pense pas à la violence – il faut s'y attendre. L'autre jour, j'ai lu un papier sur ces endroits reculés de la Terre où les sociétés primitives s'épanouissent dans la paix et le bonheur, sans nulle agression. Je n'en ai pas cru un mot.

Là où il y a des hommes, il y a de la violence. Par chance, la pulsion de mort n'opère presque jamais seule. Nos deux instincts vont toujours de pair – ce qui confère à la sexualité son caractère violent, mais tempère aussi la pulsion de mort. Voilà ce qui rend cet attentat si troublant.

— Parce qu'il est l'expression de cette unique pulsion ?

— Tout à fait. La pulsion de mort sans contrepartie. Non équilibrée par l'élan vers la vie, libérée des idéaux qui permettent à l'ego d'évaluer ses actions – la conscience. Peut-être est-ce la guerre qui a permis cela, ou encore une idéologie. Les hommes ont toujours idolâtré la mort. Il existe des dieux de la mort dans toutes les religions anciennes. Des déesses, aussi, dont certaines sont très belles, comme Atropos, la Parque qui tranche le fil de la vie – encore une preuve, s'il en faut, de l'attirance de l'homme pour la mort. Ils n'ont pas attrapé ceux qui ont fait ça, n'est-ce pas ?

— Les terroristes ? Non. Pas encore.

— Peut-être est-ce parce qu'ils sont morts.

Il fallut un moment à Younger pour comprendre.

— Vous croyez qu'ils se seraient immolés dans l'attentat, délibérément ?

— Peut-être, peut-être pas. En tout cas, ils pourraient donner à d'autres cette idée. Et c'est bien ça qui m'ennuie.

Tôt le lendemain matin, alors que Freud faisait sa promenade de santé, Oktavian Kinsky leur rendit visite.

— Je suis venu vous offrir mes services, mademoiselle, dit-il à Colette dans le salon familial. J'ai appris ce qui s'était passé devant l'hôtel Bristol, hier soir. J'ai pensé que je vous trouverais peut-être ici, et que vous pourriez avoir besoin d'un moyen de transport discret pour vous rendre à la gare.

— C'est très gentil de votre part, comte Oktavian. Je ne sais comment vous remercier.

— Ce n'est rien, mademoiselle. Le premier devoir d'un membre de la noblesse n'est pas d'aider les policiers, mais la belle dame qu'ils poursuivent.

— Surtout quand il s'agit de l'aristocrate qui a dénoncé la dame en question en premier lieu, coupa Younger.

— Stratham, le gourmanda Colette. Comment pouvez-vous dire une chose pareille ?

— Je crains qu'il n'ait raison, mademoiselle, répondit le comte fort embarrassé.

— Ils ont trouvé vos cartes de visite, reprit l'Américain.

— C'est exact, admit-il, résigné. La police tchèque en a découvert plusieurs, sur le théâtre de… vos aventures. Elle a contacté son homologue viennoise, qui m'a jeté dans une cellule comme si j'avais commis un crime. On m'a dit qu'un dénommé Hans Gruber avait été tué à Prague. Ils voulaient savoir si je le connaissais. Que pouvais-je faire ? Naturellement, j'ai expliqué que vous, Mlle Rousseau, vous vous étiez rendue à Braunau à la recherche de cet homme, car c'était votre fiancé, et que le Dr Younger vous avait suivie par amour, avec votre frère, sur une moto que je lui avais louée. Je suis sûr que les policiers ont tout mélangé, comme toujours. Je leur ai dit qu'aucun de vous deux n'aurait pu commettre un tel meurtre. Je suis navré, tout est ma faute.

— Non, répondit Colette, mais c'est notre faute à nous si la police est venue chez vous.

— Leur avez-vous signalé que nous connaissions les Freud ? demanda l'Américain.

— Bien sûr que non, déclara Oktavian. On ne saurait faire de telles confidences à ces gens. À propos, qu'est devenue la moto, s'il vous plaît ? J'ai compris que vous étiez arrivés en taxi à l'hôtel, hier soir. L'avez-vous laissée à la gare ?

— Les policiers ne vous ont rien dit ?

— À quel propos ?

Younger fit un signe à Luc.

— Le comte Kinsky voudrait savoir ce qu'il est advenu de sa motocyclette.

D'une poche, le garçon sortit un petit miroir rond, d'où dépassait une tige de métal. Oktavian le prit, incrédule. De l'autre poche, l'enfant tira le rayon tordu d'une roue.

— Mon Dieu, soupira le comte.

— J'ai adoré la conduire. C'était un petit véhicule très agile.

— Mon Dieu, répéta-t-il en déglutissant avec peine. Enfin, il paraît qu'aller en prison pour dette n'est plus aussi rude de nos jours.

— Attendez, il manque quelque chose, dit le médecin en sortant de sa veste une traite à l'ordre d'Oktavian Kinsky.

Ce dernier contempla le papier, muet.

— Ce n'est pas là le prix d'une motocyclette, docteur. Il y a assez pour une motocyclette et trois automobiles neuves !

— Je sais. Et cela n'est pas encore assez pour vous rembourser.

Ils n'avaient aucun bagage à faire. Toutes leurs affaires se trouvaient à l'hôtel, par conséquent, il était impossible de les récupérer. Ils saluaient Minna, dans la cour, quand Freud rentra de sa promenade matinale avec son épouse, Martha.

— Vous partez déjà ? dit-il à Younger et Colette.

— Oui. Oktavian nous emmène à la gare. Chaque instant de plus où nous restons ici, nous vous mettons en danger.

— Frau Freud et moi-même en avons discuté, Fräulein Rousseau. Laissez-nous votre frère.

— Mais je ne peux pas.

— Et pourquoi pas ? Ce serait une aubaine pour Martha. Il n'y a pas eu d'enfant à la maison depuis fort longtemps.

— Mais je ne peux pas.

— Cela faciliterait votre fuite, intervint Oktavian. La police recherche un couple avec un jeune garçon. Les gares seront surveillées.

— Luc et moi, nous n'avons jamais été séparés.

— Vraiment ? fit le psychanalyste. Vous êtes partie pour Braunau sans lui, l'autre jour. Sans garantie que vous en reviendriez.

La jeune femme fronça les sourcils.

— Il existait une seule raison au monde pour laquelle je l'aurais fait. Et désormais, je…

— Fräulein, la coupa-t-il d'un ton gentil mais ferme, vous vous occupez de votre frère depuis six ans et vous ne l'avez jamais fait soigner. C'était sans aucun doute très sage de votre part, et cela prouve votre grande maturité, car les soins qu'il aurait reçus, où que vous alliez dans le monde, auraient été sans effet, voire pernicieux. Cependant, vous lui feriez du tort à présent si vous le priviez du traitement dont il a besoin. Il est arrivé à un âge charnière. S'il demeure ainsi plus longtemps, les conséquences pourraient devenir irréversibles et affecter sa vie d'adulte, poursuivit-il en marquant un temps d'arrêt. Ma proposition se base par ailleurs sur une raison médicale : votre frère aura de meilleures chances de s'en sortir s'il est traité en votre absence.

— En mon absence ? Mais pourquoi ?

— Il fait des progrès quand il est loin de vous. Younger, le garçon a-t-il communiqué avec vous lorsque vous voyagiez ensemble ?

— Oui. Il m'a écrit des messages.

— Vous ne me l'aviez pas dit, s'étonna Colette.

— Il est naturel, Fräulein Rousseau, que votre frère fasse davantage d'efforts quand il est en dehors de sa famille immédiate… et il est tout aussi naturel que cela vous offense.

— Cela ne m'offense pas.

— Vraiment ? Eh bien, je ne peux guère vous en dire davantage pour l'instant, mais vous êtes très certainement pour quelque chose dans ses symptômes. Votre attitude de ses six dernières années et la sienne sont entremêlées d'une manière ou d'une autre. Peut-être même êtes-vous la cause de son état.

Younger vit combien cette remarque la bouleversait.

— Puis-je m'entretenir avec Stratham un moment ? demanda-t-elle.

— Bien sûr, acquiesça Freud.

Ils se retirèrent dans l'escalier.

— Dites-moi que ce n'est pas à cause de moi qu'il est comme ça, murmura-t-elle, désespérée. Suis-je la cause de son mal ?

— Je l'ignore.
— Que dois-je faire ?
— Laissez-le ici, sans la moindre hésitation. Peut-être ne parviendrons-nous pas à quitter l'Autriche. Si nous sommes pris, et qu'il est avec nous, ils l'enverront dans une institution tchèque quelconque, un orphelinat, ou pire encore. Il pourrait y demeurer des années.
— Mais comment ferons-nous pour le récupérer ?
— Si nous nous en sortons ? Ce sera facile. Nous enverrons quelqu'un le chercher.
Colette rassembla toutes ses forces, et ils retournèrent dans la cour. Elle hésitait, et soumit la question à son frère, lui demandant ce qu'il préférait. Le garçon lança un regard interrogateur à Younger.
— Tu veux mon opinion ?
Luc acquiesça.
— Reste ici.
Il décida de lui présenter les choses en soulignant le courage nécessaire.
— Cela va être dur pour toi, mais, en demeurant ici, tu nous aides, ta sœur et moi. Dès que nous serons en sécurité, nous enverrons quelqu'un te chercher.
L'enfant réfléchit. Son regard était perçant, si perçant, songea le médecin, qu'il avait dû voir clair dans son jeu. Puis il fit quelques pas, et se retrouva entre Freud et sa femme. Il leva les yeux cette fois vers sa sœur, son visage sans expression indiquait qu'il avait pris sa décision.
— Envoyez-nous de vos nouvelles dès que vous le pourrez, déclara le psychanalyste.

Devant la Westbahnhof, la police montait la garde, contrôlant les papiers de tous ceux qui voulaient entrer.

— C'est pire que je ne l'envisageais, dit Oktavian. Je ne vois pas comment vous pourrez passer.

— Les Tchèques se livrent à des pogroms et c'est nous qu'ils traquent ! lâcha Younger avec dégoût. Y a-t-il une autre gare ?

Ils étaient toujours dans la voiture d'Oktavian.

— Plusieurs, mais soyez sûr que la police y sera aussi. Il existe une autre solution, docteur, si vous êtes d'accord. L'aéroplane. Une compagnie française a ouvert une ligne régulière le mois dernier. La piste est petite et presque toujours déserte. La police ne pensera sans doute pas à vous chercher là-bas. Le transport en aéroplane ne comporte aucun danger, à ce qu'on raconte, mais il coûte cher.

— Que diriez-vous de vous envoler ? demanda-t-il à Colette.

— Luc semblait heureux de rester là-bas, vous n'avez pas trouvé ? répondit-elle. Comme s'il était content de ne plus être avec moi.

L'aérodrome de Vienne – le seul d'Autriche – consistait en une piste de terre battue, où stationnait un seul aéroplane : un biplan muni de l'hélice la plus grosse que Younger ait jamais vue. Oktavian avait raison : il n'y avait aucun policier en vue. L'endroit était d'ailleurs désert. Ni passagers, ni vendeurs de billets, ni équipage. L'unique bâtiment était fermé.

En faisant le tour, ils découvrirent deux hommes qui buvaient du café et du schnaps. L'un d'eux, un Français, s'avéra pilote. Quand le comte s'enquit de la possibilité d'emmener tout de suite deux passagers jusqu'au port le plus proche, il bondit de sa chaise.

— Normalement, on fait la liaison avec Paris, mais c'est pas grave. Je peux vous emmener jusqu'à Brême.

— Ce serait parfait, répondit Younger.

Ils se mirent d'accord sur le prix. Le pilote avala son schnaps, puis il frappa dans ses mains et s'exclama :

— C'est parti !

L'appareil comptait huit places passagers. Quand le pilote fut installé dans le cockpit, il prit une dernière lampée dans une flasque qu'il gardait à la ceinture et fit signe à son partenaire en levant le pouce : l'autre lança l'hélice. Le moteur se mit en marche. Oktavian, soudain moins enthousiaste, fit ses adieux à Colette et Younger au pied d'une petite échelle qui permettait l'accès aux sièges passagers.

— C'est étrange, mademoiselle, dit-il. Depuis le début, j'ai le sentiment de vous avoir déjà vue. Il y a longtemps. Vous n'avez pas de famille en Autriche ?

— Peut-être avez-vous connu ma grand-mère. Elle était de Vienne.

— Bien sûr ! J'ai en effet dû la rencontrer. Oui, je crois m'en souvenir. Je savais que votre visage ne m'était pas inconnu. Votre grand-mère était une aristocrate ?

— Oh non, elle était très pauvre.

— J'aurais juré l'avoir connue lors d'un bal, entourée de beaux jeunes gens.

— Cela ne pouvait être ma grand-mère, comte Oktavian.

— Dans ce cas, cela me reviendra plus tard. Mais ne m'appelez pas comte. Je ne compte plus pour grand-chose.

Au décollage, l'appareil se mit à tanguer de façon alarmante, mais en prenant de l'altitude, il gagna en stabilité. Ils contemplèrent au-dessous d'eux la couche neigeuse – qui n'était pas de neige, mais de nuages.

— Je n'avais jamais vu le dessus d'un nuage auparavant, déclara Colette. Vous croyez que cela peut offenser Dieu ?

— Je doute qu'Il vous en veuille de regarder Sa création. Il doit s'inquiéter davantage en vous voyant jouer avec Ses atomes.

— Pourquoi vous méfiez-vous tant du radium ? Vous m'avez fait porter ce costume absurde au laboratoire du Pr Boltwood. Tous les autres trouvaient que je ressemblais à un scaphandrier.

— Ils auraient dû vous imiter.

— Je me demande si cela peut expliquer la radioactivité. Je parle de la pulsion de mort du Dr Freud. Nous ne savons pas pourquoi les atomes de radium se séparent – ni d'ailleurs pourquoi les autres atomes ne le font pas. Sans doute existe-t-il une force qui maintient ensemble les particules, et une autre qui les divise. Cela s'accorderait tout à fait avec la description du Dr Freud : deux forces fondamentales, l'une, d'attraction, l'autre, de répulsion.

— Laquelle est la plus forte ?

— Celle qui crée la cohésion, je pense. Cela expliquerait pourquoi la radioactivité libère une telle énergie. (Une pensée lui vint.) Cette énergie, quand elle est libérée : peut-être est-ce cela la puissance de mort. Peut-être que la fission de l'atome, c'est la mort, dans sa forme la plus pure. Elle pourrait se propager aux autres atomes, et les séparer à leur tour.

— Et vous vous demandez pourquoi je n'ai pas confiance ?

— Cela expliquerait aussi l'effet du radium sur le cancer, poursuivit Colette avec une excitation grandissante. Personne n'a jamais compris comment le radium pouvait guérir le cancer. Même Mme Curie l'ignore. Mais le Dr Freud a raison ; les cellules cancéreuses sont des cellules qui ne meurent plus. Quand on introduit du radium au sein d'une tumeur, sans doute libère-t-il la puissance de mort, qui s'étend à toute la tumeur, jusque dans les cellules cancéreuses, ce qui leur permet de mourir à nouveau. Que faites-vous ?

Tandis que Colette parlait, Younger s'était laissé aller à ses propres pensées, pour enfin se lever de son siège.

— Vous avez dit que cet avion était censé relier Vienne à Paris ? lança-t-il au pilote.

— Oui, monsieur.

— Alors emmenez-nous là-bas.

— À Paris ? s'étonna Colette. Mais pourquoi ?

— Pour voir votre héroïne.

DIX-SEPT

« Invitation des Mexicains ». Littlemore lut l'article qui suivait ce gros titre.

Hier soir, lors d'une conférence donnée conjointement par le sénateur du Nouveau-Mexique, A. B. Fall, et l'envoyé du futur Président Obregón, Elias L. Torres, ce dernier a lancé une invitation officielle au sénateur et futur Président Harding à l'occasion de l'entrée en fonction du nouveau Président du Mexique, le 25 de ce mois. Il est très peu probable que le sénateur Harding accepte cette invitation ; il ne s'est d'ailleurs jusqu'ici livré à aucun commentaire. Le sénateur Harding est désireux de restaurer des relations cordiales entre le Mexique et les États-Unis, néanmoins, ses conseillers les plus proches pensent qu'il n'est pas opportun que le futur Président se rende en territoire étranger pour l'instant.

Dans le train qui le ramenait à Washington, Littlemore contempla longuement le paysage.

En arrivant, il prit un taxi qui l'emmena droit à la bibliothèque du Congrès, à côté du Capitole. Là, il fit des recherches sur l'histoire du Mexique. Une demi-heure plus tard, d'un pas alerte, il se rendit au Sénat.

— Que voulez-vous, Littlemore ? lui demanda Fall quand l'agent spécial entra.

— J'ai lu un article sur l'invitation des Mexicains, monsieur le sénateur.

— Ah, c'est une chose dont je ne suis pas fier, fit-il en étirant les bras tout en se renfonçant dans son fauteuil. Les deux futurs Présidents des deux plus grandes démocraties du monde. Ce serait une première. Harding ne veut pas y aller, mais je réussirai à le convaincre. Obregón retirera ses troupes des mines, nous laissera conserver nos puits de pétrole, et tout ira bien.

— Je pense que Mr Harding ne devrait pas y aller, monsieur.

— Comment ? Vous me donnez des conseils en matière de politique étrangère ?

— Mr Fall, et si c'était le Mexique ?

— Comment ça ?

— Et si c'était le Mexique et pas la Russie ?

Le silence se fit.

— Vous ne parlez pas de l'attentat, mon garçon ?

— Rappelez-vous ce que vous m'avez demandé la première fois. Quel pays aurait quelque chose à gagner dans cette histoire ? Quel pays aurait des motifs suffisants ? Quel pays se sentirait autorisé à nous attaquer ?

— Bien sûr que je m'en souviens.

— Nul n'avait d'aussi solides raisons de s'en

prendre à J. P. Morgan que les Mexicains. Cette banque les a saignés à blanc en empêchant toutes ses collègues de leur prêter des capitaux depuis six ans. Et ce n'est pas le seul motif. D'après ce que je sais, ils nous vouent une haine féroce. Ça fait un moment qu'ils veulent prendre leur revanche.

— Quelle revanche ?

— Pour la guerre américano-mexicaine.

— Mais de quoi… C'est de l'histoire ancienne, tout ça, mon garçon. Plus personne ne se souvient de cette guerre.

— Eux n'ont pas oublié, monsieur. Nous leur avons pris presque la moitié de leurs terres. Nous les avons envahis. Nous avons occupé leur capitale. Tué un tas de gens. Commis des atrocités. Selon moi, ils pensent que nous les méprisons. Et par-dessus le marché, ils croient que nous pompons tout leur minerai d'argent, leur pétrole, et que nous nous enrichissons sur leur dos pendant qu'ils vivent dans la misère.

Fall réfléchit.

— Je m'apprêtais à dire que c'était le scénario le plus ridicule que j'aie jamais entendu, mais, en fin de compte, ça ne l'est peut-être pas. Ce nouvel envoyé, Torres, pour tout vous dire, il ne m'a pas paru si franc du collier. Comme s'il me cachait quelque chose.

— Disons qu'ils s'apprêtent à nationaliser nos puits de pétrole. Il faut qu'ils nous montrent que, même si leur armée n'arrive pas à la cheville de la nôtre, ils peuvent s'en prendre à nous d'une autre manière, sur un autre terrain, où nos forces militaires seraient impuissantes. Et nous faire si mal que ça ne vaudrait pas le coup de les envahir.

— Vous voulez dire que cet attentat était censé nous montrer comment ils riposteraient si nous leur déclarions la guerre ?

— Je pense que, si on voit les choses du point de vue mexicain, alors ça a du sens. Une attaque contre la banque Morgan. Une revanche après notre invasion. Et une mise en garde au cas où nous voudrions leur faire de nouveau la guerre s'ils confisquent nos puits de pétrole. Et là, ils font d'une pierre trois coups.

— Dans ce cas, ce serait vraiment des idiots de première catégorie, parce qu'ils ont oublié de signer leurs actes !

— Ils ne pouvaient pas le faire de manière directe. Sinon, nous leur aurions sur-le-champ déclaré la guerre, ce qu'ils veulent justement éviter. Aussi ont-ils laissé un signe nous indiquant qu'ils étaient derrière l'attentat, sans avoir besoin de mettre les pieds dans le plat.

— Mais ils n'ont laissé aucun signe ?

— Si. Savez-vous quel jour tombe la fête de l'Indépendance mexicaine ?

— Je l'ignore.

— C'est le 16 septembre.

Fall resta muet quelques instants.

— Vous en êtes sûr ? C'est pas plutôt le 15 ou le 17 ?

— C'est le 16 septembre, monsieur le sénateur. Et pour eux, c'est un grand jour, comme l'est pour nous le 4 juillet.

— Bon, je n'utilise pas souvent le terme « ironie », mais là, ça me paraît être le bon moment. Quelle ironie, n'est-ce pas ? Ils veulent nous montrer qu'ils ne sont pas si timorés que ça, seulement leur façon de l'exprimer, elle, est si timorée qu'on n'a même pas compris le message.

— Il y a autre chose, Mr Fall. Deux semaines avant le bombardement, Mr Lamont, de la banque Morgan, a reçu des menaces. Il a tout mélangé, hélas. Il a cru que cela venait d'un banquier du nom de Speyer, mais en réalité, ce n'était pas lui. Cela venait du consul mexicain, un type qui s'appelle Pesqueira : il a dit que, si Morgan ne laissait pas les capitaux revenir au Mexique, ça lui coûterait très cher.

Une pensée traversa le regard de Fall.

— Eh bien, cet envoyé, Torres, je crois qu'il s'est bien fichu de moi. Je me suis laissé avoir. Ils nous ont atomisés, et j'essaie de faire en sorte que notre Président fasse la paix avec eux, alors qu'ils ont mis la main sur nos mines. Peut-être ont-ils vraiment l'intention de saisir nos puits de pétrole, ensuite. Je me suis fait rouler.

— Mais nous n'avons aucune preuve, Mr Fall. Pas encore. Et le chaînon manquant, c'est toujours l'or.

— C'est juste : qu'en est-il de cet or ? Ce n'est pas possible, Littlemore. Vous êtes en train de me raconter que c'est une coïncidence si notre or a été déménagé le jour de la fête d'indépendance du Mexique ?

— Je ne crois pas qu'il s'agisse d'une coïncidence, sénateur. Comme vous l'avez expliqué, peut-être les Mexicains ont-ils payé un membre du gouvernement, quelqu'un qui était en position de déterminer la date du transfert. Je vais me rendre à l'ambassade du Mexique. Je vais aller parler à ce Torres. Et à Pesqueira.

— Par tous les saints, mon garçon, si vous arrivez à découvrir le fond de cette affaire, je vous donnerai votre propre ambassade. Où aimeriez-vous être nommé ?

— Désolé, Mr Fall, ce n'est pas mon rayon.

— Alors, que diriez-vous de devenir chef du FBI ?

Dans le hall de l'ambassade du Mexique, gros bâtiment de trois étages situé sur I Street, flottait une odeur d'humidité nauséabonde. Des taches décolorées marbraient les murs.

— Votre immeuble est pourri, madame, déclara Littlemore à la réceptionniste.

— Je sais. Tout le monde le dit. Je peux vous aider ?

L'agent spécial apprit qu'Elias Torres, le nouvel envoyé, ne s'était pas encore présenté à l'ambassade, mais qu'on l'attendait le lendemain. Le señor Pesqueira, en revanche, se trouvait à l'étage.

*

Roberto Pesqueira était un petit homme aux cheveux noirs gominés, à la peau claire, aux dents blanches parfaites, et à la moustache fine comme un trait d'encre. Il ne parut nullement gêné quand Littlemore se présenta en tant qu'agent du Trésor américain. On eût dit qu'il s'attendait presque à cette visite.

— J'ai des raisons de penser que vous avez menacé un homme à New York il y a deux mois, Mr Pesqueira.

— Quel homme ?

— Thomas Lamont. C'était deux semaines avant l'attentat de Wall Street.

Des mouchoirs blancs bien pliés étaient empilés sur l'un des coins du bureau. Pesqueira en prit un et s'essuya les dents.

— Votre empereur, dit-il.

— Pardon ?

— Le señor Lamont est un roi sur son trône. Tous les autres sont ses laquais. Y compris Wilson, votre prétendu Président.

— Vous ne niez pas l'avoir menacé ?

— La banque Morgan étrangle mon peuple depuis six ans. Votre gouvernement a soutenu pendant vingt ans la dictature corrompue qui régnait sur mon pays. Mon pays, que vous avez occupé. Dois-je vous rappeler que vous nous avez volé la Californie ? Que vous nous avez menacés de déclencher une nouvelle guerre si nous ne changions pas notre constitution ? Et c'est vous qui m'accusez de menaces ?

— Je ne fais que mon travail, Mr Pesqueira.

— Ah bon ? Vous avez dû oublier les deux premiers mots du droit des nations.

— Et qui sont ?

— Immunité diplomatique. Votre loi ne s'applique pas à ma personne. Vous ne pouvez m'arrêter. Vous ne pouvez perquisitionner chez moi. Vous ne pouvez même pas m'interroger.

— Bien sûr que si. Vous êtes un agent consulaire, exactement comme Juan Burns, rétorqua Littlemore en faisant référence à un consul mexicain emprisonné à New York pour avoir acheté une arme illégalement en 1917. Vous ne jouissez pas de l'immunité diplomatique.

— Veuillez me pardonner, vous n'êtes pas aussi ignorant que je le croyais. C'est pourtant une habitude, chez vous, les Américains. Cela dit, je ne suis plus agent consulaire. Mon bureau est ici dorénavant, comme vous le voyez, à l'ambassade, or tous les employés officiels des ambassades jouissent de l'immunité diplomatique, je suis sûr que vous le savez. D'un point de vue technique, vous êtes en territoire mexicain, en cet instant. Vous ne pouvez y demeurer sans mon consentement. Dois-je appeler la police, agent Littlemore ?

Littlemore se hâta de retourner au bureau du sénateur Fall. Malgré les protestations de ses assistantes, il frappa à sa porte, qu'il poussa sans attendre.

— N'entrez plus comme ça sans crier gare, mon garçon, déclara le vieil homme, dans son fauteuil, sa moustache blanche en guidon de vélo contrastant fort avec son teint rubicond.

— Désolé, monsieur le sénateur. J'ai besoin de savoir où je peux trouver l'envoyé mexicain dont vous m'avez parlé, Torres. C'est urgent.

— Pourquoi ?

— Il ne fait pas encore partie du personnel diplomatique de l'ambassade. Donc il ne peut prétendre à l'immunité. Est-il possible de savoir où il réside ?

— Ça tombe bien, c'est mon rayon. Allez vous asseoir dans ma salle d'attente. Ça pourrait quand même prendre un moment.

Littlemore se retira dans la pièce en question mais ne put s'asseoir. Il se mit à faire les cent pas. Il regardait sa montre. Il but un café. Enfin, au bout de deux heures, Mrs Cross, très belle et très professionnelle, vint lui remettre une adresse et les clefs d'une automobile.

— Mr Torres a loué un appartement sur Crescent Place. Le sénateur Fall dit que vous pouvez utiliser une de ses voitures, si vous le souhaitez. Je vais vous montrer où c'est.

Dans les sous-sols du Sénat, un monorail électrique transportait les gens jusqu'au Capitole par un tunnel. Mrs Cross mena l'agent spécial jusqu'à un parking, et monta derrière le volant d'une berline décapotable.

— Désolé, madame, mais je pense qu'il vaudrait mieux que j'y aille seul.

— Parce que cela pourrait être dangereux ?

— Tout à fait.

— J'aime le danger. De plus, vous êtes pressé : avez-vous la moindre idée de l'endroit où se trouve Crescent Place ?

— Non.

— Alors montez. Nous perdons du temps.

Mrs Cross ralentit à l'approche d'une étroite ruelle dans un quartier à la mode. Ils étaient arrivés dans la 16e Rue. Dans le rétroviseur apparaissaient les grilles de la Maison Blanche, encore visible, loin derrière eux. Elle tourna dans la ruelle et se gara devant un petit immeuble. Le jour commençait à décliner.

Littlemore découvrit le nom d'Elias Torres écrit à la main à l'encre, de fraîche date, près du numéro de l'appartement 3B. Il grimpa jusqu'au troisième étage et appuya sur la sonnette, Mrs Cross toujours sur les talons.

— Qui est là ? fit une voix avec un accent espagnol.

— Agent fédéral James Littlemore. Êtes-vous bien Elias Torres ?

Il ne comprit pas la réponse.

— Qu'avez-vous dit ?

— Je suis Elias Torres.

— J'ai quelques questions à vous poser, Mr Torres.

— À quel sujet ?

— Celui de l'attentat de Wall Street.

Il y eut un moment de silence.

— D'accord. Une minute. Je vais mettre une chemise.

— Je vous laisse trente secondes.

L'agent spécial appuya l'oreille contre la porte. Il entendit des pas précipités et une fenêtre qui s'ouvrait.

— Il s'enfuit, déclara Mrs Cross.

— Je sais.

— Et vous ne faites rien ?

— Non. J'attends pour être sûr qu'il n'est plus là.

L'agent spécial frappa à la porte. Pas de réponse. Alors, il sortit une tige de métal et se mit à crocheter la serrure.

— Ce n'est pas Mr Torres que nous voulons, Mrs Cross.

— Ah bon ? Pourquoi ?

— Il vient d'arriver du Mexique. Il n'a pas encore pris ses fonctions à l'ambassade. Donc il ne jouit pas encore de l'immunité diplomatique. Nous pouvons fouiller dans les boîtes et les papiers officiels qu'il a apportés avec lui : c'est ça, le but. Mais sans mandat, on ne peut pas entrer chez quelqu'un et regarder dans ses affaires personnelles… sauf bien sûr s'il s'agit d'un suspect qui a pris la fuite.

La porte s'ouvrit.

— Le New-Yorkais respecte les règles.

— Il faut bien que quelqu'un le fasse.

La brise agitait les rideaux de la fenêtre du salon. Littlemore jeta un coup d'œil : l'ouverture donnait sur une sortie de secours.

— Voilà par où il est passé.

L'appartement était garni de meubles neufs et bon marché. Pour seules décorations, on trouvait quelques aquarelles accrochées aux murs, représentant des clowns et des taureaux, ainsi qu'un bouquet de fleurs disposé sur une table sans intérêt. L'agent spécial arpenta les pièces, fouilla les placards, les tiroirs. Il ne trouva rien – juste quelques vêtements et effets personnels. Debout dans le salon, Mrs Cross fumait une cigarette.

— C'était une bonne idée que de le laisser filer.

— J'ai l'air malin, hein ?

— Un monsieur mexicain bien propre sur lui, commenta-t-elle en utilisant le cendrier disposé sur la table de la salle à manger. Il aurait quand même pu balayer mieux que ça.

Littlemore suivit son regard. Au pied du mur, un petit tas de sciure. À la verticale, juste au-dessus, une aquarelle représentant un combat de taureaux.

— On le tient !

Il retira le tableau. Derrière, on avait percé un trou, assez large pour qu'un homme puisse y passer la main. L'agent spécial en retira un cylindre de carton. Les angles de documents roulés apparaissaient à chaque extrémité. Littlemore les sortit, puis les posa à plat sur la table en les tenant pour ne pas qu'ils s'enroulent sur eux-mêmes.

Il y avait des photographies. Un schéma. Une lettre en espagnol, à l'en-tête du gouvernement mexicain.

— Nom d'un petit bonhomme, souffla-t-il. Nom d'un fichu petit bonhomme !

*

— Pourquoi prenons-nous l'issue de secours ? demanda Mrs Cross en descendant l'échelle de métal derrière Littlemore.

— Parce que, si quelqu'un nous attend, ce sera devant l'entrée principale.

— Et qui pourrait nous attendre ?

— Si j'étais Elias Torres et que j'avais laissé ces documents derrière moi, je reviendrais les chercher. Avec des amis. Et des armes. Tenez-moi ça.

Il lui tendit le cylindre de carton avec les documents, puis il descendit l'échelle métallique et, arrivé en bas, sauta à terre. Il se trouvait maintenant derrière l'immeuble, il n'y avait personne.

— Lancez-moi le tube, l'enjoignit-il à mi-voix, et descendez à votre tour.

Elle s'exécuta, mais en atteignant le dernier barreau, à presque deux mètres du sol, elle se tourna vers lui et lui dit :

— Et maintenant ?

— Lâchez tout, et je vous rattraperai.

Elle hésita.

— Mais sautez, nom d'un chien !

Il la reçut dans ses bras. Une main posée sur sa poitrine, elle déclara :

— Vous êtes plus fort que vous n'en avez l'air.

— Dois-je le prendre comme un compliment ? Non, ne me répondez pas.

Ils firent le tour du bâtiment, s'aplatissant contre le mur lorsqu'ils arrivèrent près de la rue. Littlemore jeta un coup d'œil discret et aperçut quatre hommes, le chapeau vissé sur la tête, qui attendaient devant la porte de l'immeuble. L'un d'eux, assis sur le capot de leur automobile, semblait nettoyer ses chaussures. L'agent spécial sortit son arme.

— Attendez, fit sa compagne, j'y vais. Ils ignorent que vous êtes avec une femme. Je vous reprends sur l'avenue du Président.

— Où est-ce ?

— C'est la 16e Rue, dit-elle en lui montrant la direction.

Elle s'engagea dans la ruelle d'un pas décidé, sans manifester la plus petite appréhension. En la voyant arriver, les hommes se poussèrent du coude. L'un d'eux siffla ; un autre lui posa des questions très personnelles, auxquelles elle ne répondit pas. Quand elle monta en voiture et mit le moteur en marche, celui qui était assis sur le capot se pencha par-dessus le pare-brise.

— Et où tu crois que tu vas aller, comme ça, ma belle ?

Peut-être pensait-il qu'elle n'oserait pas démarrer tant qu'il resterait là. Dans ce cas, il se trompait.

— Si tu t'accroches, tu le sauras, répondit-elle.

Elle passa la première et l'automobile bondit en avant, faisant dégringoler le gêneur sur le trottoir. Sans même se retourner, elle adressa aux quatre hommes un signe en guise d'au revoir, et tourna au premier carrefour. Entre-temps, Littlemore avait profité de la diversion pour s'esquiver avec discrétion.

Ils se retrouvèrent donc sur la 16e Rue, rebaptisée avenue du Président par ses habitants, qui entretenaient de grandes ambitions sociales. Littlemore regarda derrière lui avant de monter : personne ne les suivait.

— Où allons-nous ? demanda-t-elle.

— Votre sénateur, où est-il à présent ?

— Mr Fall ? Chez lui, au Wardman Park Hotel. Ce n'est pas loin d'ici.

— On y va, dit-il en se retournant de nouveau. Bien joué, Mrs Cross.

— Pourquoi m'avez-vous demandé mon prénom si vous ne l'utilisez pas ?

Malgré l'heure tardive, le hall central illuminé du Wardman Park, l'hôtel aux mille chambres, dont les dépendances s'étendaient sur une colline bucolique de près de huit hectares, était rempli de gens venus admirer des automobiles flambant neuves.

— Une exposition de voitures, fit Littlemore avec mépris. Le monde marche sur la tête, et voilà à quoi pensent les gens.

— Eh bien, agent Littlemore, déclara Mrs Cross, je ne vous connaissais pas cette vision sombre de la vie. Je croyais que vous voyiez toujours le bon côté des choses.

— Il y a au moins une centaine d'ascenseurs, ici. Par où faut-il passer ?

— Suivez-moi.

Au huitième étage, vêtu d'une veste de smoking rouge foncé, le sénateur ouvrit lui-même la porte de sa suite. Mrs Cross entra, très à l'aise. L'agent spécial demeura à la porte.

— Vous avez trouvé quelque chose ? interrogea Fall.

Il acquiesça.

— Vous l'avez montré à Houston ?
— Je ne peux pas.

Pendant que Littlemore étalait les documents sur la table du sénateur, Mrs Cross posait devant chacun d'eux un verre de whisky. Puis elle se servit à son tour.
— Que montrent ces clichés ? demanda-t-elle.
— Ça ressemble à un camp d'entraînement militaire quelque part au Mexique, lui répondit l'agent spécial. Il y a un champ de tir, ici. Là, des mitrailleuses. Celui-ci montre des gens avec des détonateurs et des amorces.
— Et quelle est cette liste de noms ? s'enquit Fall.
— Je dirais qu'il s'agit des hommes qui sont passés dans ce camp. Vous voyez, on indique combien de temps ils sont restés, à quelles dates, sur quelles armes on les a formés. Ils viennent du monde entier. Il y a des Russes, des Italiens, tout ce que vous voulez.
— Un foutu camp de terroristes, et juste sous notre nez !
— Vous avez vu ces deux noms, monsieur ?
— Sacco et Vanzetti.
— Finalement, Flynn n'avait peut-être pas tort.
Littlemore plaça ensuite une autre feuille, plus épaisse, par-dessus les autres. On y voyait une esquisse à l'encre, très soigneuse, avec des flèches et des étiquettes en espagnol.
— Oh, mon Dieu, fit Fall.
— De quoi s'agit-il ? demanda Mrs Cross qui sirotait son whisky.
— C'est un schéma qui explique comment disposer des schrapnels autour d'explosifs sur une charrette tirée par un cheval…

— Et ce n'est pas tout. Regardez ça, sénateur, ajouta l'agent spécial au bout d'un moment.

Il leur montra un document à l'en-tête du contrôleur général du Mexique, au bas duquel figurait la signature dudit responsable. Entre les deux, plusieurs paragraphes d'un texte en espagnol que Fall entreprit de lire.

— Vous comprenez ce qui est écrit là, mon garçon ?

— Oui, monsieur. C'est une autorisation de transfert pour la somme de 1 115 000 dollars sur le compte de trois sénateurs américains et d'un membre du cabinet présidentiel.

— Faites-vous partie de la liste, mon cher sénateur ? demanda innocemment Mrs Cross.

Il lui donna une petite tape.

— Non, je n'y suis pas. Il s'agit de Borah, Cotton Tom Heflin et Norris – les trois meilleurs amis au Congrès de ces bandits qui gouvernent le Mexique.

— Le sénateur Borah… c'est celui qui a une liaison avec Alice Roosevelt ?

— Vous ne pensez donc qu'à ça, vous, les femmes.

— Cela expliquerait pourquoi Mr Borah a besoin d'un peu plus d'argent. Et quel membre du cabinet s'enrichit aussi ?

— Mr Houston, du Trésor, répondit l'agent spécial.

Vers minuit, d'éminents personnages arrivèrent dans les appartements du sénateur Fall au Wardman Park Hotel. Ils se retirèrent dans un bureau privé, où Littlemore ne fut pas convié. On lui demanda toutefois à plusieurs reprises de venir raconter en quelles circonstances il avait découvert les documents. La réunion dura des heures. À en juger par les éclats de voix qui en émanaient, le sujet prêtait à la controverse, virant parfois à la querelle. À un moment, l'agent spécial entendit le sénateur Fall déclarer que le Président Taft n'avait « pas agi autrement » pour Wilson en 1912.

Mrs Cross lui nomma certains des hommes présents : Colby, le secrétaire d'État ; Baker, le secrétaire à la Guerre ; Daniels, le secrétaire à la Marine ; McAdoo, que Littlemore avait rencontré dans le bureau du commissaire Enright en même temps que le maire ; et Daugherty, pressenti pour devenir le procureur général de Harding.

— Le futur Président aurait dû être là lui aussi, mais il est en vacances, l'heureux homme. Il n'aurait pris aucune décision, de toute façon. Ce sont ceux-là qui gouvernent.

— Et donc, ce McAdoo, c'est le gendre du Président Wilson ? Il est presque aussi vieux que lui.

— Dans cette ville, les femmes aiment les messieurs plus âgés. Eleanor devait avoir environ 20 ans quand elle s'est fiancée avec lui. Il avait passé les 50 ans. Mais il était très bien pour son âge. Cela vous déplaît qu'une jeune fille puisse s'intéresser aux hommes mûrs ?

— Je me demande ce qu'en a pensé le Président, répondit-il en songeant à ses propres filles.

— On raconte que ça lui a brisé le cœur. Mr McAdoo était membre du cabinet du Président Wilson, à l'époque. Il a dû en partir. Et puis, en juin dernier, Wilson a choisi quelqu'un d'autre pour être candidat démocrate aux élections présidentielles. Autrement, je pense que McAdoo aurait pu devenir notre prochain Président. Pauvre Eleanor. Je me demande comment elle vit tout cela à présent.

— Wilson a viré du cabinet son propre gendre ?

— Oh, McAdoo s'en est bien sorti. C'est un avocat très couru. Il est là parce qu'il connaît l'emplacement des plus gros puits de pétrole, au Mexique, qui appartiennent à l'un de ses clients. Je crois d'ailleurs que vous connaissez Mr Brighton ? Vous avez emprunté son train pour vous rendre à New York. C'est agréable, n'est-ce pas ?

— Comment tout le monde peut-il être au courant de ce que je fais ?

— Y avait-il des femmes à bord du train de Mr Brighton ?

— Non, aucune.

— Quel dommage. Il y en avait la fois où j'ai été invitée. Bien, je vais prendre un peu de repos.

Il était plus de 2 heures du matin. Arrivée au pied des marches, elle se retourna :

— Voudriez-vous m'accompagner là-haut, agent Littlemore ? J'ai quelque chose à vous demander.

Le sénateur Fall habitait un duplex. Manifestement, les chambres se trouvaient à l'étage. Littlemore emboîta le pas à Mrs Cross. S'il était difficile de ne pas la regarder marcher, c'était encore pire dans un escalier. Il la suivit jusque dans une chambre d'amis. Elle retira ses boucles d'oreilles.

— Fermez la porte, dit-elle.

— Pourquoi ?

— Je vous l'ai dit : j'ai une question à vous poser.

Il s'exécuta. Elle détacha ses cheveux blonds et secoua la tête pour qu'ils se répandent sur ses épaules.

— Quelle est votre question, Mrs Cross ?

Elle s'approcha de lui. Avec ses talons, elle était exactement de la même taille.

— Mrs Littlemore sait-elle à quel point son mari est appelé à devenir important ?

— Et Mr Cross sait-il ce que sa femme fait de ses nuits ?

— Il n'y a plus de Mr Cross. Il est mort à la guerre.

— Je suis désolé, Grace, et je suis très flatté, sincèrement, mais je ne peux pas. Il y a des règles à respecter.

— Des règles ?

Elle retira ses escarpins l'un après l'autre, puis leva les yeux vers lui en posant les mains sur son torse.

— Nous sommes à Washington, agent Littlemore. Ici, les règles ne s'appliquent pas.

— C'est possible, dit-il en retirant ses mains. Mais je continue quand même de les respecter.

La réunion s'acheva à 5 heures et demie du matin et les messieurs élégants prirent congé. Ils quittèrent les appartements du sénateur Fall en silence, engoncés dans leurs longs pardessus sombres, affichant le plus grand sérieux.

— Je suis trop vieux pour ça, dit Fall à Littlemore après leur départ en se versant un verre, tandis qu'il s'installait dans un confortable fauteuil. L'ordre de mobilisation sera promulgué dès demain. Il faudra un moment pour rassembler nos troupes à la frontière. Je leur ai dit que nous aurions besoin d'un demi-million de soldats.

— Un demi-million ?

— Baker pense que cent mille suffiraient, parce qu'il ne songe pas au travail qui nous attend après avoir vaincu l'ennemi. Il va falloir gouverner ce pays, nom d'un chien !

Fall but une gorgée et fit la grimace.

— Où est Grace ? continua-t-il. J'ai besoin de lait. Les gars de Wilson ne veulent pas encore rendre public le fait que les Mexicains sont derrière l'attentat de Wall Street. C'est sur ce point que nous nous sommes querellés. Ils craignent que les gens paniquent s'ils comprennent que l'ennemi peut semer la terreur au cœur de nos villes. Je leur ai expliqué que les Américains n'étaient pas une bande de chochottes. Ils exigeront d'aller en découdre. Enfin bref, pour l'instant, Baker ne parle pas de l'attentat. Dans la presse, on déclarera qu'il s'agit des représailles contre Obregón, qui a saisi nos mines.

— Que vont-ils faire au sujet de Mr Houston et des trois sénateurs ?

— Pour l'instant, rien.

— C'est bien ce que je pensais. Tout ce que nous avons, c'est une autorisation des Mexicains concernant un transfert de capitaux. Ce n'est pas une preuve que l'argent ait changé de mains. Nous n'avons aucun élément attestant qu'un crime ait été commis. Il nous en faut davantage.

— Mon garçon, vous avez rendu un fier service à votre patrie.

— Merci, monsieur le sénateur.

Le soleil se levait quand Littlemore partit. L'air de novembre pur et frais embaumait l'odeur des feuilles mortes qu'on brûlait. Littlemore parcourut à pied les trois kilomètres qui le séparaient de son hôtel. En arrivant, il prit une douche et essaya de décider quelle conduite adopter face au secrétaire Houston, et ce qu'il ferait au Trésor. Il demeura longtemps sous le jet d'eau chaude.

DIX-HUIT

— J'imagine que ça vous amuse de me laisser dans l'ignorance, cria Colette à Younger dans l'aéroplane vrombissant, au vol chaotique.

En effet, il refusait de lui expliquer pourquoi il avait décidé d'aller non plus à Brême mais à Paris. Il lui avait juste dit qu'il avait quelques questions à poser à Marie Curie, auxquelles elle seule pouvait répondre. Au-dessous d'eux, s'enroulaient les méandres du Danube, dont le pilote semblait suivre le cours.

— Cela doit certes être frustrant, surtout pour vous qui êtes un tel modèle de transparence.

Quand enfin ils arrivèrent à destination, ils passèrent si près de la tour Eiffel, qu'ils la frôlèrent presque. Sur la piste d'atterrissage, quelques aéroplanes disposés en désordre se chauffaient au soleil. Il y avait même un guichet où acheter des billets. Toutefois, l'endroit était désert. Le pilote, un Parisien, proposa de les ramener dans le centre à bord de son automobile bringuebalante.

Colette montra à Younger ses endroits préférés quand ils franchirent le pont du Trocadéro, avec son spectaculaire palais oriental, dans l'enceinte duquel des messieurs en chapeaux hauts de forme et des dames portant une ombrelle se promenaient autour des bassins. Elle expliqua au pilote comment se rendre à l'Institut du radium.

— N'oubliez pas que Mme Curie est de santé fragile, et que sa vue est mauvaise.

Elle secoua la tête.

— Il y a quelques années, toutes ces rumeurs ont failli la tuer, poursuivit-elle. À présent, elle est devenue la coqueluche de Paris et ils font tous comme s'il ne s'était rien passé.

De l'extérieur, l'Institut du radium ressemblait davantage à une confortable maison bourgeoise qu'à un laboratoire scientifique.

— La première fois où je suis venue ici, expliqua Colette, j'ai pensé que ce devait être le plus grand et le plus beau laboratoire du monde. Puis j'ai vu ceux des États-Unis, grandioses. Pour vous, cet endroit doit paraître bien peu de chose.

À l'intérieur, l'équipement était d'une qualité exceptionnelle : les rangées d'électromètres, de becs Bunsen, des béchers à becs tordus, tous scintillants d'une scrupuleuse stérilité. Après avoir salué ses amis, Colette introduisit Younger dans une pièce haute de plafond, pourvue d'une grande fenêtre et d'un bureau au lieu d'une paillasse. Là, se tenait une femme aux cheveux gris, donnant des instructions à une assistante qui emballait avec soin du matériel.

Colette frappa à la porte ouverte.

— Madame ? l'interpella-t-elle

Marie Curie se retourna et plissa les yeux :

— Qui est là ?

— C'est Colette, madame !

— Mon enfant ! Viens ici tout de suite ! s'exclama-t-elle, radieuse.

À 52 ans, Marie Curie en paraissait beaucoup plus. Sa lèvre supérieure était striée de petites rides verticales, ses mains semées de taches de vieillesse, et le bout de ses doigts tout rouge. Elle portait ses cheveux tirés en un chignon serré et elle était vêtue d'une simple robe noire qui la couvrait de la base du cou jusqu'aux pieds. Toutefois, elle se tenait droite et fière, et son front était si clair, si dégagé, qu'il en émanait une sérénité semblant échapper aux outrages des infortunes humaines.

— Ah, cette épouvantable cataracte. Je vais être opérée le mois prochain. Les médecins m'ont promis une guérison complète. Laisse-moi te regarder de plus près : tu es plus belle que jamais.

Colette présenta Younger à Marie Curie en lui expliquant qu'il avait quelques questions à lui poser, si elle en avait le temps.

— Docteur Stratham Younger, dit-elle en lui serrant la main. Votre nom ne m'est pas inconnu. Faisiez-vous partie des soldats qui sont venus se former ici l'an dernier ?

— Non, madame, mais j'ai traité bien des hommes grâce à vos unités mobiles de rayons X en France. Les États-Unis ont envers vous une dette dont ils ne pourront jamais s'acquitter.

— Ça y est, je me souviens. C'est vous qui avez initié tout le programme. Votre nom apparaît dans la correspondance. Jamais je ne pourrai assez vous remercier. C'est grâce à votre armée que nous avons survécu, quand nous n'avions plus aucun autre financement.

Colette le regarda, stupéfaite.

— Nous en avons retiré un immense bénéfice. Vos unités radiologiques sont bien supérieures à tout ce dont nous disposons. Je le savais grâce à Miss Rousseau, qui a eu la gentillesse de s'occuper également de nos hommes.

— Tu ne m'avais jamais dit que tu avais travaillé avec les Américains, s'étonna Marie Curie. Nous avons tous nos petits secrets, n'est-ce pas ? Je vais préparer du thé. Et que penses-tu de l'Amérique, mon enfant ?

— Là-bas, tout est possible. Pour le meilleur ou pour le pire, voilà comment j'ai ressenti les choses. Si vous voyiez leurs raffineries de radium ! Des panaches de fumée noire s'échappent des cheminées. Les camions défilent, apportant le minerai du Colorado, à trois mille kilomètres de là. L'usine tourne jour et nuit – en utilisant votre processus d'isolation, madame. Ils travaillent sur de la carnotite, pas de la pechblende. Il paraît qu'il y aurait assez de carnotite aux États-Unis pour extraire neuf cents grammes de radium.

Marie Curie garda le silence un long moment.

— Neuf cents grammes, dit-elle enfin. Dix me suffiraient pour faire tant de choses. Pardonnez-moi. Je ne suis pas amère. Mais vous savez que Pierre et moi, nous aurions pu déposer les brevets pour nos découvertes il y a fort longtemps, quand personne encore sur terre n'avait entendu parler du radium, ni même imaginé la radioactivité. Tout le monde nous poussait à protéger notre processus d'isolation, mais nous avons refusé. Ce n'est pas l'objectif de la science. Le radium appartient à l'humanité. Néanmoins, si nous avions agi avec un peu plus d'égoïsme, je ne serais pas privée de radium aujourd'hui. Il en faudrait si peu pour faire tant de choses, sauver tant de vies, peut-être le bébé qui deviendra le prochain Newton. Je n'ai plus un atome de radium. Juste un peu de radon. Il y a tellement d'expériences qui attendent d'être menées à bien. Des douzaines de patients que nous renvoyons chez eux.

Nul ne disait plus rien.

— Et comment va l'infatigable Mrs Meloney ? demanda-t-elle à Colette d'un ton à nouveau énergique et joyeux. Elle fait sans aucun doute partie de ces Américains pour qui tout est possible. Y a-t-il une chance qu'elle parvienne à rassembler assez de fonds pour acheter un gramme de radium ?

— Je crains que nous n'en soyons encore loin, madame, très loin, répondit la jeune femme avec tristesse.

— Oh, je n'y ai jamais cru. Mrs Meloney a bon cœur, mais elle n'a pas l'esprit très scientifique. Ne t'inquiète pas. Si l'Amérique ne nous fournit pas de radium, je n'en serai pas malheureuse. Cela m'évitera de traverser l'Atlantique pour faire des discours de remerciement. Tu sais combien je déteste ça. Je suis trop fatiguée pour ce genre de choses. Mais que puis-je faire pour vous, docteur Younger ?

— J'avais espéré, avec votre permission, madame, vous montrer un dessin. J'ai en effet réalisé des radiographies du cou d'une jeune femme, il y a quelque temps. Elles ont donné un résultat que je n'avais jamais vu jusqu'alors. Néanmoins, je peux en faire l'esquisse, et j'espérais que vous accepteriez de me donner votre interprétation.

— Mais, Stratham, Mme Curie n'est pas radiologue, elle travaille sur le radium, pas les rayons X, le réprimanda Colette.

— Ce n'est pas grave, intervint Marie Curie. Montrez-moi ce dessin, vous avez éveillé ma curiosité.

On fournit à Younger du papier et un crayon et il se mit à l'œuvre. Il remplit la page d'un étrange motif ombreux, rayé, ondulant, tel qu'il l'avait vu sur les radios de la jeune McDonald. Quand il eut fini, Mme Curie approcha l'esquisse de ses yeux, puis l'éloigna, avant de la rapprocher une nouvelle fois.

— Les rayons X n'ont pas traversé le cou de cette personne.

— C'est exact. Quelque chose les a bloqués, répondit Younger.

— Ou plutôt a interféré. Vous êtes certain qu'il s'agissait bien de radios d'une personne, et non d'un objet quelconque ?

— Je les ai réalisées moi-même. La jeune femme avait une excroissance au niveau du cou et de la mâchoire. Plus grosse que je n'en avais jamais vu. C'était granuleux.

— Je connais ce dessin. Très bien, même.

— C'est du radium, c'est bien ça ?

— Du radium ? s'exclama Colette.

— Sans aucun doute, confirma Marie Curie.

— Mais comment… ?

— Le radium est imperméable aux rayons X. De plus, les rayons gamma émis par les atomes de radium ont des propriétés physiques quasi identiques à celles des rayons X. Cela a pour résultat que les deux vagues de rayonnement produisent des interférences. Quand on passe aux rayons X un objet qui contient du radium, on voit apparaître une sorte de dessin qui représente ces interférences : c'est exactement ça.

— Qu'arriverait-il à une personne dont le corps a contenu du radium durant un certain temps ? demanda Younger.

Marie Curie reposa le dessin.

— Vous devez être conscient d'une chose en ce qui concerne le radium : nous en savons encore très peu à son sujet. La nature l'a tenu caché fort longtemps. Au cœur des atomes de radium existent des forces que nous ne pouvons voir, sources d'un pouvoir incommensurable. Il se trouve que la libération de cette force a des conséquences profondes sur les êtres vivants. Sur un morceau de plomb inanimé, la radioactivité n'a presque aucun effet. C'est la même chose avec une feuille de papier. Toutefois, sur le vivant, les conséquences sont profondes, imprévisibles. Si on l'administre de la bonne manière, le radium a un potentiel curatif sans précédent. J'en ai fait moi-même l'expérience dans le traitement du cancer. En France, on appelle curiethérapie le protocole qui consiste à insérer une aiguille de radium dans une tumeur cancéreuse.

— Aux États-Unis aussi, coupa Colette.

— Certains pensent que la radioactivité pourrait être la fameuse fontaine de jouvence que les hommes recherchent depuis toujours. Son pouvoir curatif est en effet indiscutable. Toutefois, le radium est aussi l'un des éléments les plus dangereux sur Terre. Ses radiations interfèrent d'une manière inconnue avec la structure moléculaire des tissus vivants. C'est un poison terrible. Si une personne en ingérait même une quantité infime, ce serait sans espoir. Il n'existe aucun moyen de détruire cette substance une fois entrée dans l'organisme.

Devant l'Institut du radium, Colette déclara :

— Comment Miss McDonald pourrait-elle avoir absorbé du radium ?

— Le 16 septembre, où étiez-vous avant de nous retrouver, Littlemore et moi ? Avant que nous nous rendions à Wall Street ?

— J'étais allée visiter la Clinique du radium à l'hôpital de l'école de médecine de New York.

— Où l'on pratique la curiethérapie. Vous nous en avez parlé, ce matin-là. Je savais que la jeune McDonald n'avait pas la syphilis.

— Comment ?

— Elle souffre d'un cancer. Du cou ou de la mâchoire.

— Attendez, vous voulez dire que c'est une patiente de la Clinique du radium ?

— Disons que Miss McDonald a un cancer. Si les médecins qui la suivent savent ce qu'ils font, ils ont dû l'adresser à l'hôpital de l'école de médecine de New York pour qu'elle y reçoive un traitement. C'est la meilleure clinique dans ce domaine. Mais peut-être qu'il y a eu un problème. Ils ont pu commettre une erreur, en ne retrouvant pas l'aiguille de radium qu'ils avaient insérée dans la tumeur. Il me semble avoir lu, il y a peu, qu'ils avaient perdu pour dix mille dollars de radium, récemment. Il se peut qu'ils l'aient égarée dans sa tumeur. Au bout de quelques semaines, elle devait se trouver dans un état catastrophique. Elle a pu retourner à la clinique pour demander de l'aide.

Ils ont refusé d'admettre leur erreur en prétendant que tout allait bien. C'est alors qu'elle vous voit, se met en tête que vous pouvez l'aider et décide de vous suivre.

— Comment aurais-je pu l'aider ?

— Je l'ignore, mais vous voyez une autre explication ?

Colette songea alors à autre chose.

— Mais Amelia avait laissé cette note à l'hôtel la veille, en prévision du kidnapping, d'après vous. Vous pensez qu'Amelia et Miss McDonald n'avaient aucun lien ?

— Je ne sais pas. En tout cas, il faut que quelqu'un retire ce morceau de radium du cou de cette femme. Dieu sait quel effet cela pourrait avoir sur elle. Je vais envoyer un télégramme à Littlemore.

*

Ils trouvèrent un bureau où l'on pouvait envoyer un câble international sur la place de la Concorde. Younger écrivit à son ami :

MCDONALD A AIGUILLE RADIUM DANS LE COU STOP VOYEZ SI ELLE EST PATIENTE HÔPITAL ÉCOLE DE MÉDECINE DE NEW YORK STOP ILS SAVENT PEUT-ÊTRE OÙ EST AIGUILLE STOP IL FAUT ENLEVER AIGUILLE TOUT DE SUITE STOP JE RÉPÈTE TOUT DE SUITE

— Les radiations vont lui brûler la gorge, dit-il tandis qu'ils faisaient la queue devant le bureau de l'opérateur. Peut-être que cela a même atteint le cerveau, à présent. C'est sans doute pour ça qu'elle est toujours inconsciente.

— Il n'existe aucune preuve que le radium puisse causer des dommages au cerveau, rétorqua Colette. Vous surestimez les dangers du radium. Mme Curie est plus exposée que quiconque et elle ne porte pas de scaphandre comme vous m'y avez obligée.

— Eh bien, elle ne m'a pas paru en très bonne santé non plus. Elle est blanche comme un linge. Elle est fatiguée. Et vous m'avez dit que sa tension était faible.

— C'est une chercheuse. Elle passe ses journées enfermée.

— À moins qu'elle soit anémiée. Son sang doit être gorgé de radiations après toutes ces années.

— Bientôt, vous allez rendre le radium responsable de sa cataracte.

— Et qu'est-ce qui vous prouve le contraire ?

Pendant que Younger envoyait le télégramme, Colette aperçut un hôtel de l'autre côté de la place.

— Nous pourrions prendre des chambres ici, proposa-t-elle.

— Au Crillon ? Pourquoi pas ? répondit-il sans le moindre enthousiasme.

Invités par Marie Curie, ils se rendirent ce soir-là à une fête en l'honneur de l'indépendance de la Pologne et de la victoire momentanée sur les bolcheviques. Les réjouissances avaient lieu dans un petit appartement, dont Younger ne parvint pas à identifier le propriétaire, où les invités se pressaient devant un buffet. On porta de nombreux toasts, on parla beaucoup polonais, et l'on but une quantité encore plus grande de vodka.

Mme Curie garda Colette sous son aile toute la soirée, comme s'il s'agissait de sa propre fille. Celle-ci portait toujours la robe de soirée au dos nu qu'elle avait achetée à Prague, et que son compagnon jugeait trop décolletée. Seulement, elle n'avait rien d'autre à se mettre. Des messieurs polonais en habit ne cessaient d'affluer autour de Marie Curie, sans doute attirés par l'idée d'échanger quelques mots avec l'une des scientifiques les plus éminentes au monde. Lorsqu'elle les présentait à Colette, ils s'inclinaient, lui faisaient le baisemain, et tortillaient l'extrémité de leur moustache. La jeune femme détournait les yeux vers Younger qui, elle le savait, ne regardait qu'elle.

Il était minuit passé, Younger fumait, étendu sur son lit à baldaquin, au Crillon. Sa veste gisait à terre, mais en dehors de cela il n'avait même pas ôté ses souliers.

Il avait indiqué à Colette où se trouvait sa chambre. Dans le couloir, elle s'était montrée folâtre, nerveuse, et incapable d'ouvrir la porte. Il mit cela sur le compte de la vodka, puis songea qu'elle n'avait fait qu'y tremper les lèvres. Quand enfin il réussit à lui prendre la clef pour ouvrir la porte, elle s'engouffra à l'intérieur et l'abandonna dans le couloir. Il referma et s'en alla.

Il contemplait à présent le plafond doré et les volutes de fumée qui valsaient, nimbées de lumière. Enfin, il se leva, éteignit son mégot et sortit.

Il ouvrit la porte de sa chambre à elle. Le salon était désert. Il longea l'austère mobilier Empire. Arrivé au seuil de la chambre, il vit que la porte de la salle de bains était entrebâillée. Il aperçut sa silhouette enveloppée de serviettes blanches, l'une autour de ses cheveux, l'autre, autour du torse. Elle ne l'avait pas entendu.

Elle tira la porte de la salle de bains, le vit, s'arrêta net. Son long cou était dénudé, comme ses épaules, ses bras fins, ses jambes ; elle avait la peau humide.

Il vint à elle. Elle recula dans la salle de bains, buta contre le mur, se recroquevilla d'appréhension. Il n'y avait nulle part où aller. L'air était saturé d'humidité, le miroir couvert de buée. Il la saisit par les bras. Elle lutta. Il dut recourir à la force, comme il s'y attendait, mais il était prêt à le faire et ne céda pas. Ils s'embrassèrent longuement. Il sentit qu'elle se détendait, elle fermait les yeux, et la serviette qui entourait ses cheveux tomba à terre. Il la prit dans ses bras, la porta sur le lit et l'étendit sur les draps.

La masse sombre de ses cheveux se répandit sur l'oreiller. La lune versait sa lumière d'argent sur son corps, qui étincelait de gouttelettes. Il posa une main sur sa poitrine, l'autre sur sa taille, maintenant la serviette blanche en place. Il l'embrassa dans le cou et l'entendit murmurer :

— S'il vous plaît, non.

— Vous voulez que je m'arrête ?

— Ne me le demandez pas, souffla-t-elle.

Sa main glissa dans ses longs cheveux. Il prit son menton entre ses doigts et l'embrassa. Plus tard, elle en appela à Dieu, se mordit la lèvre pour ne pas crier un si grand nombre de fois qu'il en perdit le compte.

Plus tard, allongés l'un contre l'autre dans le clair de lune, sa tête posée sur le torse de son amant, elle lui demanda :

— Est-ce qu'on oublie ?

— Est-ce qu'on oublie quoi ?

— Ça. Est-ce que ça passe ?

La tête de Colette montait et descendait au gré de sa respiration à lui.

— Je m'en souvenais déjà avant que cela n'arrive. Je l'avais déjà vu.

— Moi aussi, répondit-elle en souriant. Bien des fois.

Le lendemain matin, elle trouva Younger dans un grand salon aux colonnes rococo et au sol en damier de marbre noir et blanc, attablé devant une nappe de lin immaculée, prenant son petit déjeuner.

— Vous avez vu tous ces policiers ? lui chuchota-t-elle.

— N'ayez crainte. Il s'agit juste d'un crime commis par un Américain. Une star de cinéma, m'a-t-on dit. On a retrouvé sa femme, elle aussi star de cinéma, morte sur leur lit, nue sur un tas d'étoles de fourrure. Ils étaient en voyage de noces. Voulez-vous déjeuner ?

— Hier soir, Mme Curie m'a prise à part à un moment, annonça Colette en s'asseyant face à lui, en proie à un grand trouble. Je ne l'ai jamais vue dans cet état. Elle ne montre jamais ses sentiments.

— Que s'est-il passé ?

— Elle a fondu en larmes. Elle a dit que M. Langevin ne l'aimait plus parce qu'elle était vieille. Elle a abandonné son nom pour lui. Elle a laissé le monde entier la condamner. Tout ce à quoi elle aspire, à présent, c'est la science, ses recherches. Or, sans radium, elle prétend qu'elle n'est plus rien. Elle m'a confié qu'elle voulait mourir.

Un serveur arriva, auquel elle prêta à peine attention, qui installa un set de table en lin devant elle.

Puis elle remarqua un papier, près de l'assiette de Younger.

— Vous avez reçu un câble ? Cela vient-il du Dr Freud ?

— Non. De Littlemore. Je suis retourné ce matin au bureau d'où je lui avais écrit hier, pour voir s'il y avait une réponse.

Il lui montra le télégramme :

OÙ DIABLE ÊTES-VOUS PASSÉ STOP ÊTES CONVOQUÉ AU TRIBUNAL LE 22 NOVEMBRE À 2 HEURES STOP AVEZ INTÉRÊT À Y ÊTRE

— Au tribunal ? Mais pourquoi ? demanda-t-elle.

— Pour avoir agressé Drobac.

— Pour l'avoir agressé, lui ? Mais il m'a kidnappée ! Et il a tué cette femme, sur la terrasse du gratte-ciel !

— Certes, mais il n'a pas encore été condamné. Au regard de la loi, il est innocent.

— Cela signifie que vous pourriez aller en prison ?

— D'après Littlemore, c'est très peu probable.

— Qu'allez-vous faire, alors ?

— Je vais rentrer. Il le faut.

— Pourquoi ? Restez ici jusqu'à ce qu'il soit condamné.

— Quand j'ai été arrêté, Littlemore s'est porté garant pour me faire sortir de prison. Si je ne suis pas présent au tribunal, il risque de gros ennuis. Je dois rentrer.

— Dans ce cas, je viens avec vous.

— Non. Vous êtes peut-être encore en danger.

— Vraiment ? Même si l'on me cherche, nul ne saura que je suis revenue aux États-Unis.

— Vous étiez suivie à New Haven. Peut-être leur informateur est-il toujours là-bas.

— Je n'irai pas à New Haven.

Elle demeura silencieuse un long moment, puis reprit :

— Je dois y retourner. Je vais lever les fonds nécessaires pour que Mme Curie obtienne son radium. Mrs Meloney m'a dit que je pourrais y arriver. Elle a déclaré que, si j'étais plus gentille avec un riche monsieur, il ferait peut-être don d'un gramme de radium. De plus, Luc va rester au moins deux mois chez le Dr Freud. Je ne peux demeurer ici à m'inquiéter pour lui.

L'après-midi même, ils prirent le train pour Rouen au départ de la gare Saint-Lazare. Le lendemain, ils étaient au Havre, où ils embarquèrent pour New York.

Colette laissa Younger lui faire visiter le paquebot. Ils passèrent sous une rotonde en verre, observèrent les dames et les messieurs qui jouaient à la belote dans un salon Louis XIV, et prirent le thé dans un salon mauresque orné de carreaux de faïence bleus. Dans un fumoir vide, ils s'embrassèrent sous un chandelier de cristal qui oscillait doucement. Quelques étages plus bas, alors qu'une averse forçait les gens à retourner à l'intérieur, ils virent un millier de personnes confinées dans des quartiers moins opulents, aux odeurs plus prégnantes.

— Vous êtes en train de me corrompre, dit-elle en gravissant les escaliers pour revenir sur le pont supérieur des premières classes, où un steward les accueillit de nouveau dans le salon Louis XIV.

— Vous aimez ça.

— J'ai l'impression d'être Dante, quittant les Enfers, avec vous dans le rôle de Virgile.

— Non, vous êtes Béatrice, et vous monterez au ciel alors que, moi, je finirai au fond du trou. Toutefois, si c'était à refaire, je le referais. Je paierais le prix encore et encore.

— Quel prix ?

— La damnation éternelle. Pour une nuit avec vous.

— Une seule nuit ?

Ce soir-là, malgré la tempête qui faisait rage sur l'océan, le paquebot fut secoué par une explosion de joie : on se mit à siffler et porter des toasts. Dans tous les salons et salles à manger de toutes les classes, les musiciens jouaient des mélodies américaines, tandis que la pluie tambourinait contre les hublots.

— Que se passe-t-il ? demanda Colette.

Ils descendaient le grand escalier recouvert d'un tapis rouge qui menait à la salle de bal edwardienne. Des couples tourbillonnaient sur le parquet.

— Les États-Unis viennent d'élire leur nouveau Président.

— Qui a gagné ?

— Un dénommé Harding.

En silence, ils prirent place à table.

— Qu'y a-t-il ? s'enquit-elle.

— Rien.

— Très bien. Dans ce cas, invitez-moi à danser.

Il s'exécuta de bonne grâce.

Bien après minuit, ils revinrent à leur luxueuse cabine.

— Une seule chambre ? Pour nous deux ? s'écria-t-elle en rougissant. Monsieur est très présomptueux. Ma déchéance n'aura-t-elle donc pas de borne ?

Le lendemain, quand elle se réveilla dans leur grand lit, elle lui parut plus heureuse que jamais. Allongée sur le dos, elle lui fit tendre la jambe en l'air pour comparer leur longueur. Puis elle essaya de le persuader que, malgré leur différence de taille, elle avait les jambes presque aussi longues que lui. En tout cas, elles étaient plus douces et plus gracieuses.

L'après-midi, pourtant, alors qu'ils déambulaient à travers le jardin exotique, planté de palmiers, et réservé aux passagers de première classe, son humeur redevint maussade.

— Que veut dire le Dr Freud quand il dit que je suis peut-être la cause de l'état de Luc ?

— Je l'ignore, répondit Younger en toute sincérité.

— J'ai toujours pensé que je pouvais m'occuper de lui.

— Et tu t'es occupée de lui.

— Mais si j'avais fait erreur en le gardant ainsi auprès de moi, toutes ces années ? Et si je voulais qu'il soit différent ? Et si je voulais qu'il reste muet ?

— Mais pourquoi ?

— Pour ne pas être seule.

— Arrête. Tu es en train de t'apitoyer sur toi-même.

— C'est toi qui as dit que je ne l'aimais pas.

— Je n'ai jamais dit ça.

— Je l'ai lu dans tes yeux. Parce que j'ai abandonné Luc quand je suis partie pour Braunau. Tu as pensé que, pour moi, tuer Hans Gruber comptait plus que m'occuper de mon propre frère.

Younger ne répondit pas. Il n'avait jamais pensé cela, mais elle, oui.

— Si j'étais morte, tu l'aurais élevé, n'est-ce pas ?

— C'est pour cela que tu voulais que je te suive à Vienne ?

Elle serra son bras plus fort.

— Tu l'aurais fait, n'est-ce pas ?

— Si tu étais morte en pourchassant Heinrich ?

— Oui.

— Non. Je l'aurais placé dans une maison spécialisée pour les sourds-muets. Il aurait été à sa place. Comme ça, il ne m'aurait pas sans cesse fait penser à toi. De toute façon, je me serais tué. Et puis tu n'aurais pas voulu que je l'élève : je suis pauvre. Sais-tu combien il me reste ?

— Non.

— Je n'ai plus rien. Notre cabine de luxe m'a coûté jusqu'à mon dernier sou. Par chance, les repas sont compris, donc nous ne mourrons pas de faim avant d'arriver aux États-Unis.

Il se tut, se détacha d'elle et mit ses mains dans ses poches.

— Je suis sérieux, reprit-il. J'ai honte d'être pauvre. J'aurais dû t'en parler au préalable. Je ne suis toutefois pas totalement démuni. Il me reste ma maison à Boston, et je pense que Harvard me reprendra à mon poste de professeur. Mais je t'ai séduite en te faisant miroiter des choses que je ne pourrai t'offrir. C'est vrai. Le pire des goujats ne se serait pas comporté avec plus de bassesse. Tout ce luxe, les cabines de première classe, les salles de bal, tu n'en jouiras plus. Tu serais tout à fait en droit de me quitter à présent que tu connais la vérité.

— Quel discours ! dit-elle en lui reprenant le bras. Et quelle sottise ! Je t'aime beaucoup mieux pauvre.

QUATRIÈME PARTIE

DIX-NEUF

En ce matin du 18 novembre 1920, lendemain du jour où Littlemore avait découvert les documents mexicains top secrets, des instructions télégraphiques se mirent à fuser de station en station, de la côte Est vers la côte Ouest. Tous émanaient du département de la Guerre, à Washington, D.C. Le plus important de ces câbles fut envoyé à Fort Houston, à San Antonio, au Texas. Il ordonnait au major général James G. Harbord, commandant de la deuxième division de l'armée des États-Unis, de se déployer immédiatement le long de la frontière mexicaine.

Le même matin, Colette Rousseau avait la main posée sur celle de Younger, accrochée au bastingage du paquebot. Autour d'eux, les passagers s'extasiaient devant l'extraordinaire vision des gratte-ciel de Manhattan dans la lumière du matin.

— Cette fois, même moi, je les trouve beaux, dit Colette.

Pendant le voyage, s'était créée entre eux une certaine intimité. Le soir, elle insistait pour qu'il éteigne toutes les lumières et bougies avant de sortir du dressing en combinaison pour se précipiter sous les draps qu'elle remontait jusqu'au menton. Elle avait exprimé une autre exigence : qu'il ne soit pas nu en sa présence. Elle semblait apprécier de le voir ôter sa chemise, mais elle ne souhaitait pas en voir davantage.

— C'est étrange, répondit Younger. Cette fois, c'est moi qui les trouve inquiétant.

D'un bout à l'autre des États-Unis, ce jour-là, les journaux du matin débordaient d'histoires étranges au sujet du Mexique. Des rumeurs – n'émanant d'aucune source officielle – couraient à propos d'une mobilisation militaire imminente, et de la menace de nationalisation des puits de pétrole américains. De Washington tomba cette dépêche :

Hier soir, l'ambassade mexicaine a publié un communiqué avec l'autorisation du général Obregón, futur Président du Mexique, niant qu'Elias L. Torres, qui mardi dernier a lancé au sénateur Harding une invitation à se rendre au Mexique, ait agi pour le compte du gouvernement mexicain. Ce communiqué dit : « Le général Obregón a envoyé à l'ambassade du Mexique aux États-Unis un télégramme dans lequel il affirme catégoriquement qu'Elias Torres ne l'a jamais représenté. »

Il n'y avait aucun détail permettant de comprendre ce curieux communiqué.

À New York, le même matin, dans une chambre aseptisée aux murs blancs, sur un lit d'hôpital, une jeune femme aux longs cheveux roux ouvrit les yeux. Elle voulut parler, mais quelque chose dans sa bouche l'en empêchait. Elle aurait bien retiré cet objet, mais ses mains étaient attachées aux montants du lit par des lanières de cuir.

— Elle sera parfaitement propre ? demanda une voix d'homme.

Celui qui s'exprimait se trouvait en dehors de son champ de vision. Elle essaya de tourner la tête mais n'y parvint pas.

— Oui, répondit un autre homme en blouse blanche.

— La dernière ne l'était pas.

— C'est de l'acide. Ce sera propre.

— Ça va faire mal ?

— Sans doute.

— Vous pouvez lui donner quelque chose ?

— Pour la douleur ? Tout de suite ?

— Oui, s'il vous plaît.

L'homme en blouse blanche s'approcha d'elle. Elle sentit ses mains sur son bras, puis la piqûre d'une aiguille. Soudain, sa peur et son désespoir diminuèrent. Une vague de chaleur se répandit dans tout son corps. C'était agréable, réconfortant. Elle en voulait davantage.

Celui qu'elle n'avait pas encore vu s'approcha – la tête lui tournait, elle ne parvenait plus à distinguer les choses avec netteté. Il lui écarta les lèvres. Dans sa bouche, un bâillon très serré. L'homme y introduisit un objet. C'était une brosse à dents. Il se mit à lui brosser les dents au-dessus et au-dessous du bâillon avec soin, méthode, précision. Il décrivait de petits cercles, d'abord sur les incisives, puis les canines, ensuite les molaires, jusqu'aux dents de sagesse, en haut, puis en bas.

Le médecin s'était trompé, ça ne faisait pas mal. Ce n'était même pas désagréable. Enfin, au début. Bientôt, elle sentit que sa langue la brûlait, puis sa gorge. À cause du bâillon, elle s'étouffa. Ses larmes se mirent à couler. L'homme lui essuya les yeux avec douceur. Puis il ouvrit la blouse d'hôpital qui la recouvrait pour examiner sa gorge et sa poitrine.

— Celle-là me plaît. Aucun défaut. Vous pouvez augmenter la dose ?

— Elle sera inconsciente, fit l'homme en blouse blanche.

— Je ne veux pas qu'elle perde connaissance. Pouvez-vous faire en sorte qu'elle reste à la limite ?

Elle sentit une nouvelle piqûre dans son bras. Bientôt, l'homme à la brosse à dents reprit son manège, repassant dans chaque anfractuosité, chaque recoin, la frottant, l'astiquant. Le produit qu'il utilisait la brûlait terriblement, mais ça lui était égal à présent. La généreuse sensation de chaleur se propageait de manière agréable à tous ses membres, sa poitrine, partout. Puis tout devint confus, brumeux, elle ne comprenait plus ce qui se passait. Elle se sentait écartelée, c'était à la fois mental et physique. Maintenant, quelqu'un lui frottait le cou et les épaules avec une pâte astringente. C'était douloureux et elle aurait voulu que cela cesse, mais en même temps il y avait cette délicieuse chaleur, et ça, elle souhaitait que cela dure à jamais.

La première chose que fit Littlemore ce matin-là fut de se rendre au bureau du secrétaire Houston. Comme on lui en refusait l'accès, il attendit dans le couloir en lisant les journaux. Enfin, au bout d'une heure, Houston apparut.

— Vous ne voyez pas que je suis occupé, Littlemore ? lui lança-t-il en pressant le pas, l'agent spécial sur les talons.

— À cause de cette histoire avec les Mexicains ?

— Les Mexicains ? Que savez-vous là-dessus ? dit-il en s'arrêtant soudain.

— Je lis les journaux.

Le secrétaire au Trésor se remit en marche, suivi de l'agent spécial.

— Eh bien, qu'y a-t-il ?

— Je me demandais juste qui avait choisi la date pour le transfert de l'or.

— Comment ? Mais pourquoi ?

— Je crois que la clef de l'énigme pourrait se trouver là.

— La date ? Je ne vois pas pourquoi. Tous les employés du département connaissaient cette date. De toute façon, c'était avant que je prenne mes fonctions. Tout est prêt depuis des années. Les nouveaux locaux de la Monnaie ont été conçus dans ce but précis. Bien avant mon arrivée.

— Personne ne vous a conseillé sur la date du transfert, Mr Houston ? Pour changer cette date, ou émettre des suggestions ?

— Mais non, je n'ai rien eu à voir avec ça.

Dès qu'ils furent à leur hôtel, Younger demanda à l'opérateur de le mettre en contact avec le commissariat central, mais on lui apprit que le capitaine Littlemore n'y travaillait plus. Il demanda alors son numéro à Washington et, quelques minutes plus tard, réussit à le joindre à son bureau, au Trésor.

— Que faites-vous donc à Washington ? demanda Younger.

— C'est une longue histoire. Et vous, que faisiez-vous donc en France ?

— C'est une longue histoire. Ont-ils retiré le radium du cou de Miss McDonald ?

— Pas tout à fait. J'ai rapporté à son médecin ce que vous suggériez, il m'a regardé comme si j'étais fou. Il a dit qu'elle souffrait de la syphilis, pas du radium. Et j'ai vérifié auprès de l'école de médecine de New York : aucune trace d'elle.

— Elle n'a pas la syphilis. Quel est le nom de son médecin ?

— Lyme. Dr Frederick Lyme de l'hôpital Sloane pour les femmes. Écoutez, doc, Drobac est sorti de prison.

La ligne grésillait, Younger ne dit rien.

— Vous êtes toujours là ? fit Littlemore.

— Oui. Mais comment est-ce possible ? Comment ont-ils pu le laisser sortir ?

— Parce que vous êtes parti, nom d'un chien ! Et que vous avez emmené avec vous la miss et son petit frère. Son avocat a déclaré que vous aviez fui le pays. Nul ne savait où vous étiez. Colette était la plaignante. Alors, comment juger un enlèvement quand la victime se défile ? Je leur ai dit que vous alliez revenir, mais le juge a décidé de remettre Drobac en liberté.

— Donc, le meurtrier court les rues tandis que moi, je vais me retrouver en procès ?

— Ce n'est pas un procès. C'est une audience pour statuer sur la révocation de votre liberté conditionnelle. Le juge l'a ordonnée après avoir appris que vous aviez quitté le pays. Si vous ne vous y montrez pas, alors votre liberté conditionnelle sera suspendue, un mandat d'arrêt sera émis contre vous, et moi, je devrais payer pour vous. Il faut que vous soyez là, doc.

— J'y serai.

— Dites, je rentre cet après-midi. Pourquoi vous ne viendriez pas dîner avec Colette ?

Un chasseur apporta à Younger et Colette un paquet de télégrammes qui étaient arrivés la semaine précédente.

— C'est de Freud. Je lui avais dit où nous descendrions.

— Ouvre-les, répondit-elle avec impatience.

Le premier avait été envoyé quelques jours après leur embarquement sur le paquebot.

7 NOV. 1920

GARÇON VA BIEN STOP DEUX ÉLÈVES BRITANNIQUES SE SONT ENTICHÉS DE LUI STOP A VISITÉ ZOO STOP SOUPÇONNE FORTEMENT QUE PÈRE IMPLIQUÉ DANS SYMPTÔMES STOP MERCI DE REDEMANDER À FRÄULEIN ROUSSEAU SI ELLE OU SON FRÈRE ONT SUBI DES MAUVAIS TRAITEMENTS DE SA PART STOP

FREUD

— Des mauvais traitements ? fit Colette. C'est la seconde fois qu'il pose cette question. Que veut-il dire ?

Younger, qui savait exactement de quoi parlait le psychanalyste, éluda la question.

— Et Luc ? Est-ce que votre père l'a un jour battu, par exemple ?

— Père adorait Luc. C'était l'homme le plus gentil du monde. Que dit le télégramme suivant ?

11 NOV. 1920

NE PAS TENIR COMPTE TÉLÉGRAMME PRÉCÉDENT STOP LUC A COMMENCÉ À ME PARLER STOP IL CHUCHOTE STOP

J'ESPÈRE GUÉRISON COMPLÈTE PAS DANS MOIS MAIS SEMAINES STOP

FREUD

— Mon Dieu ! s'exclama Colette. Ouvre le suivant.

13 NOV. 1920

GARÇON FAIT RÊVE RÉCURRENT STOP DE RETOUR DANS CHAMBRE DE NAISSANCE STOP MILIEU DE LA NUIT STOP VA À LA FENÊTRE STOP VOIT DES LOUPS DANS UN ARBRE QUI LE REGARDENT STOP RÊVE RENVOIE SENS OPPOSÉ STOP IL RÊVE QU'ON LE REGARDE PARCE QUE VU CHOSE DÉFENDUE STOP PÈRE CONCERNÉ STOP SANS DOUTE SŒUR AUSSI STOP

FREUD

— Pourquoi serais-je concernée ? dit Colette perplexe.

— Il en reste un.

17 NOV. 1920

RECUL STOP LUC A CESSÉ DE PARLER STOP NE COMMUNIQUE PLUS DU TOUT STOP NI MURMURE NI ÉCRIT NI GESTE STOP DITES SŒUR PAS S'ALARMER STOP RÉGRESSION TEMPORAIRE NORMALE STOP PEUT-ÊTRE POSITIVE STOP

FREUD

— Comment cela pourrait-il être positif ?

— Si ça vient du fait qu'il a approché la source du problème.

— Qu'est-ce que cela signifie ?

— Je t'ai expliqué que je ne croyais pas à la psychanalyse, dit-il en passant la main dans ses cheveux.

— Et si tu y croyais, quelle serait ton explication ?

— D'après Freud, Luc a un souvenir de sa petite enfance. À cette époque, il a dû voir quelque chose d'interdit, ou il a souhaité quelque chose de si mal qu'il a supprimé ce souvenir de sa mémoire. Mais ce souvenir cherche à revenir : il essaie d'échapper au refoulement, de se frayer un passage vers la conscience. Voilà d'où viennent les symptômes.

— Et que refuses-tu donc de croire ?

— Je ne crois pas aux désirs que Freud attribue aux enfants. Et je ne crois pas que des souvenirs refoulés puissent émerger à la conscience des années plus tard. Cela ressemble beaucoup… à la fin d'un roman trop bien ficelée.

Colette réfléchit un moment, puis elle lui annonça qu'elle faisait confiance au Dr Freud.

Les journalistes étaient si nombreux dans le bureau du sénateur Albert Fall que Littlemore eut du mal à s'y frayer un passage. Tout le monde voulait savoir s'il confirmait que l'armée américaine se déployait bien en ce moment même le long de la frontière mexicaine.

— C'est exact, messieurs. La deuxième division est en route.

— Quels sont ses ordres ?

— Je ne peux pas vous le dire. Mais ne nous alarmons pas. Je me rends moi-même au Mexique. Je pars assister à l'investiture du señor Obregón. Je suis certain que tout le monde souhaite que nos différends se règlent dans la paix.

— Qu'allez-vous dire au général Obregón, monsieur le sénateur ?

— De ne pas toucher à notre pétrole. Et qu'il est beaucoup plus intelligent d'être l'ami des Américains que leur ennemi.

La conférence de presse terminée, Littlemore fit part de sa surprise à Fall quant à son projet de se rendre à Mexico.

— Vous ne craignez pas que ce soit dangereux ?

— Sans doute. Pour certains.

Dans l'express qui le ramenait à New York, Littlemore éplucha la presse du soir, ce qui lui procura un sentiment d'irréalité, car il en savait davantage que les journalistes, mais l'inquiéta aussi, comme s'il avait l'intuition d'une catastrophe imminente que nul ne pouvait empêcher. À Washington, lors d'une rencontre entre hommes d'affaires américains, d'après les journaux, on avait dû maîtriser par la force Roberto Pesqueira, un agent de l'ambassade du Mexique, qui insistait sur le droit de son pays à jouir de ses propres ressources naturelles. À Los Angeles, les Mexicains stockaient des munitions en quantité dangereuse. Enfin, les Américains qui résidaient au Mexique avaient commencé à fuir le pays.

Littlemore sortit ensuite de sa mallette les plans du bâtiment de la Monnaie à Manhattan. Les nouveaux sous-sols étaient quasiment imprenables, jamais il n'avait vu de banque aussi bien gardée. Les chambres fortes étaient à plus de vingt-cinq mètres sous terre, protégées par trois différentes couches d'acier et de béton, accessibles par une seule porte située au bout d'un tunnel haut d'un mètre vingt, cerné de systèmes d'alarme, de caches d'armes, et même de nourriture et d'eau, en cas de siège. Les plans avaient été approuvés en 1917 par le secrétaire au Trésor de l'époque, William G. McAdoo. La signature d'un second secrétaire au Trésor apparaissait au bas d'un autre document posé sur les genoux de Littlemore.

C'était un ordre autorisant qu'on commence à transférer les réserves d'or de la nation depuis le bâtiment du Trésor de New York dans les locaux adjacents de la Monnaie *via* la passerelle dans la nuit du 15 septembre. Littlemore avait découvert ce papier froissé au fond d'un tiroir. Il était bien entendu signé de la main du secrétaire David Houston.

Ce soir-là, Younger et Colette dînèrent chez les Littlemore.

— Que faites-vous à Washington, Jimmy ? demanda-t-elle. Ça doit être très important.

— Pas vraiment. On essaie juste de déclencher une guerre, répondit-il.

Ils s'attendaient à plus, mais rien ne vint.

Après le repas, tandis que les femmes faisaient la vaisselle, les deux hommes demeurèrent à table sans dire un mot. L'agent spécial raclait son assiette avec sa fourchette.

— Littlemore.

— Oui ?

— Vous êtes encore plus taciturne que moi.

— Les guerres ne se déroulent pas toujours comme prévu, n'est-ce pas ?

— Non, jamais.

— Vous vous rappelez quand vous avez dit que l'attentat de Wall Street était une manière d'assassiner le peuple ? Que veulent-ils donc, les assassins ? Et ces Serbes qui ont tué ce duc autrichien ? Que voulaient-ils ?

— La guerre.

— Et ils l'ont eue, pas vrai ?

— Oh oui, même dans leurs rêves les plus fous, ils n'avaient pas imaginé cela.

*

Le lendemain matin, les journaux rapportèrent que l'agent de l'ambassade du Mexique, Roberto Pesqueira, avait refusé de délivrer un visa au sénateur Fall qui, la veille, avait annoncé son intention de se rendre à l'investiture du général Obregón. Quand on l'interrogea sur les raisons de ce geste, Mr Pesqueira répondit que le sénateur était un ennemi de son peuple.

Pendant ce temps, l'armée américaine se massait à la frontière. Des dépêches venant de Mexico affirmaient que le futur Président Obregón était tombé malade, ce qui l'empêchait d'assister aux cérémonies précédant sa prise de fonctions.

Ce matin-là, Colette avait rendez-vous avec Mrs William B. Meloney, la présidente du Fonds Marie Curie pour le radium. Younger lui demanda de faire ses bagages avant de sortir.

— Pourquoi ?

— Parce que nous changeons d'hôtel.

Ce déménagement était en partie mû par la prudence. Younger n'avait dit à personne, à part Freud, où ils descendraient en arrivant, toutefois, il était possible que quelqu'un les ait aperçus à la descente du bateau. Ou encore qu'un employé en charge de la transmission des télégrammes transatlantiques ait vu les câbles en provenance de Vienne. Le vrai motif de fond était toutefois pécuniaire. Ils devaient s'offrir un hôtel moins cher.

Ils prirent le métro jusqu'à la maison de Mrs Meloney, sur la 12e Rue Ouest. Le médecin insista pour accompagner la jeune femme, puis il la laissa en lui faisant jurer qu'elle ne s'en irait pas avant son retour.

Quand Littlemore sortit du métro pour se rendre à son travail ce matin-là, il était si absorbé par ses pensées qu'il descendit à son ancienne station, Grand Street, par distraction. Il était presque arrivé au commissariat central quand il s'aperçut de son erreur. Il y avait dans cette histoire quelque chose qui ne lui plaisait pas, mais il ignorait quoi.

À l'hôpital Sloane pour les femmes, sur la 59e Rue, Younger déclina son identité et demanda à voir le Dr Frederick Lyme. Peu de temps après, il fut accueilli par un homme d'une quarantaine d'années, grisonnant, portant de grandes lunettes, et muni d'un carnet et d'un stéthoscope par-dessus sa blouse blanche.

— Que puis-je pour vous, docteur Younger ? dit-il en rangeant ses lunettes dans sa poche.

— Je suis venu au sujet d'une patiente du nom de McDonald. Vous avez déjà abordé son cas avec un policier, le lieutenant Littlemore ; c'est moi qui l'avais envoyé. Cette jeune femme a du radium dans le cou. Il faut l'opérer sur-le-champ.

— Du radium ? fit le médecin en le prenant à la légère. Et comment Miss McDonald aurait-elle pu absorber ce radium ? J'ai déjà dit à ce policier que c'était une idée absurde. Je n'ai rien à ajouter. Au revoir.

— Le cancer, voilà la cause la plus probable de cette excroissance dans le cou. Si on a diagnostiqué chez elle un cancer, elle a très bien pu être traitée au radium. J'imagine qu'ils ont dû laisser une aiguille à l'intérieur de son cou.

Lyme plaça son grand carnet devant sa poitrine.

— Miss McDonald n'a jamais suivi de traitement impliquant le radium, et le cancer n'était pas la cause de sa tumeur. C'était la syphilis. Vous savez sans doute que la syphilis tertiaire produit des granulomes qui peuvent apparaître n'importe où sur le corps. C'était aussi la cause de sa démence. Elle était déjà délirante. Elle souffrait de l'illusion d'être persécutée. Peut-être a-t-elle dit quelque chose ?

— Non.

— On a découvert en 1913 que la syphilis pouvait générer des épisodes parétiques. Mais sans doute n'êtes-vous pas au courant.

— Je suis parfaitement au courant de la recherche en la matière. Docteur Lyme, j'ai fait des radios de cette jeune femme.

— Ah ? Quand ça ?

— Quand elle se trouvait à l'hôpital Bellevue. Les radios indiquaient la présence de radium.

— Ridicule. Votre appareil fonctionnait mal. Ou bien vous ne saviez pas vous en servir.

— Mon diagnostic s'est vu confirmé par Mme Curie en personne à Paris. Tout fonctionnait à merveille. Le radium produit un motif fluoroscopique précis, que j'ai identifié sur ses radios. Opérez la tumeur pour y jeter un coup d'œil. Ça ne peut pas lui faire de mal.

— Ni l'aider non plus. Elle est morte. Maintenant, si vous voulez bien m'excuser.

Quand enfin il arriva à son bureau de Wall Street, Littlemore demanda à l'opérateur de le mettre en communication avec le sénateur Fall à Washington. Il fallut bien une heure avant que la liaison soit établie.

— Et si ce n'était pas le gouvernement mexicain qui avait commandité l'attentat, Mr Fall ? suggéra Littlemore. Si c'était juste un ou deux officiers félons ?

— Vous n'allez pas vous dégonfler, mon garçon ? Nous allons remporter cette guerre les doigts dans le nez. Nos gars seront de retour à Noël.

— Obregón dit que Torres n'avait aucun rapport avec le gouvernement mexicain.

— Et que vouliez-vous qu'il dise après ce que vous avez découvert chez lui ?

— Ce n'est pas une preuve, Mr Fall.

— Ça, c'est du langage de juriste, Littlemore. Les guerres ne se déroulent pas au tribunal. Ne perdez pas l'objectif des yeux, mon garçon. Nous avons la signature du ministre des Finances mexicain sur un papier à en-tête, et ce camp de terroristes tenu par les militaires. C'est plus de preuves qu'il ne nous en faut.

— Et s'il s'agissait juste de quelques pommes pourries qui ne représentent pas tout le gouvernement ?

— Je vais être honnête avec vous : je me fiche complètement de savoir si l'attentat a été commandité par *El Presidente de la Republico* ou bien *El Ministerio de la Financio*. Quelle différence cela ferait-il ? Nous devons nettoyer Mexico. Chassez les chiens qui nous ont attaqués. Écrasez ce camp de terroristes. Si ce n'est pas Obregón qui est derrière tout ça, eh bien, cela signifie qu'il ne contrôle pas les pommes pourries, alors il faut que nous nous en chargions – avant qu'elles ne contaminent les autres.

La friture empêcha toute conversation pendant quelques secondes.

— Je vais vous dire, mon garçon, je viens vous voir samedi, car j'ai rendez-vous avec Bill McAdoo. Il faut qu'on réfléchisse à ce qu'on va faire de Houston. Ce n'est pas une mince affaire de financer une guerre quand votre secrétaire au Trésor est payé par l'ennemi. Nous dînons toujours à l'Oyster Bar. Pourquoi ne vous joindriez-vous pas à nous ?

— À l'Oyster Bar ?

— Mais oui, vous savez, à la gare centrale.

— Oui, bien sûr. C'est une bonne idée, Mr Fall.

Quelques secondes plus tard, Littlemore se tenait encore auprès du téléphone, interdit.

Younger frappa à la porte de Mrs William Meloney sur la 12e Rue Ouest. La maison était remplie de chats ronronnant et d'étagères encombrées de témoignages élogieux à l'égard de Marie Curie.

— Ce sont des lettres de patients atteints du cancer qui ont été guéris grâce à la thérapie au radium. Je les rassemble pour Mme Curie, quand elle viendra. L'une vient d'une botaniste qui est prête à lui envoyer toute une serre de fleurs. Nous devons absolument finir de lever les fonds. Oui, c'est notre devoir.

— Tout est arrangé, fit Colette avec enthousiasme. Demain, nous allons visiter les usines de peinture luminescente de Mr Brighton : l'une dans le New Jersey, l'autre à Manhattan. D'après Mrs Meloney, il y a des chances qu'il fasse un don encore plus conséquent.

— Mr Brighton, compléta cette dernière d'un air entendu, est sur le point d'effectuer un nouveau don encore plus important. Jusqu'à soixante-quinze mille dollars. Il me l'a dit lui-même. Tout ce qu'il faut, c'est qu'une main féminine le pousse un peu.

— Soixante-quinze mille dollars, vous rendez-vous compte, Stratham ? C'est plus que nous n'en avons besoin. Cela nous permettrait d'acheter du radium.

Sur le chemin du retour, Younger parla à Colette de sa visite à l'hôpital Sloane.

— Lyme prétend que c'est la syphilis, murmura-t-il. J'aurais dû demander à voir le test de Wasserman. Je n'ai jamais entendu parler de cas de syphilis tertiaire chez une femme aussi jeune.

Littlemore descendit les marches imposantes du bâtiment du Trésor. À côté, des policiers étaient toujours en faction devant celui de la Monnaie, dans les profondeurs duquel était stocké l'or de la nation. Il traversa Wall Street pour aller à la banque Morgan.

La rue était encombrée comme à son habitude. Il avait beau se trouver en travers du chemin des piétons pressés, il arpentait le trottoir le long de la banque en prenant tout son temps, inspectant les endroits où le mur de béton avait été abîmé lors de l'attentat.

Ces dommages avaient été attribués à la bombe et aux schrapnels, que l'agent spécial examinait à présent avec grand soin. Il lui parut étrange qu'ils soient ainsi concentrés tout autour d'une fenêtre du rez-de-chaussée. La plupart des trous, surtout les plus gros, semblaient bien avoir été causés par les schrapnels, toutefois, certains étaient petits et ronds, comme si le béton avait été la cible répétée de tirs d'armes à feu.

Littlemore se rendit ensuite à l'hôtel de ville. Dans les sous-sols, où se trouvait le département de l'Urbanisme, il se pencha sur les conduites de gaz, d'eau, les égouts et les lignes de métro qui desservaient Lower Manhattan. Cela lui prit des heures. Il était à peu près certain de ne rien trouver, et en effet il ressortit bredouille. Sous Wall Street passaient les tuyaux et câbles habituels. Mais aucun égout ne reliait Wall Street à Pine Street. La construction d'une ligne de métro avait été envisagée sous Nassau Street en 1913, avec une station prévue au carrefour de Wall Street et Broad Street, à peu près à l'endroit où la bombe avait explosé. Toutefois, à la différence des quatre-vingts autres tronçons prévus pour le métro en 1913, celui-ci n'avait jamais été mené à bien.

Dans l'hôtel où Younger emménagea, chaque chambre contenait une panoplie de vieux ustensiles de cuisine dépareillés et une plaque électrique. En voyant cela, Colette déclara qu'elle allait cuisiner, et elle emmena son compagnon faire des emplettes à l'épicerie, la boucherie et la boulangerie.

— On se serait cru à Paris, dit-elle. Enfin, si on avait pu acheter une bouteille de vin.

Les Littlemore dînèrent tous ensemble dans leur appartement de la 14e Rue, les parents, la grand-mère et les innombrables enfants. Jimmy avait la tête ailleurs. Par deux fois, il appela James Jr., Samuel, nom du plus jeune de ses garçons, qu'il appela à son tour Peter, alors que celui-ci ne ressemblait pas du tout au Peter en question, qui avait le double de son âge. Betty, qui donnait à manger à Lily, dans sa chaise haute, n'avait jamais vu son mari aussi distrait.

— Tu sais, fit Younger à Colette alors qu'ils dînaient aux chandelles sur leur table minuscule, il existe une autre possibilité.

— À quel propos ?

— La manière dont le radium guérit le cancer, dit-il en découpant la côtelette qu'elle lui avait préparée. Et s'il y avait dans chaque cellule de notre organisme une sorte d'interrupteur qui déclenchait ou arrêtait le processus de mort, et que la radioactivité pouvait l'activer ? Dans les cellules cancéreuses, ce processus est stoppé ; les cellules ne meurent plus ; donc elles ne cessent de se reproduire à l'infini. Quand la radioactivité touche ces cellules, cela remet en marche le processus, et les cellules recommencent à mourir. Le cancer est alors guéri.

— Mais dans ce cas, chez les bonnes cellules, cela causerait…

— Cela annulerait le processus de mort. Empêcherait les cellules de mourir. Causerait le cancer.

— Le radium ne cause pas le cancer.

— Comment le sais-tu ?

— Un processus médical ne peut pas à la fois guérir une maladie et en être à l'origine. C'est impossible.

— Pourquoi ?

— Tu sais pourquoi tu te méfies tant de la radioactivité ? C'est parce que tu ne l'as pas inventée. Si tu avais été le premier à envisager l'existence de Dieu, alors tu serais aussi croyant.

Dans sa chambre aseptisée, la jeune femme aux longs cheveux roux savait ce que cela signifiait pour elle quand elle voyait entrer l'homme en blouse blanche. Elle tirait sur les sangles de cuir, essayait de hurler, mais le bâillon étouffait ses cris.

Elle savait aussi que, bientôt, elle sentirait une piqûre au bras, puis une chaleur agréable l'envahirait, qui s'étendrait à tous ses membres et la réconforterait.

Ensuite, l'autre homme viendrait lui brosser les dents, de bas en haut, en avant, en arrière, en prenant son temps.

*

Bien après minuit, on glissa une note sous la porte de Younger. Il la lut, se rhabilla et descendit à l'accueil.

— Il est tard pour être encore dehors.

— Quel est l'acide le plus puissant au monde ? demanda Littlemore en mordillant son cure-dent.

— Le plus puissant dans quel domaine ?

— Pour ronger du métal.

— L'eau régale. C'est un mélange d'acides nitrique et sulfurique.

— On peut la transporter ? Vous savez, pour en emporter quelque part ?

— Dans un récipient en verre, vous êtes à peu près tranquille. Pourquoi ?

— J'aurais peut-être besoin d'aide. Ça pourrait être un peu dangereux. Vous serez dans le coin la nuit prochaine ?

Le médecin le considérait.

— C'est important, doc.

— Pour qui ?

— Pour le pays. Pour deux pays. Ça concerne la guerre.

— Cette guerre, c'est David contre Goliath. Une seule division de notre armée dépasse largement toutes les forces mexicaines. On pourrait bander les yeux de nos généraux qu'ils gagneraient quand même.

— Je n'essaie pas de la gagner. J'essaie de l'éviter.

Le lendemain matin, toutes les unes des journaux étaient consacrées à la crise avec le Mexique. Le futur Président Obregón n'était pas apparu en public depuis deux jours. À la frontière, la deuxième division de l'armée américaine était désormais prête pour l'invasion. Des avions avaient commencé à pénétrer en territoire mexicain, s'aventurant jusqu'à la capitale.

Le *Wall Street Journal* exigeait une intervention immédiate pour protéger les intérêts américains. Tout comme le gouverneur du Texas. À Washington, les membres les plus éminents de l'administration Wilson, secondés par ceux qui allaient leur succéder sous Harding, adressèrent un communiqué conjoint au général Obregón. Ils lui énonçaient les conditions qui mèneraient à une résolution pacifique du conflit, exigeant en particulier un amendement à la constitution qui interdirait la confiscation des biens miniers et pétrolifères américains.

D'après les rumeurs qui circulaient de part et d'autre de la frontière, l'offensive serait lancée dès le lendemain, avec pour objectif de prendre Mexico le 25 novembre, jour de l'investiture du nouveau Président dans ses fonctions. Il n'était pas question que les Américains empêchent la cérémonie d'avoir lieu – mais le principal intéressé aurait été remplacé par les bons soins de l'occupant.

Younger raccompagna Colette chez Mrs Meloney sur la 12e Rue Ouest, où une voiture les attendait pour les conduire à l'usine de peinture luminescente de

Mr Brighton, à Orange dans le New Jersey. Le chauffeur n'était autre que le redoutable Samuels. Le médecin leur dit au revoir, puis il attendit sur le trottoir afin de s'assurer que personne ne les suivait. Ensuite, il reprit le métro. Il faisait frais et le ciel était couvert. Lorsqu'il ressortit au grand jour, il prit la direction de la 10e Avenue, longeant des entrepôts et des abattoirs. Enfin, il arriva à l'université de Columbia, où se trouvait l'école de médecine et de chirurgie dont dépendait l'hôpital Sloane pour les femmes. Il connaissait en effet deux chercheurs qui travaillaient là-bas. Il dénicha l'un d'eux, Joseph Johanson, dans son laboratoire et lui demanda d'appeler l'hôpital pour essayer d'obtenir le dossier d'une patiente du nom de McDonald, suivie par un certain Dr Frederick Lyme.

— Il n'y a pas de Dr Lyme à Sloane, répondit-il.

— Il y en avait un hier. Je lui ai parlé.

Johanson n'était guère convaincu, toutefois, il accéda malgré tout à sa requête. Ils apprirent qu'il existait bien une patiente du nom de Quinta McDonald, mais que son dossier avait été retourné à la famille à sa demande. Ne demeurait que le certificat de décès, indiquant que la patiente était morte de la syphilis cinq jours plus tôt.

— Qui a signé le certificat de décès ? questionna Younger.

Johanson posa la question à l'infirmière. Elle répondit qu'il s'agissait apparemment de la signature d'un homme de loi du nom de Gleason. Elle affirma elle aussi n'avoir jamais entendu parler d'un Dr Lyme à l'hôpital.

— Attends un peu. Frederick Lyme, ce nom-là me dit quelque chose, affirma Johanson après avoir raccroché en prenant sur une étagère un gros volume à la reliure flexible, sorte de répertoire de la faculté de Columbia. Laisse-moi regarder ça, le voilà. Il n'est pas médecin. Ce n'est qu'un biologiste, spécialisé en physiologie. Il n'a même pas de doctorat.

— Mais pourquoi un biologiste irait-il traiter une patiente dans votre hôpital ? s'interrogea Younger.

Colette et Mrs Meloney furent reçues comme des reines par Mr Arnold Brighton dans son usine de peinture luminescente du New Jersey. Il offrit à chacune une épingle en diamant, preuve de son affection. La vieille femme était aux anges ; Colette tenta de l'imiter.

Le milliardaire leur montra avec fierté ses installations. Tout était placé sous le contrôle scrupuleux de scientifiques chargés de s'assurer que la bonne quantité de radium était ajoutée aux bacs de peinture bleue et jaune. Ceux-ci étaient par la suite scellés et agités afin de garantir une couleur et une dilution uniformes. Des écrans de plomb séparaient la peinture au radium du reste de l'usine. Des détecteurs de radioactivité étaient placés à différents endroits, pour déclencher l'alarme à la moindre fuite.

Mrs Meloney en vint au sujet qui l'amenait : le Fonds Marie Curie pour le radium.

— Ah, oui, Marie Curie, fit Brighton avec respect. Il est impossible de calculer ce que le monde doit à cette femme. Même Samuels aurait du mal. Et c'est un comptable doué, mon Samuels. Même si ça ne saute pas aux yeux. Cela signifie simplement qu'il ne faut pas juger un homme à sa mine. N'ai-je pas raison, mesdames ?

Elles acquiescèrent toutes les deux.

— De quoi parlais-je, déjà ?

— De notre dette envers Marie Curie, s'empressa de répondre Mrs Meloney.

— Ah oui, bien sûr. Les profits dégagés par mes mines de radium du Colorado, ceux des ventes de ma peinture luminescente : tout cela, je le dois à Marie Curie. Comme chacun sait, j'ai d'autres petits biens ici et là.

— Mr Brighton, expliqua Mrs Meloney à Colette, est un des plus gros producteurs de pétrole de notre pays.

— Et c'est ainsi que nous avons découvert du radium dans le Colorado, annonça-t-il, guilleret. Nous cherchions en effet de nouveaux puits de pétrole.

Mrs Meloney lui remit en tête le Fonds.

— Le Fonds ? Quel Fonds ?

— Le Fonds pour le radium, Mr Brighton.

— Ah oui, le Fonds, le Fonds. Quelle merveilleuse idée. Je suis follement impatient de rencontrer Mme Curie. Et je suis aussi follement impatient de vous faire visiter mon usine de Manhattan, c'est là que nous appliquons la peinture sur les cadrans des montres. Je suis l'un des premiers employeurs de main-d'œuvre féminine de l'État de New York, Miss Rousseau, vous le saviez ?

Elle secoua la tête avec politesse. Avec un soupir théâtral, Mrs Meloney déclara :

— Quel dommage que Mme Curie ne puisse venir en Amérique, en fin de compte. Il nous manque encore beaucoup trop d'argent. Au moins soixante-cinq mille dollars, malgré le magnifique don que vous avez fait au début de notre campagne, Mr Brighton.

— Soixante-cinq mille dollars, répéta-t-il avec une étrange bonne humeur. Ce serait pour vous un grand soulagement de savoir si je pouvais faire une autre donation, n'est-ce pas ?

— Nous mourons d'envie de le savoir, Mr Brighton.
— Moi aussi, ma chère, moi aussi.
Les deux femmes se regardèrent, étonnées par cette mystérieuse remarque.

Younger se rendit ensuite au département de biologie de Columbia, qui se trouvait sur le nouveau campus, dans le nord de la ville, et dont un des bâtiments portait le nom de la famille de sa mère. La secrétaire de l'unité de physiologie lui confirma que Frederick Lyme était bien membre de la faculté.
— Quelle est sa spécialité ? s'enquit Younger.
— La toxicologie industrielle.
— Est-il présent ?
— Mr Lyme est en rendez-vous extérieurs toute la journée.
— En rendez-vous extérieurs ?
— Oui, auprès des gens qui l'emploient comme consultant.
— Et de qui s'agit-il ?
— Je suis désolée, monsieur. Il faudra vous adresser à lui à ce sujet.

Dans le bâtiment du Trésor à Wall Street, Littlemore accueillit dans son bureau un homme grand et mince, au sourire contagieux. D'après ses propres estimations, le visiteur se portait très bien. Il remercia son hôte de s'être arrangé avec les Papes et d'avoir permis qu'il sorte du sanatorium d'Amityville.
— Que puis-je faire pour vous remercier, inspecteur ? demanda Edwin Fischer.
— Vous pouvez me retrouver en ville ce soir.

VINGT

En cette fin novembre, le soir, le temps se mit à tourner dans Lower Manhattan. Des courants glacés venus de l'Atlantique se déversaient sur le port, à la pointe sud de l'île. Les impressionnants gratte-ciel ouvraient de véritables couloirs au vent, orientant, condensant l'air turbulent jusqu'à empêcher un homme d'avancer, voire de le faire vaciller et tomber.

Littlemore, qui longeait le bâtiment du Trésor, dans l'ombre de Wall Street, était un vieil habitué. Cela se voyait à sa façon de marcher, incliné à soixante degrés face au vent, la main en permanence posée sur son chapeau. En revanche, arrivant en voiture devant le bâtiment de la Monnaie fort bien éclairé, encore gardé par les troupes fédérales, le secrétaire Houston, lui, n'était pas prêt à affronter les bourrasques. Ainsi, à l'instant où il quitta le confort de sa longue Packard noir et or, il perdit son haut-de-forme.

Un autre homme fort bien habillé sortit à son tour de l'automobile. Ils avaient beau s'entretenir à mi-voix, le vent apporta jusqu'à Littlemore des bribes de leur conversation, et il entendit Houston assurer à son compagnon que le paiement serait bientôt effectué. Ils se serrèrent la main, et l'inconnu traversa Wall Street pour se rendre à la banque Morgan.

Le secrétaire au Trésor observa les soldats dans la lumière crue des lampes à arc de l'armée. Son chapeau était retombé sur une marche, juste à côté d'un soldat, qui avait tout vu, mais ne fit aucun geste pour lui venir en aide. Houston grimpa donc les marches, mais comme s'il était dans un film burlesque, au moment où il allait saisir son couvre-chef, une bourrasque malicieuse l'envoya à nouveau valser dans les profondeurs de la rue. Il tomba juste aux pieds de Littlemore, qui l'épousseta et, sortant de l'ombre, le tendit à son supérieur.

— Agent Littlemore. L'embuscade devient une habitude, chez vous. Je ne suis pas certain d'apprécier cela. Comment saviez-vous où me trouver ?

— D'après votre agenda, monsieur.

— Vous avez violé mon agenda personnel ?

— Votre secrétaire l'avait laissé ouvert sur votre bureau. C'était bien Mr Lamont qui se trouvait avec vous ?

— Oui. Les banquiers se réunissent tous ce soir. Ce n'est jamais bon signe.

— À cause de la guerre avec le Mexique ?

— Évidemment.

— Cela vous inquiète, Mr Houston ?

— Il suffit ! Pourquoi tout le monde me pose-t-il cette question ? Je suis inquiet dans la mesure où le Trésor devra financer l'effort de guerre. Que savez-vous de cette affaire mexicaine, Littlemore ? Davantage qu'on en lit dans les journaux, je présume. D'où tenez-vous vos informations ? Et que faites-vous ici ?

— Je voulais juste jeter un coup d'œil à l'intérieur du bâtiment de la Monnaie, Mr Houston.

— Pourquoi ?

— C'est peut-être là qu'est caché l'or volé. Cela expliquerait pourquoi nul n'a vu le moindre camion. Il n'y en avait pas besoin.

— C'est insensé. Je suis venu ici une douzaine de fois depuis le 16 septembre. L'or n'est pas là.

L'agent spécial se gratta la tête.

— Avec environ un milliard en or sur place, vous pouvez m'affirmer que les quatre millions disparus ne sont pas là, monsieur ?

— Tout à fait. Je peux aussi vous dire que vous ne m'êtes plus d'aucune utilité. Ce qui ne vous surprendra guère, puisque vous ne travaillez déjà plus pour moi depuis un moment. Vous êtes tombé sous la coupe du sénateur Fall, c'est bien ça ? Que vous a-t-il promis ?

— Avez-vous cherché dans la chambre forte dissimulée au second sous-sol, Mr Houston ? Celle qui se trouve derrière le mur du bureau du directeur ?

Une expression nouvelle traversa les prunelles du secrétaire au Trésor, que Littlemore identifia aussitôt : la culpabilité.

— Comment connaissez-vous l'existence de cette pièce ? lança-t-il avec colère.

— D'après les plans du bâtiment. Vous me les avez donnés. J'ai aussi trouvé l'ordre que vous avez signé, autorisant Riggs et le reste de l'équipe à commencer à déplacer les lingots dans la nuit du 15 septembre.

— Et qu'est-ce que cela est censé prouver ?

— Rien. Voyez-vous un inconvénient à ce que je vous accompagne à l'intérieur, monsieur ?

Houston se retourna et, bravant le vent, grimpa les marches.

— Ne laissez entrer personne, vous comprenez ? Personne, ordonna-t-il aux deux soldats les plus proches de l'imposant portail.

Dans l'air tempétueux, sa voix résonnait de manière étrange. Les militaires se regardèrent. Quand le secrétaire au Trésor arriva près d'eux, ils lui barrèrent le passage.

— C'est une plaisanterie ? Je veux dire personne après moi, bien sûr ! Laissez-moi passer.

Les deux hommes ne bronchèrent pas.

— Je vous ai ordonné de me laisser passer !

— Désolé, monsieur, on a des ordres.

— Ah ? Et lesquels ?

— Ceux de Mr Baker.

Même d'en bas, malgré le pardessus de Houston, Littlemore vit bien qu'il était ébranlé.

— Mr Baker ? Le secrétaire à la Guerre ?

— Oui, monsieur.

— Vous devez faire erreur.

— Non, monsieur.

— C'est un outrage. Ceci est mon bâtiment. Le secrétaire à la Guerre n'a pas l'autorité suffisante pour empêcher le secrétaire au Trésor d'entrer dans le bâtiment de la Monnaie.

— Il a autorité sur nous, monsieur.

Houston fit un pas en avant, mettant les soldats au défi de l'arrêter. Ce qu'ils firent. Il essaya de passer en force ; ils le repoussèrent avec vigueur : deux jeunes hommes en uniforme malmenant un monsieur de 60 ans en haut-de-forme et queue-de-pie. Le secrétaire au Trésor dégringola, perdant son chapeau qui roula sur le ciment et fut de nouveau happé dans la nuit. Quand il se releva, il arborait un air sombre. Il redescendit les marches d'un pas chancelant et s'en retourna vers son automobile. Le chauffeur sortit d'un bond pour lui ouvrir sa portière. Houston grimpa dans le véhicule sans un mot. Littlemore eut juste le temps de lui dire :

— Je sais de quoi vous vous êtes rendu coupable, Mr Houston.

— Vous ne travaillez plus pour moi, Littlemore. Remettez-moi votre plaque. C'est un ordre.

L'agent spécial rendit son insigne. Cela lui fut beaucoup plus facile que la fois précédente.

— À présent, écartez-vous de mon véhicule.

— Je sais aussi de quoi vous n'êtes pas coupable, ajouta Littlemore en glissant dans la main du secrétaire au Trésor un papier plié. Soyez au rendez-vous, Mr Houston, et amenez des renforts.

La Packard hors de vue, Littlemore se rendit au croisement de Wall Street et Broad Street. Il y retrouva Younger, appuyé à un angle de l'Equitable Building, sans chapeau, une cigarette à la main, attisée par le vent.

— Que faisiez-vous donc ? demanda-t-il en tendant à son compagnon les deux tasses en carton, remplies de café brûlant.

— Je me faisais virer. C'est mieux ainsi. À présent, si jamais nous étions arrêtés, vous et moi, la honte ne retomberait pas sur le gouvernement fédéral.

— Allons-nous commettre un crime ?

— Vous voulez vous retirer de l'affaire ? Il n'est pas trop tard.

— Juste une question : allons-nous prendre un monte-charge pour descendre dans un caisson immergé qu'on s'apprête à noyer, ne nous laissant d'autre possibilité que de nous transformer en geysers humains ?

— Non.

— Dans ce cas, j'en suis.

— Merci.

Les deux hommes revinrent vers le bâtiment du Trésor, courbés pour lutter contre le vent.

— J'aime vraiment cette ville, déclara Littlemore.

— Qu'allons-nous faire au juste ?

— Vous voyez cette ruelle entre les bâtiments du Trésor et de la Monnaie ? C'est là que nous allons.

— Les militaires nous laisseront passer ?

— Aucune chance. Personne ne peut entrer. La ruelle est fermée par une grille, haute de quatre mètres cinquante. Il y en a une seconde, identique, à l'autre bout, sur Pine Street. Gardée par des soldats.

— Alors, comment allons-nous nous y prendre ?

— Il va falloir grimper avant de redescendre, expliqua le policier en gravissant les marches.

Aucun militaire ne gardait le bâtiment du Trésor, vidé de son or et sur le point d'être désaffecté. Toutefois, un gardien de nuit demeurait dehors. Littlemore le salua par son nom et lui tendit une tasse de café. L'homme le remercia et frappa à la porte, qu'ouvrit, un moment plus tard, un autre gardien solitaire, à qui l'ancien policier remit la seconde tasse. Puis, il fit traverser la rotonde à Younger, le menant à l'escalier du fond.

— Pour qui ces hommes vous prennent-ils ?

— Je travaille ici. Je suis employé du Trésor, rappelez-vous. Enfin, je l'étais encore il y a quelques minutes.

Après avoir monté quatre étages, ils débouchèrent sur un toit plat. Le vent était si violent qu'il les projeta de côté. Ils allèrent jusqu'au parapet qui longeait la ruelle, large de trois mètres. À leurs pieds, une longue corde enroulée, attachée aux créneaux d'ornement. À côté, tout un équipement composé de pieds de biche et de poulies, déposé là par Littlemore la nuit précédente.

En contrebas, s'étirait la ruelle qui séparait les bâtiments du Trésor et de la Monnaie. À droite comme à gauche, à chaque extrémité, dans la lumière des lampes à arc, des soldats montaient la garde devant les portails de fer forgé auxquels ils tournaient le dos. Le policier désigna à son compagnon les poulies et les cordes.

— Vous savez vous servir de ces machins-là, Doc ?

Ce dernier acquiesça.

— Parfait.

Ils s'agenouillèrent et commencèrent à enfiler l'extrémité des cordes dans les poulies. Descendre en rappel n'est pas très difficile, même en l'absence d'équipement spécifique. Grâce à des nœuds autobloquants, qui permettent de descendre à la vitesse voulue, c'est même assez simple. Younger, qui avait appris ce genre de choses à l'armée, fit une petite boucle dans laquelle il inséra le pied.

Les deux hommes descendirent donc en rappel le long du bâtiment du Trésor, s'arrêtant environ tous les trois mètres dans l'obscurité pour rebondir loin du mur. Les poulies bien huilées ne faisaient pratiquement aucun bruit, mais cela n'aurait guère eu d'importance ce soir-là, car les hurlements du vent couvraient tout.

— Par ici, murmura Littlemore lorsqu'ils furent sur les pavés.

Il mena son compagnon jusqu'à la grosse bouche d'égout qu'il avait repérée le jour de l'attentat.

— Essayons avec les pieds de biche.

La plaque portait le signe habituel du département des égouts de la ville de New York.

— Nous allons faire un tour dans les égouts ? demanda le médecin.

— Non, ce n'est pas ça. J'ai vérifié à l'urbanisme, hier. C'est par là qu'ils se sont débarrassés de l'or : dans ce trou. Voilà pourquoi il n'y avait pas de camion.

La plaque comportait deux petites encoches, dans lesquelles ils insérèrent chacun l'extrémité de leur pied-de-biche. Ils poussèrent de toute leur force, en vain. La plaque de métal ne bougeait pas.

— Je pensais bien que ça ne marcherait pas. C'est verrouillé de l'intérieur ; on ne peut pas l'ouvrir d'ici.

— D'où l'acide.

— C'est ça.

Younger retira trois fines boîtes de son manteau. La première contenait un bécher, un tube fin comme un crayon et une paire de gants de laboratoire. Dans les deux autres boîtes matelassées de velours bleu, se trouvaient d'autres tubes, bien fermés, contenant des liquides transparents. Il enfila les gants, déboucha les tubes et versa une partie des liquides dans le bécher, obtenant ainsi l'acide dont il avait déjà parlé à Littlemore. Aucune réaction ne se produisit : ni changement de couleur, ni fumée, ni précipitation. Le médecin attacha alors le fin tube de verre au bécher, et se mit à répandre avec soin l'acide sur le pourtour de la plaque d'égout. Une vive ébullition se produisit aussitôt, accompagnée d'une âcre fumée rouge.

— Prenez garde à vos yeux.

Lorsqu'il eut atteint la moitié du périmètre, le bécher était vide. Il s'arrêta pour élaborer une nouvelle dose d'eau régale et dut demander au policier de lui tenir quelques instants les tubes à essai ouverts tandis qu'il préparait l'appareil. Une bourrasque particulièrement violente les secoua.

— Nom d'un chien ! s'exclama Littlemore.

Younger leva les yeux. Des bulles blanches moussaient sur le soulier noir de son compagnon, qui bredouilla, inquiet :

— Ça transperce ma chaussure ! Faites quelque chose, doc, ça m'arrive sur le pied. Ça brûle jusqu'à l'os !

— Ce n'est pas mon acide, répliqua-t-il froidement.

Les halètements du policier cessèrent tout de suite.

— Qu'est-ce que c'est, reprit le médecin, du bicarbonate ?

— N'importe qui d'autre se serait fait avoir, répondit son compagnon d'un ton dépité. Bref. Comment avez-vous deviné que c'était du bicarbonate ?

Younger le regarda longuement.

— Donnez-moi ça, finit-il par dire en reprenant les tubes.

Bientôt, toute la circonférence de la plaque se mit à frémir sous la corrosion.

— Il ne reste qu'à attendre.

Quelques minutes plus tard, le médecin se releva, prit un pied-de-biche et tendit l'autre à Littlemore. Ils essayèrent à nouveau de la desceller, sans succès.

— Peut-être que cet acide n'était pas assez fort, concéda le policier.

Il donna un grand coup de talon dans la plaque d'égout. Il s'apprêtait à recommencer quand Younger le mit en garde :

— Je ne m'aventurerais pas…

Trop tard. Le coup détacha la plaque, bien entamée par l'acide. Ils l'entendirent tomber à grand fracas, comme aspirée par le vide. Un instant, Littlemore resta en suspens au-dessus du conduit ouvert, un pied dans le vide, se trémoussant pour retrouver son équilibre. Puis, en basculant, il s'écria :

— Nom d'un chien !

Dans sa chute, il réussit à saisir Younger par la cheville. Ce dernier parvint presque à le retenir, hélas, il ne put résister, et un instant plus tard, il disparut à son tour, happé dans les profondeurs de la terre, ne laissant derrière lui qu'un pied-de-biche.

Il sentit qu'il glissait à une vitesse vertigineuse. Il n'y avait aucune lumière. Toutefois, il entendait du bruit : celui de son propre corps, tapant contre les parois incurvées, et les hurlements de son compagnon, qui le précédait de peu. Ils passèrent par des virages en épingle à cheveux, s'écrasèrent contre des renflements, dégringolant toujours plus bas dans le vide aveugle.

Toute la journée, Mr Brighton fit planer le suspense quant à ses projets d'aide éventuelle au Fonds pour le radium. Chaque fois que Mrs Meloney y revenait, il s'arrangeait pour détourner la conversation – s'agissait-il d'une manœuvre subtile ou d'un manque d'attention ? Colette n'aurait su le dire.

Ils dînèrent au restaurant Garret, situé tout en haut du West Street Building, au vingt-quatrième étage, qui dominait la pointe sud de Manhattan et laissait entrevoir le crépuscule rougeoyant sur le fleuve Hudson. Dans l'ascenseur, Mrs Meloney déclara qu'avoir mangé si haut perchée l'avait épuisée nerveusement et qu'il lui fallait rentrer chez elle. Colette ajouta qu'elle allait faire de même.

— Ne soyez pas stupide, ma chère. Vous devez visiter l'usine de peinture de cadrans de Mr Brighton. Il en est si fier – et à juste titre.

— Je vous en prie, insista-t-il.

— Avons-nous le temps ? J'ai rendez-vous avec le Dr Younger à Trinity Church à 9 h 30.

— Vous avez rendez-vous à Trinity Church ? Vous… vous n'allez pas vous marier, Miss Rousseau ?

— Se marier le soir ! s'amusa Mrs Meloney. Mr Brighton, les jeunes filles ne se marient pas la nuit. Et quand bien même elles le feraient, elles ne passeraient pas la journée qui précède leurs noces à visiter des usines de peinture. Sans oublier le fait qu'à cette heure l'église sera fermée.

— Mon Dieu, il y a tant de choses que j'ignore. Toutefois, je possède les clefs de Trinity Church. Je fais partie du bureau de direction. Aimeriez-vous la visiter, Miss Rousseau ? Elle est très belle.

— Merci, Mr Brighton, je la connais, répondit Colette qui y avait passé plusieurs heures le jour de l'attentat.

— Miss Rousseau n'a pas envie de voir une église mais votre usine, Mr Brighton, renchérit Mrs Meloney en se tournant vers la jeune femme pour ajouter : Vous avez tout votre temps, ma chère. L'usine est à côté. Ensuite, Trinity Church est au coin de la rue. Je vous en prie, ne nous décevez pas.

La vieille dame monta dans un taxi.

— Aimez-vous marcher, Miss Rousseau ? s'enquit Brighton.

Colette ne sut soudain plus quoi dire. Tant que sa compagne se trouvait à ses côtés, elle se demandait ce que cette dernière pouvait bien faire en compagnie d'un homme dont le seul but, dans la vie, était l'argent. À présent que Mrs Meloney n'était plus là, sa position était encore délicate, et cela teintait d'hypocrisie tout ce qu'elle disait ou taisait.

— J'aime beaucoup marcher, répondit-elle.

Brighton lui offrit son bras. Elle fit semblant de ne pas le voir, mais l'autre la prit à son propre piège en laissant son bras si longtemps en hauteur qu'elle fut bien obligée de le saisir. Le milliardaire semblait étrangement grand, tandis qu'il marchait ainsi dans la rue auprès de Colette. À aucun moment, leurs pas ne s'accordèrent. Derrière, à une distance respectueuse, suivait Samuels.

— Nous allons être juste à l'heure, lança Mr Brighton avec gaieté. L'équipe de l'après-midi a bientôt fini son service. Je veux que vous voyiez l'usine lorsqu'elle fonctionne. Mais vous devez avoir froid, Miss Rousseau.

Un vent aigre s'était levé ; elle n'était pas assez couverte.

— Tenez, je vous ai apporté un autre petit cadeau. Ils vous tiendront chaud.

Il sortit une boîte de l'intérieur de son manteau. Dedans se trouvait une rivière de diamants, assortie à l'épingle qu'il lui avait offerte un peu plus tôt.

— Oh, mon Dieu, c'est le collier. Je voulais d'abord vous offrir les gants. Peu importe. Puis-je ?

Il passa le bijou autour du cou de la jeune femme qui en son for intérieur regretta qu'il n'ait pas donné la somme équivalente au Fonds pour le radium. Elle bredouilla des remerciements, sentant que, si elle n'acceptait pas ce présent, il ne ferait jamais plus de don. C'était la première fois qu'elle portait des diamants, et cela lui donnait une sensation de froid dans le cou. Peut-être pourrait-elle les vendre plus tard et donner l'argent en son nom ?

Brighton lui tendit une seconde boîte. Elle contenait une paire de longs gants fins, couleur crème, faits du cuir le plus souple qu'elle eût jamais touché.

— Essayez-les.

— Je ne peux pas, Mr Brighton, ils sont trop…

— Trop longs pour votre manteau ? Bien sûr, il faut le retirer. Laissez-moi vous aider.

Il lui ôta son manteau léger. Pour ne pas le froisser, elle enfila les gants qui montaient au-dessus du coude.

— Mon manteau, Mr Brighton ?

— Plaît-il ?

— Voulez-vous me passer mon manteau, s'il vous plaît ? J'ai froid.

— Vous avez froid… mais bien sûr… où ai-je la tête. Voilà. Vous plaisent-ils ?

Elle contempla ses doigts élégants, recouverts du cuir ivoire.

— Je ne sais que dire.

— C'est un plaisir pour moi, je vous l'assure. À présent, Miss Rousseau, si je puis vous parler franchement, je sais ce que vous désirez plus que tout au monde. Mrs Meloney me l'a dit. Vous voudriez que j'aide Mme Curie à se procurer du radium, c'est bien ça ?

— Oui, si c'est possible, Mr Brighton.

— C'est tout à fait possible ! Je suis même prêt à payer le gramme entier.

— Vraiment ! s'exclama Colette avec enthousiasme.

— Si vous acceptez.

— Si j'accepte quoi ? fit-elle en craignant soudain le pire.

— De m'épouser.

Elle ne savait plus si elle devait éclater de rire ou fondre en larmes.

— Je sais bien qu'aux yeux d'une jeune fille je ne suis pas beau. Mais je suis très riche. Je pourrai vous donner tout ce que vous désirez. Songez-y. Tout, ce n'est pas rien !

— Mais Mr Brighton, nous ne nous connaissons pas.

— Ce n'est pas vrai. Je vous connais parfaitement, parce que vous êtes la perfection même. Je ne vous demande pas de m'aimer. Cela n'a aucune importance pour moi. Laissez-moi vous adorer. Dites oui et je fais virer dans la minute cent mille dollars sur le compte de Mrs Meloney.

La mention de cette somme vertigineuse flotta un instant dans l'atmosphère.

— Bien sûr, vous donnerez quelque chose même si je refuse ?

— Non, répliqua-t-il avec franchise. J'ai déjà donné vingt-cinq mille dollars, et je l'ai fait dans le seul but d'assister à votre conférence. Pourquoi irais-je donner de l'argent à cette Française que je ne connais pas ? Je n'ai aucune raison. En revanche, ma chère Miss Rousseau, si vous m'épousez, vos désirs seront des ordres. Dites deux grammes, vous les aurez. Même dix !

— Dix grammes de radium… répéta-t-elle, incrédule.

— Oui, extraits de mes propres mines. Pourquoi pas ? Sa valeur sur le marché serait d'un million de dollars, mais, pour moi, le coût en serait bien inférieur.

Comme Colette ne bronchait pas, il ajouta :

— Oh, mon Dieu, tout cela est-il immoral ? Ma conduite est-elle indécente ?

Elle secoua la tête, fronçant sévèrement les sourcils.

— Par tous les saints. Je ne sais jamais ce qui est moral ou pas. On dit que les gens devraient se marier par amour. J'ignore ce que cela veut dire. Je veux que vous partagiez ma vie, Miss Rousseau. Que vous voyagiez à bord de mon train. Que vous soyez à mes côtés quand je dîne avec le Président. Est-ce déraisonnable de vouloir pour femme la plus belle, la plus intelligente et la plus innocente des créatures sur Terre ? Est-ce déraisonnable de lui offrir tout ce que je peux pour la pousser à me dire oui ? Voilà, nous sommes arrivés à l'usine.

Samuels leur ouvrit la porte.

— Entrez, je vous en prie. Ah, regardez toutes ces jeunes filles penchées sur leur ouvrage. Quelle vision magnifique. Mais que disais-je donc ? Ah, oui. Dix grammes de radium, que vous utiliserez comme bon vous semblera. Samuels ! Préparez un virement vers le compte de Mrs Meloney. Je dispose d'une machine télégraphique dans mon bureau. Acceptez de m'épouser, et je fais virer tout de suite cent mille dollars. Samuels me l'a déconseillé, je veux que vous le sachiez. Il pense que c'est imprudent de ma part de donner autant en échange d'une simple promesse. En vérité, vous avez fait à Samuels une très mauvaise impression au premier abord. Je ne peux vous répéter ses propos. Mais vous pleurez ? De joie, j'espère !

Colette pria Mr Brighton de la laisser seule un moment.

— Bien sûr, ma chère. Samuels a besoin de quelques minutes pour préparer le télégramme.

Quatre étages sous Wall Street, dans une cave mal éclairée au sol de terre battue, deux hommes travaillaient face à un fourneau d'enfer. Leur visage était noir de suie ; chacun portait un épais tablier de cuir et des lunettes spéciales. L'un d'eux enfournait de lourds lingots d'or. L'autre manipulait des moules d'acier dans lesquels coulait un flot de métal jaune en fusion, sortant par une ouverture pratiquée en haut du fourneau. Quand le nouveau lingot était moulé, le second fondeur le posait à l'aide d'une pince sur une pile qui montait presque jusqu'au plafond. Dans la lumière étrange du fourneau et des étincelles, le front et les bras des ouvriers luisaient de sueur.

À environ trois mètres d'eux se trouvait un mur dans lequel apparaissait un trou rond, d'où provint soudain un bruit qui attira l'attention des deux hommes, perplexes. C'était un son métallique, distant, sorte de lointain fracas. Le grondement alla *crescendo*, jusqu'à devenir tonnerre, et tout à coup un gros disque de métal jaillit par l'ouverture. C'était la plaque d'égout, aux bords rongés, qui heurta avec violence la terre battue, roula entre les ouvriers éberlués, disparut sous leur table de travail et remonta sur la pile des lingots d'or, avant de redescendre en pétaradant à leurs pieds.

Les deux hommes retirèrent leurs lunettes. Ébahis, ils contemplèrent le disque, puis se regardèrent : un nouveau bruit provenait du trou. Cela n'avait rien d'un fracas métallique, cette fois. C'était plus sourd, mêlé de cris humains. Au début, lointain, ce bruit se mit à enfler, à se rapprocher, de plus en plus, jusqu'à ce que James Littlemore déboule, les pieds en avant, aussitôt suivi de Stratham Younger. Tous deux roulèrent dans un fatras de bras et de jambes, jusqu'aux deux ouvriers.

Le policier les regarda, cracha les restes d'un cure-dent et un peu de terre, puis s'écria :

— Vous êtes en état d'arrestation !

Allongé sur le ventre, son compagnon ne voyait pas à qui il s'adressait, mais il ajouta :

— Au nom de la loi.

Littlemore tira son revolver de l'intérieur de sa veste et les mit en joue.

— Lâchez ça, dit-il en désignant les pinces rougies, et les mains en l'air !

Les fondeurs, interdits, s'exécutèrent sur-le-champ. Le policier se releva et extirpa de sa poche arrière une paire de menottes qu'il lança à Younger sans perdre des yeux les deux hommes.

— Passez-les à l'un d'eux.

— Lequel ?

— Peu importe. Le plus costaud.

Celui qui alimentait le fourneau était plus râblé que son collègue. Le médecin lui attacha les poignets dans le dos. Littlemore retourna le second et le poussa en avant.

— Avancez, dit-il en lui faisant contourner le fourneau pour se diriger vers la pile de lingots. Voyons voir si ce chemin conduit bien où je le crois, dit-il avant de s'interrompre pour demander : doc, vous avez entendu ça ?

— Quoi ?

Le policier contemplait le tas d'or qui atteignait plus de quatre mètres de hauteur. Soudain, au sommet, il vit trois têtes apparaître, chacune flanquée d'un revolver. Le visage du milieu était balafré de cicatrices allant des commissures des lèvres jusqu'à la fente des yeux, comme s'il venait de subir une opération de chirurgie faciale.

— Tirez ! s'écria-t-il avec un fort accent d'Europe de l'Est. Tuez-les !

— Couchez-vous ! lança Littlemore.

Les deux amis, qui disparaissaient derrière les ouvriers, ne constituaient pas une cible facile, mais leurs ennemis s'en moquaient. Tous trois firent feu, et des balles vinrent se loger dans le corps des fondeurs, tandis que le médecin et le policier plongeaient sur le côté. Le premier retourna la lourde table de travail et s'y adossa, tandis que le second s'accroupissait derrière le fourneau.

— Un échange de tirs ! s'exclama Younger, tandis que les balles se fichaient dans la table et ricochaient sur le fourneau. Je suis pris dans un échange de tirs, et je n'ai pas d'arme !

Tordant le cou, Littlemore fit feu par deux fois, obligeant ses adversaires à se mettre à couvert, mais sans toutefois les atteindre.

— Ce type, fit-il. C'est bien celui auquel je pense ?

— Oui. Dites-moi que vous avez un second revolver.

— Hélas.

Les balles arrachaient des morceaux de la paroi du fourneau, qui se mit à pencher, en émettant un étrange sifflement.

— Vous n'avez pas une idée, doc ? Un truc, pour s'en sortir avec Drobac ?

Le fourneau massif reposait sur trois pieds. L'un d'eux céda soudain dans un grand craquement, et l'engin s'affaissa de façon dangereuse.

— Vous pourriez lui offrir une remise de peine ?

— Bonne idée, approuva le policier en faisant à nouveau feu sur la pile de lingots.

— Je crains que ce ne soit risqué de viser ainsi le fourneau.

— C'est très utile, le contredit Littlemore en tirant ses deux derniers coups.

Il lui fallait à présent recharger son arme. Drobac le comprit.

— Chargez le fourneau ! hurla-t-il.

Les trois tireurs descendirent la pile de lingots d'un pas malhabile. Au même moment, le deuxième pied du fourneau céda et l'énorme machine commença de basculer vers Younger, laissant à découvert son compagnon, dans un fantastique fracas de métal tordu, cassé.

Les deux hommes étaient sur le point de mourir. Le médecin était couché à l'endroit précis où le fourneau infernal crachant de l'or liquide devait s'abattre. Le policier rechargeait son revolver, tandis que son abri disparaissait, ne le protégeant plus des trois tueurs qui se ruaient sur lui.

Younger avisa la plaque d'égout à ses pieds.

— Bouclier ! s'écria-t-il.

Il s'en saisit, l'arrachant au sol juste avant que plusieurs tonnes d'acier ne s'effondrent à sa place, sur la terre battue, dans une pluie d'or meurtrière, qui manqua de peu ses jambes et ses pieds.

D'un seul mouvement, à l'instant où le fourneau le laissait tout entier à découvert, Littlemore inséra les nouvelles cartouches dans son revolver, s'empara de la plaque d'égout et se remit face aux tueurs. Ceux-ci avaient beau lui tirer dessus, le bouclier d'acier arrêtait leurs tirs, et le policier répliquait. Il en descendit un premier, puis un second, mais pas Drobac, qui se jeta, l'épaule en avant, sur Littlemore. Celui-ci bascula sur le dos, bras immobilisés, la lourde plaque sur la poitrine, et par-dessus, Drobac, appuyant un genou, tandis qu'il approchait le canon de la tempe du policier. Il sourit, et appuya sur la détente. Rien ne se produisit : il était à son tour à court de balles. En jurant, il lâcha son arme.

— Ce n'est pas grave, j'ai autre arme, dit-il en sortant un second revolver. Adieu, flic.

— Hé, Drobac ! s'exclama Younger.

Debout près du fourneau, il donna un coup de pied dans le tuyau par lequel s'écoulait l'or fondu.

En entendant son nom, le tueur se retourna. Il n'eut pas le temps de comprendre ce qui lui arrivait : une canalisation de métal dégoulinant d'or lui arriva en pleine figure. Le coup en soi n'aurait pas eu de grandes conséquences, si le métal en fusion ne s'était mis à ruisseler sur son front, son nez, ses joues, son cou. Il voulut crier, mais le son qui sortit n'avait rien d'humain : l'or lui avait déjà brûlé les joues, et pénétrait dans sa bouche. Il porta les mains à son visage dévasté, essayant à nouveau de crier, mais il s'écroula en arrière et fut pris de convulsions, tandis que de la fumée noire s'élevait de sa tête.

Littlemore s'arracha à la plaque d'égout et se remit debout, considérant son ennemi qui se débattait par terre.

— Vous croyez que je devrais l'arrêter ?

— Je crois surtout que nous ferions mieux de sortir d'ici, répondit Younger en désignant le fourneau renversé.

Il paraissait de plus en plus rouge, et la chaleur devenait insupportable.

— Mon Dieu, ça va exploser. Il doit bien y avoir une porte de l'autre côté de ce tas d'or.

Ils firent le tour et longèrent une table couverte de cartes à jouer et de verres de whisky. À l'autre extrémité de la pièce, une porte d'acier. Il n'y avait ni poignée, ni loquet, ni rien qui permît de l'ouvrir. Ils poussèrent, donnèrent des coups d'épaule, en vain.

Le fourneau émettait à présent une sorte de sifflement rauque, si grave qu'on aurait dit un orgue. Puis le son s'amplifia. Soudain, les deux hommes éberlués virent une silhouette se redresser, une tête dépourvue de lèvres, de joues, puis un bras se tendit et saisit un revolver tout proche.

— Cela ne me dit rien qui vaille, lança Younger à propos du fourneau dont le sifflement s'intensifiait.

— Attendez, fit Littlemore qui courut jusqu'à la table où il saisit une chaise. Tout ira bien. J'ai dit à Houston de guetter le bruit.

Il donna un grand coup de chaise contre la porte, puis recommença, encore et encore, jusqu'à ce que la chaise vole en éclats. La porte ne bougea pas.

Près du fourneau, la créature sans visage se remettait lentement debout dans le halo rouge. On distinguait plusieurs de ses dents et une partie de sa mâchoire.

Le bourdonnement était tel qu'aucun instrument de musique n'aurait pu produire un son si grave. Le fourneau vrombissait à présent de façon menaçante. Littlemore finit de détruire la chaise en cognant sur la porte.

Drobac, d'un pas vacillant, s'approcha du tas d'or. Le fourneau vibrait au point d'en faire trembler le sol, et le policier se sentait envahi par les trépidations.

Drobac s'appuya sur les lingots, et c'est alors qu'il vit Younger, devant la porte. Il leva son revolver à deux mains, malhabile.

Littlemore, ne pouvant supporter ce fracas d'enfer, se boucha les oreilles. La porte d'acier était toujours bien fermée. Les deux compagnons se regardèrent.

Entre les mains de Drobac, l'arme s'immobilisa peu à peu. Il pressa la détente.

Au même moment, le coup partit, le fourneau explosa et la porte s'ouvrit. Les deux compagnons furent projetés dans un couloir plein de monde, tandis qu'une balle leur passait au-dessus de la tête. Le corps de Drobac fut projeté sur le tas d'or, où il prit feu, tandis que les poutres qui soutenaient les murs et le plafond étaient noyées dans un déferlement de flammes. Elles cédèrent ; le plafond s'écroula. L'enfer se déchaînait.

— Barrez l'accès ! hurla le secrétaire Houston, alors que les flammes menaçaient d'envahir le couloir.

La porte d'acier fut refermée, verrouillée, étouffant soudain le fracas incendiaire. Dans le couloir régnait le silence. En se relevant, Younger et Littlemore s'aperçurent qu'une douzaine d'agents des services secrets et de banquiers bien habillés les observaient, dont Thomas Lamont.

— Qu'y a-t-il là-dedans, Littlemore ? interrogea Houston.

Mais ce fut Lamont qui répondit :

— Rien que des sous-sols à l'abandon. Nous les avons murés il y a longtemps. Nul n'est entré ici depuis des décennies. J'ignore même comment vous êtes parvenu à les trouver, Houston.

— C'est mon agent, Littlemore, qui m'a indiqué comment m'y rendre. Il m'a aussi conseillé d'amener des agents au cas où vous tenteriez de vous interposer, Lamont. Qu'avez-vous trouvé, Littlemore ?

— Rien qu'un peu d'or. Je dirais, environ, pour quatre millions.

Tous les banquiers présents demeurèrent interdits.

— Cet or ne provient pas de chez nous, s'exclama Lamont. La compagnie J. P. Morgan n'a rien à voir dans cette histoire !

— Quatre millions en or sont entreposés dans une pièce adjacente à vos sous-sols, et vous prétendez que la compagnie Morgan n'est au courant de rien ? rétorqua Houston.

— Ce sont d'anciennes fondations sous Wall Street. Nous ne sommes pas propriétaires des lieux. Nous n'avons rien à voir avec cette cave. N'importe qui aurait pu percer un tunnel pour y aboutir.

Un autre banquier prit la parole :

— Peut-être s'agit-il de votre or à vous, Houston. D'après certaines rumeurs, un vol se serait produit au Trésor, le 16 septembre.

— De l'or des réserves du Trésor ? fit Houston en affectant l'incrédulité. Ne soyez pas ridicule, voyons. Nous savons où se trouve chacun de nos lingots depuis le jour où j'ai pris mes fonctions. Chaque lingot et chaque pièce. Jamais il n'y a eu de vol, affirma-t-il avant de s'adresser aux agents des services secrets. Que deux d'entre vous restent ici pour garder l'issue. Nul ne doit entrer sous aucun prétexte. Demain, quand le feu se sera éteint de lui-même, nous aviserons. Je soupçonne, Lamont, qu'il s'agisse d'un de vos nouveaux stocks d'or russe clandestin.

— Et moi, je vous dis que la banque Morgan n'a rien à voir dans tout cela.

Dès qu'ils furent ressortis à l'air libre, quittant le somptueux bâtiment de la banque Morgan, Houston demanda à Littlemore d'une voix basse et anxieuse :

— Les lingots portent-ils encore notre marque ? Ou les ont-ils fondus ?

— Ils ont presque tous été fondus.

— Dieu merci.

— Si vous voulez que personne ne sache que c'est de l'or du Trésor, là en bas, alors, Mr Houston, vous feriez bien de faire reboucher ce trou, dans votre ruelle.

— Quel trou ?

Littlemore désigna, de l'autre côté de la rue, le passage entre les bâtiments du Trésor et celui de la Monnaie, dont les grilles de fer forgé avaient été ouvertes pour laisser passer des soldats qui, perplexes, observaient la bouche d'égout d'où s'échappaient des panaches de fumée. Houston s'apprêtait à courir sur place avec les agents des services secrets qui l'accompagnaient toujours, quand il s'arrêta net pour sortir un insigne de sa poche.

— Désolé d'avoir douté de vous, Littlemore. Reprenez votre insigne. Je vous rends votre poste.

— Non merci, Mr Houston. J'en ai assez du Trésor pour le moment. Et puis j'ai un petit travail de police à effectuer.

Le secrétaire partit en trombe, laissant sur place Younger et Littlemore. Le premier alluma une cigarette. Tous deux avaient le visage et les cheveux crasseux ; quant à leurs vêtements, ils étaient noircis, déchirés.

— Enfin, ce serait un travail de police si j'étais encore policier, murmura Littlemore.

VINGT ET UN

Perdue dans ses pensées, Colette errait à travers l'usine, vaste espace haut de plafond, où se succédaient des rangées de jeunes femmes penchées sur de longues tables qui, au moyen de fins pinceaux, appliquaient de la peinture luminescente sur des cadrans de montres à la mode. Des lampes électriques suspendues au bout de longs câbles descendaient du plafond, jetant leur lumière crue sur leur ouvrage minutieux et ardu. Toutefois, le silence studieux qui régnait tenait certainement moins à la concentration des ouvrières qu'à l'arrivée de Mr Brighton, leur patron, quelques minutes plus tôt.

Colette aussi y était pour quelque chose. Les jeunes femmes n'avaient en effet pas l'habitude de voir déambuler dans ces lieux une dame portant rivière de diamants et longs gants crème. Elles lui jetaient donc des regards prudents à mesure qu'elle s'avançait dans leurs rangs.

Mais la Française ne s'apercevait de rien. Elle n'avait qu'une seule idée en tête : dix grammes de radium. Qui transformeraient la vie de Marie Curie. Qui sauveraient un nombre incalculable de vies. Qui seraient consacrés à la science, plutôt qu'aux montres ou aux cosmétiques, et permettraient de dévoiler la nature de l'atome et de dompter son énergie incommensurable.

Bien sûr, la proposition de mariage de Mr Brighton était absurde : il ne l'avait rencontrée que trois fois dans sa vie. À moins que... Colette avait su qu'elle voulait épouser Younger dès le premier jour, quand il avait ramené le vieux caporal du champ de bataille.

Bien sûr, elle n'épouserait jamais Mr Brighton. Elle n'y était pas obligée, même pour Marie Curie. À moins que... Elle devait tout à Marie Curie : elle l'avait prise sous son aile, fait entrer à la Sorbonne, nourrie quand elle mourait de faim. Toutefois, cela ne signifiait pas que Colette devait sacrifier son avenir et son bonheur pour elle. À moins que...

Elle ne détestait pas Mr Brighton. Il était même touchant dans son étourderie, son enthousiasme d'enfant. Et il était manifestement généreux. Néanmoins, elle serait très malheureuse si elle l'épousait. Elle en mourrait de désespoir. Enfin non, elle n'en mourrait pas. D'ailleurs, que valait son bonheur face aux vies qui seraient sauvées, aux progrès scientifiques qui seraient accomplis si jamais elle disait oui ? De quel droit pouvait-elle de refuser ? Décider de vivre pour elle-même ? Quand des millions de jeunes hommes avaient sacrifié plus que leur bonheur – leur existence – dans les tranchées ?

— Faites pas ça, Miss, dit une des ouvrières.

— Pardon ? fit Colette.

— Vous appuyez pas là-dessus. C'est la commande pour toutes les lumières de l'usine. On a du boulot à terminer. Vous voulez qu'on se retrouve tous dans le noir ?

La Française regarda derrière elle. Du mur se détachait une poignée de métal peinte en rouge, énorme interrupteur central qu'elle avait failli actionner par inadvertance. Lorsqu'elle se retourna, elle s'aperçut que toutes les ouvrières avaient les yeux braqués sur elle, et elles ne lui parurent guère amicales. Certaines mâchaient du chewing-gum. L'une d'elles repoussa du poignet les cheveux qui lui tombaient dans les yeux pour mieux voir les bras gracieux de Colette et son joli cou, autour duquel scintillait la rivière de diamants. La fille qui s'était adressée à elle semblait la moins intéressée de toutes. Elle se remit au travail, élaguant un poil de pinceau tordu d'un coup de ciseaux, avant de le porter à sa bouche, d'où elle retira la pointe désormais bien effilée.

— Arrêtez ! s'exclama la Française.

— Qui ? Moi ?

— Ne mettez pas ça dans la bouche !

— Mais c'est comme ça qu'on nous apprend à faire, ma belle ! C'est le meilleur moyen pour affiner la pointe. Désolée si c'est pas très chic.

Colette s'aperçut soudain qu'elles s'y prenaient toutes de la même manière.

— Où sont vos gants ? demanda-t-elle ensuite. On ne vous donne pas de gants de protection ?

— J'en vois qu'une, ici, qui porte des gants, répliqua l'ouvrière.

Une sirène retentit. Les travailleuses se levèrent toutes en même temps. Dans un soudain brouhaha de bavardages et de rires, elles rangèrent leur plan de travail, remisant peinture, pinceaux et cadrans inachevés. Tandis qu'elles se pressaient vers les portemanteaux, l'une d'elles s'arrêta près de la Française. Elle lui lança un regard furtif et dit :

— Il y en a parmi nous qui ont peur, madame. Deux filles sont tombées malades. Les médecins de la compagnie disent qu'elles ont la grosse vérole, sauf que c'est pas le genre. C'est vraiment pas du tout leur genre à aller attraper ça.

— Quoi ? fit Colette qui ne comprenait pas tout à fait de quoi parlait son interlocutrice.

Mais l'autre s'éloigna rapidement. La Française essaya de retirer les gants de cuir ; ils étaient trop ajustés. Elle tenta ensuite de détacher le collier de diamants, mais ne parvint pas à trouver le fermoir. Elle renonça. Les ouvrières s'en allaient ; elle courut jusqu'au bureau de Brighton en l'interpellant :

— Oui, Miss Rousseau, répondit-il avec empressement dès qu'elle fut près de lui. Avez-vous enfin décidé de faire de moi l'homme le plus heureux du monde ?

— Ces jeunes femmes mettent le pinceau dans leur bouche.

— Bien entendu. C'est le secret de notre technique.

— Elles avalent de la peinture.

— Quel gâchis ! Vous souvenez-vous lesquelles ont fait ça ? Je vais demander à Samuels d'en prendre bonne note.

— Non. Elles vont s'empoisonner !

— Vous parlez de la peinture ? Mais non. Voyons, réfléchissez. Comment pourrais-je vendre au public un produit qui serait toxique pour mes ouvrières ?

— Avez-vous mesuré le taux de radiations, ici, comme vous le faites dans l'autre usine ?

— Ce n'est pas utile, ma chère.

— Mais vous ne pouvez pas les laisser mettre ainsi le pinceau dans leur bouche. Cela va rentrer dans leur mâchoire, dans leurs dents. Cela pourrait…

Elle s'arrêta au beau milieu de la phrase, et son souffle se fit plus court, tandis qu'une série d'images défilait dans sa tête : une dent enveloppée de coton, rongée à l'intérieur ; une jeune femme avec une tumeur dans le cou ; une autre, à New Haven, auréolée d'un halo vert. Une ombre passa dans ses prunelles, qu'elle tenta de dissimuler en reprenant :

— Oh, et puis après tout, cela n'a pas grande importance. Quand la quantité de radium est aussi infime, je suis sûre que ça fait plus de mal que de bien. Je veux dire plus de bien que de mal. Il est tard, n'est-ce pas. Mes amis vont se demander ce que je fabrique. Mrs Meloney va être jalouse.

— Jalouse ? releva Brighton.

— De tout le radium que vos ouvrières ont sur la peau.

— Ah, oui ! répondit-il en riant. Elle serait verte de…

— Monsieur, elle sait, l'interrompit Samuels en sortant un revolver.

Le silence se fit.

— Dieu du ciel, déclara le milliardaire. Et que sait-elle, Samuels ?

— Tout.

— En êtes-vous certain ? Elle a dit que Mrs Meloney serait jalouse de nos ouvrières.

— Elle mentait, assura-t-il en pointant son arme sur Colette.

Déçu, Brighton secoua la tête.

— Inutile de mentir, Miss Rousseau. Samuels sait tout. Comment fait-il ? c'est un mystère pour moi. Je n'en ai pas la moindre idée. Samuels, pouvez-vous approcher votre revolver de Miss Rousseau ?

Il se posta derrière elle, pointant le canon dans son dos. Le milliardaire, à son tour, vint près d'elle ; son corps paraissait étrangement large et mal assemblé. De l'ongle luisant de son auriculaire, il lui toucha le menton et lui fit tourner la tête sur le côté avec lenteur afin de mieux voir son cou étincelant de diamants. La jeune femme essaya de ne pas réagir.

— Regardez comme elle est propre, dit-il d'un ton de connaisseur.

Il lui caressa le menton, puis son doigt glissa sur son sternum. Il prit ensuite ses seins dans ses mains. Horrifiée, elle essaya de ne pas broncher.

— Croyez-vous qu'elle aime ça, Samuels ? Je crains qu'elle ne soit nerveuse. J'aimerais savoir mieux lire les expressions du visage, Miss Rousseau. J'ai beaucoup de mal à les déchiffrer. Si seulement Lyme était ici. Il connaît une substance relaxante qui rend les jeunes femmes beaucoup plus sensibles à ma présence. Vous a-t-on déjà embrassée, Miss Rousseau ? Sur la bouche ?

Elle resta muette.

— Pouvez-vous l'obliger à répondre ? demanda-t-il à son homme de main, qui enfonça avec brutalité le canon de son arme entre ses côtes.

— Oui, on m'a déjà embrassée.

— Mais vous n'avez jamais… jamais…

Elle ne répondit pas.

— Non, ne dites rien. Cela vaut mieux, vous avez raison. Ces mots flétriraient vos lèvres. Je suis sûr que vous ne l'avez jamais fait. Vous êtes la pureté même. À présent, Miss Rousseau, nous allons commencer.

J'en ai tellement, tellement envie, et je ne crois plus que nous puissions nous marier. J'espère que cela ne vous dérange pas que Samuels nous voie ; chassez-le juste de votre esprit. Et s'il vous plaît, pas de geste brusque. Il a la détente facile.

Brighton se pencha vers elle pour l'embrasser. Colette attendit aussi longtemps qu'elle put, jusqu'à ce que la bouche de l'homme effleure la sienne, avant de donner un féroce coup de coude dans le ventre de Samuels, de repousser le milliardaire de toutes ses forces, jusqu'à le faire tomber par terre, et de filer le plus vite possible. L'usine était à présent déserte. Elle se rua jusqu'à la porte qui, hélas, était verrouillée. Désespérée, elle regarda autour d'elle, et vit quelque chose qui lui donna une idée. Encore fallait-il qu'elle ait le temps d'arriver jusque-là. Mais une voix l'arrêta.

— Ne bougez plus, Miss Rousseau, ordonna Brighton. N'obligez pas Samuels à vous descendre.

— Miss McDonald travaillait ici, n'est-ce pas ? dit-elle en se retournant.

— Vous parlez de celle qui… avait cette chose dans le cou ? Oui, c'est exact. Une belle jeune fille. Pendant un temps, j'ai cru qu'elle pourrait devenir ma femme, avant que cette chose atroce n'apparaisse.

À mesure que les deux hommes se rapprochaient, Colette reculait pas à pas le long du mur, comme si elle avait peur.

— Le radium a pénétré l'intérieur de sa mâchoire, dit-elle. Vous le saviez. Vous avez caché la chose pour pouvoir continuer à vendre vos montres.

— Oh non, ma chère, fit Brighton avec le plus grand sérieux. Je me moque bien des montres. C'est le radium lui-même qui est en cause. Si les gens apprenaient qu'à cause de lui cette chose a poussé dans le cou de cette ouvrière, plus personne n'achèterait aucun produit à base de cette substance. Le cours du radium s'effondrerait : il reviendrait à ce qu'il était auparavant, c'est-à-dire qu'il perdrait 90 % de sa valeur actuelle. Pour un exploitant minier comme moi, ce serait une perte très substantielle.

— Amelia aussi travaillait ici, poursuivit-elle en reculant à nouveau d'un pas. Elle perdait ses dents.

— En effet. C'était fort disgracieux. J'étais très en colère contre elle. C'est elle qui a failli vous perdre, vous savez. Samuels était certain qu'elle vous avait raconté tous nos secrets. Voilà pourquoi nous avons dû… prendre des mesures de rétorsion contre vous.

— Vous m'avez fait enlever, dit-elle en reculant encore.

— C'était le moyen le plus efficace dont nous disposions. Nous avions engagé une équipe d'étrangers pour une autre tâche – ils étaient serbes, n'est-ce pas, Samuels ? – ; ils étaient parfaits pour mener à bien ce travail.

— Vous avez donc essayé de me tuer… puis vous m'avez demandée en mariage.

— C'est là en effet une de mes grandes forces, Miss Rousseau. J'admets mes erreurs. J'en tire des enseignements. Tout cela n'était qu'un malentendu. Savez-vous pourquoi Amelia a tenté d'entrer en contact avec vous, à votre hôtel ? C'est parce que certaines de mes ouvrières, dans notre usine du Connecticut, vous avaient entendue dire que ma compagnie tuait des gens. Mais vous ne vouliez pas révéler que ma peinture était nocive. Vous expliquiez seulement qu'utiliser le radium pour des montres le détournait des fins médicales qui selon vous auraient été plus utiles. Quelle situation grotesque : ce malentendu a failli vous tuer ! Et c'est moi qui vous ai sauvée. J'ai compris l'erreur de Samuels tout de suite après vous avoir entendue à l'église. Voilà pourquoi j'ai ordonné que cessent les attaques contre vous. Hélas, voyez comment les choses ont tourné, dit-il en secouant la tête avec dépit. Quel dommage ! Samuels, pouvons-nous la garder à l'infirmerie ? Si je ne peux pas l'épouser, ce serait alors mon deuxième choix.

— Ils viendront la chercher, répondit l'homme de main.

— Ah, soupira Brighton, vous avez raison, comme d'habitude.

Samuels tenait toujours Colette en joue ; son patron se dirigea vers un baril de métal posé au-dessus d'une des tables de l'atelier. Il ouvrit un robinet situé à la base et remplit un verre mesureur de peinture verte.

— Puisque vous ne semblez pas sensible à mon charme, Miss Rousseau, auriez-vous au moins l'obligeance d'ouvrir la bouche et de vous tenir tranquille ? Je vous en prie, acceptez de coopérer. Cela facilitera infiniment les choses.

Elle ne répondit pas. Elle palpait le mur derrière elle, à la recherche de quelque chose. Où était-il donc ?

— Qui ne dit mot consent, n'est-ce pas ? Cela m'impressionnerait beaucoup. Les jeunes femmes sont si peu raisonnables, d'ordinaire. Comme la plupart des gens. Je me souviens, enfant, je proposais des choses parfaitement raisonnables à mes parents, et ils me répondaient que c'était « mal ». Leur visage prenait alors une expression particulière. « Mal », qu'est-ce que cela signifie donc ? C'est comme s'ils m'avaient parlé dans une langue étrangère. Je ne crois pas que ce mot signifie quoi que ce soit. J'ai demandé de nombreuses fois qu'on me l'explique, personne n'en a été capable. On se contente juste de me donner des exemples. Cela n'a ni queue ni tête. Parfois, Miss Rousseau, je regarde les gens, et franchement, j'ai l'impression d'être face à des veaux. Peut-être suis-je le seul à penser ainsi. Samuels, ouvrez la bouche de Miss Rousseau.

— Vous voulez me faire boire ça ? s'écria Colette, consternée, en reculant encore.

— Ne vous inquiétez pas, nous l'avons déjà fait. Cela fonctionne à merveille. La peinture va vous rendre malade, alors nous vous emmènerons en urgence à l'hôpital Sloane pour les femmes, où un spécialiste, le Dr Lyme, s'occupera de vous. Il vous donnera quelque chose qui vous empêchera de parler. Vous perdrez vos forces et vos cheveux. Cela vous rendra très laide, mais ce n'est pas grave, puisque je n'irai pas vous voir. On diagnostiquera une syphilis, j'imagine. Puis vous mourrez. Tout se passera très bien, je vous le promets. Voulez-vous bien ouvrir la bouche ? Vous me rendriez un grand service.

— Mr Brighton, je vous en conjure, dit-elle en lui tournant le dos. Tuez-moi d'une balle. Finissons-en.

— Mais c'est impossible. Si nous nous débarrassions de vous ainsi, Miss Rousseau, il faudrait soit faire disparaître votre corps, ce qui soulèverait toutes sortes de questions, soit vous remettre à la police, ce qui s'avérerait plus fâcheux encore. Je vous l'assure, la peinture est une solution beaucoup…

Il n'eut pas le temps de finir sa phrase. Tournant le dos aux deux hommes, Colette s'était jetée sur la poignée rouge de l'interrupteur central, sur lequel l'ouvrière avait attiré son attention un peu plus tôt, plongeant soudain toute l'usine dans les ténèbres. Elle se jeta aussitôt à quatre pattes pour esquiver les balles qui se mirent à ricocher autour d'elle sur les éléments métalliques.

— Cessez de tirer, ordonna Brighton. Elle ne peut aller nulle part. Rétablissez la lumière.

La jeune femme non plus n'y voyait plus, hormis le verre mesureur de peinture luminescente dans la main du milliardaire, entouré d'un halo vert-jaune mettant étrangement en relief son nez et son menton. Elle fondit sur lui, saisit le verre à deux mains et lui jeta le contenu au visage.

— Enlevez-moi ça ! glapit-il. Enlevez-moi ça tout de suite !

Colette courut vers l'autre mur. Une faible lueur traversait les quatre fenêtres et tombait sur le sol. Samuels ralluma les lampes, mais les épais filaments mirent du temps à chauffer. Il revint vers son patron et essaya en vain d'ôter la peinture à l'aide de son mouchoir.

— Peu importe ! s'exclama Brighton. Où est-elle passée ?

Elle prit un tabouret et le lança contre la vitre, ouvrant un large passage. Samuels tira sur elle, fort heureusement, la faible lumière la sauva. Elle grimpa par la fenêtre, les mains protégées par les gants de cuir, puis elle sauta dans la rue en contrebas. Le cœur battant la chamade, sans savoir vers où elle allait, elle détala. Elle n'entendit personne se lancer à sa poursuite, et continua de fuir.

Tournant à un angle, elle se retrouva dans une ruelle déserte, dépourvue de réverbère. Puis elle arriva à un petit parc, qu'elle traversa, jusqu'à un vieux bâtiment massif en pierre, aux grandes portes de bois, qui se dressait dans la nuit. C'était Trinity Church. Colette se trouvait devant une entrée secondaire. À bout de souffle, elle frappa de toutes ses forces contre le bois, mais nul ne lui répondit. Elle repartit en courant aussi vite que ses jambes pouvaient la porter.

— Faut que j'aille à la gare de Grand Central, dit Littlemore à Younger.

Ils descendirent Wall Street jusqu'à la station de métro, à l'angle de Broadway. En face, sur le ciel nocturne, se détachaient les sombres clochers gothiques de Trinity Church.

— Vous m'accompagnez ? reprit-il.

— Je dois retrouver Colette ici, devant l'église.

— J'espère que vous n'aviez pas l'intention de l'emmener dans un endroit chic, lança le policier en examinant les vêtements brûlés du médecin.

— C'est étrange, où est-elle ? Elle devrait être là depuis un moment.

Ils n'étaient pas encore arrivés devant l'édifice religieux, mais ils distinguaient parfaitement le réverbère situé juste devant le portail, où la jeune femme aurait dû attendre son ami.

— Et comment va-t-elle ? demanda Littlemore. Elle ne devait pas rencontrer une grosse légume, ce soir ?

— Arnold Brighton.

— Sans blague ! Vous savez, je me demande si…

Il n'avait pas achevé sa phrase qu'ils virent Colette déboucher de derrière l'église comme si elle avait le diable à ses trousses. Elle s'arrêta contre le lampadaire, haletante, épuisée. Younger l'interpella.

— Stratham ! s'écria-t-elle, prise de panique.

Alors qu'elle était bien visible pour les deux hommes, elle, en revanche, ne pouvait les voir dans l'obscurité. Elle détala en direction de la voix.

— Dieu soit loué !

Les deux battants du portail de Trinity Church s'ouvrirent d'un seul coup, dévoilant l'intérieur du bâtiment, inondé de lumière, ainsi qu'Arnold Brighton, le visage auréolé d'un halo couleur chartreuse, contrastant de manière saisissante avec le blanc de ses yeux. À ses côtés, se tenait Samuels.

— La voilà ! glapit le milliardaire en montrant une silhouette qui courait dans Wall Street. Tirez !

Son homme de main s'exécuta. Colette disparut dans l'ombre, puis réapparut un peu plus loin, sous le réverbère suivant. Elle n'avait pas été touchée. Younger vint à sa rencontre, essayant de s'interposer entre elle et le tireur qui, par deux fois, fit feu. La jeune femme se jeta dans les bras de son ami, qui l'emporta dans le recoin sombre d'une devanture de magasin.

Littlemore, lui, s'était mis à couvert derrière une boîte aux lettres, palpant ses poches à la recherche d'une arme. Hélas, il n'en avait plus : il l'avait laissée dans la fournaise des sous-sols de Wall Street. Il s'approcha à quatre pattes du médecin, tandis que les balles de Samuels leur frôlaient la tête.

— Elle va bien ? s'enquit-il.

— Oui, ça va, répondit-elle, toujours dans les bras de Younger.

Bien qu'il ne puisse voir ses cibles, l'homme de main ne cessait de tirer dans leur direction.

— Vous, lâchez cette fille ! retentit alors une autre voix, derrière eux, celle d'un homme jeune, qui essayait de montrer de l'autorité.

Le médecin se retourna. Il s'agissait d'un soldat, attiré par les détonations. Nerveux, il pointa son arme sur Younger, la baïonnette bien trop près de sa poitrine à son goût.

— Vous êtes là, Miss Rousseau ? cria Brighton depuis le portail illuminé de l'église. Samuels, vous la voyez ?

— Allez, donnez-moi ça, murmura le médecin au jeune homme.

D'un seul mouvement, il remit Colette sur pied, s'empara du fusil, mit un genou à terre, visa et fit feu. Il atteignit le tireur à l'épaule, l'amputant presque de son bras.

— Vous l'avez eu, doc, fit le policier.

— Vraiment ? dit-il en changeant légèrement d'angle de tir.

Samuels tomba à genoux, le sang jaillissant de son artère subclaviaire.

— Mais que vous arrive-t-il ? fit le milliardaire en considérant son secrétaire avec un mélange de perplexité et d'indignation. Ce n'est qu'un bras, vous en avez un autre.

Younger tira de nouveau.

Brighton écarquilla les yeux. Un cercle rouge sombre apparut au milieu de son front vert.

— Mon Dieu, dit-il avant de s'écrouler.

Le médecin jeta le fusil aux pieds du soldat.

— Combien de temps pour avoir une ambulance ? demanda-t-il à Littlemore. Colette est blessée.

Elle avait en effet de profondes coupures aux

jambes, et ses longs gants étaient déchirés en plusieurs endroits, révélant des plaies aux mains et aux avant-bras.

— Je vais vous trouver une voiture, répondit-il avant de détaler.

Quelques minutes plus tard, une douzaine de soldats apparurent qui descendaient Wall Street en direction de Trinity Church, où gisaient les corps de Samuels et Brighton, baignant dans leur sang. Le policier revint promptement dans la Packard de Houston, et Younger y fit monter la jeune femme.

— Ce ne sont que des égratignures, protesta-t-elle.

— Je t'emmène à l'hôpital, insista son compagnon en s'asseyant à ses côtés sur la banquette arrière.

Elle le regarda avec un sourire :

— Très bien. Si tu penses qu'il le faut.

— À quel hôpital voulez-vous aller, doc ? s'enquit Littlemore tandis qu'il prenait place derrière le volant.

— À Washington Square. Mais, attendez, je croyais que vous alliez empêcher une guerre d'éclater, ce soir ?

— Tout à l'heure.

— Mais non, allez-y, quelqu'un d'autre peut nous conduire.

Les deux hommes se regardèrent dans les yeux.

— Tout ira bien. Allez-y, insista-t-il.

— Merci, répondit le policier avant de s'entretenir avec le chauffeur de Houston, qu'il persuada de les emmener.

Quand ils démarrèrent, Colette posa la tête sur l'épaule de Younger. Elle ne vit pas sa grimace.

— Tout est terminé, cette fois, n'est-ce pas ? déclara-t-elle.

— Oui. Je pense.

Au bout d'un moment, son silence lui parut surprenant et elle s'aperçut qu'il fermait les yeux. En passant la main derrière lui, elle découvrit que sa chemise était trempée de sang. Elle hurla au conducteur de faire le plus vite possible.

À la gare de Grand Central, sous le plafond céleste du hall principal, Littlemore retrouva Stankiewicz en civil, flanqué d'Edwin Fischer. Ils l'attendaient devant le bureau des informations, surmonté d'une sphère dorée avec une horloge sur chacun des quatre côtés. Ils se serrèrent la main, et Littlemore remercia son subalterne d'avoir accepté de travailler en dehors de ses heures de service.

— Tout va bien ?

— Jusqu'ici, oui.

— Personne ne vous a identifié ?

— Difficile à dire, chef. Trop de monde.

Il acquiesça. En ce samedi soir, la gare grouillait de gens qui arrivaient ou quittaient New York. Des haut-parleurs diffusaient en permanence des annonces criardes et grésillantes de numéros de trains, de quais et de destinations.

— Très bien, Stanky. Tu vas aller chez le commissaire Enright, il t'attend. Voici son adresse. Et grouille-toi, il n'y a pas une minute à perdre. Quand tu reviendras, retrouve-moi en bas, là où je t'ai montré. Fischer, vous, vous venez avec moi.

Le policier jeta un regard autour de lui, et ses doigts se mirent à tambouriner sur le comptoir de l'accueil. L'employé, qu'il salua par son nom, alla leur ouvrir un portillon.

— Pourquoi allons-nous au bureau des informations ? demanda Fischer. Avons-nous besoin de renseignements ?

— Nous allons descendre à l'étage inférieur. Si les escaliers sont surveillés, on ne nous verra pas.

Au centre de la pièce se trouvait une colonne dorée aux portes coulissantes, que le policier ouvrit. Il écarta des boîtes contenant de vieux horaires et dévoila un étroit escalier en colimaçon.

— Un escalier secret, s'étonna Fischer. J'ignorais qu'il y en avait un ici.

— Vous n'avez pas fini d'être surpris, ce soir !

Ils dépassèrent un palier rempli de bouteilles d'alcool vides. Lorsqu'ils arrivèrent en bas, ils se retrouvèrent derrière la vitre d'un second bureau, plus petit. Ils sortirent et se mêlèrent à la foule des voyageurs de la gare souterraine de Grand Central. Littlemore mena Fischer jusqu'au croisement de deux vastes couloirs bondés, où l'agent Roederheusen, lui aussi en civil, les attendait dans un recoin discret, sous un plafond voûté et carrelé. En face, se trouvait l'Oyster Bar.

— Ils sont toujours là ? demanda Littlemore.

— Oui, chef. Ils sont encore à table.

— Personne ne t'a remarqué ?

— Non, chef.

— C'est bien. Fischer, vous et moi, on va attendre le commissaire ici. Spanky, tu vas aller au Washington Square Hospital sur la 9e Avenue, pour prendre des nouvelles de Miss Rousseau. Restes-y, sauf si le Dr Younger a besoin de toi pour une commission : dans ce cas, fais ce qu'il te demande.

Vingt minutes plus tard, Stankiewicz revint avec le commissaire Enright.

— J'espère que vous avez quelque chose de sérieux, Littlemore.

— C'est du lourd, commissaire. Restez là où vous êtes. Gardez l'oreille près du mur. Vous aussi, Fischer, comme on a dit. Ne bougez plus.

— Garder l'oreille près du mur ? répéta son supérieur, irrité.

— Oui, chef. Ne bougez pas.

Littlemore traversa le hall souterrain, croisant des hordes de voyageurs qui filaient droit devant eux, et dont beaucoup péroraient, le verbe haut, à la new-yorkaise. Quand il entra dans l'Oyster Bar, il se retourna, pour bien s'assurer qu'il ne voyait plus Enright, Roederheusen et Fischer, à environ trente mètres, de l'autre côté de la galerie bondée.

Ils étaient installés à une table couverte de débris nacrés de crustacés : le sénateur Fall, Mrs Cross et William McAdoo, l'ancien secrétaire au Trésor redevenu avocat. Bien qu'il n'y eût aucune bouteille visible, à en juger d'après l'exubérance du sénateur, l'alcool avait dû couler à flots tout au long du repas.

— Agent Littlemore ! s'écria ce dernier. Sauveur de ce pays ! Pourfendeur de la corruption ! Vous avez manqué le dîner. Et de très bonnes nouvelles. Vous… vous avez l'air ridicule, mon garçon. Qu'avez-vous donc fait ? De la spéléologie ?

— J'ai besoin de vous parler, Mr Fall.

— Eh bien, allez-y. Je crois que vous vous dégonflez, mon jeune ami, j'en suis même persuadé.

— Pourrions-nous parler en privé, monsieur le sénateur ?

— Tout ce que vous avez à me dire, vous pouvez le faire devant ces personnes.

— Pas ça.

Fall semblait énervé, pourtant, il se leva.

— Très bien, je vous suis. Mais d'abord, redonnez-moi un peu de mon médicament, ma belle.

Avec discrétion, Mrs Cross sortit une flasque de son sac à main et servit le sénateur, puis McAdoo.

— Whisky, agent Littlemore ? proposa-t-elle.

Il secoua la tête et, dès que Fall eut vidé son verre, l'emmena hors du restaurant bondé. Ils s'arrêtèrent non loin de la porte, dans un endroit discret, le long du mur du vaste hall souterrain.

— Je sais qui a volé l'or, Mr Fall.

— Ce sont les Mexicains, vous avez déjà tiré ça au clair.

— Non, monsieur, ce ne sont pas les Mexicains.

— C'est Houston ?

— C'est Lamont, de la compagnie J. P. Morgan.

— Impossible.

— J'ai vu les lingots, ce soir. Dans les sous-sols de la banque Morgan.

— Moins fort. En avez-vous parlé à quelqu'un ?

— Vous pensez à Mr Houston ? murmura le policier.

— Oui… en avez-vous parlé à Houston ?

— Je suis venu vous voir tout de suite.

— Très bien. Que tout cela reste entre nous, Littlemore. Il ne faudrait pas créer un vent de panique. Je vais vous dire : laissez-moi m'en occuper. Je vais faire en sorte que ce soit les bonnes personnes qui découvrent le pot aux roses.

— Compris, Mr Fall. Ça reste entre nous. Mais il vaudrait mieux que quelqu'un parle tout de suite à Lamont.

— Ne vous inquiétez pas, mon garçon, je lui parlerai.

— Et qu'allez-vous lui dire ?

— Je lui dirai… eh bien, je lui dirai… bredouilla Fall qui avait du mal à trouver ses mots. La barbe, c'est vous qui disiez qu'il faudrait lui parler.

— J'ai pensé que vous voudriez le mettre au parfum.

Fall ne broncha pas.

— Qu'avez-vous dit ?

— Vous savez quand j'ai tout compris, sénateur Fall ? C'est quand vous m'avez dit que vous et McAdoo dîniez toujours à l'Oyster Bar. J'ai alors compris qu'Ed Fischer se trouvait justement à la gare de Grand Central quand vous vous êtes retrouvés, il y a quelques mois, après la convention démocrate. Beaucoup de gens pensent que Fischer est fou, mais tout ce que je l'ai entendu raconter s'est révélé vrai.

— Vous avez bu, Littlemore ?

— C'est à cet instant que j'ai tout compris. Ces documents mexicains étaient beaucoup trop faciles à découvrir. Quant à l'appartement de Torres, c'était une mise en scène, n'est-ce pas ? Un attrape-nigaud. Voilà pourquoi vous avez fait en sorte que Mrs Cross m'accompagne, pour être sûr que je trouverais le trou dans le mur où étaient cachés les documents. Quel parfait imbécile j'ai fait ! C'est évident : un émissaire du gouvernement mexicain débarque avec des documents compromettants dans un tube en carton, mais rien d'autre, ni dossiers, ni valises, très peu de vêtements, non, rien, juste ces documents qu'il laisse pour moi dans une cachette ouverte après que j'ai frappé à sa porte. Torres n'était pas envoyé par le gouvernement mexicain, n'est-ce pas ? Vous l'avez inventé. Voilà pourquoi Obregón a formellement nié son existence.

Fall sortit un cigare.

— Vous êtes bigrement tordu, mon garçon. Vous avez perdu la tête.

— Depuis le début, Lamont essayait de me mettre sur la piste mexicaine. Chaque fois que je lui ai parlé, il fallait qu'il en revienne au Mexique. Je n'ai rien vu. De même pour vous, Mr Fall. Vous avez fait semblant de croire que c'était les Russes, mais tout le temps, vous m'orientiez vers le Mexique. Brighton fait lui aussi partie de la clique, c'est bien ça ? Lorsqu'il est venu se plaindre dans votre bureau que les Mexicains allaient lui prendre ses puits de pétrole, en fait, vous et lui aviez mis en scène cette farce exprès pour moi. Ensuite, Lamont m'a appelé et, comme par hasard, il a mentionné que la fête de l'indépendance du Mexique tombait à la mi-septembre. Vous avez d'abord essayé de manipuler Flynn en lui envoyant des tuyaux sur Sacco et Vanzetti dans l'espoir qu'il déterre leurs liens avec le Mexique, mais il n'est pas arrivé jusque-là. Voilà pourquoi vous aviez besoin de me faire croire que j'avais trouvé des preuves : les documents de chez Torres. C'étaient des faux. Vous les avez fabriqués vous-même.

Fall alluma son cigare en prenant tout son temps. Il jeta un coup d'œil autour de lui et dit d'une voix presque inaudible :

— Les Mexicains ont commis cet attentat, Littlemore. Ils ont massacré les nôtres. C'est vous qui avez découvert la vérité. Partons du principe que ces documents soient des faux. Si cela permet à Wilson et son secrétaire à la Guerre d'y voir clair et d'envoyer nos troupes au Mexique, alors c'était la chose à faire.

— À cela près que ce ne sont pas les Mexicains qui sont derrière l'attentat.

— Que voulez-vous dire ?

— C'est vous qui avez tout manigancé.

Fall souffla un nuage de fumée au-dessus de la tête de Littlemore.

— Ainsi donc, vous croyez que j'ai fait exploser Wall Street, en tuant tous ces gens, juste pour voler un peu d'or au Trésor ? Vous êtes fou, mon garçon, personne ne vous croira.

— Les lingots, c'était la cerise ; le gâteau, c'est la guerre. L'invasion du Mexique, la destitution d'Obregón, l'installation de votre homme de paille à la présidence, la prise de contrôle des champs pétrolifères. Tout ça aurait peut-être rapporté un milliard à votre ami Brighton. Et quelques millions de plus à Lamont. Et Dieu sait combien pour vous.

— Vous perdez complètement l'esprit, Littlemore. Vous pourriez avoir des ennuis à inventer des histoires pareilles.

— Vous vouliez faire la guerre pour accaparer leur pétrole.

— Leur pétrole ? répéta le sénateur entre ses dents. C'est de notre pétrole à nous dont vous parlez. Nous l'avons payé, et maintenant, une bande de rouges sont prêts à nous le voler. Vous croyez que le peuple mexicain a envie d'être sous la coupe d'une bande de mécréants à la gâchette facile ? Les Mexicains nous remercieront de les avoir délivrés. Ils acclameront nos soldats lorsqu'ils entreront dans Mexico.

— Bien sûr. Ils aiment les États-Unis d'Amérique autant que vous.

Au même moment, Mr McAdoo sortit du restaurant accompagné de Mrs Cross, qui portait le manteau du sénateur.

— Que se passe-t-il ? demanda l'avocat à Fall. Y a-t-il un problème, Mr Littlemore ?

— Aucun problème. Le sénateur Fall et moi-même discutions juste de la manière dont vous aviez organisé l'attentat de Wall Street.

— Plaît-il ?

— Vous étiez le seul à savoir, pour les lingots. Vous étiez secrétaire au Trésor en 1917, avant que vous ne vous mettiez au service de Brighton. Vous saviez précisément quand et comment l'or serait transféré. Vous connaissiez Riggs. C'est d'ailleurs sans doute vous qui l'avez fait muter à New York.

— Ne lui répondez pas, Mac, coupa Fall. Un discours sans queue ni tête, voilà ce que c'est.

— Lui répondre ? s'exclama McAdoo. Je l'assignerais en justice pour diffamation si ses propos n'étaient aussi ridicules.

— Combien vous ont-ils promis ? lui demanda le policier. Ou bien était-ce juste pour vous venger de Wilson ?

— Pourquoi voudrais-je me venger de mon propre beau-père ? répondit-il en se raidissant.

— Parce qu'il a refusé de vous confirmer comme son successeur. Vous deviez devenir le prochain Président des États-Unis. Vous étiez si près du but, que vous deviez déjà en savourer les avant-goûts. Mais Wilson vous a tout pris. Tout ça, parce que vous avez épousé sa fille en croyant que cela augmenterait vos chances d'arriver à la Maison Blanche. Seulement, la situation s'est retournée contre vous. Wilson a tout le temps eu une longueur d'avance sur vous, n'est-ce pas ?

— Ne faites pas attention, lui intima Fall, il essaie juste de vous provoquer.

— Woodrow Wilson restera dans l'histoire comme un Président si infatué de son rôle de faiseur de paix en Europe qu'il ne vit pas la guerre qui se préparait à sa porte et fut le premier Président américain depuis 1812 à laisser l'ennemi mettre un pied sur notre territoire national.

— Oui, si l'attaque avait eu lieu, repartit Littlemore. Mais ce n'est pas le cas. Vous avez tout mis en scène. Vous avez engagé des hommes de main pour préparer l'attentat de Wall Street, maquillé les faits pour qu'on croie que les Mexicains étaient derrière tout ça, déclenché une petite guerre, pour en ressortir plus riches de quelques millions. Lamont possède le terrain qui est en face du bâtiment du Trésor. Il a fait creuser un tunnel qui aboutit précisément à l'endroit où se situait le maillon faible de la chaîne du transfert de l'or, c'est-à-dire la passerelle entre les deux bâtiments. Puis, le 16 septembre, jour de la fête de l'indépendance mexicaine, vous déclenchez l'opération. Et vous prenez soin de bien camoufler vos traces. Nul n'est au courant. Seulement, vous n'avez pas eu de chance. Ed Fischer vous a entendus.

Fall éclata de rire. Puis il reprit à mi-voix :

— La voilà donc, votre preuve ? Nous avons été entendus par un fou patenté ? Cela me peine d'avoir à vous dire ça, mon jeune ami, mais je ne m'exprime jamais dans un endroit où l'on risquerait de m'entendre à mon insu.

— Vous êtes déjà venu discuter à cet endroit précis, à l'extérieur de l'Oyster Bar.

— Comment le savez-vous ? Et quand bien même je l'aurais fait, nul n'a pu m'entendre.

— Ed Fischer, si.

Littlemore murmura alors d'une voix quasi inaudible :

— Mr Fischer, vous pouvez venir expliquer à Mr Fall que vous pouvez l'entendre.

— Mais oui, je peux ! hurla Edwin Fischer depuis l'autre côté du hall, toujours aussi passant.

Soudain ils le virent fendre la foule.

— C'est tout à fait comme l'autre fois, dit-il gaiement en les rejoignant. Les mêmes voix, qui sortent de nulle part !

— Dieu du ciel ! s'exclama McAdoo. Mais que se passe-t-il ?

Fall regarda Fischer comme s'il s'agissait d'un oiseau exotique à exterminer.

— Je n'apprécie guère votre sens de l'humour, Littlemore, dit-il.

— Je ne pense pas que le commissaire Enright ait envie de rire lui non plus, répondit le policier au moment où Enright et Stankiewicz arrivaient à leur tour. Commissaire, avez-vous entendu la discussion entre le sénateur et Mr McAdoo ?

— J'en ai entendu chaque mot, répondit-il.

— Stanky, tu les as entendus toi aussi ?

— Pour sûr, chef, affirma-t-il.

— Eddie ?

— « Cela me peine d'avoir à vous dire ça, mon jeune ami, mais je ne m'exprime jamais dans un endroit où l'on risquerait de m'entendre à mon insu », répéta-t-il en prenant l'accent de l'Ouest de Fall.

— Dieu du ciel, fit Mrs Cross, il vous a vraiment entendu !

— C'est un piège, répliqua le sénateur en levant les yeux vers le plafond. Il y a un microphone caché quelque part. C'est une pratique policière courante.

— Il n'y a pas de micro, le contredit Littlemore. Mais c'est un truc assez épatant. Nous l'avons découvert il y a quelques années, mes collègues et moi, peu après l'inauguration de la gare. Si l'on se tient précisément à l'endroit où vous êtes, près de l'entrée de l'Oyster Bar, les gens qui sont juste en face entendent tout ce que vous dites avec une parfaite clarté, même si vous chuchotez, même s'il y a la foule entre vous. J'ai demandé à Fischer aujourd'hui si c'était là qu'il avait entendu des voix.

— C'est mon coin préféré, renchérit Fischer. J'écoute plein de conversations.

— Vous et McAdoo, vous avez dîné ici en juin. Avec Big Bill Flynn. Ce même soir, Flynn avait retrouvé Fischer à la gare de Grand Central. Ensuite, Fischer est venu là, et il a entendu votre conversation. Vous deviez arriver ou repartir du restaurant. Vous vous êtes arrêtés à cet endroit pour discuter, certains que nul ne pourrait vous entendre. Mais vous vous trompiez.

— Le Trésor me devait des millions, protesta McAdoo. Voilà tout ce que j'ai dit. C'était purement hypothétique…

— La ferme, Mac, l'interrompit Fall, avant de se radoucir et d'adresser à Fischer un grand sourire.

Mr Fischer, je ne crois pas que nous nous soyons déjà rencontrés. Vous êtes bien le champion de tennis, c'est ça ? J'ai entendu beaucoup de bien à votre sujet. Je m'appelle Albert Fall. Avons-nous déjà été présentés ? Connaissez-vous McAdoo, ici présent ?

— Non, répondit Fischer en lui tendant la main, nous n'avons pas eu cet honneur, mais je suis enchanté de faire votre connaissance.

Le sénateur ne lui serra pas la main.

— Donc, vous ne pouvez pas être certain que c'est bien nous que vous avez entendus en juillet dernier. Surtout si les voix en question chuchotaient.

— Je n'ai pas dit que j'en étais sûr, répondit l'autre avec candeur, mais en tout cas il y a une ressemblance très forte.

Fall éclata de rire à nouveau.

— Félicitations, Littlemore. Votre témoin est un fou qui ne nous a jamais vus auparavant mais croit avoir entendu des voix qui ressembleraient aux nôtres. Vous n'avez rien du tout contre nous. Mac, Mrs Cross, il est temps de s'en aller.

— Si j'avais voulu vous traîner devant la justice, Fall, répliqua le policier, j'aurais pris le temps nécessaire pour rassembler des preuves. Au lieu de cela, je me suis coupé l'herbe sous le pied en vous dévoilant tout.

Mrs Cross déposa son pardessus sur les épaules de Fall.

— Et pourquoi donc avez-vous fait ça ? demanda ce dernier.

— Parce que j'attends quelque chose de vous en retour.

Le sénateur se remit à glousser.

— Mon Dieu, vous êtes décidément un garçon compliqué. À l'avenir, quand vous aurez quelque chose à me demander, je vous conseille d'employer une autre tactique.

— En êtes-vous sûr ? J'ai ici deux témoins, dont l'un est le commissaire de police de la ville de New York, qui peuvent attester que Fischer vous a entendus, vous et McAdoo, depuis l'autre côté du hall, et que Fischer a reconnu vos voix comme étant celles qu'il avait déjà entendues discuter de l'attentat de Wall Street, trois mois avant qu'il ne se produise. Ce n'est certes pas suffisant pour vous faire condamner par un tribunal, en revanche, c'est bien assez pour les journalistes. Surtout quand les gens vont commencer à mettre leur nez dans vos prétendus documents mexicains. Il faudra un moment pour démontrer que ce sont des faux, mais nous y parviendrons. Vous nierez que vous le saviez au préalable, mais mes témoins expliqueront aux journaux qu'ils vous ont entendu affirmer que vous vous moquiez bien de savoir s'ils étaient authentiques ou pas. D'après vous, quels seront les gros titres ? « Le sénateur Fall déclenche une guerre en s'appuyant sur de faux documents » ?

Fall ne répondit pas.

— Ce genre d'histoires pourrait causer des ravages dans la carrière d'un homme de loi, Mr McAdoo, poursuivit Littlemore. Sans parler de son retour en politique…

— Écoutons ce qu'il a à demander, répondit McAdoo.

— Pendant ce temps, il y a ces trois sénateurs et Mr Houston qui, d'après vos faux documents, ont touché des pots-de-vin du gouvernement mexicain.

J'imagine qu'ils ne vous laisseront pas vous en tirer aussi facilement, monsieur le sénateur. Quand ils sauront ce que vous avez fait, ils voudront tenir des audiences, commanderont des enquêtes, non ? Avec tout le bruit que cela va faire, je ne vois pas comment le Président Harding pourrait vous nommer membre de son cabinet. Je me trompe, Mrs Cross ?

— Non, confirma-t-elle.

Fall tira une longue bouffée de son cigare.

— Que voulez-vous que je fasse ?

— Arrêtez cette guerre tout de suite.

— Ce n'est pas moi qui prends ce genre de décisions, grommela-t-il. Harding n'est même pas encore Président.

— Vous feriez mieux de trouver un moyen, monsieur le sénateur. Sinon, vous pouvez dire adieu à votre place au sein du cabinet.

Un brin de tabac s'était coincé entre les incisives de Fall. Il l'aspira et le recracha par terre. Il regarda McAdoo, qui acquiesça.

— La guerre n'aura pas lieu. J'espère que vous êtes fier de vous, mon garçon, dit le sénateur en boutonnant son pardessus et en s'apprêtant à tourner les talons.

— Il y a une chose que je ne comprendrai jamais, rétorqua Littlemore, c'est comment vous avez pu tuer autant de monde. Vous n'étiez pas obligé de déclencher la bombe à midi. Vous auriez pu le faire à n'importe quelle heure, la nuit par exemple. Vous n'êtes pas seulement un traître. Vous êtes un monstre.

Le sénateur regarda le policier droit dans les yeux.

— Comment pouvez-vous être sûr que la bombe était bien programmée pour midi ? À la guerre, on commet parfois des erreurs. N'est-ce pas, McAdoo ?

— Comment le saurais-je ? Je ne suis pas responsable, répliqua l'avocat.

— Peut-être que la bombe devait être déclenchée à minuit le jour de l'indépendance du Mexique. Peut-être était-il prévu que personne ne meure. Peut-être que ceux qui ont commis cet attentat devaient faire exploser leur charge à 12 h 00 *ante meridiem* et qu'ils se sont trompés en la faisant exploser à 12 h 00 *post meridiem* parce qu'ils n'avaient pas compris.

Littlemore émit un sifflement.

— Vos gars l'ont déclenchée douze heures trop tard. En fait, Fischer ne s'était donc pas trompé de date. Il vous avait entendu dire que ce serait dans la nuit du 15 septembre.

— Comment ça, « nos gars » ? J'ignore de qui vous parlez, Littlemore. J'essayais juste d'imaginer. Mais je vais vous dire une chose qui n'a rien d'une spéculation : vous venez d'offrir aux rouges leur plus grande victoire. Le pétrole, c'est le lait maternel, mon garçon. Les pays qui le possèdent deviendront grands et forts. Ceux qui n'en ont pas se ratatineront et mourront. Savez-vous combien de barils nous avons produits hier ? Un million deux cent mille. Savez-vous combien nous en consommons ? Un million six cent mille. Eh oui, chaque jour il nous manque quatre cent mille barils. D'où viennent-ils, alors ? Du Mexique. Mais nous aurons notre pétrole, vous pouvez me faire confiance. D'une manière ou d'une autre, nous l'aurons. Notre pays a des ennemis, Littlemore. Je n'en fais pas partie. Bonsoir, commissaire.

Enright salua le sénateur.

Ni vu ni connu, Mrs Cross lança un clin d'œil à Littlemore.

— Bonsoir, le New-Yorkais. Décidément, vous respectez toujours les règles, hein ?

— Donc, vous ne disposez pas de preuves qui les lient de façon directe à l'attentat ? demanda quelques minutes plus tard le commissaire à Littlemore.

— Non, nous n'avons rien. Le seul témoin qui puisse dire quelque chose, c'est Fischer, ici présent, mais aucun juge ne le laissera venir à la barre.

— Qu'en est-il de l'or ? Ne peut-on les poursuivre pour vol ?

— Il n'y a pas de vol tant que le propriétaire ne le déclare pas. Et jamais le secrétaire Houston n'admettra que le Trésor a été cambriolé. Je lui ai parlé tout à l'heure.

— Je sais comment il faut s'y prendre ! s'écria Fischer. J'irai parler à Wilson. Il sera très mécontent du sénateur Fall. Je compte parmi les conseillers du Président, vous savez.

— Vous avez fait du bon boulot, ce soir, Eddie, le complimenta Littlemore. Merci.

— Je vous en prie. À propos, les Papes essaient à nouveau de m'enfermer.

— Les Papes ? releva Enright.

— Je comprends ce qu'il veut dire, commissaire, répondit Littlemore. C'est bon, Eddie, je vous aiderai.

— Enfin, peut-être qu'on tirera de toute cette histoire un bon roman policier, un jour. Je pourrais même m'y employer. Mr Flynn publie mes œuvres, vous savez.

— Pardon ? Vous voulez dire Big Bill Flynn ?

— Ses jours sont comptés, en tant que chef du FBI, à présent que les républicains sont au pouvoir. Il va lancer un magazine littéraire. Ça s'appellera *Flynn's*. Je serai son premier auteur. J'ai déjà écrit plusieurs histoires policières pour lui. Tout se passe à New York.

Littlemore resta un moment silencieux, avant d'ajouter :

— Ne racontez pas cette histoire-là, chef.

— Quoi donc ?

— Que le commissaire de la police de New York écrit des nouvelles pour le chef du FBI, qui s'apprête à lancer un magazine littéraire, en lui donnant son propre nom, après être passé complètement à côté de la plus grosse enquête qui ait jamais eu lieu sur notre territoire national. Personne ne vous croirait.

L'hôpital de Washington Square était une petite unité privée bien tenue ne comportant que deux étages reliés par un grand escalier central en marbre. Littlemore grimpait les marches deux à deux quand il aperçut Colette sur le palier, qui regardait par une fenêtre. Elle repéra son reflet dans la vitre et se tourna vers lui. À son cou, la rivière de diamants étincelait toujours de mille feux.

— Heureux de voir que vous allez bien, Miss, dit Littlemore avant d'aviser son expression. Il y a un problème ?

— Ce n'est rien. Tout ira bien. Il va s'en sortir.

— Qui ?

Au même moment, un chirurgien descendit de l'étage supérieur en se nettoyant les mains à l'aide d'un tissu humide. Ses manches étaient maculées de sang.

— Miss Rousseau ? Je suis navré, mais…

— Je ne veux pas le savoir ! s'écria-t-elle en grimpant les marches à toute vitesse. Il va s'en sortir.

Le chirurgien secoua la tête et continua de descendre, laissant Littlemore seul sur le palier. Le policier refusait de croire ce qu'il venait d'entendre. Il écouta les pas rapides de Colette résonner dans les couloirs de l'étage supérieur.

— Attendez ! s'exclama-t-il trente secondes plus tard, sans savoir s'il s'adressait à la jeune femme ou au médecin.

Puis il redescendit l'escalier quatre à quatre.

— Mais attendez donc !

L'homme en blouse blanche s'arrêta à mi-chemin dans le couloir.

— Êtes-vous un ami du Dr Younger ?

— Tout à fait. Qu'est-ce qu'il a ?

— On lui a tiré dessus.

Dans sa tête, Littlemore vit Younger s'interposer entre Colette et Samuels.

— Dans le dos, en effet, précisa-t-il.

— Deux balles. Je ne peux rien pour lui. Je suis désolé. A-t-il de la famille ?

— Comment ça, vous ne pouvez rien ? Vous ne l'opérez pas ?

— J'ai essayé, répondit le chirurgien en s'essuyant le front. Les balles ont ricoché sur ses côtes et se sont logées dans la cage thoracique. Je n'ose pas tenter de les extraire car j'ignore où elles sont. Je pourrais lui mettre en pièces le cœur et les poumons avant de les trouver.

— Vous ne pouvez pas faire de radio ?

— C'est inutile. Elles ne sont pas stabilisées. Chaque fois qu'il respire, les balles bougent. Entre le moment de la radio et celui de l'opération, elles auraient changé de place. Il leur faudra au moins soixante-douze heures pour se stabiliser.

— Ça n'a pas l'air si terrible que ça, indiqua Littlemore, refusant le défaitisme du praticien. Roosevelt a vécu avec une balle dans la poitrine pendant dix ans.

— La situation est en effet la même, excepté l'infection. Les neutrophiles du Dr Younger sont à 80%. Il a de la fièvre. La blessure de Roosevelt avait guéri sans que cela s'infecte. C'était une chose tout à fait remarquable.

— Que voulez-vous dire, docteur ? Je n'y comprends rien.

— Je dis que votre ami va devoir guérir de cette infection. Nous sommes impuissants face à ce genre de choses. Tous nos instruments, toute notre science, tous nos médicaments sont sans effets. Il devrait passer la nuit. Nous lui ferons de nouvelles analyses de sang dès demain matin. Si son taux de neutrophiles baisse, alors peut-être que tout se passera bien.

Littlemore frappa à la porte et entra dans la chambre silencieuse. Colette était au chevet de Younger et lui baignait le front d'une compresse froide. Il était allongé sur le ventre, les yeux clos, la joue posée à même le matelas, sans oreiller. Sa respiration était rapide, son visage livide, et tout son corps frissonnait.

— Comment va-t-il ?

— Bien, répondit-elle. Très bien. Il dort.

Ils se turent un moment.

— Qu'est-ce que c'est, les neutrophiles ? Le docteur m'a dit que…

— Les médecins sont des imbéciles, rétorqua-t-elle. Les neutrophiles sont les plus communs des globules blancs. Quand il y a une infection dans le corps, ils se multiplient pour la combattre. En temps normal, ils représentent 65% des globules blancs.

— Alors 80%, c'est mauvais ?

— Non, c'est bien. Cela signifie que son corps est en lutte. Demain, ses neutrophiles seront sous la barre des 80%. Vous verrez. Ils continueront de baisser de plus en plus chaque jour, jusqu'à revenir au stade normal. Mr Brighton a-t-il survécu ?

— Non. Ni Samuels, fit le policier en contemplant le corps grelottant de son ami. Vous ont-ils dit quoi que ce soit au sujet de la nature des balles, Miss ?

— Pourquoi ?

— Cela peut faire une grande différence. Les pires, ce sont les balles à pointe creuse. Parce qu'elles s'écrasent en atteignant leur cible. On dit alors qu'elles « champignonnent ». Ça fait des ravages. On ne les utilise même pas dans les conflits armés. C'est illégal. La balle qui a atteint Teddy Roosevelt n'avait pas la pointe creuse, donc elle n'a pas champignonné. Quand on a appris ça, nous, les flics, on a su qu'il s'en tirerait.

Colette garda le silence un moment.

— C'est le terme qu'ont utilisé les médecins, finit-elle par dire. Les balles ont champignonné.

Les paquets de journaux ficelés qui envahirent les rues avant l'aube annonçaient tous à la une la réconciliation entre les États-Unis et le Mexique.

À la frontière, l'armée américaine était en train de se replier. L'agent du gouvernement mexicain, Roberto Pesqueira, déclara à Washington, sans la moindre ambiguïté, que son pays ne nationaliserait pas le pétrole américain. Les forces de l'ordre américaines, disait-on, avaient en effet mis au jour et désamorcé un complot visant à renverser le général Obregón.

À l'aurore, on vint faire un prélèvement sanguin à Younger. Il était encore inconscient mais sa fièvre s'était stabilisée, même s'il semblait faible, éreinté. Colette était toujours là. Littlemore était retourné auprès des siens.

Une demi-heure plus tard, le chirurgien revint.

— 86%, annonça-t-il.

— Il doit y avoir une erreur, répondit-elle.

— Il n'y a aucune erreur. Je suis navré.

— Peu importe. Le taux sera plus bas ce soir. Il est mieux. Bien mieux. Je le sens.

Jimmy et Betty Littlemore revinrent le soir à l'hôpital. Toute la journée, ils s'y étaient relayés l'un l'autre au chevet du blessé. Le policier avait l'air épuisé. Ils croisèrent Colette à l'entrée.

— Je sors acheter des cigarettes, dit-elle en souriant. Il me l'a demandé.

— Il est conscient ? s'enquit Betty.

— Parfaitement conscient. Il est beaucoup mieux.

— Je vais lui chercher ses clopes, Miss, répondit Littlemore qui se sentit soudain délivré d'un énorme poids. Remontez plutôt, vous.

— Non, non, au contraire. Il a dit qu'il voulait vous parler.

— À moi ?

— Oui.

— Ce n'est pas son genre, de vouloir me parler. Il ne parle à personne, d'ailleurs. Ses neutrophiles ont baissé ?

— Ils sont très élevés. 95%.

— Quoi ? 95% ? s'écria le policier. Mais je croyais que…

— Ça montre avec quelle force il combat l'infection. C'est bon signe. Mais je pense que… vous devriez vous dépêcher, Jimmy.

Colette tourna la tête, mais ne pleura pas. Puis elle demanda :

— Y a-t-il un tabac près d'ici ?

— J'en connais un, je vais vous montrer, intervint Betty qui avait compris.

Une infirmière préparait une seringue quand le policier entra dans la chambre.

— Avec ça, vous allez vous sentir mieux, dit-elle à Younger, toujours allongé sur le ventre.

Comme il avait le visage tourné vers la porte, il vit aussitôt entrer son ami. Sur son dos, nu à partir de la taille, deux énormes pansements. Son front luisant était aussi blanc que ses dents, et il grelottait.

— Non, dit-il d'une voix ferme, mais sans bouger. Pas d'injection.

— Un grand gaillard comme vous a peur d'une petite piqûre de rien du tout ? Allez, ne vous inquiétez pas. Vous vous sentirez beaucoup mieux après.

Il essaya de se relever ; ses bras semblaient assez forts, mais ce fut trop douloureux. Il ferma les paupières.

— Pas d'injection, répéta-t-il à l'adresse de Littlemore.

— Madame, fit ce dernier. Il ne veut pas d'injection.

— C'est pour calmer la douleur, expliqua-t-elle sans lui prêter attention.

Younger secoua la tête.

— Désolé, mais je ne peux pas vous laisser faire ça, reprit le policier.

— Ce sont les ordres du docteur, répliqua-t-elle, comme si ces mots magiques avaient force de loi.

Elle tapota la seringue, fit perler une goutte de liquide à la pointe de l'aiguille. Elle s'apprêtait à piquer quand Littlemore lui saisit le poignet et la mena jusqu'à la porte malgré ses protestations.

— Merci, fit Younger.

Le policier remarqua alors les allumettes et le paquet de cigarettes posés sur la table de chevet.

— Je croyais que vous n'aviez plus rien à fumer ?

— Une seule.

— Vous la voulez ?

— Mais oui, allons-y dans les clichés. Je refuse la morphine. Vous me donnez une cigarette.

— Alors, ça veut dire oui ou non ?

— Non.

— Vous n'allez pas nous faire le coup de casser votre pipe comme ça, doc ?

— J'y songe.

Un moment de silence s'ensuivit. Il se mit à claquer des dents. Au prix d'un grand effort, il réussit à s'arrêter.

— Ça va, le boulot ? répondit-il.

— Ça va. Je n'en ai plus, mais ça va.

— La famille ?

— La famille va bien.

De l'autre côté du lit, le goutte-à-goutte poursuivait inlassablement son œuvre. Malgré les fenêtres fermées, ils entendaient le bruit de la circulation.

— C'est bien, conclut Younger.

— Vous vouliez me parler ?

— Qui vous a dit ça ?

— Colette.

— C'est ridicule.

Il se mit de nouveau à claquer des dents.

— Je vais vous l'allumer, cette cigarette, fit Littlemore. Voilà

Il s'exécuta. Ses doigts n'étaient pas aussi assurés que de coutume. Son ami prit une bouffée ; ses dents cessèrent de claquer.

— Tout ceci ouvre de nouvelles perspectives.

— Ah ? Comment ça ?

— Si je meurs assez vite, tout ira bien pour vous à l'audience, demain. On ne peut pas vous obliger à payer pour un homme qui n'est plus de ce monde.

— J'ai déjà parlé au procureur. Il a abandonné les charges contre vous.

Ils se turent.

— Dieu merci, je ne suis pas croyant, reprit Younger.

Le silence s'installa. La fumée formait des volutes devant ses yeux.

— Je ne crois même pas en ma propre famille, ajouta-t-il.

— Comment ça ?

— Rien. Cendrier.

Littlemore saisit la cigarette, tapota la cendre et la remit dans la bouche de son ami.

— Je ne suis pas gentil, Jim, reprit-il doucement.

— De quoi parlez-vous ?

— Je ne l'ai jamais été. Envers personne. Même pas les miens.

— Bien sûr que si. Vous avez soigné votre mère quand elle est tombée malade. Je m'en souviens.

— Pas du tout. Et mon père. Tout ce qu'il demandait, c'était que je lui témoigne du respect. Rien de plus. Je ne l'ai jamais fait, poursuivit-il avec un petit rire. Le plus drôle, c'est que j'éprouvais un vrai respect à son endroit. Je ne suis pas comme vous. Vous rendez visite à votre père chaque semaine. Il fait partie de votre vie. Vous discutez de Washington.

— Mon père ?

Younger le regarda longuement.

— Mon père est un ivrogne, reprit Littlemore. Il a bu toute sa vie. Il trichait. C'était un pourri. Il a été viré de la police pour avoir touché des pots-de-vin. On lui a repris son insigne. Son arme de service. Tout ce que je vous ai raconté sur lui, c'était du bidon.

— Je le sais.

— Je sais que vous le savez. Mais vous m'avez laissé vous le raconter.

Silence.

— Et ça, c'était gentil, conclut-il.

Le médecin fit la grimace. Il rejeta la tête en arrière, serra les dents. La cigarette se cassa en deux, et le bout allumé tomba sur le drap, près de son menton, avant de rouler par terre. Au même instant, la porte s'ouvrit.

— Je m'en occupe, lança Colette.

Elle se hâta vers le lit, qu'elle débarrassa de la cendre. Sans un mot, elle glissa la main sous la bouche de Younger, qui y laissa tomber son mégot. Il se remit à grelotter, à transpirer.

Tout le monde restait muet. Enfin, Littlemore demanda :

— Vous souffrez, doc ?

— Je n'ai jamais compris.

— Quoi donc ?

— Pourquoi j'étais vivant. Moi, comme les autres, d'ailleurs.

— Et tu le comprends, à présent ? interrogea Colette.

Il acquiesça.

— Pas le bonheur. Pas le sens. Juste…

Il se tut.

— Juste quoi ? fit-elle.

— La guerre.

— Seulement, certains ne se battent pas, ajouta le policier en se souvenant de ce que son ami lui avait dit un jour.

— Non. Tout le monde se bat. Et je sais quel est l'enjeu de cette guerre.

Il regarda Colette.

— Qu'est-ce que c'est ? l'interrogea Littlemore.

— Trop tard.

Il fut soudain pris de convulsions. Du sang apparut sur les pansements. Le policier n'aurait su dire s'il souriait, ou s'il grimaçait.

Colette était pétrifiée. Betty alla chercher l'infirmière.

Au milieu de la nuit, Colette était agenouillée au chevet de Younger. Sur la table brûlait une bougie.

— Tu m'entends ? murmura-t-elle.

Toujours sur le ventre, il avait les yeux fermés. Il respirait si faiblement que son dos bougeait à peine. Son front était trempé. La lumière se reflétait sur ses joues creuses.

— Si tu meurs, dit-elle à mi-voix, je ne te le pardonnerai jamais.

Il ne bougea pas. Elle se leva soudain, lâchant sa main.

— Eh bien, vas-y, meurs, si tu es si faible. Je te croyais fort. Mais tu es une mauviette. Rien qu'une mauviette.

— Ce n'est pas très gentil, chuchota-t-il, les paupières clauses.

Elle écarquilla les yeux et se couvrit la bouche. Elle lui prit la main de nouveau et lui glissa à l'oreille :

— Si tu vis, je ferai tout ce que tu voudras. Je serai ton esclave.

— Promis ?

— Juré.

Ses paupières s'ouvrirent, puis se refermèrent.

— La carotte. C'est bien. Néanmoins, je vais mourir. Il faut t'en aller.

— Je n'irai nulle part.

— Mais si, reprit-il en fournissant soudain un gros effort. Je vais te dire ce que tu vas faire. Je risque de perdre connaissance. Va chercher Littlemore. Dis-lui de t'emmener dans une boutique qui vend du matériel de pêche.

— Comment ?

— Entrez par effraction s'il le faut. Ils auront des asticots, ils s'en servent d'appâts. J'aurais dû y penser plus tôt. Assure-toi qu'il s'agisse bien de mouches bleues. Les autres me dévoreraient. Dis au chirurgien de m'ouvrir en suivant le tracé des balles. Qu'il aille aussi profond que possible. Ensuite, il faudra y glisser les asticots. Laissez l'incision ouverte, mettez des clamps. Il faut que l'air puisse passer. Drainez les plaies toutes les deux heures. Au bout de trois jours, nettoyez tout.

Tout d'abord, le Dr Salvini, chef du service de chirurgie de l'hôpital de Washington Square, s'insurgea à l'idée d'insérer des asticots voraces près du cœur de son patient. Mais il savait Younger entre la vie et la mort, et, de toute façon, Colette ne lui laissa pas le choix.

— Euh, et s'ils pondent ? demanda Littlemore le lendemain matin en contemplant les plaies grouillantes sur le dos de son ami.

— Il faut d'abord espérer qu'ils parviennent à endiguer l'infection, répondit-elle doucement.

— Je sais bien, mais si des œufs éclosent après l'avoir recousu ?

— Ce sont des larves. Elles ne pondent pas. Elles ne font que se nourrir.

— Ah ? Dans ce cas… c'est parfait, conclut-il en déglutissant avec peine.

Comment Younger parvint à tenir au cours des quarante-huit heures suivantes, nul n'aurait su le dire. Sa fièvre atteignit des sommets. Il ne mangeait pas, ne buvait presque pas. On dut l'attacher à son lit, car les convulsions étaient trop violentes.

Le troisième jour, la fièvre tomba. Une fois les asticots repus extraits des plaies, Salvini eut la surprise de découvrir des tissus propres, bien roses, sans la moindre trace de nécrose ni de pus.

On fit une nouvelle radio à Younger. Cette fois, ce fut Colette elle-même qui calcula la profondeur et la localisation exacte des fragments de projectiles – au millimètre près. Les balles avaient bien champignonné, mais elles étaient stabilisées et à peu près intactes. Salvini n'eut même pas besoin de lui casser une côte pour les retirer.

Le lendemain matin, l'air frais et le soleil s'engouffraient par la fenêtre entrebâillée de la chambre d'hôpital, dont les rideaux à présent ouverts offraient une agréable vue sur le parc de Washington Square, drapé dans ses tons d'automne. Younger était réveillé, soutenu par des coussins. Il avait perdu du poids mais retrouvé ses couleurs et pouvait à nouveau se mouvoir.

Colette entra, radieuse, apportant une baguette et un sac en papier rempli de courses.

— J'ai trouvé une boulangerie française. Je t'ai acheté des croissants. On peut rester ici ?

— Où as-tu trouvé ces brillants ? dit-il en examinant son collier.

Elle secoua la tête et rompit la baguette.

— Ah, ces horribles diamants. Je n'arrive pas à les enlever. J'ai même dû prendre mes bains avec.

— Ils te vont bien. J'exige que tu continues à les porter. De jour comme de nuit.

— Mais je ne veux pas.

— Esclave, viens ici.

Elle se pencha et Younger, avec toute l'adresse dont il était capable, détacha le collier. Elle l'embrassa sur la bouche. Il lui tendit un télégramme que lui avait apporté l'agent Roederheusen depuis l'hôtel Commodore.

26 NOV. 1920

GARÇON GUÉRI STOP AI RÉSERVÉ CABINE POUR LUI SUR S.S. SUSQUEHANNA ARRIVANT NEW YORK 23 DÉCEMBRE STOP VOYAGERA AVEC VOTRE AMI OKTAVIAN KINSKY STOP MERCI DE RÉPONDRE SI D'ACCORD STOP

FREUD

VINGT-DEUX

Le 23 décembre, dans l'air glacial du petit matin, sous un ciel couvert, Younger, Colette, Jimmy et Betty Littlemore essayaient de se réchauffer tout en attendant l'arrivée du paquebot *Susquehanna.* L'hiver était là désormais. Du jour au lendemain, un léger voile neigeux avait paré New York d'un air de conte de fées, que venaient briser les eaux lourdes et répugnantes du port, où flottaient toutes sortes d'épluchures et autres déchets.

Les deux hommes se tenaient sur les quais, tandis que les femmes étaient allées discuter près des bâtiments, à l'abri des bourrasques cinglantes. Younger, dont la poitrine était corsetée de bandages sous son costume, demanda l'heure à son ami.

— Il est huit heures et quart, dit-il en se frottant les mains. Mais où est votre montre ?

— Je l'ai vendue.

— Pourquoi ?

— Pour payer l'hôpital et rembourser à Freud le billet de Luc.

— Colette le sait ?

— Elle sait que je suis sans un sou.

— Je vous bats. Betty et moi, on déménage. Il a fallu choisir entre payer le loyer ou bien nourrir les gosses. Je voulais garder l'appartement, mais bon, vous savez comment sont les femmes. Au moins, vous, en tant que médecin, vous pouvez vous refaire.

— Vous allez retourner dans la police, répliqua Younger en tirant une bouffée de sa cigarette. Vous êtes capitaine à la section des homicides.

Littlemore secoua la tête.

— En ce moment, ils n'ont pas de crédits pour embaucher. Peut-être au printemps.

— Nous pourrions dévaliser une banque ? proposa le médecin. Au fait, comment va cette fille ? Celle que Brighton retenait prisonnière ?

— Albina ? Elle va mieux. Les visites de Colette l'ont beaucoup aidée. Vous voulez savoir comment tout a commencé ?

— Bien sûr.

— Elles étaient trois sœurs : Amelia, Albina et Quinta. Elles sont arrivées à l'usine de Brighton en 1917. Au bout de deux ans, des collègues à elles ont commencé à tomber malades : elles perdaient leurs dents, avaient du mal à marcher et développaient des problèmes de sang.

— De l'anémie.

— Brighton savait que c'était à cause du radium, alors il a construit une infirmerie au-dessus de la fabrique où son propre docteur venait les soigner. Sauf que ce n'était pas un vrai médecin, c'était Lyme. Quand cette grosseur est apparue dans le cou de Quinta, ce charlatan lui a dit que c'était la syphilis. Brighton, grand seigneur, lui a proposé de la soigner gratis, sur place, à l'infirmerie, mais en réalité, Lyme se contentait de lui donner des drogues. Ensuite, ça a été le tour d'Amelia. Ses dents ont commencé à se déchausser. Mais elle était coriace. Quand Lyme lui a dit que c'était la syphilis, elle ne l'a pas cru. Elle a dit à Albina que quelque chose de terrible se passait là-bas. Elles sont allées chercher Quinta, et elles ont fui la manufacture, toutes les trois. Brighton les a fait chercher partout par ses sbires. Les filles le savaient, elles avaient peur. Alors, elles se sont cachées. Amelia a emporté des ciseaux de l'usine, qu'elles avaient en permanence sur elles, pour se défendre, au cas où. Enfin, elles ont entendu parler de Colette. D'après ce qu'on racontait, elle avait dit que la peinture au radium tuait des gens. Elles ont pensé que, peut-être, elle pourrait les aider. Vous connaissez la suite.

— Pourquoi Albina a-t-elle ouvert son corsage devant Luc ?

— Quand elle les a suivis dans le Connecticut ? À cause de sa peau, elle était luminescente dans le noir. Elle voulait le montrer à Colette, mais elle n'était pas là, alors elle a pris Luc comme témoin. Elle redoutait que les hommes de Brighton ne la surveillent à New Haven. Voilà pourquoi elle s'est enfuie. Et elle avait raison, hélas. Ils l'ont attrapée et ramenée à New York. Nom d'un chien, j'aurais dû deviner qu'il y avait du radium dans la dent d'Amelia.

— Comment ça ?

— Souvenez-vous comme votre détecteur s'est emballé quand vous l'avez pointé sur mon torse, devant l'hôtel !

Younger comprit.

— Je vous avais donné la dent.

— Et je l'avais rangée dans la poche intérieure de mon veston.

Les deux hommes gardèrent un moment le silence.

— Et que devient votre sénateur ?

— Fall ? Lui, il va bien. Il aura sa place dans le cabinet de Harding. Pas en tant que secrétaire d'État. On va lui confier un poste un peu moins exposé. N'empêche qu'il sera bien membre du cabinet.

— Qui a prétendu que le crime ne payait pas ?

— Fall va payer. J'ai jeté un coup d'œil aux livres de Samuels. J'ai trouvé un versement de cent mille dollars en liquide de Brighton à Fall. Je l'aurai tôt ou tard grâce à ça. Mais pour l'instant, il reste intouchable. Il tient Harding.

— Ah ? Comment ?

Littlemore regarda autour d'eux pour s'assurer que personne ne pouvait les entendre.

— Harding a un problème avec les femmes. Le Parti républicain vient de verser vingt-cinq mille dollars à une fille pour qu'elle se taise. À présent, il y en a une autre dans son lit, et seul Fall est au courant.

— Mais comment le sait-il ?

— Parce qu'elle travaille pour lui. Une très belle femme. Depuis que je ne bosse plus pour le Trésor, elle me donne toutes sortes de tuyaux sur ce qui se passe à Washington. Elle dit que Houston a un truc à nous raconter.

— À nous ?

— Oui, vous et moi.

Ils se turent à nouveau.

— Au fait, vous aviez raison pour la mitrailleuse, reprit Littlemore.

— C'est-à-dire ?

— Comme vous le savez, les terroristes ont fait sauter la bombe douze heures trop tard. Donc, ils ont été confrontés à un petit problème : la plaque d'égout était scellée. Ils étaient dans la ruelle, avec tous ces lingots sur les bras, et pas de planque. L'un d'entre eux est retourné dans la rue et a vidé le chargeur de sa mitrailleuse sur le mur de la banque Morgan pour leur faire comprendre qu'il était temps d'ouvrir le faux égout. On dirait que ça a marché. J'en ai parlé au commissaire Enright qui a écrit une lettre à Lamont en lui donnant l'ordre de ne pas toucher aux impacts de balles. Il suffira de dire que c'est en mémoire de ce jour. En revanche, s'il fait réparer le mur, il le fera arrêter pour destruction de preuves. Mais où est ce fichu bateau ? fit le policier, cherchant des yeux le paquebot.

— Il est en retard.

— Les gens oublient déjà le 16 septembre. Quand c'est arrivé, on disait que rien ne serait plus comme avant. Le pays était paralysé. La vie en était à jamais changée.

— Au moins, nous n'avons pas fait la guerre. Un conflit monté de toutes pièces contre un pays qui n'avait rien à voir avec l'attentat. Dieu sait quel prix nous aurions payé pour pareille folie, si vous n'aviez pas arrêté la machine.

— Ouais, je devrais être célèbre. Au lieu de ça, je suis fauché.

— Nous pourrions partir pour les Indes.

— Pourquoi les Indes ?

— La pauvreté est sacrée, là-bas, expliqua Younger en écrasant son mégot sous son talon. Donc, nul n'a été puni pour cet attentat ?

— Pas si sûr. Rappelez-vous, où avons-nous vu Drobac pour la première fois ?

— À l'hôtel Commodore, après le kidnapping de Colette.

— Eh non.

— Où, alors ? demanda le médecin incrédule.

— En ce matin du 16 septembre, vous, moi et Colette descendions Nassau Street quand une charrette tirée par un cheval nous a dépassés. Vous vous souvenez ? C'était trois minutes avant l'explosion. Le chargement était si lourd que la jument avait toutes les peines du monde à le tirer. C'est Drobac qui conduisait.

— Bonjour, dit Luc en français, en regardant sa sœur.

Le *Susquehanna* était arrivé avec douze heures de retard. Le garçon, plus grand et plus propre que ne l'avait jamais vu Younger, venait de descendre la passerelle du paquebot, en tenant la main d'Oktavian Kinsky, dans l'éclatante lumière électrique des quais. Cette nuit-là, il n'y avait ni étoiles ni lune dans les cieux. La couche nuageuse était trop épaisse.

L'espace d'un instant, Colette resta pétrifiée. C'était la première fois qu'elle entendait son frère parler depuis six ans. Elle ne parvenait pas à relier cette voix à Luc, elle lui semblait trop mûre, trop calme, comme si un étranger s'était introduit dans le corps du garçon et s'exprimait par sa bouche. Enfin, elle réussit à réconcilier la voix, le regard clair et le visage sérieux de son frère : c'était bien lui. Elle lui ouvrit les bras et le serra contre elle.

— Bonjour ? le reprit-elle. Tu dis bonjour en pleine nuit, espèce de pantoufle ? Et tes cheveux ? Tu les as laissés te les couper ?

Luc acquiesça avec gravité.

Oktavian salua Younger et Colette comme de vieux amis perdus de vue de longue date – les Littlemore étaient depuis bien longtemps rentrés chez eux.

— J'ai l'intention de monter une compagnie de taxis, déclara l'Autrichien. On m'a dit qu'en Amérique ce genre de choses n'était pas mal vu.

— Bien au contraire, comte, renchérit le médecin. Et vous allez avoir du fil à retordre avec ces dames, en tout cas celles auxquelles je vous présenterai. Elles vouent à l'aristocratie un véritable culte.

— Mais vous avez aboli vos titres de noblesse il y a plus d'un siècle ?

— Les gens veulent toujours ce qu'ils ne peuvent avoir.

— Pas moi, rétorqua Colette.

Ce soir-là, ils allèrent dormir chez Mrs Meloney, qui leur avait offert l'hospitalité. Colette avait en effet réussi à la persuader d'aider les ouvrières de l'usine de montres, et cette honnête femme s'était attelée à la tâche avec sa bonne humeur et son énergie habituelle.

À la manufacture de Manhattan, on avait soumis les jeunes femmes à des tests pour mesurer leur taux de contamination à la radioactivité. La moitié d'entre elles étaient touchées, surtout au niveau des dents et des mâchoires ; plusieurs brillaient dans l'obscurité. La technique consistant à mettre le pinceau à la bouche fut formellement interdite, et les gants de protection devinrent obligatoires. On installa enfin des détecteurs de radiations. Les comptes bancaires de Brighton furent mis sous scellés et tous ses biens réquisitionnés au profit des ouvrières que leur travail avait rendues malades.

Younger et Colette mirent Luc au lit.

— J'ai quelque chose à te dire, annonça le garçon à sa sœur.

— Je sais. Le Dr Freud nous en a parlé.

— Il t'a raconté ?

— Il nous a juste expliqué que tu avais une chose à dire. Il n'a pas précisé quoi.

— Mais maintenant que je suis là, je n'ai plus envie.

— Dors à présent. On verra tout ça demain.

Toutefois, le lendemain, il semblait encore moins enclin à parler. Oktavian prit une chambre dans un modeste hôtel de Manhattan, puis il se mit en quête de véhicules à louer ou à acheter. Ils se dirent au revoir, et il laissa ses amis s'en retourner à Boston.

Tandis que le train remontait tranquillement vers le nord, une neige légère se mit à tomber.

— Luc, dit sa sœur, c'est le moment, si tu veux.

Il secoua la tête.

— Tu peux me le murmurer à l'oreille, si tu préfères.

— Sottise, coupa Younger. Il n'est pas question qu'il chuchote. Ce n'est plus un enfant. Il a traversé une guerre. Il nous a sauvé la vie. Tu es un homme, Luc, pas une fillette. Arrête tes bêtises et parle.

Le garçon se renfrogna. Il semblait offensé… et indécis.

Le médecin sortit alors une lettre de sa poche.

— J'ai reçu cela du Dr Freud. Tu as confiance en lui ?

Luc acquiesça.

— Il nous prévient qu'en effet tu pourrais avoir de nouveau envie de ne plus parler à ton arrivée en Amérique. Il craint que tu penses que ta sœur ne veut pas entendre ce que tu as à lui dire.

Le garçon dévisageait Younger sans broncher.

— Il dit que nous devons te rappeler qu'il a passé trente ans de sa vie à dire aux gens ce qu'ils ne voulaient pas entendre. Et que ce n'est pas parce qu'une personne préfère ignorer la vérité qu'il faut se taire. Il dit encore que ta sœur tient à savoir ce que tu as à lui dire.

Luc se tourna vers Colette.

— C'est bien vrai ?

— Tout à fait, répondit-elle.

— Mais tu ne sais pas ce que c'est.

— Quoi qu'il en soit, je veux l'entendre.

— Non, tu ne veux pas.

— Mais si !

— Non, c'est pas vrai.

— Je te dis que si !

— Splendide ! les interrompit Younger. Ce garçon s'exprime pour la première fois depuis des années, et vous vous querellez comme des écoliers.

— Père était un lâche, fit Luc d'un ton neutre mais sans réplique.

Colette sursauta. Elle serra les poings.

— Père ? Un lâche ? répéta-t-elle.

Le garçon regardait les flocons qui fondaient sur la vitre du train.

— J'étais à la maison quand les Allemands sont arrivés.

Une ombre passa sur le visage de sa sœur.

— Tu veux dire ?…

— Oui, coupa son frère.

— Mais nous…

— … étions dans la cave chez le charpentier, compléta-t-il. Je suis sorti en pleine nuit. Tu ne m'as pas entendu. Je suis retourné à la maison, et j'ai regardé par la fenêtre, à côté de l'étable.

Colette ne bougeait plus. Elle avait même peut-être cessé de respirer.

— Il y avait des soldats allemands avec père. Trois. L'un d'eux était grand, blond. Tu te rappelles où mère et grand-mère étaient cachées ?

— Bien sûr.

— Père leur disait : « S'il vous plaît, ne me tuez pas ! » et il s'est mis à pleurer.

— Cela ne fait pas de lui un lâche.

— Puis il a montré le cabinet. Je pense qu'il voulait leur indiquer où se trouvait l'argenterie. Ils l'ont ouvert, mais ce n'était pas ça qui les intéressait. Ils se sont retournés, et ils ont hurlé sur père. Le grand a pointé son fusil sur lui. Père les a suppliés de ne pas le tuer.

Le train gronda en prenant un virage.

— Ensuite, il a désigné le tapis, reprit-il.

— Tu l'as vu faire ?

— Il leur a montré, puis il s'est levé et l'a retiré. Alors, les Allemands ont vu la trappe.

Colette était muette.

— Ils l'ont ouverte. Ils ont trouvé maman. Et mémé. Ils ont frappé maman au visage. Puis, le grand a tiré sur père. Un autre a tiré sur mémé.

— Et toi, qu'as-tu fait ? demanda-t-elle à mi-voix.

— Je me suis précipité à l'intérieur. Maman hurlait. Ils la tenaient par terre et ils essayaient de lui arracher sa robe. Un des soldats m'a frappé, je pense. Je ne me souviens plus de rien d'autre. Le lendemain matin…

— Ça va, l'interrompit Colette en le prenant tout contre elle et en fermant les yeux. Je sais la suite.

— Je ne voulais rien dire.

Ils ne parlèrent plus guère durant le reste du trajet. Colette était presque muette. Dans la poche de Younger, la lettre de Freud, qu'il n'avait pas fait lire à sa compagne. Elle n'avait donc pas vu la petite note pliée que le psychanalyste avait ajoutée ; de même qu'elle n'avait pas lu le dernier paragraphe où il écrivait :

Fräulein Rousseau cache elle aussi quelque chose à son frère. Je crois savoir de quoi il s'agit, mais ce n'est pas à moi de le révéler. Elle vous dira tout en temps voulu. À ce moment-là, donnez-lui la note ci-jointe.

Amitiés,

Freud

En arrivant à Boston, après avoir montré sa nouvelle chambre à Luc, Younger emmena Colette dans la sienne. Elle le laissa la déshabiller, puis il ôta sa chemise, dévoilant l'épais bandage qui lui corsetait la poitrine.

— Tu souffres ?

— Seulement quand je respire. Non, je plaisante. Je ne sens rien du tout.

— Alors… tu peux ? murmura-t-elle.

La réponse était positive. Elle dut se couvrir la bouche de ses mains pour ne pas réveiller Luc. Ses ongles s'enfoncèrent dans les bras de Younger. Il crut qu'il lui faisait mal, mais elle le suppliait de continuer.

Longtemps après, dans l'obscurité, ils discutèrent.

— Moi non plus, je ne voulais rien dire.

— Tu savais ce que ton père avait fait ?

Elle acquiesça.

— Tu l'as vu, toi aussi ?

— Non. C'est mon père qui m'a tout raconté. Le lendemain matin. Quand je l'ai trouvé, il était encore vivant. Il m'a tout avoué. M'a suppliée de lui pardonner.

Le tic-tac d'une pendule résonnait dans la nuit.

— Je n'ai pas pu. Cela m'était impossible. Puis il est mort.

Des larmes coulaient sur ses joues en silence. Younger les sentit mouiller son torse.

— Que Dieu me vienne en aide. Je n'ai pas su pardonner à mon propre père.

— L'aîné est celui qui porte le plus.

— À présent, dit-elle en s'essuyant les yeux, tu connais mon dernier secret.

Le lendemain, à l'aube, il boutonnait sa chemise quand Colette, encore au lit, lui demanda :

— Ai-je tout fait de travers ?

— J'ai un message pour toi. De Freud.

Il lui remit la note repliée. Elle s'assit pour la lire, tenant le drap contre sa poitrine. Elle contempla longuement la feuille avant de la lui rendre.

Ma chère Fräulein Rousseau,

Si vous lisez cette lettre, cela signifie, si je n'ai pas fait fausse route, que vous avez révélé à Younger ce que vous saviez de la malencontreuse attitude de votre père avant que votre frère vous ait tout raconté. Ne soyez pas trop dure envers votre père. Il ne faut pas juger un homme à sa façon de se conduire lorsqu'il a une arme braquée sur lui.

Ne soyez pas non plus trop dure envers vous-même. Bien sûr, si vous aviez raconté à votre frère ce que vous saviez, son état se serait peut-être amélioré plus tôt. Toutefois, par un processus pervers, c'eût peut-être été pire. En vérité, chacun de vous a tenté d'épargner à l'autre une vérité qu'il connaissait déjà. Ce n'est pas une tragédie, c'est l'ironie du sort.

Peut-être avez-vous ressenti de la part de votre frère une certaine animosité. C'est tout à fait naturel. Peut-être vous a-t-il détestée, du moins l'a-t-il cru, parce que vous ignoriez ce qu'il savait, lui (comme il le pensait), ce qui l'obligeait à taire les choses. Les enfants sont persuadés que les adultes savent les mêmes choses qu'eux. Quand nous les décevons, ils nous jugent très mal. Cela dit, nous aussi, en tant qu'adultes, nous éprouvons du ressentiment envers ceux pour qui nous avons consenti les plus grands sacrifices. Pour toutes ces raisons, si vous n'avez pas encore décidé de révéler ou pas à votre frère que vous avez toujours su pour votre père, vous connaissez désormais mon avis sur la question.

Il est encore une chose que je dois vous dire. Vous vous êtes interrogée en ma présence sur la raison qui vous avait empêchée de tuer l'assassin de vos parents.

C'est à ce moment que j'ai compris votre secret. La raison en était simple. Même si vous l'ignoriez, vous pensiez que ce serait une insulte à la mémoire de votre père si vous parveniez à accomplir ce que lui n'avait pas eu le courage de faire. C'est donc par pitié envers votre père et non envers le meurtrier que vous n'avez pu agir le moment venu. (Ce qui me pousse aussi à croire que vous devez être persuadée de vous être mal conduite envers votre père un jour, bien que je sois tout à fait incapable de dire en quelles circonstances.) Par chance, vous vous trouviez à ce moment-là en compagnie d'un homme qui n'éprouvait pas les mêmes scrupules. Si vous possédez ne serait-ce que la moitié de la sagesse que je vous prête, vous ne repousserez pas cet homme une seconde fois.

Freud

*

Le 25 décembre 1920, une communication longue distance fut établie entre une demeure privée de Washington, D.C., et une autre, à Boston, dans le Massachusetts. Il était presque minuit.

— C'est vous, Jimmy ? fit Colette.

Ils avaient pris tous les deux le combiné. Devant eux se dressait un sapin de Noël décoré de soldats de plomb et de globes de papier scintillants, peints à la main.

— Pour sûr, Miss, fit Littlemore par-dessus la friture. Et Betty est avec moi. Doc est là ?

— Je suis là, en effet. Qu'y a-t-il ?

— Ah, si vous voyiez la maison où nous sommes ! On est chez le propriétaire du *Washington Post.* C'est sa femme qui possède le fameux diamant Bleu de France ! C'est une grosse soirée. Nous avons été invités par le secrétaire Houston. Même Harding est là. Il y a tellement de sénateurs qu'on se croirait au Capitole. Lamont aussi est présent, mais il n'a pas l'air d'avoir le moral – comme un type qui a perdu des millions au jeu. Et vous savez quoi ? La situation s'améliore. Je parle du pays, bien sûr. Ils ont fait venir des danseuses de New York. Il y a quelque chose dans l'air. Peut-être que les années vingt ne seront pas si terribles que je le craignais.

— Vous avez repris vos fonctions au Trésor ?

— Non. On est de simples invités. Maintenant, c'est Betty qui adore Washington. Sûrement parce que Harding n'a pas arrêté de lui faire la cour pendant toute la soirée.

— Dis donc, et toi et Mrs Cross ? lui rétorqua sa femme.

— Je ne suis pas intéressé.

— Elle, oui ! Cette poule de luxe !

— Vous m'avez appelé pour une raison précise ? demanda Younger.

— C'est Noël, doc ! s'exclama Littlemore.

— Joyeux Noël.

— Ici, tout le monde s'échange des cadeaux.

— Vous n'êtes pas les seuls, répondit-il en regardant le doigt de Colette, où brillait le diamant qui avait appartenu à sa mère.

— Vous savez quoi ? Vous avez un cadeau, vous aussi.

— Moi ? De la part de qui ?

— Houston. Il m'a demandé si vous étiez avec moi quand nous avons trouvé l'or, j'ai répondu oui. Puis il m'a demandé si vous étiez un agent des forces de l'ordre.

— Pourquoi ?

— Eh bien, quand on a découvert le pot aux roses, Lamont a juré que ces lingots n'appartenaient pas à la banque Morgan, Houston a juré qu'ils n'appartenaient pas non plus au Trésor, par conséquent, officiellement, ils n'appartiennent à personne. Nul ne les a réclamés. Il y a des lois pour régler ce genre de situations : l'or dont personne ne revendique la propriété va à celui qui l'a découvert – sauf si c'est un agent des forces de l'ordre. J'ai insisté sur le fait que ce n'était pas du tout votre cas. Que vous seriez même plutôt dans le camp des fauteurs de troubles.

Le silence régnait à l'autre bout de la ligne.

— Vous m'entendez, doc ?

— Les lingots vont à celui qui les a trouvés ?

— C'est ça, sauf s'il est flic.

— Pour combien y avait-il ?

— Un peu plus de quatre millions.

— Je ne puis accepter. Cet or appartient à la nation. Dites-lui que je le rends au Trésor.

— C'est ce que j'ai fait.

— Plaît-il ?

— Oui, je savais que vous refuseriez.

— Tout de même, vous auriez pu me laisser moi-même faire état de ma générosité.

— Il y a un élément que vous ignorez. En octobre dernier, Lamont a essayé de faire rentrer en douce pour deux millions de dollars de lingots russes de contrebande. Les douaniers l'ont pris la main dans le sac, mais Houston a réussi à les transférer dans le Trésor clandestinement. C'était illégal, bien sûr, mais

Houston ne voulait pas infliger une perte sèche de deux millions à Morgan. Il pensait que ce serait mauvais pour l'économie. Alors, il avait résolu de verser deux millions en échange de l'or. Jusqu'à ce qu'il apprenne que Lamont était derrière le cambriolage du 16 septembre.

— Mais de quoi parlez-vous ?

— Vous allez comprendre. Houston ne donnera pas un centime à Lamont pour les lingots russes, à présent. Le Trésor va les garder, sans compensation aucune. Lamont ne peut rien dire, puisque de toute façon c'est de l'or de contrebande. Donc, Houston a juste besoin de deux millions pour rééquilibrer les comptes de la nation.

— Il me semble que je vous suis. Il manque seulement deux millions au Trésor. Et après ?

— Eh bien, quand j'ai dit à Houston que vous refuseriez les quatre millions que nous avions trouvés, il a dit : « Eh bien, comme le Trésor n'a besoin que de deux millions, pourquoi n'appliquerions-nous pas la règle européenne ? »

— C'est-à-dire ?

— Celui qui trouve l'or en garde la moitié, et l'autre moitié va à l'État.

Le silence se fit à nouveau.

— Je ne prendrai rien si vous ne touchez rien. Mais en réalité, vous n'étiez plus employé par l'État quand nous avons trouvé ces lingots. Houston venait juste de vous virer.

— Je le lui ai rappelé, en effet.

— Qu'a-t-il dit ?

— Que vous et moi allons nous partager deux millions de dollars en or. Joyeux Noël, doc !

NOTE DE L'AUTEUR

L'attentat de Wall Street, le 16 septembre 1920, ne connut pas d'autre équivalent aux États-Unis avant 1995, quand explosa la bombe d'Oklahoma City. La différence entre les deux (comme avec les attaques du 11 septembre 2001), c'est qu'on ne sut jamais qui était responsable de l'attentat de Wall Street. Aucun coupable ne fut arrêté, et nul ne fut poursuivi. En 1944, le FBI arriva à la conclusion que la déflagration « semblait l'œuvre d'anarchistes ou de terroristes italiens », mais c'était pure spéculation, et aujourd'hui encore, on ignore leur identité.

Je tiens donc bien à souligner que ma « solution » au mystère est purement fictive. Aucun élément historique ne vient étayer la théorie selon laquelle les vrais auteurs du complot seraient le sénateur Albert Bacon Fall, Thomas W. Lamont de la banque Morgan, ni l'ancien secrétaire au Trésor, William McAdoo. Néanmoins, tous trois ont réellement existé, et ces deux derniers se firent même remarquer pour leurs accomplissements et les services rendus à leur pays, quant aux informations biographiques qui apparaissent dans ce livre, elles sont véridiques. Le scénario que j'ai échafaudé, les rendant coupables de l'attentat, n'est rien d'autre qu'un… scénario.

Alors quelle est la part de vérité dans *L'Origine du silence* ? J'ai en fait suivi le principe suivant. Toute l'action, c'est-à-dire les dangers que rencontrent les protagonistes, les sinistres complots qu'ils découvrent, est inventée. Le monde où se déroule le roman, en revanche, est bien réel.

Ainsi donc, tous les faits et circonstances secondaires qui servent de trame à mon histoire sont vrais. Au moment de l'explosion de la bombe devant la banque Morgan, juste en face, on transférait bel et bien un milliard de dollars en lingots d'or appartenant à l'État depuis le vieux bâtiment du Trésor vers celui de la Monnaie, *via* une passerelle de bois en hauteur. Pendant ce temps, à quelques kilomètres, une centaine d'ouvrières peignaient des cadrans de montres luminescents en mettant à la bouche des pinceaux toxiques. À Washington, D.C., le sénateur Fall fomentait une machination, qui faillit aboutir, visant à déclencher une guerre avec le Mexique, dans le but de faire gagner des millions à ses puissants amis du lobby pétrolier et à lui-même. À la même époque, dans une Europe ravagée par la guerre, Sigmund Freud venait d'aboutir à une nouvelle interprétation de l'âme humaine, selon laquelle tout individu porte en lui deux pulsions fondamentales : celle qui mène vers la vie et l'amour, et celle qui pousse vers la mort.

En revanche, j'ai inventé le vol de l'or du Trésor. Les États-Unis ont toujours nié avoir perdu quoi que ce soit dans cette affaire. La version officielle veut que la programmation concomitante de l'attentat et du transfert des lingots soit un pur hasard. Les ouvriers qui procédaient à cette tâche étaient partis faire leur pause déjeuner, aussi avaient-ils fermé les lourdes portes de part et d'autre de la passerelle, quelques minutes avant l'explosion.

Depuis les grands événements, tels que l'attentat, jusqu'aux détails de la vie courante, comme le camion radiologique, les « Petites Curie », que conduit Colette, j'ai voulu décrire le monde de l'époque de la manière la plus fidèle possible, en me basant sur des documents historiques. Les lecteurs qui apprendront en lisant ces pages que des milliers de soldats ont été bêtement sacrifiés le 11 novembre 1918 (alors que leurs officiers savaient très bien que l'armistice était signé) peuvent être assurés que tous ces faits sont documentés. Quand je cite un journal, la citation est brute, voire très légèrement rectifiée pour des questions de style, mais garde tout son sens. Tous les détails que je mentionne concernant l'attentat du 16 septembre sont tirés jusqu'au dernier de témoignages : un taxi a bien été propulsé dans les airs ; une femme a bien eu la tête arrachée ; enfin, les impacts de balles sur le mur de la banque Morgan sont encore visibles aujourd'hui. Même les faux documents trouvés par Littlemore, censés faire croire que le gouvernement mexicain avait acheté trois sénateurs qui s'élevaient contre l'intervention américaine, ont une base historique : en réalité ils ne furent mis en circulation que quelques années plus tard, lors d'une autre tentative avortée pour pousser les États-Unis à envahir leur voisin du Sud.

Bien entendu, je ne puis me porter garant des matériaux historiques sur lesquels je me suis fondé. Quand je cite la description de Toynbee des atrocités commises en France par les Allemands en 1914, je ne peux être sûr que les faits sont bien avérés, car je n'ai pas cherché à vérifier ses sources. Je laisse cette tâche aux autres historiens.

Toutefois, certains détails qui peuvent paraître peu crédibles sont tout à fait véridiques. Ainsi, le remarquable récit d'Edwin Fischer est bien réel. Il avait en effet prévenu de nombreuses personnes, et de manière répétée, qu'une bombe exploserait à Wall Street après la fermeture des bureaux le 15 ou le 16 septembre. On ignore toujours comment il eut connaissance de cette information. En revanche, tous les détails le concernant (ses quatre victoires au tennis, ses costumes superposés, l'affirmation qu'il savait pour l'attentat parce qu'il avait « entendu des voix », son internement, etc.) sont avérés. Si Fischer était bel et bien au courant de l'attentat (ce que refusent d'admettre les historiens), cela suggère que les auteurs de ce complot n'étaient pas les simples anarchistes italiens nécessiteux qu'on a pour habitude de blâmer.

Ce qui en revanche est moins bien documenté, ce sont les relations que Fischer entretenait avec les agents fédéraux au cours des années précédant l'attentat. Ma version de ses rapports avec le FBI, ainsi que l'explication des « voix » par Littlemore à la fin, lorsqu'il devine que Fischer a entendu une conversation alors qu'il était en face de l'Oyster Bar, à la gare de Grand Central, sont purement fictives. Il est toutefois vrai qu'à l'endroit décrit dans le livre, on peut entendre une conversation à mi-voix qui se déroule de l'autre côté de cet immense hall.

Sous la houlette de l'impressionnante Mrs William B. Meloney, le Fonds Marie Curie pour le radium réussit à acheter un gramme de radium pour Marie Curie, qui se rendit en 1921 aux États-Unis pour le recevoir des mains du Président Harding. Outre le fait qu'elle fut la première femme professeure à la Sorbonne, et la première personne à se voir attribuer deux prix Nobel (l'un en physique, en 1903, l'autre en chimie, en 1911), elle demeure à ce jour la seule femme à avoir obtenu deux Nobel, et la seule personne au monde à les avoir eus dans des disciplines scientifiques différentes. La cataracte dont elle souffrait en 1920 était certainement due aux radiations auxquelles elle avait été exposée, de même que l'anémie aplastique (ou peut-être la leucémie) dont elle mourut en 1934.

Si les protagonistes (Younger, Littlemore, Colette et Luc) sont fictifs, en revanche, beaucoup de ceux qu'ils rencontrent ont bel et bien existé, comme le commissaire Enright, le secrétaire au Trésor Houston, le maire de New York, Hylan, « Big » Bill Flynn et le Dr Walter Prince. Il y eut aussi une Mrs Grace Cross, qui fut la maîtresse du Président Harding, toutefois, le personnage du roman n'a rien à voir avec la vraie Grace Cross.

Arnold Brighton est lui aussi un personnage imaginaire. Le véritable homme d'affaires qui soutint Fall dans sa tentative de guerre avec le Mexique et lui donna 100 000 dollars de pots-de-vin s'appelait en réalité Edward Doheny. Fall fut le premier membre du cabinet présidentiel à être emprisonné pour un crime commis alors qu'il était encore en fonction. Le véritable patron de US Radium Corporation, en 1920, propriétaire de l'usine où travaillaient les sœurs Maggia/McDonald, était Arthur Roeder. Il n'existe aucune raison de penser que lui ou Doheny aient quelque chose à voir avec l'attentat.

En revanche, le tragique empoisonnement des ouvrières qui appliquaient de la peinture au radium sur les cadrans de montres est un fait avéré. À bien des égards, la réalité fut pire que je ne la décris dans mon livre. On estime que cent douze ouvrières sont mortes d'avoir mis à la bouche leur pinceau – pratique qui ne fut abolie qu'en 1925. Beaucoup d'autres souffrirent de maladies diverses.

Les sœurs Maggia/McDonald (Quinta, Amelia et Albina) comptent effectivement parmi les victimes. (Bien que j'aie utilisé leur prénom dans ce roman, leurs personnages ne correspondent pas aux vraies sœurs, quant à leur fuite de l'usine, leurs tentatives pour entrer en communication avec Colette et tout le reste, tout est bien entendu fictif.) Amelia mourut en 1922 : ce fut la première ouvrière peignant les cadrans de montres à être victime du radium. Quand son corps fut exhumé en 1927, il était toujours radioactif. Une poignée de femmes, dont Quinta et Albina, intenta un procès à US Radium Corporation vers le milieu des années 1920, mais la justice ne fut pas équitable. En 1928, en phase terminale, Quinta reçut une modeste indemnité et une bourse de 600 dollars par an « à vie » : elle mourut moins de deux ans plus tard. Albina survécut jusqu'en 1946.

Il semblerait que US Radium Corporation ait falsifié voire fait disparaître un rapport prouvant que ses dirigeants connaissaient les risques encourus par les ouvrières. Un spécialiste de l'université de Columbia se porta volontaire pour mener des examens indépendants sur les femmes qui se plaignaient de troubles.

Il conclut qu'elles étaient en excellente santé et que leurs symptômes résultaient de la syphilis ou d'autres maladies sans lien avec le radium. Ce spécialiste, Frederick Flinn, oublia de préciser qu'en réalité il n'était pas médecin et surtout qu'il était payé par US Radium Corporation. Mon personnage de Frederick Lyme poursuit le même but, mais ses crimes sont inventés.

Sigmund Freud a exposé pour la première fois sa théorie de la pulsion de mort dans un petit ouvrage intitulé *Au-delà du principe de plaisir*[1], publié en 1920. Si l'on y voit une pulsion de destruction, c'est-à-dire une envie de meurtre, un désir d'agresser l'autre, alors l'idée de pulsion de mort remet en cause la notion de bonté intrinsèque de la nature humaine, ce qui rend la pulsion de mort assez facile à comprendre. Freud insiste cependant sur le fait que cette pulsion a pour objectif fondamental la destruction de soi. Par conséquent, la pulsion de mort freudienne est beaucoup plus controversée et difficile à accepter – bien que l'autodestruction soit un phénomène à peu près aussi habituel que l'agression envers autrui.

De manière générale, la sphère psychanalytique a préféré oublier la pulsion de mort, ou du moins en a minoré l'importance. Melanie Klein fait partie des exceptions les plus notables, de même que Jacques Lacan, qui considérait la pulsion de mort comme centrale dans la psychanalyse, bien qu'il ait essayé de

1. Sigmund Freud, *Au-delà du principe de plaisir*, Presses Universitaires de France – PUF, janvier 2010, traduction de Janine Alounian, André Bourguignon, Pierre Cotet, Alain Rauzy, préface de Jean Laplanche.

l'arracher aux fondements biologiques que Freud lui avait donnés. Autre exception, André Green, lui aussi psychanalyste français, dont l'excellent ouvrage sur le sujet récemment paru[1], par contraste, relie de manière explicite la théorie de Freud à l'apoptose, le processus biologique de « mort programmée de la cellule » ou « suicide cellulaire ». Je prête à Freud les mêmes idées lors d'une conversation avec Colette, de manière certes anachronique. Bien que l'apoptose ait été connue des scientifiques dès la fin du XIXe siècle (on parlait à l'époque de chromatolyse), son rapport direct avec le cancer ne fut établi qu'à la fin du XXe siècle.

Les lecteurs familiers de l'œuvre de Freud reconnaîtront aussi l'épisode célèbre du jeu « *fort-da* », si présent dans *Au-delà du principe de plaisir*. Le garçon anonyme qui y joue dans l'essai de Freud a été identifié comme étant son petit-fils, Ernst (la mort de sa mère, Sophie, plongea Freud dans le deuil en 1920). Luc joue également un rôle dévolu, dans la réalité, à l'un des petits-fils de Freud lors de la promenade où ils rencontrent un faux épileptique. Cette anecdote m'a été narrée par Clement Freud – frère du peintre Lucian Freud –, il l'a d'ailleurs racontée dans son autobiographie, *Freud Ego*.

L'étonnante histoire que Freud narre à Colette et Younger, montrant à quel point son interprétation des rêves est juste (le psychanalyste déduit du récit d'un de ses rêves que sa patiente a été témoin de la liaison entre sa nurse et le palefrenier de la famille lorsqu'elle

1. André Green, *Pourquoi les pulsions de destruction ou de mort ?* Éditions du Panama, 2007.

avait environ 4 ans), est tout aussi véridique, comme l'a elle-même révélé la patiente en question, qui n'était autre que la princesse Marie Bonaparte. Toutefois, Marie Bonaparte ne commença à consulter Freud qu'en 1925, aussi, la chronologie de mon livre est-elle inexacte sur ce point précis. Comme dans *L'Interprétation des meurtres*, nombreuses sont dans ce livre les affirmations de Freud tirées de ses écrits. Bien qu'il soit aujourd'hui commun de désigner la pulsion de mort sous le nom de Thanatos (d'après le dieu grec de la mort), le père de la psychanalyse, quant à lui, ne l'a jamais fait dans ses textes, aussi le terme n'apparaît-il pas sous ma plume. Il fait en revanche référence à la déesse de la mort, Atropos, dans *Le Motif du choix des coffrets*[1], essai paru en 1913, qui contient la clef du symbolisme de la pulsion de mort. Freud vécut à Vienne jusqu'en 1938, échappa de justesse aux persécutions nazies, et mourut en Angleterre, en 1939.

1. Sigmund Freud, *Le Motif du choix des coffrets*, in *Œuvres complètes – psychanalyse* volume XII, Presses Universitaires de France – PUF, mars 2005, sous la direction scientifique de Jean Laplanche.

REMERCIEMENTS

En écrivant ce livre, j'ai contracté des dettes envers tant de personnes que je ne puis les citer toutes. La première est ma superbe femme, Amy, à qui je dois déjà presque toutes les bonnes choses qui constituent ma vie, et qui m'a permis de faire de considérables progrès à mesure que j'avançais dans mon projet. Mes filles, Sophia et Louisa, m'ont fait bénéficier de leur extrême sagesse et m'ont plusieurs fois tiré d'embarras. Sarah Bilston, James Bundy, Alexis Contant, Anne Dailey, Susan Birke Fiedler, Paul Fiedler, Dan Knudsen, Daniel Markovits, Katherine Oberembt, Sylvia Smoller, Walter Austerer et Lina Tetelbaum se sont montrés des lecteurs incroyablement sensibles, ingénieux et généreux. Je sais gré également à mon incomparable agent, Suzanne Gluck, à Geoff Kloske, mon éditeur chez Riverhead, et à mes patients relecteurs, Mary-Anne Harrington et Jake Morrissey. Je remercie en outre Jennifer Barth, Diana et Leon Chua, Kathleen Brown-Dorato, Nancy Greenberg, Tony Kronman, Marina Santilly, Jordan Smoller, Anne Tofflemire et Lucy Wang, qui m'ont tous aidé bien plus qu'ils ne le croient.

Composé par Nord Compo
à Villeneuve-d'Ascq (Nord)

Imprimé en Espagne
par Black Print CPI Iberica
à Barcelone
en janvier 2013

POCKET – 12, avenue d'Italie – 75627 Paris cedex 13

Dépôt légal : février 2013
S22042/01